U1007344

歷代小説話

六

黄霖 編著

鳳凰出版社

小説考證

蔣瑞藻　撰

續編　卷一

沈香亭第一

《沈香亭》傳奇，明初人作，姓名不可考矣。情跡與《驚鴻記》相似，而提出李白賦《沈香亭詩》，以爲標目。《驚鴻》以江妃賜白玉笛，作《驚鴻舞》而名。《沈香亭》則取楊妃賞花，青蓮賦詩爲大關鍵。

江妃事實撮自本傳者，如所居植梅，榜曰梅亭，號曰梅妃，戲稱梅精，漢邸躡履，太真相疾，戲馬召幸，珍珠封賜等是，餘皆出自杜撰。其云明皇回京後，詣元都觀，江妃時出家爲尼，奉茶上謁，復召還宫，亦非。江妃固没於亂兵也。作者以楊爲女冠，故以江爲尼配之，弄狡獪耳。楊妃事亦多出本傳：鈿合定情，錦棚拜母，霓裳羽衣之舞，比翼連理之誓，馬嵬坡之裹褥，玉妃院之叩扉，皆與傳合。《賞牡丹花》一齣，爲全本最要關目。末後以少君之術，召致相見，亦本傳記。至謂江妃、李白隨太上得見玉妃，玉妃指示云：唐天子乃孔昇真人，梅夫人爲王母侍兒許飛瓊，李白爲方壺仙吏，已爲太乙玉女。則點綴設色，非實録也。妃又謂太白：『汝後有水厄。』蓋唐人小説相傳，白捉月采石，墜江中死，故唐詩即有『李白騎鯨魚』之句。明王世貞《李白匡廬讀書處歌》亦云：『潯陽雨，夜郎霧，采石捉月月不顧。』然以范傳正志文考之，白卒後葬宣城謝公山，無墜江事。且白自放還後，以永王璘之亂，長流夜郎，雖獲赦歸，不復至京。太上還宫，無由更得宣召。其所以增此一段者，意在與沈香亭賦詩相應。傳奇結構，往往如是。

劇中《江楊二妃賦詩互嘲》一折，殊饒趣味。事雖不根，憶《宋稗》一則頗類。吴七郡王有二愛姬：曰梅嬌，曰杏倩，豐韻并佳，尤善詩詞。梅作詞詩己嘲杏云：『一種陽和，玉英初綻，雪天分外精神。冰肌玉骨，别是一家春。樓上笛聲三弄，百花都未知音。明窗畔、臨風對月，曾結歲寒盟。笑杏花，何太晚？遲疑不發，等待春深。祇宜遠望，舉目似燒林。麗質芳姿雖好，一時取媚東君。争如我，青青結子，金鼎内調羹。』杏答云：『景傍清明，日和風暖，數株濃淡燕支。春來早起，唯我獨芳菲。幾番雨過，似佳人細膩香肌。堪賞處玉樓人醉，斜插滿頭歸。笑梅花，何太早？蕭疏骨肉，葉密花稀。不逢媚景，開後甚孤淒。恐怕百花笑你，甘心受雪壓霜欺。争如我，年年得意，占斷踏青時。』王益加稱美，作《梅杏詞》以和解之。蘭闥雅韻，令人健羨，因附記云。（《毗梨耶室隨筆》）

紫金鞍第二

明無名氏《玉翠珠傳》：玉翠珠，禾城名妓也，聲色絶群，慕之者非重金不輕見。國學生潘某聞其名，挾重資往，情甚綢繆。分釵破鏡，翦髮焚香，誓同生死。歲餘，潘橐十傷八九，赴試秋闈，臨歧戀戀不能捨。潘以家業中落，淹逆旅者兩載。雖即候翠，翠方與富商飲，若不相識；先以姓氏詢，潘大駭，意其以商故。明日見之，亦然。潘怒，出所剪髮擲還之，翠始回笑呼茶，意殊不浹。潘歸，恚甚，欲礪刃磔之，友人勸解之，乃止；作《戒嫖論》行世。後復就秋試，夜經江滸，見前富商立岸上，顔色枯耗，衣服襤褸，爲人執簿籍。詰其故，則家資盡耗於翠，流落無倚，寄食於人。潘憫之，予錢十串。是年登第回，翠母子已艤舟相迎矣，潘揚帆不顧去。傳奇《紫金鞍》全敷衍此事，但易玉翠珠爲陸么鳳，潘某之名曰次安，字再貞耳。次安蹤跡么鳳，痛哭成疾，似影射陳體方事。體方吴人，昵妓黄秀雲。黄能詩，謬語體方：『吾必嫁君，然君貧，乞詩百首爲聘。』體方苦吟至六十餘首而殁。時人多笑其老耄被紿，而體方每誇於人，以爲風流奇遇也。或云傳奇末言，翠珠母子後轉生潘宅爲犬。此蓋惡翠之極，故作是語以泄憤。疑傳奇出潘某手筆，亦未可知。（同上）

玉樓春第三

元人《鞦韆會》記：大德二年，孛羅以故相齊國公子拜宣徽院使；奢都剌爲僉判，東平王榮爲經歷，三家聯住海子橋西。宣徽生自相門，窮極富貴。然讀書能文，敬禮賢士，時譽翕然。私居後有杏園一所，花卉庭榭，冠諸貴家。每年春，宣徽家女邀院判、經歷宅眷，於園中設鞦韆之戲；盛陳飲宴，歡笑竟日，至清明後方罷，謂之『鞦韆會』。適樞密同僉帖木耳不花子拜住過園外，聞笑聲，於馬上欠身望之，覩諸女多絶色，久不去。閽者覺，走報宣徽，索之亡矣。拜住歸，具白於母，遂遣媒求親。宣徽曰：『得非窺墻兒乎？可遣來一觀。』媒報同僉，飾拜住以往。宣徽見爲美少年，心稍喜。曰：『爾喜觀鞦韆，以此爲題，賦《菩薩蠻》詞，能之乎？』拜住揮毫立就，宣徽疑其宿構。席間，再命作《滿江紅》咏鶯，復佳。大喜曰：『得婿矣。』面許第三夫人女速哥失里爲姻。都下喧傳，以爲盛事。既而同僉以墨敗，繫御史臺獄。得疾，以大臣例蒙放回家，未逾旬竟不起。闔室盡染疾死，獨拜住在。宣徽欲呼回家教養之，三夫人堅不可。以女别字平章闊闊出之子僧家奴，儀文之盛，視昔有加。暨成婚，速哥失里自縊死。夫人悉傾家奩以殮，暫寄清安僧寺。拜住聞變，夜走寺哭之，叩棺曰：『拜住在此。』棺中忽應曰：『可開棺，我活矣。』拜住謀之僧，斧其蓋，女果活。彼此喜極，乃脱金釧及首飾之半謝僧。復囑買漆整棺，不令事露。遂走之上都，住一年，人無知者。不期宣徽出尹開平，下車之始，即求館客，而上都儒者絶少。或曰：『近有士人自大都挈家寓此，亦色目人，誠有學問，此人其則命舁速哥失里，具以實告。宣徽意其必流落死矣，而人物整然，怪問故，具以實告。命舁速哥失里，則可。』亟召至，則拜住也。宣徽意其必流落死矣，而人物整然，怪問故，具以實告。命舁速哥失里，則真己女也。一家驚喜，猶恐其魂假人形，幻惑年少。陰使人詣清安詢僧，其言同，發殯祇空棺耳。宣徽夫婦愧嘆，待之甚厚。拜住生三子：長教化、次忙古歹、次黑厮，皆貴顯有聲。謝宗錫《玉樓春》傳奇本此。（《花朝生筆記》）

紫簫記第四

湯玉茗《紫釵記》，本唐蔣防《霍小玉傳》而作。其初本名《紫簫》，意蓋以刺時相；暫成其半，即爲人所議，遂别撰《紫釵》。《紫簫》未成之稿秘不示人，晚年續成之；身後爲仲子開遠焚棄，故今不傳。其書亦演李益、霍小玉事，而關目迥别。所引唐代人物，不拘時代之先後，隨機布置，近於游戲。兹述其略，用資談助。

元和中，益入京應舉，正及殿試，吐蕃陷隴西，游騎至咸陽，遂停臚唱。十四年正月朔旦立春，天下朝覲官員，應試士子，俱入太極殿朝賀；禮畢，光禄賜宴。值友花卿、石雄、尚子毗相訪，益留與飲，共作《元日試筆詩》，石、尚先别。時教坊子弟迎春還，邀入飲酒，請益作《人日詞》、《元宵曲》，益爲譜二調。花卿即邀益相過，令侍姬鮑四娘侑觴，益有『開簾風動』之詩，鮑翻曲歌焉。飲次，見郭小侯馳馬彈雕，邀之共醉；卿心愛小侯馬駿，以四娘易之，鮑自此歸郭氏矣。霍王姬鄭六娘者，有女曰小玉，年才二八。王於人日登望春臺，命奏新曲。適唱李益詞，有『日輪終日逐人忙』之句，王大感動，棄官入華山，改鄭姬名爲淨住。賜小玉紅樓一座，寶玉十匱，從所封邑爲霍姓，令鄭自擇婿贅之。另一姬曰杜秋娘，有志出家，令住西王母觀，度爲女冠。鮑四娘至郭宅，心念花卿，時時雪涕，小侯乃送之尚冠里别院中。六娘聞之，延至授小玉歌，兩家往來甚諗。益知鮑獨居，嘗以暇日往訪，鮑與言小玉之才之美，許爲作伐。小玉慮益誑己爲妾，且攜歸隴西。婢櫻桃頗慧黠，探知益實未娶。且以隴西隔絶，無歸志，益遂入贅。元宵佳節，勅賜燒燈。憲宗在華清宫，令教坊踏歌，共奏益新曲，嘆爲才子。復令嚴遵美傳旨都下士女，無論貴賤道俗，具得至宫觀玩，以稱與民同樂之意。益與小玉亦隨衆往。金吾不禁，萬衆喧擾。小玉與益相失，獨步華清宫門首。恐隻身問途，難免多露之譏。偶拾得紫玉簫一枝藏之，遵美見而詰其故。送郭妃審問，具陳本末，命以銷金燭四籠送之反。簫爲太真故物，并以遺之。未幾，殿試榜放，益魁天下，授翰林供奉。旋命往朔方，參丞相杜黄裳軍事。石雄冠武榜，經略吐蕃。花卿外擢西川節度，尚子毗奉旨歸國。子毗，吐蕃使臣，居長安有年矣。益爲三人祖道後，隻身赴軍前，黄裳命居屬國署中。時吐蕃方與其相尚綺心謀，欲大舉入寇。子毗歸，力言朔方有杜、李二人，老謀英斷不可撼；隴西石雄，少年英勇，難與争鋒；花卿老矣，然亦非易與者，和親便。贊普從之，遂通好如初。朝旨召杜及李還京。益抵紅樓，適值七夕，小玉政與其母及秋娘四娘等乞巧云。（《閒居續鈔》）

赤龍鬚第五

《赤龍鬚》傳奇，清吳縣朱雲從際飛編。演隋太子洗馬下邳李綱子珏，嘗以赤龍鬚一枝，聘趙婉娘爲室，極流離顛沛之苦，始成夫婦。詞未入格，然情味極佳，亦難能也。考《唐書》，綱字文紀，觀州蓨人。事隋，爲太子洗馬，擢尚書右丞。唐高祖時，累官尚書。貞觀中，爲太子少師。卒年八十五。蓨縣故城在今東昌府屬，非徐州也。文紀貞觀中尚在，而云没於隋文帝朝，非是。《綱傳》但載其孫安仁、安静，未及其子；大約未仕早世，不足傳也。珏實文宗開成間宰相，去綱遠矣，不過借用其姓名，并非實事。劇載珏臨刑，以元相之奏，宣入詰問，立釋其罪。按明宣德初，侍講李時勉，曾有疏觸宣宗怒，下獄。命錦衣衛引之御前面詰，尋又命一人即道中殺之，不必引見。後使方出，前使已縛時勉入，上見之大怒，令明白回奏。時勉侃侃而談，不少屈。上嘆其忠，釋之，以爲御史。雲從或聞時勉事，影借爲此。婉娘所唱，有『木蘭代戍留心戀』句。木蘭，隋煬帝朝，代父戍邊；歸，拜尚書郎。帝後知爲女子，欲徵入宫。木蘭曰：『臣不可以儷君。』乃自殺，帝封爲孝烈將軍。劇引此句，又叙婉娘於大業時。蓋因木蘭有代父事，以影婉娘代夫耳。（《毗梨耶室隨筆》）

東海記第六

周氏女青，漢東海人，夫亡，養姑甚謹。姑曰：『婦養我勤苦，我已老，何惜餘年，久累年少。』潛自縊。姑女以青殺其母告太守，太守收繫青拷掠，青不堪苦楚，誣服。時于公爲獄吏，争之曰：『此婦養姑十餘年，以孝聞，必不殺姑。』太守不聽，于公抱其牘，哭于府而去。青將刑，以十丈竹竿懸五幡，誓於衆曰：『青若有罪，血當順下；無罪，血當逆流。』及刑已，其血青黄，緣幡竿而上；極標，又緣竿而下。嗣是郡中三年不雨。後太守至，于公往請曰：『周青不當死，前太守枉殺之，三年不雨，咎或在此。』太守即詣青墓致祭，并表焉；雨隨至，其歲大熟。清代傳奇《東海記》演其事，足爲聽訟者戒。（《花朝生筆記》）

甚矣！折獄之難也。人知刑求之詞不可恃，謂熬審之詞可恃乎？孰知到案即承之詞之尤不可恃也！故刑求而翻異者十五六，熬審而翻異者十二三。到案即承，則斷無翻異已；受辭者方自詡以爲得情，豈知其沉冤有更甚於刑求者乎！漢東海孝婦事，明書史册，雜見紀載，孫轉運謂其誣服爲不欲罪坐小姑，似矣。然抑安知其非逆料屍居者之聽必不聰，而不忍以純白之身見辱伍伯，爲此自承耶？故臨刑而以幡竿自雪。則知孝婦之冤結無可告訴者，非極至隔絶天地之和，歷三年之久，毒流千里不止也。且其時守令之聽此獄也，非有所爲而爲，而禍已如此，良可懼矣。世所傳《六月雪》傳奇，或藉孝婦爲言，而别有所寄，非傳本事。近人作《東海記》以記其實，顧雜以現行事例，又其詞不文，不足以聳動觀聽。太倉王君季旭更之，其詞旨悱怵，其節奏簡易。吾知坐華屋綺筵而徵新曲者，必有思齊内省之心，一時并發，渤然而不能自遏者矣。是季旭之志也。（《藝舟雙楫》）

因緣夢第七

明成化中，木生元經以鄉薦入太學。嘗登秦觀峰，夢老媼攜一女子甚麗，以一扇貽生。明年入都，道出武清。散步柳陰，過土橋，有遺扇在芳草中；拾視之，上有詩云：『煙中芍藥朦朧睡，雨底梨花淺淡妝。小院黄昏人定後，隔墻遥辨麝蘭香。』異之。須臾，見一女郎游樹下，隱隱穿林而去。元經遂削樹題二詩云：『隔江遥望緑楊斜，聯袂女郎歌落花。風定細聲聽不見，茜裙紅入那人家。』、『異鳥嬌花不奈愁，湘簾初捲月沉鈎。人間三月無紅葉，却放桃花逐水流。』前至野店問村氓，曰：『此處有田將軍園林，豈即其家眷屬乎？』逾年，謁選爲工部郎，偕僚佐同出土橋，偶憩田家。老媼熟視扇，曰：『此吾女手跡也。偶過溪橋失之，何爲入君手？吾女尋扇之溪橋，見樹上詩句，朝夕諷咏，得非君作乎？』命其女出見，宛如夢中。二詩固生舊題也，共相嘆異，遂納之。女名娟娟，即田將軍女。石龐《因緣夢》傳奇演此事，關目微有不同。龐，蕪湖人，所謂天外生也。（《**花朝生筆記**》）

葛衣記第八

《南史·梁·任昉傳》：昉字彦升，樂安博昌人，官寧朔將軍，新安太守，卒謚曰『敬』。有子四人：東里、西華、南容、北叟，皆無術業，兄弟流離，不能自振。冬日，西華著葛帔練裙，生平舊交，莫肯相恤。道逢劉孝標，泫然驚曰：『我當爲汝作計。』乃作《廣絶交論》，刺其舊交。劉璠《梁典》亦載此事，云：到溉見論，抵几於地，終身恨之。傳奇《葛衣記》據此而作，實有益世道之文章，不當徒以戲曲目之。到溉人固不足道，然不至如傳奇所言之甚。著者蓋深有所感，不自覺其言之過也。（《花朝生筆記》）

紫珍鼎第九

傳奇有演宋魏錦事者，曰《紫珍鼎》。余客虎林，曾見之鄔佑卮齋中，係乾隆三年維揚刊本，不署著者姓名，未審爲何時人也。詞曲之學，余一無所知，不能言其佳妙與否，記其事略於此。此書在近代，蓋亦鮮見矣。

開封諸生魏錦，字琳瓊。妻洪氏，甚賢淑。錦喪二親，貧無以葬，貸鄧客金二十兩，始得畢事。歲逼除，客索之急，洪願鬻身以償。夫婦不忍離，痛哭聞户外。鄰居周二橋者，業皮，頗仗義，代償之，又薦錦爲塾師以活。時届元宵，翰林唐介，由毗陵守遷侍御。方抵家，結鰲山燈，慶賞佳節。唐有祖遺寶鼎曰『紫珍』，爇香其中，輒奏音樂。是夜爲賊名魯守珍者所竊，誤以爲銅爐也，棄諸途。錦偶拾得，意往來者所遺，欲留俟其人還之。介鳴官緝賊，偵知鼎在錦所，捕以往，拷掠誣服。錦念必無生理，二橋恩未報，擬以妻嫁之。二橋與洪省獄，錦告以意。二橋誓不可，洪痛哭而已。奸僧陳有聞其言，夜冒二橋名入洪室，洪怒罵不從，殺之而逸。適二橋視錦歸，與洪有所言。僧方自室中出，猝擊之僕。起視洪已被殺，血流遍地，己衣沾濡殆滿，大駭，奔還家。鄰右執而首諸縣，亦誣服。時包拯尹開封，道經錦門，狂風折其傘，問風起何方，吏云東方，因令捕東風。吏不敢違，呼東風何在。魯守珍飲於肆，恐其類覓己，出應曰：『唯。』蓋守珍諢名東風也，立執之。拯厲聲問知罪乎？賊大震，意事已敗露，且懾拯威名，具道其實；乃釋錦出。是時洪魂又見夢於拯，云殺己者，僧陳有也。逮至，一訊而服。復出二橋於獄，佳其仗義，補巡捕廳。錦後登第，介以子妻之云。

案：唐介嘗劾文潞公，得重名，後官至參知政事。生平以清節著，傳奇極言其富，已謬甚。事之有無，更不必論也。（《見山樓叢録》）

三虎賺第十

《三虎賺》不知何人所作，言後漢趙岐觸勢家破，將被刑，有三俠士扮虎救之出；妻子重合，復仇完聚。頭緒甚繁，情事亦極變幻。

案：《范書》本傳：岐字邠卿。初本名嘉，生於御史臺，因字臺卿；後避難，故自改名字。少明經，有才藝，娶扶風馬融兄女。融外戚豪家，岐常鄙之，不與融相見。永興二年，辟司空掾。後爲大將軍梁冀所辟，舉理劇爲皮氏長。會河東太守劉祐去郡，而中常侍左悺兄勝代之。岐恥疾宦官，即日西歸。京兆尹延篤，復以爲功曹。先是中常侍唐衡兄玹，爲京兆虎牙都尉，岐及從兄襲數爲貶議，玹深毒恨。延熹元年，玹爲京兆尹，岐懼禍，乃與從子戩逃避之。玹果收岐家屬宗親，陷以重法，盡殺之。岐遂逃難四方，江淮海岱，靡所不歷。自匿姓名，賣餅北海市中。時安丘孫嵩，年二十餘，游市見岐，察非常人，停車呼與共載，岐懼失色。嵩乃下帷，令騎屏行人，密問岐曰：『視子非賣餅者。又相問而色動，不有重怨，即亡命乎？我北海孫賓石，闔門百口，勢能相濟。』岐素聞嵩名，即以實告之，遂以俱歸。嵩先入白母曰：『出行乃得死友。』迎入上堂，饗之極歡。藏岐復壁中數年，後諸唐死滅，因赦乃出。三府聞之，同時并辟。靈帝初，復遭黨錮十餘歲。中平元年，徵拜議郎，歷官至太常，年九十餘卒。岐事跡如是，惡有如傳奇所云者哉？從亡者從子戩，傳奇言有子璧。孫嵩自岐貴後，史不載其别事。傳奇云與岐聯姻，想當然耳。（《見山樓叢録》）

文犀帶第十一

《開元天寶遺事》云：李林甫有女六人，各有姿色。林甫於廳事壁間開一横窗，飾以雜寶，幔以絳紗，常日使六女戲於窗下。每有貴族子弟入謁，林甫即使女於窗中自選可意者婿之，謂之選婿窗。少時讀《文犀帶》傳奇，有《寶窗選婿》事，疑無稽讕語之類。林甫第四女獨違父命，不肯一窺，許爲潔身自好。《青泥蓮花》，今乃知本唐人小説，絶非臆造。奸雄相攸之法，迥不猶人乃爾。然小説不載六女名，亦不詳其婿之姓氏。今謂第四女名雲容，字會稽蘇生彦璋，虚構非實。中間以猿公爲關目，尤荒唐無據。按《江西志》，廬山有相辭澗。初，李騰空事女冠蔡尋真，入廬山學三洞法，以丹藥符篆救世。道成告歸，别於此澗，故名。其延真觀，即騰空所居。李白有《贈騰空詩》云：『多君相門女，學道愛神仙。素手掬青靄，羅衣躡紫煙。一往屏風疊，乘鸞著玉鞭。』又《贈内》云：『君尋騰空去，應到碧山家。水春雲母碓，風掃石楠花。若戀山居好，相邀弄紫霞。』騰空，宰相林甫女，所居乃昭德皇后施建，又名昭德里。據此，林甫女賢否不一，似難因選婿窗事盡行抹煞。此記所載雲容，或不爲無因邪？（《毗梨耶室隨筆》）

醒世魔第十二

宋向敏中在西京時，有僧暮過村中，求寄宿，主人不許，寄宿門外車廂。夜有盜自墻上扶一婦人，囊衣而出。僧自念不爲主人所納，今其家亡婦及財，明日必執我，因亡去。忽墮眢井，則婦人已爲盜所殺，在井中矣。明日，主人搜得之，執詣縣，僧自誣服。獄成詣府，詞亦無異。獨敏中以贜不獲致疑，引僧閒得其實，密使吏役訪之。吏食於村店，店嫗聞自府中來，問曰：『僧之獄何如矣？』吏以已笞死對。『今獲賊何如？』曰：『已決獄，雖獲賊亦不問也。』嫗嘆曰：『言之無傷矣。婦人者，村中某少年所殺也。』指示其舍，吏就舍中捕獲之。案問俱服，并得其贜；僧得出。明人《醒世魔》院本，全敷衍此事，姓名不同耳。余觀《太平廣記》東西兩廊僧事，亦相似，事實尤詳。院本所演，更與吻合。《廣記》唐代事，向敏中宋代事，前後相同，亦可異也。（《閒居續鈔》）

絡冰絲第十三

《賈氏説林》：沈休文雨夜齋中獨坐，風開竹扉，有一女子攜絡絲具，入門便坐。風飄細雨如絲，女隨風引，絡繹不斷；斷時亦就口續之，若真絲焉。燭未及跋，得數兩。起贈沈曰：『此謂冰絲，贈君造以爲冰紈。』沈後織成紈，鮮潔明淨，不異於冰。製扇，當夏日，甫攜在手，不摇而自涼。此事亦見《琅環記》，真妄且不論，何其韻也。明徐𤩽撰《絡冰絲》院本，全據此。尾聲云：『方信琅環洞裏書。』點出來歷。休文道白有云：『欲將那詩家幾個韻兒，像蕭何造律一般，造下不刊之典。』謂約作《四聲譜》也。後世有指《沈韻》爲《韻經》者，故曰『不刊之典』。又云：『歐絲之野，終日向自己口中，一絲絲放出來。』《山海經》：『歐絲之野，有一女子跪樹而歐絲。』郭璞注：蠶類也。（《閒居雜鈔》）

彩燕詩第十四

明宣德間，河西務劉翁夫婦，業沽酒，家亦小康。年俱六十餘，無子。值雪天，有童子少俊，隨父投宿。及明，父病寒不能興，數日竟死，劉爲殯於屋後。此童遂留爲兒，不没本姓，命名劉方，克盡子道。居二載，復值大風，有少年舟覆遇救，堅持一竹籠，哭不止。叩之，則山東劉奇，父以三考聽選，舉家在京。遭時疫，二親俱喪，無力扶柩，此籠中乃火化遺骨也。既被没，行李蕩然，不能歸矣。翁憫之，助以資斧。奇去月餘，復負籠而來。云故鄉河決，已漂盡矣。願乞片地埋骨，身爲僕役以報，翁亦首肯。遂與方約爲兄弟，情好甚篤。奇頗通文理，教方讀書，方亦日進。久之，翁夫婦俱卒，二人喪之如所生。方復往京移母柩至，與父合塋焉。事畢，停沽酒，設布肆，家日以起。鎮有來議姻者，奇欲之，方執不可，遂罷。若此者屢矣。一日，奇見新燕營巢於梁，題詞壁間云：『營巢燕，雙雙雄，朝暮銜泥辛苦同。若不尋雌繼鷇卵，巢成畢竟巢還空。』方潛和之云：『營巢燕，雙雙飛，天設雌雄事久期。雌已得雄願自足，雄兮將雌胡不知？』又云：『營巢燕，聲聲叫，莫使青春空歲月！可憐和氏玉無瑕，何事楚君終不識。』奇大驚曰：『吾弟殆花木蘭耶？』苦詰之，方面發赤。良久乃曰：『妾家向寓長安，因母喪，隨父還鄉擇葬地。時尚少，故男子裝。流離至此，不敢復易，十餘年於兹矣。今葬事已畢，意欲自明，念家業尚微，君獨力難成，故遲遲耳。』奇狂喜曰：『昔爲兄弟，今爲夫婦，恩誼兩全，不亦可乎？』方曰：『妾籌之孰矣。三宗墳墓，俱在於斯，棄之而去，無復人理。不棄陋質，使奉箕帚，固所願也。』是夜，二人始異室卧。次日，奇請鎮中父老爲媒，擇吉告於三墓成禮。時競傳説，以爲異聞。此事雜見明清記載；《情史》諸書，亦採録及之。好事者復譜爲《彩燕詩》傳奇。大父云：『余家舊有其書，洪楊之役毁矣。詞尚可觀，而命名未佳，改題爲《風雪緣》，斯得。』

（《花朝生筆記》）

翦燈餘話第十五

泉唐瞿宗吉佑著《翦燈新話》，多載鬼怪淫褻之事；同時廬陵李昌期復著《翦燈餘話》續之；二書今盛行市井。予嘗聞嘉興周先生鼎云：『《新話》非宗吉著。元末有富某者，宋相鄭公之後，家杭州吴山上。楊廉夫在杭，嘗至其家。富生以事他出，值大雪，廉夫留旬日，戲爲作此，將以貽主人也。宗吉少時，爲富氏養婿。嘗侍廉夫，得其稿，後遂掩爲己有。惟《秋香亭記》一篇，乃其自筆。』今觀新話之文，不類廉夫。周先生之言，豈别有本耶？昌期名楨，登永樂甲申進士，官至河南布政使，致仕卒。其爲人清謹，所著詩，有《運甓漫稿》。景泰間，韓都憲雍巡撫江西，以廬陵鄉賢祀學宫，昌期獨以作《餘話》不得入，著述可不慎歟？（《都公談纂》）

隔簾花影第十六

明沈德符《顧曲雜言》云：袁中郎《觴政》，以《金瓶梅》配《水滸傳》爲外典。中郎又云：尚有《玉嬌李》者，亦出此名士手筆。與前書各設報應因果，武大後世化爲淫夫，上烝下報。潘金蓮亦作河間婦，終以極刑。西門慶則一獃男子，坐視妻妾外遇，以見輪回不爽。中郎亦耳剽，未之見也。俞曲園嘗轉引其説，謂《金瓶梅》今尚有流傳本，而《玉嬌李》則不聞有此書。從前在書肆中，見有名《隔簾花影》者，云是《金瓶梅》後本；余未披覽，不知是否此書云云。

按：現在坊間流行之《玉嬌李》，筆意蕪陋惡劣，且所述之事，與西門慶、潘金蓮等絶不相關，必係後人襲其名而别撰事實，爲魚目之混。中郎所謂與《金瓶梅》同出此名士手者，恐另有其書，今則久已失傳矣。至《隔簾花影》，確係《金瓶梅》後本，惟西門慶晚名南宫吉，吴月娘易名楚雲娘，潘金蓮易名紅繡鞋，其李瓶兒、春梅等，亦均有以意闘合之名。而叙述汴京遭金人蹂躪，西門一家流離困苦，以及妻妾淫蕩猥褻之事，描寫頗淋漓盡致。所謂報應因果者，庶乎近之。筆意雖不及《金瓶梅》之靈活跳脱，然亦頗不弱。唯究以淫穢處太多，坊間不敢公然發售，故欲求其書，亦殊不易也。（《譚

瀛室筆記》）

一片石第十七

明宸濠妃婁氏工詩善書，今江西藩署，即昔宸濠王府，有妃妝樓遺址。署門『屏翰』二大字，相傳爲妃手跡。宸濠將叛，妃諫不從，因題《採樵圖》云：『婦語夫兮夫轉聽，採樵須是擔頭輕。昨宵雨過蒼苔滑，莫向蒼苔深處行。』蓋諷之也。王敗，妃在樵舍投水死；逆流六十里，至章門，土人葬之南昌廠側。蔣心餘太史訪得之，言於彭青原方伯，修復其墓。太史有《一片石》、《第二碑》傳奇，即此事也。中有擬妃所作《秧歌》云：『一年生計靠天公，天意無私雨與風。東田日出西田雨，各家福分不能同。』、『頭上皇天不可欺，捫着心田穩把犁。家鷄莫與鳳爭食，家鷄難學鳳皇飛。』、『秧田方方似棋盤，路徑分明井字寬。各有田塍作河界，他家秧好莫偷看。』、『妻來送飯夫耕田，眼前夫妻得團圓。勸郎休聽旁人話，飄洋雖好怕翻船。』、『遮體莫嫌粗布衣，充飢莫嫌淡黃齊。一夜思量千條計，不如安分得便宜。』皆《採樵圖》詩意也。余丁卯在江右，曾至德勝門外訪妃墓，尚巍然無恙。有絶句云：『香土曾埋玉骨清，夕陽芳草共愁生。東流一片西江水，隱約還聞嗚咽聲。』、『環珮魂歸又幾時，妝樓何處覓荒基？故宫禾黍蒼茫感，怕讀苕生《第二碑》。』、『逆流漫説葬江波，更比湘靈飲恨多。野老猶傳亡國恨，插秧時節唱秧歌。』（《粟香隨筆》）

虎口餘生第十八

李自成，陝西米脂縣雙泉人。祖海，父守忠，葬三峰子亂山中。山勢險惡，林大叢雜，氣概極爲雄偉。幕府密檄縣令邊大綬掘之，以泄殺氣。先破海冢，骨黑如墨，頭額生白毛六七寸。次至守忠冢，中蟠白蛇，長尺有二寸，頭角嶄然。見人昂頭張口無所畏，衆擊殺之。守忠骨節間色如銅緑，生黄毛，長五六寸許。其餘環繞數冢，骨皆血潤，亦有生毛者。大綬自爲書紀其事，名《虎口餘生》，甚詳備。書凡一卷，余曾見之，鮑廷博《知不足齋叢書》本也。清曹寅演爲傳奇五十餘齣，即以《虎口餘生》爲名，亦曰《表忠記》。劉廷璣《在園雜志》稱爲大手筆，余未得讀。俞曲園《茶香室叢鈔》云曾展閲一過。則近世尚有傳本可知，當博訪之。寅字子清，雪芹之父也。（《花朝生筆記》）

鏡花緣第十九

《鏡花緣》在説部中，爲晚近之作，文筆視《紅樓》、《水滸》，良有不逮。然而詼諧間作，談言微中，獨具察世隻眼，似較他書爲勝。其言女學女科，隱然有男女平權之意味；而佳智國民，盡人皆須讀書識字，而後始得爲成人，又近日國民教育之規模也。大人國冢宰出游，亦不過小奚相隨，無騶從儀衛之繁，暗合泰西風氣。飛艇航空，鐵血陷陣，直一目貫注到今。雖世之言進化論，恐無以如此。又不讓《倍根氏文集》專美於前。（《負暄絮語》）

《鏡花緣》説部徵引浩博。所載單方，以之治病，輒效。表弟周蓮史太史士炳，爲余言之。余母周太孺人喜施方藥，在臺郡時，求者甚衆。道光癸卯夏，有患湯火傷，遍身潰爛，醫治不效，來乞方藥。檢閲是書中方，用秋葵花浸麻油同塗。時秋葵花方盛開，依方治之立愈。乃採花貯油瓶中，以施人，無不應手獲效。（《冷廬雜識》）

桂林雪第二十

鉛山蔣苕生太史（士銓）撰《桂林霜》傳奇，演康熙朝廣西巡撫馬文毅殉吴逆之難事。（按：馬公諱雄鎮，字錫蕃，號坦公，漢軍鑲紅旗人。康熙九年巡撫廣西。十三年吴三桂反，將軍孫延齡私與通，公被囚土室。十六年三桂遣其從孫世琮收兩粤，斬延齡，誘公降，不屈，遂被害。清制非翰林出身不得謚『文』。公父鳴佩官至兩江總督，公以大臣子選用起家得謚『文毅』。亦異數也。）編入《九種曲》全帙中，流傳頗廣。又有《桂林雪》院本，爲高郵薛冬樹先生（名待考）所譜，演明臣瞿、張二公殉國事。（按：瞿公諱式耜，字起田，常熟人。張公諱同敞，字别山，江陵人。明永曆建國桂林，瞿公由桂撫入内閣，張公爲兵部尚書。清兵破全州，諸將焦璉、丁魁楚等戰死。永曆奔梧州，以瞿公爲留守，張公副之。未幾，北兵至。二人力持月餘，城破，同被執。主將定南王孔有德欲降之，不屈。幽於一室，二公相對賦詩酌酒，不異平時。孔屢勸降不可回，遂同日俱殉。）世罕知者，亟記之。（《餐櫻廡隨筆》）

漁家傲第二十一

吴穀人祭酒《有正味齋詞》，人多讀之。其所爲南北曲，亦復妙墨淋漓，欲與元人争席。所作《漁家傲》樂府，尤爲集中最得意之作。其自叙云：『余游富春之渚，經七里之灘。萬竹光中，斜陽曬網；一波折處，細雨施罛。緬懷高寄之蹤，指點歸耕之處；徑路或眯於黄葉，人家全在乎翠微。弄水相思，尋煙欲問。臺高百尺，其釣惟何？祠閲千秋，伊人宛在。祇覺風流之足慕，敢辭水調之難工？恣我楮毫，被之絃索。演逸民之列傳，寫漁父之家風。人將讀之而解頤，吾亦因之而寄傲也。』

（《藤花亭曲話》）

瓶笙館修簫譜第二十二

大興舒鐵雲（位）先生，詩才横溢。《瓶水》一集，至使趙甌北低首下心，其佳妙可知。顧其所作散套小曲，亦復工巧絶倫。其曲之總名，曰《瓶笙館修簫譜》，爲錢唐汪又村振綺堂刊本。共計四套：爲《文君當壚》、《樊姬擁髻》、《酉陽修月》、《博望訪星》。每套爲畫圖，又村各題一詞。版本極工，皆又村手鈔上本者。余最愛《當壚》一折，相如著犢鼻褌，自顧而笑曰：『我是妝龍像龍，妝虎像虎。』文君曰：『我就嫁鷄逐鷄，嫁犬逐犬。』及至縣令來訪，文君又云：『你初到我家，本從縣令飲酒。如今淪落不偶，原該賣酒爲生。酒始酒終，豈非一場佳話！』脱口而出，其巧妙真有不可思議者。

《擁髻》折云：『(〔桂枝香〕)遠條別館，迤邐著含風別殿。那裏是弄風絃瀉汭同心，到做了羞月貌尹、邢避面。我想漢家終始不出婦人，放一雉開場龍戰，留雙燕收場魚貫。畢竟是兩無權。愛河乾没了情田地，劫火燒殘了色界天。』内中『放一雉』兩句，直是令人百思不到。而樊姬史才亦於此可見。即爲伶元作《飛燕外傳》張本。且其議論奇闢，不獨聰明而已也。《訪星》折中，牽牛以支機石贈張騫，騫云：『待我歸問東方大夫，便知明白。』織女云：『那東方朔全是滑稽，毫無識見。連碎煤都不識，當了是昆明池底的劫灰。那裏知小小石兒，却是織登科記的靈物也。』及張騫問了姓名，便云：『原來就是雙星，此言必不河漢，直是布射遼丸，那得不令人傾倒。』(《瓊庵筆記》)

西青散記第二十三

金壇史悟岡教授震林《西青散記》，多託爲神仙幽渺之詞。最愛其諷世之語，雋而不腐，勝讀勸戒陳言。一生有可惜事：幼無名師，長無良友，壯無善事，老無令名。貧賤人可惜者二：面承唾爲求利，膝生胝爲求榮。富貴人可惜者二：臨大義沮於吝，荷重任敗於貪。聰明人可惜者三：妄譏議謂之薄，自炫獎謂之驕，懷憤激謂之躁。豪俠人可惜者三：助凶人得暴名，揮泛財得敗名，納庸客得濫名。又云：『才子罪孽，勝於佞臣。佞臣誤國害民，數十年耳；才子製淫書，傳後世，熾情欲，壞風化，不可勝計。』(《冷廬雜識》)

再生緣第二十四

楊蓉裳先生嘗稱『南花北夢，江西《九種》』。南花謂《天雨花》，北夢爲《紅樓夢》，謂二書可與蔣青容《九種曲》并傳。《天雨花》彈詞共三十餘卷，而一韻到底，洵乎傑作也。其署名爲梁溪女子陶貞懷，而近人謂實出浙江徐致和太史之手。爲其太夫人愛聽彈詞，太史作之，以爲承歡之計。則所謂陶貞懷，似係子虛烏有，未知然否。其真係閨閣手筆者，爲《再生緣》。相傳泉唐陳勾山太僕之女孫端生女士，適范氏。婿以科場事，爲人牽累謫戍。女士謝膏沐，撰《再生緣》彈詞。託名有元代女子孟麗君，男裝應試，更名酈君玉，號明堂，及第爲宰相，與夫同朝，而不合弁，以寄别鳳離鸞之感。曰：『婿不歸，此書無完全之日也。』後范遇赦歸，未至家而女士卒。許周生駕部與配梁楚生恭人足成之，稱全璧。吾國舊時婦女之略識之無者，無不讀此書焉。楚生名德繩，晚號古春老人。駕部卒後，遺集皆其手定。二女雲林、雲姜皆能詩。（《閨媛叢談》）

六合内外瑣言第二十五

屠笏巖刺史名紳，又號賢書，所居西貫，與余居前後相望。先曾祖《客窗筆記》中《屠氏善報》一條，即紀其先代積累之由，今則式微甚矣。所著有《六合内外瑣言》二十卷（署黍餘裔孫編）、《蟫史》二十卷（署磊砢山人撰），近年上海以洋版刷印，流傳頗廣。《洪北江詩話》云：『屠州守紳詩，如蓄沼文魚，栽盆芍藥。庚申亂後，迄未見其詩也。』余《雜憶鄉居》詩云：『州守風流憶往時，忽焉舊澤鮮留遺。《瑣言》、《蟫史》猶傳遍，不見文魚芍藥詩。』《北江詩話》又云：刺史生平好色，正室至四五，娶妾媵仍不在此數，卒以此得暴疾卒。余久之哭以詩曰：『閒情久累韓光致，醇酒終傷魏信陵。』蓋傷之也。（《粟香隨筆》）

崇百藥齋《五哀詩》，哀廣州通判屠君紳云：『心期鬱鬱向誰陳？論定斯人我最真。游戲文章都奧衍，（瑞藻案：此即指《瑣言》。言其書硬語盤空，猝看難曉，不落尋常小說家窠臼，與其人絶不相類。《蟫史》余未之見，不知其筆意何如也。）猖狂意氣劇酸辛。憐才熱淚傾如水，垂老柔鄉葬此身。却悔臨歧殊草草，危言含意未全伸。』即咏吾鄉笏巖刺史也。其所著《六合内外瑣言》，初名《瑣蛣雜記》，吴縠人先生有叙。以吴錫麒爲姬金麟，其詭異如此。《瑣言》及《蟫史》二種，縣志皆不載。僅載其《酌酒與儲玉琴》云：『當筵那復問悲歡，念爾茫茫感百端。風雨十年家鐵甕，雲山一夕話銅官。誰憐冷鍛嵇康竈？我愧虚彈貢禹冠。今夜蓉城好明月，醉中猶得坐團圞。』余見《亦有生齋集》有《屠賢書詩叙》，稱其曠朗出塵，時得神解，惜無由見其全集也。（《粟香三筆》）

柳崖外編第二十六

《柳崖外編》，平山徐昆後山所著，相傳此君爲著《聊齋志異》蒲留仙後身。初，徐太翁敬軒寓金家莊，年四十三，無子。祈夢小峨嵋山，夢至一境，垂柳映清泉。一老儒至，手執蒲葉，仿佛聞聲，曰：『此汝子也。』次年舉一子，周生，天微雨，徐公佇莊門看雨。客有踉蹌冒雨行者，翁識爲讀書人，邀諸家。見堂設几筵，問故，曰：『兒子周歲也。』請視，抱出見之而笑。客問莊名，曰：『是矣，是矣。公之子，吾之師也。』問故，曰：『吾師蒲柳泉積學而没，在去年此日。』有句云：『紅塵再到是金鄉。』吾遍訪金鄉縣不可得，不圖今日遇之。翁亦述夢中老儒形狀，與蒲君果無異，自是人傳其事云。博陵李宫李金枝作《外編序》，述之如此。李君時年七十有二，遇徐君時，年甫十五。師生再世相遇，復爲叙《外編》一書，可謂奇緣。然《外編》爲文，闒茸拙俗，較之《志異》，不翅雅鄭之分。豈文人慧業墮劫一層，即減去慧根大半歟？（《思益堂日札》）

夜談隨録第二十七

滿人小説，《兒女英雄傳》最有名，結構新奇，文筆瑰麗，不愧爲一時傑作。惜自何玉鳳歸安氏後，意義漸趨平衍，讀者病之。乾隆間，有滿洲縣令和邦額者，著《夜談隨録》一書，皆鬼怪不經之事。效《聊齋志異》之轍，文筆粗獷，殊不及也。然記陸生柟之獄，頗持直筆，無所隱諱，亦難能矣。出彼族人手，尤不易得。《嘯亭雜録》云：和邦額此條，直爲悖逆之詞，指斥不法，乃敢公然行世，初無論劾者，可謂僥幸之至。又云：其記與狐爲友者，云與若輩爲友，終爲所害，用意荒謬。禮親王著書，安得不云爾！抑人之度量相越，何其遠也？（《花朝生筆記》）

海角遺編第二十八

小説足以補稗乘之闕者，指不勝屈。然文不雅馴，見者輒俳優視之。惟《海角遺編》一書，差强人意；所記爲吾邑嚴栻等舉兵事。亦僅有傳抄本，書共四卷，已佚其二。按：嚴栻字子張，工書畫篆刻，兼善騎射，以進士知信陽州。時盧忠烈象昇督師河上，與栻商榷軍務，如左右手，轉戰有功。順治初，大吏交薦，以衰廢固辭，卒於家。（《龍禪室摭談》）

鴛水仙緣第二十九

世傳朱竹垞《風懷詩》二百韻，爲其姨妹而作。《静志居琴趣》一卷，皆《風懷》注脚也。考竹垞年十七，娶於馮。馮孺人名福貞，字海媛，少竹垞二歲。孺人之妹名壽常，字静志。《風懷詩》所謂『巧笑原名壽，妍娥合號嫦』。分嵌其名，甚爲明顯。竹垞生於明崇禎己巳，而《風懷詩》云：『問年愁我誤。』是静志生於崇禎乙亥，計少竹垞七齡。其餘事跡，細心推求，自可十得七八。又聞太倉某姓家，藏有金簪一枝，上刻『壽常』二字。《洞仙歌詞》所云『金簪二寸短，留結殷勤，鑄就偏名有誰認？』却係實事，而非寓言。太倉楊雲璈叔温著有《鴛水仙緣》小説，叙述此事甚詳。其邑人陸君彤士處，藏有稿本。倘得好事者爲之刊行，俾百年韻史，重復發見於今日；省得後人如義山《錦瑟》詩，紛紛注釋，仍不得其正解，亦快事也。至《風懷詩》元稿，舊藏聊城楊又雲司馬家，稿凡五紙。初題《静志》，後始改爲《風懷》，蓋亦冀其稍稍隱秘耳。今此稿展轉入嘉興沈子培君之手。沈君極爲珍秘，非至親密者無由一見，殆亦保存鄉邦文獻之意也。（《晋玉詩話》）

苦海航第三十

姚梅伯《苦海航》一卷，凡《沁園春》詞一百有八闋，包近山評。所謂『欲將世上迷津客，盡把慈航普度來』也。唯窮形盡相之中，轉不免有道淫之患。世多戒淫之書，少年子弟閲之，往往祇益其淫，不受其戒，故此書久未刊布。兹録其小序及前後四詞，亦可以資警覺矣。

小序云：『復道人嘗爲狹邪遊，今行年將五十，凡此中色聲香味觸法，殆盡閲矣。屢欲著之詞，以爲世懲而未果。今來遊滬，滬之堂名，其蠱人尤甚於他方。閲歲閲月，終陷其中而不自拔，以至於而貧且殘，而病且死，不知凡幾。道人憫之，因著《沁園春》詞一百有八闋，以當晨鐘百八，唤醒癡聾。如云曼倩工諧，灌夫罵坐，道人何敢焉！由他魑魅千般影，不出秦臺一鏡中，讀者其諒而省之。』

前起二闋云：『天地而人，既云三才，原無六倫。縱道窮鉛汞，罔逾離坎；欲深男女，難越咸恒。佛太慈悲，仙真游戲，摩鄧修羅幻億身。閻浮界，逐元黄交戰，乾欲乎坤。血湖池上游魂，都滚起陰風轉出輪。待勘穿伎倆，非狐即鬼；算清果報，有怨胡恩。辣笑酸啼，飛屍毒魄，秘鑰誰開大覺門？堪悲噱，閲泡幻露電，老死昏昏。』、『且往觀乎，風俗之澆，吾嗟上洋。慨安槽喂肉，養成瘦馬；摑鞭見血，殺得肥羊。篾片輪班，虔婆搭類，結個窩兒擺個場。紛紛者，類尋膻蟻蠹，逐臭蠅狂。

係人軟索琅璫，列粉陣珠圍已慣常。便告知官府，亦難禁革；打通費用，那有關防。法變多端，洞深無底，萬斛金銀不够烊。聊遊戲，借龍門史例，筆削狐獐。』

後結二闋云：『怎樣收梢？趁早回頭，一齊撤開。慨北邙幻相，骷髏列陣；西京影戲，傀儡登臺。金盡交疏，色衰愛弛，幾個歸根結局來。君休戀，把活埋地獄，死認天臺。　數渠皂隸輿臺，極百種趨承總爲財。到僞情揭破，癡心自化，醜形露透，欲念全灰。掙脱冤因，填完孽債，他是何人我是誰？吾還勸，勸諸公甦醒，勿要昏哉。』、『以此因緣，演説登場，萬劫千遭。甚火坑筋斗，猴從掌打；泥犁血案，蝨向褌逃。立志皈依，堅心懺悔，坐得蒲團撇得刀。云非你，任棒從你喝，舌費吾饒。鏡本非臺，燈元是火，色相全空没處撈。伸吾手，取大千世界，布袋纏包。』

余所見者，爲吴縣潘碩庭孝廉志萬手録本。潘有題詞云：『閲歷歡場，怪怪奇奇，先生盡之。縱唐宮秘戲，我聞如是；漢家慎恤，畢竟何爲？對對蟲癡，般般狐媚，幻作人間風月司。君休矣，道眼前粉黛，即是泥犁。　如狂如醉如癡，笑墮入其中不自知。看陽消陰長，大千世界，婆心苦口，百八牟尼。覆雨翻雲，窮形盡相，筆下天然照渚犀。從今後，願尋花問柳，試誦君詞。』（《粟香二筆》）

蛟川姚梅伯撰《苦海航》樂府，出以詼諧，備諸猥褻。冀以唤醒癡人，真清夜鐘聲也。吾家劍人先生曾爲之叙，今録之：

上海當南吴盡境，南閩越，北遼薊。東西洋番舶估艦，羽集鱗萃。元設市舶提舉，自明以來，遂爲壯縣。四明復道人以醯摩首羅王頂眼觀之曰：『噫，此苦海也。海之中，衆生無量，苦趣亦無量。無巳，姑舉其一。女閭成市，時則有媚夜之妖，或天人，或沙修羅，或乾闥婆，或藥叉，鳩盤陀，無不有也。其間最勝尤衆狂鶩者，厥名爲「堂」。一堂中可四三十雌者，絲竹肉手若口，藝較優焉，故聲價甲於他淫舍。貴遊子弟，質柔脆，劇狎接，幾何不夭折？商賈擁巨貲，傾其橐。昏夜袒敗絮，毒被體，遭街子呵罵，訊之，昨翩翩裙屐流也。顧彼中人何嘗不自阱？無論粉骷髏，流浪生死；脱不死，老大鷄皮嫗，何處作乞憐生活？幸少緩須臾，務爲眩惑，惟恐毫髮態不盡也。悲夫！道人大不忍之，作樂府《沁園春》調百有八解。備諸猥褻，或謂傷雅。余曰：是未讀大雄氏之書也，觸身爲塵，文殊不能出女子定，惟如來能攝阿難。菩薩有情，不難化天人，沙修羅，乾闥婆，藥叉，鳩槃陀，而爲説法。雖然，海之中，衆生墮苦趣者多矣，能入不能出，道人安施此一葦哉。』（《花朝生筆記》）

孝娥記第三十一

今年陳叔明鹺尹和余《冰泉詞》，寄示所著《玉獅堂傳奇十種》。嗣談小蓮茂才和余《冰泉詩》，亦以所撰《孝娥記》傳奇相示。《孝娥記》者，以劉君心白所遇沈娥娥事，分演十六齣。貞嫒孝烈，深情如繪。心白先有長篇七古記之，得此而愈足以垂不朽。嘗謂詞曲小道，而抑揚抗墜，最足感人。能以忠孝節義可喜可愕者，譜入雜劇，俾觀者有所激發；則於世道人心，亦大有關係耳。（《粟香五筆》）

秦樓月第三十二

宣德窑脂粉箱，高二寸許，狹而長，有蓋以開闔。廣如高之數而少差，長倍之。四角微圓，中有兩竇，隔其半爲湯池。通體白地青花，色澤細潤，釉厚如堆脂汁。本宫中物，萊陽姜學在費重貲以購，貽其姬陳素素。素素，江都人，美而艷，能畫，又善度曲，自名二分明月女子，好事者譜爲《秦樓月》傳奇。（《多羅艷屑》）

鸚鵡恨第三十三

京師城南陶然亭，面山臨水，爲都人遊宴之所。余寓宣南坊時，風雨造焉。亭北花仙祠，屋宇三楹，亦頗高敞。旁有香冢一，鸚鵡冢一，爲張春陔給諫所遺。聞寺僧云：香冢係張公詩文諫草，雜以所收桃李落英，痛哭瘞此。鸚鵡冢乃此後所厝，張公以言去官，故有感於斯禽。其碣銘云：『文兮禍所伏，慧兮禍所生，嗚呼，作賦傷正平。』此意甚顯，而都人士傳以爲某人所狎伎死，夙愛鸚鵡，逾日亦殤，并瘞於此云云。此附會之説，未足深信，而偶社諸公竟譜《鸚鵡恨》傳奇二十四齣以實其事，可謂有情癡矣。（《餘墨偶談》）

庶幾堂今樂第三十四

衣冠優孟，最易動人。而淫戲靡靡，有聲有色，能使女德之貞静者，轉入邪淫，則其弊不可勝言。久之散失，江浙人士廣爲搜求，始得見廬山真面；付諸手民，壽諸梨棗。曲語新穎，并可增以燈彩。苟得妙伶扮演，足以一新耳目。庚辰中夏，上海道於滬上戲園各頒一部，屬演習登場，以資觀感。聞天仙茶園先成一齣，名曰《魁星見》。是齣節目繁多，增以燈彩，愈加新奇可賞。於是觀者哄至，樓上樓下，足履皆滿，同聲贊嘆。夫所謂戲者，不過娱人意耳。命意既佳，自浹人意。平日熟睹之戲，非無報應昭然者，特習慣了不覺其動人耳。一旦以新曲易之，其沁人心意者，當不知若何鼓舞矣。革澆風，成善俗，於此見一斑焉。（《壺天録》）

金匱余廣文治曾譜《庶幾堂今樂》二十八種，大率搜羅古今善惡果報，填成詞曲，足可移人心志。

解心第三十五

招銘山孝廉子庸製粤謳百餘闋，俗名《解心》，多以粤中方言串入。此書初出，紙貴一時。或謂其無語不香，有愁必媚。至今歌樓燈舫，猶盛傳之。

有石道人叙云：戊子之秋，八月既望。蟋蟀在户，涼風振幃。明珊居士惠然詣我，悄然不樂，曰：『此秋聲也，增人忉怛，請爲吾子解之。』余曰：『唯唯。』居士曰：『子不攬夫珠江乎？素馨爲田，紫檀作屋，香海十里，珠户千家。每當白日西逝，紅燈夕張。衣聲綷綵，雜以珮環。花氣絪緼，蕩爲煙霧。穠纖異致，儀態萬方。珠女珠兒，雅善趙瑟；酒酣耳熱，遂變秦聲。於子樂乎？』余曰：『豪則豪矣，非余所願聞也。』居士曰：『龍户潮落，鼉更夜午，游舫漸疏，涼月已静。於是雛鬟雪藕，纖手分橙；蕩滌滯懷，發抒妍唱。吴歈甫奏，明燈轉華；楚竹乍吹，人聲忽定。於子樂乎？』余曰：『麗則麗矣，非余所心許也。』居士曰：『三星在天，萬籟如水，華妝已解，薌澤微聞。撫冉冉之流年，惜厭厭之長夜，事往追昔，情來感今。乃復舒彼南音，寫伊孤緒。引吭按節，欲往仍回；幽咽含愁，將斷復續。時則海月欲墮，江雲不流，輒唤奈何，誰能遣此？』余曰：『南謳感人，聲則然矣，詞可得而徵乎？』居士乃出所録，曼聲長歌，其音悲以柔，其詞婉而摯。此繁欽所謂凄入肝脾，哀感頑艷者。不待何滿一聲，固已青衫盡濕矣。（《粟香二筆》）

新解心第三十六

鄉人有自號『珠海夢餘生』者，熱誠愛國之士也。頃仿粤謳格調，成《新解心》數十章，且自爲題詞六首。詞曰：『百粤雄藩鎮未開，尋春怕上越王臺。可堪流盡珠江水，猶有秦箏洗耳來。』（一）『樂操土音不忘本，變徵歌殘爲國殤。如此年華悲錦瑟，隔窗愁聽杜秋娘。』（二）『軟紅何處醉花仙？一掬燕支灑大千。不見秦時舊明月，鷓鴣啼破夢中天。』（三）『萬花扶起醉吟身，想見同胞愛國魂。多少皂羅衫上淚，未應全感美人恩。』（四）『小蠻妝束最風華，螺髻香盤茉梨花。除却後庭歌

《玉樹》，不教重譜入《琵琶》。』（五）『當筵誰唱《望江南》，傳遍珠江亦美談。一樣俠情今日記，簫聲吹滿白鵝潭。』（六）芳馨悱惻，有《離騷》之遺，吾絶愛誦之。其《新解心》，有《自由鐘》、《自由車》、《趵佬祝壽》、《中秋餅》、《學界風潮》、《唔好守舊》、《天有眼》、《地有皮》、《趁早乘機》等篇，皆絶世妙文；視子庸元作，有過之亡不及也。（《飲冰室詩話》）

金臺殘淚記第三十七

友人處借得《金臺殘淚記》，讀之，筆墨秀雅；所記皆京師名伶，蓋亦《燕蘭小譜》之類。題名爲華胥大夫著，初不知爲何人之隱名，後讀謝枚如《賭棋山莊詩集》，有《書金臺殘淚記後》一詩，又有《南浦秋波録題後》六首。自注云：『是録張亨甫所著，蓋述臺江冶遊之事。』又詩之第三首注云：『夢得，爲芑川。予所藏《秋波録》，芑川書其後曰：亨甫又有《金臺殘淚記》一帙。嘗謂余曰：記金臺，非記金臺也，後世必有淚余之淚者。《秋波録》則録南甫耳。余觀此録，而淚以瑩然。亨甫於是殁三年矣，此一副淚，將與誰共灑之邪？芑川書此時，蓋道光乙巳。越七年，芑川亦没。』據此，知《金臺殘淚記》、《南浦秋波録》二書，皆爲張亨甫所著。書中又皆述冶遊之事，風流跌宕，亦文人之好事者也。夫郢書燕説，偶爾遊戲，著者每不肯自署真名。此二書苟非得謝詩以資考證，年月久遠，又安能知華胥大夫之爲何人哉？然則古人著述之不得真名者，又何可勝數也。（《譚瀛室隨筆》）

盾鼻隨聞録第三十八

《盾鼻隨聞録》者，蘇州人汪堃所著也。堃於咸豐初年，任四川永寧道員。以性情乖僻，不孚輿望，屢罣彈章。始爲學使何子貞太史紹基所糾，恨之刺骨。繼以地方公事忤黄制軍宗漢，被劾罷官。堃於是刊布此事之始末，及督院批札、道署稟牘，詆諆制軍。制軍固非大吏中之賢者，然天下閲堃書者，皆謂此事制軍未必非，而堃未必是也。堃又藉記粤匪之事，著《盾鼻隨聞録》，而附益以子虚烏有、憑空編造之詞。其命意專爲道州何氏而發，兼以謗一二平生所憾之大吏。如吴文節公文鎔，賢督撫也，而堃亦毁之。何氏自文安公凌漢以下，并逮其家婦孺，無不痛誣醜詆，至令人不忍觀，所以報太史糾參之怨也。何根雲制軍桂清督兩江時，曾飭禁其書，毁其版。然余見書賈仍刻售之，改其書名曰《鈔報隨聞録》。余恐其流傳於世，貽誤後學，混淆黑白，不能不志其厓略，以著其當毁也。

（《庸庵筆記》）

護印緣第三十九

滇、黔、蜀、粤各土官娶妻，以五色瓔珞盛印爲聘。過門時，懸之項下，謂之『挂印夫人』；娶後，印即掌於其妻，呼爲『護印夫人』；築高樓以居之，曰『印樓』。民間税契，例價千錢外，折錢百五十，名『印色錢』，護印夫人之花粉錢也。光緒朝，西淮都轉某公，其先官漢黄德道。某年，道署不戒於火，時夜逾半，而覺察又甚遲。攘臂一呼，熊熊者燭霄漢矣。群驚起睡夢中，太半索褲屨弗及。其文孫某，甫周歲，由乳媪倒抱而出，其匆遽可想。當是時，火正熾於上房，親丁畢集於大堂。查點未竟，俄幕府某君疾趨至，問印救出否？衆無以應，都轉皇急不知所云。蓋印若被毁，則處分彌重也。先是都轉長公子，娶於延陵。有媵婢，艷而慧；彈袖低鬟，輒顧影自負，謂必不久居人下也。是日以印故，自都轉以下，舉相覷無策；則亭亭自衆中出，近都轉立，從容出印懷袖中，莊肅而奉上之。黄袱宛然，薌澤温馨，微聞鼻觀。都轉喜極，若無可爲之獎藉者，第高舉其印以示衆人。其爲忻慰，殆并未熄之火而亦忘之。凡所損失，一切金玉錦繡，耳目玩好，微塵視之弗若矣。泉唐某尚書，都轉兒女姻也，方柄樞要。道署之火，印與大堂皆未毁；樞臣復爲之地，僅予薄譴。未幾，擢都轉兩淮，而昔者護印之功人始猶肅抱衾裯，繼且榮膺珈服。蓋都轉久虚嫡室，至是竟敵體中闈。其後數舉丈夫子，皆成立，女亦作嬪名門。每年都轉覽揆之辰，祝百齡，稱雙壽，以及元辰令節，舞綵稱觴。延陵少夫人當然領子婦班行，不能獨異，亦無可如何也。

揚人士作《護印緣》院本張其事，謂夫以護印得夫人，非尋常護印夫人比。夫人性慷慨，樂施予，御下以寬；而内政殊井井，持滿戒盈，絶無驕奢侈靡之習。飛上枝頭變鳳皇，要亦其德有以致之。其護印一節，《參同契》所謂神明告人，心靈自悟，偶然而非偶然也。（《眉廬叢話》）

希夷夢第四十

符命之説賢者弗道，然有不可解者。宋藝祖以乙亥命曹翰取江州，後三百年乙亥，吕師夔以江州降元。以丙子受江南李煜降，後三百年丙子，少帝爲元所虜。以己卯滅漢，混一中原，後三百年己卯，宋亡於崖山。藝祖生於丁亥，建國於庚申；元太祖之降生與建國之年，亦同。宋興於周顯德七年，時恭帝八歲；亡於德祐元年，少帝四歲，諱顯；顯德二字不期而合。又同廟號，亦曰恭帝。周有太后在上，禪位於太祖；宋亦有太后在上，歸命於胡元。故昔人詩云：『當日陳橋驛裏時，欺他寡婦與孤兒。誰知三百餘年後，寡婦孤兒亦被欺。』凡此豈皆偶然者，何其奇也！小説《希夷夢》演説宋事，筆墨殊不能勝他種演義諸書；却本此立意，極其新警。《崖山亡國》數回，正如畫龍點睛，通體靈動。此書吾鄉何氏有之，近殊少見。（《花朝生筆記》）

蓬萊驛第四十一

吾越李蒓客先生（慈銘）爲近代詩家泰斗，《白華絳跗閣集》，百年來無與輩者；而不知其旁工詞曲，著有《蓬萊驛》院本一種。無錫王君蒓農有手鈔本，余曾録副藏之，視爲珍品。余與王君尚未謀面，徒以小有文字因緣故，不惜舉以見遺。高情雅誼，感何如也！院本本事，蓋出唐人説部，未有先生自跋云：『余嘗見唐小説載支觀察、施弄珠事，當其單車上道，所眷被奪，冷落之況，爲之感唏。及持節錦歸，邂逅津館，遽捐萬金，竟脱其籍攜去。不覺慨然於前後榮悴之殊，爲之忽笑忽涕。惟所載支君離家十餘年，年已老大，又銜驛吏仇壬構郄之憾，竟致其死；皆於情事有未能愜。故稍爲變易，以就觀者。其中載僚屬名氏甚詳，而按之史傳，殊無所考。浙東廉使，亦無支君名。又稱支嘗官鳳閣舍人，其爲觀察時，官文昌左丞。按唐改中書省爲鳳閣，尚書省爲文昌省，皆在高宗龍朔時，旋即復故；而觀察使之名，在玄宗開元末，由黜陟使改置。然唐人傳記多喜爲鳳閣、文昌之稱，蓋一代稱謂如此也。余既感其事，又喜所載皆吾鄉人事，爰爲譜之樂府，以傳無窮。事之有無，不足深究耳。原傳支君之遇施弄珠，在蘇州驛舍，而仇壬以潤州司户參軍，攝丹徒尉。支因屬浙西觀察使，謫之爲杭州武林驛吏，未行，杖殺之。予因移之越地，所以爲傳奇也。改支爲兹，則竟例其人於子虚烏有矣。越縵自跋。』

又祥符周昀叔（星譽）跋云：『人生瑣屑恩怨之故，有道者視之，誠不滿其一哂。而功名之士，方其勛藏太室，佐正揆席，聲施極於海朔，自視若無足異。而獨於窮時一顧盼之恩，一睚眥之際，流連鄭重，斤斤焉不能一刻忘。嗚呼！此其故可感矣。長安西風，槐市積葉；秋氣肅枕，客居易悲。蒓客因讀唐小説《支生傳》，忽忽有觸。夜起爇炬，通夕而成。次日脱稿垂視。僕不能言文之所以工，顧讀之而使吾心之悲喜愉怨，一若受節於子文，而吾不能自主。吾不知蒓客讀《支生傳》時，與吾讀蒓客此文時，其所謂忽忽有觸者，果同焉不也？又不審千古後之讀此文者，與吾心又果同焉不也？嗚呼！不重可感哉？七月下旬漚老譽書。』（《花朝生筆記》）

笑張郎第四十二

陳珊士近作《笑張郎》樂府，叔子嫌其未盡，爲填《酹梅》一齣。予以近日之夢，忽忽有感，亦填《秋夢》一齣。平生不彈此調，勉强效顰。客中又無曲譜，即《牡丹亭·尋夢》劇依樣填之，至五更脱稿。中如：『燕後鶯先，葉底花前，是處瞞他見。又那邊歌院，那邊舞簾。這一答軟丢丢的楊葉兒，繫情絲那年？這一答艷生生的花影兒，證情詞那年？是我兩人呵，結下了没頭的恩怨。又水裏青春，畫裏青山，回頭天上神仙。』又舞燈云：『月纖纖屧兒印遍，舞胡旋，賺得嬌嫌，越顯得那小春人笑靨。』叔子謂不讓玉茗。然余所不能忘情者，則在『前生孽債頭陀願，今生罪過閻羅案，來生因果菩提贊。一會價迷夢幻，碧落黄泉，守這個情根相見』數語也。玉茗素不知音律，其著《四夢》，皆信手而出，多强譜以就詞。故輕重雜糅，有一句至十六七字者。欽定《納書楹曲譜》，言其須叶入律，甚費鈎剔。然其驚才絶艷，壓倒元人；言南曲者，奉爲圭臬。蓋文章之工，固不在此也。《驚夢》、《尋夢》兩齣，尤似天仙化人之筆，即不喜讀曲者，亦不能廢也。（《越縵堂日記》）

琴樓夢第四十三

易哭庵先生，風流跌宕，不可一世。今垂垂老矣，興趣曾不少減。海内報紙，競載其近事，以爲談柄。夫亦中有所不自得，姑借他人酒杯，澆胸中塊壘乎？先生最好女伶，王克琴也，筱菊仙也，筱翠喜也，金鳳奎也，劉喜奎也，鮮靈芝也，皆所鍾愛。不惜嘔數斗血，作爲詩詞，贊嘆而歌詠之。有愁必媚，無語不香，其傳誦藝林者，不爲少矣。聞先生語人云：『殺我者筱菊仙，愁我者筱翠喜，苦我絶我者，金鳳奎、劉喜奎。』可謂情見乎詞。樊天琴方伯，嘗記其迷戀王克琴事云：『石甫追隨克琴香塵，已數年矣。而此腹便便、腮於於之石甫，殊不足當王伶一盼。一日，積慕成思，積思入夢；恍惚間，與克琴握手言歡，殷勤備至。適到妙處，竟爲某友一掌擊醒。石甫懊喪數日，引爲終身恨事。』用情肫至，何讓怡紅？是誠一風流藴藉士也。讀之令人失笑。方伯有《琴樓夢》小説，亦演此事。調侃神童，窮極形相。用筆之靈動跳脱，乃如活龍，如生虎，不可捉摸。洵説部中之别開生面者，哲人餘技，足了千人也。末有方伯自跋云：『余與石甫爲莫逆交，老有童心，日以嬉笑爲樂。自君北行，日日有遍插茱萸之感。飯餘燈下，偶然作此狡獪。雖曰滑稽，實亦有爲而言，非吾石甫，莫能解也。』又七言律一首，題爲《余戲爲虞初之言，石甫以詩見獎，戲答》云：『故素新縑比較難，野言聊當寓卮看。三挑玉瑱來端木，一夢紅樓感納蘭。海樣啼痕雙袖滿，潮般心緒五更寒。龍門史筆今何用？且可閒情託稗官。』哭庵先生詩，不知作何等語，惜未見之。（《花朝生筆記》）

官場現形記第四十四

《官場現形記》，爲常州李伯元先生撰。其體裁仿《儒林外史》，每一人演述完竣，即遞入他人。

全書以此蟬聯而下，蓋章回小説之變體也。刻畫宦途惡劣處，頗有入木三分之妙。李君自號南亭亭長，曾創《游戲報》於滬上，方朔詼諧，淳于嘲謔，實開後來各小報之先聲。其爲人尤風流蘊藉，無絲毫塵俗氣。嘗爲予言：『未作《官場現形記》之先，覺胸中有無限藴蓄，可以藉此發舒。迨一涉筆，又覺描繪世情不能盡肖，頗自愧閲歷未廣。倘再閲十年而有所撰述，或可免此病矣。』李君之不自滿假，良可欽敬。惜成書未久，遽患瘵疾卒。天不假年，使中國失一小説家，傷哉！（《譚瀛室隨筆》）

海上繁華夢第四十五

專寫妓院情形之書，以《海上花》爲第一發見。繼此而作者，爲《海上繁華夢》，著者上海孫玉聲君家振。君家素豐，少時獵艷尋芳，大有杜牧揚州之概。當筵買笑，揮霍甚豪，故曲院名花，無不歡迎恐後。孫君又自創《笑林》報館，青樓中人，苟色藝有一節之可取，必極意揄揚之。出墨池而登雪嶺，枇杷門巷，多有因此而驟獲芳譽者。自是閲歷歡場數十年，纏頭之資，不下數萬。家雖由是中落，而此中狐媚伎倆，則已勘破，跳出情關，早登覺岸。書中謝幼安，蓋即孫君自況，桂天香爲君所娶之姬人也。美人名士，儕輩皆艷稱之。無奈圓月不常，好花易謝，娶不逾年，姬即香消玉殞。孫君悼亡之後，著爲此書。其用意在警醒癡迷，與《海上花》相同。《海上花》以藴蓄勝，《繁華夢》以明快勝，殆異曲而同工也。書中於局騙賭術諸事，尤發揮無遺。少年人讀之，或可有所儆悟。此則孫君之用意，與道邪誨淫諸書，固不可同日語也。（同上）

九尾龜第四十六

《九尾龜》小説之出現，又後於《繁華夢》，所記亦皆上海近三十年青樓之事。用筆以秀麗勝，叙事中或間以駢語一二聯，頗得輕圓流利之致，蓋仿《花月痕》體裁也。書爲常州張春帆君所撰。張君寓滬久，時爲各報館撰短篇小説，閲者頗歡迎之。後至粵東，任隨宦學堂監督。民國光復後，任江北都督府要職，頗著勞勩。自江北都督裁撤，久不得其消息矣。書中以章秋谷爲全部重要人物，描寫其性情之豪俠，舉動之闊綽，氣概之高邁。文章則咳吐珠玉，勇力則叱咤風雲。至於獵艷尋芳，陶情適性，則又風流跌宕，旖旎纏綿，有杜牧之閒情，擅冬郎之綺語。是蓋宇宙間獨一無二之全才，亦即張君以之自況也。《九尾龜》之義，但借以譏毗陵某某諸巨紳，而於本書無甚關係。喜閲小説者，以其名之奇，購閲者甚衆，是又引人注意之一法也。（同上）

近人所譔新小説，有名《九尾龜》者。書中某回，自述命名所由，蓋託誼罕譬。不知九尾龜，固確有是物。明吳郡陸粲《庚巳編》云：海寧百姓王屠，與其子出行，遇漁父持巨龜，徑可尺餘；買歸，繫著柱下，將羹之。鄰居有江右商人見之，告其邸翁，請以千錢購焉。翁怪其厚，商曰：『此九尾龜，神物也，欲買放去。君慫恿成此，功德一半，是君領取。』因偕往驗之，商踏龜背，其尾之兩旁，露小尾各四。便持錢乞王，王不肯；遂烹作羹，父子共啖。是夕，大水自海中來，平地高三尺許，床榻盡浮，十餘刻始退。明日及午，翁怪王屠父子不起，壞户入視之，但見衣衾在床，父子都不知去向。人咸云：

『害神龜，爲水府攝去殺却也。』吴人仇寧客彼中，親見其事。（《眉廬叢話》）

鄰女語第四十七

《鄰女語》一書，記庚子國變事頗詳確，文筆清雋可喜，實近日歷史小説之别開生面者。惟十數回後，久未續成，坊間亦未易尋覓。詢之書賈，多不知是書名矣。（《清代軼聞》）

陰界史記第四十八

舊師執王上春，死而復生者三次。自言神思惝恍，已亦不知而死。後所見所作，乃至可異。大抵詭譎變怪，不可究詰。予固不信舊日因果之談，但頷之而已。越一年，上春以所作《陰界史記》見示，凡二百十六卷，一百零四本。翻卷誦讀，頗有條理。原知係上春臆造，然針仙砭佛，往往有入裏處。其書本紀二十四，凡世所傳玉歷鈔傳之説，概不採取，而以項羽等輩當之。編年繫月，穿鑿附會。列傳一百四十五，自古忠臣義士皆在焉，而分忠義、節孝、奸佞三類。志一十二，曰兵、刑、食貨、天官、地輿、都邑、禮、職官、選舉、氏族、藝文、災祥。表三，曰《十殿諸王年表》、《判相拜罷年表》、《僇囚年表》。其後有自序一卷殿焉。綜觀其書，體類小説，而文筆雅飭，絶不謭陋。一切行事，不襲正史正傳，此其難能也。若本紀列傳，諸志諸表，絶無根據，敢於作古。如虞美人在陰間，做出許多大事，幾同吕后；使項羽對之，亦懷悚慄，此其弊也。雖然，憑一枝筆，撰此二百餘卷之大史，讀之者元

知倒影樓臺，本非實境，而可與孟堅、子長追蹤，則非曹雪芹、李笠翁輩借小風雅持大模樣者所能及也。（《蘆峯旅記》）

飄紅緣第四十九

洪湘兒名素娟，小字翠媛，湘兒其自號也。家維揚，世業儒，父兄有名庠序。少稟母訓，工針黹，深於詩。晴窗棐几，吟哦不輟。嘗作《落雁詩》十首，投壇坫。詩筆精嚴者見之斂手，比之淑真、清照。顧湘兒母氏，閨範嚴厲，終日談吐者，非貞女之史，即列婦之傳。以是不端蕩婦，不許晋閨門一步；輕薄如男子，無論矣。湘兒有一嬸，年已花信，夫死七年，守貞不渝。忽一旦作馮婦下車，謁湘兒母，則止之，不許進。唾之曰：『既已碧玉自玷，又欲來污我家清白耶？』嬸慚而去，後亦不復至。其持家類如此。

時湘兒年已二九，猶未字人。邑有某生者，聞而艷之。某生者，故亦紈袴子，以善填小令，名噪一時。柳七、秦九，深閨曲里，無不争唱其詞。自登賢書，後試南宫，輒不售。公車凡四上，興致蕭然。遂放浪形骸，不自謹飭，思藉醇酒婦人，以消其塊壘。熟聞湘兒名，思自薦而未發，欲得一見，於願已足；而可人在重闥，洵是燕子飛不到處也，則是願終等幻景。一日，見湘兒詩有句云：『百日花殘添恨事，三更月落若愁思。』又云：『閒調鸚鵡拈紅豆，細繡鴛鴦擘彩絲。』躍然曰：『個兒情已多，祇因母氏鐵鎖鋃鐺未解爾。吾聞多才者多情，失個兒，更無當意人矣。』於是以重金慫恿媒妁，踵門議婚。媒姁殊才辯，言於湘兒母，自日中之昃，事八九成矣。忽云：『官人須一見後，再作定止，小婢子却不敢許可否也。』湘兒母聞之，亟辭曰：『論婚而欲親見，豈不爲色？倘色佳則聘，醜則否，是何異於冶游子之於平康北里徵歌選伎耶？吾詩禮名閥，豈平康比？爾媪果非善類。』言已，叱婢子持梃逐之出，媒氏竟憤憤去。時湘兒在内室，微聽之，竊窺母氏鹵莽。然終身大事，亦未可等閒。待媒氏去，即趨禀於母曰：『女兒冒死含羞，竊有微衷，願得直陳。頃者聞某媪來，爲兒百年事也。某生固輕薄，然才多情深，未必不可以理喻。彼如渾金未冶，璞玉未斵耳。果冶之斵之，何害其爲渾金、爲璞玉哉？彼思借一覿面而覘姿貌，兒亦可乘此以挫其浮蕩。願母待某媪復來，許之。屆時兒自有策也。』母氏固不可，以爲騰笑鄉里，貽譏親黨。湘兒再三請，姑始允之。當媒氏之復某生也，某生陽恨以遣之。

次日，更以厚貲賂他媪，使爲蹇修。他媪復來言，湘兒母暫羈藏，而使人説媪曰：『太夫人今已允諾，命公子來此，但弗張皇，以免市虎。』媪以此復生，生狂喜不可名狀。越三日，生屏從至湘兒家。其母命湘兒出風，屏去婢僕，唯三人在。甫讓坐畢，湘兒紅暈兩頰，低首無言。其母曰：『既相見，毋羞澀也。』湘兒佯以帕掩面；撤帕，則清臚流睇，玉頰呈妍；鬢可堆鴉，齒疑耀雪。生斜睨良久，頷之，嘆非塵寰穢質。湘兒問生家中瑣事畢，即曰：『聞君善小詞，信乎？』生曰：『偶叨虚名耳。』曰：『堂堂男子徒作閨閣語，豈不赧顔？夢窗、草窗，祇落得風月二字。據予願，宜將翠羽新聲付之一炬，別起爐竈，漸歸正派。不然，詩氣爲詞所薰染，不離孃頭側頸；如東施捧心，徒令人欲嘔耳。』生聞之，嘆爲當頭棒，霜天鐘，實大有造於己。乃答曰：『甑生埋頭纖仄，幾了此生，今當痛改前非耳。』湘兒曰：『聞君輕薄，何莫非此事害之。倘能允予三事，則委身以事君子；不則，今暫作他論可耳。一、不許作詞，二、不許御纂組，三、不許交非類。』生曰：『金玉言，豈敢不允？皇天后土，實聞此言。』即屈膝湘兒母前，謂謹當遵道而行，不致貽長者憂也。乃遍謁婦翁諸舅，俱無異言。生遂道安歸，納聘焉。

會時方亂，天下擾攘。洪軍自金陵來，人心愈皇皇，皆思逃避。三日内，搬徙一空。湘兒家固富，洪軍涎之。入其家，父母兄弟俱駢戮，湘兒以色艷得免。虜之去，在某檢點部下，驚其絶艷，厚待之。湘兒知其意，司茗執杯，虚與周旋。某夜，檢點急欲成歡，以語湘兒。湘兒曰：『軍中倉卒，固難拘泥，然合巹之禮，豈可廢哉？且公事成，妾將爲夫人，今日必大犒三軍，使咸知妾爲堂堂嫡配，非等苟合。』檢點韙其言，即傳令治筵，使數人侍湘兒入寢室，更爲新妝。湘兒謝曰：『今日無須他人侍我，明日則從命可也。』檢點不疑，允之。湘兒乃閉户更衣，自敷粉黛，見壁上有短刀，竊納之。檢點從窗外潛窺，見湘兒對鏡添妝，愈益嫵媚，突入抱之。湘兒抽刀刺其喉，堆屍床上，蒙之以被。脱簪釵，翦鬢髮，易如女妝。己乃檢點冠服，佩刀夜出營。軍中方燕樂，不能辨。明晨，欲發令，共待檢點出見。遲之又久，排闥入，則儼然一女子也。然微聞血腥，疑之。啓視乃大驚，而湘兒遠去數十里矣。

當湘兒之出也，蘇、常方戒嚴，淮北上江，更屍山血河。於是晝匿夜行，拾樹皮草根以充飢，二十餘日而至吴門。以一孤伶女子，舉目無親，且處於兵火連天之際，幾希而不死。李秀成尚未至蘇，匪酋更殺人不計。會有一媪，蘇人也，善於詞令。見湘兒於太子碼頭，涎其姿首，思可以計賣。乃陽問寒暄，意甚殷勤。湘兒述其家世，及一切瑣瑣者，而匿其殺檢點事。媪曰：『我家觀音山，彼處地僻，不甚與外通。曷就我去，待事平，再作去就。』湘兒漣如曰：『姥肯救我，當九死以報。』媪於是持湘兒至其家，湘兒則呼媪爲母，甚親昵。會程學啓誘殺八王，清兵已下蘇州，往時避難而出者，亦稍稍集。

媪一日忽謂湘兒曰：『爾處我家幾三年，衣食之費不貲，今天下太平，宜爲我圖之。』湘兒曰：『兒之再生，實母之恩，豈敢忘報？但兒一弱女子，何自圖之？倘能道之揚州，家雖已毀，避地時曾窖金二千，此無人知，今必存在，即以此區區報母可乎？』媪曰：『婢子謊人，我豈五尺之童，受爾謊耶？今予戚在城中百花巷作公務正堂（蘇人謂妓女之詞），爾可自賣，取資償予債。不則一張狀子，送將官裏去，瞧婢子作何法來。』湘兒不能答，嗚咽而已。實則媪已屏當竟，但俟湘兒之一諾耳。

一日，出一紙投湘兒前，曰：『我已辦妥，爲我押字。』湘兒視之，五百金賣身契也，不得已押之。越二日，入某勾欄中，榜名『花小紅』。門前車馬，如水如龍，艷名冠吴中，即司香舊尉評定爲花狀元者也，而湘兒殊鬱鬱。以既入北里，不能不應客，則别蓄俊婢，床笫之事，以婢當之，數年來猶然處子也。

一日，一維揚少年尋芳至，見湘兒，忽淚承睫，不勝哀恨。長嘆謂湘兒曰：『我之所以悲者，以數年前之意中人，容顔舉止，絶似卿耳。』湘兒細察少年狀，心大動，乃詳詢其籍貫氏族，少年一一告之。突起投少年懷中哭曰：『天乎！不圖我二人重合於錦帆涇頭響屧廊邊也。』少年恍然，相對嘘唏。明日，出千金持湘兒去。少年者，蓋某生也。先是洪軍陷鎮江，生投江南大營，掌書記。展轉江浙間，凡八年，積功至知縣。是時需次吴門，將赴金匱任矣。友人慫恿至此，遂遇湘兒。然生久娶，得湘兒以爲正室，而前娶爲妾；辭金匱任不復赴，與湘兒終老云。余友張方字正平，曾譜《飄紅緣》傳奇八齣。辛亥冬，剞劂告竣，余爲之本事著卷端。（同上）

煙匣記第五十

清道光初，鴉片之禁極嚴，犯者皆處以重罪。松江有邱義班者，巨紳也；與米賈陸某，同眷一娼。娼與陸情好甚篤，邱則不過尋常酬應而已。娼有盛黄煙之小匣，甚精美，潛舉以贈陸，邱聞而妬之。然每與陸晤，仍歡笑如平時，不稍露形跡也。一日，邱雇舟約陸出遊，知陸素嗜阿芙蓉膏，因勸攜煙具於舟中；謂水鄉深處，偶一爲之，未必遽爲蹤跡也。陸信之，忻然往。詎邱先已暗約差役候於中途，比至，遽掩執之；當場連煙具解官，無可置辨，判充發罪。娼遂爲邱一人占有矣。時某君撰《煙匣記》小説，并有人仿《五更調》小曲以紀其事云。（《閒居續鈔》）

續編　卷二

柳毅傳書第一

元尚仲賢《柳毅傳書》雜劇，蓋衍唐李朝威《柳毅傳》事也。傳文殊繁冗，兹節録之，以資參徵。

儀鳳中，有儒生柳毅者，應舉下第，將還湘濱，念鄉人有客於涇陽者，遂往告别。見有婦人牧羊於道畔，殊色也。然而蛾眉不舒，巾袖無光，凝聽翔立，若有所伺。毅詰曰：『子何苦而自辱如此？』曰：『妾洞庭龍君少女也，配涇川子，夫婿爲婢僕所惑，日以厭薄。訴於舅姑，又得罪，毁黜至此。』言訖，悲不自勝。又曰：『洞庭於兹，相遠不知其幾多也，長天茫茫，信耗莫通。聞君將還吴，欲以尺書寄託侍者，可乎？』毅曰：『聞子之説，氣血俱動，何不可之謂？然洞庭，深水也，吾行塵間，寧可致意，子有何術可導我耶？』曰：『洞庭之陰，有大橘樹焉，鄉人謂之社橘。君當解去兹帶，束以他物。然後擊樹三發，當有應者。因而隨之，無有礙矣。』遂於襦間解書，再拜以進。毅解書囊中，問曰：『吾爲使者，他日歸洞庭，幸勿相避。』女曰：『寧止不避，當如親戚耳。』語竟，别去。其夕，至邑别其友。

月餘到鄉，訪於洞庭之陰，果有社橘，遂易帶向樹三擊而止。俄有武夫出波間，曰：『客自何來?』毅不告其實,曰:『謁大王耳。』武夫揭水引毅以進。至其宫,見臺閣相向,門户千萬,奇草珍木,無所不有。少頃,宫門間景從雲合,見一人披紫衣,執青玉,夫躍曰:『此吾君也!』乃前告之。君命毅坐,謂曰:『水府幽深,寡人暗昧,夫子不遠千里,將有爲乎?』毅告之故,因進以書。君覽畢,掩面泣曰:『閨窗孺弱,遠罹詬害,老父之罪也。公陌上人,乃能汲之,幸被齒頬,不敢負德。』詞畢,以書授宦人,令達宫中。須臾,宫中皆慟哭。君謂左右曰:『亟告宫中勿聲,恐爲錢塘所知。』毅問錢塘何人,曰:『寡人弟也,昔爲錢塘長,今致政矣。』、『何故不使知?』曰:『以其勇過人耳。』詞未竟,大聲忽發,宫殿擺簸。有赤龍長千餘尺,朱鱗火鬣,擘青天而飛去。毅驚仆地,君親起扶之,曰:『無懼。』良久稍安,因告辭曰:『願得生歸。』君曰:『否,其去則然,其來則不然。』俄而祥風慶雲,融融怡恰;幢節玲瓏,簫韶以隨;紅妝千萬,笑語熙熙。中有一人,明璫滿身,綃縠參差,乃前寄詞者,環旋入於宫中。君笑謂毅曰:『涇水之囚人至矣。』乃起入内,須臾復出。有人亦披紫衣,執青玉,立於君右。君曰:『此錢塘也。』毅趨拜之,錢塘亦如禮相接;謂毅曰:『女侄不幸,爲頑童所辱,賴君子信誼昭章,致達遠冤;不然,爲涇陵土矣。』毅遜謝。君問錢塘:『無情郎安在?』曰:『食之矣。』是夕宿毅於凝光殿,明日宴毅於凝碧宫,會友戚,張廣樂。酒酣,洞庭君出碧玉箱,貯以開水犀;錢塘君出紅珀盤,貯以照夜璣;宫中人亦出綃采珠璧,皆以進毅。毅辭謝而受。翌日又宴於清光閣,錢塘顧毅曰:『涇陽之妻,吾兄之子也。淑性茂質,九姻所重。不圖見辱於匪人,今則絶矣。將欲求託高誼,世爲親戚,使受恩者得所歸,豈不爲君子始終之道耶?』毅峻却之,乃已。明日毅辭行,洞庭君夫人觴之於潛景殿。男女僕妾，悉出與會，涇陽女當席拜之以謝。夫人曰：『此別豈復有相遇之日乎？』毅於是循途出江岸，從者十餘人，擔囊以隨，至其家而別。

毅因適廣陵寶肆，鬻其所得，百未發一，財已鉅萬。遂娶於張氏，亡。又娶韓氏，數月韓氏又卒。徙家金陵，復娶盧氏。却扇之夕，深覺類於龍女而不敢言。經歲餘，有一子。一日，女笑謂毅曰：『憶舊事否？』曰：『夙非姻好，何以爲憶？』曰：『余洞庭君女也，涇川之辱，君能救之。自此誓心求報，父母憐其志，欲馳白於君。值君累取張、韓二氏，理不可遣。迨張、韓繼卒，君卜居於兹；故余之父母得以爲心矣。今日獲侍君子，雖死不恨。』因泣下，毅喜慰之。他日，復謂毅曰：『龍壽萬歲，今與君同之。』乃相偕覲洞庭。後復徙居南海，積四十年，容狀不衰。南海之人，靡不驚異。洎開元中，上方屬意於神仙之事，精索道術。毅不得安，歸洞庭，自是以後，莫知其跡。（《花朝生筆記》）

海神廟第二

柳貫《王魁傳》：王魁下第失意，入山東萊州，友人招游北市。深巷小宅，有婦絶艶，酌酒曰：『某名桂英，酒乃天之美禄，足下得桂英而飲天禄，明春登第之兆。』乃取擁項羅巾請詩。生題曰：『謝氏筵中聞雅唱，何人戛玉在簾幃？一聲透過秋空碧，幾片行雲不敢飛。』桂曰：『君但爲學，四時所須，我爲辦之。』遂訂爲夫婦，由是魁朝去暮來。逾年有詔求賢，桂爲辦西遊之用。將行，北望海神盟曰：『吾與桂誓不相負，若生離異，神當殛之。』魁至京門，寄詩曰：『琢月磨雲輸我輩，都花拈柳是男兒。前春我若功成去，好養鴛鴦作一池。』後唱第爲天下第一，魁私念科名若此，以一娼婦玷辱，况有嚴君不容也，不復與書。桂寄詩云：『上都梳洗逐時宜，料得良人見即思。早晚歸來幽閣内，須教張敞畫新眉。』又云：『夫貴婦榮千古事，與君才貌各相宜。』又云：『上國笙歌錦繡鄉，仙郎得意正疏狂。誰知憔悴幽閨客，日覺春衣帶繫長。』魁父約任氏爲親，授徐州僉判。桂喜曰：『徐去此不遠，當使人迎我矣。』遣僕持書往，魁方坐廳決事，大怒，叱書不受。桂曰：『魁負我如此，當以死報。』搗刀自刎。

魁自南都試院，有人自燭下出，乃桂也。魁曰：『汝固無恙乎？』桂曰：『君輕恩薄誼，負誓渝盟，使我至此。』魁曰：『我之罪也，爲汝飯僧，誦佛書，多焚紙錢，捨我可乎？』桂曰：『得君之命乃止，不知其他也。』魁欲自刺，母曰：『汝何悖亂如此。』魁曰：『日與冤會，逼迫以死。』母召道士馬守素屢醮，守素夢之官府，魁與桂髮相繫而立。有人戒曰：『汝知則勿復醮也。』後數日，魁竟死。

元尚仲賢雜劇，有《海神廟王魁負桂英》一本，實出於此。然周密公謹《齊東野語》曾辨其誣云：『世俗所謂王魁之事，殊不經；且不見於傳記雜説，疑無此事。《異聞集》雖有之，然集乃唐末陳翰所編。魁宋朝人，是必後人剿入耳。』

按：嘉祐中，進士奏名訖，未御試，京師妄傳王俊民爲狀元。不知言之所起，亦不知俊民爲何人。及御試，王荆公時爲知制誥，與楊樂道共爲詳定官。舊制：御試舉人，設初考官，先定等第；復彌之以送覆考再定，乃付詳定。發初考所等，以對覆考，如同即已；不同，則詳其程文爲定。時荆公以初覆所定第一人，皆未允當，於行間别取一人爲首，楊樂道以爲不可。議未決，太常少卿朱從道時爲彌封，聞之，謂同舍曰：『二公何庸力争？從道十日前，已聞王俊民爲狀元；事必前定，二公徒自苦耳。』既而二人各以己意進禀，而詔從荆公之請；及發封，乃王俊民也。

後又見虞世南所集《養生必用方》，戒人不可妄服金虎碧霞丹，乃詳載其説云：狀元王俊民，字康侯，爲應天府發解官，得狂疾於貢院中，嘗對一石碑呼叫不已。碑石中若有應之者，亦若康侯之奮怒也。病甚不省覺，取書册中交股刀自裁及寸。左右抱持之，遂免。出試院未久，病勢亦以平復。予與康侯有父祖鄉曲之舊，又自童稚共筆硯，嘉祐中，同試於省場。傳聞可駭，亟自汶挐舟抵彭城，時十月盡矣。康侯亦起居飲食如故，但愔愔不樂。或云：平生自守如此，乃有此疾？予亦多方開慰。歲暮予北歸，康侯有詩送予云：『寒窗一夜雪，紛紛來朔風。之子動歸興，輕袂飄如蓬。問子何所如？家在汸水東。問子何所學？上庠教化宫。行將攜老母，寓居學其中。』云云。予既去徐，醫以爲有痰，以金虎碧霞丹吐之。或謂心臟有熱，勸服治心經諸冷藥。積久爲寒中洞泄，氣脱肉消，飲食不前而死。康侯父知舒州太湖縣，遣一道士與弟覺民云：道士能奏章達上清，及訴問鬼神幽暗中事。道士作醮書符，傳道冥中語云：『五十年前打殺謝吳，留不結案事。』康侯丙子生，死纔二十七歲。五十年前事，豈宿生耶？康侯既死，有妄人託夏噩姓名，作《王魁傳》（按：妄人指柳貫），實欲市利於少年狹邪輩，其事皆不然。康侯，萊州掖縣人。嘉祐六年，登科爲第一。次年赴徐州任，明年死於徐，五月十二日也。性剛峭不可犯，有志力學，愛身如冰玉，不知猥巷野人語。不幸爲匪人厚誣，弟輩又不爲辨明。懼日久無知者，故因戒世人服金虎碧霞丹，且以明康侯於泉下。據此，則本傳原係子虛，雜劇之信否，又不足論矣。（《花朝生筆記》）

東窗事犯第三

《夷堅志》載秦檜矯詔逮岳武穆父子下棘寺獄，遣万俟卨鍛煉未服。一日，檜於東廂窗下畫灰密謀。檜妻王氏曰：『擒虎易，放虎難。』武穆遂死獄中，張憲、岳雲棄市。金人酌酒相賀曰：『莫予毒也。』後檜挈家游西湖，忽得暴疾，見一人瞑目厲聲曰：『汝誤國害民，我已訴於天，當受鐵杖於太祖皇帝殿下。』檜自此怏怏以死。未幾，子熺亦亡。方士伏章見熺荷鐵枷，因問太師何在。熺泣曰：『在酆都。』方士如其言以往，果見檜與万俟卨俱荷鐵枷，囚鐵籠中，備受諸苦。檜屬方士曰：『煩傳語夫人，東窗事犯矣。』後有考官歸自荆湖，暴死旅舍，復蘇曰：『適看陰間斷秦檜事，檜與卨争辨，檜受鐵杖，押往某處受報矣。』但不載押衙何立事。

《江湖雜紀》載檜既殺武穆，向靈隱寺祈禱。有一行者亂言譏檜，檜問其居止。僧賦詩，有『相公問我歸何處，家在東南第一山』之句。檜令隸何立物色。立至一宫殿，見僧坐決事。立問侍者，答曰：『地藏王決秦檜殺岳飛事。』須臾，數卒引檜至，身荷鐵枷，囚首垢面，見立呼告曰：『傳語夫人，東窗事發矣。』

《七修類稿》又載元平陽孔文仲有《東窗事犯》樂府，杭金人傑有《東窗事犯》小説，廬陵張光弼有

今蘇州玄妙觀蓑衣仙是也。』據此諸説，則當時實有是事，非祇假説爲武穆雪冤也。（《堅瓠集》）

白蛇記第四

《白蛇記》，明初浙人鄭國軒編，大略與《鸞釵傳奇》相似，而姓名關目微有不同。略云：華陽劉漢卿者，母早亡。繼母張氏，生子名漢貴。卿娶於王，一子曰廷珍。張氏不喜卿，貴則與之甚相得也。適張壽日設筵，失邀其叔，叔譖之。張每欲害卿，因令索逋於卿。值龍子獲天譴，化白蛇於洪山渡口，爲農夫所得，鋤擊垂斃。卿出資買放巨壑中，蛇乘雲去。既歸，母謂其匿銀，痛加箠辱。旋復與叔謀，入錫於銀，令出貿易。之徐州，爲人所覺，執而鳴之官。卿具道始末，得釋。慮必不見容於母也，遂投於江。龍子救之，贈以夜光之珠，珊瑚之樹，蝦鬚之簾，護送入咸陽，介李斯而獻諸始皇焉。始皇喜，命監長城工築事。張氏信卿已死，乃逐其妻子，别居南莊。一日，貴往訪，廷珍殺鷄食之。血誤污其衣，因解衣歸。中途爲邏者所遇。誣以盜賊，發臨洮築城。張以久不見其子，疑在南莊。索之，得血衣。遂謂王氏殺貴，繫於獄。卿監工臨洮，見貴，疑而詢之，果其弟也。爲聞於朝，并衣錦歸。出王氏獄中，同見其母。母愧悔，一家重聚如初云。

按：此事之爲空中樓閣，蓋不待言。惟獻寶得官，古固有之，非無本也。《太平廣記》云：安宜縣尼真如被引入化城，天帝授以八寶。真如詣縣，攝令黄滔之以狀聞。州刺史崔侁，從事盧恒，共驗無異，白節度使崔圓。復遣盧恒隨真如上獻，肅宗視寶，召代宗即日改寶應元年。升楚州爲上州，縣爲望縣，改縣名安宜爲寶應。刺史及進寶官皆有超擢，號真如爲寶和大師，寵錫有加焉。（《花朝生筆記》）

風雲會第五

明人雜劇有《風雲會》一種，關目可區爲三。其一，周世宗時，有市鐵胎弓於東京者，人莫能開。鄭恩獨開之，頗自矜詡。宋太祖適過其地，一引而絶。恩大驚嘆，願事如兄禮，誓於神而别。二，言趙普父信中年乏嗣，祈於龍山之神，舉普及女京娘。京娘既長，帥至龍山進香，以雙龍笛酬願。歸途遇二賊，曰滿天飛、遍地滚，劫京娘去，寄於青牛觀，觀主故太祖季父也。太祖時養疴觀中，中夜聞女子啜泣聲，詢知其故。殺二賊，出京娘，載以己所乘馬，送之信所。三，謂恩自别太祖，侘傺不自得。以事道出青牛觀，夜夢神授以龍笛。且謂一生婚姻爵禄，皆由此始，須速赴趙信所。恩與信蓋有鄉曲父祖之舊者，既覺，欣然往。其時京娘亦已珠還，信見所攜笛，悉所自來，許以女字之。恩以神言已驗其一，遂欲往投太祖，别信徑去。一日，道聞戰鬥聲，則太祖方與董氏五虎搏也。五虎共圍太祖，勢正窘汲。恩突入擊五虎，殲之，相偕入京。陳橋兵變，太祖即皇帝位。恩佩先鋒印，轉戰有功，娶京娘爲婦。其事憑空結撰無所本，又文不雅馴，不見重於藝林。然舊時梨園子弟數扮衍於歌榭舞

場，至今茆檐婦孺之口猶能道之云。（《孱提齋叢話》）

別有天第六

《別有天》傳奇，不知誰氏所撰。外舅何乃普先生得之越中故家，郵以視余，有清中葉刻本也。余不諳音律，不能言其詞之工拙，爲述其事，并略考徵之。余璧字子玉，四川制置使玠之子，以蔭爲殿前指揮使。玠臨没，曾託其孤於友人鄭虎臣，而聘丘太尉愼安之女爲璧婦。虎臣有子天麟，年與璧同，相得甚歡。嘗偕游郊坰，遇一日者，贈二人偈語各一首。璧云：『前緣休昧，後會難期；別有一天，三年仇潰。』天麟云：『假非是假，真非是真；若問將來，滎陽紀信。』皆莫解所謂，一笑寘之。馮允中者，賈似道客也，與似道賞玩玉器於多寶閣。因言余玠有玉帶一事，希世珍也，曷不致之？似道向璧索觀，則帶已殉葬矣。允中嗾人發葬，取帶以獻，且棄玠屍於野。璧悲憤，權厝父屍，叩閽以聞。似道指爲誹謗朝廷，誣陷大臣，下之獄，獄官乃虎臣也。父子俱欲救璧，而提審甚急。天麟乃僞爲璧也者，觸階死。虎臣潛釋璧，使避蹟婦翁家。時參知政事江萬里惡似道，劾其奸惡。會襄樊告急，似道薦萬里往援，而以疲卒五千人與之。萬里受命，行至嘉興驛。夜夢余玠晉謁，具言似道發家，其子聲冤被禍，及天麟代死事。且託萬里救援其子，必有以相報也。璧既抵丘家，丘懼禍，鎖之書室中。親以狀聞於官，謀械致京師。侍婢桐英聞之，密以語其女倩雲。倩雲即字璧者，乃竊鑰啓户，趣璧出亡。丘歸，輕騎急追，至山中，遇璧於石壁旁，忽不見。璧方欲投崖，仰見上鐫三字曰『別有天』，猛憶日者語。壁忽開，得入。日者在焉，知爲圖南先生陳摶。摶留居其中，傳以導引之術。久之，謂壁塵緣未斷，授以錦囊，命下山嚮北行。遇有人欲自刎者，亟救之，功名自此始也。丘追壁不及歸，勒倩雲改適。倩雲不可，乘夜軼出赴水死。適遇萬里夫人舟，援之得免，拊之如己出。萬里救襄樊，兵潰突圍出。欲仰藥，余壁持之，亦不死。出錦囊策閲之，大敗敵人。朝命移兵征粵西寇，壁爲參謀，隨之而南。似道以無北顧憂，奸惡日甚，日與允中等鬥鷄飲酒，出玉帶摩挲賞玩爲樂。玠從空擊之，立仆，流血而死。似道亦恍惚見玠，因得狂疾。圖南託爲道士，給符而瘉。似道薦之上，召見，盡發其奸。謫循州安置，鄭虎臣請監押，殺之於木綿庵，棄屍郊外。壁隨萬里奏凱回，見之，斬其首而去。虎臣不知其即壁也，叩萬里營相見，始爲道天麟觸階事。萬里亦述夢中與玠相見語，壁大慟；以似道首祭父及天麟而行。入朝，以事聞。江夫人亦告萬里收養倩雲狀，萬里并達於上。奉敕萬里封越國公，虎臣、壁俱遷侍郎，天麟追贈某官，倩雲賜第完婚。丘慎安以婿及女故，姑釋不問。余壁，故圖南侍者，以過暫謫，後修道復還别有天云。

按《宋史》，咸淳間，襄樊圍急，似道日坐葛嶺，作半閒堂，塑己像其中。酷嗜寶玩，建多寶閣，日必一登。聞余玠有玉帶，求之已殉葬矣，發其冢取之。人有物，求之不予，輒得罪。傳奇以此爲張本，蓋非讕言。又德祐元年，放似道於循州，遣使監押之貶所。會稽縣尉鄭虎臣以其父嘗爲似道所配，欲報之，欣然請行。似道時寓建寧之開元寺，侍妾尚數十人。虎臣至，悉屏去。撤轎蓋，暴行秋日中。令舁夫唱杭州歌謔之，每名斥似道，窘辱備至。至漳州木綿庵，虎臣曰：『吾爲天下殺似道，雖死何憾。』遂拘其妻子於别館，即厠上拉其胸殺之。陳宜中至福州，捕虎臣，斃於獄。劇中關目不與此合。蓋爲快人心目計，不能不云然爾。余玠固南渡名將，其爲四川制置使，史有明文，然其子不著。鄭天麟之無其人，又不待言。丘太尉父女事，尤屬小説家裝點之慣技，無待論也。江萬里咸淳元年拜參政，五年，與馬廷鸞爲左右相。德祐元年，元兵入饒州，死之。是年賈似道敗奔維揚，尋有安置循州之命，爲鄭虎臣所殺。劇以萬里爲參政，又云似道死而萬里立功，皆誤。（《花朝生筆記》）

蘆花記第七

《蘆花記》，明初人譔，姓名已不可考，演閔子騫事。閔損，字子騫，孔子弟子。性至孝，父取繼母，生二子。子騫上事父母，下順兄弟，人無閒言。嚴寒，母以綿衣己子，子騫之衣，獨實以蘆絮而已。一日父外出，子騫御，寒不能前，怒笞之，終不言也。父疑有他故，啓其衣視之，悲憤欲出妻。子騫泣曰：『母在一子寒，母去三子單。』父嘿然，母亦感悟，愛之如己出。群盜過其邑，重其孝行，不敢擾。子騫勖以大誼，皆擲戈反耕。季氏聞之，召爲費宰，不赴。夫子稱其德行，列於顔淵之次。

此劇據實事傳衍，殊有裨於世道，非無益之詞可比。唯增出騫母遣盜要殺於塗，未免言之泰過。二弟争代騫死，又影借衛伋壽及趙孝、趙禮兄弟事也。（《東山譚苑》）

上林春第八

《卓異記》：武后臘月將游上苑，下詔曰：『明朝游上苑，火速報春知。花須連夜發，莫待晚風吹。』凌晨，百花皆開，若有神助。此事艷稱千古，婦孺咸能道之。明人至譜爲傳奇，亦可謂好事者矣。傳奇名《上林春》，黄文暘《曲海》曾列其目。闕目僞者，十居八九。所引正史中事，亦多影掠之談。《唐史》：有告皇嗣潛有異謀者，太后命來俊臣鞫其左右，左右不勝楚毒，皆欲自誣。太常工人安金藏大呼曰：『請剖心以明皇嗣不反。』即引佩刀自剖其胸，五臟皆出。太后聞之，令輿入宮。使醫内五臟，以桑皮綫縫之；傅以藥，經宿始蘇。太后親臨視之，即命俊臣停推，睿宗由是得免。所衍金藏事是實，謂皇嗣爲即中宗，則誤。金藏本傳不著其兄，此云名金鑒。上林花發，作詩刺則天得罪，增飾無據。然嗣聖十一年八月，太后曾出梨花視群臣，群臣皆以爲瑞。杜儉獨謂草木黄落，而此更榮發，陰陽不時，咎在臣等。太后善之，有『卿真宰相』語，似不爲無因也。（《花朝生筆記》）

十義記第九

《十義記》，明無名氏撰，衍唐韓朋事。朋，闕中諸生，與同里韓福、鄭田、李國昌相善也。黄巢寇闕中，聞朋妻李氏美，遣人喻意，不聽。巢怒，命裨將張誼劫之。誼故韓氏僕，不忍陷其主，縱之去，遂自刎焉。朋旋爲巢所得，福以計出之獄中，令遠走他鄉；而己自承爲朋弟，爲賊所殺。巢欲污李氏，李氏以有身辭；强之，遂截髮，然巢不忍死之，繫諸獄中。巢妻敬其人，密屬獄卒毋得虐待。後舉一子，獄卒之妻拊之，名曰困英。李國昌、鄭田心慕程嬰、杵臼事，李爲匿其子，挈家走江南德清縣，依同宗李國仁以居。國仁者，耄而乏嗣，養困英爲子，更名曰泰。黄巢以李氏不順其意，予其走卒馮獻，令辱之。獻殊憫其貞節，送出賊窟，爲介於母姨白雲庵尼某爲徒，改名志貞。獻恐事泄，不見容於賊，赴水死。朋之亡也，抵姑蘇，長者柳子安納之，久之鬢髮斑白。欲覓李氏音耗，易道裝如函谷。時泰已貴顯，官函關節度，李國昌、國仁亦同在任所。一日，國昌出，遇朋於塗，大喜，趣入署中，爲泰道始末甚詳，認爲父。適李在尼庵爲無賴所侮，訟於泰。細鞫之，乃其母也，即迎歸。韓朋一家，始復完聚。泰後與李存孝同討黄巢，磔之於市。按古有韓朋，又名韓憑，世所傳《青陵臺》事，夫婦化爲蛺蝶者也（見《山堂肆考》與《四明志》所載梁山伯、祝英臺事，可謂無獨有偶，而人鮮知者）。傳奇蓋借用其名耳。黄巢、李存孝，亦不過隨意點入，非必真當其時，真有其事也。（《東山譚苑》）

求如願第十

《搜神記》：歐陽明經彭澤湖，有數吏來候明，云是青洪君見召；明甚怖。吏曰：『青洪君必有重遺君者，勿取；獨求如願耳。』明既見青洪君，求如願。如願者，青洪君婢也。明將歸，所願輒得，數年大富。清初有作《求如願》雜劇者，言歐陽明累世清廉，誦《法華經》甚虔。青湖龍王女如願亦奉此經，感吕純陽指示結婚，飛升仙去。關目極荒唐可笑，不知實本於此。但《搜神記》係干寶所撰，事

在晋前。劇以明爲永叔之孫，殊屬附會。揣其意，殆以劇内既牽涉吕巖，不得不移其事屬之唐以後耳。（《毗梨耶室雜記》）

神燈傳第十一

昔子羔爲衛士師，刖人之足。俄而衛有亂，子羔違之；至郭門，刖者門焉。謂子羔曰：『彼有缺。』子羔曰：『君子不踰。』又曰：『彼有竇。』子羔曰：『君子不隧。』又曰：『於此有空焉。』乃入，門啓而出。子羔將去，謂刖者曰：『吾不能虧主之法，而刖子之足；今我在難，正子報怨之時，而逃我者三，何也？』門者曰：『斷足，吾罪也。昔君之治臣也以法，臨當論，爲臣惻然，豈私臣哉？天生君子，其道固然，此臣之所以脱君也。』

予在九江，有悍男子孫庭秀者，爲里中横，余痛懲之。迨余被讒，庭秀鳴金揭竿，大號於市，以白予枉。一城汹汹，幾至不測。予蓋甚愧子羔，而庭秀實刖者之流也，誰謂民心真不古耶？廷秀又偕郡父老四十餘輩，涉鄱湖，往謁憲臺訟冤。迨回，值月黑夜，風雨驟作，船不得泊，飄摇欲覆，一舟俱惶怖喪氣。一老父劉姓者，獨倡衆跪祝云：『吾輩非犯險覓利之商，結訟搆争之竪，以廉官被污，特往省謁告於上，冀爲地方留賢耳。神如有靈，豈忍魚腹我乎？』祝畢，帆端有火，忽如流電，諦視，三燈也，二小而一大，照舟洞明，風雨頓息。衆皆駭愕知神意，咸曰：『得泊跎鵝洲足矣。』及抵岸，問之，果跎鵝也。隨風濤如故矣。曹生光宇者，爲余作《神燈傳》説部梓行。余

自揣薄德，豈足上動神鑒？當是赤子號呼，一念籲天之誠，有以致之也。（《紫桃軒雜綴》）

黑鯉記第十二

《黑鯉記》傳奇，不知誰筆，所衍本劉才事，而紬出才子鼎儀買放黑鯉一節爲名。才字朝用，明人雜説曾載其事。傳奇云云，非盡無稽。書中於才妻口内，引吏員徐晞爲尚書。晞，江陰人，其爲尚書，在正統中。作者蓋明中葉時人，隸籍松江者也。方鈍，岳州巴陵人；世宗時，官户部尚書。傳奇云：『湖廣長沙人，由庚辰進士爲松江府推官。』不謬。但庚辰乃正德十五年，是時會試中式舉人，因武宗南巡，明年辛巳始殿試，當云辛巳進士耳。劉六、劉七，武宗時大盜，正德六年，由霸州起，猖獗殊甚，蹂躪兩畿、山東、河南、湖廣諸處。劉六先死。陸完提督軍務，追劉七於鎮江，與諸將殲之狼山。此云完偵知賊船聚狼山，令浙江都指揮使李斌討禽之，不誤。但平劉七是正德七年事，而叙方鈍爲庚辰進士，乃正德十五年。其爲推官，又當稍後，則嘉靖初矣。劉鼎儀自叙，云中雍熙榜進士。按：正德間狀元五：吕柟、楊春、唐皋、舒芬、楊維聰，無所謂雍熙者，當是是杜撰。當代人紀當代時，錯訛至此，殊不可解。然小説家言虚實參半，以信史目之，則亦過矣。（《見山樓叢録》）

摘纓記第十三

《摘纓記》傳奇署筆花主人撰，姓名無可考。去年冬，余見之虎林友人鄔君佑卮所，蓋明嘉靖間舊本也，衍楚莊王以絶纓美人賜蔣雄事。

按《說苑》，莊王賜群臣酒，日暮酒酣，燈燭滅。乃有人引美人之衣者，美人援絶其冠纓。告王曰：『今者燭滅，有引妾衣者，妾援得其冠纓持之。趣火來，上視絶纓者。』王曰：『賜人酒使醉失禮，奈何欲顯婦人之節而辱士乎？』乃命左右曰：『今日與寡人飲，不絶冠纓者不歡。』群臣百有餘人，皆絶去其冠纓而上火，卒盡歡而罷。居三年，晉與楚戰，有一臣常在前，五合五奮，首却敵，卒得勝之。莊王怪而問曰：『寡人德薄，又未嘗異子，子何故出死不疑如是？』對曰：『臣當死。往者醉失禮，王隱忍不加誅也。臣終不敢以蔭蔽之德，而不顯報王也。常願肝腦塗地，用頸血湔敵久矣。臣乃夜絶纓者也。』遂敗晉軍，楚得以强。劉向不紀此臣姓名。楚史《檮杌》則載其對王問曰：『臣蔣雄，乃夜絶纓者也。』此爲吾家三千年前一段風流佳話，不得以《說苑》偶無疑之。唯二書皆不云莊王以美人賜雄，作者想當然耳。與楚戰者晉，此曰陸戎，蓋因《左傳》楚子伐陸渾之戎而傅會之。又楚子伐鄭，鄭伯肉袒牽羊以迎。伐宋，宋人易子而食，析骸以炊。華元夜登子反之床，莊王乃退舍，與宋平。劇中楚伐鄭、宋本此造出。鄭使吴元，宋使張英，則妄矣。美人姓氏固係增飾，陳經、魏襄亦無其人。孫叔敖，楚令尹，此云先鋒，非是。其殺兩頭蛇，見於賈誼《新書》，非不經也。（《花朝生筆記》）

香山記第十四

明萬曆間，羅懋登撰《香山記》傳奇。略云：妙莊王三女，曰妙音、妙圓、妙善。妙善即大士也。

音、圓已嫁，善誓不字，欲出家學道。王怒，發御苑灌花，能使春放菊，秋放桃，乃許剃髮。釋迦以善本過去正法明如來，以神通放花，如王之意。又夢中予以木魚牟尼，諭以勤修，當證道香山。善遂辭父爲尼清修庵，王令群尼勸之歸，拒不可；則令灑掃佛寓，暮鼓晨鐘，勿令人代。又使辦合院齋，不具，則死。佛復運神通力，鐘鼓自鳴，香積充實。王無如何，使人火其居。善上樓禮拜，天忽大雨，火滅。王益怒，謂其妖幻，縛赴市曹斬之，刀連折。乃以弓絃縊殺，棄屍郊外。韋陀遣虎護往尸陀林，遍游地獄，度諸苦惱。復反人間，詣香山紫竹林，感善才五十三參，爲衆説《妙法蓮華觀世音菩薩普門品經》。時妙莊王疾病，百藥罔效。善幻形爲僧，奏言非親人手眼不可瘳。王以音、圓至親，宣取之，俱不用命。僧云：『可取之香山仙長所。』王使人求之，即斷腕剜目以付；服之果愈。王率眷屬往謝，大士忽見千手眼，爲之説法。王知己女，大悟，遂棄國學道焉。

此與《搜神記》、《曲洧舊聞》、《管夫人觀世音傳》所紀，大抵相似，非盡無據也。京劇《大香山》，殆脱胎於羅書者歟！（《花朝生筆記》）

北門鎖鑰第十五

袁崇冕字西野，進士弼之子。兄公冕，弟軒冕，皆用科第起家，崇冕獨以布衣終。工金元詞曲，所著《春游秋懷》諸曲，足參康、王之坐。與李中麓唱酬，王渼陂曰：『雅俗相兼，渢渢有餘音。』楊方城曰：『神聖工巧，元人之儔。』中麓曰：『金石之音，玄黄之色。』其爲名流擊賞如此。嘗有客以《黄鸚學畫眉詞》謁李太常，坐客皆言佳。西野後至，太常曰：『翁素負知音，試擇佳句幾何？予已有定評。』西野目畢，應聲曰：『止起五字是詞家語，餘無足取。』太常展手示之云，止『未老已投閒』一句，客皆大笑嘆服。同時有高應玘者，中麓弟子，亦工詞曲；以貢士爲元城丞，見知王元美、魏懋權。所著有《醉鄉》、《歸田》諸稿，其《北門鎖鑰》雜劇，論者以爲詞人之雄。（《池北偶談》）

再生緣第十六

《再生緣》署蘅蕪室編，閱定者武林沈士紳，蓋明中葉時人也。衍漢武帝、李夫人事。言夫人臨没，以所贈玉鈎殉葬。武帝用李少君術，與夫人相見。夫人自訴當再生人世，在河間陳家。十五年後，更續前緣。後得河間女子，拳握玉鈎，是爲鈎弋夫人。其大段與《鈎弋宫記》相似。據正史及它傳記，本無李夫人轉世爲鈎弋夫人説，蓋點綴生情耳。（《閒居雜鈔》）

彩毫記第十七

《唐書·李白傳》：白字太白，喜縱横術。客任城，與孔巢父等五人居徂徠山，日夜沉醉，號竹溪六逸。天寶初，至長安，賀知章見其文，嘆曰：『子謫仙人也。』言於玄宗，召見，論當世事。奏頌一篇，帝賜食，親爲調羹。有詔供奉翰林，白猶與酒徒醉於市上。帝坐沈香亭，欲召白爲新樂章。召入，而白已醉，左右以水灑面。楊妃爲之捧硯，白援筆爲《清平調》三章，宛麗清切。時宦官高力士勢方盛，白乘醉叱使脱靴。力士銜之，與貴妃譖於上前。白知不見用，懇求還山，帝賜金放還。嘗游并州，并州卒郭子儀犯軍令當死，既就縛矣。白奇其貌，爲言於主帥，免之。後白坐永王璘之獄，法亦當死。時子儀既貴，以一家百口保之，因流夜郎。晚年依當塗令李陽冰，卒後葬青山東麓。明屠隆有《彩毫記》傳奇，即演白事。隆字長卿，少負才名，豪放不羈，自比太白。此記蓋亦自寓云。（《東山譚苑》）

天馬媒第十八

明古吴劉晉充，撰《天馬媒》傳奇，衍唐人黄損事。損字益叔，連州人。先是與妓女薛瓊瓊有嚙臂盟，瓊因謝客，忤權奸吕用之。損家傳玉馬墜一枚，絶寶愛。氤氲使者幻形爲道人，詒損乞取，損慨贈之。未幾，損應襄陽張誼之招，别去。用之以瓊善箏上聞，即日召入後宫。損途次邂逅賈人裴成女玉娥，娥亦善箏。損聞箏頃，賦詞極道愛慕，乘間擲與之。詞云（見《諦緣》齣）：『生平無所願，願作樂中箏。得近佳人纖手子，砑羅裙上放嬌聲，便死也爲榮。』娥與損約，中秋夜繼見於涪州。以父成是夕當往賽神，舟無人，得罄胸臆。損届期往，得娥船。娥屬移近纜岸，甫解維，纜忽斷，船流遽覆，娥溺焉。會瓊母馮送女歸，道涪，拯娥舟次，相待如母女也者。俄損狀元及第，上疏劾用之誤國，用之因劾損交通瓊宫掖中。適張誼内轉官京朝，旨付用之、誼會審。誼伸損，得直。欽賜與瓊畢婚，用之罷歸田里。用之憤怒，其門客諸葛殷、張守一獻計，謂入宫之瓊，贋鼎也，真瓊固猶在母所，盍往劫取？蓋誤以娥爲瓊也。氤氳使者知娥有汲，託募化贈娥玉馬，娥佩不去身。用之迫娥，馬則見形，奔奮嚙用之。闔府大擾，群以妖孽目娥。仍用葛、張計，以娥贈損，冀嫁禍損。損拒不納，送女者委損門外而去。娥入見損，成眷屬焉。玉馬遂騰空而去。傳奇關目，大略具此。

按：《御選歷代詩餘》載損此詞，調《望江南》（據傳奇：損，咸通朝人。《詩餘》損詞列温庭筠之後，皇甫松之前）。『生平無所願』，作『平生願』；『纖手子』，作『纖手指』。《詩餘廣選》云：『賈人女裴玉娥善箏，與黄損有婚姻約，損贈詞。』云云（首句作無所願，纖手子，子不作指，與傳奇合）。後爲吕用之劫歸第，賴胡僧神術復歸損。此云胡僧，傳奇則云氤氳使者，幻形爲道人也。又《粤東詞鈔》，第一首即損此詞，則傳奇所衍，未可以子虚烏有目之矣。（《餐櫻廡隨筆》）

瑞藻按：《天馬媒》本事，蓋出《北窗志異》，其非子虚烏有之比，洵矣。有明人衍爲《玉馬珮》者，與此互有異同。黄損字懷關，不字益叔；籍略陽，不籍連州。玉馬墜不曰家傳，而曰陳七子所遺。瓊母馮氏，云係義母。《詩餘廣選》胡僧一事，本見於《志異》，《玉馬珮》記之甚詳云。劉晉充，名方，啓、禎時人。

宵光劍第十九

《前漢書·衛青傳》：衛青字仲卿，其父鄭季，以縣史給事侯家。平陽侯曹壽，尚武帝姊陽信長公主。季與主家僮衛媪通，生青。青有同母兄衛長君及姊子夫。子夫自平陽公主家，得幸武帝，故青冒姓爲衛氏。衛媪長女君孺，次女少兒，次女則子夫；子夫男弟步廣，皆冒衛氏。青爲侯家人，少時歸其父，父使牧羊。民母之子皆奴畜之，不以爲兄弟數。青嘗從人至甘泉居室，有一鉗徒相青曰：『貴人也，官至封侯。』青笑曰：『人奴之，生得無笞罵即足矣，安得封侯事乎？』青壯爲侯家騎，從平陽主。建元二年春，青姊子夫得入宫幸上。皇后，大長公主女也，無子，妬。大長公主聞衛子夫幸，有身，妬之。乃使人捕青，青時給事建章，未知名。大長公主執囚青欲殺之，其友騎郎公孫敖與壯士往篡之，故得不死。上聞，乃召青爲建章監侍中。子夫爲夫人，青爲太中大夫。明徐陽初（復祚）嘗譜《宵光劍》傳奇，衍青少年時事。《相面》、《鬧救》諸齣，皆從此出。但謂鬧救者爲金日磾，殊非事實。特翁叔時代與仲卿值，故傳會其詞爾。（《花朝生筆記》）

療妒羹第二十

《女史》：馮元元字小青，廣陵人。母爲女塾師，小青自幼嫻習翰墨。年十六，嫁杭州馮生爲妾。生固傖父，妻更悍妬，小青曲意下之。終不解，斥居孤山別業，小青深自斂戢。生妻有戚屬某夫人，才而賢，嘗從小青學弈，憐之，勸他適。小青曰：『吾命自薄，他適何益？』夫人重其行，謂曰：『子信如是，吾不子强。雖然，好自愛。彼或飲食汝，乃更可慮。即旦夕所須，第告我。』相顧泣下。後夫人從宦遠方，小青益復亡聊。未幾，感疾卒。自歸生至卒，凡二年。妻取其遺像及所著書，悉焚之。存者惟古詩一，絶句九，詞一，臨卒訣某夫人書，并絶句各一。

其古詩云：『雪意閣雲雲不流，舊雲正壓新雲頭。米顛顛筆落窗外，松嵐秀處當我樓。垂簾祇愁好景少，捲簾又怕風繞繚。簾捲簾垂底事難，不情不緒誰能曉？爐煙漸瘦剪聲小，又是孤鴻唳悄悄。』絶句云：『稽首慈雲大士前，莫生西土莫生天。願爲一滴楊枝水，灑作人間并蒂蓮。』、『春衫血淚點輕紗，吹入林逋處士家。嶺上梅花三百樹，一時應變杜鵑花。』、『新妝竟與畫圖争，知在昭陽第幾名。瘦影自臨春水照，卿須憐我我憐卿。』、『西泠芳草騎轔轔，内信傳來喚踏春。杯酒自澆蘇小墓，可知妾是意中人？』、『冷雨幽窗不可聽，挑燈閒看《牡丹亭》。人間亦有癡於我，豈獨傷心是小青？』、『何處雙禽集畫闌，朱朱翠翠似青鸞。如今幾個憐文采，也向秋風鬥羽翰。』、『脈脈溶溶灔灔波，芙蓉睡醒欲如何？妾映鏡中花映水，不知秋思落誰多。』、『盈盈金谷女班頭，一曲驪珠衆伎收。直得樓前身一死，季倫元是解風流。』、『鄉心不畏兩峰高，昨夜慈親入夢遥。見説浙江潮有信，浙潮争似廣陵潮？』

《天仙子》詞云：『文姬遠嫁昭君塞，小青又續風流債。也虧一陣黑罡風，火輪下，抽身快，單單別別清凉界。原不是鴛鴦一派，休算仿相思一概。自思自解自商量，心可在，魂可在，著衫又捻裙雙帶。』

與某夫人書云：『元元叩首，瀝血致書夫人臺座下：關頭祖帳，迴隔人天。官舍良辰，當非寂度。馳情感往，瞻睇慈雲；分噢噓寒，如依膝下。糜身百體，未足云酬。娣娣姨姨無恙。猶憶南樓元夜，看燈諧謔，姨指畫屏中一憑欄女曰：「是妖嬈兒，倚風獨盼，恍惚有思，當是阿青。」妾亦指一姬曰：「此執拂狡鬟，偷近郎側，將毋似娣。」於時角采尋歡，纖綿徹曙。寧復知風流雲散，遂有今日乎！往者仙槎北度，斷梗南樓；猖語哮聲，日焉三至。漸乃微詞含吐，亦如尊旨云云。竊揆鄙衷，未見其可。夫屠肆菩心，餓狸悲鼠，此直拱其換馬，不即辱以當壚。去則弱絮風中，住則幽蘭霜裏，蘭因絮果，現業誰深。若便祝髮空門，洗妝浣慮，而艷思綺語，觸緒紛來；恐蓮性雖胎，荷絲難殺，又未易言此也。乃至遠笛哀秋，孤燈聽雨；雨殘笛歇，謖謖松聲。羅衣壓肌，鏡無乾影，晨淚鏡潮，夕淚鏡汐。今兹鷄骨，殆復難支。痰灼肺然，見粒而嘔。錯情易意，悦憎不馴。老母娣弟，天涯問絕。嗟乎！未知生樂，焉知死悲？感促歡淹，毋乃非達。妾少受天穎，機警靈速，豐兹嗇彼，理固宜然。而神爽有期，故未應寂寂也。至其淪忽，亦匪自今。結縭以來，有宵靡旦。夜臺滋味，諒不殊斯。何必紫玉成煙，白花飛蝶，乃謂之死哉！或軒車南反，駐節維揚，老母惠存，如妾之受；阿秦可念，幸終垂憫。疇昔珍贈，悉令見殉。寶鈿繡衣，福星所賜，可以超輪消劫耳。然小六孃竟先期相俟，不憂無伴。附呈一絕，亦是鳥死鳴哀。其詩集小像，託陳媪藏好，覓便馳寄。身不自保，何有於零膏冷翠乎！他時放船堤下，探梅山中；開我西閣門，坐我綠陰床；仿平生於想象，見空幃之寂颺，是耶，非耶？其人斯在。嗟乎夫人，明冥異路，永從此辭；玉腕朱顏，行就塵土。興思及此，慟也如何！元元叩首。』後附詩云：『百結回腸寫淚痕，重來惟有舊朱門。夕陽一片桃花影，知是亭亭倩女魂。』

小青既卒，生葬之於墅後。其戚某，集焚後剩稿而刻之，顔曰《焚餘稿》。吴石渠（炳）爲撰《療妬羹》傳奇，衍説綦詳，其詞尤凄惻動人。明季文士好作院本，此真不愧爲名作。或謂小青實無其人，蓋好事者憑空撰出。《湖壖雜記》諸書亦祖此説。此殊不然，施閏章《愚山詩話》云：小青詩盛傳於世，或謂實無其人，蓋拆情字爲小青耳。予至武林，詢之陸麗京（圻），陸曰：『此故馮具區子雲將之妾。所謂某夫人者，進士楊廷槐元蔭妻也。楊與馮爲親舊，夫人雅諳文史，故相憐愛，頻借書與讀。嘗欲爲作計，令脱身他歸，小青不可。及夫人從宦北去，小青貽書爲訣，書中云云，皆實録也。小青以命薄甘死，寧作霜中蘭，不作風中絮，豈徒以才色動哉！』余謂小青固能詩者，恐不免文人潤色。陸曰：『西湖上政少此捉刀人。』據此，則小青之真有其人，決然無疑。矧詩詞書札，章章可考耶！至諸家紀載，未及其姓氏，亦自有故。小青本姓馮，因歸馮，故諱之。傳奇以爲喬姓，非是。（《花朝生筆記》）

昔病記第二十一

東坡爲王子高作《芙蓉城》詩云：『芙蓉城闕花冥冥，誰其主者石與丁。』注家引二事：一爲歐陽公《詩話》，石曼卿卒後，主芙蓉城；一爲張師正《括異志》（魏泰所撰託名於張者），慶曆中，朝士見女御迎芙蓉館主丁度。今人恒舉芙蓉城爲石姓故實，而罕及丁事。即如子高遇周瑶英，雖有胡微之作《芙蓉城傳》，尚不足以傳。幸得東坡詩，乃爲人知。偶憶《避暑録話》稱韓宗武少年所遇如子高其人，往來詩數十篇，皆清婉如《玉臺新詠》。《書録題解》，亦稱宗武少遇洋客，所撰其父丞相縝遺事一卷，亦載其詩。云熙寧間，得異疾，與神物遇。然則宗武與子高，似皆實有其事。明末，嘉定侯紀原元汸著《昔病記》，自記其遇女仙雲都十七娘事，亦與子高、宗武相類，而窅渺奇麗過之。嘗鐫『雲都十七郎』官印，此印近爲程序伯庭鷺所藏，曾以拓本裝册，屬貝六泉點績《雲都記夢圖》徵詩。靈蹟艷情，一時膾炙人口。顧論者謂紀原此事，非真有所遇，因遭國變，託爲寓言。

余按：紀原爲忠節公猶子，父雍瞻先生，亦殉嗽黄門之難。歸安楊傳九鳳苞撰其《父子紀略》，稱汸慷爽有志節，落落自喜。所記詣闕上疏乞免嘉定徵糧，及筮卦終隱事，尤見膽略學識。洵《昔病》爲寓言無疑矣。余曾爲題二詩云：『家國滄桑恨未窮，蓉城殘夢感悤悤。憐它一掬遺民淚，都付靈談鬼笑中。』、『剩水殘山此逸才，秬園遺址亦蒿萊。一卷留得清虚事。曾歷恒河浩劫來。』（《鷗陂漁話》）

百子圖第二十二

《晉書》：鄧攸字伯道，平陽襄陵人。少孤，與弟同居。嘗詣鎮軍賈混，混以人訟事示攸，使决之。攸不視曰：『孔子稱：「聽訟，吾猶人也，必也使無訟乎！」』混奇之，以女妻焉。累官河東太守。永嘉末，没於石勒。勒過泗水，攸以車馬負妻子而逃。又遇賊掠其牛馬，步走擔其兒及其弟子綏，度不能兩全，乃謂其妻曰：『吾弟早亡。唯有一息，理不可絶，應自棄我兒耳；幸而得存，我後當有子。』妻泣而從之，乃棄之。其子朝棄而莫及，明日，攸繫之樹而去。元帝時，以攸太子中庶子。時吴郡闕守，人多欲之，帝以授攸。攸載米之郡，俸禄無所受，惟飲吴水而已。去職，拜侍中，累遷尚書右僕射。攸棄子之後，妻不復孕。過江納妾，甚寵之。訊其家屬，説是北人，遭亂。憶父母姓名，乃攸之甥。攸素有德行，聞之感恨，遂不復畜妾。卒以亡嗣，時人義之。爲之語曰：『天道無知，使鄧伯道無兒。』明人作《百子圖》雜劇，乃謂攸子雖棄，爲他人所得，後復歸於攸；子孫衆多，元帝爲繪《百子圖》以紀其盛。此蓋《長笛賦》所云『屈平適樂國，介推還受禄』之意。事之信不，可不問也。（《花朝生筆記》）

曲江記第二十三

《曲江記》傳奇，傳是明初舊本，未知何人所作。黄文暘《曲海》列其目，然亦不詳其姓氏。書係衍唐杜甫事，多屬增飾，非實録也。

略云：天寶十一載，玄宗朝獻太清宫，饗廟及郊。杜甫奏賦三篇，帝奇之，授集賢院待制，遷左拾遺（按：甫以獻《三大禮賦》得官，未嘗爲待制。杜詩：『集賢學士如堵墻，觀我落筆中書堂。』蓋召試於集賢院，非授職集賢院也，擢左拾遺，亦係後時事），與禮部賀知章，翰林李白，共詣曲江進樂（按：賀知章禮部侍郎時，甫尚未授官。迨甫授官，李白亦已去官矣）。甫與黃四娘舊好，四娘居曲江頭萬花村，三人因就飲花下（按：黃四娘，蜀人。甫在蜀時，有詩云：『黃四娘家花滿蹊，千朵萬朵壓枝低。流連戲蝶時時舞，自在嬌鶯恰恰啼。』此云出自教坊，寓居曲江，非是）。安禄山反，甫依節度嚴武於蜀，四娘亦他徙，依杜韋娘以居（此是增飾）。甫抵蜀，知章、白亦同流寓，相與造甫，登臺覽古。嚴武來訪，報李猪兒已刺禄山，天下大定（案：甫在蜀，與白相隔甚遠，時有詩憶之。知章則已逝矣）。於是甫與賀、李同歸京師，四娘亦偕杜韋娘返曲江舊宅，三人者共飲其家，用相慶祝云。

（《投轄小志》）

章臺柳第二十四

許堯佐《章臺柳傳》：天寶中，昌黎韓翊有詩名，性頗落拓，羈滯貧甚。有李生者與翊友善，家累千金，負氣愛才。其幸姬曰柳氏，艷極一時。李生居之別第，與翊爲宴歌之地，而館翊於其側。柳氏自門窺之，謂侍者曰：『韓夫子豈長貧賤者乎？』遂屬意焉。李生素重翊，無所恡惜。後知其意，乃具膳請翊。酒酣，李生曰：『柳夫人容色非常，韓秀才文章特異，欲以柳薦枕於韓君，可乎？』翊避席曰：『蒙君之恩，解衣輟食久之，豈宜奪所愛乎？』李堅請之。柳氏知其意誠，再拜，引衣接席。李生坐於客位，引滿極歡。明年，禮部侍郎楊度擢翊上第。屏居間歲，省家於清池。柳氏乏食，鬻妝具以自給。歲餘，盜覆二京，士女犇駭。柳氏以艷獨異，懼不免；乃剪髮毀形，寄跡法靈寺。是時侯希逸自平盧節度淄青，素借翊名，請爲書記。洎宣皇帝以神武反正，翊乃遣使間行求柳氏，以練囊盛麩金而題之曰：『章臺柳，章臺柳，昔日青青今在否？縱使長條似舊垂，也應攀折他人手。』柳氏捧金嗚咽，答之曰：『楊柳枝，芳菲節，所恨年年贈離別。一葉隨風忽報秋，縱使君來豈堪折。』無何，有蕃將沙吒利者，初立功，竊知柳氏之色，劫以歸第，寵之專房。及希逸除左僕射入覲，翊得從行。至京師，已失柳氏所在，嘆想不已。偶於龍首岡，見蒼頭以駿牛駕輜軿，從兩女奴。翊偶隨之，車中人問曰：『得非韓員外乎？某乃柳氏也。』使女奴竊言，已失身沙吒利。詰旦，幸相待於道政里門。及期而往，以輕素結玉合，實以香膏，自車中授之。曰：『當遂永訣，願置誠念。』乃回車，以手揮之，翊大不勝情。會淄青諸將合樂酒樓，使人請翊。翊强應之，然意色皆喪，音韻凄咽。有虞候許俊者，以材力自負，拊劍言曰：『必有故，願一效用。』翊不得已，具以告之。俊曰：『請足下數字，當立致之。』乃衣縵胡，佩雙鞬，從一騎，徑造沙吒利之第。候其出行里餘，乃被衽執轡，犯關排闥，急趨而呼曰：『將軍中惡，使召夫人。』僕侍辟易，無敢仰視。遂升堂，出翊札視柳氏，扶之跨鞍，馬逸塵斷，倏忽已至。引裾而前曰：『幸不辱命。』四坐驚嘆。柳氏與翊執手涕泣，相與罷酒。是時沙吒利恩寵殊等，翊、俊懼禍，乃詣希逸。希逸曰：『吾平生所爲事，俊乃能爾乎？』遂獻狀上聞。有詔，柳氏宜還韓翊，沙吒利賜錢二百萬。翊後累遷至中書舍人。

明張國籌有《章臺柳》傳奇衍此事。國籌，章丘人，與李中麓同時，以貢士爲行唐知縣；善金元

詞曲，所著尚有《脱穎》、《茹盧》、《申包胥》、《韋蘇州》等劇，在袁西野、李太常伯仲間。（《花朝生筆記》）

胡蝶夢第二十五

《莊子·至樂篇》自言其妻死，箕踞鼓盆而歌。清初嚴鑄衍其事爲傳奇，取《齊物論》篇莊周夢爲胡蝶語，名《胡蝶夢》。蓋以譏世俗婦女之侈談節烈，而心口不相應者。略謂莊子與妻田氏，偕隱南華山中。一日，周遊山下，見一新冢，少婦縞衣拂以扇。詰其故，曰：『夫約墳土乾乃嫁，扇之，欲其速乾耳。』周助以術，墳立乾。婦喜，即贈之扇。周持歸以語田氏，田氏詈之。周曰：『人情何常，奚以詈爲？』田益怒，奪扇碎之。越日，周僞病，勢日益劇，田涕泣矢靡它。周旋卒，喪祭如禮。忽一少年，儀狀甚都，叩門請見。自稱楚王孫，向日願師事周，今雖不得見，請假館讀所著書。田氏悦之，浼其僕强王孫贅焉。躅資辦婚事，移周棺别室，盛裝與王孫飲。王孫卒患心痛，旁皇無所爲計，僕言得生人腦食之當愈。田以周死無多日，其腦或尚可用。持斧力劈其棺，棺破，則周蹶然起矣。大窘，强挾入卧室。幸王孫主僕，都已不知所往，始稍慰。周時行動如常人，見室有酒殽，且飲且詰，并訊易服之故。田飾詞以『卜夫當蘇』對，周笑頷之。田偶它顧，恍惚見王孫在外，既又無睹，如是者屢。乃悟皆周所幻化，慚而自經。周鼓盆作歌，歌罷，火所居室，遨遊四方。遇老子於函谷，因與俱西。

其事誕妄不經，書亦不傳。惟今劇場所般衍者，悉用其關目，故婦孺咸能道之。（《花朝生

筆記》）

盧夜雨第二十六

明人説部紀泉唐王有道娶孟氏女曰月華，居武林門内一畝田，婦翁鳴時家門外之湖墅。會清明，鳴時迎有道夫婦掃玉泉墳塋。月華母張因留女於家，住十餘日。月華念有道欲歸，留之不可，遂附船行。將抵城，天忽大雨，避於空園一小舍中。頃之，一少年亦以避雨至，覿面相對，不可回避。雨霽，城門闔矣，兩人俱止舍中。月華以暮夜與男子處，惴惴不自安；而少年以禮自防，絶無他念。天明，月華抵家，私與小姑淑英言之，謂不意天下竟有魯男子也。旋爲有道所聞，故使大歸，孟氏不能辯，悔恨而已。秋大比，房考申高者得一卷，平其文棄之；已而其卷忽在所取之列，如是者三。疑其人或有陰德，易他卷薦焉。榜發，解首王有道，第七十一名柳生春，則所欲棄卷也。新雋者同謁房師，高語柳生以已棄復取之故，問何德致之。柳曰：『無。』高强之言，以避雨事對。於是有道知其妻之無他，復迎之歸。詢柳生斷絃未續，妻以淑英焉。清初傳奇《盧夜雨》即譜此事。（《花朝生筆記》）

雙官誥第二十七

《雙官誥》院本不知誰作，以黄文暘《曲海》考之，蓋清初人也。演大同諸生馮琳如，故宦家子也，學使者與有隙，將以事文致其罪，懼而遁，行醫自給。嘗治巡撫于公謙疾，立愈，留居幕府。英宗既北狩，謙長兵部，以琳如才，奉使漠北；後隨駕回京。天順初，徐有貞等中傷于公，公被殺，琳如繼爲兵部尚書。初琳如嘗病，問妻盧貞娘、妾某氏、婢碧蓮曰：『脱不起，當若何？』貞娘曰：『當守。』妾曰：『已有子矣，不敢有貳。』碧蓮獨以『可留可去』對，妻妾共誚讓之。琳如亦旋愈。琳如有友人貌極相似。琳如隨于公北上時，以五百金付其居停，并作書，命送至家。其友適抵居停所，共干没之，匿其書不寄。聞琳如醫名藉甚，已亦嘗攻岐黄術者，即託其名以行。而學使怒琳如甚，遣人密刺之，中其友。友僕寄其柩佛寺中，題琳如姓名焉。蓋琳如家書被毁，至是不通消息者，可十年所矣。盧貞娘使僕馮瑞者物色之，至寺，睹馮友柩，遄反，以死報。妻妾不安於室，相與議改適事。碧蓮憤曰：『皆去，誰與育子？』盧曰：『若能之乎？』曰：『必欲去者，我爲其難矣！不敢辭。』妻妾謝之，付以子而行。碧蓮迎其母何媪共居，日夜紡績以養其子。貧窶特甚，而教子讀書不稍懈。子謂非己母，以故不若。碧蓮曰：『汝固有嫡母生母在，盍往求之？』老僕從而往，皆不顧。乃涕泣歸，悉聽碧蓮言。稍長應試，一舉獲雋。琳如服官數年，乞假歸里。舟中見其妻浣於岸，已又見妾汲於井，心大疑之。抵家，則門庭蕭條。碧蓮出見，以爲鬼也。曰：『婢爲君守節十餘年，艱苦備嘗，奈何復怖我？』琳如告以衣錦歸鄉，乃哭拜相勞苦。問妻妾皆何在，瑞爲述其始末，不勝太息。會京師急足至，報子又登甲科。琳如大喜，扶碧蓮坐，拜之，立以爲夫人。妻妾踵門求歸，琳如不納；與屋數椽，給衣食而已。父子官誥，皆歸碧蓮。

案：明人雜記亦載此事，曰馬陵如。相傳實有其人，但官未必如此顯耳。或以爲楊善，以其曾

隨英宗駕也。于忠肅之後爲兵部尚書者，陳汝言，又其後爲馬昂。此云姓馮，或即其所託，亦未可知。（《閒居雜抄》）

鈞天樂第二十八

順治丁酉科場大獄，相傳因尤侗著《鈞天樂》而起。（藻案，侗作《西堂樂府》六種：《鈞天樂》、《讀離騷》、《吊琵琶》、《桃花源》、《黑白衛》、《清平調》。《鈞天樂》爲南詞，餘皆北曲。）時尤侗、湯傳楹，高才不第。隱姓名爲沈白、楊雲，描寫主考何圖，盡態極妍；三鼎甲賈斯文、程不識、魏無知，亦窮形盡相。科臣陰應節糾參。殿廷覆試之日，不完卷者，琅璫下獄。吴漢槎兆騫本知名士，戰慄不能握筆。審無情弊，流尚陽堡。（藻案：當云寧古塔。）張文貞玉書時方十八歲，從容抒寫而出。公輔氣度，固自不凡。（《石鼓齋雜録》）

凰求鳳第二十九

辛亥春，予有虎林之行，得李漁《十種曲》於市。然非全帙，存《凰求鳳》、《憐香伴》、《巧團圓》、《慎鸞交》、《風箏誤》五種而已。旅邸無俚，翻閱一過。觀其關目皆極奇幻，泚筆紀其崖略，以資談助，且視未見其書者。笠翁詞曲，有盛名於清初。十曲初出，紙貴一時；今則鮮有稱之者矣。

《凰求鳳》亦名《鴛鴦賺》。言金陵呂曜少年鄉薦，才貌兼絶，青樓中人，皆傾心焉。曜不顧，獨與許仙儔善。許艷而能文，愛曜甚，誓必嫁之。曜約取名家女爲婦，以許爲側室。許以其家貧，顧出己資供其費。遂爲遍訪名姝，得曹氏女淑婉。時又有喬夢蘭者，老儒國用女也。父令自擇婿，稔知曜才，且曾識半面，商之媒媪何氏。何告以許妓代爲擇配事，喬怒，密屬何語曜云：『許欲覓不已若者妃之，恐奪其寵也。』曜因疑許，何復繩喬之美，自任蹇修。遂引至喬家，夢蘭出見，賦詩訂昏，并約期以輿迎曜入贅其家。許見曜，以曹氏之美告，曜殊漠然。許大疑，於袖中得與喬贈答詩，密偵得其詳，恨甚，思有以傾之。時曜赴試畢，朝議以有事於瓦剌，命舉子回籍候榜。適及喬氏婚期，許來視曜，而令人先以輿至，僞爲喬氏之來迎者。曜未及察，託詞別許去。入一園中，四顧非喬居也。既却扇，新婦甚美，顧亦非夢蘭，旁皇不知所爲。忽二婢引之簾前，内有人厲聲責其負心，命鞭之。左右曰：『喬氏女也。』曜察其聲，似習聞者。徑前捲簾，則仙儔也。始知見賣，而悦曹之美亦未嘗不感許。特時時念喬，未能釋然。吕、曹成昏之夕，喬氏本盛裝待曜之至。俄空輿回，但於園公處得許僞作曜與己書，責其妬而謝絶之，并還所贈詩。喬慚憤欲絶，不知其詐也。許與曹閒曜園中，不令外出。招殷媪者，司灑掃之事。又僞爲喬氏失夫零丁，榜之通衢。殷媪揭以報喬，喬益憤，欲命人往劫。媪阻之，且爲畫策。命曜僞病，又囑日者云：有一女詛咒，無可救藥。許、曹懼，願迎喬同居。於是媪往來游説，喬亦首肯，遂歸吕氏。（《毗梨耶室雜記》）

憐香伴第三十

《憐香伴》略云：石堅字介夫，江都諸生也。原籍嘉禾，母范，揚州人。舅無子，以堅入繼，從其姓曰范，改名石。妻崔氏雲箋，才色甲於維揚。其中表張三益，亦諸生，與堅善。山陰孝廉曹有容者，垂老不第，與江都教諭汪仲襄約同計偕。挈女語花行，抵江都，寄之尼庵。庵故范氏香火也。雲箋赴庵隨喜，聞麝蘭氣，詰尼，得語花。相見恨晚，各賦《美人香》詩一首。時有容方遷寓學宫，語花與雲箋不忍别，訂小春朔託爲佛事，復會於庵。至期，二人皆至，益相憐愛，約爲來生夫婦。繼而雲箋曰：『來生事遠，不如今生。』乃勸語花亦嫁范氏，佛前立誓而散。雲箋歸語其夫，石喜，屬張三益爲媒。言妻以病故，願讓曹女爲正室。周公夢者，常見語花而艷之，亦欲懇三益爲媒。三益爲述石事，大驚，譖之於有容。三益見，有容面斥之；并屬仲襄以石爲劣生，報學使者。石不服，與仲襄争，仲襄復以石爲毆師。石竟被褫，挈妻歸嘉禾；以元名雋浙榜，三益亦雋南榜。時有容已登第，官翰林，居京師。語花思雲箋成痗，服藥不效，有容訊知其憶詩友也。乃物色女子之能詩者，以爲女伴。石適應禮部試入都，雲箋隨行。聞之，即僞爲未嫁之女，就試於有容。有容喜之，認爲義女，遂與語花共處焉。禮部榜發，石獲雋，三益亦入彀，皆出有容門。有容識三益，而不知石堅之即范石也。問石娶未，云曾聘崔氏，自幼相失。有容允字以語花，三益爲媒。居無幾何，有容奉命使琉球，年老憚行。堅請於朝代之，有容益大愛堅，遂與語花成婚，三日而行。語花始告其父曰：『堅即范石，詩女子即崔雲箋，范石之妻，與己同訂盟者也。』有容大驚，以事上聞。有旨，崔、曹并歸石堅，不分嫡妾，遂其初志。堅回國，重行合卺禮云。（同上）

巧團圓第三十一

《巧團圓》略云：漢陽姚繼，幼失二親；但記父曾予一玉尺，爲傳家之寶。與姚器汝比鄰而居，每夜夢上一小樓，床後一箱，貯種種玩具，常戲耍之。一日，夢老人語之曰：『此樓乃汝誕生之所，玉尺又婚姻所繫，不可輕棄。』繼醒，莫得其解。姚器汝者，西川人，官至八坐。見流賊勢盛，棄官離鄉，變姓名曰曹玉宇，與妻及撫女僑居漢口。見繼聰惠老成，思以女字之。即立爲嗣，乃令商於松江，試其能不。其所撫女，亦賢淑多知。念當亂世，亦欲委身於繼，俾護其家。書《詩經》四句曰：『關關雎鳩，在河之洲。窈窕君子，淑女好逑。』以帕裹詩於簃隙投繼，改後二句以寓意。繼亦以詩四句，改前二句，書於玉尺答女曰：『投我以瓊瑶，報之以木桃。匪報也，永以爲好也。』兩人遂心許結婚矣。

鄖陽尹小樓者，世襲錦衣千户，家頗殷實。生一子，年數歲，與群兒入山亡去。小樓夫婦遂無子，爭嗣者甚衆，小樓皆不顧。欲得真心願子之者，忽發奇想，改其姓爲伊，籍貫爲武昌；往江南各處，插標賣身爲人父，一市盡驚以爲狂。繼抵松江，一見心動，即買爲父，委曲順承之。是時流賊徧擾兩湖，器汝避難，與女相失，小樓妻亦爲賊所得。初，小樓慮繼知其家富，即父事非誠。居久之，未嘗以實告。至是欲挈之歸，繼以念姚氏女故，亦不欲久客，遂附舟行。小樓令先至漢口，與女婚，而已反故鄉待之。舟抵漢口，風甚利。繼甫登岸，小樓未及與語真姓名籍貫，三老已趣解維矣。繼之漢，舊居及器汝家皆蕩爲煙燼。人告以器汝遠遁，其女在賊營。賊以所掠婦人於仙桃鎮市賣，絶力赴之，冀或遇女。及至，賊密縫婦人布袋中，視輕重而異值，不得擇老少美醜。繼得一袋，視之，皤然老婦也。乃以母事之，老婦感其意，謂曰：『某袋女郎袖一尺，美甚，急買之，不可失也。』繼聞其袖尺，疑爲姚氏女，買歸果然。遂成婚，奉所認母抵武昌，則武昌無所謂伊錦衣者。時朝廷以器汝材，起爲督師。女聞之，屬繼作書往候。器汝以繼稱婿不稱子，不甚喜，但令於塗候之。繼以爲薄已，不敢徑往，而又失所認父。其假母曰：『我家姓尹，居鄖陽，亦世武職，有資財，可相依也。』則復之鄖陽，及見尹，即松江買得之父也。老婦蓋即其妻，大奇之。尹居繼夫婦一小樓上，繼既登，恍如舊游，所見之物皆熟習。語妻曰：『床後當有一箱，中藏玩具如幹事。』啓視良信。父母聞之，大駭。其妻曰：『嚮聞君非姚氏子，由今觀之，乃真尹家兒也。』尹曰：『有是哉？信若此，左足當有枝指。』驗之果然。父母抱之大哭，蓋自兒時亡失，至是已二十餘年矣。後器汝督師過之，知繼實尹子，認爲翁婿也。

此事離奇之極。漁自序云：『若僅依樣沿襲，陳陳相因，作者既乏嘔心雕腎之功，讀者亦無驚目動魄之趣。覆瓿之外，安所用之？是劇於倫常日用之間，忽見變化離奇之相，無後者鬻身爲父，失慈者購嫗作母。鑿空至此，可謂牛鬼蛇神之至。及至看到收場，悉是至性使然。人情必有，初非奇幻，特飲食日用之波瀾耳。』漁既自云鑿空，即不必問其有無。實則李曲皆可作如是觀，不僅此一種

也。（同上）

慎鸞交第三十二

《慎鸞交》略云：華秀，下柏人。父官西川節度，年少登科，未廷試，送父之任。歸途游吴，吴中名士侯雋，方與好事者定花案於虎邱。秀適至，邀同游宴。有妓曰王又嬙，廣陵名家女，流落賣歌。又一妓曰鄧蕙娟，與雋甚昵，以身許之。嬙獨漠然，然其色藝實出娟上。雋定爲第一，娟次之，花叢許其無私焉。虎邱之會，嬙見秀，甚愛之，以詩訂盟，約十年後迎取。雋則急欲得娟，貧不能遂，秀解囊助之。雋居娟尼庵中，身赴禮部試，與秀偕行。榜發，秀魁天下，雋一甲第三。時嬙避喧鄉居，爲土豪所見，欲奪其志。嬙以告太守，守爲申究。再遷居，與娟遇，同住庵中。秀、雋既登第，一内相家有二女，願於新科中擇婿，意在得秀。秀固辭不可，乃歸雋。詎雋憐新棄舊，竟以書絶娟。秀奉命使吴，因訪又嬙。遇娟，悉其事。大怒，還京絶雋，不與相見。適秀父内召，道出蘇州，蘇守爲言二妓始末，乃以别舫載之入都。秀守前約無異言，雋亦愧悔，納蕙娟爲妾云。（同上）

風箏誤第三十三

《風箏誤》略云：茂陵韓世勛，少年美風姿，才思敏捷。幼失怙恃，依父友戚輔臣以居，與輔臣子友先同學。友先性驕，才亦不如韓。里中詹武承者，曾官四川招討使，因事罷歸。有二妾，梅氏生女曰愛娟，柳氏生女曰淑娟。淑美而才，愛反之。蜀鑾反，朝廷起詹鎮蜀。詹以二妾不睦，築垣院中，令東西分居。詹與戚有年誼，臨行，以二女婚事屬焉。會清明，韓作感懷詩云：『謾道風流擬謫仙，傷心徒賦《四愁》篇。未經春色過眉際，但覺秋聲到耳邊。好夢阿誰堪入夢，欲眠竟夕又忘眠。』吟未竟，值友先以風箏屬畫，因書詩其上。續後二句云：『人間無復埋憂地，題向風箏寄與天。』友先放箏，忽綫斷墮柳氏庭中，淑娟見之，倒和韻題其後曰：『何處金聲擲自天？投階作意醒幽眠。紙鳶祇合飛雲外，綵綫何緣斷日邊？未必有心傳雁字，可能無尾續貂篇。愁多莫向穹窿訴，祇爲愁多却謫仙。』題畢，值愛娟乳媪邀過東院，擲畢而行。友先歸，令僕索風箏於詹氏，柳以夫與戚家契厚，遂以付之。僕持至，友先適倦寐，和詩爲韓所見；玩其句意妍麗，知出閨秀手，遂易以素紙。詢之館童，云是詹女。因復賦一絶云：『飛去殘詩不值泉，索來錦句太垂憐。若非綵綫風前落，那得紅絲月下牽？』亦題風箏上，故令綫斷落於詹宅，而令奚童往索以探其意。孰意入愛娟手，愛娟故不惠，以詢乳媪。媪言西院亦嘗得風箏，上有七律一篇，淑娟曾和之。詩蓋戚公子之所作也。愛娟殊慕戚，乃與媪謀，託淑娟名，俟戚索風箏，密囑夜間相見。韓童前索箏，反以語韓，大喜。抵暮往，詢以詩意，所答多繆。疑而燭之，貌甚寢，驚走。值試期近，因別輔臣往試，大魁天下。時詹已抵蜀，鑾以象臨陣，戰屢失利。朝命韓監其軍，與詹設假獅以進，大捷。詹知其未娶，欲以淑娟字之。韓疑即向所見者，拒不允。詹乃致書輔臣，浼爲主婚。輔臣立爲納采，且以愛娟配其子焉。合巹之夕，韓意殊不懌。及却扇，見女艷甚，迥非前所見者比，大疑而不敢言。未幾，友先成婚，始知前此係愛娟假託云。

（同上）

十二樓第三十四

李笠翁《十種曲》，實傳奇中之錚錚者，後人多輕視之，最不可曉。詆笠翁尤甚者，爲袁隨園。然隨園之爲人，與笠翁亦不過五十步百步之分耳。笠翁著有平話小説，曰《十二樓》，仿《今古奇觀》體例。書甚佳，可與《十種曲》參觀。又俗傳《耶蒲緣》，亦出笠翁手筆，余讀之良然。（《納川叢話》）

第二碑第三十五

蔣心餘先生《藏園九種曲》中《一片石》、《第二碑》，皆演明寧王宸濠妃婁氏事也。《一片石》自序云：『前明寧庶人婁妃，沉江後，爲南昌私葬。二百年來，無有志者。乾隆辛未春，南昌蔡書存先生謂余曰：「昔聞朱赤谷老人言，婁妃有墓在城外隆興館側，今廢矣。碑趺尚存，惜無能復之者。」余頷之。明日，告青原方伯，方伯意怏怏，急遣使訪其處，遂立碑表識之。越三日，有鍾某來謁方伯，伏地拜不起，曰：「某本上饒婁氏裔，妃即某先世祖姑，因避逆藩禍，易姓鍾。旋徙居隔江沙井。崇禎末，宗室子弟鬻妃墓，爲郡守陳公建生祠。守憫焉，索地券，益官牒一紙，給某家永守，戒勿更售。鼎革時，家漸傾廢。後建上饒、新建兩漕倉，以有妃墓故，虛其間隙地數丈，今市兒各構屋實之。」乃探懷中牒以獻，則朱墨符篆，居然前代物。方伯喜慰，益信篤。其所演止於彭家屏立碑表識。曲中籛公、即指彭言。薛生天目，則先生所自託也。先生仍自稱天目，季延陵影漢陽吴翥堂，阮斗樞影宛陵阮見亭，全劇關目，大約俱自叙中。兹更節録之。

《第二碑》更演建立新坊，開闢兆域事。

婁妃墓在新建、上饒兩倉間，埋没貧家竈側有年矣。乾隆辛未春，予訪得之，告青原方伯。時移藩滇南，且戒裝，不得廓清塋域，僅立碑表識而去。歷今二十六載，予每寓書有司，乞擇官屋一區，徙此破屋，以妥妃靈，無有應者。乙未冬，漢陽阮見亭茂才過訪，執手如平生。叩以故，則以傳鈔中心折予所撰《一片石》舊詞，蓋十餘稔每以不及訂交爲憾。予乃傾倒見亭者不能已。見亭時往虔南省舅氏太守翥堂吴公，匆遽特甚。明年，上特擢太守江西鹽道，即權方伯篆，見亭從焉。予心怦然動，遂舉妃墓事屬告方伯，亦姑妄語之耳。明日，聞方伯偕令尹伍君往視，即償墓户遷屋之貲；又給金囑令尹修葺如式。伍君亦捐俸購墓門外民居，俾拆去。於是兆域盡曠，馬鬛隆起，新坊翼然以崇。嗚乎！妃之幽宅至兹而尊矣，不亦快乎！』（《羼提齋叢話》）

箜篌記第三十六

《唐逸史》：昔有盧、李二生，隱居太白山讀書，兼習吐納道引之術。一日，李生告歸曰：『某不能甘此寒苦；且浪跡江湖。』訣别而去。後李生知某縣，人吏隱欺，欠折官錢數萬貫，羈縻不得歸，貧甚。偶過揚州問使橋，逢一人，草蹻布衫，視之乃盧生。生昔號二舅，李生與語，哀其襤褸。盧生大駡曰：『我貧賤何畏？公不作好，棄身煩弊之所；又有欠負，且被囚拘，尚有面目以相見乎！』李生厚謝。二舅笑曰：『居處不遠，明日即將奉迎。』至旦，果有一僕者持駿足來，云二舅遣迎郎君。既去，馬疾如風。過城南數十里，路側朱門斜開，二舅出迎。星冠霞佩，容貌光澤，侍婢數十人，與橋下儀狀全別。邀李生中堂宴饌，名花異木，若在雲霄。既夜，引入北亭命酌，曰：『兼爲公求得佐酒者，頗善箜篌。』須臾，紅燭引一女子至，容色極艷，新聲甚嘉。李生視箜篌上有朱字一行云：『天際識歸舟，雲間辨江樹。』罷酒，二舅曰：『莫願作婚姻不？此人名家，質貌若此。』生唯唯。又曰：『公所欠官錢多少？』曰：『二萬貫。』乃予一柱杖曰：『將去於波斯店取錢，可從此學道，無自穢身陷鹽鐵也。』纔曉，前馬至，二舅令李生去，送出門。波斯見柱杖，驚曰：『此盧二舅柱杖，何以得之？』依言付錢，遂得無事。其年，往汴州，行軍陸長源以女嫁之。既婚，頗類盧二舅北亭子所見者。復解箜篌，果有朱書字。視之，『天際歸舟』兩句也。李生具說揚州城南盧二舅亭中筵宴之事。妻曰：『少年兄弟戲書此。亦曾夢見使者云仙官相迎，一如君言也。』李生嘆訝，却尋二舅之居，惟見荒草，不復睹亭臺也。

傳奇《箜篌記》衍説此事。此記《曲海》亦列其目，未詳何人所作。世傳乩仙之筆也，恐未可信。

（《花朝生筆記》）

九龍池第三十七

《九龍池》傳奇，清無錫薛旦撰，演唐顧況事。蓋以元人《金錢記》爲藍本，而改换面目者也。略云：況字逋客，海鹽人。游長安，受業於李白。白薦之賀蘭進明所，與其子晃同學。時詔士女踏青九龍池，進明女洛珠與焉。況亦往觀，遇珠於塗，目逆久之。珠乘間以金錢十二投況。初，進明聘女塾師鳳十三娘訓洛珠，以御賜開元金錢十二枚遺女鎮書，珠所投即此也。蓋珠嘗孰聞其父稱況之才，擲錢時原知即係其人，況亦知爲進明女云。珠歸，覘況書室清肅，刻詩竹上曰：『陌上春歸後，金錢卜未曾？好將斑點淚，灑向竹青青。』況見詩，知珠所題。密以錢卜婚事，值晃入見之，奪錢三枚，以告其父。況慮禍，削竹上詩遁去。進明覺，追之，不及。乃扃洛珠樓上，欲餓死之。適朝命授進明淮南太守，戒裝迫甚。十三娘與臧獲輩謀，出洛珠，挈之它去。況逃匿磨鏡奚少山家，其女眉仙者，見而悦之，欲託以終身。況固感少山，乃以金錢三枚私聘之，遂辭行。時安禄山反，張巡守睢陽，遣南霽雲求救於淮南，進明不應。城陷，巡與霽雲死難。河北大擾，少山攜女避地華陰。適十三娘同珠亦至，遂聚居一處。況既辭磨鏡行，抵華陰，令識之，欲致之進明所。李白時亦詣縣，令責其不下驢，詢知爲白，大窘。白見況被執，屬令釋之；予以金帛，令暫寓山中，讀書候試。少山過馬嵬，獲太真履，珍藏之。賊平，少山父女及洛珠，皆歸長安。有旨訪求太真遺物，少山獻履，竟成巨富。進明則以巡陰索其命故，第宅邱墟，晃至行乞於市。後爲珠所見，呼與之語，晃疑爲鬼，驚悸成疾死矣。

況入京應試，少山邀之歸，欲妻以女。尋大魁，復爲述洛珠先投金錢事，誓不相負，二女皆與況成伉儷也。

按：南霽雲請救，事見唐史。《昌黎集·張中丞傳後叙》，載之尤詳。太白至華陰，屢見於唐人雜説。所謂『天子殿前，尚容走馬。華陰道上，不容騎驢』者也。傳奇之云不謬。惟拾得楊妃遺履，傳觀致富者，本係馬嵬老媪。《太真外傳》所紀，較然明白。《劉禹錫集》有詩詠之。此嫁名爲磨鏡奚少山耳。（《閒居雜鈔》）

康衢新樂府第三十八

吕叔訥名星垣，爲毗陵七子之一，國初吕殿撰宫之後也。以明經官海州學正，得保舉，爲直隸邯鄲縣知縣。余戲寄二詩云：『自笑書生骨相寒，出門何處是邯鄲？早知富貴元如夢，誰肯將來作夢看。』、『愁緒苦長鬚鬢短，功名容易别離難。君家老祖如還在，爲我先求换骨丹。』叔訥著書甚富，尤長於詞曲。嘉慶乙卯萬壽，嘗填《康衢新樂府》傳奇，爲世所稱。（《履園叢話》）

萬歲牌樓記第三十九

名人作宰吾贛者，其卒也，多與禍會。最著者，如惲子居令瑞金縣，暴民爲變，全眷皆遇害，惲氏身僅免。包慎伯令新喻縣，盡瘁民事，刑錢幕友，均不延請。然不善事上官，誣劾以墨落職。人士冤

之，爲造《萬歲牌樓記》小説。瞽師彈誦，聞於朝使，顧莫能爲之白也。（《食字居譚録》）

玉蟾蜍第四十

明徐有貞，要自一代名臣，然奪門之役，陷于謙於死，論者恨之。彈詞《玉蟾蜍》，設言于公後身爲某公子，清才美貌，富甲一郡。有玉琢蟾蜍一十二枚，爲傳家之寶。後遇十二美人，皆願與終白首，以蟾蜍分遺之，同日成婚，此十二美人者，即有貞與其黨所轉生也。語雖不經，殊快人意。考《明史》，天順（英宗復位年號）元年七月，即放有貞於金齒。三年八月，下石彪於獄，籍其家。十月，罷石亨，絶其朝參。翊年二月，亨、彪伏誅。七月，曹吉祥與其養子欽伏誅，其家無大小盡斬。是諸人生前已食其報矣。于公則憲宗（英宗子）成化元年二月，詔雪其冤。遣行人致祭，子冕釋回。制辭有云：『當國家之多難，保社稷以無虞。惟公道之獨持，爲權奸所并疾。在先帝已知其枉，而朕心實憐其忠。』天下傳誦焉。弘治初，贈太子太傅光禄大夫上柱國，謚忠愍（萬曆中改忠肅），立祠墓所，賜額曰旌功。復冕官應天府尹。至今浙江、河南、山西，皆世奉祀不絶。于公身後，顯奕乃爾。美人十二，豈足道哉！（《花朝生筆記》）

破窑記第四十一

宋葉夢得《避暑録話》：呂文穆公（蒙正）父龜圖，與其母不相能，并文穆逐出之。羈旅於外，衣食殆不給。龍門山利涉院僧識其爲貴人，延致寺中，爲鑿山巖爲龕居之。文穆處其間九年，乃出從秋試，一舉爲廷試第一。是時太宗初與趙韓王議，欲廣致天下士，以興文治，而志在幽燕，試訓練將賦。文穆詞既雄麗，唱名復見容貌偉然。帝曰：『吾得人矣。』自是七年爲參知政事，十二年而相。其後諸子即石龕爲祠堂，名曰肄業，富韓公（弼）爲作記云。《破窑記》傳奇，蓋本此也。然自此記出，志書亦沿俗論，但言窑而不知有龕，并龍門山僧亦湮没不傳久矣。（《花朝生筆記》）

蟫史第四十二

世行《蟫史》一書，不著姓名。以荒唐之辭，肆詆誹之説。詳其命意，似指三省教匪之役。當世將相，任意毁刺，且有上及乘輿處。考其用筆，極類《煙霞萬古樓集》，此殆王曇手筆。王爲吴省欽弟子，吴曾舉其能用掌心雷破賊。奉仁宗嚴斥，蓋吴、王皆和黨也。然則此書泄忿之作，胡足存乎？其書末之少目翁，已明指省欽矣，爲曇無疑。（《天咫偶聞》）

再誤緣第四十三

予屢遭家難，年弱冠，尚學太原公木蘭寺寄食。同學孫生爲執柯，將聘於里中袁氏。袁翁試所學，决爲必售，允焉。歸而疾大作，易簣時，屬妻如約，目乃瞑。鄰翁王，嘗爲子求婚於翁，勿許，銜之。聞翁死，經理其喪，數短予於媪。媪意逡，徑許王。將聘於六月之吉，女聞，憤不食。媪勸解，終不懌。嘆曰：『戴固貧，父命也，且有發時。王特牧豎爾，乘人之喪，而因以行譎；兒豈奸徒能賣者乎？死歸之耳！』會翁百日，王攜子往奠。聞幃中嚶嚶泣，有刺語，漸且詈，聲愈厲，王父子忿然遁，婚事遂中止。明日，媪復遣孫説予，予感女，將成議。媪終惑某無賴言，劫女歸某大賈去，予爲惋惜累日。是年，補博士弟子員。又三年，領鄉薦。聞女覓死者再，母亦悔恨而已。光緒改元，禮闈被放歸，距聘袁時，已十易春秋矣。偶進城閒步，見後有少婦亭亭至，縞衣素裳，翠眉雙鎖。睨之，袁女也。隃夕過其門，嫗强予人，見茆屋三椽，頗精雅。女端坐，軋軋撥紡車。見予徐起，斂袖作禮，神色毅然。予答揖。嫗肅客坐，命女煎茶。徐言曰：『老婦素慕君子，以讒人所構，墜妮子苦海中，然罪皆老婦罪也。君子能憐其少寡，一援手不？』予驚問故，曰：『向者誤適匪人，曾不得一餐飽，一夕暖。大死無以殮，妮子負兒行百里，從夫兄乞阿堵，槁葬荒冢中。今兒又殤矣，夫兄欲奪其志，故來此避之爾。』予惻然欲有所言，女已奉茗至。含涕曰：『妾薄命，復何言！君子憐其志，死瞑矣。』予曰：『卿守節，鬼神且欽敬焉，區區日用，當爲謀之。』女曰：『細務不敢勞君子。家有負郭田十畝，爲夫兄吞去，悍不還。能完璧歸趙，則涸轍可蘇矣。』予曰：『諾。』遂辭出。翌日，予有江南之行。數月反，訪其廬，已遷去，自後杳然不見。因感前事，爲作《再誤緣》傳奇以志云。（《質言》）

斷腸碑第四十四

青樓女子庸俗居多。其有超出風塵，自樹一幟者，以余所知，一爲薛靈芸。聰明敏惠，嘗從歐陽石芝學禪理，洞澈本來。相傳前世爲維摩化身，故坐化時，玉筯雙垂，笑容可掬。一爲蘇韻蘭。本姓汪，名瑗，字畹根。能詩，所居曰幽貞館。記其贈某作云：『甲煎初添篆裊煙，朗吟佳句若愁牽。多才難换摩登劫，小謫都從忉利天。愧我塵中稱侍史，羨君筆底挾飛仙。一縑一字訓嫌薄，擬買新豐酒十千。』、『吟魂一縷黯然銷，苦爲多情暗損嬌。未必丁娘真十索，不勞子貢竟三挑。花心無計辭紅雨，珠淚偷彈濕絳綃。願乞慈雲長罨護，免教飛絮逐風飄。』後嫁湖北范氏，余前爲作《斷腸碑》六十回者也。（《三借廬叢稿》）

海陬冶遊録第四十五

稗官野史專紀滬上風俗者，不下數家，而要以王廣文紫詮（弢）之《海陬冶遊録》爲最。永既去之芳情，樵已陳之艷跡；鴛鴦袖底，韻事争傳；翡翠屏前，小名并録。其於紅巾之擾亂，番舶之縱横，往往低徊三致意，固不僅紀花月之新聞，補水天之閒話也。前日瀟湘館侍者所編《春紅小志》，差足媲美。他若袁翔甫大令之《海上吟》，則專採韻語；朱子美茂才之《詞媛姓氏録》，則第叙青樓。梨棗未謀，難傳久遠。至《滬上艷譜》、《滬上評花録》、《冶遊必覽》、《廣滬上竹枝詞》等書，皆書賈借以牟利。凌躐踳駮，頗不足觀，置之弗論可也。（《淞南夢影録》）

遯窟讕言第四十六

《遯窟讕言》，王紫詮得意之筆也。第三卷《骷髏》一則，略謂江東燕生，夜宿齋中，有麗人推扉入。詰所自來，麗人自述爲燕生昔日鄰舍餅師女；它徙已七年，今復至此者也。燕亦恍惚記之，遂與狎。朝去夕來，燕漸羸瘠。燕妻促歸内室，不應。私於窗隙窺之，聞男女狎褻聲。頃之，見夫與一骷髏從帳内出。俄聞如犬囓人骨聲，乃骷髏踞床嚼人足。腰懸一首，頗類夫。越窗入，骷髏滚地出門，旋滅。妻呼集婢僕，然燭炤之，骨肉狼藉，首已無矣（元文甚長，節録如此，然其有關係者皆存之）。此則不免有誤，蓋燕與女狎，未嘗叙及有它人知其事也。妻之見之也，亦未與燕一語也。及越窗入，則夫已骨肉狼藉，骷髏亦出門而滅矣。試問餅師女云云，從何而來？小説雖爲空中樓閣，隨意杜撰，然此乃其用筆不周到處，不得引空中樓閣以自擀。妻之所見，骷髏也，非麗人也。妻知燕與骷髏狎，亮自夫視之，必爲麗人，而夫未嘗爲人道也。是骷髏之爲麗人，乃懸測而得之，并不可直寫爲麗人，又况餅師女云云乎？偶爾粗心，遂罹此病。此小説之所以不易言也。（《海漚閒話》）

庚子國變彈詞第四十七

此書李南亭作，記庚子拳禍，使讀者惕然驚心。且以韻語出之，感人尤易，當在《官場現形記》上。彈詞之作，講新小説者，都不之及。余謂移風易俗，要當從此入手。質之高明，以爲何如？（同前）

金陵秋第四十八

《金陵秋》小説，作者署名曰冷紅生。林琴南初譯《茶花女遺事》，亦署名曰冷紅生，故知爲林之手筆。其自序有曰：冷紅生，世之頑固守舊人也。革命時，居天津，亂定復歸京師。杜門不出，以賣文賣畫自給。不求於人，人亦以此厭薄之。一日，忽有投刺於門者，稱曰：『林述慶，請受業門下。』生曰：『將軍非血戰得天保城，長驅入石頭者耶？』林曰：『不如先生所言，幸勝耳。』生曰：『野老不識貴人，將軍之來，何取於老朽？』將軍曰：『請授古文。』如是累月，將軍每數日必一聽講。已而忽言將軍以暴疾卒矣（案：林述慶克復金陵，而南京政府論功不與。林且辭去鎮軍都督，垂釣閩江。後走京師，説者謂袁項城初欲用林，繼知其不爲己用，遂毒殺之。詳見《金陵秋》）。生奔哭其家，幼子甫二歲。夫人縞素出拜，以將軍《軍中日記》四卷見授。言亡夫平生戰蹟，悉在其中。讀之，文字甚簡樸。生告夫人，此書恐不足以傳後。老朽當即日記中所有者，編爲小説，或足行諸海内，以老朽固以小説得名也。既送將軍之喪南歸，夫人於鐵路尚嗚咽請速蕆事，生以經月之功成此書。嗟夫！將軍之禮我，校諸邢恕及耶穌門之猶大，相去萬萬矣。林氏之作此書，全關係『將軍禮我』一語，蓋所以報知己也。世道日衰，論交者鮮有始終。觀於此，可以風矣。彼林述慶者，其禮文人而請爲弟子，意當不在是書之編刻。惟夫人嗚咽以請，又似聞諸亡夫生前酒酣耳熱之餘，扼腕而嘆曰：『世不識英雄，予惟願得文人傳吾事實於後世，增後人感嘆耳。』故夫人遂以是請，而林乃有是作。二林均可

人，此作尤可贊嘆。較之無行文人，假筆墨以阿諛權勢者，相去奚翅霄壤耶！（《求幸福齋隨筆》）

技擊餘聞第四十九

林氏之書，不下百種。然皆出自歐美人之手，及仁和魏氏之口，林執筆而記之也。以文采言，於并世作者中，自當首屈一指。若其它諸長，則非林之力也。林氏自著之書，有《技擊餘聞》一種，爲札記體。計二十餘首，首紀一人，自無結構可言。文采亦不若其翻譯諸作之絢爛，無甚意味。可見林之得名，他人之助之者不少也。（《海漚閒話》）

燕臺樂府題名記第五十

《燕臺樂府題名記》，未詳何人所作。去年於友人案頭見之，係其手鈔本。所記前代歌郎二十人，哀感頑艷，一唱三嘆。當時詫爲絶作，擬假録一帙，匆匆未果。後友人客死漢皋，此書不知流落何處矣。前某報得有秘本，付諸手民，讀之狂喜，爲録其小序於此。

《燕臺樂府題名記》，成於戊戌之秋，不知作於誰氏。詞致嫻雅，情意淒惋，亦今之傷心人也。維時政變方亟，朝局全翻。柴市青磷，冤禽泣血。負奇魁傑，遁跡海邦。一二雋逸者流，不復敢昌言時事；亦惟恣情花月，聊以寫其抑塞不平之氣。況以下第劉蕡，京華羈旅。宜其俯仰慷慨，流連觴詠，一往而不能已於情也。今則人權説昌，群治日晉。餘風流韻，倏焉銷歇。裙屐之場，琴尊之地，亡復有翩翩玉郎，蹀躞其間矣。即如梅蘭芳、王蕙芳輩，類皆以技自鬻。或經文士之扇劮，或賴武人之飾拔，頗能嶄然自致於青雲之上。而兹記所列文武二榜歌郎，至二十輩。今廑孟小如一人，尚得於歌樓舞榭之間，想見其盛年玉貌。則覽斯記者，撫人事之變遷，緬朝市之多故，亦將如誦梅村《王郎》之曲，隨園《桂官》之詞，同其感慨者乎！（《瘦碧雜話》）

續編　卷三

王粲登樓第一

元人樂府，盛稱關、馬、鄭、白。關爲關漢卿，馬爲馬東籬，鄭爲鄭德輝，白爲白仁甫。四家之詞，直如鈞天韶武之音，後有作者，不易及也。漢卿作《續西厢》，俊語不減王實父。東籬以《秋思》一套負盛名，周德清評爲元人之冠。此外如〔越調・天净沙〕一支，直空今古。詞云：『枯藤老樹昏鴉，小橋流水人家。古道西風瘦馬，夕陽西下，斷腸人在天涯。』明人最喜橅仿此曲，而終無如此自然。德輝曾作《王粲登樓》一劇，其中〔迎仙客〕一支，亦膾炙人口。詞云：『雕檐紅日低，畫棟彩雲飛。十二玉闌天外倚。望中原，思故國，感慨傷悲。一片鄉心碎。』又《倩女離魂》一劇，有〔聖藥王〕一支云：『近蓼花，纜釣槎，有枯蒲衰草緑蒹葭。過水窪，傍淺沙，遥望見煙籠寒水月籠沙。我只見茅舍兩三家。』清麗流便，全是本色。至其所作情詞，亦自伶黠可喜。如《㑳梅香》第一折〔寄生草〕：『不争琴操中單訴你飄零，却不道窗兒外、更有個人孤零。』又〔六么序〕：『却原來群花弄影，將我來嚇一驚。』此等語何等藴藉。又〔大石調·初問口〕一支內云：『又不曾薦枕席，便指望同棺槨(叶稿音)。只想夜偷期，不記朝聞到。』又〔好觀音〕一支內云：『上覆你個氣咽聲吞的張京兆，本待要填還你枕剩衾薄(叶跑音)。』語不著相，情意獨至，真得詞家三昧者。又第三折用〔越調·小桃紅〕，即爲南曲先聲也。詞中有云：『是害得神魂蕩漾也，合將眼皮開放。你好個熱莽也沈東陽！』又〔調笑令〕云：『劈面的便搶白殺那病襄王。呀！怎生來番悔了巫山窈窕娘，滿口裏之乎者也没攔擋，都噴在那生臉上。嚇得那有情人恨無個地縫藏，羞煞也傅粉何郎。請學士休心勞意攘，俺小姐它只是作耍難當。』正是尋常説話，略帶譏訕，中間意趣無窮。此便作家手筆，余以德輝詞少見於世也，故備述之。(《顧曲麈談》)

梧桐雨第二

白仁甫名樸，一字太素，著有《天籟閣集》。博學多才，不僅以詞曲名世。集後有《摭遺》一卷，皆録所作曲也。近吴仲倫刊《九金人集》，《天籟集》亦在其內，此書世多有之矣，不備論也。唯其《陽春曲》二支，集中所未刊者，今録見一斑也。

詞云：『笑將紅袖遮銀燭，不放才郎夜看書，相偎相抱取歡娛。止不過迭應舉，便及第待何如？』第二支云：『百忙裏鉸甚鞋兒樣，寂寞羅幃冷串香，向前摟定可憎娘。止不過趕嫁妝，便誤了又何妨？』可謂妙絶。

元王博文《天籟集序》云：『元、白爲中州世契，兩家子弟，每舉長慶故事，以詩文相往來。仁甫爲寓齋先生華之仲子，於元遺山爲通家侄。甫七歲，遭壬辰之難，寓齋以事遠適。明年春，京城變起，遺山遂挈以北行。自是不茹葷血，人問其故，曰：「俟見吾親則如初。」嘗罹疫，遺山晝夜抱持，凡六日。竟於臂上得汗而愈。蓋視親子侄不啻過之。讀書穎悟異常兒，日親炙遺山謦欬，談笑悉能嘿記。後數年，寓齋北歸，以詩謝遺山云：「顧我真成喪家狗，賴君曾護落巢兒。」居亡何，父子卜築於滹陽。時律賦爲專家之學，而仁甫有能聲，號後進之翹楚。遺山每過之，必問爲學次第。嘗贈之曰：「元白通家舊，諸郎獨汝賢。」未幾生長見聞，學問博洽。然自幼經喪亂，倉皇失母，便有滿目山川之嘆。逮亡國後，恒鬱鬱不樂，以故放浪形骸，期於適意。中統初年，開府史公，將以所業薦之於朝，再三遜謝。棲遲衡門，視榮利蔑如也。』

據博文此序，則仁甫固忠孝完人焉。今人讀《梧桐雨》、《鴛鴦簡》諸劇，以仁甫爲詞章之士，又何異矮人觀場乎？（《顧曲塵談》）

麗春堂第三

王實甫所作十四種曲，以《西廂》爲最。惟其人或稱元人，或稱金人，訖未有指定確鑿者。余按實父《麗春堂》雜劇，係譜金完顔某事，而劇末云：『早先聲把煙塵掃蕩。從今後四方八荒，萬邦齊仰，賀當今皇上。』以頌禱章宗作結，則此劇之作，尚在金世，實父蓋亦由金入元者矣。余於元人雜劇，共得二十六種，而其中十三種，已見《元百種曲》内。僅有十三種，爲世間所無者也。實父詞僅《麗春堂》爾，餘皆無有。（《顧曲麈談》）

雙蕖怨第四

楊元素（繪）《本事曲》：大名民家，有男女以私情不遂，赴水死；後三日，二屍相備而出於水濱。是歲，此陂荷花無不并蒂者。李仁卿（名冶，欒城人。金進士）爲賦《摸魚兒》詞云：『爲多情和天也老，不應情遽如許。諸君試聽《雙蕖怨》，方見此情真處。誰點注？香瀲灩銀塘對抹燕支露。藕絲幾縷，絆玉骨春心，金沙曉淚，漠漠瑞紅吐。　連理樹，一樣驪山懷古，古今朝暮雲雨。六郎夫婦三生夢，幽恨從來艱阻。須念會取，共鴛鴦翡翠炤影長相聚。風不住，悵寂寞芳魂，輕煙北渚，凉月又南浦。』王實父雜劇，有《雙蕖怨》一本，蓋即譜此事也。

元人筆記又載揚州張姓者，富冠郡邑。有女子麗春，年十七，美姿容，善賦詩，遠近争來締姻。張翁志在擇婿，不許。同里曹姓者，家貧。有子名璧，聰俊能文。年十六未室，張頗垂意焉。曹以貧富自量，不敢啓齒。張一日開塾於家，令人招生過塾讀書。生負笈而至，麗春於花下窺之。竊念得歸此郎，平生足矣。張亦暗喜。尋命生宿於西軒静室，以便肄業。時直菊月，張拉師出外登高，生兀坐書齋，不勝岑寂。日將晡，窗外閒步，偶與麗春相遇。生整容前揖，麗春亦不避。彼此交會，其禮甚恭。麗春笑曰：『子知家君之意乎？』語未竟，侍婢報主人回矣，遂各散去。翌日，麗春命侍兒持綵箋作詞寄生，中有『赤繩繫足』之句。生得詞甚喜，以詩一律答之。末聯云：『昨夜嫦娥降消息，廣寒已許折高枝。』一夕，生明燭獨坐，忽聞叩門聲，啓視乃麗春也。從袖中出花箋一幅，上書所作四絶句以示。曰：『不必見和。家君新構别墅，已狀四景。士大夫題詠甚富，但無作回文者，君試爲之。』生按題揮筆，亦成四絶。麗春誦之，深嘆敏妙。漏下二鼓，握手而别。張翁旋倩媒下聘，贅生於家。咸淳末，海寇犯維揚，官軍敗績，城陷。賊衆大掠，市肆一空。殆至張宅，家人悉已奔竄。生女卧樓，適臨大池。倉卒無避身地，恐爲所辱，乃相抱溺池中死。逾年，池中忽生并蓮花，紅香可愛。人皆以爲異，觀者如市云。二事頗相類。（《花朝生筆記》）

風光好第五

宋遣陶穀使江南，李獻以書抵韓熙載曰：『五柳公驕甚，其善待之。』穀至，果如李言。熙載謂所親曰：『陶非端介者，其守可墮。當使諸君一笑。』因使歌姬秦弱蘭，衣弊衣，爲驛卒女。穀見之而喜，遂與私。作《風光好》詞贈之云：『好姻緣，惡姻緣，祇得郵亭一夜眠，别神仙。琵琶撥盡相思調，知音少。再把鸞膠續斷絃，是何年？』一日，穀入宴，凛然若不可犯。主持觥，立命弱蘭出歌所贈之曲，穀大慚而罷。元戴善甫衍其事爲雜劇，即名《風光好》。善甫，真定人，江浙行省務官。（《花

朝生筆記》）

揚州夢第六

唐于鄴《揚州夢記》：中書舍人杜牧，少有逸才，下筆成詠。弱冠，擢進士第，復捷制科。性疏野放宕，雖爲檢刻，而不能自禁。丞相牛僧孺出鎮揚州，辟掌書記。供職之外，惟以宴游爲事。揚州，勝地也。每重城向夕，倡樓之上，絳紗燈常以萬數。珠翠填溢，邈若仙境。牧出没馳逐其間，無虚夕。復有卒三十人，易服隨後潛護之，僧孺之密教也。而牧自謂得計，人不知之。所至成歡，無不會意，如是且數年。及徵拜侍御史，僧孺設饌於中堂，因戒之曰：『以侍御之才氣，固當飛騰，然風情不節，常慮尊體乖和。』牧因謬曰：『某幸常自檢守，不至貽尊慮爾。』僧孺笑不答，即命侍兒取一小書簏，對牧發之，乃街卒之密報也。凡數千百，悉曰：某夕杜書記過某家無恙，某夕宴某家亦如之。牧大慚，泣拜致謝，而終身感焉。

牧既爲御史，久之，分務洛陽。時李司徒願罷鎮閒居，聲伎豪華，當時第一。嘗大開筵宴，朝客名流，無不奔赴。以牧持憲，不敢邀致。牧遣坐客達意，願與斯會。李不得已，乃投一簡。方對酒獨酌，亦已酣暢。聞命遽至，獨坐南行，引滿三卮。時會中已飲酒，女妓百餘人，皆絶藝殊色。牧瞪目注視，問李曰：『聞有紫雲者，孰是？』李指示之。牧凝睇良久，曰：『名不虚得，宜以見惠。』李俯而笑，諸妓亦皆回首破顔。復自飲三爵，朗吟而起曰：『華堂今日綺筵開，誰唤分司御史來。忽發狂言驚滿坐，兩行紅粉一時迴。』意氣閒逸，旁若無人。後年漸遲暮，賦詩云：『落魄江湖載酒行，楚腰纖細掌中輕。十年一覺揚州夢，贏得青樓薄幸名。』又云：『舣船一棹百分空，十載青春不負公。今日鬢絲禪榻伴，茶煙輕颺落花風。』

元喬吉父雜劇，有《杜牧之詩酒揚州夢》一本，雋逸豪上，雅與事稱。吉甫一名吉，字夢符，號笙鶴翁，又號惺惺道人，太原人。美容儀，能詞章，以威嚴自飭，人敬畏之。居杭州大乙宮前，有《題西湖梧葉兒》百篇，名公爲之序。胥疏江湖，垂四十年，欲刊行所作，竟無成事者。至正五年，病卒於家。嘗謂作樂府亦有法：鳳頭、猪肚、豹尾是也。大概起要美麗，中要浩蕩，結要響亮。尤貴在首尾貫串，意思清新。能若是，斯可以言樂府矣。其小令至有風情。《詠竹衫》云：『并刀翦龍鬚爲本，玉絲穿龜背成文，襟袖清凉不染塵。汗香晴帶雨，肩瘦冷搜雲，是玲瓏剔透人。』《詠香茶》云：『細研片腦梅花粉，新剥珍珠豆蔻仁，依方修合鳳團春。醉魂清爽，舌尖香嫩，這孩兒那些風韻。』《天净沙》云：『鶯鶯燕燕春春，花花柳柳真真。事事風風韻韻，嬌嬌嫩嫩，停停當當人人。』明李中麓嘗輯爲《惺惺道人樂府》一卷，與《小山樂府》并刊焉。（《花朝生筆記》）

兩世姻緣第七

《玉簫女兩世姻緣》雜劇，亦笙鶴翁作，臧晉叔《元曲選》有之。余按《渭塘奇遇傳》云：至順中，有王生者，本仕族子，家金陵。貌瑩寒玉，神凝秋水，衆以奇俊王家郎稱之。年二十未娶。有田在松江，往收租回，船過渭塘。見一新肆，青旗出於簷外。朱欄曲檻，縹緲如畫。高柳古槐，黄葉交飛。芙蓉十數株，顔色或深或淺，紅葩緑水，相映上下。白鵝一群，游泳其間。生泊舟岸側，登肆沽酒而飲。斬巨螯之蟹，膾細鱗之魚。果則緑橘黄橙，蓮池之藕，松坡之栗，以花磁盞酌珍珠紅酒而飲之。肆主亦富家，其女年一十八，知音識字，態度不凡。見生在坐，頻於幕間窺之。去而復來，終莫能捨。生亦注意，彼此目視久之。已而酒盡，出肆登舟，如有所失。是夜遂夢之肆中，入門數重，直底舍後，始至女室，乃一小軒也。軒之前有蒲桃架，架下鑿池，方員盈丈，以石甃之，中養金魚。池左右植垂絲檜一株，緑陰婆娑。靠墻結一翠柏屏，下設石假山，峰巒起伏，競秀呈奇。草則金綫繡墩之屬，霜露不變色。窗間籠緑毛鸚鵡，軒下垂小木鶴二隻，銜綫香焚之。案上二古銅瓶，插孔雀之尾。傍設筆硯之類，皆極整潔。架上横碧玉簫一枝。壁間金花箋四幅，題詩於上。詩效東坡《四時詞》，字畫如趙松雪，不知何人作也。女見生至，與之承迎。執手入室，備極燕婉。鷄鳴而覺，乃困卧篷窗底爾。風雨灑然，淒清無限。是後無夕不夢。一夕，見架上玉簫，索女吹之。女爲吹《落梅風》數闋，音調瀏亮，響徹雲際。醒後餘聲在耳，其詞猶恍惚可記也。一夕，女燈下繡紅羅鞋，生剔燈，誤落燼餘其上，遂成油暈。一夕，女以紫金碧甸指環贈生，生解水晶雙魚扇墜酬之。既覺，則指環在手，視扇墜無有矣。生大以爲奇，因效元稹賦《會真詩》三十韻，以紀其事，好事者多傳誦之。明歲，復收租再過其處，則肆翁甚喜，延之入内。生不知其意，逡巡辭避。翁告之曰：『老夫僅一弱息，未曾字人。去秋君子辱臨，望見顔色，翌日即不快。長眠獨語，如醉如癡。邇來歲星已一周矣，昨日忽曰：明晨郎君當至，宜往候之。今君子果涉吾地，是真不可思議矣。』因絮絮問生娶未，及氏族閥閲甚詳。既達女所居軒下，門窗户闥，皆夢中所歷也。草木臺沼，什物陳設，皆夢中所有也。女聞生至，盛妝出見，一衣、一裙、一簪、一珥之屬，又皆夢中見慣者也。女言自君去後，每夜夢中輒相見於此，不知何故。生曰：『吾夢亦如之。』因歷述吹簫繡鞋諸事，罔不合者。女出扇墜示生，生舉指環相表徵，闔家大驚，以爲此天作之合也。遂與生爲夫婦云。翁蓋譜此事也。（《花朝生筆記》）

竹葉舟第八

鍾繼先《録鬼簿》：范康字子安，杭州人。明性理，善講解，能詞章，通音律。因王伯成有《李太白貶夜郎》，乃編《杜子美游曲江》，一下筆即新奇。蓋天資卓異，人不可及也。按：明王九思以不慊於李文正故，撰《杜甫游春》劇罵之。一時傳誦，不知元人固已有之矣。

范康雜劇之傳世者，有《竹葉舟》一本，見《元曲選》已集。其本事蓋出唐薛昭藴《幻影傳》。傳中《陳季卿》一則云：陳季卿者，家於江南，辭家十年，舉進士無成。羈棲輦下，鬻書判給衣食。嘗訪僧於青龍寺，適僧它出，因息於暖閣中。有中南山翁，亦伺僧歸。方擁爐而坐，揖季卿就爐。坐久，謂季卿曰：『日已晡矣，得無餒乎？』曰：『實飢矣，僧且不歸，爲之奈何？』翁乃於肘後解一小囊，出藥方寸，止煎一杯，予之，曰：『粗可療飢矣。』啜訖，良信。東壁有《環瀛圖》，季卿乃尋江南路，因長嘆曰：『得自渭泛河，游於洛，泳於淮，濟於江，達於家，亦不悔無成而歸。』翁曰：『此不難。』命僧童折階前一竹葉，作葉舟置圖中渭水之上。曰：『公但注目此舟，則如公所願耳。然至家慎勿久留。』委卿熟視之，久之，稍覺渭水波浪，一葉漸大。席帆既張，恍然若登舟。始自渭及河，維舟於禪窟。題詩南楹云：『霜鐘鳴時夕風急，亂鴉又望寒林集。此時輟棹悲且吟，獨向蓮花一峰立。』明日，次潼關，登崖題句於關東普通院門云：『度關悲失志，萬緒亂心機。下坂馬無力，掃門塵滿衣。計謀多不就，心口自相違。已作羞歸計，還勝羞不歸。』自陝東凡所經歷，一如前願。旬餘至家，兄弟妻子，拜迎於門側。有《江亭晚望詩》，題於書齋云：『立向江南滿目愁，十年前事信悠悠。田園已逐浮雲散，鄉里半隨逝水流。川上莫逢諸釣叟，蒲邊難得舊沙鷗。不緣齒髮未遲暮，吟對遠山堪白頭。』此夕謂其妻曰：『吾試期近，不可久留，即當返棹。』乃吟一章別其妻云：『月斜寒露白，此夕去留心。酒至添愁飲，詩成和淚吟。離歌棲鳳管，別鶴怨瑶琴。明夜相思處，秋風吹半衾。』將登舟，又留一章別諸兄弟云：『謀身非不早，其奈命來遲。舊友皆霄漢，吾生猶路歧。北風微雪後，晚景有雲時。惆悵清江上，區區赴試期。』一更後，復登葉舟，泛江而逝。親族慟哭於濱，謂其鬼物矣。一葉蕩漾，遵舊路復至青龍寺，見山翁兀然尚在。季卿謝曰：『歸則歸矣，得非夢乎？』翁笑曰：『後六十日當自知。』日已晚，僧訖不至，乃別去。閱二月，季卿之妻子，賫金帛自江南來，謂季卿厭世矣，將訪其骸骨而歸葬焉。既見，知無恙，大驚。妻爲述某月日抵家，是夕賦詩西齋，并留别二首，其詞云云。季卿始知果非夢矣。明年復下第，東歸之禪窟，及潼關磨崖，翰墨尚新，遂絶粒入終南山去。（《花朝生筆記》）

殺狗記第九

《荆》、《劉》、《拜》、《殺》，爲四大傳奇。《白兔》不知何人所作，讀之幾乎令人欲嘔。《殺狗》爲徐畛作。畛字仲由，淳安人。洪武初，徵秀才，至藩省辭歸。有《巢松閣集》行世，宜其詞當淵雅矣。乃鄙陋庸劣，直無一語足取，有才者不宜如是也。仲由之言曰：『吾詩文未足品藻，唯傳奇詞曲，不多讓古人。』自負如此，便不該隨意塗抹。余嘗讀其小令曲《滿庭芳》云：『烏紗裹頭。清霜林落，黄葉山丘。淵明彭澤辭官後，不事王侯。愛的是青山舊友，喜的是緑酒新蒭。相拖逗，金尊在手，爛醉菊花秋。』語語俊雅，雖東籬、小山，亦未多遜。不知所作傳奇，何以醜劣乃爾？或者《殺狗》久已失傳，後人僞託仲由之作，羼入歌舞場中耳。不然，不應與小令如出兩人之手，且有天淵之别也。（《顧曲麈談》）

蕭淑蘭第十

元張世英，館於蕭公讓家，公讓妹淑蘭挑之，張拒不納。蕭賦《菩薩蠻》詞曰：『天教劉阮迷蓬島，桃花片片依芳草。芳草惹春思，王孫知不知？　紅顔輕似葉，薄倖堅如鐵。妾意爲君多，君心棄妾那。』張辭歸，蕭又賦云：『有情潮落西陵浦，無情人向西陵去。去也不教知，怕人留戀伊。憶了千千萬，恨了千千萬。畢竟憶時多，恨時無奈何。』後公讓知之，以妹許張，備禮而婚。臧晉叔

《元曲選》中，有《蕭淑蘭》一本衍其事，然實明初人作也。（《花朝生筆記》）

桃花女第十一

泉唐王曄，字日華，曾作《桃花女》、《卧龍崗》、《雙賣花》諸劇本。唯《桃花女》一種，爲臧晋叔所選，故世多知之。然其詞已不如關、馬、鄭、白四家矣。日華又集歷代之優詞，有關於世道者，自楚國優孟而下，至金人玳瑁頭，凡若干條，名曰《優戲録》。楊鐵崖爲之作序，惜其書不傳。（《顧曲麈談》）

明珠記第十二

唐裴説《劉無雙傳》：王仙客者，建中中朝臣劉震之甥也。初，仙客父亡，與母同歸外氏。震有女曰無雙，小仙客數歲，皆幼稚，戲弄相狎。震之妻常呼仙客爲王郎子，如是者凡數歲，而震奉孀姊及拊仙客尤至。一日，王氏姊疾，且重，召震約曰：『我一子，念之可知也；恨不見其昏室。無雙端麗慧聰，我深愛之，異日毋令歸它族。我以仙客爲託，爾誠許我，瞑目無所恨矣。』震曰：『姊宜安静自頤養，無以它事自撓。』其姊竟不痊。仙客護喪歸葬襄鄧。服闋，思身世孤孑如此，宜求婚媾以廣後嗣。無雙長成矣，舅氏豈以位尊多金而忘前約耶？於是束裝抵京師。時震爲尚書租庸使，門庭赫奕，冠蓋填塞。仙客既覲，置於學舍。舅甥之分，依然如故，但寂然不聞選取之議。又於窗隙間窺見無雙，姿質明艷，若神仙中人。仙客發狂，唯恐事之不諧矣。遂鬻囊橐，得錢數百萬。左右給使，達於斷養，皆厚貽之。遇舅母生日，市新奇以獻，雕鏤犀玉，以爲首飾，舅母大喜。旬日後，仙客遣老嫗達求婚意。舅母曰：『我之願也，即當議其事。』又數日，一青衣走告曰：『夫人適以親事言於尚書，尚書云：「向時曾未許之，恐是參差也。」』仙客聞之，心氣俱傷，然奉事不敢懈。一日，震趨朝，至日初出，忽走馬入宅，汗流氣促，連言『鎖却大門』。一家皇駭，莫測其由。良久，乃言：『涇原兵反，姚令言領兵入含元殿，天子出苑北門，百官奔赴行在。我以妻女爲念，略歸部署。』疾召仙客：『與我勾當家事，我與爾無雙。』仙客驚謝。乃裝金銀羅錦二十馱，謂之曰：『汝易衣服，押此物出開遠門，覓一深隙店安下。我當率家人出啓夏門，繞城續至。』仙客如所教。至日落，待久不至。城門自午後扃鎖，南望目斷。至啓夏門，門亦閉，守門者持白棓立。仙客徐問曰：『城中有何事如此？今日亦有人出此門否？』曰：『朱太尉作天子矣。午後有一人重載，領婦女四五輩欲出，人識是租庸使劉尚書，門司不聽行。旋追騎至，驅向北去也。』仙客飲泣歸店。三更向盡，門忽開，火炬如晝。軍士持刃出，傳呼搜城外朝官。仙客驚而走，歸襄鄧故居。

三年後，亂定，乃入京訪舅氏消息。途遇舊僕塞鴻，問舅家安否。曰：『尚書受僞官，與夫人皆處極刑，無雙已入掖庭矣。』仙客大慟，復詢舊家人誰在。曰：『唯無雙婢採蘋者，今在將軍王遂中宅。』遂中，仙客鄉人，父行也。仙客曰：『無雙固無見期，得見其婢，死亦足矣。』乃以從侄禮謁遂中，具道始末。願納厚貲贖採蘋，遂中憐而許之。具薦其才於京兆尹李齊運，李命爲富平縣尹，知長樂驛。逾月，有中使押領内家三十人，往園陵以備灑掃。宿長樂驛，氈車十乘，下訖。仙客謂塞鴻曰：

『我聞宮嬪多良家女，我恐無雙在焉。汝可假爲驛吏，烹茗於簾外，無暫捨去。如有所睹，即疾來報。』塞鴻唯唯而行。至夜深，群動皆息，忽聞簾内語曰：『塞鴻！汝争得知我在此也？郎健否？』言訖，嗚咽。塞鴻曰：『王郎見知此驛，今日疑娘子在此，令來問候耳。』曰：『我不能與汝久語。明日我去後，汝於東北舍閣子中紫褥下，取書送郎君。』言訖，便去。塞鴻得書，以送仙客。花箋五幅，皆無雙真跡。詞理哀切，叙述周盡。其書後云：『常見敕使説富平縣古押衙，人間有心人，今能求之否？』仙客遂申府，請解驛務。歸本官，訪謁古生，凡所願必力致之。年餘秩滿，閒居於縣。古生忽語之曰：『某一武夫，年且老，何所用？某與君初無雅故，君待之逾分，將毋有所求於某？果爾，願粉身以報。』仙客以實告。古生仰天，手拍腦數四，曰：『此事大不易，然試爲之。』半歲無消息。一夕，古生書至云：『且來此。』仙客奔馬往見生，乃無一言。夜深始曰：『宅中有女人識無雙者乎？』仙客以採蘋對，立取而至。古端相一過，曰：『借留三五日，郎君且歸。』累日，傳説有中貴過，處置園陵宫人。仙客心動。令塞鴻偵之，則無雙被誅矣。仙客大慟曰：『本望古生，今死矣，爲之奈何？』其夕更深，聞叩門聲甚急。啓之，乃古生也。領一兜子入，曰：『此無雙也。今雖死，後日當活。微灌湯藥，切須静密。』言訖即去。仙客抱入卧室獨守之，救療至翌日之夜乃蘇。古生又至，大聲索塞鴻，見即以刀斷其首。曰：『郎無恐，今日報郎恩矣。』掘坑瘗屍竟，復曰：『前聞茅山羽士有藥術，其藥服之者立死，三日却活。某使人專求得一丸，令採蘋僞爲中使，以無雙逆黨，賜此藥令自盡。至陵下，託以親故，百縑贖其屍。凡道路郵傳，皆厚賂之，無虞漏泄。茅山使者及舁兜人，已殊之野，老夫亦當爲郎君自刎。但郎君不得更居此，門外有擔子十人，馬五匹，絹三百端，五更挈無雙便發，變姓名浪跡以避禍。』言畢舉刃，仙客救之，頭已落矣。未明首塗，歷西蜀下峽，寓居於渚宫，悄不聞京兆之耗。乃歸襄鄧，與無雙偕老云。明陸天池《明珠記》傳奇本此。（《羼提齋叢話》）

酒家傭第十三

漢李燮字德公，李固第三子也。固既策罷，知不免禍，乃遣三子歸鄉里，時燮年十三。姊文姬爲同郡趙伯英妻，賢而有智。見二兄歸，具知事本。默然獨悲曰：『李氏滅矣。自太公以來，積德累仁，何以遇此？』密與二兄謀，豫藏匿燮，託言還京師，人咸信之。有頃難作，下郡收固三子，二兄受害。文姬乃告父門生王成曰：『君執義先公，有古人之節。今委君以六尺之孤，李氏存滅，其在君矣。』成感其義，乃將燮乘江東下，入徐州界内，變姓名爲酒家傭，而成賣卜於市。各爲異人，陰相往來。燮從受學。酒家意非恒人，以女妻之。燮專精經學。十餘年間，梁冀既誅，而災眚屢見。明年，史官上言，宜有赦令；又當存録大臣冤死者子孫。於是大赦天下，并求固後嗣。燮乃以本末告酒家，酒家具車重厚遣之，皆不受。遂還鄉里追服，姊弟相見，悲感傍人。王成卒，燮以禮葬之；感傷舊恩，每四節爲設上賓之位而祠焉。州郡禮命四府并辟，皆無所就。後徵拜議郎，廉方自守。所交皆舍短取長，成人之美，世稱其平正。靈帝時，拜安平相，擢遷河南尹。先是潁川甄邵諂附梁冀，爲鄴令。有同歲生得罪於冀，亡奔邵；邵僞納而陰以告冀，冀即捕殺之。邵當遷爲郡守，會母亡，邵且埋屍於馬屋；先受封，然後發喪。邵遷至雒陽，燮行塗遇之，使卒投車於溝中，笞捶亂下；大署帛於其背曰：『諂貴賣友，貪官埋母。』乃具表其狀，邵遂廢錮終身。燮在職二年卒，時人感其世忠正，咸傷惜焉。明梅孝己有《酒家傭》傳奇，衍燮事也。（《花朝生筆記》）

好因緣第十四

陳大聲（鐸），金陵人，別字秋碧。散曲至多，有《好因緣》、《納錦郎》諸劇本。官至都指揮使。《藝苑卮言》譏其淺於才情，且多蹈襲古人，其言殊屬不確。余讀《題情》、《惜別》諸詞，直得南音三昧，不可以其將家子而輕之也。且宮商穩協，不差毫末，爲世所尤難。又善於畫山水，仿沈啓南，淵古淡樸，不愧名家；自題詩其上。世人知大聲擅樂府，不知其能詩，又不知其工畫也。（《顧曲麈談》）

高士記第十五

《高士記》傳奇，一名《松筠操》，不知何人所作。略云：四明田璋與同郡王瑜，相善也。同讀書山中，以經濟自負。劍仙授兩生寶劍各一，謂能驅邪定亂。兩生益勵志，親如手足。瑜母張氏居村中，思歸省；璋與同行，不忍言别，乃繪二人像於圖，作操琴松筠下狀。各藏一幅，别後展視，如相見也。同里謝宇者，有女青蘋，極美。有妖狐自稱狐媚神，遣妹媚娘如謝氏，欲聘之爲妻。宇怒，逐之。

妖日夜爲祟，禳之愈厲。一日，宇遇璋於道，告以故。璋許爲除妖，至家，仗劍往擒。妖乞命，璋命其自新，感泣矢報而去。宇德璋，願以女奉箕帚，璋復以有妻芳氏矣。因爲瑜任蹇修，宇亦首肯，出圖劍爲聘也。時兩生以事將入京，瑜慮母老無依，璋知其意，迎之家，與芳氏同居。會四明山賊劉成反，劫王家村；瑜被獲，脅降不從，禁之山中。時復有東里茂者，屬侯百友委禽謝女，宇以已字王氏拒之。茂、友合謀，詐爲山寇劫女。媚娘幻形爲樵夫，以告於璋。璋往救，擒茂及友。樵夫又告瑜現因賊營，璋不殺茂、友，命同入山救瑜。果以術得脱，且盡知賊中虛實。歸時，宇已送青蘋至璋所，使依其姑以居。二子遂以策干浙撫杜若水，若水喜，予之師，令剿賊。賊銜二子甚，欲得而甘心焉。聞嘗繪形於圖，將索之以爲識别。至是偵知其如省，乃僞撰璋書致芳氏。青蘋啨曰：『二君繪圖，以代面也，今朝夕聚首，須此奚爲？必山賊之詐謀耳。』芳氏然之，出圖并利刃一，語使者曰：『新受仙女劍術，與紅綫、隱娘埒；郎君軍以何日來，當助殲此小醜爾。』使復命，劉成大駭。又聞官軍將至，乃遁入海。遺書於璋，具言知罪，并還所得圖。璋瑜返旆，巡撫聞於朝。有旨，二子俱授某官。此劇姓氏事實皆無考，其爲鑿空可知也。（《松風閣筆乘》）

斷髮記第十六

李中麓（開先）字伯華，章丘人，官至太常少卿。罷歸後，以詞曲娱老。著《斷髮記》諸傳奇，文采風流，炤耀北方。錢牧齋云：『伯華罷歸，治田産，蓄聲伎，徵歌度曲，爲新聲小令；搊彈放歌，自謂馬東籬、張小山，無以過也。爲文一篇輒萬言，爲詩一首輒百韻，不循格律，詼諧調笑，信手放筆。所著詞多於文，文多於詩。所改定元人傳奇樂府數百篇；搜集市井艷詞詩禪對類之屬，多流俗瑣碎，士大夫所不道者。所藏詞曲至富，自謂「詞山曲海」。每大言曰：「古來才士不得乘時柄用，非以樂事繫其心，往往發狂病死。今借此以坐銷歲月，暗老豪傑耳。」』王元美《曲藻》云：『北人自王、康後，推山東李伯華。伯華以百闋《傍妝臺》，爲對山所賞。今其詞尚存，不足道也。所爲南劇《寶劍》、《登壇記》，亦是改其鄉先生之作，尚在《拜月》、《荆釵》之下。一日，問余何如《琵琶記》。余謂公詞之美不必言，第令吴中教師十人唱過，隨腔改妥，乃可傳爾。李怫然不樂罷。其自負有如此者。』惜其詞余未之見也。（《顧曲塵談》）

青衫記第十七

白香山《琵琶行序》：『元和十年，予左遷九江郡司馬。明年秋，送客湓浦口。聞舟中夜彈琵琶者，聽其音錚錚然，有京都聲。問其人，本長安娼女，嘗學琵琶於曹、穆二善才。年長色衰，委身爲賈人婦。遂命酒，使快彈數曲，曲罷憫然。自叙少小時歡樂事，今漂淪憔悴，轉徙於江湖間。予出官二年，恬然自安，感斯人言，今夕始覺有遷謫意，因爲長句，歌以贈之。』明顧大典《青衫記》傳奇譜此故事，余未得見其詞。據吴瞿安先生《塵談》云：『《青衫》以白傳素媱此伎，中經喪亂，伎遂委身江西茶客。樂天送客潯陽遇之，卒復與此伎團圓云。通本荒唐，都是夢話。雖承馬東籬《青衫淚》之謬，然亦不應舛誤至是。大典爲吴江人，博雅工詩。家有諧賞園，極亭臺之勝。何以作院本乃庸妄如是，斯真不可知矣。』

按：小説家言，真僞常相雜，竄掇點染，在所不禁，非如信史以事事翔實爲貴也。顧劇關目雖非，又何傷乎？且香山《琵琶行》，承學之士，誰則不知？見傳奇云云，固人人知其爲游戲筆墨，决不足爲白公盛德累。今乃詆之曰舛誤，日庸妄，竊謂未免過甚矣。吾家藏園先生《九種曲》中，亦有《四絃秋》一本，所衍固與顧氏異。然謂此倡名裩紅，姓花，實係杜撰。蓋先生以娼女老大嫁作商人婦，從其身世，爲定姓名耳。若指爲無中生有，豈不大誤？（《花朝生筆記》）

崑崙奴第十八

《崑崙奴》雜劇、《玉合記》傳奇，爲宣城梅鼎祚所譔。《列朝詩集》云：『禹金棄舉子業，肆力詩文，撰述甚富，有《鹿裘集》六十五卷。好聚書，嘗與焦弱侯、馮開之及虞山趙玄度，訂約搜訪。期三年一會於金陵，各出其所得異書佚典，互相校寫。事雖未就，其志尚足以千古矣。』余嘗見禹金《八代書乘》，搜羅富有，可謂至博，不讓牧齋《列朝詩選》也。禹金以南曲名，余所見僅《玉合》一記，爲金陵唐氏刊本，每折有圖，圖古雅可喜。附有《崑崙奴》目，惜詞不之見也。今人知禹金善詩，而不知其能曲矣。（《顧曲麈談》）

龍鳳圖第十九

《龍鳳圖》院本，明無名氏撰。衍宋代姑蘇劉域者，與同郡祝循、周全二人友善。全家有祖傳龍鳳金釧，一日，忽爲人所竊。老僕蔡懋被殺，覺而追之。適域以事曉行，與盜相遇。盜驚，棄所攜衣裹與斧而遁。懋子壽繼至，遂執域控之官。全心知其冤，而全妻高氏阻勿使救。縣官嚴刑拷訊，域竟誣服。循聞之，時周恤域家，而責全以陷友於死，欲與絶交。全自陳爲妻所蒙，實非本意。乃相約遍訪竊賊，倏忽數月。偶經無錫縣前，見一人持釧賣於市，迫而視之，周氏故物也，執而致諸縣。域得釋歸，深感循恩，恨全切骨。循本欲從軍，至是募鄉兵往。是時契丹内侵，真宗起畢士安率師禦之。劉域以能兵自薦，士安命爲先鋒，遇伏被擒。循本欲從軍，至是募鄉兵往。抵黄河，聞域已殁於虜；大怒，突圍入。時兩軍戰正酣，士安兵垂敗，敵騎追之甚亟。循麾衆力鬥，大敗之，亦獲其酋，易劉域議和而歸。士安以事上聞，二人皆加官。士安并以女字循，報前恩也。二子旋皆還里，周全悔且懼，負荆自訟。域餘怒未釋，屏不之顧。循力加勸解，乃復歡好如初。

按：事實不見於史，殆不可信。澶淵之盟，功出寇準，殊無與士安事。院本言士安與丁謂相失，家居不出。契丹入寇，上使内監陳琳特旨起之，非是。且陳琳本無其人，其爲傅會，蓋不待言。意作者因友朋中有惑於妻妾之言，以致凶終者，故作此見意耳。仍取其名曰周全，以見此友尚肯周全，非本意也。（《曩提齋叢話》）

義俠記第二十

萬曆間曲家，與玉茗同時者，以吳江沈璟爲最著。璟字伯英，號寧庵，世稱詞隱先生，官至光禄寺正卿。先生於音律一道，獨有神悟，審銖黍而辨芒秒，一字不肯苟下。著有《南曲譜》二十卷，風行一時。顧與湯若士持論不合，各不相下。寧庵嘗云：『寧律協而詞不工，讀之不成句，而謳之始叶。』若士聞之笑曰：『彼惡知曲意哉？余意之所至，不妨拗折天下人嗓子。』此可以觀兩公之意趣矣。余謂二公譬如狂狷，天壤間應有此兩項人物。倘能守詞隱先生之矩矱，而運以清遠道人之才情，豈非合之兩美乎？寧庵以畢生之力，研精曲律，所作特多。余所知者，已有二十一種。此外余所未知者，不知更有若干種。今世所傳誦者，《義俠記》及《翠屏山》、《望湖亭》三種中數齣而已。其散曲流傳特多，各家選本，無不載之；其美有不勝收者。《題情》一套，爲集中冠，録之以見其才也。

〔四季花〕秋雨過空墀。正人初静，更初轉，漸覺凄其。人兒，多應旁著珊枕底。剛剛等咱纔睡時，財相將投夢思。若伊無意，誰教夢迷？多情又恐相見稀，抵死恨着伊。恰又添縈繫，更憐你笑你，笑你想你怨你。〔猫兒墜〕浮萍心性，祇得强禁持。任你風波千丈起，到頭心性没那移。猜疑。又怕潑水難收，絃斷難醫。〔尾〕過犯多，權休罪。且幸得回嗔作喜，把今夜盟香要燒到底。（《顧曲麈談》）

雙珠記第二十一

《雙珠記》，明沈鯨譔。鯨號涅川，平湖人。所撰《分鞋記》、《鮫綃記》、《青瑣記》，傳本罕見；祇《雙珠記》，明沈鯨譔。

鬱藍生《曲品》、黄文暘《曲海》，存其名而已。此記刻入《六十種曲》中，故世多知之。概括全記（法曲·獻仙音）云：『足學王生，守貞郭氏，偕補鄖陽軍伍。怒激奸謀，釀成冤獄，哀誠感通真武。賴術士祈天府寬刑，調邊士。慧姬苦入宫闈，纊衣詩意，君垂賜，結今生鴛侶。孝子登庸，棄官階，行求父母。四貴同時，驗天綱前定之數。羡雙珠聚散，可以匹休合浦。』又詩云：『王濟川從軍受誣，郭小艷鬻子全貞。慧姬女寓詩賜配，九齡兒棄職尋親。』

按：本傳王楫妹慧姬，入掖庭後，作纊衣詩云：『沙場征戍客，寒苦孰爲眠？戰袍經手作，知落阿誰邊？蓄意多添綫，含情更著綿。今生已過也，重結來生緣。』詩爲軍士陳時策所得，劍南帥奏聞，被放與陳爲妻。此出孟初中《本事詩》。開元中，頒賜邊軍纊衣，製於宫中。有兵士於短袍中得詩，『沙場征戍客，寒苦孰爲眠』云云，以白於帥，帥進之。玄宗命以詩遍視六宫，曰：『有作者勿隱，吾不罪汝。』有一宫人自言萬死，玄宗深憫之，遂以嫁得詩人。仍謂之曰：『我與汝結今生緣。』邊人皆感泣。大氐涅川取裁以助波瀾，不必事實也。（《松風閣筆乘》）

玉玦記第二十二

吴中以南曲名者，祝希哲、唐子畏、鄭若庸三人。京兆能爲大套，富麗而多駁雜。解元小詞纖雅絶倫，而大套則時有捉襟露肘之態。若庸字中伯，號虚舟，昆山人，早歲以詩名吴下。趙康王聞其名，走幣聘入鄴。客王父子間，王父子親逢迎接席，與交賓主之禮。於是海内游士，争擔簦而之趙，以中伯與謝榛故也。中伯在鄴，王爲庀供帳，賜宫女，及女樂數輩。中伯乃爲著書，採掇古今奇文累千卷，名曰《類雋》。康王薨後，乃去趙，居清源，年八十餘卒。中伯所著曲，以《玉玦記》最著；其他《大節記》、《伍福記》，皆不傳。余謂《玉玦》典雅工麗，可詠可歌，開後人駢綺之派。每折一調，每調一韻，尤爲合法。今《六十種曲》有此本，易於檢閲也。余見其《春閨》散套一篇至佳，爲録其詞，此亦吉光片羽，不可多得者矣。

〔沉醉東風〕海棠花將開未開，倦停針繡窗閒待。花睡去冷閒階，教人憐愛。須避却妬花風霾。把門兒漫開，不須蝶蜂參拜。若等得着那個負心的便隨着進來。〔忒忒令〕盼得個春風滿街，好花枝没人簪戴。對花無語，空立遍蒼苔。擔害得，人無賴。愁無奈，恨無端，磨穿了鐵鞋。〔玉交枝〕它毒如蜂蠆，戀花枝花還受災。芳心從此被伊家賣，説什麽有地重栽。桃源洞口信已乖，武陵溪上春難再。頓忘却雙頭鳳鞋，頓忘却同心鸞帶。〔江兒水〕見月頻生怪，因花更自猜，一春無事因他害。千般消遣心難解，萬種擺脱情難懈。除是鴻門樊噲，打破愁關，提出了凄凉法界。〔川撥棹〕情忒歹，没音書三四載，全不見那日書齋。曾道是遇鱗鴻足書繫帛。到如今，獃打孩。筆無情，手懶抬。〔尾〕香肌瘦得容如菜，病久空教尋艾。只怨得怨瑟愁琴付鴻雁哀。

其詞頗有奇語，爲吴中綺麗之詞别開生面，固無媿爲名家也。（《顧曲麈談》）

斬蛟記第二十三

《眉公秘笈》中，《斬蛟記》一種。眉公題字云：『右《斬蛟記》，或云是了凡作，或云它作以窘袁者。』據此，似是明萬曆末流行之小説。但其託之於了凡自譔，即眉公亦不敢質言。以今考之，此即眉公所以嘲了凡者也。了凡頭巾氣極重，應爲眉公輩所訕笑。學究者流，相沿用了凡功過格。於是了凡之名，盛傳於里塾間，幾於無人不知；通人固不以爲然也。眉公爲太倉王相國錫爵館賓，王相子衡，與眉公極相得。衡字辰玉，有《緱山集》。《四庫總目·緱山集提要》，言與王世貞雖同里閈，而不蹈其蹊徑；然頗染陳繼儒之俗格。

《明史·隱逸傳》，稱錫爵招繼儒與衡讀書支硎山，其所由來者漸矣云云。陶石簣爲眉公書齋額云：『可以棲遲。』或告眉公云：『此言吾子在衡門之下，即王衡相公門下也。』眉公甚慚。凡此皆可見眉公與衡爲同聲氣。衡有與袁了凡書云：『捧讀尊函，先生贈我以道；所以待我者甚不薄，極感極感。惟是居塵出塵，即事煉心之道，固衡所稔聞也。明知情有所著，蓬宫瑶池，與厠溷原無二相。而根性頑獷，習與性成。如餐雪蛆，作蓼蟲，焦悶且死。接客未數語，而背如猬刺；讀書未數行，而急欲完卷；嵇中散、陶元亮之樂更無有。而所云懶著衣冠，讀書不盡解者，病更倍之矣。此對真人前不説假話。姑俟琢磨客氣幾分，乃敢稱先生弟子爾。』意頗不滿於袁，此亦見《斬蛟記》之出於眉公輩輕薄之筆矣。吾觀錢謙益《初學集·文毅趙公神道碑》：『東南財賦甲天下，賦斂日增，而科派無别；徵輪日急，而隱漏多端，公訪求其利弊。在宫坊，延進士袁黄，商榷四十七晝夜，條陳拾四事上之。執政不説，以謂南人不當言南事，終閣寢不行。』云云。文毅者，趙用賢之謚也。是知了凡固南省賢士大夫，能悉南中利弊，而爲清流所倚重者。東征之役，了凡贊畫軍務，實亦有特别之處。且所主張，頗右石星、沈維敬輩，與時論不同，即與史文亦不能不異（詳錢謙益《東征二士録》）。必其時了凡於倭事獨持異説，爲時所訝，因作《斬蛟記》以騰笑耳。

《息景偶録》：吴下稱奴爲鼻頭。嘉靖中，王氏僕吴一郎，富而驕，以資得官。嘗乘四人轎赴姻家席，孝廉張伯起惡之。時有關白之警，伯起乃謂吴曰：『近聞邸報，關白已就擒。』吴忻然問之。曰：『關白原是一怪，身長數十丈，腰大百圍，截其頭亦數千斤。』吴曰：『那有此事？』曰：『祇一個鼻頭，亦用四人抬之。』吴知其誚己，不終席去。此雖惡謔，亦《斬蛟》讕語之所由來也。（《心史叢刊》）

題塔記第二十四

馮汝行《不伏老》一劇，騷隱生改爲《題塔記》院本。以北易南，較李日華之改《西厢》，且勝十倍也。馮名惟敏，號海浮，臨朐人。官保定府通判，與王元美善。元美嘗云：『北調如李空同、王浚川、何粹夫、韓苑洛、何太華、許少華，俱有樂府，而未之盡見。予所知者，李尚寶先芳、張職方重、劉侍御時達，皆有可觀。近時馮通判惟敏獨爲傑出。其板眼務頭，攛搶緊緩，無不曲盡，而才氣亦足以發之。祇恨用本色太多，北音太繁，爲白璧微纇耳。然其妙處固不可及也。』錢牧齋云：『海浮善近體樂府，盛傳東郡。余所見《梁狀元不伏老》雜劇，當在王渼陂《杜甫春游》之上。』云云。可見《不伏老》原本至佳，正不必騷隱爲之改易也。且海浮所長，不獨北詞，其《月兒高犯》八支，遠勝李中麓《傍妝臺》十倍，今録其二，以見一斑。『紅粉多薄命，青春半殘景。人去瑶臺怨，花落胭脂冷。裊娜腰圍，强把繡裙整。弓鞋淺印，淺印殘紅徑。三月韶光，背闌干無限情。情、離别幾曾經？再相逢、扯住衣衫，影兒般不離形。』又一支云：『玉宇明河浸，瓊窗朔風凜。展轉蝴蝶夢，寂寞鴛鴦錦。閣淚汪汪，長夜捱孤枕。從來不似，不似今番甚。一片閒愁，生扢查惱碎心。心、害得死臨侵。欲待要、再不思量，急煎煎怎樣禁？』其詞深得南人三昧，顧世皆以北調相推重，亦傳之有幸不幸焉。惟騷隱之改本，亦是佳手，非若《南西厢》之不堪入目耳。（《顧曲塵談》）

焚香記第二十五

宋人有《王煥》一劇。爲太學黄可道作。據《錢塘遺事》，歌舞湖山，沉酣百年。賈似道少時，挑達尤甚。自入相後，猶微服飲於伎家。至戊辰、己巳間，《王煥》戲文盛行都下。始自一太學黄可道爲之，某倉官諸妾，見之群奔云云。則《焚香記》之作，亦蹈襲前人之意也。（同上）

紅梨記第二十六

《情史類略》：樊城趙生汝州，字君牧，年少負才，未獲佳偶。有謝媪攜女，自洛陽來，寓居南曲。女名素秋，才色無雙，誓非才士，終不失身。時人爲之語曰：『男中趙汝州，女中謝素秋。』生聞往訪焉，不遇。睹庭間紅梨花盛開，因題詩於壁曰：『換却冰肌玉骨胎，丹心吐出異香來。武陵溪畔人休説，祇恐天桃不敢開。』女歸，讀其詩，甚喜；因和曰：『本分天然白雪香，誰知今日換濃妝。鞦韆院落溶溶月，羞睹紅脂睡海棠。』以詩寄生，且訂晤期。會有無賴子某，挾勢逼女。女不從，逐之使行，遂還洛陽。生悵怏不已，適故人劉輔爲洛陽太守，遣使招生。生喜，即日束裝赴之。及相見，即以謝素秋爲問。劉本慮生花柳蕩志，欲令習静理業，乃僞令人徵素秋侑觴，而以病死還答，冀絶其念。生嘆惋累日，館於王參軍廢院，因而成疾。輔爲求醫，生却之曰：『吾病非藥餌可療，除是素秋重生耳。』輔乃授計素秋，使假爲王參軍女，月夜傍徨園亭。生望之心動。遽前頫之，遂相燕好，鬱抱頓開。久之，試期漸迫，生戀女未有行意。輔復囑賣花媪攜篋至園，假爲奠其亡兒。生問之，對曰：『昔王參軍有女甚美，亡瘞此園紅梨樹下。每月明之夜，往往出而魅人，吾子以是夭死。今忌日，故奠之耳。』生詢女狀貌服飾相類，大懼，移寓他室。明日，辭輔如京師，輔厚贈之。是歲登第，得選還鄉。道出洛陽，謝輔。輔觴之堂，酒酣，命素秋出見，生大駭。輔笑述始末，爲治婚禮，竟爲夫婦。明徐陽初（復祚）《紅梨記》傳奇本此。（《花朝生筆記》）

西園記第二十七

《西園記》，明宜興吴炳五種曲之一也。世稱《粲花詞》可并玉茗，其佳妙蓋不待言。此記關目，極生動離奇，述之以資談助。惟本事無可考，或其自喻，亦未可知。開卷〈西江月〉云：『買到蘭陵美酒，烹來陽羨新茶。』已逗出自己籍貫矣。其略云：武林趙禮，字子約，嘗官觀察使。年未五十，乞假林居。卜築西山僻處，人名之曰『西園』。夫人梁氏，子維權，女玉英，字王氏子伯寧。禮故人王孝廉者，早卒，一女名玉真，梁夫人愛之。其所居與西園鄰，英、真亦相得，兄弟不翅焉。伯寧與維權同學，蠢獃無賴，朋輩訕笑之，多羞與爲伍。英頗知之，抑鬱不自聊，時邀玉真過談遣悶以爲常。張繼華者，襄陽人，有才名，與武林名士夏玉善。繼華游浙，主於其家。一日，閒行至西園，席地假寐，玉真在樓上，偶折梅花一枝，失手墮繼華頭，繼華驚醒。侍婢翠雲，適以尋花至，因還之。詎真嫌花經男子手，不欲受，命仍反之拾得者。繼華大喜，以爲美人之愛我也。口占絶句云：『羞桃避杏踞春開，親自佳人手折來。草短花深眠正穩，暗香飛送夢驚回。』囑翠雲誦於其主，并乞通姓名。歸寓，述於夏玉。玉曰：『園主趙觀察女玉英，人共傳其才美，殆即君所遇者乎？』翌日，繼華復往西園，徘徊間，與禮相值。禮展詢邦族，恨相見晚，邀之入内。維權亦喜，留之不令行，遂館其家。時玉英疾病，覓醫問卜，合宅騷然。繼華意必折梅者，心甚憂之。亡何，英竟死。繼華適他出。反園，與玉真遇，疑英病愈矣。要而與之語，真疾走還家。訝甚，問之館童，則云玉英已卒。大恐，以爲遇鬼。託故欲行，趙父子堅不許。繼華不得已，乃曰：『不耐園居，願得別院。』是時玉真已過房爲趙女，即以玉真舊宅館繼華焉。玉英之亡也，伯寧知趙撫真，懇夏玉爲媒。玉曰：『彼王孝廉女，與君同姓，是烏可者？』維權聞之，亦斥其妄。反囑玉爲繼華任蹇修，玉頗首肯。以禮新傷其女，未敢晉言。繼華則祇知玉英已亡，初未審有玉真在，時念玉英不置。年餘，夏爲議婚；趙禮許諾，而繼華不可，强之始如命。却扇之夕，繼華睹玉真面，大駭以爲遇鬼，欲奪門出。翠雲侍側，堅持之，急問其故。繼華故識雲，心稍定，歷述其始末。雲大笑，知其誤，亦舉前後事逐一證明，始釋然云。（《閒居雜綴》）

南西廂第二十八

《南西廂》相傳爲李日華作，其詞庸劣鄙俚，至無足道。日華字君實，嘉興人。萬曆時，官至太僕寺少卿。著作甚富，斐然可觀。不應作樂府，乃如此惡劣。後讀其《紫桃軒雜綴》云：『前人翻改《西廂》北詞，强託賤名，實不敢掠美。』乃知日華并未作此，特人冒假其名而已。余嘗讀日華諸散曲，流麗輕逸，與《南西厢》顯係兩人手筆。懷疑久矣，今乃釋然。唯黄文暘《曲海》目中，載《南西厢》一種，爲長洲陸天池作。余未見其書，不知是否近日所歌之詞。第思天池曾作《明珠記》、《懷香記》等傳奇，詞華精妙，追踵臨川。錢牧齋云：『天池爲校官弟子，不屑守章句。年十九，作《王仙客劉無雙》傳奇，其兄子餘（粲）助成之。曲既成，集吴門教師精音律者，逐腔改定。然後妙選梨園，登場教演，期盡善而後止。』據此則必不肯割裂前人之作，盗竊詞人之名也。是天池之《南西厢》，必非近日流行之《南西厢》也。明代梨園子弟每有所作，輒喜託名詞流，以傾動聾聵。《南西厢》殆亦此類耳。（《顧曲麈談》）

改北調爲南曲者，有李日華《西厢》。增損字句以就腔，已覺截鶴續鳧。如秀才們聞道請，下增『先生』二字等是也。更有不能改字，亂其腔以就字句。如『來回顧影，文魔秀士欠酸丁』是也。『本風欠』，删去風字，復成何語？蓋《西厢》爲詞宗，欲歌南音，不得不取李本，亦無可奈何矣。（《曲欄閒話》）

鴛鴦家第二十九

宋宣和中，蜀人王通判女嬌娘，與中表申純字厚卿者相愛也。酬和甚多，有寄申生《滿庭芳》詞云：『簾影摇花，簟紋浮水，緑陰庭院清幽。夜長人静，贏得許多愁。空憶當時月色，小窗外、情語綢繆。臨風淚，拋成暮雨，獨向楚山頭。　殷勤紅一葉，傳來密意，佳好新求。奈百端間阻，恩愛休休。應是紅顔薄命，難消受俊雅風流。須相念重尋舊約，休忘杜家秋。』父納帥子之聘，嬌娘竟以憂卒。申生痛念之，亦死。明孟稱舜《鴛鴦冢》傳奇，衍此事也。（《花朝生筆記》）

雙雄記第三十

《顧曲麈談》：馮夢龍字猶龍，一字子猶，吴縣人。崇禎時官壽寧縣知縣，未幾即歸。歸而直乙酉之變，遂殉節焉。所居曰墨憨齋，曾取古今傳奇，彙集而删改之，且更易名目，共計十四種，曰『墨憨齋定本』。如張伯起之《紅拂記》，湯玉茗之《四夢曲》，袁鳧公之《西樓記》，余聿雲之《量江記》，皆在所改之中。每曲又細訂板式，煞費苦心，其書固可傳也。其自著之曲，衹有兩種：一曰《雙雄記》，一曰《萬事足》。余有藏本，曲白工妙。案頭場上，兩擅其美，直在同時陸無從、袁籜庵之上，惜世見之者少矣。

按：《雙雄記》一種，余家亦有之，每折皆注明所用之韻。曲中某字叶某音，悉於眉端標出，委曲詳盡，得未曾有。詞藻之佳妙，亦如吴君言。三年前，郵寄惲鐵樵君上海，囑爲刊行，不知緣何遺失。至今每一念及，猶耿耿也。（《花朝生筆記》）

蓮囊記第三十一

《蓮囊記》，明天啓時人作。自署曰四明環溪漁父，未著姓名。有沈季彪、蔡天植、吕圭三序，以詞氣觀之，蓋即季彪筆也。大意徐嘉與文娉之婚姻，以蓮囊爲始終之關鍵，故名。關白之變，徐嘉爲東征總帥，沈維敬甚之。偵知娉美，以計取得；欲餌關白以求和，功歸一己。嘉適大敗秀吉，計不得逞。班師，封靖海侯，與娉偕老。

按：萬曆中，日本平秀吉攻朝鮮，其國王請救，神宗大發兵援之。總督顧養謙，經略宋應昌，先後率總兵劉鋌、李如松等，交戰數年，竟無大功。兵部尚書石星，聽沈維敬之説，許倭封貢，而關白非實心歸順，特以計相誑誘爾。朝廷遣李宗成往定封貢之議，宗成至逃竄而回。石星得罪，瘐死獄中，維敬亦坐死。其時無所謂總帥徐嘉也，其事之不的無疑。或維敬議封貢時，曾有以女子獻媚之説，作者以此實之耳。傳奇之總帥，或疑指顧養謙；參謀楊元，疑指袁了凡。然養謙未能大敗秀吉，石星亦未嘗自將，皆緣飾非實事也。（《見山樓叢録》）

鴛鴦夢第三十二

葉小鸞字瓊章，一字瑶期，明工部郎中葉天寥先生（紹袁）第三女也。工詩詞，并善畫。十歲時，與母沈氏宛君（宜脩）夜坐，沈出對云：『桂寒清露濕。』即應聲曰：『楓冷亂紅凋。』聞者咸服其敏捷。於姊妹中年最少，才尤清拔，有《返生香集》。《别蕙綢姊》詩云：『歲月驚從愁裏過，夢魂不向别中分。當時最是無情物，疏柳斜陽若送君。』、『枝頭餘葉墮聲乾，天外凄凄雁字寒。感别却憐雙鬢影，竹窗風雨一燈看。』《春日送蕙綢姊》云：『絲絲楊柳拂煙輕，總爲愁人送别情。唯有流波似離恨，共將明月伴君行。』《過芳雪齋憶昭齊姊·踏莎行》云：『芳草雨乾，垂楊煙結，鵑聲又過清明節。空梁燕子不歸來，梨花零落如殘雪。　春事闌珊，春愁重疊；篆煙一縷銷金鴨。憑闌寂寂對東風，十年離恨和天説。』《秋晚憶兩姊·謁金門》云：『情脈脈，簾捲西風争入。漫倚危樓窺遠色，晚山留落日。　芳樹重重凝碧，影浸清波欲濕。人向暮煙深處憶，繡裙愁獨立。』宛君與姑女張倩倩爲翰墨交，倩倩歸沈氏，生子女不育，遂以小鸞女之。小鸞因與沈氏憲英華鬘相契，唱和不絶。後小鸞年十七，字昆山張氏，將行而卒。其姊小紈（蕙綢）傷之，作《鴛鴦夢》雜劇以寄意。託爲神仙家言，殊清警拔俗。惟於北詞格調，不甚相合耳。今附刻《午夢堂集》。（《花朝生筆記》）

珍珠衫第三十三

袁籜庵以《西樓記》負盛名，今歌場盛傳其詞，然魄力薄弱，殊不足法。惟《俠試》一折北詞，尚能穩健，餘則無一俊語。即世所傳《楚江情朝來翠袖凉》一支，亦襲古曲之《五更閨怨》。乃能傾動一時，殊出意料之外。籜庵《西樓》以外，有《金鎖記》、《玉符記》、《鷫鸘裘》、《珍珠衫》四種。余僅有《金鎖記》、《珍珠衫》兩種，文字亦無生出色。《珍珠衫》且淫褻不堪，如《歆動》一折，全描模李玄玉《勸妝》之調，而鄙俚淫蕩，最足敗壞風化。文人綺語，易墮泥犁，奈何不稍自檢點耶？（《顧曲麈談》）

醉西湖第三十四

《醉西湖》，不知誰作。衍南宋賈似道軼事，與《雙俠賺小天臺》相似。而事跡皆虚實參半，不可盡信。此劇言廖瑩中死於亂軍，非是。似道敗，瑩中懼禍及己，且不忍負其恩，仰藥自盡耳。瑩中有文名，精賞鑒。事非其人，身名俱敗，聞者傷之。劇謂秋壑奪人妻女等事，皆瑩中導之，尤爲失實過當。雖然，既自居於下流，斯天下之惡皆歸。古今蒙冤如瑩中者，蓋不乏人矣，可不慎乎？（《羼提齋叢話》）

揚州夢第三十五

清宗室紅蘭主人岳端，嘗自製《揚州夢》傳奇，遍招日下諸名流賞之。有少年王生，善集唐，即席詩成，結句云：『十年一覺揚州夢，唱出君王自製詞。』主人大喜，以黄金十四鋌、白玉卮三奉酒爲壽，曰：『一字一金也。』生受酒，以金分給梨園曰：『同沾君惠。』主人號玉池生，善畫，又號東風居士。因有『東風無力不飛花』句，爲輔國將軍博問亭（爾都）所賞也。（《蓮坡詩話》）

冬青樹第三十六

羅有開《唐義士傳》：唐珏字玉潛，山陰人。家貧，聚徒授經，營滫瀡以養母。歲戊寅，有總江南浮屠者楊璉真珈，怙恩横肆，勢焰灼人。十二月，率徒役發趙氏諸陵寢，至斷殘支體。攫珠襦玉匣，焚其胔，棄骨草莽間。唐痛憤，亟貨家具，得白金百星許。乃具酒醪，市羊豕，邀里中少年若干輩，狎坐轟飲。酒且酣，少年起請曰：『君長者，若是將何爲？』唐慘然具以告，願收遺骸共瘞之。衆謝曰諾。中一少年曰：『事露奈何？』曰：『余固籌之矣。今四郊多暴骨，取竄以易，誰復知之？』乃斲文木爲匱，複黄絹爲囊，各署其衺曰某陵某陵。分委而散遣之，掘地以藏，爲文而告。詰旦事訖來集，出白金羨餘爲酬，戒勿泄。越七日，總浮屠下令，裒陵骨雜置牛馬枯骼中，築一塔壓之。杭民悲戚，不忍仰視，了不知陵骨之猶存也。唐葬骨後，又於宋常朝殿掘冬青樹，植於所函土堆上。作《冬青行》二首曰：『馬箠問髐形，南面欲起語。野麋尚屯束，何物敢盜取？餘花拾飄蕩，白日哀后土。六合忽怪事，蜕龍挂茆宇。老天鑒區區，千載護風雨。』又：『冬青花，不可折，南風吹凉積香雪。遥遥翠蓋萬年枝，上有鳳巢下龍穴。君不見，犬之年，羊之月，霹靂一聲天地裂。』復有《夢中》詩四首曰：『珠亡忽震蛟龍睡，軒弊寧忘犬馬情。親拾寒瓊出幽草，四山風雨鬼神驚。』、『一抔自築珠丘土，雙匣親傳竺國經。祇有春風知此意，年年杜宇哭冬青。』、『昭陵玉匣走天涯，金粟堆寒起暮鴉。水到蘭亭轉嗚咽，不知真帖落誰家？』、『珠鳧玉雁又成埃，斑竹臨江首重回。猶憶年時寒食節，天家一騎奉香來。』吾家清容先生《九種曲》中，一本譜宋末時事者，曰《冬青樹》，蓋以此也。此曲都三十有八齣，事事實録，語語沉痛，足與《桃花扇》抗手。先生殆不無故國之思，故託之詞曲，一抒其哀與怨。

又鄭明德《書林義士事》云：宋太學生林德暘，字霽山。當楊總統發在諸陵寢時，林故爲丐者，背竹籮，手挾竹夾，遇物即夾投籮中。鑄銀作兩許小牌百十，繫腰間，取賄西番僧曰：『余不望收其骨，得高冢、孝家斯足矣。』番僧左右之，果得兩朝骨，爲兩函貯之，歸葬於東嘉。在宋常朝殿冬青樹一株，置其上。作《冬青花》詩二首，《夢中》詩十首。今考其詩，多與唐同，不知果誰作。要之二公各行其志，不相知會，於理無可疑。故先生於發陵收骨下，接編《私葬》一齣，又以夢中有詩故，復編一齣曰《夢報》。《夢報》之意，猶《牡丹亭》之《冥判》，非此不足以快人心目也。（《花朝生筆記》）

蔣心餘《藏園九種曲》，爲乾隆時一大著作，尤以《冬青樹》爲最。其它則《桂林霜》、《臨川夢》、《雪中人》等，亦具全力爲之。《空谷香》與《香祖樓》，格局相似，而辭意迥別。直與玉茗《四夢》媲美。唯《四絃秋》直衍《琵琶行》，殊少烘託，似覺力薄。然較之《青衫記》，則已高出霄漢。（《曲欄閒話》）

芝龕記第三十七

與《桃花扇》足以頡頏者，有《芝龕記》。是書自明神宗起，至弘光止，集三朝之邊庭事實，一一奏衍之。通本以秦良玉、沈雲英爲主，淋漓痛快，實可擊唾壺歌之，不止敲碎竹如意也。書爲董恒巖作，恒巖名榕，官九江知府，河南道州人，與唐蝸寄（英）友。唐官九江關監督，亦喜詞曲，故相得甚歡也。惟記中善用生僻曲牌，令人難於點拍，歌伶輒畏難而避之，所以流傳不廣云。（《顧曲塵譚》）

萬里緣第三十八

黄孝子向堅，字端木，先世常熟人，後徙蘇州。孝子父含美，以名孝廉累試春官不第，鬱鬱謁選人，得滇之大姚令。挈其室及弟之孤赴任，孝子留家，時爲崇禎癸未。已而兩京陷没，閩浙不守，西南復立國。江楚兩粤，連年戰争，行旅斷絶。雲南遠在荒徼，書問不通。孝子思戀晨昏，日夜西南望慟哭，目盡腫。一旦忽自奮，願獨行萬里訪親。親朋謂途中險阻兵戈，即去，安得達？止之，不聽。拜祖墓，别妻子，擔一囊、一蓋、一草屨啓行，誓不得父母不歸。順治辛卯十二月朔日也。在途半年，達大姚，竟訪得父所在。疾趨至門，一婢望見，更熟視，急走入白主人曰：『蘇州相公來。』主人不信，方詰問，而孝子上堂矣。孝子拜父母，先賀無恙，後謝候起居晚。父母驚喜，亦拜相勞苦，起而相抱號泣。蓋孝子與二親隔絶十年矣。所攜弟之子，時從外負薪歸，驚疑立門外探望。其父呼進，各認面目，乃兄弟，相拜泣。問舊日童僕，無復存者。所居山舍，自書簏之外無長物。其父語孝子曰：『予自丙戌冬，蒙按臺吴公薦，得行取；至丁亥春，報至。會滇西亂，道阻不行，誓不復仕。數年以來，家鄉隔絶，無復歸夢。今春在琅井，於友人案上得李卓吾《續藏書》，載王原尋親事，嘆息謂今世當不復有此人，不意汝乃能之。原之父時年六十有四，與吾年適合，亦先兆也。』久之，孝子啓父母作還家計。父曰：『吾年老，頗思故鄉，然途中艱阻，奈何？』孝子曰：『既可來，何不可往？』乃具筍輿二乘二老，己與弟步從。十一月四日發大姚，翌年六月十八日抵家。自孝子始出門，至是越三年，計五百三十餘日。凡歷京省七，府三十有三，州縣衛司關驛鎮寨不可勝計，行二萬五千里有奇。所過皆戎馬縱横之地，艱苦萬狀，類非人所能堪。具見孝子自著《紀行》一編。吴縣李玄玉（玉）《萬里緣》傳奇，即據此奏衍云。（《花朝生筆記》）

元宵鬧第三十九

《元宵鬧》雜劇，無名氏撰。衍施君美《水滸傳》盧俊義事，關目悉合。唯李固所交張孔目，劇中指爲張文遠。謂閻婆惜被殺，文遠實未嘗死，逃之大名，復爲孔目，與盧妻賈氏私。此段非傳所有，不過隨手牽合，藉景生情。《水滸傳》不載文遠下落，以文遠係鄆城小吏，原與水泊無涉，特用宋江殺婆惜爲入泊張本爾。《青樓記》謂婆惜活捉張文遠，此又牽及賈氏，可供噱噱。豈梁山盜魁之妻，必皆文遠染指耶？（《懷香樓閒話》）

芙蓉屏第四十

《詞苑叢談》：至正間，真州有崔生名英者，家極富。少工書畫，補浙江永嘉尉，攜妻王氏赴任。道經姑蘇，舟人艷其資，夜沉英水中，并婢僕殺之。留王氏，欲以爲子婦。王陽應之，乘間逸去，奔入尼庵中，遂落髮於佛前。歲餘，忽有人施畫芙蓉一幅，老尼張之素屏。王見之，識爲英筆。因詢庵主所自，乃言顧阿秀兄弟，以操舟爲業，人頗道其劫掠江湖間，未知誠然否。問：『嘗往來此中乎？』

曰：『偶到耳。』王嘿識之。援筆題詞其上云：『少日風流張敞筆，寫生不數黄筌，芙蓉畫出最鮮妍。豈知嬌艷色，翻抱死生冤？　粉繪凄凉餘幻質，祇今流落誰憐？素屏寂寞伴枯禪，今生緣已斷，願結再生緣。』蓋《臨江仙》也。尼皆不曉所謂。後其畫爲好事者買獻御史高公，而英亦以少習水善泅，得不死。因賣草書，高遂延爲館客，一見畫，泫然流涕。高怪問之，備言被盗之由。且誦其詞曰：『此英妻所作也。』高因廉得其實，捕盗置法，而跡英妻復合焉。

按：《李禎集》有文一篇，記之甚詳。徐霑發撮其大略入《叢談》耳。清初有《芙蓉屏》傳奇，亦衍此事。悲歡離合，描摹盡致。惜已佚其姓氏，黄文暘《曲海》亦不詳也。（《花朝生筆記》）

血影石第四十一

譚氏婦趙氏，宋吉州永新人。元至元四十年，官兵破永新。趙氏抱嬰兒從舅姑匿孔廟中，兵殺其舅姑，執而欲污之。趙氏哭曰：『吾舅死於汝，吾姑又死於汝，與其不義而生，寧從舅姑死耳。』遂與嬰兒同遇害，血漬禮殿兩楹間，入磚爲婦人嬰兒狀，久而如新。磨以沙石不滅，煅以熾炭，其狀益顯。見《永新志》，此事極奇。《能改齋漫録》云：建炎四年五月，楊勃叛卒由建安寇延平，道出小常村，掠一婦人，逼脅欲犯之。婦人毅然誓死不受污，遂遇害，横屍道旁。賊退，人爲收瘞之，而其屍枕藉處，痕跡隱然不滅。每雨則其迹乾，晴即濕，往來者莫不嗟異。鄉人或削去之，隨即復見；覆以他土，而其跡愈明。英烈之氣，不泯如此。清吴縣朱良卿有《血影石》傳奇。（《東山譚苑》）

後尋親第四十二

《尋親記》，明無名氏撰。《後尋親》，清嘉興姚子懿撰。李調元《雨村曲話》云：《尋親記》詞雖鄙俚，然讀之可以風世。《後尋親》盡收拾前記所未結諸色末，余曾見演者，亦復可觀。（同上）

南陽樂第四十三

錢塘夏惺齋（綸）著曲五種，曰《杏花村》、《瑞筠圖》、《廣寒梯》、《花萼吟》、《南陽樂》。推本五倫，爲愚賤立一爲人之則，借此勸感世人。其宗旨正大，亦如明丘文莊之《五倫投筆記》也。《南陽樂》一種，言諸葛亮掃平吳魏，劉禪傳位北地王，一統中原，其言極詭誕可喜。惟曲詞不能本色，一望而知爲清人手筆。此亦風會所趨，無可勉强者也。餘四種未免頭巾氣。（《顧曲麈談》）

坦園六種第四十四

楊坦園（恩壽）之六種曲，亦學藏園，而遠不如黄韻珊。其《再來人》、《桂枝香》二種，特佳。《麻灘驛》、《理靈坡》，表章忠誼，不如《芝龕記》遠矣。所作《詞餘叢話》特勝。（同上）

玉獅堂前後五種第四十五

《玉獅堂前後五種》，爲陽湖陳潛翁（烺）撰。文律曲律，俱非所知，而頗傳於世，可怪也。又張南湖（雲驤）之《芙蓉碣》，亦全屬外道，寘之不論可耳。（同上）

新齊諧第四十六

《新齊諧》，一名《子不語》，錢塘袁子才（枚）撰。風行一時，至今未替。吾觀其叙徐霞客事，以霞爲崖，且謂不得於繼母，欲置之死。竟似并此公游記，尚未寓目者，可怪也。其餘疵繆，猶不勝指。邵齊熊謂此書大抵道聽塗説，而緣飾以己見，洵然。《控鶴監秘記》，滿紙淫穢，不堪入目，撮而録之，意果何居？此尤爲全書之累。清代時有抽禁小説之舉，如此文字，吾意决當抽禁耳。（《花朝生筆記》）

彭公案第四十七

《施公案》説部，衍清初施公世綸事，人多知之。《彭公案》較晚也，而名與此埒，蓋衍彭剛直公玉麐事也。洪楊亂平，公屢乞遂初，朝議不許。提督長江水師，往來南北一帶，其佚事多瑰異可喜。見於近人筆記，及故老之所傳説者，輯而録之，亦自成書。至今彭鐵頭之名，幾於婦孺咸知，與施公當年同。則此書所記，固未必盡屬子虚爾。惟文筆不佳，凡所衍述，又多落前人窠臼。而能不脛自行者，以彭公時代，距今匪遥，人喜閱之故也。（同上）

謫仙樓第四十八

臨桂陳茜霞女史義臣，性純孝。父病革，潛刲臂肉和劑以進。從長姊勁臣讀，十歲即解吟詠。志高邁，恒以身列巾幗爲恨，因撰《謫仙樓》説部寄意。光緒庚寅，卒於豫章，年僅十八，有《義臣賸稿》一卷。《偶感》云：『仙根花放應仙機，朵朵含葩朵朵菲。一任廣寒宫未閉，愧儂難折一枝歸。』《夜懷先父》云：『銀箭聲殘夜漏沉，無聊掩卷作愁吟。惱人偏是中天月，熠徹思親九曲心。』《晚眺》云：『玉兔東升日色低，落霞深處白雲迷。蒼茫暝色煙籠樹，野火漁燈點欲齊。』《不寐口占》云：『香銷寶鴨漏深時，剔盡銀燈夢倍遲。最是敲窗終夜雨，瀟瀟添我故鄉思。』（《然脂餘韻》）

蜀鵑啼第四十九

吴先生德繡，字季清，達縣人。至德純孝，而學識魄力，迥絶流俗；尤邃佛理，自號雙遣居士。有三子：長曰鐵樵，名樵，早卒；次曰促弢，名琴；季曰仲遥，名業：皆風采英發，有過人之才。樵卒未幾，先生之官山陰，後部選爲西安知縣，以光緒二十五年到任。庚子六月，拳團亂作，衢州土寇四起，江山、常山被圍。西安土豪有虎而冠者，因積穀事，侵公款甚鉅；君嚴治之，至是嗾新募勇反。

二十五日晨，君方集衆議團練。聞鑼聲，問何爲。則以毁天主堂對。君出，呵禁之。反徒麕集，倒戈相向。取官裸而反接之，送金衢嚴道署，誣以通賊。道員鮑祖齡懦而愚，不能彈壓。賊復由道署縛出，亂刃斬之。又哄入縣署，殺幕兵丁役二十有九人。仲弢被縛，亂民復請鮑處分。鮑言：『聽汝輩懲治，吾不敢庇護罪人。』二十六日亦遇害。業幸而免。長孫恕昌，倉卒出逃，匿城隍廟縣匾上，搜出磔死。太夫人年八十矣，爲所得，將加刃，經人喝止，乃奪簪釧等物而去。是役也，各官員俱無恙。乃議以通賊之罪坐縣令，而爲亂民解免；派紀綱之僕二三人，來搜檢一切文書。夫人冉氏，君繼妃也，堅持不可。具牘請於道，必派委員二人監視，乃許行，各官不得已從之。詭計不得逞，乃以模棱之詞達大府。夫人復控訴之，卒得旨昭雪，復優恤焉。此事見某筆記，余幼時録之紀事册，忘其書名。近見林琴南氏《蜀鵑啼》傳奇，政譜吴先生被難事。惟易其名爲德繡，字曰柳村，包藻夷當即鮑祖齡，連書慰問，則夫子自道也。林氏治古文，名滿天下。出其緒餘，翻譯歐美小説，淵雅古樸，亦自成家，人鮮知其并工詞曲者。哲人餘事，何所不有哉！憶人境廬主人，有《吊季清先生》詩一篇，詞之工妙不待言，沉痛處乃令人泣下。兹録之，可當傳奇題辭讀也。其詩曰：

世界隨轉輪，成壞各有劫。適值傾覆時，萬法不必説。以君循吏才，三年官於越。無端桴鼓鳴，伏莽寇竊發。山縣斗大城，城頭黑雲壓。紛紛彼狼心，躍躍欲豕突。君昔理常平，手曾治大猾。鴞音不能革，生性成檮杌。到此播流言，官實爲賊諜。作賊兼作官，滿城耳灌聒。城中西教徒，積惡鬼羅刹。閃閃蒼鷹眼，磨刀咸欲殺。公知事不可，大聲作嗔喝。反激蚩蚩怒，一霎盡滅裂。非無防禦使，蠢蠢怯如鱉。噤不發一言，坐視民劫奪。此客甫斷頭，彼奴復流血。亂刃白雨點，混殺到手滑。猘犬狂號咷，劣馬肆踶齧。但是縣衙人，一見即摧捽。郎當子若孫，衣破脚不襪。同寮不肯留，望門走托鉢。指名遍投牢，牽絲互辮結。驅羊入屠肆，執箠尚鞭撻。天堂變地獄，肉花碎片割。同時遭荼毒。彼此造何業？（原注：君一家受戮後，并屍於天主堂。堂中教士被害者共六人，少婦幼兒皆以刀臠割其肉，肉盡乃斃之。）君當就縛時，自知當永訣。上念我佛恩，如何得解脱？下傷老母慈，如何保生活？可憐八十母，蕭條幾黄髮。追憶六年前，春酒壽筵設。君披宫錦袍，手執先朝笏。公瑾與伯符，同年小一月。我歌壽人曲，登堂來拜謁。孫曾六七枝，一一芝蘭茁。最小耳銀璫，靧面白勝雪。誰料綵衣舞，回旋僅一瞥。覆巢無完卵，雛鳥鳴亦絶。聞今幾半年，未悉子存歿。家人畏驚倒，相戒咸結舌。入則團紅裙，出乃易墨經。母尚倚閭望，朝夕拜菩薩。念子歸何遲，此別太契闊。（原注：家人詭以大府調往剿賊告其母。）豈知望子臺，早既堆白骨。以君精佛理，夙通一切法。明知入世事，如露如泡沫。佛力猶有盡，何况身生滅！將頭臨刃時，定知不驚怛。獨怪耶穌教，瓣香未曾爇。如何偕教徒，一例受磨折。觀君遭萬變，已足空一切。祇有《黄鳥歌》，哀吟代嗚咽。**《花朝生筆記》**

紫芝記第五十

宣統初年，再之白下，時與鄉人張雙圓，遍訪金陵古跡。所謂四十八景者，所遺不過三四許已耳。張君尤好探奇，一日獨遊，宿靈谷寺僧房。不慧時嬰小極，未同往也。是夕值夏至，君與寺僧坐談廡下，見大樹根處，熠耀有光。初如螢火，繼如磷光，漸大如杯盤，而色亦漸暗。時正新月一鈎，久雨初霽。有光處漸扶疏有影，綷綵有聲。老僧言：『彼處將生菌矣，菌畏日光，入晝即銷萎無形。或天曙而霧，或月明之夜，彼亦枯槁如棉。獨風雨晦明，歷時最久。相傳洪楊之役，石城既下，有宫娥十許人，被掠至此，不屈而縊於樹。樹下舊有井，時又有文士三數人，云曾仕僞朝者，亦於是殉焉。難既定，寺僧并縊屍置井中，封而瘞之。因闕時禁，不敢爲作碑碣。以故樹下時生紫菌，朱殷如血。』張君因於黑夜折之，初無他異。特初折時，大如巨碗，未幾即縮小如拳，質輕盈若敗絮。明日持歸，供以成化小彩瓶。又數日，張君夢緑衣少女十許輩，蒲伏來謝。口音雜吴、楚、皖、粤，容貌兼雅俗妍媸，不一其例。有奉硯者，有持卷者，有研射煤，吮兔毫者，競晉，請張君爲叙述佚事。張亦忻然命筆，耳聞手記，成數萬言。既寤，僅憶大半；猶寫成三萬餘字，因署爲《白下故宫秘載》。又譜爲《紫芝記》傳奇，稿皆存不慧處。前所謂菌者，雙圓謚之爲紫芝云。（《陽秋賸筆》）

續編　卷四

梅花樓第一

《梅花樓》傳奇，衍蘇彦與巫婉娘事，係明嘉靖間舊本，不知誰氏筆也。略云：長洲蘇仙才名彦，十五學劍，二十成文。與同郡陸堅、金陵朱鵬友善；鵬官山東巡撫，堅尚豹隱。彦有寶劍曰霜蕖，傳家已久，不輕視人。有木華者，權相仇賽甫名路之門客，爲仇採骨董於蘇。聞彦有寶劍，强堅相偕往觀。彦出劍，果神物也。華風彦獻之仇氏，則富貴可立致。彦怒，立揮之出，華銜之。虎丘山塘故家女巫婉娘，有殊色。早失怙恃，與乳嫗相依，居一小園中。家貧，以園之半，出賃爲酒館。彦至虎丘，獨酌樓上，卒見婉娘，目成心許，留連日暮而去。後思之不置。一日，重過其地，忽有青衣女引入大厦中，珠簾繡幕，非復人境。有艷者出見，飲酒笑謔，意甚懇摯。復贈偈一首，有『無端雀角辜負，梅花劍鍔空還』語，不知所謂。突一人自外入，短而多髯，大呼索醉，彦驚避。久之鷄三唱，人物臺榭，忽皆不見。蔓草中有小石碑，拂視之，則真娘墓。旁有祠，則短簿祠也。乃悟曏所遇蓋真娘及王珣爾。巫婉娘見彦後，念之甚苦，方欲物色其人。至是彦復至，遂訂白頭之約。木華既還京，誣彦私藏利器，謀爲不軌。緹騎逮問，下詔獄。會朱鵬薦彦文武才，可大用。陸堅聞難，亦馳至京，擊登聞鼓爲之鳴冤。朝命釋之，赴軍前立功自贖，并還其劍焉。初，婉娘與彥盟，約其再至，已而杳然。及聞其被禍，憂懼不知所措。禱於虎丘僧寺，願夫冤白早歸；不勝悲憤，竟卒於寺旁之梅花樓。寺中伽藍神，察知婉娘陽壽未終，授以金丹一，引魂入柩，謂當有相救者。未幾，彥得官還鄉，訪婉娘，知其已死，有乳嫗爲堅所收養。乃獨至梅花樓下，設奠哭之。忽有聲自柩出，意豈婉娘復活乎？啓視果然。因同造堅家，呼嫗相見，堅爲買宅成婚云。

按：此事不見於諸家紀載，不盡可信，然亦未必無因。仇路當指仇鸞，時爲邊帥，賽甫影帥府，朱鵬應是翟鵬。嘉靖時，翟鵬總督宣大。今改翟爲朱，宣大爲山東耳。（《過日齋雜記》）

文章用第二

《文章用》雜劇，署萬曆乙未無因居士撰。不知爲何許人，亦不詳其姓氏。衍蕭然、余寬貧富相形，終以然貴爲結局，純乎其爲空中樓閣也。述其崖略，庸資談助。蕭然字空之，南詔人，才高而窶，與管城子相厚；而富人余寬者，與孔方爲莫逆交。然、寬臭味差池，積不相能。歲大比，寬成進士，而然下第，大憤。管城子畫《寰瀛圖》視之，曰：『寶此當得佳境，胡悒悒爲？』然方展閱，忽覺身入圖中。轉瞬間，已至王宮。内侍詰問何由至此，以實對。乃禁之後苑，大索管城子。管城既逮至，取瓶水飲之。立藏身瓶内，不肯出，呼之則應。碎其瓶，片片皆應，而終不見其人。方欲奏王治然之罪，而公主仙音，適遊於苑，見然被拘，已憐而釋之矣。事遂寑。時王爲仙音相攸，寬賄禮官被選。却扇之夕，寬忽見種種異狀，懼而走出。王不得已，命女自擇婿。女請倒騎牛背，任其所之，無貴賤即夫之。牛則走入蕭然室，女遂安居其家。王聞大恚，趣仙音歸寧，留之不令行。復百計窘然，然落魄乃隃於昔。時又有闍婁國公主靨金者，聞蕭然才，欲嫁之。遣人以縑素索其詩字，使者報命，益加稱賞。興兵伐南詔，意固在得然也。南詔命余寬往軍前議和，靨金不許。曰：『欲我息兵，令蕭然來。』寬以其語上聞。然方作文送窮，而南詔王之詔至。立單騎抵營，見大旗上懸己所題詩，甚駭。靨金見然，果係題詩者。願降南詔，以身奉箕帚。遂同歸見王，王大喜，亦仍以仙音爲配，拜官輔弼。孔方見然已大貴，棄余寬而事之。王封爲通泉郡侯，管城子拜中書公，與然交隃密云。

此當是貧士不得志者所作。黄雙井詩云：『管城子無食肉相，孔方兄有絶交書。』管城，筆也；孔方，錢也。蕭然謂貧士，余寬謂富人。蕭然與管城子厚，謂貧而能文；余寬與孔方交，謂富而多財也。寬中進士，明斥其以賄進。無因居士，必名場失意，借此一吐其骯髒不平之氣者。志趣雖未高尚，然亦可哀已。身入圖中，借用陳季卿事。隱形瓶内，借用冷謙事。臨昏走避一端，説似詭詼，實有所自。《唐小説》云：婦家納婿，賓客滿堂，婿入婦房，狂奔而去。婦翁大怒曰：『吾女非怖人者。』使侍婢扶出，令坐客視之，則美貌女子也。翁遂擇客中一年少未娶者，即於是夕贅之。他日，少年與前避走者遇，問其故云何。曰：『見婦狀若奇鬼耳。』復呼入令觀，固美貌女子也；其人懊恨而已。南詔，唐時國名，於今爲雲南，事詳《唐書》。闍婁國在南海中，詳《宋史》。劇中云云，并無影響。惟唐貞元時，南詔異牟尋遺韋皋書，云西山女王，現奪其位。其詞蓋謂女王之位爲吐蕃所奪耳。劇因

撰出《靨金公主伐南詔》一節，亦無稽之談也。（《閒居雜綴》）

洞天玄記第三

楊升庵（慎）有《洞天玄記》、《蘭亭會》、《太和記》諸劇。又有《陶情樂府》、《續陶情樂府》，流膾人口。王元美謂其腔律未諧，亦非苛論。蓋楊本蜀人，故多川調，不甚諧南北本腔也。然其佳句至多，如『費長房縮不就相思地，女媧氏補不完離恨天』。又『別淚銅壺共滴，愁腸蘭焰同煎。和愁和恨，經歲經年』。又『傲霜雪鏡中紫髯，任光陰眼前赤電，仗平安頭上青天』。皆可誦也。夫人黄氏，亦擅詞曲，其《羅江怨》四支，用車遮韻，極佳。（《顧曲麈談》）

祝髪記第四

山陰徐文長（渭）客胡宗憲中丞幕。宗憲平倭寇徐海，遣諜厚賂海所幸妓王翠翹，使説海降。海死，胡納翠翹爲妾。時僑寓僧舍，文長欲窺之，服僧衣帽，自墻外與之戲。宗憲知之怒，悉集僧，令翠翹諦視，誤指貌似者，遂殺之。後文長歸，瞥見繼室與僧共卧，手刃之，乃繼室也。下獄論死，張太史元忭力解得脱。文長作《祝髪記》傳奇爲母壽，母爲之飲泣。又作《禰衡罵曹操》、《月明度柳翠》諸劇，名《四聲猿》。蓋猿喪子，啼四聲而腸斷。文長有感而發焉，皆不得意於時之所爲也。生二子，悉庸才；雅號角心、蔴麻皮，一傳而絶。（《消夏閒記》）

老門生第五

辛酉考選，吾浙會單，俱乙於杭司李毛士龍，未敢發言。姚益城舉筆首圈之曰：『此公有才，可爲吾輩用。』遂無異議。其後李希孔劾姚，姚作辨疏，其寫本者，即李役也。姚問此日何人在座，役云：『惟毛爺在耳。』姚爲嘿然。阮大鋮《老門生》傳奇，意在刺毛。然姚宗文誤國，亦毛所不得而私也。右見餘姚黄忠端公真長《説略》。圓海劇曲，人知有《燕子箋》、《春燈謎》、《雙金榜》、《牟尼盒》、《忠孝環》五種，鮮能舉《老門生》之名者。亦猶李笠翁自十種曲外，人不知其有《偷甲》、《魚籃》、《四元》、《雙錘》、《萬全》五記也，然五記藏書家間有得之者。石巢諸曲，《燕子箋》、《春燈謎》，至今膾炙人口。《雙金榜》等，流傳極少，更無論《老門生》矣。（《花朝生筆記》）

獅子賺第六

余家舊有刊本《獅子賺》雜劇，注百子山樵撰，不書姓名，蓋明末阮大鋮之所作也。劇中關目，皆空爲幻影，與《皈元》、《曇花》、《雙修》諸記，同是藉傳奇説法之意。其曰《獅子賺》者，《大藏經》載菩薩作獅子吼，《優樓頻羅經》有獅子眼王菩薩，又佛座爲獅子座。故釋氏有力能承佛法者，稱『法門獅象』。劇中以獅子作引導，以打破獅子見本來面目作歸結。所謂但有言説，羌無實義，故曰『賺』也。

（《羼提齋叢話》）

醉將軍第七

《醉將軍》不知何人所作，演鮑宣、董賢事。略得影響，而荒唐者居多。按史，鮑宣，渤海高城人（劇作襄陽人）。哀帝建平中，徵爲諫大夫。上書論事，譏切幸臣董賢等。上以宣名儒，優容之。尋復上書，中言：『董賢以令色諛言自進，賞賜無度，竭盡府藏。誠欲哀賢，宜爲謝過天地，解讎海内，免遣就國；收乘輿器物，還之縣官。』是宣結怨董賢之實。然上因此拜爲司隸，賢初未嘗能害之也。元壽二年，下宣於獄，髡鉗之。劇中翦宣鬚髮，本此。然此，因宣没入丞相孔光車馬，御史坐以摧辱宰相，拒閉使者，大不敬不道，乃抵罪；不由董賢也。其初以大司馬衛將軍王商之辟，薦爲議郎。劇以爲髡鉗後賴商復官，事雖有因，而前後顛倒也。宣子永，光武時復爲司隸。其妻述先姑之言，蓋桓少君。劇云宣妻錢氏，亦誤。《宣傳》云：平帝即位，王莽秉政，陰有篡國之心，乃諷州郡以罪法按誅諸豪傑，及漢忠直臣不附己者；宣及何武等皆死。時名捕隴西辛興，興與宣女婿許紺，俱過宣一飯去。宣不知情，坐繫獄自殺。劇中辛十郎，蓋謂興。女婿本許紺，劇妄以爲帝子也。女載月之名，亦屬杜撰。引及龔勝、梅福者：宣曾上書論勝可大委任，而勝與福之去，皆在此數年内，高節相似。然謂三人皆以罣冠去國故，爲董賢所收拷，則謬。勝以平帝元始二年，憤王莽專政，乞骸骨，太后優禮而遣之。梅福亦知莽必篡漢，一朝棄妻子去，不知所之。皆平帝時事，賢已死矣。《通鑑》云：『建平四年後，封拜誅斥凡十九，其十一皆爲董賢。』蓋因賢而誅斥者，鄭崇、孫寶、毋將隆、王嘉、丁明諸人，非宣與勝、福也。賢爲大司馬衛將軍，年纔二十二，美麗自喜。侍中驂乘，雖曰黄門郎，非中官也。劇云位在百官之上，坐大堂理事，先要百官過堂，科部齊來，此却不誤。董妃雖有寵，然無害皇后事。哀帝后傅氏，傅太后從弟之子，并非王氏。劇云王皇后，又以王商爲后族，是誤爲孝元后也。傅氏至平帝時，王莽白皇太后廢爲庶人，就其園自殺，何與董貴妃乎？欣，哀帝諱，劇乃以爲太子名，不知帝本未有子也。董賢之縊，亦王莽承太后旨誅之。劇作王商逼哀帝殺賢，商成帝時已亡矣。諸如此類，不勝指駁。至其點染之情事，幻出之關目，覽者當自得之，兹不贅述。（《東山譚苑》）

赤壁記第八

《赤壁記》傳奇與《曲江記》同出一人之手。《曲江》衍杜子美事，此衍蘇軾事。點綴宣染，大抵與《赤壁游》雜劇及《金蓮記》相似，而以赤壁之游爲主，故名。考軾嘗直史館，又權開封府推官，又通判杭州，徙知密州、徐州、湖州。王安石方行新法，軾以詩託諷，李定、舒亶媒蘖之。逮赴臺獄，貶黄州團練副使。記云由内翰貶黄州，蓋誤。且宋時翰林與館閣有分，軾直史館，尤不當有内翰之稱也。《赤壁賦》中有從游之客，而其名不著。此云了元、山谷，不過借以點綴耳。軾生日在臘月之十九；設宴時，有客爲賦《鶴南飛》一曲以侑觴，此作朝雲、琴操，借意甚巧。金蓮歸院，琴操參禪，皆實事。黜居思咎，閲歲滋深，人才實難，不忍終棄，《記》中所引，乃神宗移軾汝州手札。《鷓鴣天》詞云：『思眼赤，望腰黃。』宋時學士入禁中，朱衣雙引，謂之『眼前赤』； 服金帶則腰黃。 故館閣中每相語云『眼前何日赤？ 腰下幾時黃』也。 軾知杭州，在元祐四年。 蓋因積以論事，爲當軸所恨，恐不見容，自奏請外，拜龍圖閣學士知杭州，可稱改外，未可云貶官也。 其通判杭州，在熙寧時； 知杭州，在元祐時，相去已二十年。《記》中述朝雲、琴操、佛印之往來，似止三四年間事，蓋作者不得不徑省也。 以翰林承旨召還，非在杭州時事，已移汝州、知登州矣。 蓋又不得不徑省耳。（《松風閣筆乘》）

玉華記第九

《玉華記》傳奇，明無名氏譔。 黃文暘《曲海》中，曾録其書，亦不能指爲何人也。 余家舊藏一册，詞華甚可觀。 先君棄養，圖籍盡失，此記已不知流落何所矣。 全劇關目，大略如下：

河東韓翊者，故世家子，母周氏，姑嫁清建陳編修某，生女曰瓊姬，自幼即字翊。 翊既長，將入京應試，往省其姑，嘗與瓊姬相見。 瀕行，姑遺以玉花一枝，侍婢誤墜於地，折而爲二。 乃命與瓊姬各執其一，瓊已疑爲不祥。 又嘗夢翊重娶，心甚惡之。 翊入都後，清建忽被兵，舉家散失。 編修夫婦走平原，寄食同年沈氏。 瓊姬落魄陵陽，村嫗楊姑憐之，撫之如所生。 其媳鄭氏，亦敬愛有加禮。 時翊已登第，訪陳消息不得，以爲合邑兵燹，無存理矣。 其叔維簡，亦以爲然。 潛爲聘林尚書女淑貞，迎至家中。 始告以故，翊不得已成婚。 然心念瓊姬特甚，夢中嘗作囈語。 淑貞廉得其情，且知瓊與己同年月日生，甚相憐惜。 勸翊急物色其人，翊以無由蹤跡對。 則又使手自作書，令二僕持玉花遍覓之於清建附近州縣。二人抵陵陽，小飲酒肆，誤失行裝，爲一賣貨郎所拾。貨郎經楊姑門，鄭與瓊姬，欲有所易，呼之前。發匳見書牘一通，玉花半枝。玉花，瓊固識爲己家物者也。變色詰所自來，貨郎懼而逸。、瓊發書，則韓翊手札，令僕持玉花爲信以迎己者。大喜，購一急脚，修書投翊於京師。翊僕既失玉花，怏怏回京報命，翊方痛加責治。急脚至，知瓊姬尚在，立遣人迎入京。瓊與淑貞并事翊，相得甚歡。時翕然傳爲佳話云。此事真僞無考。案：唐有韓君平，名翃，亦有作韓翊者，劇中姓名相同。或取其名以視才子佳人之意。或果有其人，未可定也。（《懷香樓閒話》）

述異記第十

書凡三卷，不著撰人姓氏，自署别號曰東軒主人。書中所記，皆怪異悖常之事，比於《齊諧》、《搜神》一流。其自序曰：客有談及朝事者，則塞耳止之。又曰：始知光天之下，乃有暗洋。魅魑晝行，何傷日月？味其意旨，决非無爲而作。蓋順、康之時，滿清入主中夏，爲期未久，文字之獄疊興。馭民政策，唯以嚴酷壓抑是務。一二有心人，不敢顯觸文網，乃託於隱詞廋語，以寄其諷刺。意謂朝野方歌功頌德，侈言符瑞，而反常蔑禮之事，乃接跡於當世。中卷云：東海有獸名犼，能食龍腦。鷙猛異常，與龍鬥，龍輒不勝。又云：某山中一黄龍墮死，長數十丈，蓋爲犼所殺。又云：犼從海中逐龍之空中，鬥三日夜。人見三蛟二龍，合鬥一犼。殺一龍二蛟，犼亦隨斃。顯屬寓言。下卷云：一日，忽駭而走者曰：流賊至矣！已而聞殺掠焚毁之聲，啼號遍野。後數日，又有駭而走者曰：官兵至矣！其焚毁殺掠號啼之聲，亦如之。又歲餘，忽聞數人過其旁相語曰：今天下已爲清朝，吾人稍可蘇息矣。指斥之間，若明若昧，若即若離。書成於康熙年間，當爲明季遺老，滿腔憂憤，不忘故國者；亦吕晚村、戴南山之流也。（《瓶庵筆記》）

白紗記第十一

《白紗記》傳奇，一名《合紗記》，原不署作者姓氏，今亦不能考也。其略云：

宋太宗時，青陽崔衮者，與裴愷友善。愷讀書虎阜山中，衮嘗買舟往訪。過采石，與衮州知府姚景龍官舫同泊。景龍以庶子外放，挈妻平氏女銀蟾之任。道經九華，銀蟾祈夢於金地藏，得詩云：『煙水茫茫未有涯，鴛鴦鎖處在銀紗。世間莫道知音少，江上能逢女伯牙。』時勛臣永春侯饒應孫，有妹曰夢麟，及笄未字。應孫移鎮瀛海，夢麟亦之山中祈夢，得詩與銀蟾同。明日，饒舟先發，至采石，銀蟾夜闌聞鼓琴聲自鄰舟出。蓋即衮也。開窗遥睇，與婢私語。衮覺，題詩白紗上，投之窗隙。侵早，各揚颿行。銀蟾得紗，視所題詩，與夢中語無異，心竊喜之。恐爲人見，藏之承塵中。及登陸，忽遽不及檢取，竟遺舟中。衮既達虎阜，裴愷適歸里，屬僧留衮相待。衮不耐坐守，復挈舟往迎。重泊采石，見官舫尚在，心訝之。躑躅舟旁，欲覘其異，爲臧獲所訶。舟中一女郎，憐衮書生，戒毋得犯，衮益自喜。而舟中女乃夢麟，非銀蟾也。蓋姚既登陸，所賃舟回棹九華，復載饒眷屬至此。夢麟見衮，説其貌，而不審其名。忽承塵墜白紗一幅，上有詩與夢合，私喜以爲必衮投入者，攜以登車。晚宿驛舍，不見紗，知必遺落車中。急遣人求之，已爲兩御者分而爲二，僅獲其半以歸，悵悵而已。衮半塗遇愷，旋同入京應試，皆成進士。授邑令，衮任丘，愷青陽。爾時姚景龍復召爲端明殿學士，愷出其門。聞衮未娶，屬愷爲媒，欲以女妻之，衮以採石所遇告。景龍詢其女，知衮所遇者，即銀蟾也。然衮必欲得白紗爲信，會程限迫，與姚訂後期而别。未幾，邪律休哥入寇，圍任城急甚。應孫聞報，以語夢麟，夢麟詢知縣令即青陽崔衮，乃以祈夢得紗之實告其兄。應孫立發兵解圍，而以妹字衮。衮見半紗，疑姚言非實，且感饒恩，許焉。景龍旋長禮部，薦衮爲御史；叙應孫功，亦内擢；而已則請老南歸。至驛亭，銀蟾見驛中老嫗苦寒，賜以衣。嫗解帶，則白紗之半也。賞嫗而收其紗。登舟，至青陽境，適衮與應孫移眷入都，亦泊於此。裴愷謁見，語及衮已婚饒氏。景龍怒，過應孫舟誚讓之，不歡而散。獨舟子周元識姚饒，并識崔衮；俱言前後皆其舟載眷之采石，兩見衮於江中。於是愷詣景龍許，詳述始末。景龍笑曰：『前緣也。』仍許以女妻之。夢麟亦賢婦人，自願居箟室。景龍不可，命無分嫡庶。即夕合巹，兩紗復合。

此事略具《湘南野乘》中，不盡無據。然新進士選授知縣，係明代官制。端明學士又屬宋官。彼此錯雜，疑《野乘》所紀，亦未必皆實也。（《見山樓叢録》）

雙合歡第十二

明説部嘗紀王有道出妻事，清初有人譜《蘆夜雨》傳奇衍之。同時又有作《雙合歡》者，亦演此事，但改王有道爲宋珍，淑貞爲瑶姬耳。小説載月華詩句云『拚赴陽臺了宿緣』，本有語病。作者亦知其誤，改曰『茅屋相逢事偶然』。不知有道出妻，實以前句致疑。若如改句，愈覺其棄妻之不審矣。柳生之中式，小説祇云鄉闈；此劇以爲會試，且云柳爲狀元，宋爲探花。湖州推官申高，劇以爲翰林學士。雖是傳奇中鋪張故套，然據小説，則真有此事；據劇，反成子虛矣。蓋明代會試主考，無所謂申高；狀元探花，無所謂宋珍、柳鼎；可考而知也。（《毗梨耶室隨筆》）

郵亭記第十三

元劇《風光好》，本《清異録》陶穀與秦若蘭事也。清無名氏復譜《郵亭記》傳奇衍之。穀，邠州人，元劇以爲襄陽人，此以爲豫章人，改北爲南，不曉何意。其使南唐時，周尚未亡，元劇與此皆作宋藝祖時，亦小異也。元劇云：『李主託病不見，留穀於驛。宋齊丘命韓熙載潛察其動静，穀嘗題「川中狗，百姓眼，馬撲兒，公厨飯」十二字於壁。熙載知所隱爲「獨眠孤館」一句，遂使若蘭誘之。』此記直據本事而作，不取其説。宋齊丘年輩較高，與穀原不相值，記無一字及之，甚是。唯云若蘭有姊夭桃，渲染非實耳。元劇云：『陶穀因秦若蘭事不可留南唐，又無顔歸宋，遂往依吴越王錢俶。曹彬下江南，收李煜，若蘭流落江湖。俶知其前事，館諸别室。一日，大會賓客於湖山堂，令若蘭於衆中認穀，遂得重合。俶入朝，奏復穀官，與若蘭爲夫婦。』此記無此一段，而云若蘭自來覓陶，亦屬增飾，不盡事實也。穀嘗得黨進家妓，嚴冬之夜，煮雪茗飲，謂曰：『太尉當此時則如何？』曰：『但於銷金帳中，淺斟低唱，飲羊羔美酒耳。』此是一事。宋人《雜説》載進醉飽摩腹曰：『吾不負汝。』其姬人曰：『將軍不負腹，恨腹負將軍，不能出少智慧也。』此别一事。傳奇合兩事爲一，又以爲進贈穀以姬，亦巧於綴合矣。（《花朝生筆記》）

滿牀笏第十四

合肥龔孝升鼎孳，文章翰墨，藝林宗仰。康熙九年，以禮部尚書總裁會試。十二年，復以户部尚書爲總裁，門下多知名士。其繼室顧氏，名眉，有才藻，善治家政。鼎孳賓客甚衆，有求於鼎孳，顧輒爲賙給，一揮萬金無少吝。門下皆感激，而鼎孳亦頗信其言。鼎孳他姬有子，顧無所出，門下士爲作《滿牀笏》雜劇，於顧生日演之。摹寫節度使龔敬懼内情形，至於跪門請罪，以説其意。捏名龔敬者，取姓同也。節度使者，鼎孳時爲兵部尚書，齣中所言『上馬管兵』也。妻生子、妾生女者，祝其妻之本旨也。唐時節度使無龔敬名，若以節度朔方，又能薦郭子儀者當之，惟王忠嗣庶幾相似。史傳初無懼内事，知其隨意假託也。（《投轄小志》）

升平樂第十五

陸次雲（雲士）《圓圓傳》：圓圓，陳姓，玉峰歌伎也，聲甲天下之聲，色甲天下之色。崇禎癸未歲，總兵吴三桂慕其名，賫千金往聘之，已先爲田畹所得。時圓以不得事吴，怏怏也，而吴尤甚。甲申春，流賊大熾，懷宗宵旰憂之，廢寢食。畹進圓圓，圓圓掃眉而入，冀邀一顧。帝穆然，旋命歸畹第。時闖師將逼畿輔矣，帝亟召三桂對平臺，錫蟒玉，賜尚方，託寄重命，守山海關。三桂亦慷慨受命，以忠貞自許。而寇深矣，長安富貴家胥皇皇。畹憂甚，語圓圓。圓圓曰：『當世亂而公無所依，禍必至。曷不締交於吳將軍，庶緩急有藉乎？』吳慕公家歌舞有日，盍以此請？當必來。』畹然之，躬迓吳觀家樂。吳欲之而故却也，强而後至，則戎服臨筵，儼然有不可犯之色。酒數行，即起欲去。畹屢易席，至邃室，出群姬，皆殊秀。一淡妝者，統群美而先衆音，情艶意嬌，三桂不覺神移心蕩也。遽命解戎服，易輕裘。顧謂畹曰：『此非所謂圓圓者耶？洵足傾人城矣，公寧勿畏而擁此？』畹不知所答，命圓圓行酒。圓圓之席，吳語曰：『卿樂甚。』圓圓小語曰：『紅拂尚不樂越公，矧不逮越公者。』吳頷之。酣飲間，警報踵至，吳似不欲行，而不得不行。畹前席曰：『設寇至，將奈何？』吳遽曰：『能以圓圓見贈，吾當保公家，先於保國也。』畹勉許之，吳即命圓圓拜辭，擇細馬馱之去。帝促三桂出關，其父驤恐帝聞子載圓圓事，留府第勿令往。

三桂去而闖賊旋拔城矣，懷宗死社稷。李自成據宫掖，驤降。自成向索圓圓，且籍其家，而命其作書招子，驤俱從命。進圓圓，自成驚喜，甚嬖之。隨遣使以銀四萬犒三桂軍，三桂得父書，忻然受命矣。而一偵者至，詢之曰：『吾家無恙耶？』曰：『爲闖籍矣。』曰：『吾至當自還也。』、『吾父無恙耶？』曰：『爲闖縶矣。』曰：『吾至當即釋也。』、『陳夫人無恙乎？』曰：『爲闖得之矣。』三桂乃大怒，拔劍斫案曰：『果有是，吾從若耶？』因作書决父，隨效秦庭之泣，乞王師以勦巨寇。先敗之於一片石。自成怒，僇吴驤，并其家人三十餘口。欲殺圓圓，圓圓曰：『聞吴將軍已解甲來歸，徒以妾故，又復興兵。殺妾何足惜，恐其爲王死敵，不利也。』欲挈圓圓去，曰：『妾既事大王矣，豈不欲從大王行？恐吴將軍以妾故而窮追不已耳。爲大王計，宜留妾緩敵；當説彼不追，以報王之恩遇。王圖之！度能敵彼，妾即跨騎。』自成然之，棄圓圓，載輜重而西。三桂復京師，急覓圓圓。既得，相與抱持，喜泣交集。不待圓圓爲闖致詞，自以爲法戒窮追，聽其蹤逸而不復問矣。旋受王封，建蘇臺，營郿塢於滇南。時命圓圓歌，圓圓每歌《大風》之章以媚之。專房之寵，數十年如一日。其蓄異志，作謙恭，陰結天下士，多出於同夢之謀。厥後浪沸潢池，致勞撻伐。跋扈艷妻，同歸殲滅，何足以償不子不臣之罪也哉！

雲士别有《昇平樂》傳奇，一名《圓圓曲》，亦衍其事。命名之意，以三桂伏誅，海内安謐，萬民始知昇平之樂也。惟謂三桂之反，由於圓圓，恐屬臆測之譚。傳之所記，曲之所演，蓋皆不盡足信。曲中又云：三桂爲清軍所敗，知必不免，乃手刃圓圓，而後自盡。明係增飾，非事實也。（《花朝生筆記》）

素娥記第十六

《甘澤謡》：素娥者，武三思之姬人也。三思初得喬氏青衣窈娘，能歌舞。三思曉知音律，以窈娘歌舞，天下至藝也。未幾，沉雒水間，遂族喬氏之家。左右有舉素娥者曰：『相州鳳陽門宋媪女，善彈五絃，世之殊色。』三思乃以帛三百段往聘焉。至日，三思大悦，設宴以出素娥。公卿大夫畢集，惟納言狄仁傑稱疾不來，三思怒於座中。罷宴，有以言告仁傑者。明日謁謝三思曰：『某昨日宿疾暴作，不果應召。然不睹麗人，亦分也。它日或有良宴，敢不先期到門！』素娥聞之，謂三思曰：『梁公强毅之士，非款狎之人，何必固抑其性？若再宴，可毋請召。』三思曰：『倘阻我宴，必族其家。』後數日復宴，客未來，梁公果先至。三思特飲之内寢，先出素娥，請略觀其技，遂停杯設榻召之。有頃，蒼頭出曰：『素娥藏匿不知所在。』三思自入召之，亦不見。忽於堂奥隙中聞蘭麝芬馥，乃附耳而聽，果素娥語音也。細於屬絲纔能辨認，曰：『請公不召梁公，今固召之，不復出也。』問其由，曰：『我非他，乃花月之妖。上帝遣來，將蕩公心而興李氏。梁公正人，某何敢見？願勉事之，勿萌異志。不然，武氏無遺種矣。』言訖更問，即不復應。三思出見仁傑，稱素娥暴疾未可出，敬事之有加禮。明日，三思密奏其事。則天嘆曰：『天之所授，不可廢也。』

舊傳《素娥記》雜劇，鄙俚荒唐，令人噴飯，不知其實本此也。《甘澤謡》，唐祠部郎中袁郊撰。或曰：《甘澤謡》别自有書，今楊夢羽所傳，皆從它書鈔撮而成，乃是僞本。或曰：夢羽本未出時，已有鈔《太平廣記》中二十餘條爲《甘澤謡》以行者。然則夢羽本又贋書中之重臺矣。（《毗梨耶室隨筆》）

報恩猿第十七

《諧鐸》，清吴郡沈桐威起鳳撰，筆墨雅潔可喜。論者比之蒲留仙《志異》，言雖溢美，然不可謂非説部中之傑作也。桐威并工詞曲。嘗泥其夫人張湘人（靈）以金釵作贄，拜爲閨塾師，譜北曲一套視之。詞云：

〔北新水令〕水精簾捲畫堂高，燕呢喃春風四繞。金猊香氣散，銀燭影紅摇。一翦蘭翹，有一個俏門生贄禮到。〔駐馬聽〕環珮聲飄，一捻風和楊柳腰。氍毹拜倒，幾絲雨壓海棠嬌。一天風韻總難描，三章約法從容告。從容告，打頭先改卿卿叫。〔沉醉東風〕翡翠林書林恰好，芙蓉帳絳帳還高。戒癡情莫折花，懲閒玩休尋草。便早來點綴眉梢，彩筆何須畫百遭？破工夫且臨畫稿。〔折桂令〕每日價日上花梢，抛殘繡譜，捲上鮫綃。字臨衛女，詩吟蘇蕙，史續班昭。喜清課賣花聲杳，催好句心香燒。紅了櫻桃，緑了芭蕉。舊園亭由他蝶鬧，新臺榭不共鶯瞧。〔沽美酒〕便盼到冷惺鬆花月宵，傍春臺燈并挑。且説個春燈謎子他知道。夾雜些美人名號，也一一費推敲。〔太平令〕那不是罣龍樓鳳榜蹊蹺，這的是繡閣規條。買幾個俊婢垂髫，鎮伴你添香拂稿。一種種柳嬌華嬌，盡意兒細教，連那小鸚哥也聽來熟了。〔離亭宴帶歇拍煞〕秀才學問誰曾飽？書生不櫛從來少。它日個鳳閣名標，替着俺寫韻箋，替着俺謄書草，替着俺題清炤。這温家玉鏡臺，俺曾把皋比靠。休只要放頑皮把師嚇倒。笑煞那荀家兒背熨焦，張家兒眉亂描，怎踏着俺風流竅。你做陸家卿，俺做寒山趙，《考槃》詩勝恰了泥金捷報。且搊隻《洞房歌》，搭着《白頭吟》唱到老。

風流旖旎，讀之令人意消。《東齋脞語》云：桐威又善作傳奇，梨園所衍《報恩猿》、《才人福》諸劇，與李笠翁、萬紅友齊名，不知今尚有傳本否？（《花朝生筆記》）

春波影第十八

丙寅年，予在秣陵，見支小白如增，以所刻《小青傳》，遍貽同人。鍾陵支長卿語余曰：『實無其人，家小白戲爲之，儷青妃白寓意爾。』後王勝時語予，小青之夫馮某，尚在虎林，則又實有其人矣。近虞山：『小青本無其人，其邑子譚生造傳及詩，與朋儕爲戲。曰小青者，離情字正書心旁似小字也。或言姓鍾，合言成鍾情字也。』予意當時或有其人，以夫在，故諱其姓氏，影響言之。其詩文或亦有一二流傳者，衆爲緣飾之耳。但虞山傳出譚生手，而余實見小白持以貽人。或譚生爲之，小白梓之耶？抑竟出小白手也？鄭超宗謂陳元明所改傳，勝小白舊傳，殊不然。虎林徐野君，譜爲《春波影》；荆溪吴石渠，又譜爲《療妬羹》；詞皆縟麗可觀。即無其事，文人游戲爲之，亦何不可？惟是過孤山者，必訪小青墓；若過虎丘，必灑酒真娘者，則大可噴飯矣。吾弟靖公曰：『不知當時果有揚子雲否？并真娘墓，吾亦疑之。』（《因樹屋書影》）

葵精記第十九

清初，鄉人樸心先生，曾作《葵精記》雜劇。年祀綿遠，書已失傳，今且鮮知其名者矣。馮夢祖召系，爲譔序文，存《蒼源剩草》中。録如左方，冀傳其人，并藉以考見此劇之崖略焉。詞曰：

高人韻士，牢騷不平之意，往往發之於詩詞，而傳奇爲尤甚。故夫傳奇非無爲而作也，大約高人賦懷，韻士矢音，遭際不偶，其憤懣、離憂、激烈、髖髀之意，横積於中，因假事以抒其嘻笑怒詈之言。人可獸，獸可人。古人可升降，鬼神可奔走。險誕百出，迂怪不經，凡以發其意之不平。故聞之者以爲誕，而作者不以爲誕也；見之者以爲怪，而作者不以爲怪也。余自鼓匳以來，枕藉六經而外，間閲子史。素不喜非禮傷道之言，所痛絶者，尤在傳奇小説。己亥冬杪，步自拙齋，整緝典册，瞥見案頭《㝈精》一劇，輒揮手屏去。從者爲余言，此吾鄉樸心先生之所作也，且具道其由來。余乃展閲，以訖終篇，則見其事因㗘㝈之憤而發之者也。夫一㝈耳，倏而犬，倏而人，倏而復犬；以至彌明則神，岸賈爲獄，土司押囚，冥君讞成。言雖一劇，幻則已甚。獨是先生以衡鑒之姿，司月旦之權，道豐爲潤，奚落百端，誠高人之遠駕，韻士之逸軌也。由斯其意，豈亦有牢騷不平者耶？而所言若此，何其誕而不以爲誕，怪而不以爲怪也？噫！斯固僕之所大不解者也。嗚呼！豈不誕怪乎哉？雖然，倘亦傳奇之有爲而作者，其爲誕怪無惑也。

吾家遠祖聞玉公（爾瑝）題其後曰：『余初不知有是劇也，讀其文，因知其事。可續《虞初志》一通。』（《**花朝生筆記**》）

耳食録第二十

《耳食録》五卷，計百五十則，臨川樂鈞蓮裳氏著。蓮裳本粹於詩詞駢儷之學，爲嘉、道間名士，此書尤才人寄興之作。大凡筆記小説，以識見理解獨闢蹊徑者爲尚，如《閲微草堂》之類是也。次則遺聞佚事，有關掌故者，如《郎潛紀聞》、《嘯亭雜録》之類是也。次則考據經史，賞奇析疑，以資引徵者，如《居易録》、《容齋隨筆》之類是也。若掇拾瑣聞，泛記狐鬼，無關宏旨，等諸自鄶矣。書中措詞構局，雅近《聊齋》，而章琢古、魏翁、石孝廉數首，寓意深遠，有絃外音。至胡好好、西村顔常兩首，尤顯豁，一則爲漁色者當頭棒喝，一則爲好貨者清夜鐘聲。樂君云：『囚錢神不知，逐錢神不仁。』洵乎觥觥名論。若好好對何生末後數語，乃曰：『我素性廉潔，不欲媚人而有所取；適所愛於君者，願仍還之君妻，吾事畢矣。』雋永泠酷，極筆墨之能事。（《瓶庵筆記》）

翼駉稗編第二十一

宛平湯用中芷卿氏著，武進徐子楞加評，書凡八卷。芷卿本常州人，寄籍宛平，以乙榜出爲鹽官；文人不得志，寄於筆墨以自寫胸臆。其書專放《聊齋》紀狐鬼事者，十之四五；記前輩遺聞軼事者，十之二三。然如《粟恭勤公佚事》、《冒充親藩》、《賢母》等篇，他書先有紀載。其他空中樓閣，以意匠經營者，亦多與前人不謀而合。寒檠孤館，手而讀之，亦足爲消閒遣興之助。未能於《虞初》三

百中，分占一席也。（同上）

續紅樓夢第二十二

《水滸》之後，有《蕩寇志》，其主人則《水滸》中人之還魂也。《紅樓夢》之後，有《續紅樓》，其主人皆《紅樓夢》中還魂也。此等思想，可厭已甚。在作者，不過欲藉此以便於傳爾。究竟傳不傳，豈在是？二書文字，《蕩寇志》尚可，《續紅樓》甚惡。《蕩寇志》今坊間尚可購得，《續紅樓》則稀見矣。於此尤可見傳與不傳，自有道也。（《海漚閒話》）

聊齋志異拾遺第二十三

近時坊間有所謂《聊齋志異拾遺》者，託名蒲留仙先生遺著，書凡一卷，計二十七則。雖逢場作戲，聊藉孫叔敖之衣冠；而無病而呻，顯露東施之跡象。蒲先生書，千篇一律，予向不甚喜之。（瑞藻按：此論實得我心。《聊齋》之書，余僅髫齡時卒讀一過，至今十二載，絶未寓目也。）然於行文造句間，時露一種幽秀之致，亦非凡手所能及。（此論亦平。）《拾遺》諸作，筆墨如何？明眼人自能識别。至《陳世倫》一篇，述及某相侍姬。《聊齋》原書中，决無如此明顯之筆。《解巧璇》、《沂州案》等，尤歷來各筆記中所習見，掇拾衍釋而成之者也。（《瓶庵筆記》）

八蝶香紫扇第二十四

坊間彈詞曲本，有所謂《八蝶香紫扇》者。其中情節，頗足動人，不知即乾隆間福建巡撫浦霖事也。霖家貧，聘妻某氏，美而文。副將某，涎其貌，乘霖讀書僧寺，賂僧使陷霖。僧買俊童，僞爲其徒，以相誘，霖不動。乃殺童，誣以强奸不成，殺童滅口。問官受副將財，周内成罪。霖既擬辟，副將更出錢賄女父，令女嫁己。一日，副將酒酣情露，謂『吾操苦心，始得今日樂』。女訝問故，副將告之，女默然。次日鳴於官，以副將誣其聘夫謀己，霖冤乃白。女自經死，浦霖終身不娶報女恩。後浦霖與總督伍拉納，因貪墨同誅死，負女矣。（《天放閣筆記》）

楊白花第二十五

以一女優而於一代興亡史上，居然占有位置，而牽動一時之政局者，當數楊翠喜矣。楊翠喜者，直隸通州人。幼以貧窶，鬻於陳姓，輾轉之津門，遂墮樂籍。其假母曰楊李氏。翠喜善淫靡哀艷之曲，出其技，在侯家後協盛茶園演劇。嘗一至哈爾濱，俄軍官某梳櫳之。時翠喜年十六矣。繼反津，構香巢於河北。受大觀園、天仙園之聘，聲價重一時，爲富商王益孫、道員段芝貴所賞。會貝子載振，奉節東省歸，道出津沽置酒高會。一見翠喜，傾倒不置。段方有求於貝子，乃託王益孫名，以萬金購翠喜爲使女。即車送之京，進之貝子。翠喜則年十九矣。無何，段芝貴以道員授黑龍江巡撫。

御史趙啓霖，獨揭而劾之，段遂奪職。貝子懼，遣歸翠喜。上乃派醇親王載灃、大學士孫家鼐查辦；覆無實證，趙啓霖亦褫職也。此清光緒丁未年事。夫以翠喜一身，時而臺榭，時而官府，時而姬，時而伶，時而妾，時而婢，極却曲迷離之况。山陽曹麟角之《楊花詩》，亡友鄒亞雲之《楊白華》傳奇，均爲翠喜作也。謂非宦海之佚聞，故京之艷史歟！（《菊影録》）

伊索寓言第二十六

古之專以寓言著書，自成一子者，昉於希臘之伊索。伊索與荷馬，同爲希臘詩聖，而其生平之不可考，亦復相似。綏地司也，薩模使也，梅生比拉也，率來斯也，皆自承爲伊索生長之鄉，今亦莫能定也。其時則確在紀元以前六百二十年，當我春秋之世。至其家世，則確爲人奴之子，主人曰散修斯。又賣於高特曼，皆薩模使人。希臘人遇奴，極慘虐。屈原見放，憂愁幽思，而作《離騷》。伊索之譔寓言，其亦以屈原之遇，而行屈原之志者也。高特曼見其書，乃大契之；使脱奴籍，而儕於平民，其晚節差勝於屈原。由此言之，西方自治之平民，終勝於東方專制之君主。古者希臘共和之世，最重自由之民。伊索每置身於公衆聚會之場，高視闊步，人皆仰之。大似大哲學者裴度、曼尼普斯、亞丕克德厄斯之少年困厄，老而成名焉。後游綏地斯，與梭倫、泰而斯諸名賢相遇，辯論甚歡。蓋綏地斯者，里達之國都。時則英主克羅修司在位，獎勵學術，禮羅英豪，爲希臘聯邦秀出之區，雖雅典猶不能逮。伊索樂而安之，築室三間；處則抱膝長吟，出則集社明道，王甚任之。著書甚多而皆不傳，所傳者惟《寓言》一卷爾。巽語易入，小道可觀，中外古今，皆同此理。哲人之多託跡於小説，其以此歟！伊索之著《寓言》也，半成於苦林斯，半成於雅典。兩城之人，讀之而善，醵金贈之，以爲酬報。伊索却之不能，乃受之，轉餽諸舊主人，及卒，大雕刻家里西普士爲之選文石，琢其遺像，屹立於雅典之市。滄桑屢易，陳跡遽湮。像已早亡，惟此《寓言》，久而愈光。里西普士之刀鑿，惡能及伊索之筆墨也哉？（《留庵叢譚》）

伊索，希臘哲學家，所著《寓言》一書，吾國久有譯本。兹復得其佚事一則，亦極有意味。伊嘗野行，遇問路者曰：『至某城須幾時？』伊不答。其人去既遠，伊呼之反，曰：『二時可矣。』人怪問之。伊曰：『昔未知君步力若何，曷敢妄答？』按斯非雅謔，乃至理也。（《樸學齋夜談》）

天路歷程第二十七

自有人類，即有故事。在文字未興以前，則編成韻語，沿街彈唱，以曉俗情；此荷馬、福吉兒、卑丸兒諸人，所以不朽於希臘、羅馬、盎格羅撒克生之史也。吾國之有章回小説也，風始於宋。至今存者，有《五代史平話》、《宣和遺事》等書。英國之有作故事者，昉於清之中葉。其第一部不刊之作，即第福氏之《魯濱孫飄流記》也，出版於一千七百十九年。當第福十七歲時，有倍福耳之教師，方沉幽於鐵窗縲紲之中，而孤憤著書；與第福之所託，如吴越之不相謀；而其書與《魯濱孫飄流記》，并其千古者，則彭寧氏之《天路歷程》是矣（此書教會中人已譯）。此本箴俗説理之書，而託以比喻，雜以詼諧，勸一風百，實小説之正宗。其文又平易簡直，婦孺皆知。英人尊之，至目爲《聖經》之注脚。然彭寧之遭際，亦可憐矣。窮愁著書，中外一例，殆亦天地間一種公例耶！彭寧以千六百二十六年生，少習補鍋匠。十六歲以後，棄其舊業，投袂從軍；留營數年，即復退伍。年二十，迎取某氏。其妻之才不，今不可知，所可知者，死於千六百六十五年耳。彭寧於百無聊賴中，復有悼亡之戚。鰥魚不瞑，牛衣增悲，遇亦窮矣。而一綫之生計，亦於此時得之。蓋其妻本貧家之女，于歸之日，一身以外，别亡所謂催妝之品，攜歸彭寧。有之，則惟《聖經》一部。彭寧念粉漬之猶新，感靈響之不沫，人窮反本，宗教家言，尤易感動。乃盡去其平日之思慮，而願身爲教師，以宣福音。其時正當清教徒與國教争，而英國共和之日也。未幾，却而司二世復位，凡不奉國教者罪之；彭寧遂以一千六百年幽因於倍福耳之獄。在此黯無天日之中，斷送十二年之光陰。然猶不廢著述，而《天路歷程》，世界不朽之奇作，即成於此時。至今凡有文字之國，無不翻譯者，其尊崇亞於《新》、《舊約》一等。（《留庵叢談》）

魯濱孫飄流記第二十八

出身之卑賤，亦如彭寧，而使其名重於九鼎大吕者，即《魯濱孫飄流記》之作者第福氏也。第福之父，一倫敦之屠夫爾。第福少時，思成一牧師，以光大其門閭。十四歲，在紐温登肄習拉丁、希臘、法蘭西、西班牙、意大利諸國宗教之書，學業精進。後忽違其宿願，惟求執一業以糊口，此外别無奢望。乃爲織襪之工，日坐倫敦之市，紛紛與庸保爲伍，然猶時時著書。時則新舊兩教，此一是非，彼一是非，互相水火。國家右舊教，第福日造一文，以攻政府。千七百二年，被囚於紐格脱之獄，而危言核論，與政府爲敵之文，未嘗絶筆也。《魯濱孫飄流記》即著於是時。此書事本子虚，而驚心動魄，不啻身受，更以激人獨立自治之心，故各國争譯之。第福懷抱直道，鬱鬱不得志於宗邦，乃思辟一新天地於不可知之鄉。其後百有二人航海之美洲，争信仰之自由，開殖民之風氣。溯其淵源，實基於此。第福之理想，竟得實行，其書之有功於人心世道如此。第福年七十歲卒，千七百三十一年四月二十四日也。葬於彭赫兒非而士，後彭寧四十三年云。第福墓石，前年爲風災所剥蝕，倫敦新聞，偶採入時事門，募財重建。一時小學生聞之，皆欣然出資，爲取埃及之文石，大書深刻，樹於墓道，稱爲韻事。（同上）

《魯濱孫飄流記》爲英國大小説家第福名作，傳誦幾遍世界。顧有一説，謂非第福所作，實出貴族奥克司福之手。時貴族有罪，方幽於倫敦塔中，於百無聊賴之餘，草是書以自遣。第福固與貴族有素，時往省之，貴族遂授以全稿，令署其名付刊。出版後，風行一時，讀者皆稱之。第福大悦，因作續記；然視前記，則瞠乎後矣。（《懷蘭室雜俎》）

海外軒渠録第二十九

與彭寧同時，而門閥華貴，生享幸福者，有斯惠福焉。造一小説，託名於吉利甫者，窮游大人、小人兩國；即譯本之《海外軒渠録》，原名《吉利甫遊記》者也。斯惠福之政見，盡於此書，而其詼諧之資料，惝怳之奇情，實令人一讀一贊賞。斯惠福，都伯林人也。一千六百六十七年生，畢業於牛津大學，以一千七百四十五年卒。《軒渠録》之外，行世者尚有《書之戰争》、《德伯之談》，要皆不若《軒渠録》之能令天下笑，而與日月争光也。（《留庵叢談》）

歐文筆記第三十

予於美國文學家中，獨佩華盛頓·歐文，曩時嘗譯歸矣。這一番花殘月缺諸作，皆出歐文手。予心輒嘆其文詞懿美，有字裏花飛之致。回環雒誦，愛不忍釋。篇中妙句的的，直欲籠以碧紗也。予心坎中懷歐美大文學家無數：曰狄根司，曰司各德，曰囂俄，曰大仲馬，小仲馬，曰毛柏桑，曰貴推，曰希萊爾，曰託爾司泰，曰霍桑；而據吾心坎中最高之位置者，則爲歐文。歐文傑作凡十數種，以《筆記》一書爲尤著。所爲文幽馨淡遠，如紫羅蘭，而其輕倩飄逸處，則類擲筆空中，作遊龍矯夭之狀。中如《李迫樊温格耳》、《睡洞》、《碎心》、《惠斯明斯德大寺》諸篇，皆戛戛獨造，足以涵蓋一世文壇者。司各德嘗曰：『吾嘗讀《歐文筆記》矣，筆香墨妙，美乃無藝。吾不知彼篇幅間之斑斑者，其爲墨痕耶，抑花影耶？』擺倫之言曰：『吾有一友，與歐文善；吾輩偶把臂，輒道歐文。蓋此君之著作，實吾人之忘憂草、療愁花也。』狄根司語人亦云：『《華盛頓·歐文》，吾生平良友也。每來復中之二夕，果不挾《華盛頓·歐文》於臂下者，必不能登樓就寢。』（案：此二《歐文》皆指書言。）其爲并世名人所推重，有如此者。

《碎心篇》，紀愛爾蘭愛國志士勞白脱·哀密情史；擺倫尤稱之，目爲全世界空前之妙文。語人曰：『歐文真天才也，不特有天才，且有優於天才之心。吾甚願一識此君，結爲良友。第恐年不吾假，今世無此福分耳。』嘗有美國人某，徇擺倫請，讀此《碎心》之篇，於日記中紀曰：予讀第一節竟，少止。謂擺倫曰：『讀此文實大罪過：彼書中人心雖寸寸而碎，無與吾事；而今則使聽者之心，亦寸寸碎矣。』擺倫曰：『然。聽此文而漠然無動於中者，直愚瞽之流耳。』迨予讀已，擺倫淚已盈睫，泫然言曰：『子當見吾哭矣，須知吾心痛極，不得不哭。』意者歐文當日屬稿時，必以淚花墨瀋，滲雜而成也。已而又曰：『吾自入此世界以來，未嘗流淚，雖身被慘毒時亦然。唯此《碎心》之作，乃博吾雪涕無數。』夫以大詩人如擺倫，而能爲歐文一文所動，則其文辭之可歌可泣，蓋可知矣。（《懷蘭室雜俎》）

《筆記》一書，語其文字，固歐文之傑作，而其中尤有深意存焉。當美國獨立之後，與母國之感情甚惡，島夷索虜，彼此互嘲。文人緣飾，更助興味。歐文此書，則以諧暢之筆，達纏綿之意。英人讀之，知美之文人，多情若此，詎肯長絶乎祖國？猜嫌之心，於是漸滅。德格來讀之再三，題其後曰：『此第一次之公使，由文學之新世界，來駐於舊世界者也。』（《留庵叢談》）

歐文自幼好讀小説，酷好《水手辛把特傳》及《魯濱孫飄流記》諸書。每讀一過，輒爲神往。書有道異國事者，尤喜之。嘗有《世界大觀》二十小卷，日夕把覽，孜孜不輟。一日，私讀於校中，師濳之其後，攫其書。旁晚散學，禁勿令出，以爲必受罰矣。顧乃不然，師謂書甚善，足增知識，唯此後勿復讀於校中。歐文唯唯，謝過而出。歐文既喜讀異國風土之書，因亦時作遠遊之想。屢欲得間遁去，入海爲水手。知水手日必以咸猪肉果腹，因勉進之，爲他日地。夜則卧地板，習以爲常。顧食肉非所好，卧地背輒作痛，遂祛其妄想，折節向學。既長，以文學蜚聲於時。遍遊歐洲各國，所至歡迎。所著《筆記》一書，幾於家絃户誦，傳遍世界矣。（《懷蘭室雜俎》）

時司各德在英，執文壇之牛耳，爲小説之鉅子。得歐文所著之《紐約史》而善之，常以下晝茶集之時，朗聲誦讀，使家人皆聞之，其傾慕之如此。歐文亦以文學中心終不在紐約而在倫敦也，乃渡海往遊焉。至蘇格蘭，訪司各德，握手恨相見晚。倦遊歸國，其名益重，築園林於呼得桑河之側。國家强起之，奉使葡萄牙。受代而歸，安享大年。自古平子工愁，敬通不樂，邠卿亡命，靈運遭囚，文人多窮，一若有例可循者。獨歐文富貴壽考，出於例外。非僅歐文爲然，即郎發羅、富蘭克林、愛滿生、白拉揚諸人，莫不身名俱泰。由此觀之，美之文人，殆得天獨厚者歟！（《留庵叢談》）

歐文之生也，當一千七百八十三年之秋。其時獨立告成，華盛頓之勛業，炳焉爛焉，婦孺莫不震之矣。歐文生，其家將名之。母曰：『華盛頓之戰事於此告終，而是兒適産；宜以其名名之，以志國慶』；乃名曰華盛頓。』四歲，乳母攜之街市，徜徉其間。大總統華盛頓，衣常服赴市購物，一市歡然。乳母從人叢中，遮道而前，指而視之曰：『總統！此培痕實以君之姓爲名，君其視之。』培痕，蘇格蘭語，即美語之僕歐，華言小兒。蓋此媪固蘇格蘭人也。華盛頓聞之，以手摩其頂者三，乃從容去。歐

文既長而能文章，遂作《華盛頓傳》，以示不忘。傳華盛頓者衆矣，唯歐文之作，如太史公之記，至今不磨，其因緣甚奇也。（同上）

歐文兒時，頑甚。嘗從窗間扶服而出，猱升屋頂。潛登鄰居，投石煙突中以驚人，用爲笑樂。在校時尤頑劣，靡所不爲。顧不謊，獨得師歡。每與同學游戲，隱隱作指麾，師戲以將軍稱之。維時校風頗惡，盛行鞭笞。有怠惰不率教者，輒以夏楚從事。鞭時則遣諸女生出，俾弗之見。歐文心慈，亦不忍見他人受鞭。恒請諸師，與女生同出焉。（《懷蘭室雜俎》）

歐文嘗有所愛，曰馬梯兒達·霍夫孟，已訂婚矣；芳齡甫十七，以瘵疾卒。歐文嘗曰：『個儂絶時，予方侍側；唯予一人，伺其最後之眼波。』女既死，歐文取其小影、雲髮及《聖經》而去。每夕必藏之枕底，與之同瞑；即旅行中，亦攜以偕行。女死後三十年中，人無敢當歐文前道及女者，恐觸其悲緒也。一日，歐文造霍夫孟家，訪其婦翁。會有一女子即屜中取《樂譜》，并將一繡件至。婦翁見之，因曰：『華盛頓！此亦出馬梯兒達手也。』歐文聞語，如被電攝。初尚笑談，至是則立寂，尋匆匆去。其手册中嘗有語曰：『渠既於綺年玉貌時死，則吾方寸回想中，亦長爲綺年玉貌之人。』歐文爲女故，終其身不娶云。（同上）

姊妹花第三十一

古德密斯，愛爾蘭人也，生於千七百二十七年。二十一歲，得學位於都伯林大學，固未嘗苦學也。一時意氣如雲，視天下事無不可爲者；益習於放縱，愛之者皆爲憂之。嘗思爲教中一職員，又嘗思浮海之美洲，幸皆未如其願。不則，益放於禮法之外，并一文學之苦工，亦不可得矣。當是時，有金五十鎊，即可習法學而畢其業。古德密斯懷金將赴倫敦，博於都伯林，一夕輸之，乃習醫於愛汀堡。時荷蘭有來屯大學者，一入其中，如登龍門。古德密斯亦將往焉，以旅資與人博，又盡失之。斯時英國上流人物，必渡海峽，至大陸諸名都，句留數月，然後歸；則聲價陡高，時人尊之曰『大旅行』。意大利貴爵某，古德密斯之同學也，憫其喪資，無以成行，乃挈之與俱。既之羅馬，古德密斯忽與之有違言。孑身赴巴黎，囊中實不名一錢也。夙善吹笛，持此得乞食而歸。英國自有大旅行以來，未有若此君之狼狽者。此行也，未知其得於觀察者何如？而塵容俗狀，則加多矣。然微論其體勢之陋俗，衣飾之不美，而其性情，固極平易，以是人皆愛之。思懸壺於倫敦之市，而醫術甚淺，未敢冒昧。乃入立却特孫之印書廠，爲一校對者；兼爲人作應酬文字，見者稱賞，文譽日高，得倚此爲生活。約翰生博士，其至友也，嘗曰：『當古德密斯手中無筆之時，則愚莫如之矣；有筆之時，則智又莫如之。』古德密斯之小說，以《威克非爾牧師傳》爲最傳，即近人譯本之《姊妹花》也。此書屬稿方就，約翰生偶過其居。則見古德密斯爲欠賃屋資五十鎊，大爲女主人所窘，聲勢洶洶，欲鳴諸官。此江河不廢之《姊妹花》一束，雜於亂書堆中。約翰生讀之，急語主婦毋躁。馳示坊肆，出六十鎊市其稿。付主婦外，尚贏十鎊也。然《姊妹花》中錯語頗多，古德密斯强自解曰：『無錯不成話，作小說者之常語也。小說之妙，妙於有錯。且吾書之錯，甚有次序，以是亦可謂錯到恰好之地位焉。』以千七

百七十四年化於旅次。別無長物，唯遺債二千鎊云。（《留庵叢談》）

十字軍英雄記第三十二

十九世紀之間，英之大小説家聯翩而起，要以司各德、迭更斯爲著。匪獨著於一國，抑亦聞於世界。司各德之書，主於歷史；迭更斯之書，主於社會；各造基極，未易軒輊也。先古德密斯死之三年，愛丁堡隘巷之中，有小兒墮地，問其時日，則一千七百七十一年八月十五日也。此爲司各德入世之初，雖在十八世紀，而其小説，皆作於十九世紀。故論世者，不以屬於十八世紀中也。司各德幼時，即跛一足。年十四，已盡讀其父之藏書。於古時蘇格蘭流傳之神話，及諸名家之小説，嗜之若命。此時雖不遽下筆著書，要其醖釀，固已深矣。法蘭西、意大利，風土清嘉，文字流利，以善造小説聞於世界。司各德盡學其方言，縱覽妙作，以極其趣。復反求諸本國之歷史，上下七百年，貫穿馳驟，發爲文章。昔太史公遭腐刑，薈萃先秦之紀載而成《史記》。司各德以虧其形體，歸而著書，猶此志也。謂司各德爲西方之太史公，誰曰儗於不倫乎？（同上）

偶然題作木居士，便有無窮求福人。此譏世俗之迷信也。作小説者，以無爲有，隨筆點染，妙造自然。其足以顛倒讀者，惹起迷信，亦有此境。世之閲《三國志演義》、《水滸傳》、《西遊記》、《紅樓夢》者，孰不如見關雲長之顯聖，忠義堂之大會，孫行者之神通，賈寶玉之多情，此小説之極則也。司各德小説，雖原本於史，而大半皆逞其意見，嚮壁虚造。後之讀者，幾疑司各德家有琅環、二酉，闕帙

奇書，多人世所未闞；司各德獨得暢懷肆志，讀而傳之，無覺其爲杜譔者。司各德至今稱爲妖怪之小説家，其以此夫？（同上）

司各德所著詩文之外，其説部總名《韋浮里外史》。雖密行小字之刊本，猶分裝二十五册；皆從一千八百十四年至一千八百三十一年間所作也。賣其板權，得錢無算。自有作者以來，書之多而價之高，蓋未有及之者。不幸變生意外，半生傭筆，幾至貧無立錐。先是司各德嘗合股設一書肆，至千八百二十六年，書業大敗，折閲無算。又遭其愛妻之喪，破産之後，重以悼亡。乃拚命著書，既以遣愁，亦以救窮也。當其居愛丁堡時，有望衡而居者，能自隔窗見此小説大家之書案。舉頭輒見一人，埋首亂書堆中，一手據案疾書。少頃，擲下一紙，又易新者。無論如何，此不厭不倦之健腕，無時不在眼中。是即司各德苦造其小説時之實况也。久之，遷居亞拔士福特。司各德絞其腦，胼其手，如在愛丁堡時。在此積六年之苦工，成等身之紙堆，竟盡了其逋負。而精力亦竭矣。一千八百三十二年卒。司各德一生，揮其禿筆，凡得十四萬鎊，合銀百四十萬圓云。所著諸書，以事實言，則包羅七百年之歷史。然非如史家之以年繫日，順序而序之也。第一部刊行者，爲《六十年》。《六十年》者，述千七百四十五年英國保皇黨之事，距司各德生平六十年前。而一千八百三十一年第二部《巴黎羅布德子爵傳》，則上溯第十一世紀第一次十字軍之事矣。（同上）

吾國之人，一言小説，則以爲言不必雅馴，文不必高深。蓋自《三國志衍義》諸書行，而人人心目中，以爲凡小説者，皆如宋元《語録》之調，婦人稚子之所能解，而非通人之事也。其實《山經》、《穆傳》，先秦間之高文典册，目録家亦入之於小説。衍義白話，體雖不古，然亦天地間一種至文，予別有辨。歐美各國文言一致，故無此例耳。其小説文字，皆非淺陋者，而司各德之文，尤多僻字奥句。今譯本僅有二書，即《十字軍英雄記》、《撒克遜劫後英雄略》也。（同上）

英國大小説家司各德勳爵，以《撒克遜劫後英雄略》、《十字軍英雄記》諸書，蜚聲世界。舉英國之人，咸崇敬之。一日，偕其友某馳馬於其所居阿卜洛福別業左近，晏如也。已而至一田場，門方闔，馬不得前。有丐者方暴日，趨近啓之。勛爵擬賜以六辨士酬其勞，顧摸索囊中，僅先令一。因取以授之，并語之曰：『爾將此先令去。惟吾初意，但欲畀爾六辨士，爾尚負吾六辨士也。』丐者即磬折曰：『謹聞命矣！願上帝相勳爵，果勳爵長生，而小人卒富者，固當償此六辨士也。』此事趣甚，可入笑林。（《懷蘭室雜俎》）

塊肉餘生述第三十三

百年以前，英國政治之不公，風俗之齷齪，爲歐洲最。帝王之力不能整，宗教之力不能挽，轉特績景繪聲之小説，使讀者人人自愧，相誡毋作此小説中之主人翁。政治風俗，漸漸向善；國富兵强，稱爲雄邦。是則迭更斯之所爲也。迭更斯，撲脱西人，生於一千八百十二年二月。幼年，受書於其母，皆能自讀，即發其父之藏書。最愛小説，常冥然默坐，仰曾城之逝景，數月景之下窗。見者以爲獃，而不知迭更司正遐想其所讀之小説，而不覺其神往也。既而其父負人債不能償，債主訟之，發官符繫諸倫敦獄中。吏至其家，鷄犬不寧，舉家愁苦。乃至床帷釜甑之屬，一一爲吏鈔掠去，迭更司顧之，皆不甚惜。最後則并其百回不厭讀之小説，亦入吏之囊橐，始愀然不怡。然又無可奈何也。此時英國法律，凡以錢債繫獄者，得舉家移居獄旁，而仰食於官。迭更司與其母弟隨父之倫敦，奉獄官之命，入一酒肆，糊瓶上之招紙。一星期中，可得數先令以給家用。久之獄解，迭更司從傅受學，學乃大進。年十四，即輟讀。其父出獄後，在報館任訪事。迭更司慕之，思繼其業。又甚願登場爲優人，恒與其同儕遊於通衢，别操一種言語，謂之『林古』；以假作外國旅客，博市人之一笑。年二十二，競成報館訪事焉。迭更司既少更患難，熟知閭閻情僞。故作爲小説，善憮勞人嫠婦之幽思，孤臣孽子之痛苦。雖穿窬乞丐者流，讀之亦不啻其自叙。此輩終歲營營，斷無自著一書，以鳴其不平於天壤之理。迭更司乃於明窗净几之中，伸紙吮筆，爲之載之；如禹鼎之鑄形，如秦鏡之照膽，嘻笑怒駡，一任讀者之自擇。迭更司第逞其筆鋒之所至，一時社會上之人物之魂魄，自奔赴腕下；如符箓之役使鬼物，而無容心焉。嘗有畫師寫迭更司著書之圖於其背面，作靈煙蓊蔚之狀；中有種種之男女：老者、少者，俊者、醜者；容則醉飽者、飢寒者；冠則大冠者、小冠者；衣則新者、舊者。其狀則各憂其所憂，喜其所喜；得意於其所得意，失望於其所失望：是皆迭更司小説中之主人也。是即世界衆生之行樂圖，無古無今，悉被此老寫盡矣。大凡朱門酒肉中人見之，每不懌，曰：『此傖無賴，又爲我寫照矣。』其實，凡在此社會上者，迭更司無不取之以作資料，固不暇專爲富貴人作傳也。富貴人自問無狀，故讀之而怒。貧賤人屈伏於泥塗之中，雖百其喙以訴困苦，猶恐不給；迭更司適如其意而爲之刊布之，乃大得若輩之歡心；其書不徑而行於天下矣。當千八百三十六年，迭更司年二十四；本其所見聞，刊行一書，題曰《鮑氏筆記》。迭更司以己未有遠名，故假託諸鮑氏，亦子虚烏有之例也。以其稿售與坊主，得一百五十鎊。後既成著作家，聲名著於海内外，乃向坊主收回筆記之版權，竟重出千六百五十鎊云。（《留庵叢談》）

《塊肉餘生述》譯本，即《大衛·考伯菲爾》也。迭更司少年境遇，雖不至如大衛之酷，然亦可憐矣。故於《塊肉餘生》聊寄其慨。范蔚宗自鼓琵琶，動傷零落；葉天寥曲叙年譜，輒喚奈何。每至愁絶之處，輒有迭更司之影子隱約行間，呼之欲出。悲哀者易爲工，此《塊肉餘生述》之所以不朽也。（同上）

却而斯·迭更司先生爲英國小説家第一作手。其所著書，凡數十種。全世界之好其書者，殆一萬萬人。幾欲登小説界之寶座，南面稱皇帝矣。英國之人有不知帝王之名，而獨知迭更司先生者。時人尤崇拜之，每與宴，同席者率懷其唾餘之蛋殼、橘皮而去，什襲珍藏，以爲紀念。其書多鴻篇鉅製，而以《塊肉餘生述》爲第一得意之作。書固自述其生平，有匣劍帷燈之妙。隨地發揮，初不拘泥於一事一節。故細按全書，有與其事同者，亦有絶然不同者。刻舟求劍，非善讀此書者矣。予稽考西籍，略知先生生平。如細加箋釋，直可作索隱一部。兹擇其犖犖大者，簡賅言之。

《塊肉餘生述》開卷即言失怙，母氏再醮。此絶非事實，殆有所感而附會之者。先生之父曰約翰，爲海軍部書記。家貧甚，負債纍纍，僦居倫敦陋巷中，至不能給先生學費。先生因輟學居家，將護弟妹，并操作家事也。後卒以債務，約翰下獄。先生每於來復之日，入獄問起居云。其言大衛十歲時，爲苦力於酒肆中。考之原書，實爲一靴墨廠，初非酒肆也。先生十歲，乃翁已下獄，家中困甚，無以爲活。會有所親設靴墨廠於亨格福市，招先生往，日黏招貼於靴墨瓶上，每來復得工資六先令。書中所云，皆實録也。其言大衛見惡於繼父麥得司東，送之倫敦沙倫學堂；備述堂中腐敗狀況，歷歷如繪。此沙倫學堂者，實爲惠林頓書院，在海姆司堆街。先生十二歲時，乃翁忽得一戚族遺産，償其宿逋，被釋出獄。遂送先生入此院讀，兩年始出。書中所言院事，虚實蓋相半。先生既出院，即入道生氏所設學堂中。堂在白倫司維廣場之亨利大街，規則課程，皆較惠林頓書院爲佳。學生咸能自治，無待師長之督責。即有過，師必令其自省，不加訶責。因之人人自愛，毋敢偭越規矩。咸言既爲校中學生，責當寶貴此校名譽，勿致爲人譏議。第十六章中之士託朗博士，即爲道生氏寫照也。其言大衛傾心於都拉·司本路，筆墨極濃艷，實則夫子自道。大衛初見都拉，即私念曰：『已矣，吾事業定矣，吾爲奴矣。一把握間，余已墜情海，至於萬重之淵。都拉非人，羽仙也。尤不能遽定之爲仙，但曰從古未經人見之美人，又爲人人欲得而終不可得之美人。』其推崇都拉，可謂至矣。英國文士欲知先生果以何人影射都拉，力加研稽，紛紛聚訟。或謂都拉非他，即先生弱冠時之所歡梅麗·毗特納爾是。梅麗爲一銀行家女，有殊色。初邂逅時，先生年纔十八，女十九，兩相愛悦，雙心蓋交綰矣。後女游學巴黎，有所誤會，漸疏先生。先生予之書，或置弗答，或以冷語報之。先生怒，遂與女絶，而寸心專注，猶惓惓不能忘也。後草《塊肉餘生述》，遂以都拉影女，以志眷念云。以予度之，則都拉亦頗肖其夫人堪毖玲·霍加斯。書中極言都拉之不善治家，亦正如是。先生寓書其友，嘗稱夫人爲可憐之堪葯；卒以不洽，乃至離婚。書中言都拉之死，或即指離婚也。先生既與夫人脱離，家事悉由其小姨喬琪娜·霍加斯主之，温恭婉淑，得先生歡。記中有威克斐爾之女安尼司者，其即此姝乎！（《懷蘭室雜俎》）

孝女耐兒傳第三十四

迭更司卒於一千八百七十年之六月。生平著書，不如司各德之勇，故卷帙不如彼之多。文中好用方言讕語，以博其趣。今已譯者，《塊肉餘生》外，有《冰雪因緣》、《滑稽外史》、《賊史》、《孝女耐兒傳》；其未譯者，尚不少也。林紓譯《孝女耐兒傳》序曰：『天下文章，莫過於叙悲，其次叙戰，又次則宣述男女之情。等而上之，若忠臣孝子，義夫節婦，决脰濺血，生氣凛然；苟以雄深雅健之筆出之，亦尚有其人。從未有刻畫市井卑污齷齪之事，至於二三十萬言之多，不重複，不支離。如張明鏡於空際，收納五蟲萬怪，物物皆涵滌清光而出，見者如憑闌之視魚鱉蝦蟹也。則迭更司者，蓋以至清之靈府，叙至濁之社會，令我增無數閲歷，生無窮感喟矣。』林氏雖不審西文，未能窺迭更司之奥妙，而此數言頗能中肯。（《留庵叢談》）

千九百十二年，爲迭更司百年之期。英美之人以其後裔西華葛衣淪於皂隸，乃集會刊行迭更司紀念券，如郵票之式。以所得之錢，贈其後人。一時王公薦紳，莫不争購，而坊間亦乘此時機，翻刻

《迭更司全集》，莫不利市三倍。凡此固見名人之遺澤，而歐美社會之活潑，亦迥非東方人士所能及也。（同上）

茶花女第三十五

茶花女者，英酒家女。年十三，爲法人某甲所誘，遂與偕逃。至巴黎，賃屋同處。後爲父母所知，以其不自愛惜，不之顧也。居數年，某甲棄之它適。女困甚，遂爲娼。容彩華發，眼目流媚，足以移人。有銀行主人之子某乙悦之，女有所欲，無不購贈。自金鋼鑽及珠飾等無算，女名由是鵲起矣。一日謂乙曰：『君之待我至矣，能爲營一屋，使得常奉顔色否？』乙喜甚，問欲卜何所。曰：『須在八羅巴沙所立生街。』此街蓋巴黎最貴重之地，豪家巨室之所聚也。乙果爲購一屋，極華敞。女猶嫌其舊，乃令匠更之。園林之景致，悉受教於女。裝飾華麗，殆足與諸富室匹。既落成，女入視，一切皆如意；唯樓梯須易以白石，乙即命人至意大利購辦更造。女於是偕乙入室，而爲跳舞會三夜以落之。至第三日夜午，會將散，忽失乙所在。令人跡之，無有，以爲必醉而歸也。次晨，園丁蹌踉入報曰：『乙已持槍自擊，死於池畔。』大驚，使人赴其家。是日午後，忽市中轟傳乙父所設銀行倒矣，債家麕集，將成訟。始知乙之死，實以此故。蓋乙爲女已耗金四萬鎊，盡傾其家資。不足，則貸之他人，均約是日還，故於前一夜自盡也。各債家既廉得其故，悉登諸日報。歐人固言自古美人皆能傾國亡家，今乙至不惜爲女死，其人之美可知。於是遠近至者若鶩，王公大人，富商巨賈，日宴飲其家。

他國貴人聞名至者尤衆，甚有持巨金至門，但以得接顏色爲榮者。每日午後，車馬殷轔而至，逮夜不休。居無何，女自思見貴人名士多矣，獨恨未一當人主。是時拿破崙第三皇法三年之三月，國中方爲賽花會，觀者傾巷。自皇帝至平民，咸出游行。女乃爲異飾，以玫瑰花飾車輪。又命人沿涂散牡丹花，車行從上輾過。女性喜茶花，時茶花甚貴，每朵價四鎊；而女手中持花盈把，車中復堆置無數。途中每遇皇，輒遥以茶花一把擲之。如是二日，皇初不爲動。至第三日下午，復遇皇，女嫣然一笑。遥以花投車中，咸落於地。皇乃下車，取一朵嗅之，并插衣間。女見之，亟呼御者曰：『趨歸，皇將臨幸。』歸即命掃除潔室，更易鋪陳。甫畢而皇至，女俯身前迎，握手相將而入。女備極媚態，皇惑焉，遂留幸。自是，皇時幸女所。諸求晉者，知皇之悦女，咸願出重金請爲先容；或懼得罪，亦求女爲解；女於是益富。已而拿破崙第三與德戰而敗，爲民所逐；而前與女往還諸顯者大率貧困。女前蓄資，又多以購股票，至是亦多倒閉。女不得已，貸其居室及貴重物品以抵債。煢獨無所依，而年且三十七八；乃取生平經歷之事，詮次成書，并取名人所贈詩歌及函札，用攝影法印附於後。書肆爲印之，每册值五佛郎，而以半予女。女持此爲活，然猶不足自給。嘗冬日寒甚，獨居旅邸最高樓上，數日不出。居樓下者怪之，遣捕入視，則已凍死矣。蓋僅衣夾衣，不足禦寒故也。女既死，無過問者；乃由捕房草草棺殮，葬諸叢冢中。數日，忽有俄親王至，訪女。知已前死，乃至捕房，欲親至墳次，一憑吊之。捕房以親王之請也，使人與之往視。故事，埋義冢者，其子孫及親友，可爲立一小碣，甚貧者立木牌。女家本無人，但由捕房寫一木箋，植墳前而已。大雪數日，木箋已毀。俄親王至，查不可得。頓命買花圈千餘，凡園中土稍突出者，咸供一圈。冀女墳亦得沾被，其爲人傾慕如此。後人追記女生平行事，勒爲一書，各國争譯之；而小仲馬則借其名譔《茶花女遺事》云。（《涘徵録》）

美人手第三十六

《美人手》，法國某著，吾國紅葉閣鳳仙女史譯。曲折離奇，動人心目，亦新小説中一傑構也。按其所述，似法小説家幻描加他鄰之寫真者然。法人極揄揚加他鄰，謂爲女中英傑。雖彼本俄帝，不應稱爵夫人；然考其先，本德意志安哈爾公國查理弗勒得力之夫人也。查理弗勒得力嘗受耶理薩伯女帝迎立，而眷懷邦土，不肯就太子之位。故書中所舉，仍曰爵夫人。謀盜鐵匣，即影其窺竊神器之歷史。斷手之事，即喻其從芬蘭灣歸京時中涂馬僕不得進之景象。荷理別夫，指幼主波兒。倒地氣絶，自述行狀，則顯係千七百九十六年十一月六日加他鄰死時之情狀矣。聞是書一出，不脛而走，一年間疊版數十次。歐美各國争相翻譯云。（《闕名筆記》）

離恨天第三十七

《離恨天》作者白那亭特·聖彼勒，爲法蘭西大小説家之一，以千七百三十一年生於哈佛。少小好讀書，愛天然之景物。年十二，得《魯濱孫飄流記》讀之，夢想顛倒，神游書中。居恒躍躍然，欲步魯濱孫後塵。父母愛子心切，因囑其叔攜之航海。既歸，讀書於山恩，進步甚速。後復遊學羅馬，畢其所業。既出校，被聘爲工程師，服務於特斯爾道夫。職位既隆，名利本可唾手而得。顧以賦性亢直，不肯下人，雖富於才，卒不用。遂往俄羅斯，作探險家，冀於河拉海畔，發見一新土，爲哥倫布第二。無所得，潦倒歸法，計無復之，悒悒甚。越數載，始之巴黎，從事於文學。所著説部，凡數十種；而以《保羅及佛爾伊妮》一書，爲其萬古不磨之傑作。（林畏廬先生譯爲《離恨天》。）書中述一童子一少女之情史，高尚純潔；於言情小説中，別開生面。歐人争譯之，遂成十數國文字。拿破崙出征意大利時，即攜此書與俱。回環雒誦，百回不厭。夜中輒藏之枕底，目爲秘書焉。拿破崙長兄約瑟亦有同好，特以六千法郎贈氏，稱許備至。千八百三年，得入文學院。拿破崙寵之，稱爲良友云。（《懷蘭室雜俎》）

《離恨天》小説，法盧梭友人聖彼勒原著，閩人林琴南譯。此書多寓哲理，中有云：果人人能知後來之事，孰則更願長生？但使後此有未來之不幸，爲我前知；則憂煩顧慮之心，寧何時息耶？果使禍事未來之前，克日知其必至；則未被禍之前數日，又何有寧貼之日？故萬事以不推測爲佳。達哉是言！予嘗論成功與失敗，雖爲二事，而歸束則一。既有歸束，此事已了。人生數十寒暑，能了一事，亦已足矣；又何必在成敗上計較一時之短長！西諺云：『失敗爲成功之母。』含有勸勉之意，其説甚善。即吾國『成敗論人』一語，亦何嘗盡非？成敗論人，雖不滿意於敗者，然尚有可論之資格；可論之中，尚有感惜之聲口。較之老死牖下，没世無聞者如何？故人生在世，終須作一場轟轟烈烈之事，成敗可置不論。成固可喜，敗亦欣然也，亦寓有此意。蓋作事苟可問成敗於未作事之先，則亦無寧貼之時，而事終不可成矣。惟於失敗上不看得透切，終不能不顧慮優懼。予故進一步立説，欲世人窺破此中奧理，自然趨於寧貼之涂也。（《求幸福齋隨筆》）

紅礁畫槳録第三十八

哀情小説中之傑作，捨《茶花女遺事》、《迦茵小傳》外，端推《紅礁畫槳録》。原名《毗亞德利斯》，著者爲英國近世名小説家哈葛德先生，吾國林畏廬先生譯之。哀愴悱惻，工力悉敵。日斜鐘定時讀之，大足令人腸回也。中有《情歌》一闋，予酷好之。歌云：『君詎飛仙耶！胡遺蜕而裹予？君爲世寶耶！乃引長裾而攬予。歡兮，歡兮！我言汝如兮。我心汝如，我願遂兮。委身君手，與君而同居。思佳期而匪遥兮，吾且埋愁於荒墟。得君愛我兮，我乃飛夢而成此蘧蘧。』吾友汪君，穎慧絶倫，嘗以此書編爲劇本，演之鞠部。繡幕揭處，頗賺人酸淚數斛也。（《懷蘭室雜俎》）

洪罕女郎傳第三十九

英人哈葛德工於言情，盡人皆曉。然守錢虜之醜態，武夫之慷慨，一經哈氏筆墨追摹，亦能唯妙唯肖。《玉雪留痕》中之書賈，《璣司刺虎記》中之大尉，形容如生，可歌可泣。《洪罕女郎傳》兼武夫錢虜而有之，宜見特長。然其中著墨處，反遜二書。以哈氏狀物最工，今遇其善狀之人，不應如是。

再三思之，中有一理。哈氏身爲小説家，書賈之性質，哈氏所最曉。《璣司剌虎記》中之大尉，身在兵間，其事足爲國人範，想亦哈氏所樂述。一切於身，一關於國，言之較詳，理也。《洪罕女郎傳》之大尉，固屬賦閒，且於本書無絶大之關係，故不能偏重。書中之小人，爲哈氏所唾罵者，又不僅一錢虜；勢不能少分墨瀋，以狀餘人。以是故不能如二書之詳盡爾。（《侗生叢話》）

孤星淚第四十

哈葛德勳爵爲英國近世第一作家，與柯南道爾并稱。今其人尚存，年六十餘矣。當英脱之戰，勳爵方在南非洲，多所盡力。一日，在農屋中，有數脱人至，規畫陰謀。勳爵自知所處絶險，思驅之去，顧籌維久久，苦無良策。會有一人出磷寸然煙斗，擲梗於地。勳爵急起，踐之以足。復矯爲皇恐，作震顫狀。脱人訝然，扣其故。答曰：『吾聞英國大軍，昨嘗以炸藥無數，藏此屋中。意在俟諸君之至，以圖一逞。吾今見此磷寸，恐將然及炸藥，故即踐之使息耳。』脱人懼，須臾立逃。（《懷蘭室雜俎》）

《孤星淚》一書，叙一巨盜改行；結構之佳，狀物之妙，有目共賞。囂俄氏善作悲哀文字，是書尤沉痛不忍讀。余於是書三捨三讀，未終篇也。書末未署譯者姓名，頗以爲憾云。（《侗生叢話》）

經國美談第四十一

《經國美談》述希臘英雄復國事，能使讀者精神振作，誠爲佳本。譯者全用平話，明白曉暢，尤爲得體。吾因此怪譯《魯濱孫飄流記》、《愛國二童子傳》者，不用白話而用文言。其意在專餉兒童，而文則非兒童所能解，此譯者之過也。吾聞《飄流記》一書，在西國以爲學校課本。計分數種，隨程度之高下，判文字之深淺。吾國譯者宜知此意。縱以白話俚俗，爲它日學文之害，亦當以淺易文字出之。或分數本，自淺而深，則兒童受益多矣。又此書譯者有三：一載《大陸報》（清光緒乙巳間《叢報》），一名《絶島飄流記》，三林琴南譯本。前二者文字不雅馴，殊非佳構。林譯又嫌過深，失著此書者之本意。世有以吾言爲然者乎？當知所從事矣。《經國美談》譯出最早，體例文字皆佳，而名反不彰，不可解也。《十五小豪傑》，亦可與《經國美談》并稱。（《海漚閒話》）

情網第四十二

《情網》、《空谷蘭》，結構絶佳，洵爲西國名著。《情網》尤能於頃刻間，變死爲生，變仇爲恩，誠非它書所能及。譯筆清暢，稍失之繁。《空谷蘭》純用白話，乃勝於《情網》。又《梅花落》，與前二書爲一人手譯，皆佳本也。（同上）

化身奇談第四十三

此書爲譯本。述一人得異藥一丸，吞丸於腹，則魂附他人之體。屢吞屢變，自達官富人，以至流氓乞丐，無不遍變，故曰《化身奇談》。在作者之意，以爲人生一世，貴賤無常；碌碌數十年，亦不過如書中人之化身而已。故託言以寄慨，其意甚深也。中雜以詼諧滑稽之語，亦其體裁應爾。惟千變萬化，其法終不外吞丸。初讀之，覺生面别開；及半而趣味減，漸欠伸思睡矣。此余一人之經驗，質之曾讀是書者，以爲何如？憶數年前，上海某某等報有載《易形新術》者，有載《離魂記》者；皆數日即停，未能終篇。其用筆乃仿之《化身奇談》，絲毫無異。惟一恃丸藥，一用催眠術，爲稍不同耳。此等書本可一不可再，在《化身奇談》已難卒讀，況效顰之東施乎？（同上）

黑奴籲天録第四十四

葛山宛約，織布歌勞；拓館露芩，裂紈書感。《東征》妙製，編宜寶軸之裝；南國新詞，寫入《玉臺》之集。我國宫閨多擅篇什，而留意於小説者，殊少概見。歐美才媛則不然，芬芳之舌，琬琰之思，於《虞初》九百之中，别樹一幟者，其人何限？而脱去女兒口吻，有功於世道人心者，其惟美國斯拖活夫人之《黑奴籲天録》乎！英美雖稱同文，而英以先進國自豪，對於美人之著述，輒不勝其鄙薄之思。惟郎法羅詩，斯拖活小説，則舉國愛誦，與三島文字不分軒輊，其推挹可見矣。蓋美當殖民時代，固無所謂文學。獨立之初，飛書草檄，則推富蘭克林爲鉅子，然其人原非文學專家。開山之文學家，當推斯拖活爲第一。一時鬚眉男子，如歐文、霍桑諸人，皆讀夫人之文而起者也。英人重之如郎氏，固宜。所異者，郎法羅死，英爲設疑冢於威司德民尼寺，與彌爾敦、孝素、莎士比諸人，分一抔土於詩國之中（威司德民尼寺專葬詩人之處）；斯拖活則未有此舉耳。《黑奴籲天録》，開卷即言硜脱溝，知夫人爲美國北部産。當時蓄奴之風，南北皆同。惟北方之爲主人者，待奴寛大。奴多偉岸，有活潑之概。女奴尤温雅，有大家風。所最難堪者，值主人家中落，黠奴瞰其可乘，歆以厚利，轉輾稗販。一家骨肉，地北天南；遠道棲遲，知交零落；山河非故，葛藟興悲；湯姆之所以椎心飲泣，而繼之以死者也。夫人憫之，寫此寄懷。遽以一支弱筆，挑動南北之干戈。喋血數年，殺人盈野。夫人之不仁，有如是夫！當然其著書時，第發其心中所主張之人道；而釋奴一戰，即人道所開之花也。夫人係清教徒苗裔，韻致清勁，天才飆越。善歌行，咏懷古跡，發抒抱負，國人多知其名。既謂感人最深者，莫如小説。乃輟吟管，而託於憑虚無是之徒，以寄砭俗規世之懷。自一八五六年至一八七八年，凡著小説九部，而《黑奴籲天録》最先出版，最佳亦最傳。此録英國刊本，與美國刊本不同。今譯本分四十四章，是從美本，英國本分十四章，較譯本多結論一篇。（《留庵叢談》）

掖廷二年記第四十五

吾紀斯拖活夫人，而憶及吾國之女文學家矣。夫班姬、左芬，不少流傳，而此一女文學家，獨深於旁行斜上之文字。派出於天潢，名騰於萬國。其所造小説，雖不敢與斯拖活并論，要亦歐風東漸後之一段新文學史云。其人爲誰？則勝朝裕庚之女，德林郡主也。少與其妹，隨宦巴黎，綺年玉貌，藉甚風華。劇臺舞場之間，無日不有其足跡。孝穆所謂『逸思瑚華，横抽寶樹。敦詩説禮，高擅玉函』者歟！雖寄跡花都（巴黎之别稱），而偏深於英倫文學。十八歲歸國，值慈禧第二次垂簾，賞其明惠，召之入宫，參與機密。當庚子回鑾以後，仇外之心，轉爲媚外。排雲殿上，時見外客之衣冠。頤和園中，不少蠻姬之鬢影。郡主既妙詞令，又習禮文。時而宣酒令，奉盤匜；時而舒妙舞，揚清歌。（慈禧喜觀西女跳舞，常令郡主與其妹演之。）紅妝之少女，與低眉之老佛，一步不離。宛轉追隨，魚水不翅。顧郡主之意，不欲徒爲漢廷之弄臣，王母之侍女而已，時時以新法動之。而慈禧懲於戊戌之變，終以祖宗成法，不可輕易爲言。故事，凡宗室女及年，則太后主昏。慈禧爲之相人多矣，郡主皆不欲。后怒，欲强之。乃托辭出宫，旅居上海。遇美人輝脱，兩情既洽，遂以金枝玉葉之身，委諸碧眼黄髯之客矣。漢主遠嫁乎匈奴，元女締姻於海外，誠清室僅見之佳話也。未幾，兩宫升遐，隆裕禪讓。郡主羈身異國，遥憶王孫。南内之情話依然，宫柳之婆娑如昨。雖欲攀銅仙溯劫後之緣，尋宫女話前朝之事，而不可得。情紆軫其何託，淚盈臆而不收，乃作《十年一夢》之書，以寄其慨。別記其入宫瑣事，成書數卷，曰《掖廷二年記》。園林有觀止之嘆，士女極婉娩之態，慈聖之優游晚景，少后之左右承歡，殊似紅樓光景也。唯惜德宗有寶玉之才，而無寶玉之遇。跡其憂讒畏譏，膝下依違，大似賈老三之幼年時代。《桃花扇》曲有云：『閒來無事，不如尋些前朝遺事，大家灑點眼淚。』郡主兩書，一寫理想，一紀實事，皆足令人眼淚不乾耳。（同上）

雌蝶影第四十六

《雌蝶影》，時報館出版，前年懸賞所得者也。書中所敘事物，雖似迻譯，然合全書省之，必吾國人杜撰無疑。書中有一二處，頗礙於理；且結果過於美滿，不免書生識見。惟末章收束處，能於水盡山窮時，異峰忽見。新小説結局之佳，無過此者。友人言此書爲李涵秋作，署包某名，蓋有他故。（《侗生叢話》）

露漱格蘭小傳第四十七

《露漱格蘭小傳》，譯者自署信陵騎客，不知爲何許人也。筆墨雖不惡，然亦無甚佳處。卷首有琴南林氏序，略謂讀《茶花女遺事》者，不可不讀是書。蓋此傳主人陰險奸詐，適與馬克之爲人相反也。吾讀一過，深以林氏之言爲然。世有讀小説而爲婦人所迷罔者，亟投以此書，其不啻一劑清涼散乎？書中所叙，爲一英國少年，曰喬治太保，其妻曰海倫。喬治貧無以爲生，别妻至澳大利亞聖金。貽書於妻，謂『辛苦皆爲汝也』云云。留澳十餘年，果富，乃治裝歸。滿擬與妻同安樂也，至則海倫已前死矣。先是有醫生某，登報延女教師一人。即有自投者，曰露漱格蘭。復有男爵奥特留者，見露漱於醫生家，愛而娶之，初不知露漱即海倫之化身也。喬治有友曰洛勃忒，蓋男爵之侄。於是喬治遂得因洛勃忒往來男爵之家，時與露漱遇。露漱知事且敗，引喬治至井旁，推而墮焉。洛勃忒早窺其隱，卒爲喬治復仇；而喬治墮井亦未死，後乃重遇洛勃忒。其中曲折甚多，大略則如上所述。於處處極力摹寫露漱之陰險：初詐死，繼復嫁，終乃殺人縱火。舉凡欺詐淫殺諸惡德，無不爲之。於以知蛑首蛾眉之列，未嘗無蛇心蝎腹之人也。嗚呼！（《海漚閒話》）

福爾摩斯偵探案第四十八

英國大小説家柯南道爾，初業醫，後著血書，以大偵探福爾摩斯，介紹於世界。全書共三萬五千字，僅售十四鎊，每千字約二圓許。厥後書大風行，發行者遂千倍此資酬之。美國書賈，亦輦重金購其他稿，每千字作六百金圓計，所得亦不資。綜彼所著《福爾摩斯》偵探小説，前後共得七萬金云。

（《懷蘭室雜俎》）

雙雄鬥智録第四十九

英倫海峽一衣帶水間，有二大小説家崛起於時，各出其酣暢淋漓之筆，發爲詭奇恣肆之文；一造大偵探福爾摩斯，一造劇盗亞森羅蘋。一生於英，一生於法；在英爲柯南道爾，在法爲馮利塞·勒勃朗。勒勃朗者，振奇人也。所爲小説多種，半言劇盗亞森羅蘋事。其風行於歐洲也，與《福爾摩斯》同；而文字思想，亦正與柯南道爾工力悉敵。法人嘗自夸，謂不讓英吉利以《福爾摩斯》驕人也。予居恒頗好勒氏書，其描寫劇盗之行徑，真有出神入化之妙；筆飛墨舞，令人神往。所著長篇，有《亞森羅蘋》、《亞森羅蘋與福爾摩斯之比較》（此二書予已譯出，一名《胠篋之王》，一名《雙雄鬥智録》）、《空針》、《八一三》、《水晶塞》、《虎口》諸作，短篇可三十種，予嘗迻譯其半。而諸書中之最有神味者，允推《雙雄鬥智録》。勁敵相遇，各出其奇智以相角；擲筆空中，栩栩欲活。令讀其書者，如見

字裏行間，躍然有一福爾摩斯，一亞森羅蘋在也。（同上）

不如歸第五十

余不通日文，不知日本小説何若。以譯就者論，《一捻紅》、《銀行之賊》、《母夜叉》諸書，均非上駟。前年購得小説多種，中有《不如歸》一書。余因其係日人原著，意未必佳。最後始閲及之，既終卷，覺其佳爲諸書冠，恨開卷晚也。友人曰：『是書在日本，無人不讀。書中之浪子，確有其人，武男片岡，至今尚在。』又曰：『林先生譯是書，元屬英文，故無日文習氣，視原著尤佳。』（《侗生叢話》）

續編　卷五

三元記第一

《遣愁集》：馮當世京，父爲商，壯年無子。將之京，妻以金授之，曰：『君未有子，可以此置妾。』迨抵京，買妾立券。身錢已償，因問所從來，妾泣不肯言。固詰之，云父爲運官，督糧欠折，鬻身以償。遂惻然不忍犯，遣之還，不索其值。及歸，妻詢妾安在，具告以故。妻嘆曰：『君用心如此，何患無嗣？』居數月，妻果娠。將誕，里人夢鼓吹迎狀元，乃生京。後父屢行善事，旅邸得金數百，竟不行，候失金者至還之。至墓祭掃，見有盜其墳木者，方踞樹巔，恐墮而傷，止不前。伺其下，方進諭遣之，不爲校。家日貧，京讀書於灊山僧舍。僧有肥犬，同學者共烹食之。僧訴於縣，株連及京。京遂獨任其事，略不推諉。令乃命作《偷狗賦》，援筆立成。中有警聯云：『團飯引來，喜掉續貂之尾；索綯牽去，驚回顧兔之頭。』令擊節稱善，遂釋之。延之坐，贈以厚資，俾得入試，明年遂作三元。傳奇有《三元記》，明初人作，即衍其事。考京少舉進士，自鄉舉禮部以至廷試皆第一，官至參知政事。見《宋史》本傳。宋代連舉三元者，王曾、宋郊、馮京，當時有不愧科名之目。後世艷稱科目之盛，以爲必有陰德致之。故舉厚德卓行，悉歸京父。觀京傳不載京父名字與其行事，俗傳不盡實也。（《花朝生筆記》）

鍾情麗集第二

《南窗閒筆》云：錢玉蓮，宋名妓，從孫汝權。某寺殿成，梁上題『信士孫汝權同妻錢玉蓮喜捨』。《聽泉增記》：孫汝權乃宋朝名進士，有文集行世。玉蓮，則王十朋之女也。十朋劾史浩八罪，乃汝權嗾之。理宗雖不聽，而史氏子侄怨兩人刺骨。遂作《荆釵記》，以玉蓮爲十朋妻，而汝權有奪配事，其實不根之謗也。明丘文莊公之少也，其父爲求配於土官黎氏。黎誚之曰：『是兒豈吾快婿耶？』不許。公作《鍾情麗集》，言黎女失身辜輅。辜輅，廣人呼狗音。他日黎得之，以百金屬書坊毁刻，而其本已遍傳矣。（《堅瓠集》）

節俠記第三

《太平廣記》：工部尚書裴伷先，年十七，爲太僕寺丞。伯父相國炎遇害，伷先廢爲民，遷嶺外。伷先素剛，痛伯父無罪，乃於朝廷上封事請見，面陳得失。天后大怒，召見，盛氣以待之。謂伷先曰：『汝伯父反，干國之憲，自貽伊戚，爾欲何言？』伷先對曰：『臣今請爲陛下計，安敢訴冤？且陛下先帝皇后，李家新婦。先帝棄世，陛下臨朝。爲婦道者，理當委任大臣，保其宗社。東宮年長，復子明辟，以塞天人之望。今先帝登遐未幾，遽自封崇私室，立諸武爲王，誅斥李宗，自稱皇帝。海内憤惋，蒼生失望。臣伯父至忠於李氏，反誣其罪，僇及子孫。陛下爲計若斯，臣深痛惜。臣望陛下復立李家社稷，迎太子東宮。陛下高枕，諸武獲全。如不納臣言，天下一動，大事去矣。産禄之誡，可不懼哉？臣今爲陛下計，能用臣言，猶未晚也。』天后怒曰：『何物小子，敢發斯言？』命牽出。伷先猶反顧曰：『陛下採臣言，實未晚。』如是者三。天后命集朝臣於朝堂，杖伷先至百，長隸瀼州。伷先解衣受杖，笞至十而伷先死。數至九十八而蘇，更二笞而畢。伷先瘡甚，卧驢輿中。至流所，卒不死。在南中數歲，取流人盧氏女，生男願。盧氏卒，伷先攜願潛歸鄉。歲餘事發，又杖一百，配北庭。貨殖五年，致資財數千萬。伷先，賢相之侄，往來河西，所在交二千石。北庭都護府城下，有夷萬帳，則降胡也。其可汗禮伷先，以女妻之。可汗唯一女，念之甚。贈伷先黄金、馬駝、牛羊甚衆，伷先因而致富。門下食客，常數千人。自北庭之東京，累道置客，以取東京息耗，朝廷動静。不數日，伷先必知之。時補闕李秦授，寓直中書，晉封事曰：『陛下自登極，誅斥李氏及諸大臣，其家人親族，流放在外。以臣所料，且數萬人。如一旦同心，招聚爲逆，出陛下不意，臣恐社稷必危。讖曰：代武者鎦。夫鎦者，流也，陛下不殺此輩，臣恐爲禍深隱。』天后納之，夜中召入謂曰：『卿名秦授，天以卿授朕也，何啓予心。』即拜考功員外郎，仍知制誥，賜朱紱女妓十人，金帛稱是。與謀發敕使十人於十道，安慰流者。其實，賜墨敕與牧守，有流放者殺之。敕既下，伷先知之。會賓客計議，皆勸伷先入胡，伷先從之。日晚，舍於城外。束裝時，有鐵騎、果毅二人，勇而有力，以罪流，伷先善待之。及行，使將馬牛槖駝八十頭，盡裝金帛，賓客家僮從之者三百餘人。甲兵備足，曳犀超乘者半。有千里馬二，伷先與妻乘之。裝畢遽發，料天曉人覺之，已入虜境矣。既而迷失道，遲明，唯進一舍，乃馳。既明，候者言伷先走，都護令八百騎追之。妻父可汗，又令五百騎亟追。戒追者曰：『捨伷先與妻，同行者盡殺之，貨財爲賞。』追者及伷先於塞，伷先勒兵與戰，戲下皆殊死戰，殺敵騎五百人。日昏，二將戰死而敗。縛伷先及妻與槖駝，將至都護所。既至，械繫阱中，具以狀聞待報。而使者至，召流人數百，皆害之，伷先以未報故免。天后度流人已死，又使使者安撫流人曰：『吾前使十道使安慰流人，何使者不曉吾意，擅加殺害，深爲酷暴？其輒殺流人使者，并所在鎖項，將至害流人處斬之，以快亡魂。諸流人未死，或他事繫者，并家口放還。』由是伷先得免，乃歸鄉里。及唐室再造，宥裴炎，贈以益州大都督，求其後。伷先乃出，授詹事丞。後爲工部尚書東京留守，薨，年八十六。

毛氏《六十種曲》内《節俠記》，即衍此事。明初《留生氣》傳奇，一名《詞苑春秋》，所演亦裴伷先

事，而關目各異，與本傳多不合云。（《花朝生筆記》）

萬民安第四

明萬曆辛丑，内監孫隆以織造至蘇，頗老成，敬禮士大夫。而刁民乃藉以作奸，六門設税吏，擔負出入，必税錢數文，閭閻騷動。吴人葛誠激於義憤，以蕉扇招市人，殺其參隨，隆走杭得免。誠詣官待罪，當道以亂民不宜名『誠』，改爲『賢』，疏聞；後以赦得出。又十餘年，以疾終。吴人義之，呼爲『葛將軍』，并作《萬民安》傳奇以張之。誠未死時，江淮間客舟祭賽之，輒有驗。死葬虎丘五人墓側，文文肅公題其碑曰：『有吴葛賢之墓。』錢蒙叟有《葛將軍歌》云：『葛將軍，萬夫雄，我昔遇之婁水東。魋顔虎鼻眉目古，蕉扇颯拉吹秋蓬。死骨穿近五人冢，生魄嘯動五雨風。葛將軍，今死矣，權奇俶儻誰與擬？生惜不逢漢武帝，鴻漸之翼困閭里。犬臺宫中應召見，上林牧羊躡草履。君不見車丞相，宫殿出入乘小車，亦是上書一男子。』（《花朝生筆記》）

十美圖第五

明張夢晉名靈，吴縣人。生而姿容俊奕，才調無雙。工詩善畫，性風流豪放，不可一世。當舞勺時，父命出應童子試，輒以冠軍補弟子員。靈心顧不樂，以爲才人何苦爲章縫束縛，遂絶意進取。日縱酒高吟，不肯妄交人，人亦不敢輕與交。惟與唐六如寅作忘年友。靈年既長，不娶。六如試叩之，笑曰：『君意中豈有足當吾耦者耶？』六如曰：『無之。但自古才子宜配佳人，吾聊以此探君耳。』靈曰：『固然，今豈有其人哉？求之數千年中可當此名者，唯李太白與崔鶯鶯爾。吾雖不才，然自謫仙而外，未敢多讓。若雙文惜下嫁鄭恒，正未知果識張君瑞否？』六如曰：『謹受教。吾自今請爲君訪之，期得雙文以報命，可乎？』遂大笑別去。一日，靈獨坐讀《劉伶傳》，命童子進酒，屢讀屢叫絶，輒拍案浮一大白。久之，童子進曰：『酒罄矣。今日唐解元與祝京兆宴集虎丘，公何不一往索醉耶？』靈大喜，乃屏衣冠，科跣雙髻，衣鶉結；左持《劉伶傳》，右持木杖，行乞而前。遥見六如及枝山輩，共集可中亭，趨前，執書告飲。六如早已知爲靈，見其陽狂遊戲，戒坐客陽爲不識者以觀之，呼與共飲。既醉，即拂衣起，長揖曰：『劉伶謝飲。』不別坐客徑去。六如謂枝山曰：『今日我輩此會，不減晉人風流；宜寫爲《張靈行乞圖》，吾任繪事，而公題跋之，亦千秋佳話也。』俄頃圖成，祝題數語其後，坐客争傳玩嘆賞。忽一翁縞衣素冠前揖曰：『二公即唐解元、祝京兆耶？企慕有年，何幸識韓。』六如遜謝，徐叩之，則南昌明經崔文博，以海虞廣文告歸者也。翁得圖諦觀，不忍釋手，因訊適行乞者爲誰？六如曰：『敝里才子張靈也。』翁即乞圖歸。將反舟，舟已移泊他所，呼之始至。蓋翁有女素瓊者，名瑩，才貌絶世，以新喪母，隨翁扶櫬歸。先艤舟岸側時，聞人聲喧沸；啓檻窺之，則見一丐者狀貌殊不俗。丐者亦熟視檻中，忽登舟長跪，自陳張靈求見，屢遣不去。良久，有一童子入舟，强挽之始去；故瑩命移舟避之。崔翁乃出圖示瑩，且備述其故。瑩始知行乞者爲張靈，嘆曰：『此真才子風流也。』取圖藏笥中。翁擬以明日往謁唐、祝二君，因訪靈。忽抱疴數日不起，爲榜人所促，遽反豫章。靈既於舟次見瑩，以爲絶代佳人，世難再得，日走虎丘偵之，久之杳然。遂往過六如家，見車騎填門，胥尉盈坐，則江右寧藩宸濠遣使來迎者也。六如擬赴其召，靈曰：『甚善，吾正有厚望於君。吾曩者虎丘所遇之佳人，即豫章人也；乞君爲我多方訪之，冀得當以報我。』六如諾，即偕藩使過豫章。時宸濠久蓄異謀，其招致六如，一博好賢虚譽，一慕六如詩畫兼長，欲倩其作《十美圖》，獻之九重。其時宫中已覓得九人，六如請先寫之。九美者：廣陵湯之謁（字雨君，善畫），姑蘇木桂（文舟，善琴），嘉禾朱家淑（文孺，善書），金陵錢韶（馮生，善歌），江陵熊御（小馮，善舞），荆溪杜若（芳洲，善箏），洛陽花萼（未芳，善笙），泉唐柳春陽（絮才，善瑟），公安薛幼端（端清，善簫）也。圖咏既成，進之濠，濠大悦，乃盛設特宴六如，而别一殿僚季生副之。季生者，憸人也。酒次，請觀《九美圖》，因進曰：『十美歉一，殊屬缺陷，某願舉一人以充其數，詰朝請持圖來獻。』比持圖以獻，即崔瑩也。濠見之曰：『此真國色矣。』即屬季生往説之。先是崔翁家居時，瑩才名噪甚，求姻者踵至，翁度非瑩匹，悉拒不内。既從虎丘得張靈，雅所屬意，不虞疾作遽歸，思復往吴中，託六如主其事。適季生旋里喪耦，熟聞瑩名，豫遣女畫師潛繪其容，而求婚於翁。翁謀諸瑩，瑩固不可，於是季生銜之。因假手於濠，以泄私忿。時濠勢張甚，翁再三力辭不得。瑩窘激欲自裁，翁復多方護之。瑩嘆曰：『命也！已矣，夫復何言？』乃取笥中《行乞圖》，題詩其上云：『才子風流第一人，願隨行乞樂清貧。入宫祇恐無紅葉，臨别題詩當會真。』舉以授翁曰：『願持此復張郎，俾知世間有情癡女子如崔瑩者。』遂慟哭入宫。濠得之喜甚，復倩六如圖咏，以爲十美之冠；而六如先已取季生所獻者，摹得一紙藏之。瑩既知六如在邸中，乘間密致一緘，以述己意。六如得緘，乃大驚惋，始知此女即靈所託訪者。今事既不諧，復爲繪圖進獻，將來何面目見良友？因急詣崔翁，索得《行乞圖》，將相機維挽。不意十美已即日就道，六如悔恨無已。又見濠逆跡漸著，亟欲辭歸，苦爲濠羈縻。乃發狂號呼顛擲，溲穢狼藉。濠不能堪，仍遣使送歸。杜門月餘，乃起。過張靈，時已頽然卧病矣。聞六如至，從榻間躍起，急叩豫章佳人狀，六如出所摹《素瓊圖》示之。已聞瑩已入宫，乃拊圖慟哭。六如復示以《行乞圖》，隨踣地嘔血不止。家人擁至榻間，病益甚。三日後，邀六如與訣曰：『已矣！吾今死矣，乞以此圖殉葬。』索筆書片紙云：『張靈，字夢晋，風流放誕人也，以情死。』擲筆而逝。六如哭之慟，葬之玄墓山之麓，而以圖殉焉。檢其生平文章，先已自焚，唯收其詩草及《行乞圖》以歸。時十美亦抵都，因駕幸榆林，久之未得進御。而宸濠已舉兵反，爲王守仁所敗，旋即就擒。還駕時，以十美爲逆藩所獻，悉遣歸母家，聽其適人，於是瑩仍得反豫章。值崔翁已捐館舍，有老僕崔恩殯之，瑩哀痛甚至。然煢孑無依，葬父已畢，遂挈裝徑抵吴門。命恩邀六如相見於舟次，瑩首詢張靈近狀，六如愴然抆涕曰：『辱君鍾情遠顧，奈夢晋福薄，已物故矣。』瑩聞之，嗚咽失聲。詢知靈葬於玄墓，約明日同往祭之。六如翌晨果攜靈詩草及《行乞圖》至，與瑩各繫舟，抵靈墓所。瑩哀經伏地哭盡哀已，懸《行乞圖》墓前，坐石臺上，徐取靈詩讀之。每讀一章，輒酹酒一巵，大呼『張靈才子』，一呼一哭，哭罷又讀。六如不忍聞，掩淚歸舟。崔恩佇立久，勸慰無從，亦起去，徘徊丘壠間。及反，則瑩已自經於臺畔。恩大驚，走告六如。六如趨視，見瑩已死，嘆息跪拜曰：『大難大難，唐寅今日見奇人奇事矣。』具棺衾，將易服殮之，而瑩通體衫襦，皆細綴嚴密，無少隙，知其矢死已久。六如取詩及圖置棺中爲殉。啓靈壙，與瑩同穴。復檢瑩所遺槖中裝，爲置墓田，營丙舍，命崔恩居之，以供春秋奠掃之役。時傾城士人哄傳感嘆，無貴賤智愚，争來吊誄，絡繹喧豗，雲蒸泉集，哀聲動地，殆莫知其由也。明人有《十美圖》説部紀其事。（《花朝生筆記》）

聖后艱貞記第六

懿安皇后張氏，熹宗哲皇帝之配也。諱嫣，字祖娥，小字瑶珠，河南祥符縣人。父張國紀，諸生。家貧甚，晨起爲人徵租，見棄女於道旁；卧霜雪中，不死，亦不啼，怪而視之。適有異僧過其側，謂國紀曰：『此女當大貴，并將大子之門，可收養之。』又問之曰：『此女在兜率天宫爲司花仙女，因塵心未净，歷數百年一劫，謫墮人間。將使飽經憂患，多受誣謗。他日譴期既滿，即歸真爾。』異僧語畢，行數步，忽不見。國紀乃取女歸，育之於家。時萬曆三十五年十月初六日，其女即懿安皇后也。后幼而貞静，未嘗見齒。年七歲，茹苦能勞。凡閤内灑掃縫紉饎爨之事，一以身任之。然足跡未嘗窺庭户，無事則獨處一室，習女紅，觀書史。年十三四，窈窕端麗，絶世亡雙，國紀始拊爲女。

天啓元年，熹宗將舉行大婚禮。先期選天下淑女年十三之十六者，有司聘以銀幣，其父母親送之。以正月集京師，集者五千人，后亦被選入都。天子分遣内監選女；每百人，以齒序立，内監巡視之。曰：某稍長，某稍短，某稍肥，某稍瘠，皆扶去之，凡遺歸者千人。明日，諸女分立如前，内監諦視耳目口鼻髮膚要領肩背，有一不合相法者，去之；又使自誦籍姓年歲，聽其聲之稍雄、稍窳、稍濁、稍吃者，皆去之；去者復二千人。明日，内監各執量器，量女之手足；量畢，復使周行數十步，以觀其豐度；去其腕稍短、趾稍距者，舉止稍輕躁者；去者復千人。其留者亦廑千人，皆召入宫，備宫人之選。分遣宫娥之老者，引至密室，探其乳，嗅其腋，捫其肌理；於是入選者僅三百人，皆得爲宫人之長矣。在宫一月，熟察其性情言論，而彙評其人之剛柔、愚知、賢否；於是入選者僅五十人，皆得爲妃嬪矣。是時司禮監秉筆劉克敬總理選婚事，每見后，輒額手稱嘆。選冠其曹，引見神廟昭妃劉氏。昭妃方攝太后寶，親召五十人，與之款語，試以書算詩畫諸藝；得三人爲最上選，后及王氏、段氏也。是時后年十五，厥體頎秀而豐整，面如觀音，色若朝霞映雪。鬢如春雲，眼如秋波，口如朱櫻，鼻如懸膽。皓齒細潔，上下三十有八。豐頤廣顙，倩輔宜人。領白而長，肩圓而正，背厚而平。行步如輕雲之出遠岫，吐音如流水之滴幽泉。不痔不瘍，無黑子創陷諸病。太妃以狀達於帝所，帝復引見三人，自諦選之。初，熹宗乳母客氏，年三十，以妖艷惑帝，封奉聖夫人。及選婚，客氏從旁評隲。見后大驚，忌之，乃顰蹙曰：『此女年十五，而已若是。他日長成，必更肥碩，少風趣，安得爲正選？』指王氏曰：『此女甚婀娜。』帝意早屬后，乃復請光廟趙選侍决之。選侍曰：『三人皆姝艷絶倫，古之昭君、玉環不能過。若論端重有福，貞潔不佻，則張氏女尤其上也。』乃定后爲中宫，而以王氏爲良妃，段氏純妃。欽天監奏定二月二十八日尚冠，三月初三日納徵，四月初八日安床，十五日皇后開面，二十七日授皇后册寶。帝后同謁先殿，還宫合巹。飲畢，帝問后家事甚詳，后應對稱旨。越數日，帝帥皇后見於太廟。是時熹宗年十七，而軀幹短小如十三四，不若皇后之頎然長也。帝封張國紀爲太康伯，賞劉克敬以下有差。

客氏見帝寵眷中宫，頗不懌，然猶朝夕侍乾清宫。太監魏進忠在尚膳房，漸進用，皇后每裁抑之。進忠乃通於客氏，脅持皇后；表裏爲奸，玩帝於掌上。而后英明過人，每以客、魏變亂舊章爲言。客、魏憚之，乃使坤寧宫内侍陳德潤伺后動静，日於乾清宫離間之。后知猜嫌日起，故以澹静處之。以慈惠馭左右，以誠懇結上寵，不屑爲婉媚之態。客、魏日求其過失，纖毫不可得。每有奸計，后必料及，先爲之備，故終不能間之於帝。后以帝未有儲嗣，恒薦進諸妃，每當夕，輒稱病，帝心益敬而喜之。嘗謂后曰：『汝性剛烈，不苟言笑。然吾見汝面則怡然，但覺汝嫵媚可憐。何性與貌之相反也？』客、魏怨后不附己。時有河南人孫二者，重犯辟，在獄中，進忠啖以重利，使言皇后實己所生，犯罪後，與張國紀爲養女。客、魏復於宫中潛播流言，并譖之於帝，謂罪人之女，不宜玷辱宫闈，應當别選賢淑，且正國紀誣罔之罪。帝謂之曰：『皇后朕所憐愛，浮言不足深究。』進忠計無所出，復譖國紀縱奴不法諸事。帝爲致奴於法，而譙讓國紀，使皇后省愆三日。天啓三年，后有娠，客、魏盡逐宫人之異己者，而以私人承應。后腰脅偶痛，召宫人使槌之；宫人陰欲損其胎，搥之過猛，竟損元子焉。進忠購京師民女任氏爲養女，進之熹宗，以間后寵，立爲容妃。妃姓慧而黠，與客、魏比而傾后，在宫亦多失德，后惡之，每朝會，不加禮焉。任妃貌極纖麗，然宫中咸云不逮皇后遠甚。帝雖愛任妃，亦終不能奪后寵焉。進忠旋改名忠賢，權焰益熾，矯詔殺楊漣、左光斗等，后聞之，輒慘然不樂。屢言之帝，至於涕泣沾襟，兩目皆腫。帝瞢然不省，大權悉歸忠賢掌握。裕妃張氏，以忤客、魏，矯旨賜死。慧妃范氏，成妃張氏，皆被幽斥。宫中遇害者甚衆，無敢啓齒議客、魏者，獨后於帝前數言之。

六年秋，忠賢使其黨邵輔忠、孫傑草一疏，授順天府丞劉志選上之，極論張國紀謀占宫婢韋氏，矯中宫旨鬻獄諸罪。謀借以撼中宫，事成則立魏良卿女爲后。疏末言毋令人訾及丹田之穴，藍田之種，蓋斥皇后也。疏上，事叵測。帝伉儷情篤，但令國紀自新而已。七年二月，復嗾其黨梁夢環馳疏劾國紀。客、魏力勸熹宗廢后，熹宗不得已，削國紀爵禄，放歸故郡。后免冠去飾，詣帝拜謝。帝慰之，并令后戒勉國紀。五月初六日，帝不豫。至七月，未離御榻；移居懋勤殿，每召皇后侍疾。忠賢進仙方靈露飲之，帝病日增。至八月十八日，病益篤。后密勸熹宗召立信王，熹宗曰：『忠賢告我曰：「後宫有娠者二人，他日生男，即以爲汝子而立。不亦可乎？」』后復苦諫，其語秘不得聞。熹宗方悟，召信王入受遺命。信王欲辭，忽見皇后淡妝靚服，出自屏後，渠白信王曰：『皇叔誼不容讓。且事亟矣，恐有變。宜遂謝恩。』王乃拜命。將出，后使人匿之别宫。須臾上崩，二十二日申時也。后傳遺詔，命英國公張維賢等迎立信王。忠賢欲爲變，崔呈秀止之。二十四日，熹宗大殮，后衰麻哭踴如禮，死而復蘇者再。信王即位，是爲莊烈帝。

忠賢方蓄異謀，后豫戒帝勿食宫中食，謹備之。帝見后，感激盡臣子之敬。召張國紀還都，慰勞之，使入後宫，行家人禮。崇禎元年正月壬午，尊后爲懿安皇后，事以太后之禮，居慈慶宫。客、魏既伏誅，錮其黨，爲逆案以六等定罪。志選、夢環，以謀危先帝中宫，準罵母律，入重辟。十五年七月，以太子將納妃，預改慈慶宫爲端本宫，而徙后居仁壽殿。

十七年三月十八日，流寇陷京師外城，其夕更餘，周后自縊。帝之南宫，使宫人詣懿安皇后所，逼后自裁。倉卒不得達，后尚未知消息。十九日昧爽，望見火光，宫人嘩言内城已陷，沸哭如雷，皆走出宫門，無復禁限。后索劍欲自刎，手不能下，乃自縊。宫婢數人妄解后縊，勸后暫避出宫。后頓足曰：『汝輩誤我不淺。』乃移之側室中。宫人出走者，或言后已自盡，或言未見后屍。有一宫嬪，青衣蒙頭，徒步走出，或誤指爲后。一時遂譌傳懿安皇后已走入成國公朱純臣第矣。后初爲宫婢所阻，至己午之間，始獲縊於側室。而賊已有入宫者，過后縊處，以劍斫繩斷之，后墮地，瞑坐無言。賊見后漸蘇，争前欲摟之。一賊止之曰：『吾輩閱人多矣，未見有如此麗人，嘗聞此宫爲天啓皇后所居，得毋即是耶？當俟闖王之命，毋妄動。』一賊曰：『非也，天啓皇后年齒已長，豈能若此妍妙？』方共嘩議，忽聞有大呼張太后娘娘安在者，乃賊渠李巖也。初，京師將破時，諸内璫争出降賊，告以后妃宫人之數。具一册，分其貌爲三等。闖賊議分賞賊酋各三十人，而李巖實司其册。巖本以河南舉人降賊，好稱仁誼。見后年貌在上等册中，嘆曰：『諸璫無良若此！此吾同鄉也，素有聖德，安可使受辱？』城破，亟馳入宫，專覓懿安皇后。使宫婢扶后坐殿上，具衣冠九拜，自通姓名，敕其黨嚴衛宫門而去。及夕，后始得從容自縊死，年三十八。后身御深青織金大袖衣，罩以黄緺兩當，頭裹皂縠，而緑裙黄袴，裝束嚴密。異香滿室，紅光燭天。巖乃具棺殯諸殿上。而是時任容妃年三十五，盛妝出迎賊曰：『我天啓皇后張氏也。』賊酋信之，擁之去，與之狎昵。於是浮議紛然，謂懿安皇后從賊矣，且曰：『從賊西去矣。』客、魏餘黨聞之，皆增飾其詞，争相傳播，由是浮言滋甚。甲申十月，清師入京，后棺尚未獲葬，太監曹化淳請於上，奉命合葬德陵。乙酉三月，南中始知后已殉節，福王特命禮部議謚，始上謚，曰『孝哀慈靖恭惠温貞偕天協聖哲皇后』。方闖賊之西走也，任妃出宫，以珍寶招諸少年，居京師數百里外，穢聲大播。復語人曰：『我先朝天啓皇后也。』居歲餘，鄉人白於有司，聞於朝，遞入都。都人大驚，恨懿安皇后之失節也。上惡其行穢，賜死。内監有識之者：『嘻！此非任妃也耶？』衆疑始解。合肥龔芝麓以傳奇體詳記其始末，曰《聖后艱貞記》。龔氏自叙，素客太康伯張國紀幕，知其家事。后又遇明太監王永壽、陳啓榮等，爲譚明季宫中事，而述懿安皇后事尤詳。因據所聞紀之，凡二萬餘言，分爲上下兩卷，皆實録也。（《花朝生筆記》）

小忽雷第七

大忽雷、小忽雷，本馬上樂，又名二絃琵琶。忽雷，即鰐魚，其齒骨可作樂器，有異響。《經》曰：『河有怪魚，厥名曰鰐，其身已朽，其齒三作。』忽雷之名實本此。而其作也，蓋唐韓晉公奉使入蜀，至駱谷山椒，巨樹聳茂可愛，烏烏之聲皆異。下馬，以探弓射其顛，枝柯墜於下，響震山谷，有金石韻之。使還，戒縣令，募樵夫伐之，取其幹，載以歸。召良匠斲之，亦不知其名。堅致如紫石，復有金石綫交其間，遂製二樂器。名大者曰『大忽雷』，長今營造尺二尺八寸五分，似琵琶，止二絃。鑿龍其首，螳蜋其腹，牙柱齵齕，左右相向。背施朱漆，上加采繪，有金縷紅紋，蹙成雙鳳。小者曰『小忽雷』，長營造尺一尺四寸七分，準漢建初尺一尺九寸四分，面廣七分，亦二絃。龍首鳳腹，蒙腹以皮柱。雙絃吞入龍口，一珠中分，頷下有篆書，嵌銀『小忽雷』三字，牙軫二面，廣四寸，背正書『臣滉手製恭獻，建中辛酉春正書』等字。大、小忽雷先後入禁中。文宗朝，有内人鄭中丞（宫中女官）善彈之。太和乙卯，李訓、鄭注謀誅宦官，宫掖騷亂，始落民間。清康熙乙未，曲阜孔東塘先生得小忽雷於燕市，訝爲奇遇，作院本張之，即名《小忽雷》。復賦二詩，鐫之兩牙軸下。首詠云：『古塞春風遠，空營夜月高。將軍多少恨，須是問檀槽。』次詠云：『中丞唐女部，手底舊雙絃。内府歌筵罷，淒涼九百年。』（《花朝生筆記》）

望夫石第八

國初海上之變，薦紳駢僇者，百數十人；株連遣戍之家，尤不可勝數。常熟戴高，亦以嫌疑被逮，罪至大辟，家族徙邊。有子曰研生，成童穎異。通經史，善屬文，有先民矩矱，咸目以大器。難作，不及避，欲以身代父死。吏錮之，不令知，旋與母俱徙遼陽。研生聘王氏女琴娘爲婦。王名錫爵，邑名士，與高交契。研生故從之讀，愛其敏妙韶秀，遂以琴字之。琴年十三，以難故，闔家避地於金閶，不敢與戴通往來，時時遣人刺探消息而已。研生以親亡家破，無意姻好，兩家之音問遂絶。先是研生課暇，曾與琴説字論詩。琴色美若舜華，而性峻潔，喜讀貞女烈婦傳記佚事。嘗謂研生曰：

『昔有才女如文君，曰文姬，而不貞其節，心竊鄙焉。吟風弄月之章，雖無傷雅道，然究不可以此爲婦女之分所應爾也。』研生聞言，譽其卓見，且賦《女貞子歌》，櫽栝琴語以贊之。有云：『朔風遍吹勁草折，雪墜榆關夜凜冽。一枝獨秀映冬青，纍纍可似妾心赤。』琴感其意，取箋稿藏篋中，暇輒諷誦之。女母夙有針神之目，琴亦復長於女紅。既許字研生，遂與別嫌，見輒避面；遂專習針黹烹飪之屬，不復與研生賞奇析疑矣。

亡何，難作。王夫婦旁皇終夜，琴知有異。微問母，母不實告，但云聞此當有兵亂，父意將徙蘇，彼處防衛嚴，或可安堵耳。琴謹聽命，而察家人私語，似皆與己有關係，不能無疑。會小婢如意竊聞其事，因泄於琴，大驚怛，飲泣不食。朝夕取《女貞子歌》誦之，狀如病狂。母覺之，乃曰：『兒固敏惠，知世事。此滅門禍，獨不爲父母計耶？吾輩來此，姓名且更易，而子思念不已。設有漏言，吾族無噍類，兒當不如是之不解事也。』琴泣曰：『母也天只，烏有不諒親生兒者！兒寧不知此中利害？但自臧其志，金石不可移。母請毋慮，兒決不漏言，唯此心則天日可誓爾。』母愀然曰：『兒志固佳，惟此言殊有誤，人方疑吾家與戴氏有連，兒若不別嫁，是以實徵視人也，其三思之。』琴不語良久，既而毅然曰：『兒悟矣，戀舊亦人情，能容兒三歲後更議此事乎？且兒年甫笄，尚當習家政，奈何議其他！』母曰：『此亦無害，特機緣已至，終不能交臂失之耳。』琴聞言而啼，母憐之。乃曰：『父母非不明禮誼者，乃以不情事强兒，亦徒爲保全八口計爾。兒姑自愛，不置兒於度外也。』自是而日事女紅，操井臼，鄰里罕見其面。時錫爵仍爲童子師，年餘，益困。復以憂鬱故得目疾，至失明。止一子曰敬熙，少於琴五齡，婦亦侘傺死矣。錫爵有中表曰范慕希，棄儒而賈，挾巨資歸，起第宅，富甲一鄉。念錫爵貧，時周恤之。錫爵亦私至常熟，唯更易姓名曰李某。慕希有子，與琴年相若。曾之蘇，見琴而愛之，言於父母，欲求婚。慕希意謂可，而妻貧之，力阻其事。范子意不釋，輾轉乞人言之。母以語錫爵，錫爵欣然。事且就，顧嘗聞琴語，已誓不嫁。乃私問之，果言當以針黹養父拊弟，俟父百歲後，披剃爲尼，其他非所知也。錫爵愕然，因勸之曰：『兒毋徒自苦。吾家寧肯負戴氏子？惟冰天雪窖，果不知尚有歸期否爾？』琴聞言而泣，錫爵知不可回，以實告慕希。慕希大嘆詫曰：『此貞女也，吾方敬之不暇，何强爲？』乃贈錫爵百金，且曰：『幸保全貞女志節。以此補助衣食，姑待敬熙成立，勿令失所也。』錫爵大感謝，而范子恨甚，猶計在必得也。狎友汪三者，故無賴，言有術可致之，但當予百金，且許贈我以美珠耳。美珠者，范之婢也。范子悉許諾。汪乃踵錫爵之門而嚇之曰：『爾女，犯婦也，罪當俱徙。今匿於家，事且發。爾固不足惜，又累爾子。不早自爲計，事至，勿悔！』錫爵大驚，問所處置。汪曰：『以爾女予范子，禍可免。』錫爵曰：『吾固願之，奈女執意何？設迫之，恐有他變。』汪笑曰：『此易事耳，但言吾自遼東送研生歸，今在某所，立待婚，則事諧矣。』錫爵曰：『范子可冒爲戴子乎？知而不從，又奈何？』汪曰：『翁誠老悖，亦掩飾一時之計耳。爾女曾與范子相遇否？』錫爵曰：『未也。』旋入以語琴，琴疑信參半，顧不可有他諉，令人疑己臨時食言也。然終以事起倉卒，恐父以目盲受人之紿。忽得一計，曰：『吾惟如此，乃可試真僞，不則，雖死不從也。』因泣從父言。錫爵出告汪，汪喜而去。明日，成婚矣。及夕，閉繡户，令侍婢傳語曰：『須誦昔日《女貞子歌》，然後許諧夙願。』范子愕然，既而怒曰：『今日在吾掌中爾，尚安思遁邪？』排闥直入，欲干以非禮。琴至是始信非戴子，堅拒之。大聲呼救，且以首觸壁，血涔涔下滴。鄰里皆驚起問訊，琴侃侃數范子誘致强逼之罪。中有父老聞之，駭曰：『此范某子也，奈何行此不法事？當訴其父。』於是范子鼠竄去。衆鄰召錫爵至，使諧琴訴之慕希。慕希大驚，曰：『吾絶不知。』亟馳至，則錫爵與琴相持而泣，甚悲。慕希乃長跽而言曰：『某之罪也，誓必成女志以自贖。』慕希性夙慷慨，至是乃謂琴曰：『吾昔曾賈遼東，頗熟其山川道里，請導汝往，必可蹤跡研生。若王翁，則吾當以一典肆奉養之。待汝事定，或去或留，自有萬全之策。』越數日，慕希挈琴行，約半載必歸。衆皆多其誼，而舉其子付一鄰叟曰：『爲我錮之，飲食教誨唯所命，半載内不使出也。』既去，逾二月，抵遼陽。遍訪戍所居人，無知研生者。琴則荆布茹素，鮮衣肥甘皆不御。慕希强之，乃曰：『違親背鄉而爲此，忍自佚樂乎？且公之誼，吾尚不知所報，奈何一日安？』久之，乃聞研生輾轉隃長白山，入吉林某將軍戲下爲記室。刻苦自勵，未有家室。老母尚健，爲之屍饔。將軍嘉其行，將爲奏請赦歸。慕希乃挈琴往，果與研生相見。將軍聞之，甚欽琴之貞。嘆曰：『戴生一門貞義節孝俱備。』於是爲之奏請，成禮於將軍署。却扇之夕，琴請誦舊作，研生恍然如夢，曼聲吟之，不覺淚下。曰：『不意竟成詩讖也。』既反，以歸涂唱和之作，與遺戍時并琴隨慕希北行尋夫諸作，合刊之，曰《榆關雙淚集》，謂悲喜同之也。慕希歸，館研生於家以教子，卒化爲善，而以女適敬熙。吴人爲作《陝烈傳》及《望夫石》傳奇，姜西銘、汪堯峰諸人，皆有題吟。（《清稗類鈔》）

畫衣記第九

沂水高中丞平仲，諱名衡，工詩畫。後撫汴，有功名。崇禎辛未，初舉進士。在京師，手畫白練衣一稱，寄其内張夫人，凡花卉二十五種，作三十二叢。著色生動，備極姿態。又題五七言絶句凡八首，略云：『對月偏成憶，臨風更有思。鄉心無可寄，聊寫最嬌枝。』、『花枝鮮且妍，置之在懷袖。好記花枝新，憐取衣裳舊。』、『輕襦畫折枝。悠然感我思。畫時腸已斷，著時心自知。』、『霧縠偏宜暑，冰綃迥出塵。著時憐百朵，應憶畫眉人。』安邱張貞杞園作《畫衣記》。（《居易録》）

雷峰塔第十

高宗第五次南巡時，御舟將至鎮江，相距約十餘里，遥望岸上著大桃一枚，碩大無朋，顔色紅翠可愛。御舟將近，忽煙火大發，光焰四射，蛇掣霞騰，幾眩人目。俄頃之間，桃砉然開裂。則桃内劇場中峙，上有數百人，方演《壽山福海》新戲。彼時各處紳商，争炫奇巧，而兩淮鹽商爲尤甚。凡有一技一藝之長者，莫不重值延致。又揣知上喜譚禪理，緇流迎謁，多荷垂詢。然寺院中實無如許名僧，故文人稍通内典者，輒令髡鬀，充作僧人迎駕。并與約：倘蒙恩旨，即永爲僧人，當酬以萬餘金。不則，任聽還俗，亦可得數千金。故其時士子稍讀書者，即可不憂貧矣。又南巡時，須衍新劇，乃延名流數十輩，使撰《雷峰塔》傳奇。然又恐伶人之不習也，即用舊曲腔拍，以取唱衍之便利。若歌者偶忘曲文，亦可因依舊曲，含混歌之，不至與笛板相迕。當御舟開行時，二舟前導，戲臺即架於二舟之上，向御舟演唱，高宗輒顧而樂之。（《清稗類鈔》）

翠屏山第十一

己亥，京口被海氛之禍，袁荆州擇庵，時在武林。其家室寓江寧，聞亂，遄歸省親。道經吴江，沈長康，其老友也，因過訪。謂長康曰：『我二人齒暮矣，相去迢遞，恐無再見之期矣。』沈爲之黯然。適坐客有述浙紳與承天寺僧通譜，沾潤頗豐；紳與僧實非同姓也。袁曰：『此本魯智深事而爲之者。』沈訊故，袁曰：『伍子胥爲相國，聯譜者紛然。魯智深以桃華山來，持其所獲進謁，刺書「宗侄魯智深」。閽人曰：「君誤矣，君姓魯，家相國姓伍，奚宗也？」魯曰：「我實相國一支也。汝獨不聞世皆稱我爲五十花鬅鬅乎？」言畢即行。』坐客咸爲絶倒。長康名自晉，一字伯明，詞隱先生小阮也。工詞曲，《翠屏山》、《望湖亭》、《耆英會》，皆其所撰。（《遣愁集》）

神鷹録第十二

嘉禾守楊公繼宗，爲人端莊勇决，愛民禮士。會郡饑荒，死者相踵。公憫念既深，不及關白司道，發倉賑之，全活萬計。仇家以事上司道，以擅支倉庫，少給多侵爲辭。行文按公，及展牘，狂風起庭中。有鷹數十叢集，噙牘飛上，或爪或喙，牘紙紛然碎矣。司道怒曰：『鷹亦忤我乎？』遂白撫院。

方下舟，群鷹又至，怒睛奮翅，馳逐蜚鳴，若詈辱之狀。司道怒，命卒繒獵之。弩者彈，弓者箭，網者絲，用物雖多，而羅繞益衆，卒莫能退。中一老鷹迅擲而下，司道亟以手蔽面，竟攫其紗帽而去。衆鷹亦復爪喙申文，又紛然碎矣。司道駭異返駕，事遂得寢。公在郡九年，風雨調和，禎祥疊見。及滿去，七邑男婦攀車挽留。士夫爲製《神鷹録》，以傳其德政。（《堅瓠續集》）

無聲戲第十三

湖上李笠翁作《無聲戲》小説，有鬼輸錢故事。所叙賭場情狀，不翅頰上三豪。此雖其筆舌之妙，亦以此中人真有如是之不堪言説者。前段戒賭，後段傳戒囊家，描寫逼真，令人生畏。嗚呼！今世之子弟以好賭敗厥家聲者，不可勝數。其祖父九泉之下，亦安得盡如王繼軒者，現賭人身而爲説法乎哉？（《心齋集》）

人虎報第十四

粤西之猺獞，滇屬之黎人、苗人，瀕死或死後，有化爲虎者。鎮雄諸苗，王姓尤夥。既葬旬餘，穴地而出，不知所之。夜聞門外悲嘯，有虎跡，知其爲虎矣。炊斗米，覆以鷄食之，别施符咒，即去，不復至。苗人將化爲虎，則其人骮木，頸有赤痕如環。趣使就舂，可治；去死終亦不遠矣。案《淮南子》：牛哀以病，七日爲虎。《人虎傳》：詩人李徵，悲憤爲虎。《支諾皋》：王用食黑魚，冥謫爲虎。

苗人、黎人以變虎爲常，而苗部又頻見於王氏，皆不可解。康熙三十四年，黔粤界上賣柏香夷人，卒聞虎嘯，乃在百尺塹溝中，搶地作乞憐狀。夷人日暮且還，愴然曰：『爾毋反噬，何難脱爾於險耶？』集取緣厓竹樹投之，一時風沙捲地，虎已額抵夷人，懼而反走。虎銜歸穴中，置南面，帥兩子北跽，以豕一獻。二人熾火食訖，虎與子徐食其餘。二人欲去，虎使其子守之。詰朝，復以巨囊獻，得白金百餘兩，衣履畢具，導之出山，繞而前者數四。它日，夷人拽履過水西之拖泥城，一人遽前呼曰：『是殺吾父者。』土司詰之，以履爲徵，具道賣柏香時事。土司怒其妄，命殺之。虎自峰頂踏民居，直突行刑者。囓斷其縛，背負夷人而去。一時歌詞小説家，題爲《人虎報》云。（《譚虎》）

補天石第十五

尤西堂嘗云：著《補天石》傳奇，以彌天地之憾，未見其書。年前余於書肆中得《補天石》刊本一部，凡八種，共八齣。其目曰：《太子丹耻雪西秦》、《丞相亮祚延東漢》、《明月胡笳歸漢將》、《春風圖畫返明妃》、《屈大夫魂反汨羅江》、《岳元戎宴集黄龍府》、《賢使君重逢如意子》、《真情種遠覓返魂香》。但署爲周文泉填詞，譚鐵簫正譜。按：周嘉慶末間，以任子知邵陽縣事，譚太守知瑶慶；楚南官場，至今猶相傳爲風流佳話。蓋尤西堂徒有著《補天石》之意，而未嘗有所作也。周著蓋本西堂反《恨賦》意，特惜詞句樸而無華。（《曲欄閒話》）

六如亭第十六

張度西取東坡與朝雲軼事，譜《六如亭》傳奇。敍次悉本正史年譜，無顛倒傅會之處。觀空於佛，結穴於仙，使放逐之臣，離魂之女，仗金剛忍辱波羅蜜，同解脱於夢幻泡影電露，而證無上菩提。洵衡道之奇文，參禪之妙曲也。相傳度西七歲，遊南岳毗盧寺，寺僧以『心通白藕』命對，度西應聲曰：『舌涌青蓮。』僧大駭。言其師視寂時，留此偶語，云有對與相符者，即其後身；因鳴鐘集衆膜拜焉。具此夙因，無怪《六如亭》之作，迥異流輩不同。（《曲欄閒話》）

張度西嘗謂詞曲之原，出自樂府。雖世代升降，體格趨下，亦是天地間一種文字。曲譜中〔大石調・念奴嬌〕（長空萬里）、〔般涉調・哨遍〕（睡起畫堂），皆宋詞，可見是詞已開元曲先聲。如青蓮《憶秦娥》，爲詞妍美流麗，而聲之變隨之，有莫知其然而然者。然如實父、東籬、漢卿，猶存宋人體格。自院本雜劇出，多至百餘種。歌紅拍緑，變爲牛鬼蛇神。淫哇俚俗，遂爲大雅所憎。前明丘文莊《十孝記》，何嘗不以宫商爨衍，寓垂世立言之意。在文人學士，勿爲男女媟褻之詞；掃其蕪雜，歸於正音，庶見綺語真面目耳。余謂此論固極嚴正，然《六如亭》之不能争勝於《西厢》、《牡丹》、《桃花扇》間者，亦未始非職是之故也。（同上）

一合相第十七

《一合相》傳奇，不知何人所作。演明方孝孺事，支離謬妄，半屬子虛。以《明史》勘之自見，不具載。李景隆敗歸，孝孺執之於廷，請帝僇之，帝不能聽。此云劾李景隆，似指此事。至成祖令草詔，孝孺擲筆哭罵，旋即被害。景隆此時，亦甫降成祖，己且未保，安能贊孝孺乎？稗史頗載魏澤匿孝孺子事，或云孝孺有後，籍居松江，未知信否？建文諸臣家屬發教坊者甚衆，不聞有方氏女，恐因所傳鐵布政女而譌也。魏澤云是典史，又云本宦官，自更其姓名，亦無確證。後亦不知所終。蓋明代人於革除事，無不憫惜諸忠。紀載雜出，其間不能無增飾。孝孺粹然儒者，與周顛、袁珙無交，想皆屬附會也。珙相法通神，相傳有識宰相於嵩山佛寺，識真主於長安酒家對句，二節皆實事。然姚廣孝本洪武朝分侍燕王，廣孝薦珙則有之，劇云珙薦廣孝，誤也。景隆雖降，而成祖惡之，後不得其死。云被刺，亦妄。永樂時，奸黨之禁甚嚴；至仁宗，乃曰『方孝孺等皆忠臣』，而未弛其禁。劇云赦回授職，蓋欲快人心目，不得不如此云云耳。外國婚配之説太幻，孝孺業報，尤不經矣。（《松風閣筆乘》）

不寐録第十八

武進東南境太湖中，有山曰馬跡，古夫椒也。山水清幽，素爲名儒碩彦之淵藪。乾隆時，有孝廉許亦魯字省輿者，例得截取知縣而雅不願，翩然歸隱。歷主各書院講席，崇實黜華，力矯時弊，以造就真才。所著《領雲全集》，詩古文十六篇，已風行海内。又有《不寐録》小説二十四篇，記載社會之現象，上自宫禁，下至閭閻，形形色色，無奇不有。而於明季佚事，搜羅尤詳。因犯禁忌，故藏之名山，訖未付梓。後某於許姓書簏中得稿本，幾爲鼠蝕蟲傷，乃遂鋟版，公之於世。（《清稗類鈔》）

客舍偶聞第十九

淮南彭孫貽《客舍偶聞》一帙，順德李芍農侍郎文田注之。所記康熙初年滿人互相擠軋之狀，歷歷如繪。其自叙曰：『客長安，見貴遊接席，必屏人趣膝良久。人不聞，須臾廣坐寒暄而已。徵以道上所聞，唯唯謝勿知。廷有大事，卿寺臺省集禁門，其中自有主者，群公畫赤一而退，咸喏喏。議更置大吏，冢宰不得聞。有所調發，司馬不知。群公優游無事，日寘酒從容。諸小臣相聚博弈，連晨夕，或達旦。失朝會，始以病告；當事亦不問，以是聞見甚希。然時時遊於酒人豪士間，抵掌譚世事，無所諱。突梯者又姑妄言之，足以新人聽。雖多耳食，徵其實，亦十得五六。更益以所見，隨筆記之。』（《清稗類鈔》）

續諧鐸第二十

吴門沈桐威《諧鐸》，傳世久矣。頃復見新刻本《續諧鐸》一篇，末有一跋，署名迦持。文云：『沈賓漁起鳳所著《諧鐸》，於清乾隆辛亥刻十二篇，標目以儷語。蓋仿蘇鶚《杜陽雜編》、何光遠《鑒戒録》、吴偉業《綏寇紀略》，而變其例也。文字諧俗，意主諷勸，亦殊可喜。初聞其未刻之稿尚藏於家，輾轉購求，訖未得見。乙卯居杭，友人曼公以予喜求短書故記，出此册見示，云爲《諧鐸》未刊之本。蓋往歲得於皖中一故家，鈔本破碎，不能卒讀。篇後有饒竹谿《題記》，而篇中《補鐸》，亦署竹谿。意即篇首自題補輯饒晉康勳之别字。沈晚官安徽祁門教官，宜此册流轉於黟歙間也。册共八篇，命意述詞以及標目，一如《諧鐸》。洵爲未刊之奇秘，急爲印播，以遺好事。』（《花朝生筆記》）

梅花簪第二十一

休寧夏雪眉孝廉文蒓有二女，長瑶姝，次秀姝，長尤敏慧。咸豐庚申，粤寇擾徽州，二女匿山中。天大雪，不得食，遂餓死。先是中秋夕，雪眉舉『月中桂』三字命兒女屬對，長答以『冰裏梅』，若蚤爲之讖者。餘園作《冰雪吟》甚佳，備録此事，與明季杜冰梅相似。冰梅生甫周晬，其父以膽瓶插諸華，令其自取，以覘趨向。冰梅獨弄梅一枝，因以命名。幼聰慧，知詩，《咏紅梅》云：『生來合在丹青裏，抹上燕支不稱君。』年十八，遭亂，冰梅手刃賊以死。事見《遯叟隨草》。張漱石作《梅華簪》傳奇，即寫其事。（《晨風閣詩話》）

元明逸史第二十二

泉唐汪允莊女士名端，聰穎天授；七歲賦《春雪詩》，讀者謂不減柳絮因風之作，因以小韞呼之。及笄，歸陳裴之小雲。時小雲父文述，主持風雅，學者稱頤道先生。小雲幼禀庭訓，天資高縱。自此一燈雙管，拈韻分箋，互爲商榷。女士詩格，幼即高雅，嘗取唐宋元明及清人詩閲一過，輒棄去。留高青丘、吴梅村兩家集。既而去吴留高，曰：『梅村濃而無骨，不若青丘澹而有品。』遂奉高爲圭臬。因覓《明史》本傳閲之，見青丘之以魏觀故被殺也，則大恨。猶冀厄於遭際，而不厄於聲名也。及觀七子標榜，相沿成習。牧齋、歸愚選本，推崇夢陽而抑青丘，又大恨。誓翻詩壇冤案，因有《明詩初二集》之選，丹黄甲乙，晨書暝寫。竭五六寒暑，始得蕆事。有知人論世之識，一代賢奸治亂之跡，亦略具焉。既因青丘感張、吴待士之賢，節録《明史》，搜採佚事，以稗官體行之，曰《元明佚史》，凡十八焉。復存元遺臣及張、吴諸臣詩於集中，以爲詩史。初，小雲以通判筮仕江南，後改選雲南，道遠不往，客死漢臯。是時孤子年纔十四，聞父耗，驚悸成病。女士素性豪邁，於九流家言，道釋諸書，蔑視爲不足學。及夫死子病，茹荼飲蘖，稍稍爲之，亦猶名士牢騷之結習也。道光十八年某月日卒，所著有《自然好學齋詩鈔》。（《闕名筆記》）

金不换第二十三

《厚德録》：張孝基，許昌人也，娶同里富人女。富人止一子，不肖，斥去。富人病且死，盡以家財付孝基，孝基事之如禮。久之，其子丐於塗，孝基見之，惻然謂曰：『汝能灌園乎？』曰：『若得灌園就食，亦幸矣。』其灌園殊努力，孝基復曰：『汝能管庫乎？』曰：『得管庫，又何幸也！』使管庫，馴謹無他過。知其能自新，遂以其父所貽財産悉歸之，絲毫亡所私焉。小説家因之曲折摹寫，淋漓盡致。世所傳《金不换》院本，則又本小説而敷衍增飾者也。（《閒居雜綴》）

釵釧記第二十四

《湖海搜奇》：萊州閻瀾與柳某善，有腹婚之約。及誕，閻得男，曰自珍；柳得女，曰鸞英；遂結夙契。柳登進士，仕至布政，而瀾止歲貢，得教職以死。家貧不能取，柳欲背盟。鸞英泣告其母曰：『身雖未往，心已相諾，他面之事，有死而已。』母白於父，父陽應之。鸞英度父終渝此盟，乃密懇鄰媪往告自珍：『妾有私蓄，請以某日至後圃持歸，姻事可成，遲則爲他人先矣。』自珍聞之喜甚，遂與其師之子劉江、劉海言之。江、海設酒賀之，醉眠於學舍。兄弟如期詣柳氏，鸞英倚圃門以望，以物付之，而小婢識非自珍，曰：『劉氏子也。』鸞英怒曰：『奴輩何得詐取吾財，速還則已，不則，告官。』江、海恐事泄，乃殺鸞英及婢而去。自珍夜半酒醒，悔失約，急詣柳氏：直入圃，踐屍身而仆，嗅之血腥刺鼻。懼而歸，衣履沾血。達曙，柳氏見女被殺，而不知主名，官爲遍索。鄰嫗遂首女曾約自珍至，血衣尚在，不容置辯。論死。會御史許公出巡之郡，夢一無首女子泣曰：『妾柳鸞英，身爲劉江、劉海所殺，反坐吾夫；幸公哀察此獄，妾死不朽。』因覺，明旦，召問自珍，自珍具述江、海留飲事。許公即捕二凶訊之，叩頭服罪，誅於市，而釋自珍。爲女建坊以表之。自珍後登鄉薦，人作《釵釧記》傳奇。（《堅瓠集》）

華山畿第二十五

朱秉器《漫記》：宋南徐有一士，從華山往雲陽，見客舍中一女，年可十八九。悅之無因，遂成心病。母詢之，得其隱，往雲陽見此女，言及其故。女聞之，感慨不勝。因脫蔽膝，令母持歸，暗藏病者席下，臥之得愈。數日果瘥。一日，舉席見蔽膝，持而痛泣，氣幾絶。囑其母曰：『他日葬我，須從雲陽過。』母如其言。比至女門，牛任鞭策不行。須臾，女沐浴妝飾而出曰：『華山畿，君既因我死，我活爲誰？君若見憐，棺木爲我開裂。』言訖棺開，女遂投入，氣即絶。因合葬焉，土人呼爲神女冢。樂府有《華山畿》一本，與梁山伯、祝英臺事同。（《堅瓠餘集》）

濟公傳第二十六

世傳南宋有顛僧濟公，備極神奇。坊刻如《濟公傳》，如《皆大歡喜》，如張心其（清蘇州人，號寒山子)《醉菩提》院本，皆衍其事。實則南宋初無是人，乃因六朝宋釋寶誌而訛傳者也。誌公靈異事跡，散見於《南史》者甚多，而以後魏楊炫之《洛陽伽藍記》所載爲尤詳，備録之。

釋寶誌，本姓朱，金城人。少出家，止江東道林寺，修習禪業。至宋大始初，忽如僻異，居止無定，飲食無時。髮長數寸，常跣行街巷。執一錫杖，杖頭挂翦刀及鏡，或挂一兩匹帛。齊建元中，稍見異跡，數日不食，亦無飢容。與人言，始苦難曉，後皆效驗。時或賦詩，言如讖記，江東士庶皆共事之。齊武帝謂其惑衆，收駐建康。既旦，人見其入市，還檢獄中，誌猶在焉。誌語獄吏：『門外有兩輿食來，金鉢盛飯，汝可取之。』既而文惠太子、竟陵王子良，并送食餉誌，果如其言。建康令吕文顯以事聞，武帝即迎入，帝居之後堂。一時屏除内宴，誌亦隨衆出。既而景陽山上猶有一誌，與七僧俱；帝怒，遣推檢其所。闞吏啓云：『誌久出，有省方以墨涂其身。』時僧正法獻，欲以一衣遺誌，遣使於龍光、罽賓二寺求之，并云昨宿且去。又至其所常造，屬侯伯家尋之，伯云：『誌昨在此行道，旦眠未覺。』使還以告獻，方知其身分三處宿焉。誌常盛東祖行，沙門寶亮，欲以衲衣遺之；未及發言，誌忽來，引衲而去。後假齊武帝神力，使見高帝於地下，受錐刀之苦，帝自是永廢錐刀。武帝又嘗於華林園召誌，誌忽著三重布帽以見。俄而武帝崩，文惠太子及豫章王相繼而薨。永明中，嘗住東宫後堂，一日平明，從門出入，忽云門上血污衣，褰衣走過。及鬱林見害，車載出此，帝頸血流於門限。齊衛尉胡諧病，請誌，誌注疏云：『明日。』竟不往。是日諧亡，載屍還宅。誌曰：『明日屍出也。』齊太尉司馬殷齊之，隨陳顯達鎮江州，辭誌。誌畫紙作樹，樹上有鳥，語云：『急時可登此。』後顯達逆節，留齊之鎮州。及敗，齊之叛入廬山。追騎將及，齊之見林中有一樹，樹上有鳥，類誌所畫。悟而登之，鳥竟不飛。追者見鳥，謂無人而反，卒以見免。齊屯騎桑偃，將欲謀反，往誌，遥見而走，大呼云：『圍臺城，欲反逆，斫頭破腹。』後有旬事發，偃叛往朱方，爲人所得，果斫頭破腹。梁鄱陽忠烈王常屈誌至第，忽令覔荆子甚急。既得，安於門上，莫測所以。少時，王出爲荆州刺史。其預鑒之明，此類非一。誌多往來興皇、浄名兩寺，及梁武即位，下詔曰：『誌公跡鈞塵垢，神遊冥漠；水火不能焦濡，蛇虎不能侵懼。語其佛理，則聲聞無上；譚其隱淪，則道行高著。豈得以俗士凡情，空相拘制；何其鄙陋，一至於此！自今以來，隨意出入，勿得復禁。』誌自是多出入禁中，長於臺城對帝吃鱠，昭明諸王子皆侍側。食訖，武帝曰：『朕不知味二十餘年矣，師何爲爾？』誌公乃吐出小魚，依依鱗尾，武帝深異之。如今秣陵尚有鱠殘魚也。天監五年，冬旱，雩祭備至，而未降雨。忽上啓云：『誌病不瘥，就官乞活，若不啓白，官應得鞭杖。願於華光殿講《勝鬘經》請雨。』梁武即使沙門法雲講《勝鬘》，竟夜，更大雨。誌又云：『須一盆水，加刀其上。』俄而天雨大降，高下皆足。梁武嘗問誌云：『弟子煩惑未除，何以治之？』答云：『《十二識》者，以爲十二因緣治惑藥也。』又問十二文旨，答云：『在書字時節刻漏中。』識者以爲書之在十二時中。又問：『弟子何時得静心修習？』答云：『安藥禁。』識者以爲禁者止也，至安藥時乃爾。後法雲於華林講《法華經》，至假使風墨，誌忽問之有無，答云：『世帝故有，第一誼則無也。』誌往復三四番，便笑云：『若體是假，有此亦不可解，難可解。』其詞旨隱没，類皆如此。有陳征虜者，舉家事誌甚篤，誌常爲其見真形，光相如菩薩像焉。誌知名顯奇，四十餘載。士女共事者，不可勝數。然好用小便濯髮，俗僧闇有譏笑者。誌亦知衆僧多不斷酒肉，譏之者飲酒食猪肚。誌勃然謂曰：『汝笑我以溺洗頭，汝何爲食盛矢袋？』譏者懼而慚服。晉安王蕭綱初生日，梁武遣使問誌，誌合掌云：『皇子誕育幸甚，然冤家亦生於後。』推尋曆數，與侯景同年月日而生也。會稽臨海寺有大德，常聞揚州都下有誌公，語言顛狂，放縱自任。僧云：『是必狐狸之魅也，願向都下覓獵犬以逐之。』於是輕船入海，趨浦口。欲西上，忽大風所飄，意謂東南，六七日始到一島中。望見金裝浮屠，干雲秀出。遂尋徑而往，至一寺。院宇精麗，華卉芳菲。有五六僧，皆可年三十，美容色，并著員緋袈裟，倚杖於門樹下言語。僧云：『欲向都下，爲風飄蕩，不知上人此處何州國？今四望寰海，恐本鄉不可復見。』答曰：『必欲向揚州，即時便到。今附書，到鍾山寺西行南頭第二房，覓黄頭付之。』僧因閉目坐船，風聲定。開眼如言，奄至西岸。入數十里，至都。徑往鍾山寺訪問，都無有黄頭者。僧具説委曲，報云：『西行南頭第二房，乃風病道人誌公。雖言配在此寺，在都下聚樂處，百日不一度來房，空無人也。』問答之間，不覺誌公已在寺厨上，乘醉索食。人以齋過日晚，未予間，便奮身惡駡。寺僧試遣沙彌繞厨側，漫叫黄頭。誌公忽云：『阿誰喚我？』即逐沙彌來到僧處，謂曰：『汝許將獵狗捉我，何爲空來？』僧知是非常人，頂禮懺悔，授書與之。誌公看書，云：『方丈道人喚我，不久亦當自還。』遂屈指云：『某月日去。』便不復共此僧語。衆但記某月日。至天監十三年冬，於臺城後堂謂人曰：『菩薩將去。』未及旬日，無病而終。屍體香軟，形貌熙悦。臨亡，然一燭，以付後閤舍人吴慶，慶即啓聞。梁武嘆曰：『大師不復，留以燭者，將以後事屬我乎？』因厚加殯送，葬於鍾山獨龍之阜。乃於墓所立開善寺，敕陸倕製銘於冢内，王筠勒碑文於寺門，傳其遺像，處處存焉。初，誌顯跡之始，年可無五六十許，而終亦不老，人誠莫測其年。有餘捷道者，居於京師九日臺北，自言是誌外舅弟子，少誌四年；計誌亡時，應年九十七矣。（《花朝生筆記》）

西湖雪第二十七

馮小青佚事，傳之者不乏其人。然《療妬羹》以大士慧劍誅妬婦，小青正位偕老，殊嫌鶻突。而《西湖雪》傳奇，寫小青改適才子，開府杭州，逮誅誌婦。地下香魂，忽被李易安之謗。生腔活剥，益無意味。其視馮猶龍《小青傳》，相去奚啻霄壤。（《曲欄閒話》）

風雲記第二十八

世傳太公八十遇文王，《風雲記》傳奇則云七十二歲，人都非之。余按《孔叢子·紀問篇》：太公勤功苦志，八十而遇文王。《列女傳·齊管妾婧》語亦同，此世俗所據爲八十也。《荀子·君道篇》：文王舉太公於州人而用之，行年七十有二，齫然齒墮矣。東方朔《客難篇》：太公體仁行誼，七十有二，乃設用於文、武。《韓詩外傳》：太公年七十二，而用之者文王。桓譚《新論》：太公年七十餘，乃升爲師。《後漢書·高彪傳》：吕尚七十，氣冠三軍。皆不言八十始遇文王。《風雲記》詞曲固俚，然考據較精，要亦未可厚非。（《曲欄閒話》）

藍采和第二十九

沈汾《續仙傳》：藍采和，不知何許人也。常衣藍破衫，六銙黑木腰帶，闊三寸餘；一脚着靴，一脚跣行。夏則衫内加絮，冬則卧於雪中，氣出如蒸。每行歌於城市乞索，持大拍板，長三尺餘，常醉踏歌，老少皆隨看之。機捷諧謔，人問，應聲答之，笑皆絶倒，似狂非狂。行則振靴，言：『踏歌踏歌藍采和，世界能幾何？紅顔一春樹，流年一擲梭。古人混混去不反，今人紛紛來更多。朝騎鸞鳳到碧落，暮見蒼田生白波。長景明暉在空際，金銀宫闕高嵯峨。』歌詞極多，率皆仙意，人莫之測。但以錢予之，以長繩串，拖地行，或散失，亦不回顧。或見貧人，即予之，及予酒家。周游天下，人有爲兒童時至及頒白見之，顔狀如故。後踏歌於濠梁間酒樓，乘醉，有雲鶴笙簫聲，忽然輕舉於雲中，擲下靴衫腰帶拍板，冉冉而去。按：陸游《南唐書》，其時有藍采和，相傳以爲即陳陶也。蕭山來元成有《藍采和》雜劇。（《花朝生筆記》）

土牢記第三十

蜀人楊國棻字少眉，納補黔陽令。蓄二姬，長駱、次周，皆蜀産也。楊婦死，繼室以駱。駱悍而妬，謀去周，而未有間。楊丁母憂歸，寄二姬於湘城。駱遂搆釁逐周，周出居尼庵。及楊歸，駱誣周以帷薄事。楊不察，舁周歸，幽之土室，絶其飲食，未死即納諸棺。後徐梅莊廉訪知其事，斧棺驗得

實，褫楊官，駱自縊。好事者爲作《土牢記》。（《耳郵》）

妝盒記第三十一

徐子仁快園落成，錦衣黄美之攜酒飲於園中。一友人曰：『此園政與長干浮圖相對，惜爲城隔，若起一樓對之，夜觀塔燈，最是佳境。』美之曰：『是不難。』詰旦，送銀二百兩與子仁造樓。美之乃太監黄錦之侄，錦保養孝宗最有功，及登極，賜賚甚厚。世所傳陳琳《妝盒記》，乃其事也。（《堅瓠集》）

歡喜冤家第三十二

《葦杭紀談》：詞人多用『冤家』，不知何所出。閲《炳花記》，謂冤家之説有六：情深意濃，彼此牽繫，寧有死耳，不懷異心，所謂冤家者一也；兩情相繫，阻隔萬端，心想魂飛，寢食俱廢，所謂冤家者二也；長亭短亭，臨歧分袂，黯然銷魂，悲泣良苦，所謂冤家者三也；山遥水遠，魚雁無憑，夢寐相思，柔腸寸斷，所謂冤家者四也；憐新棄舊，辜恩負誼，恨切惆悵，怨深刻骨，所謂冤家者五也；一生一死，觸景悲傷，抱恨成病，迨與俱逝，所謂冤家者六也。《畫墁録》云：饒州彭汝礪，妻寧氏。熙寧中，復納宋養明。宋氏有姿色，彭委順不暇。典九江，病革，索筆書曰：『宿世冤家，五年夫婦，從今而後，不打這鼓。』金文通息齋云：『冤不簇，不成眷屬。』可見六親，皆冤家聚會。今俗有《歡喜冤家》小説，始則兩情眷戀，終或至於仇殺，真所謂不是冤家不聚頭也。疾讀一過，可當欲海晨鐘。（同上）

兩世緣第三十三

重慶祝春海孝廉，生而能言。八歲盡十三經，九歲遊庠，十四舉於鄉。父母欲爲論婚，堅不願。固詰之，曰：『兒前生爲山左菏澤丁時薌也。年十八，以刻苦力學，嘔血死。妻真氏，年十七，世家女，美而賢。臨死，誓來生仍爲夫婦。今兒臂上朱痣，即妻所志也。』父母驚駭，久之，曰：『果爾，妻年將倍於汝，且世家女安肯再適？』祝曰：『姑探之，不諧，當再議。』父母未能强，聽之。明年春，入都，應禮部試，紆道山左，謁其前生母，述往事，皆合。真避不出見，令婢持一函以詢之。祝乃於函之封面，大書『願誓來生仍爲夫婦』八字付之。蓋果丁臨終時所手書之八字，付之以爲證也。真乃大哭。祝旋丐友人爲之媒合，真允之，遂爲夫婦如初。真年之長雖近倍，望之猶二十許人。祝著有《兩世緣》傳奇。（《清稗類鈔》）

殉情夫第三十四

光緒癸未，揚州有某巨公者，不知何許人，挈眷居鈔關外。其奴曰郁貴，蘇人。年二十，聰惠秀麗，頗得主人歡。主人知其未娶，予以婢，固却之。一日，忽接家報，知父母病危，乃亟歸。越十餘日，郁又至，且攜一少女來，自言此女爲胞姊。以父母俱逝，貧無以殮。願鬻於主人，以爲二老身後之資，婢之、妾之，唯命。某見少女婉孌可人意，遂納之後房。郁既葬父母，仍就役，視前益謹，某愈愛重之。然郁於無人處，或夜深人静時，輒喟然長嘆，或且泣下。偶爲同伴所瞰，怪而問之，則支吾以對，人遂不之疑。郁素不嗜杯中物，七夕，忽沽酒獨酌，仰視銀河，顧謂同伴曰：『今夕非牛女二星相見期耶？神仙且然，人何以堪！』語畢大悲，同伴亦不以爲意。次日晨起，忽失郁所在。偵騎四出，杳無蹤影。某告其姊，姊泣曰：『弟必死矣。弟死，妾何生爲？』某慰藉者再，命人於水中求之，果得郁屍於三叉河口，舁歸家中。其姊大哭，擗踴而呼曰：『妾誤汝，妾誤汝！』是夜，即投繯自盡。某大駭，疑别有隱情。命人檢其室，則又無蹟，益不解。及殮，乃於其姊懷中，得錦囊一，啓視，則郁之絶命書也。書曰：『自舅死後，表姊三歲即來我家。爾我婚姻，定於父母。十餘年中，兩小無猜。弟初意主人歸田，告假完婚。不意父母大故，貧無殮具，計窮力竭。乃蒙吾姊施恩，一片孝心，出此下策。原期見機行事，以踐舊盟。不意侯門似海，無隙可尋。兩地傷心，姊既奄然致病，弟又膽怯，不敢入中堂一步。今生已矣，唯望吾姊勿忘來世夫妻之誓，則九泉瞑目矣。』某閲畢，乃知二人本爲未婚夫婦。曰姊弟者，詭辭耳。因市良棺二，合葬之。好事者且爲譜南北院曲十六折，名曰《殉情夫》。（《清稗類鈔》）

天福緣第三十五

《天福緣》傳奇不知何人所作，衍泉唐彭一清者，以貲爲員外郎，家頗饒。有女曰素芳，才色絶世，字楊公子，未婚。素芳以爲紈袴子弟，恐非佳偶。其保母之妹曾乳公子，説公子過彭氏門，引素芳登樓觀之。公子未至間，見一少年，容貌姣好，舉止風流；素芳心説之，使人詢其姓名，則比鄰陸氏子也。俄見一人，鮮衣怒馬，狀甚粗俗。保母指曰：『楊公子來矣！』素芳鄙之甚，誓不從楊而從陸。保母極言楊氏富貴，陸氏貧薄，且楊已有父命，不可改。素芳欲自盡，保母不得已，爲請於一清，一清怒叱之。保母乃爲畫計，密通情於陸，令乘夜泊船後門，挾貲偕逃。陸喜踰望，忽以腹痛就枕愆期。有張福者，牧牛竪也，病癩，邋遢不堪。偶艤舟河下，時已昏黑，忽聞保母唤船聲，忽遽引素芳負匧而登。福心知彭女私奔之誤，故嘿不聲，蕩舟之一僻村。辨色，素芳始見福，與保母相顧錯愕，不知所爲。既已無可奈何，暫賃空室以居。保母出錢予福，使求藥治癩。癩漸愈，狀貌亦漸修潔。一夕，卒見階下火光，怪之。得黄金一窖，金皆鐫字，云賜張福、彭素芳夫婦。福本不識字，持視素芳，素芳讀之，恍然悟姻緣之前定也。於是與福成婚，移居京師，以金營運至巨富。一清失女後，與楊訐訟，家日落。楊父亡，流蕩至行乞。陸患腹疾，竟不起。一清晚景無聊，入都謀改官。經人介紹，告貸張福家。時福受妻教，粗知書。見債券識一清姓名，延入，俾妻謁見。詳告本末，一清嘆異久之。福爾時已授蘇州府佐，并出資爲一清改選，同赴任云。事之真僞不可考，或本小説家言也。（《毗梨耶室隨筆》）

碧血花第三十六

《板橋雜記》：葛嫩，字蕊芳。余與桐城孫克咸交最善。克咸名臨，有文武才略，倚馬千言立就。

能開五石弓，善左右射。短小精悍，自號飛將軍。欲投筆磨盾，封狼居胥，又别字曰武公。然好狹邪遊，縱酒高歌，其天性也。先昵珠市妓王月，月爲勢家奪去，抑鬱不自聊。與余閒坐李十娘家，十娘盛稱葛嫩才藝無雙，即往訪之。闌入卧室，直嫩梳頭，長髮委地。雙腕如藕，面色微黄，眉如遠山，瞳人點漆。叫請坐。克咸曰：『此温柔鄉也，吾老是鄉矣。』是夕定情，一月不出，後竟納之閒房。江上之變，移家雲間，間道入閩，授監中丞楊文驄軍事。兵敗被執，并縛嫩。主將欲犯之，嫩不從，嚼舌碎，含血噀其面，將手刃之。克咸見嫩抗節死，乃大笑曰：『孫三今日登仙矣。』亦被殺。中丞父子三人，同日遇害。無錫王蒓農孝廉蘊章衍爲《碧血花》傳奇。（《花朝生筆記》）

緑綺臺第三十七

吴蘭修《鄺湛若傳》：鄺露字湛若，南海人。年十三，爲諸生。居恒慷慨，以才略自負；念海内多事，遂爲劍槊韜鈐之學。會上元，跨馬夜出，觸縣令前騶。令怒，詳於學使，削其籍，時崇禎七年也。乃走廣西，窮歷諸郡山川阨塞。游於岑胡五土司，爲猺女執兵符者雲嚲娘書記。述其風土儀物，爲《赤雅》三卷。文飾古藻，往往過實。然其言曰：『先王建國，必因山川，審遠近，故建瓴之勢立，指臂之義順。勢立則内强，義順則外服，然後伯王之業可成也。若割兩江，東包廉欽潯鬱以北，盡乎宜柳，屬之南寧，使自爲牧鎮；則兩江溪峒，可馳赤版而服，即用兩江之兵，南略交趾，此指臂之義也。桂林故衡湘地，形勢衺延。首起衡岳，腹盤八桂，尾達蒼梧，湘漓二水分繞其下。桂林據其上游，若屋極焉。剳衡永彬道諸郡，并隸廣西，封略偉矣，此建瓴之勢也。』又述岑氏兵法，能以少擊衆。將千人者，得以軍令臨百人之將；將百人者，得以軍令臨十人之將。一人赴敵，則左右呼而夾擊，一伍争救之。一人戰殁，左右不夾擊者斬，一伍之衆皆罪。一伍赴敵，則左右伍呼而夾擊，一隊争救之。一伍戰没，左右伍不夾擊者斬，一隊之衆皆罪。不如令者斬，退縮者、走者斬，言惑衆者斬，敵人衝而散者斬，敵以金帛遺地，拾者斬。論者以爲鑿鑿可用，非文士曼衍之説也。當是時，關中已陷，河南江北，流寇四起。湛若浮湘而下，轉徙吴越間。明年，北走燕趙，賊勢益熾。冬十月，愍帝下詔罪己，慨然有求賢四方之志。而湛若孤羈逾歲，裘敝刺滅，卒無所遇，遂南歸。我朝順治二年，唐王據福州，起爲中書舍人；甫三月，引去。五年，永明王據肇慶，復起就職。七年二月，奉使還廣州，會大清兵至，與諸將僇力守城。十二月，城破，死之，年四十有七。湛若蓄古琴二：一曰南風，宋理宗宫中物；一曰緑綺臺，唐武德年製，明康陵御前所彈也。死之日，幅巾抱琴將出，騎以白刃擬之。笑曰：『此何物，可相戲邪？』騎亦失笑。徐還所居海雪堂，擁古器圖籍與琴，殉焉。生平好大言，汪洋恣肆，以寫其牢騷不平之氣。所爲《嶠雅》三卷，憂天憫人，主文譎諫。雖《小雅》怨誹，《離騷》忠愛，無以尚之。妻鄧氏，自遭難後，見湛若荷芻負米，遂絶粒。春糠秕爲丸服之，恬如也。子鴻，字劇孟，年二十餘，能詩及擊劍。先於順治三年，率北山義勇千餘人，戰死，贈錦衣千户。

王蒓農有《緑綺臺》傳奇衍其事。自序云：『土司秦良玉，猺女雲嚲娘，遥遥兩女子，一黔一桂，奇氣獨鍾。良玉事揭橥史册，絃管聲歌，雲嚲娘顧鮮所稱述。微獨雲嚲娘，彼鄺湛若者，非世所稱嵚崎磊落之男子乎？上元忤令，隻身走萬山中。以無家張儉，作王粲依劉，蠻花笑客，蓮幕倦游，舉其抑塞悲憤之致，一發之於書。飛頭句漏，一《山海經》也。寨結相思，一孫吴兵法也。槃瓠禋祀，蝶綃鳳裘，一《西京雜記》也。明季國事蜩螗，一二握政權者，競爲門户之争，既視珠崖之棄爲不足惜，更視遺賢在野而屏之惟恐稍後。遂使蘆笙吹夢，僅傳結隊之天姬；銅柱銘勛，不數遁荒之畸逸。遭遇既殊，名之隱晦亦異焉。余覽之而匆匆若有所感，秋燈坐雨，寒蟲訴愁，日援筆爲作長短句樂府，共得若干齣。昔河東序《赤雅》曰：因病致妍，余病於文，妍乎云爾！抑海雪堂中佳話，不可聽其湮没而已。至於書斥懷寧，門完節誼，一本於吴桐花、鮑夕陽兩家所紀載，讀者勿因史闕有間，而疑余故曼衍其説也。』（《花朝生筆記》）

可中亭第三十八

《兩般秋雨庵隨筆》云：張船山太守問陶，嘗於吴門密蓄一妾，於其夫人遊虎丘時，故使相遇於可中亭畔，晤譚許久，而夫人未之知也。太守賦詩云：『秋菊春蘭不是萍，故教相遇可中亭。明修雲棧通秦蜀，暗畫蛾眉鬥尹邢。梅子含酸都有意，倉庚療妬恐無靈。天孫冷被牽牛笑，一角銀河露小星。』韻人韻事，足爲山塘生色。王莼農《可中亭》傳奇本此。錢塘徐仲可先生珂題詞《減字木蘭花》云：『可中亭畔，燕姹鶯嬌春繾綣。煙柳吴閶，張緒風流易夕陽。　桃根桃葉，我亦渡江曾擊楫。（自注：余舊有《天蘇閣娱晚圖》。）香徑重遊，欲託微波老鬢羞。』王君《然脂餘韻》，别有考證一則，并録於此，以資譚助。

船山於壬申三月四日去郡，三月二十六日臨城驛途次，尚有爲内子作生日之作。虎丘之詩，作於是歲十一月二日。然則小星之占，殆是年秋冬時事歟？觀其《癸酉虎丘寓樓即事》詩云：『已分無才能罷郡，又因多事望生兒。買魚自擾池中水，抵鵲兼傷樹上枝。』則所以納妾之意可見。又《感事》詩云：『白小淩波也是魚，影娥池上好家居。秋星剪鏡眉如黛，春筝扶釵髮有胦。樂府可憐劉碧玉，才人多事馬相如。幕巢那更談金屋，衹論華年已誤渠。』（自注：去年年十六歸余。）『星小何緣僾聚奎，義圖火澤竟占睽。生原難養丹飛鼎，情不能忘素反閨。幸脱罡風留勁草，且攜明月賦柔荑。佳兒倘入熊羆夢，戈印還教左右提。』則攜妾别居，情景可想。至是年四月九日，又有《閨人聚於山塘寓樓即事》詩云：『鵲巢風定轉陽和，江泛真從悔後歌。信有春庚堪入藥，笑看秋水不生波。要離冢畔難言勇，乾闥婆前尚着魔。翠黛金章成底事？半生婚宦耐消磨。』則既占脱輻，又賦同巢，更可於言外得之。（《花朝生筆記》）

香桃骨第三十九

鈕琇《觚賸》：蒲州于孝廉有愛姬曰紅桃，美容姿，善詼謔，尤擅名琵琶。北地闤闠，多嫻此技，而紅桃纖指嬌喉，攏絃協曲，其調與衆絶異。故纔一發聲，聞者即知爲于家琵琶也。崇禎末，闖寇所之蹂躪，河汾間罹禍尤酷。孝廉被執，闖帥將殺之。牛金星見其年韶質秀，且已登科，丐爲子師而免。紅桃亦於此散失，不知所往。孝廉從金星於軍，數月後，館之晉王府中。晉府初經兵燹，雖重樓疊閣，而棟折垣頹，金粉凋落；沼荒林敗，竹柏傾欹。孝廉於最後之宫，置一榻焉。妖狐晝嘯於庭，奇鬼宵窺於牖，詭形怪響，百態千聲。孝廉斯時，雖偷息人間，實同冥域，而心念紅桃，如醉如癡。一切可憎可怖之境，翻置度外矣。又逾一載，闖兵進逼京師，列營保定城北。序届殘冬，雲同霰集。孝廉與牛子共一行帳，薄暮，雪下愈密，二鼓初報，孝廉啓帳小遺。四望皎然，隱隱聞琵琶聲。觸其夙好，遂跣足踏雪，潛行求之。越數十行帳，獨一帳有燈。聲從帳出，俯而諦聽，是耳所素熟者。大慟一聲，身仆深雪不能起。帳中人擬其奸細，捆縛入帳，識爲金星西席，乃釋而詢其故。孝廉曰：『家有小星，素善琵琶。兵間散去，已逾二載。願見之私，雖寐不忘。今宵萬籟俱寂，清調遠聞，恍出吾姬之手，不勝悲痛。干觸戲下，疏狂之咎，尚期宥之。』帳中人亦豪者，慨焉出姬相見，果紅桃也。乃復行酒列炙，俾孝廉與姬，歡飲達旦。明日，言於金星，以紅桃歸孝廉，仍遣二騎送回蒲州。孝廉入本朝，以揚州通判終。王蒓農譜其事爲《香桃骨》傳奇。（《花朝生筆記》）

桐花箋第四十

山陰周子炎先生因感薛鳳兒之别，而作《桐花箋》，題詩徵和，一時應者如響，亦騷壇韻事也。如陶巽人云：『已是成陰落葉時，如何翻恨我來遲？梧葉滿階明月夜，不堪砧杵再添愁。』如李可亭云：『重來阿閣棲無定，别去琴川夢也難。』溪西漁隱云：『剷憐囑咐金鈿事，一樣相思别離難。不與又皆佳句也。『我是吹簫卿美玉，何堪同作別離人？』劉江醉蝶云：薛濤看一例，多情終古屬周郎。』子夜節短韻長，『美貌詠如花，蒲命嗟如紙。鳳去臺已空，桐枯心未死。』金爐瑑室詞人五絶一首云：讀曲之遺。近錢塘陳栩園栩復譜《桐花箋》傳奇，詞尤雋妙矣。（《懷香樓閒話》）

懸嶴猿第四十一

明張公蒼水諱煌言，鄞縣人。兵敗，清師索之亟。有詣軍門自稱曰：『我明朝張司馬也，來就死。』譚笑受僇。一時傳公已死，不知實爲公規脱死者也。魯王既薨，公居浙之懸嶴，縣嶴在海中，峭壁千尋，莫能窺者。所居畜雙猿，時援木杪，以候動静。見船在十里之外，猿急號，公得爲備。乃從中宵繞山之背，暗中猿不及覺，遂執公之會城，從容殉節。見沈梅史《勝國傳略》。近人祈黃樓主有《縣嶴猿》傳奇，自題絶句云：『頻年扈蹕歷重洋，監國君臣臏一航。猶是厓山風雨後，拍天駭浪葬孱王。』、『錚錚鐵石比心腸，一曲悲歌和牧羊。（自注：見末齣。）爲愛鳳凰山色好，黃花時節近重陽。（自注：公自四明之杭州，方巾葛衣，終日南面坐，不言不食，啜水而已。九月初七日，臨刑赴市，遥望鳳凰山一帶，始一言曰：『好山色。』索筆賦絶命詞數章，挺立受刑。）』、『惟有雙猿妙解人，來依窮島一孤臣。國家歷數俱先定，前有庚申後甲申。（自注：元順帝少時，依僧寺，有老猿三十六來執役。及帝去，猿俱跳擲而死。後帝崩於庚申，在位三十六年，適符猿數。明亡於甲申，申禽爲猴，猴，猿屬也，感雙猿事，涉筆及之。）』、『千古英雄俱浪淘，冤禽銜石尚悲號。一編當作西臺哭，異代知心有謝翱。』、『何時憑吊到南田，化鶴魂歸海外天。二百卌年如夢過，甲辰年又甲辰年。（自注：公於甲辰六月，散軍南田之縣嶴，於是年九月抗節杭城。届今甲辰，已二百四十年。太陰適合，亦異事也。）』、『譜出新詞付妙伶，感時又見孔雲亭。疑從巴峽瞿唐路，聽到哀猿第五聲。』（《花朝生筆記》）

中萃宮第四十二

清德宗所最寵幸者，爲瑾妃、珍妃。二妃爲同懷姊妹，珍妃色尤殊。孝欽后以隆裕后不得志於德宗，遷怒二妃，遇之甚苛。一日，隆裕爲其父乞督外省，德宗頷之。隆裕退，珍妃以《漢外戚傳》風上，事遂寢。隆裕深銜之，日伺其隙。珍妃於上前稱文廷式才，隆裕遂奏孝欽，謂婦女不應干國政，乃廢妃。德宗雖痛之，而無如何也。光緒庚子拳變起，倉皇議西狩。車駕將出發，適珍妃在側，以未預隨扈，目注德宗，嗚咽不勝。忽爲孝欽所見，即叱之曰：『汝年少，丁兹國家多故，皇帝蒙塵，若不早自裁，乃猶作兒女子態耶！』立傳旨賜自盡。或云投井死，或謂内監乘亂縛妃投入井，有所主使而歸獄於孝欽耳。嘗見東江葉君小鳳《中萃宮》傳奇，政譜其事。叙云：『春殿千官，香浮仙仗。玉階秋月，歌咽瓊臺。一代盛衰，千秋金鑒哉。清室艷史，陳隋比蹤。月窟仙人，鏤香作屧；春堤宮女，纏彩爲絲。彼何人斯！粤乎尚已。今圓明草衰，頤和花落。佛香如夢，玉泉不波。獨聽江南龜年，泣訴故宮舊事，悲哉！老伶工孫菊仙謂小鳳曰：翳惟珍妃，六宮之秀。嬌容葩發，修淑人範。文節嫻達，詞旨婉孌。既移長門，乃親玄覺。思君未忘，時擷芬於蘅若；與花同命，恒寄慨乎芙蓉。又曰：中萃宫深，翠華恩在。葵忱戀主，如聞宛轉之歌；錦牒通詞，略比斷腸之句。洎夫燕支井畔，魂斷一朝；紙陌墳頭，碑埋三尺。玉鈎隋苑，無此悲凉；梨樹馬嵬，損其幽恨已。又曰：妃子玄衣縞裳，寶籙天錫。白雲觀外，雲旌乍駐；玉京宫前，響屧時過。今則歲時寒食，誰簞酒於新墳？禾黍西郊，飛紙灰於舊夢耳。小鳳曰：吁！昔帝女花殘，詞傳逸韻；長生盟折，文擅奇花。不有艷蹤，疇成令作哉？』（《花朝生筆記》）

旌節記第四十三

焦烈婦，寧國之某邑人。父以明經教授於鄉，學行醇謹，里中人翕然稱之。婦幼失恃，嚴父慈母，明經以一身任之。婦幼時即洞曉詩禮，舉止合度，彬彬有古淑女風。一日，奉《列女傳》侍父旁，琅琅誦王凝妻、韓憑婦故事。明經偶引董生語曰：『受大辱以生者，毋寧死。』婦意有所觸，遽軒眉而語曰：『使兒不幸而遘閔，亦如斯矣。』明經適然驚，憮然嘆，目攝其女者良久，蓋滋怪其語之不祥也。亡何，字宣城陸某。陸故世家子，具中人産，爲學官弟子，蜚聲黌序間。明經意慊甚，掀髯自得。曰：『得婿如陸生，王逸少不足專美矣。』自是客有從宣來者，輒曳袖，詢陸近狀。客曰：『陸生自是佳子弟，顧嗜博，或亦盛名之玷。』明經艴然曰：『皇甫泌嗜博，何損其賢？』未幾，客有來言者曰：『陸生博屢負，鬻田以償之矣。』明經愀然有憂容。未幾，復有來言者曰：『陸生博又屢負，割宅以償之矣。』明經嗒然喪氣曰：『果爾，吾女將奈何？』維時涓吉有期，相距止旬日。明經曰：『吾誓不令吾女適無賴子，即彩輿來迓，吾亦必麾諸門外。』執柯者窘甚，往來關説，唇舌敝焦，明經意不可動。婦微聞之，則忍淚以諫曰：『鑄錯已成。阿爺即梗議，於事亦無裨。集枯集菀，兒悉聽之。願勿悔約。』明經不獲已，則立召執柯者，與之約。謂苟不復萌故智者，吾願踐宿諾。執柯者唯唯。旋傳陸語，謂已痛改前非，自今以往，苟不受教者，有如白水。迨婦既嫁，伉儷頗相得。時明經適館宣城，與婿舍相距咫尺，則頻詗察之。陸憚明經之嚴，稍自檢束。婦又時舉嗜博之害以規之，陸自此不復之博場。顧家已中落，度日至難困。米鹽薪醯，半取給於婦之十指。針紉補綴，至夜分不倦。人不堪其憂，而意殊安。曰：『針黹，婦職也。』夫子不與博者游，妾即終夜治紉，十指見骨而死，甘如飴矣。』逾年，舉一雄，陸閉户弄雛，與博徒往來益疏。明經乃笑語陸曰：『汝能改過遷善，吾復何憂。』婦亦囅然曰：『夫子卒爲善士，父陶冶之效也。』

越數年，明經竟客死宣城，婦哀毀逾度，長日惘惘然，而陸乃引以自慰，曰：『今奚所畏耶？吾其爲脱籠鳥矣，不揚奚待？』則匆匆出門訪博徒去。竟夕，蹤跡迹杳然，婦殊駭詫。越日，陸歸，詰以奚往，曰：『博場耳。』曰：『吾父在時，子慷慨誓天日，謂終身不復博。今幾日耳，父骨未寒，而子盟寒矣。如逝者何？』曰：『渠殊不曉事，吾向者特虚與委蛇爾。渠慮博能破産，顧博者十，而破産亦止一二。或先鈍而後利，或小往而大來。收合餘燼，背城借一，及今圖之，未爲晚也。』曰：『然則今者博何如？』曰：『負矣。』婦尚欲有所語，而陸遽入室，搜匧中物逸去。翌日，又垂槖歸。曰：『何如？』曰：『負矣。』由是日沉溺於博，凡可以供博資者，羅掘幾盡。馴至拔婦頭上釵，攫取四歲兒項間銀圈，爲孤注之一擲。婦强阻之，則怒曰：『若殊憒憒，此值幾何錢，而靳不吾予。且吾博果勝，以銀飾往，以金飾歸矣。』詰早，陸歸，則向壁咄嗟，頻頻搓其空掌。婦曰：『若賫得金飾歸乎？』不應。『然則銀飾尚存乎？』又不應。婦俯首泣，兒見母泣，亦噭然哭。良久，陸殊不答一詞。婦拭淚睥睨之，則已渺。比入厨下執爨，則釜鑊什物，一一不脛而走，蓋又將去償博資矣。婦大慟，兒腹枵然，啼飢且弗止。鄰人哀之，争投以餅餌。兒得食，止哭，婦竟日不食。入夜，風雨交作，斗室如虚舟，飄摇不定。婦拊兒就寢，則倚檠而坐，忍飢以待其歸。比三鼓，冒雨返。曰：『今日憊矣。』既入室，目灼灼視婦，囁嚅者良久。婦曰：『子將奚語者？』陸曰：『吾夫婦潦倒至是，殊不足以自存。今於無可求全之中，將别籌一兩全之策耳。』婦曰：『求全將奈何？』陸不語，堅詰之，則以鬻妻償博對。婦殊不怒，曰：『子第歸寢，徐思之，明發當有以報命。』陸乃弛然卧。比曉，呼婦語，不應。起索之，則雉經死室外矣。鄰人悉其事，咸不直陸，争挾持之，弗使逸。檢婦遺體，得血書八絶句，斑斑灑染巾帕間，蓋破指書也。每一絶句，輒拈二字爲題，詞不必工，而意則悲矣。《夜坐》云：『風雨侵入蔽短墻，單衣不耐五更凉。揮毫欲寫中情事，提起心頭已斷腸。』《訴恨》云：『是誰設此迷魂局，籠絡兒夫暮作朝。身倦囊空歸寢後，夢中猶呼一聲幺。』《對檠》云：『風敲庭竹夜凄清，獨對孤檠訴不平。絳蠟也知人永訣，替儂墮淚到天明。』《題巾》云：『漫云薄命屬紅顔，儂不紅顔命亦艱；留下青綃巾一幅，遲君細認血斑斑。』《辭佛》云：『心香一炷裊清煙，稽首慈雲大士前。倘見兒夫情性改，阿儂含笑到重泉。』《哭父》云：『不堪庭訓溯當年，執卷閒哦《列女篇》。今日夜臺逢老父，兒身潔似水中蓮。』《痛子》云：『百結鶉衣冷不支，郎歸休在五更時。風酸月苦空閨裏，猶有床頭四歲兒。』《投繯》云：『拂淚含悲暗啓扉，儂今視死已如歸。可憐梁上呢喃燕，來日窗前各自飛。』八詩既宣布，遐邇傳誦之。陸被逮，械繫於縣獄。中丞某聞其事，題請旌表節烈。得旨褫陸衿，斷其八指。飭有司爲婦建祠，祠成以陸爲司閽。陸既殘廢，不數年，病卒。其遺孤由公家撫育，既長，克自樹立，家業亦稍稍恢復。婦血詩八章，尚存於祠。中丞手批其後曰：『字字淚，語語血。恥瓦全，寧玉折。焦氏清風，可歌可泣。』此乾隆丙辰事也。淮山棣花園主人有《旌節記》傳奇，衍其事。山陰周雪蓮女士題詩云：『風凄雨慘泣黄昏，十首詩催命不存。留得墓門碑碣在，月明終古炤貞魂。』、『自嘆身亡事未終，白頭黄口兩無功；臨危多少傷心淚，付與詞人筆墨中。』兖州李畹芳女士云：『事到艱危死亦安，最傷抛母撇兒難。蓬窗讀到幽貞處，滿紙冰霜六月寒。』（《花朝生筆記》）

鶼鰈因緣第四十四

劉氏，小字三季，虞邑之任陽人。家世業儒，伯賡虞，守正不阿，不可以非禮干者。仲肇周，狡黠嗜利，險人也。劉氏生而聰穎，六歲母死，即自妝束。父教之書，一目了了。捉筆作字，秀雅可愛。學爲筆札，朗朗成章。十歲父死，遂依兩嫂以居。甫垂髫，嬌艷動人，鄉里稱爲國色。性明敏，遇難處事，一言立決。屏當家政，過於健婦。兩兄亦善視之，苛於擇壻，十四歲，猶未問字也。邑有黄亮功者，以權子母起家。亮功憑祖父之業，握籌持算，所積愈豐，儼然爲一邑之首富。固胸無點墨，大腹賈滿貯金銀氣也。娶於陳而亡。年四十無子，謀取劉氏爲繼室。遣媒妁致意賡虞，賡虞不允，且面斥之。肇周利黄多金，極力勸合，賡虞固執不可。未幾，賡虞應幕往山左。適訛言四起，謂朝廷遣使至江浙採民女，婚嫁者一夕數百。肇周乘訛言時，嫁妹於黄。賡虞回家，肇周詭言官吏已將妹年貌登於册，急切不能得婿，因黄前有成言，故歸之也。賡虞無可如何，嘿嘿而已。劉歸黄，居恒鬱鬱不樂。逾年生一女，劉愛之甚，曰：『此吾掌上珍。』因名之珍。黄五十而無子，肇周子七，常育於黄家，意蓋有所屬也。七長，好勇鬥狠，喜與無賴游，劉責之不聽。劉字珍於直塘錢氏，而招贅焉。意蓋因七不肖，而託女以終也。七因之愈横，劉怒逐之。會黄死，七斬衰號於柩前；欲分遺産，劉不予，命有力者捽之門外而閉之户。七大呼曰：『吾必有以報仇。』越數日，七果引盗來劫，幸先有備，盗驚而逸。劉有戒心，遂將財穀盡遷直塘而徙居焉。珍在直塘司收，劉在任陽司發，五日而盡。劉擬於翌日啓行，是夜難作矣。李成棟降滿州，率兵縱掠，所過城邑，輒爲殘破。嘗虜婦女十餘艘，過嘉定，鄉民焚其艘，婦女死者過半；成棟誓必掠取吴中美姝以償。繼破松江，擇大宅，多掠婦女置於中。旋奉虜命寇粤，令腹心將帥率旗兵千人，名爲保松江，實則爲婦女計也。七方投旗下爲走卒，因與旗兵言劉氏多財，可劫而有也。旗兵言於守將，守將以爲然。乃命偏裨帥五百人，以七爲向導。時劉方封鎖樓房，鹿鹿竟日，夜與張媪整理細事，件件俱畢。素服淡妝，坐而待旦。俄而炮聲轟天，墻户傾塌；旗兵數百人，蜂擁而入。啓倉廪空，啓窖藏空，啓衣箱亦空。裨將怒甚，七忽擁劉氏至，於火光中望見劉貌，曰：『賴有此耳，不然，何以復旗主？』遂虜劉氏而去，張媪從之。蓋七不知劉氏遷居，堅執劉氏多財，且欲搜珍，久之竟無獲。旗兵遂殺之，縱火焚黄氏之居，而投七屍於烈焰中。劉被虜之松，守將見其貌美，不敢私，留待成棟，居於大宅中。未幾，成棟在粤中反正，松江宅中所留婦女，悉送之南京，聽本旗發遣。婦三百餘人，劉亦在其中，歸黑都統承管。初至，群聚馬栅中，馬屎熏人，一息難處。劉忍痛雜衆婦女中，泣不欲生。越一日，滿洲媪來矣。滿洲媪者，豫王府中總管老媪也。年七十餘，能漢語。至則集婦女三百餘人，分爲十排。上下睨視久之，選得三十人。令至别所，排列於前，諦視良久，曰彼太長，此略短，彼過白，此微黑。三十人中，復去其半。留十餘人，令至前。視其鬚眉耳目口鼻指臂，一一細察，復隔衣而捫其乳。則又去其餘，存者僅五人。乃令五婦列坐，待以茶，殷勤問訊，而細審其音。有一婦音微澀，復去之。僅得四人，而劉與焉。擁四婦登輿之王府，滿媪謂四婦曰：『爾輩當特别看待，而侍婢者挈以來，無妨也。』張媪往從焉。劉之王府，謂張媪曰：『未亡人含垢忍辱而不死者，欲得與珍相見耳。今已矣，吾其死乎！』言罷大哭，張媪亦相向而泣。俄而王宴，命四婦侍酒，滿媪戒四婦曰：『至前各叩首俯伏，命起乃起。慎毋哭泣，致王怒，以取鞭仆。』三婦皆如命，伏地不起，屏息不敢作聲。劉則依柱而立，側其面，不發一語。額光映燈燭，奕奕射人目。眼暈微紅，倍添嬌艷。王異之，問何籍，不應。問年幾何，亦不應。問有夫否，又不應。忽放聲大哭曰：『我民間寡婦，被韃兵虜，以戀戀一女，故不能遽死。今至此，尚用生爲？盍速殺我，我良家女，决不肯爲奴婢。』語罷，撞首於柱。滿媪抱持，且號且踴。鬟髻爲解，髮委地丈餘。王見而異之，諭滿媪曰：『善護持，無令悲損。』劉始終悲泣不食，張媪私謂滿媪曰：『劉痛念女，故悲若此。前在松江，傳聞李兵復掠直塘，今已三旬，女之存亡未卜。計得一當，通信問於其女，以慰其心，或可少進飲食。』滿媼啓於王，王允之。滿媼告劉，命作書寄女。忽霽顔曰：『爾累日之言，徒令人悲，惟此言差解意耳。』乃作書寄珍曰：『我生不辰，疊罹險難。向日送爾河干，竟成長别，痛何可言！自七獸肆毒，虜我往松。幸叨假母慈覆，寢食相依。且許送我歸虞，令母子完聚。不期罣名眷籍，候遣省中。忽又送入掖庭，竟如墜崖之人，不能奮飛。嗟乎珍兒，汝母至此，尚能隱忍以求活哉？所以苟延殘喘，屢遭窘折而不死者，嘗與張媼言，汝是我一點血脈，若不相聞問，而泯泯以死，使汝抱無限之戚也。前在松江，驚聞直塘一帶，村落盡被兵燹。想七獸未遂所欲，故又發蹤指使。以勢而揣，汝家亦爲破巢之卵。然究竟是真是假，尚不免將信將疑。今吾書至，而汝有手書來，則吾知汝之幸不死於七獸也。吾書至而汝若無手書來，則吾知汝之不幸而竟死於七獸也。其生其死，決於片楮。專睇歸鴻，慰我愁思。若夫煢煢嫠婦，給事掖庭，凡所自計，皆所素審。彼若辱我下陳，使以鞭箠，非口唾其面，即頭撞其胸，雖粉吾骨不計也。吾秉性高抗，不肯下人，拚却一死，彼且奈我何？珍兒珍兒，毋爲我慮。』珍接書，未發封，泣曰：『不意今日得見母書。』發封讀未竟，悲泣不能聲。錢生謂之曰：『事已至此，且將奈何？論大義，則妻不得二其夫；論至情，則女不得死其母。』時肇周適至，極力囑珍作書勸劉從王，且言王之威與勢以畏懼之。珍嘿嘿無言，祇有啜泣而已。肇周私修書，勸劉萬不可執拗；且言家室焚毁，歸亦無以爲生。婿外人，終難倚託云云。私付使者。使者待一日，索珍書亟，珍大哭曰：『一腔痛血，教我從何處寫起？』唯書『母生則兒生，母死則兒死』，付之以去。劉知王爲己發書，始飲糜粥。及回書至，知珍無恙，不覺色喜，其志已稍移矣。適王之妃忽刺氏薨於京邸，訃至，爲位於中堂。凡本旗婦女，皆得臨哭。劉氏亦縞衣素裙，幽姿素質，更覺綽約。忽與王遇，王視之尤異。密語滿媪曰：『此婦非髮長委地者耶？可善視之。』俄而王多賞賜，劉皆不一顧。滿媪跪告曰：『王賜宜叩謝。』劉忽倒卧於床不起。是日，王命劉侍寢，劉大號泣曰：『我難婦耳，必欲婢妾蓄我，我何惜一死？』張媪惴惴力勸無號泣召禍，劉更大號曰：『爲婢妾不如死，况未亡人而又爲人婢妾者耶！』滿媪曰：『王妃已薨，非婢妾也。』劉曰：『命我侍寢，非婢妾而何？』滿媪會意，知劉志已移，特不肯苟且從事爾。越數日，王賜劉金鳳冠一品命服，劉不言而手受之。是夕張燈作樂，與王行婚禮。時王年四十，劉年三十五矣。越歲生一子，策立爲妃。婿錢氏得劉之奥援，任部曹焉。

黄劉顛末，康熙間墅西逸叟之《過墟志》紀之最詳，此安吴胡樸庵節文也。前青浦錢君静方，作《鶼鰈姻緣》小説，亦衍其事。（《花朝生筆記》）

滄桑艷第四十五

《滄桑艷》傳奇，丹徒丁闇公著，述吴三桂、陳圓圓遺事。局度謹嚴，文字典麗，佳構也。余題二絶於後：『暮年復國慕容華，獨樹天南革命旗。兩代叛臣千載笑，英雄遺恨爲蛾眉。』、『山海關前臏一身，國亡家破倍酸辛。將軍七日秦庭哭，不爲江山爲美人。』蓋有慨於三桂之因圓圓而乞師滿洲也。後以視友人瘦秋，瘦秋因集原詞句成四首，一云：『碧海青天萬古情，義旗一旅下神京。包胥痛哭秦王殿，淚濕征袍衹爲卿。』二云：『花落蘇臺晚炤紅，曉鶯啼徹彩雲空。滄桑一段風流話，憑吊湘波惜玉容。』三云：『蛟龍不肯老滇池，霜雪星星兩鬢絲。昨日雖非今日是，雲旗還用漢威儀。』四云：『芳林玉樹竄驚蛇，遺蜕空存水一涯。莫笑鯫生偏好古，館娃宫裏吊夫差。』真有『羚羊挂角，無跡可尋』之妙。（《健公詩話》）

病玉緣第四十六

廣西有放瘋之説，瘋，麻瘋也。婦女將發時，與人交則愈，否則，送之城外麻瘋院，令自相配偶。歷三代，始出院。有某氏女者，已許字矣，以傳染得此疾。父母欲循俗，將覓一男子，使與交。女期期以爲不可，謂女子所重者貞，失之而生，無寧守之而死。父母不得已，乃送之入院。居數年，偶出散步。忽聞異香自遠來，尋香而往，至一小藥肆。香益烈，伏地嗅焉。肆主問之，告以故。肆主乃遍搜室中，則知其所聞之異香，自藥酒之瓶出焉。藏之久矣，至是揭瓶蓋覘之。中有已死之蛇，試示之。女狂喜，取啖之。肆主懼有毒，禁勿予，而已啖其半。越數日，女所患處結痂矣。肆主聞之，使人叩其里居姓氏，則聘妻也。因感其守貞，亦不再聘。及使人傳語，令在院調養。月餘，痂盡脱，一麗人也。肆主乃迎之歸，合巹焉。好事者爲作《病玉緣》傳奇，青泥蓮花播之聲歌，不爲過也。（《花朝生筆記》）

山人扇第四十七

《灤陽續録》云：董天士先生，前明高士，以畫自給，一介不妄取。居老屋兩楹，終身不娶；亦無僕婢，井臼皆自操。一日晨興，見衣履之當著者，皆整頓置手下。再視，則盥漱俱已陳。天士曰：『是必有異，其妖將媚我乎？』窗外小語應曰：『非敢媚公，欲有求於公。難於自獻，故作是以待公問也。』天士素有膽，命之入。入輒跪拜，則娟静好女也。問其名，曰：『温玉。』問何求。曰：狐所畏者五：曰凶暴，避其盛氣也；曰術士，避其劾治也；曰神靈，避其稽察也；曰有福，避其王運也；曰有德，避其正氣也。然凶暴不恒有，亦究自敗。術士與神靈，吾不爲非，皆無如我何。有福者，運衰亦復玩之。唯有德者，則畏而且敬。得自附於有德者，則族黨以爲榮，其品格即高出儕類上。公雖貧賤，而非誼弗取，非禮弗爲。倘淮奔則爲妾之例，許侍巾櫛，三生之幸也。如不見納，則乞假以虚名，爲畫一扇，題曰『某年月日爲姬人温玉作』，亦明公之末光矣。即出精扇置几上，濡墨調色，拱立以侍，天士笑從之。女自取天士小印印扇上曰：『此姬人事，不敢勞公也。』再拜而去。次日晨興，覺足下有物，視之則温玉。笑而起曰：『誠不敢以賤體玷公，然非共榻一宵，非親執媵御之役，則姬人字終爲假託。』送奉衣履，侍洗漱訖，再拜曰：『妾從此逝矣。』瞥然不見，遂不再至。豈明季山人聲價最重，此狐女亦趨於風氣乎？然襟懷散朗，有王夫人林下風，宜天士之不拒也。前人有《山人扇》傳奇。（《花朝生筆記》）

明月珠第四十八

杜氏女憲英，河南人，父爲名諸生，藏書數千卷。幼從少林學拳法，技擊最精。及生女，愛若掌珠，盡以藏書及拳擊進退諸法授之。女亦聰穎，自輯古今兵事爲一編，藏之枕中。父病，戒之曰：『吾晚得汝，不及爲汝訂姻事。汝母年老，須自具特識，參決可否。百年事重，勿似人間小兒女，羞澀不言也。』遂卒。母自外家見兩生，一周一鄭，才品相類，皆内親也，密商於女。女嘆曰：『文武兼備，世罕其人矣。鄭當以文學進，而無大成就。周福較厚，特武功耳。』母曰：『河決年荒，盜賊四起，武亦良善。』遂字於周。既嫁，伉儷甚篤。逾年而粵賊北犯開封，以大隊攻城，而游騎四出虜掠，閭閻囂然不寧。周集鄰村二百人，夫婦分爲二隊領之。二人者又各分其隊爲二，二正二奇。賊至，初見數十人，易之。直撲女陣，女陽敗退。至叢林間，周突起大呼於林東，賊方錯愕，其西路銃炮又作，山坳木杪，旗幟飛揚，不可勝數，賊大驚潰。距叢林四里許，故有破廟；廟中伏兵，伺賊過，復噪而出。倉皇追殺，如宰鷄鶩。女縱騎獨追，騎馬賊酋，戰數合，顧女而笑。女亦笑，乘間以長槍刺其腰，傷脅墜馬。憤而大吼曰：『左山虎三十年驍勇，豈意死於女子，爲兄弟笑哉？』時衆賊去者已遠，日已近暮，鳴金收隊，而周生窮追不止。偵者謂馬陷泥淖，蹶而被執。察其衆，合少四人。女怒，帥二十騎飛馳救之，不及，賊已縛生入營矣。女乃反，視山虎創不深，猶可支拄，急取創藥傅之，親裹其傷。又饋以酒食，而寘毒其中，殷殷然勸餐者再。且曰：『吾謂君泛常賊，今乃識爲英雄。陣上不能相護，君合亮我。』扶之馬上，使人送之，距賊營里許而後反。山虎歸營，極贊女賢，不恨而轉感之；以故釋周生縛，使掌簿籍，得不殺。明日，山虎毒發死。村人請於女曰：『縱之歸而又置毒，何也？』女曰：『飲我之刃，而虛言慰之，其感激可暫不可常。久而念怨，終殺吾夫。使之逾時而亡，則他賊不復措意矣。』皆服曰：『非所及也。』

女候生三年不歸，杜母又没，乃以錢數萬買得一婢，闊面長身，膂力甚壯，教以武事；從己出遊皋城連鎮間，密訪周生消息，不得。又由皖北間道之江南。一日，泊舟江港，有富室子弟，結商人賫資販運，而冒爲士人赴試杭州者，繫纜於女舟之左。岸上一僧，寬衣大笠，趺坐擊木魚，别以短杖擔衣鉢，置之身旁；目耽耽視女，轉視群商，久之太息去。遠聞爆栗數聲，已而岸上有二三士人，散步徘徊。群商方欲結納士人，爲偷漏關税計，揖而邀之舟中。煮茗閒話，各通姓名里貫已。士人縱論天下事，雜以文字科名語，農商語，兵語，青樓諧謔語。群商於買賣經紀外，瞪目不能答一詞。士人曰：『我輩一見如故，意氣相得，公等果將赴試者耶？』一商曰：『實不相欺，薄有資貨。前途關卡多，仰借大力庇蔭，得免税金，抵浙必厚報也。』士人曰：『飲啄前定，萍水因緣，此小事何論報乎？』拱而别，注目女舟。群商反舟喜甚，各以言語相調笑，亦目女。時婢在後艙假寐，女怒，自語曰：『身死財喪之不知，猶竊視人家閨眷耶？』商聞大驚，密語久之。疑女爲盜船，長跽請命。女哂曰：『吾船無盜，適與君等共語船中，及向之趺坐岸上者，乃真盜也。君等家擁巨資，日處醉夢中，不見天日，豈知世路險巇哉？』衆喏喏。又曰：『處世需才，即兵戈擾攘中，挾貲遠行，亦非大有才者不可。苟自度無其具，寧坐閨中弄稚子，毋以買命錢空餌虎狼也。今身死財喪之不知，猶竊視人家閨眷耶？』商曰：『且爲奈何？』女呼婢出曰：『此吾前鋒燕支將軍也。諸君畏怯者，請避岸上。否則安卧以待，慎勿露聲影。吾兩人盡力當之，視諸君時命何如耳。』及夜，又聞觱栗聲甚近，女曰：『是矣。』群商不敢出，亦不敢卧。急閉艙門，滅火屏息，團縮榻上。時下弦，殘月初出，繁星麗空，略辨人影。兩岸蘆葦，風瑟瑟作聲。女念迎鬥，則彼衆我寡，不易制勝，不如待其來，出不意以刺之。與婢約曰：『昏夜不辨彼此，以髻上明珠映月光爲記。』未幾，賊果先登商舟。前二人不可識，其第三人，顯然僧也。昂首四顧，遽叩商船門。女手利劍，徑前刺之，應手而仆。其二人大叫曰：『上。』則競趨女舟，女揮劍旋繞如練，婢手雙鐵錘，自女後突出，光耀上下如球。賊方避劍，不虞婢椎之出也，左右撲刺落水死。鏖鬥方亟，商船後艙呼賊至。婢躍登篷頂，左臂適中賊槍，忍痛棄椎，易刀連斫之。賊亦負痛狂奔，東西分竄去。於是發火四炤，船頭篷頂皆血漬。諸商聞之，始出謝。人人面土色，女叱之去。使婢裹創卧，而獨坐待旦以備之。明日，將解纜，逆風大作。及午，有樓船十數，自上游乘風而來，亦泊港外。諸商大驚，謂賊衆復仇至。探之，始知某營總兵王姓，帥師巡緝盜賊者也。軍士先詰商船，諸商曰：『赴試。』曰：『赴試何以載貨？毋乃盜乎？』商曰：『我非盜，乃遇盜幸免者耳。』次詰女船，女未及答。商曰：『是即殺盜救吾屬命者。』軍士見兩女子，無一男丁，群商又不類士子狀，疑其蹤跡，瑣瑣盤詰。女怒曰：『何必多言？我乃手殺左山虎之中州杜憲英也。問我何爲？』語未畢，忽有一人，自樓船躍而登女舟，問曰：『杜家英娘何在？』女茫然無以應。其人又曰：『英娘不識我乎？』女目之，方面偉軀，貌似相識，而鬑鬑有鬚矣。其人曰：『我即河南周生，與卿爲伉儷者也。今率兵緝盜過此，不意遇卿。』女猶不敢遽應，周乃曰：『卿不憶嵩山射虎時耶？』女曰：『弓衣金彈何在？』周大笑曰：『置之雒水犀腹中。』蓋當時閨中隱語。問答既合，女不覺泣下曰：『妾爲君子，力已至矣，幸神明垂佑，相見於此，顧何以不周而王也？』周乃告以被虜後，説賊投降；主將王公愛之，使從己姓。授守備，從征江皖。歷保今職，賞花翎，賜勇號，且以提督記名矣。周問女何時渡江，婢爲何人。女言未半，諸商請見軍門，叩首船頭；謂受夫人活命恩，願獻五百金爲壽。女堅不受，謝之去。囑以後此小心，不能復遇我矣，諸商皆感泣。周生既了巡緝事，即日引疾解官，攜妻偕隱嵩山，讀書種菜，以爲樂，婢婦，適某千總，勇過其夫。所稱鄭生者，以秀才終。此事見黄天河《金壺遯墨》，標題曰《奇女子》，洵哉！其爲奇女子也。前人爲作《明月珠》彈詞。（《花朝生筆記》）

紅勒帛第四十九

昭文黄摩韓（振元），余主教東吴時老友也。爲人奇特，丁内艱後，即蓄鬚，蓬蓬然招摇過市，人皆匿笑之。其於學也，無所不窺，凡經史、詩文、方技、音律、遁甲之屬，輒能曉其大概。故其爲文，操筆立就，不屑屑於繩尺，而光焰萬丈，自不可遏。至其奥衍古拙，又如入靈寶琅環，觸目皆非常見之物，而拙處亦往往有之。中年慕石齋、梨洲、匋庵、九煙之爲人，改名曰人，以九煙曾改此名，意欲附之也。齋中懸一額，曰『揖匋夢梨拜石耕煙之室』。其楹聯云：『黑鐵鑄神州，盤古留魂三百里；黄金開鬼市，尊盧作祟五千年。』可以知其爲人矣。喜填詞，曾全和龔定庵《無著詞》原韻，其詞總名《非非想天中人語》，約千餘首。大抵舛於律而妙於語，故長調往往有疏誤處，才大心粗則然也。聞近發癲疾卒，未始非好奇之害中之。君有《紅勒帛》、《雁來紅》、《紫雲回》樂府三種，余未之見。（《蠡言》）

錯因緣第五十

清初，中州有李生者，娶婦旬餘而母病。夫婦更番守侍，衣不解帶者七八月。母歿後，謹守禮法，三載不内宿。後貧甚，同依外家。外家亦僅僅温飽。屋宇無多，掃一室，留居未匝月，外姑之弟遠就館，送母來依姊。無室可容，乃以母與女共一室，而李生别榻書齋，僅早晚同案食爾。閱兩載，李生入京規晉取，外舅亦攜家就幕江西。後得信，云婦已卒，李生意氣懊喪，益落拓不自存。仍附舟南下，覓外舅。外舅已别易主人，隨往他所。無所棲託，姑賣字糊口。一日，市中遇雄偉丈夫，取視其字，曰：『君書大好，能一歲三四十金，爲人書記乎？』李生喜出望外，即同登舟。煙水渺茫，不知何處。至家，供張亦甚盛。及觀所屬筆札，則緑林豪客也。無可如何，姑且依止。慮有後患，因詭易里籍姓名。主人性豪侈，聲伎滿前，不甚避客。每張樂，必召李生。偶見一姬，酷肖其婦，疑爲鬼。姬亦時時目李生，似曾相識，然彼此不敢通一語。蓋其外舅江行，適爲此盜所劫，見婦有姿首，亟掠以去。外舅以爲大辱，亟市薄槥，詭言女中傷死，僞爲哭殮，載以歸。婦憚死失身，已充盜後房，故於是相遇。然李生信婦已死，婦又不知李生改姓名，疑爲貌似，故兩相失。大抵三五日必一見，見慣亦不復相目矣；如是六七年。一日，主人呼李生曰：『吾事且敗，君文士，不必豫此難。此黄金五十兩，君可懷之，藏某處叢荻間。候兵退，速覓漁舟反。此地人皆識君，不慮其不相送也。』語訖，揮手使亟去。伏匿未幾，聞哄然格鬥聲。既而聞傳呼曰：『盜已全隊揚帆去，且籍其金帛婦女。』時已曛黑，火光中窺見諸樂伎，皆披髮肉袒，反接繫頸，以鞭杖驅之行，此姬亦在内。驚怖戰慄，使人心惻。明日，島上無一人，癡立水次。良久，忽一人棹小舟呼曰：『某先生耶？大王故無恙，且送先生返。』行一日夜至岸。懼遭物色，乃懷金北歸，至則外舅已先返矣。生至家，貨所攜，漸豐裕。念夫婦至相愛，而結褵十載，始終無壹月共枕席。今物力稍充，不忍終以薄槥葬，擬易佳木，且欲一睹其遺骨，亦夙昔之情。外舅力阻不能止，詞窮吐實。急兼程之豫章，冀合樂昌之鏡；則所俘樂伎，分賞已久，不知流落何所矣。每回憶六七年中，咫尺千里，輒惘然如失。又回憶被俘時縲紲鞭笞之狀，不知以後摧折更復若何，又輒腸斷也。從此不娶，後竟爲僧。事見紀文達公《閱微草堂筆記》。大父前閲此書，酒間語余。先君容甫府君，嘗譜《錯因緣》院本。屬稿未定，病肺遽卒，哀哉！（《花朝生筆記》）

跋

余輯《小説考證》，殺青於乙卯之八月。既問世，頗蒙讀者稱許；以爲搜羅詳備，足資博識。親知間且有目爲信今傳後之作者。其實綴輯之學，何當於著述。露纂雪鈔，盡心焉而已。三四年來續事編譔，復得十餘萬言，區爲五集。小説之可考者，大抵已具，後此輟筆，不復爲矣。共和七年八月二十四日，第五集寫成，因識。時微雨羼提齋外，芭蕉蕭然作聲，恍如乙卯之秋也。前後四年，情事適符，亦奇。諸暨蔣瑞藻。

拾遺

荆釵記 原第一

明寧獻王權，太祖第十六子。洪武二十四年，就封大寧。永樂元年，改封南昌。深於音律，著有《太和正音譜》，今在《嘯餘譜》中。《荆釵記》亦其所作。以天潢貴胄，而又能嫻於文詞，故能流傳至今，膾炙人口。此外又有《辨三教》、《勘妬婦》、《煙花判》、《瑶天笙鶴》、《白日飛升》、《九合諸侯》、《私奔相如》、《豫章三害》、《肅清瀚海》、《客窗夜話》、《獨步大羅天》、《復落娼》十二種，皆見《正音譜》目中。錢牧齋《列朝詩集》云：『江右俗故質樸，儉於文藻，士人不樂聲譽，王弘奬風流，增益標勝。博學好古，無所不通，尤深於史。凡群書有秘本，莫不刊行國中，足見王之好學矣。』（《顧曲麈談》）

瑞藻按：《荆釵記》傳奇，據《甌江逸志》，乃宋丞相史浩門客所作，以誣蔑王棊溪者。此云明寧獻王撰，不知何據。臞庵先生深通倚聲之學，於此道鈎稽甚富，其言要自有本。以余度之，殆南宋原有是記，獻王潤色而刊行之耳。《琵琶記》曲，世知爲高東嘉作。然陸務觀詩云：『斜陽古道柳家莊，負鼓盲翁正作場。死後是非誰管得，滿村聽説蔡中郎。』蓋斯劇亦宋代已有，不始於元明間也。

西廂記　原第三

宋孫明復鬢白，李文定請以弟之女妻之。孫曰：『相女不以嫁公侯，乃以嫁山谷衰老，古無有之。』其曰相女者，相門之女，正以李復古曾爲相故也。《西廂》末劇有『自古相女配夫』，世多不解，烏知實本諸此。（《西河詞話》）

《西廂》久爲人更竄，予求其原本正之，逐字核實，其書頗行。第中尚有不能詳處，如第四折内，『和尚們回施些幽期密約』句，予向所釋，但曰施僧曰布施，反乞僧施曰回施。以爲本文已明，不必更有引釋耳。後友人有論及者，堅謂回作曲解，是委曲周旋意，雜引回曲二字作證。曾記《北史》北齊李庶無鬚，人謂天閹。崔諶嘗戲庶曰：『教弟種鬚法，取錐刺面爲竅，而插以馬尾，當效之。』時崔族多惡疾，因答曰：『請先以方回施貴族，藝眉有效，然後種鬚。』蓋惡疾是癩疾，以癩者無眉故云也。然則回施，反施矣。蔡子伯曰：『施音賜，今俗稱回賜，即回施之謂。』尤較直捷，但釋古須有據耳。（同上）

今石印《西廂記》，每一折前，必有制義一篇，謂是唐六如所著。其實不然。《西廂記》時文共有三十二篇，十六篇爲吾邑諸生何倬雲作，十六篇爲太倉鄒西池作。何作嫁名祝允明，鄒作嫁名唐子畏。洪、楊以前，何作尚有刊版流行者。不知於何時失去，殆亦有幸不幸耳。西池名錢斌，頗有文名。尤西堂《雜俎》中，曾載其《三江考》一首。（《闕名筆記》）

《西厢》套曲不能衍唱，相傳經國初伶人删改，始可登臺，謂即見在所演之《南西厢》劇本是也。但前明楊文襄《車駕幸第録》：武宗南巡，兩幸其第，嘗命伶人衍《西厢》侑玉食。王文恪賦詩紀之云：『漫衍魚龍看未了，梨園新部出《西厢》。』可知前説不盡確也。（《曲欄閒話》）

《雕蟲館曲選》，論元取士有填詞科，若帖括然，取給風檐寸晷之下。故一時名士，雖馬致遠、喬夢符輩，至第四折，往往强弩之末。又謂主司定題目外，止曲目及韻，其賓白則衍劇時伶人自爲之，故多鄙俚蹈襲之語。如《西厢》亦五雜劇，皆出詞人手裁，不可增減一字，故爲諸曲之冠。（同上）

《太和正音譜》云：『《西厢記》，元進士王實父撰。』按王實父見《元人百種》，曲目十三本，以《西厢》爲首。世有謂關漢卿所撰者，妄也。漢卿亦元進士，撰曲有六十三本，不載《西厢》，可據。王元美云：實甫原本，至『碧雲天，黄葉地』而止。此後乃漢卿所補，則續鄭恒事，乃漢卿筆也。世又謂至《草橋驚夢》而止，非。按元天臺陶宗儀《輟耕録》：金章宗時，有董解元所編《西厢記》，世代未遠，尚罕傳者，况今雜劇中曲調之冗乎？據此則《西厢》爲董解元作。而《嘯餘譜》載元傑作一百五人，以董解元居首。但注仕元，始作北曲，并未載撰《西厢記》。陶九成元人，相去未遠，必有所據。意董元本，而王、關爲之潤色歟？但其詞句，截然不同。聖歎評本，曲文絶佳，特其增襯字多，幾失本調。

假令近人爲之，未有不受排斥者矣。董解元一作金人。（同上）

拜月亭　原第六

萬曆乙未，吴人以闢白未靖，在位者皆謹備之。王鳳洲仲子士驌，延陵秦方伯燿弟燈，雲間喬憲長子相，俱自負貴介。士驌能文章。燈善談，相善書翰，各有時名。互相往來，出入狹邪。適遇海警，盡攘臂起。若將曰：『我且制倭，我且立無前功者。』時奸人趙州平，竄身諸公子間，引以自重。每佩劍遊酒樓博場，皆與諸公子俱，一時無不知有趙州平也。乃泛泛投刺富人曰：『吾曹欲首事，靖海島寇，貸君家千金爲饟。』富人懼焉，或貸之百金，或數十金。否則，輒目懾曰：『爾爲我守金，不久我且提兵剿汝矣。』蓋意在得金，姑爲大言恐之。諸富人見其交諸公子，又常佩劍出入，以爲必且帥其黨奪我金也，轟言趙州平、王、秦、喬諸公子將爲亂。巡撫朱鑒塘（洪謨）檄有司擒治之，以事聞於朝，疏載反詩有『君實有心追季布，蓬門無計作朱家』句。下兵部議，伍寧方（萃）言於本兵石星：『此二句乃《幽閨記》中語，何得爲證？』下撫按勘問，鞫之無實。其後論州平及燈死，士驌戍，相配，人咸以爲冤。成疑獄，久繫。鳳洲有奴胡忠者，善説平話。酒酣，輒命説列傳，解客頤。每説唐明皇、宋藝祖、明武宗，輒自稱朕、稱寡人，稱人曰卿等，自古已然。士驌攜忠之酒樓説書侑酒，而閭閻乍聞者，輒曰『彼且天子自爲』。以是并爲士驌罪，目之爲叛，不亦過乎？然亦由士驌等自持高門大閥，交遊非類，以至於此。若能如馬援所云『無效季良』，柳玭所云『毋持門第』，兢兢自守，杜門謝客，圖

史自娱。寧至有殺身之禍，以貽父母之憂哉？（《堅瓠集》）

燕子樓　原第八

侯克中字正卿，號艮齋先生，真定人。曾作《關盼盼春風燕子樓》一劇，詞華精警，爲時人所不及。據《四庫全書提要》云：正卿幼喪明，聆群兒誦書，不終日，能悉記之。稍長習詞章，自謂不學可造詣。既而悔之，以爲刊花食實，莫先於理。原《易》以求，乃爲得之。於是精意讀《易》，著有《大易通義》、《艮齋詩集》等書。又，周密《癸辛雜識》云：方回年七十，牟獻之亦七十，兩家之子侄皆與乃翁爲慶祝，且徵友朋之詩。時仇山村先生與方、牟二家俱有往來。故壽獻之詩，有『姓名不入六臣傳，容貌堪稱九老碑』之句。其壽方回詩句，有『老尚留樊素，貧休比范丹』語。以方回嘗有句『今生窮似范丹』，故用之也。於是方大怒，恨其褒牟貶己。遂摭六臣一語，謂比今上爲朱温，必欲告官殺之。諸友皆爲謝過，不從。仇遂謀之侯正卿，正卿即訪方回，徐扣之曰：『聞仇君近得罪於虛谷，何耶？』方曰：『此子無禮，乃比今上爲朱温。』正卿曰：『渠詩中只言六臣耳，比今上爲朱温者，執事也。』方色變，正卿遂索其手稿碎之，事乃已。據此，則正卿又善爲人解紛也。正卿以散套得盛名，其《醉花陰·良夜迢迢》一折，元曲中不可多得之作。惜《燕子樓》一劇散佚不傳，至爲可嘆耳。（《顧曲麈談》）

琵琶記　原第十二

《漢書》謂蔡邕無嗣，止一女琰，没胡。曹操與邕善，贖還，嫁陳留董祀。然《晉書·羊祜傳》：母蔡氏，漢中郎將邕之女，景獻皇后同産弟。祜討吴有功，將進爵土，乞以予舅子蔡襲。則邕亦自有後，非止生文姬一人也。每士友相聚，輒嘆中郎父母妻妾，被傳奇家溷亂，又寧知子姓亦爲前後史筆紊乎？（《紫桃軒又綴》）

《琵琶記》，元末永嘉高則誠撰。《百川書志》作元永嘉先生撰，蓋因則誠永嘉人，而隱其名也。此曲體貼人情，描寫物態，皆有生氣。且有裨風教，宜乎冠絶諸南曲，爲元美之極贊也。或謂爲王四作，故以『琵琶』隱『王四』字。則誠原本，止《書館相逢》。其《賞月》、《掃松》二闋，爲宋教諭所補，世以譏其非實。《曲藻》云：嘗見人歌『浪暖桃香欲化魚，期過春闈，詔赴春闈。郡中空有辟賢書，心戀親闈，難捨親闈。』頗疑兩下句意各重。又曰詔，曰書，都無輕重。後得一善本，上二句作『期逼春闈，難捨親闈』，下一句作『心戀親闈，難赴春闈』，意既不重，而與上句各相呼應，益見作者之工。（《曲欄閒話》）

三國志演義　原第十三

本朝羈縻蒙古，實是利用《三國志》一書。當世祖之未入關也，先征服内蒙古諸部。因與蒙古諸汗約爲兄弟，引《三國志》桃園結義事爲例，滿洲自認爲劉備，而以蒙古爲關羽。其後入帝中夏，恐蒙古之攜貳焉，於是累封忠誼神武靈佑仁勇威顯護國保民精誠綏靖翊贊宣德關聖大帝，以視尊崇蒙古之意。時以蒙人於信仰剌麻外，所最尊奉者，厥唯關羽。二百餘年，備北藩而爲不侵不叛之臣者，端在於此。其意亦如關羽之於劉備，服事唯謹也。（《闕名筆記》）

《異識資觽》：關雲長公美髭髯，内一鬚長二尺餘，色如漆，索而勁。若自震動，必有大征戰。公在襄陽時，夜夢一青衣神辭曰：『我烏龍也，久附君身，以壯威武。今君事去矣，我先往。』語畢，化爲烏龍，駕雲而去。公寤而怪之。夜走麥城，與吴兵對。天曙捋鬚，失其長者。公始悟前夢辭去者，是鬚也。未幾，遂有臨沮之變。至晉太始元年，樊城大旱，祈雨無效。有司夢黑衣神，自稱鬚龍，能爲我立廟，當致雨以救民。有司焚香告許，至午果雨。雨霽，澹雲中烏龍見身，有司遂爲建祠。聖土得一長鬚，意即龍也。因以塑於頸中，題其廟爲鬚龍廟。按此事較玉泉顯烈，尤爲奇幻，而《三國志衍義》不載。壯繆大名，熟於茆檐婦孺之口；此説獨鮮稱道之者，特表而出之。（《花朝生筆記》）

《三國志》有古、俗二本，俗本紀事多乖誤，如曹后駡曹丕，詳於范《書》，而俗本反誤書爲黨惡。孫夫人投江而死，詳於《梟姬傳》，而俗本但記其歸吴。孔融薦禰衡之表，陳琳討曹操之檄，文情并茂，録入《文選》，而俗本皆缺而不載。諸葛亮無欲燒魏延於上方谷之心，諸葛瞻無得鄧艾書而猶豫之事，俗本皆好爲絢染，以誣古人。七言律詩起於唐人，而鍾繇、王朗頌銅雀臺，蔡瑁題館驛屋壁，皆作七言律體，此其謬誤處也。且文中加入之乎者也等字，詞句又冗長，輈輈格磔如鳥語，尤見其拙。

小説本有文言白話之别，文言加入白話，則俗不可耐。猶之白話加入文言，亦酸腐不可讀也。且白話中入以虚字，每成笑柄。林琴南有云：京中有農者，兄遠出，弟寓之書。其時適死一人，而市肉較貴。新雇一佃户，而其嫂方孕也。書曰：村中死一人，其肉賣至一百七八十。家中新來一佃户，嫂嫂肚子所以又胖矣。其『所以』、『矣』諸字，都極可玩味。肉，人肉也，嫂嫂肚子之胖，以新來一佃户也。故於白話之中，加入文言之語助，必有耐人尋繹之處。《三國衍義》特卷帙繁重，讀者不經意而已。（《闕名筆記》）

《古城會》一劇，取材於《三國衍義》，寫得栩栩有生氣，其實作者想當然耳；關羽未斬蔡陽也。《蜀志·羽傳》：羽奔先主於袁軍，左右欲追之。曹公曰：『彼各爲其主，勿追也。』唯《先主列傳》有紹遣先主將本兵之汝南，曹公遣蔡陽擊之，爲先主所殺，亦未明言斬陽者爲關羽。即果爲羽，則已在先主營中，更無與張飛在古城衝突之事。《衍義》附會爲羽事，更周内爲古城事，小説之善武斷，作如是觀可也。（同上）

水滸　原第十四

《西遊記》一書，論者謂其結構取法於《中庸》，言亦近理。道光時，滿人文夢薌，頗深於邵子之學，謂《水滸傳》亦由《易象》參入。人舉宋江、李逵、劉唐三人相質，答曰：『宋江，訟也。天水訟，故號及時雨。刀筆吏出身，取訟象。人事起於訟，故以爲之首。李逵，井也。水風井，故號黑旋風。訪柴進入井，迎母入井，取井象。劉唐，鼎也。火風鼎，故號赤髮鬼。縛之供桌，取鼎象也。』或又問《水滸》衹三女，扈三娘號一丈青，何義？答曰：『卦衹三陰，故以顧大嫂、孫二娘、扈三娘象之。三娘，歸妹也。雷澤歸妹，震三兑七，合成一丈。震居東方，其色青，扈成之妹，歸於王英，取卦象耳。』其言亦甚新奇。（《闕名筆記》）

西遊記　原第十七

明李日華《紫桃軒雜綴》，記海上老僧休如語云：奎基法師者，尉遲敬德之子。年十八，有膂力。每出，以三車自隨，一載醇酒精饌，一載女樂十餘人，一載兵器，而自與壯士錦袍花帽以騎從。遇所欲留處，縱飲至醉，擁女樂遍幸之，而後與壯士運矛挺槊，搏刺自快，率以爲常。玄奘法師自西域取經回，欲立賢首宗旨，而難其堪授者。一日，請於唐文皇曰：『大唐國中，能承我法嗣者，尉遲子爾！』帝命敬德令依奘剃落，奘爲開示數語，即盡棄其習，而精研宗乘。今相宗諸秘奥，皆其所披析也。然性廓落，不知有戒律。飢則恣餐，飽則齁睡而已。一日行脚，買牛肉啖之，而挂其餘於錫端。至一刹，乃宣律師所住也，留之三宿，别去。宣律平日受天供，不御人間食，至是天供三日不至，奎師行，復來。宣師曰：『日來爲粗行者腥穢所觸耶？』供者曰：『不然，我輩嶽瀆小聖爾。兩日聞本刹有大乘菩薩，四洲大力神王，色欲界主，咸在擁護，故不敢唐突。今幸其行，始得修敬也。』宣律爲之三嘆，久之曰：『我不能也。』而奉律益嚴。按：此亦唐三藏取經軼聞，不知出何藏何函。休如既不

爲君實道之，君實亦不能言也。近人知此故實者，蓋甚鮮矣。兹爲拈出，聊供讀《西遊》衍義之談助云爾。（《花朝生筆記》）

杜甫遊春　原第二十九

《杜甫遊春》一劇爲王九思作。九思字敬夫，號渼陂，鄠縣人。弘治丙辰進士，授檢討。值劉瑾亂政，悉調部屬，敬夫獨得吏部。不數月，長文選。瑾敗，降壽州同知，勒致仕。盛年見擯，無所發泄。時長沙李西涯枋國，敬夫遂恨西厓入骨。隨寄情詞曲，作爲歌謡。《杜甫》一劇亦當時所作，嬉笑謔浪，力詆西涯。關隴之士，雜然和之。嘉靖初，纂修《實録》，有議起敬夫者，或言於朝曰：『《遊春》記李林甫固指西涯，楊國忠得非石齋？賈婆婆得非南塢耶？』吏部聞之，縮舌而止，遂放廢終身云。余謂敬夫身世，與康對山相似。敬夫之《遊春記》，對山之《中山狼》，所作之曲相似也。敬夫以逆瑾而廢，對山亦以逆瑾而廢，所坐之事又同也。卒之同廢其身，亦可惜矣。（《顧曲麈談》）

金瓶梅　原第三十

太倉王忬家藏《清明上河圖》，化工之筆也。嚴世蕃强索之，忬不忍捨，乃覓名手橅贋者以獻。先是忬巡撫兩浙，遇裱工湯姓，流落不偶，攜之歸。裝潢書畫，旋薦於世蕃。當獻畫時，湯在側，謂世蕃曰：『此圖某所目睹，是卷非真者。試觀麻雀，小脚而踏二瓦角，即此便知其僞矣。』世蕃恚甚，而亦鄙湯之爲人，不復重用。會俺答入寇大同，忬方總督薊遼。鄢茂卿嗾御史方輅劾忬禦邊無術，遂見殺。後范長白公（允臨）作《一捧雪》傳奇，改名莫懷古，蓋戒人勿懷古董也。忬子鳳洲（世貞）痛父冤死，圖報無由。一日，偶謁世蕃，世蕃問：『坊間有好看小説否？』答曰：『有。』又問：『何名？』倉卒之間，鳳洲見金瓶中供梅，遂以『金瓶梅』答之。但字跡漫滅，容鈔正送覽。退而構思數日，借《水滸傳》西門慶故事爲藍本。緣世蕃居西門，乳名慶，暗譏其閨門淫放，而世蕃不知。觀之大悦，把玩不置。相傳世蕃最喜修脚，鳳洲重賂修工，乘世蕃專心閲書，故意微傷脚跡，陰搽爛藥。後漸潰腐，不能入直。獨其父嵩在閣，年衰遲鈍，票本擬批，不稱上旨。上寖厭之，寵日以衰。御史鄒應龍等乘機劾奏，以至於敗。噫，怨毒之於人甚矣哉！（《銷夏閒記》）

四聲猿　原第三十七

徐文長《四聲猿》，膾炙人口久矣。其詞雄邁豪俊，直入元人之室。《禰生罵曹》，迄今猶有演之者。余最愛其《翠鄉夢》中之《收江南》一曲，句句短柱，一支有七百餘言，較虞伯生之《折桂令》詞，其才何止十倍。且通首皆用平聲，更難下筆。才大如海，直足俯視玉茗也。又《女狀元》中《二犯江兒水》四支，亦佳，其第四支尤妙。云：『浣花溪外，茆舍繞浣花溪外，是詩人杜老宅。何處野人扶杖，敲響扉柴？況久相依不是纔，幸梨棗熟霜齋，我栽的即你栽。盡取長竿闊袋，打撲頻來，餔餐權代。我恨不得填滿了普天饑債。』此詞不獨顯出老杜廣厦萬間之意，實足見文長之心，固不當僅賞其詞也。或謂文長四曲，俱有寄託。余嘗考之，文長佐胡梅林宗憲幕，時山陰某寺僧頗有遺行。文長曾嗾梅林以它事殺之，後頗爲厲。又文長之繼室張長而美，文長以狂疾手殺之。又文長助梅林平徐海之亂，嘗結海妾翠翹以爲内援。及事定，翠翹失志死。吾鄉秦膚雨曾作《翠翹歌》以吊之，頗不直文長所爲。故所作《四聲猿·翠鄉夢》，吊寺僧也；《木蘭女》，悼翠翹也；《女狀元》，悲繼室張氏也。此說雖出王定桂，然無所依據，亦不可深信。且《漁陽》一劇，未嘗論及，其言亦未完全。（藻按：《漁陽》一劇，殆青籐之夫子自道耳。）不如勿深考之爲愈也。與其鑿空，不若闕疑。余僅喜其詞之超妙而已，它何論乎？（同上）

徐文長自號天池生，所著有《四聲猿》，袁石公令錢塘見之，以爲有明第一曲。《四聲猿》者，四劇也：一詠禰衡，一詠玉禪師，一詠木蘭，一詠黄崇嘏；取杜詩「聽猿實下三聲淚」而名也，應以禰衡爲最。（《曲欄閒話》）

浣紗記　原第四十一

魏良輔别號尚泉，居太倉之南關，能諧聲律，轉音若絲。張小泉、季敬坡、戴梅川、包朗郎之屬，争師事之唯肖，而良輔自謂不如户侯過雲適。每有得必往咨焉。過稱善乃行，不即反復數校勿厭。時吾鄉有陸九疇者，亦善轉音，願與良輔角；既登壇，即願出良輔下。梁伯龍聞，起而效之，考訂元劇，自翻新調，作《浣紗記》、《吴越春秋》及《江東白苧》諸曲。又與鄭思笠精研音理，唐小虞、陳棋泉五七輩雜轉之，金石鏗然。譜傳藩邸戚畹金紫熠爚之家，而取聲必宗伯龍氏，謂之昆腔。張進士新勿善也，乃取良輔校本，出青於藍，偕趙瞻雲、雷敷民與其叔小泉翁，踏月郵亭，往來唱和，謂之南馬頭曲。其實禀律於梁，而自以其意稍爲均節，昆腔之法，莫能易也。其後懋仁、靖父兄弟皆能入室，間嘗爲門下客解説其意。茂仁有陳元瑜，靖父有謝含之，爲一時登壇之彦。李季膺則受之思笠，號稱嫡派。（《梅華草堂集》）

紅拂記　原第四十四

張説《虬髯客傳》：隋煬帝之幸江都，命司空楊素守西京。素驕貴，又以時亂，天下之權重望崇者，莫我若也。奢貴自奉，禮異人臣。每公卿入言，賓客上謁，未嘗不踞床而見。侍婢羅列，頗僭於上，末年尤甚。一日，衛公李靖以布衣上謁，獻奇策，素亦踞見。公前揖曰：『天下方亂，英雄競起。公爲帝室重臣，須以收羅豪傑爲心，不宜踞見賓客。』素斂容起謝，與語大悦，收其策而退。當公之騁辨也，一妓有殊色，執紅拂立於前，獨目公。公既去，執拂者臨軒指吏曰：『問去者處士第幾，住何處。』公具以對，妓頷之。公歸逆旅，其夜五更初，忽聞叩門而聲低者，公起問焉。乃紫衣戴帽人，杖一囊。曰：『妾楊家之執拂妓也。』延之入，脱衣去帽，十八九佳麗人也。素面畫衣而拜，公驚答拜。曰：『妾侍楊司空久，閲天下士多矣，無如公者。絲蘿非獨生，願託喬木，故來奔爾。』公曰：『司空權重京師，如何？』曰：『彼屍居餘氣，不足畏也。諸妓知其無成，去者甚衆矣，彼亦不甚逐也。計之已詳，幸無疑焉！』問其姓，曰『張』。問伯仲之次，曰『最長』。觀其肌膚儀狀，言詞氣語，真天人也。公不自意獲之，愈喜愈懼，瞬息萬慮不安，而窺户者無停履。數日，亦聞追討之聲，而意非峻。乃雄服乘馬，排闥而去。

將歸太原，行次靈石旅邸。既設床，爐中烹肉且熟。張氏以髮長委地，立梳床前。公方刷馬，忽有一人，中形，赤髯而虬，乘蹇驢而來。投革囊於爐前，取枕欹卧，看張梳頭。公怒甚，未決，猶親刷馬。張熟視其面，一手握髮，一手映身示視公，令勿怒。急急梳頭畢，斂衽前問其姓。卧客答曰：『姓張。』曰：『妾亦姓張，合是妹。』遽禮。問：『第幾？』曰：『第三。』因問：『妹第幾？』曰：『最長。』遂喜曰：『今夕幸逢一妹。』張氏遥呼：『李郎！且來見三兄。』公禮之，遂環坐。客曰：『煮者何肉？』曰：『羊肉，計已熟矣。』客曰：『飢。』抽腰匕首，切肉共食。食竟，餘肉亂切，送驢前食之，甚速。客曰：『觀李郎之行，貧士也，何以致斯異人？』曰：『靖雖貧，亦有心者。他人見問，固不言，於兄則無隱耳。』具言其由。曰：『然則何之？』曰：『將避地太原。』、『有酒乎？』曰：『主人西，則酒肆也。』公取酒一斗。既巡，客曰：『吾有少下酒物，李郎能同之乎？』於是開革囊，取一人頭并心肝。却頭囊中，以刀切心肝食之。曰：『此人天下負心者，銜之十年，今始獲之，吾憾釋矣。』又曰：『觀李郎儀形器宇，真丈夫也！亦聞太原有異人乎？』曰：『嘗識一人，愚謂其非常，其餘，將帥而已。』、『姓何氏？』曰：『靖之同姓。』、『年幾？』曰：『僅二十。』、『今何爲？』曰：『州將之子也。』曰：『似矣。李郎能致吾一見乎？』曰：『靖友劉文静者，與之狎，因文静見之其可。然兄何爲？』曰：『望氣者言太原有奇氣，使吾訪之。李郎何日到太原？』靖計之日，曰：『達之明日。日方曙，候我於汾陽橋。』言訖乘驢去。公與張氏驚且憙，久之曰：『烈士不欺人，固無畏。』促鞭亦行。及期，入太原候之。果相見，偕詣劉氏，詐謂文靜曰：『有善相者，思見郎君，請迎之。』文靜素奇其人，一旦聞有客善相，即遣使往迎。使回而至，不衫不履，裼裘而來，神氣揚揚，貌與常異。虬髯嘿然居末坐，飲數杯，招靖曰：『真天子也，吾見之，十八九定矣，亦須道兄見之。』某日復會於汾陽橋，如期往。道士與虬髯已先到，俱謁文静，時方弈棋，起揖而語。少焉，文静飛書召文皇看棋。道士對文静弈，虬髯與靖傍立而視。俄文皇來，長揖就坐。道士一見，斂棋子曰：『此局全輸矣。』因偕出，謂虬髯曰：『此世界非公世界也，他方可勉圖之，勿以爲念。』復共入京，虬髯路語靖曰：『計李郎之程，某日方到，可與一妹同詣某坊小宅相訪。』

既到京，與張氏同往。至一小板門，叩之，有應者。拜曰：『三郎令候李郎、一娘子久矣。』延入重門，門益壯麗。青衣二十人，引之入東廳。廳之陳設，窮極珍異。旋傳云：『三郎來。』乃虬髯也。紗帽紫衫，相見歡然。命妻出拜，亦天人也。遂延入中堂，盤筵之盛，王公不侔。次出女樂，旅奏於庭，若從天降，非人間所有。食畢，有倉頭自西堂舁出二十床，各覆以錦帕。既列，盡去所覆，乃文簿匙鑰之類。虬髯指告靖曰：『此皆珍寶貨帛之數，吾之所有，悉以充贈。吾本欲於此世界求事，或當龍戰二三年，建少功業。今既有主，住亦何爲？太原李氏真英主，三五年内，即當太平。君以奇特之才，輔不世之主，竭心盡力，必極人臣。一妹以天人之姿，蘊絶代之藝，從夫之貴，榮及軒裳。非一妹不能識李郎，非李郎不能遇一妹。聖賢起陸之漸，際會如期；虎嘯風生，龍騰雲合，固非偶然也。將予之贈，以佐真主。建功立業，勉之哉！此後十數年，東南數千里外有異事，是吾得意之秋也。一妹與李郎，可瀝酒相賀。』復命家僮列拜曰：『李郎、一妹，今爲汝主矣，可善事之。』言訖，與其妻戎服乘馬，從一奴而去，數步遂不見。靖據其宅，乃爲豪家。得以助文皇締構之資，一匡天下。貞觀中，公以左僕射平章事，東南蠻奏曰：『有海船千艘，甲兵數十萬，入扶餘國，殺其主自立，國已定矣。』靖知虬髯成功也，歸告張氏，共瀝酒向東南拜賀之。明張伯起《紅拂記》傳奇，蓋衍此事。

案：此傳與《唐史》不合。史稱大業十四年，文皇年十八，起義兵。而煬帝以元年幸江都，是時文皇甫六齡，安得謂僅二十而有天子相乎？若以此幸爲十二年事，則楊素之亡已久。且衛公嘗上高祖急變，豈能識太宗塵埃中耶？其爲子虛烏有之說，無可疑者。傳奇之舛繆，又不待論矣。（《花朝生筆記》）

張說有《虬鬚客傳》，『鬚』字今本誤刻爲『髯』。按：楊彥淵《筆録》云：『口上曰髭，頤下曰鬚，上連髮曰鬢，在耳頰旁曰髯。』、『髯』之不能混『鬚』也，明矣。《三國志·崔琰傳》注云：『琰爲徒虬鬚直視，心似不平。』此『虬鬚』二字之始。又老杜《八哀詩》：『虬鬚似太宗。』《酉陽雜俎》：『太宗虬鬚，常戲張挂弓矢。』《南部新書》：『太宗文皇帝虬鬚，上可挂一弓。』蓋『虬鬚』二字之有本如此。若『虬髯』，則吾於書史中未之見也，安得妄爲改易乎？考其繆始於《紅拂》傳奇，流俗之承譌，蓋其來久矣。（《柳南隨筆》）

白練裙　原第四十八

南城鄭應尼（之文）公車下第，薄游長干曲中。馬湘蘭負盛名，與王百穀諸公爲文字飲，頗不禮應尼。應尼與吴非熊輩作《白練裙》雜劇，極爲譏調。聚優唱演，召湘蘭觀之，微笑而已。時定襄傅司業某，清嚴訓士，召應尼跪廡下，出一編擲地，數之曰：『舉子故當爲輕蛺蝶耶？』收以夏楚。（瑞藻按：應尼自是雋才，此特風流小故耳。傅公張皇乃爾，殆以護花使者自居耶？湘蘭一世之雌，洵然，洵然。）錢蒙叟云：『應尼成進士，傅公爲北祭酒，介予往謝過。崇禎末，余作長歌寄應尼，有「子弟猶歌《白練裙》，行人尚酹湘蘭墓。」應尼亦次韻却寄。』（《堅瓠集》）

東郭記　原第五十六

余嘗重刊《東郭記》傳奇，原不署作者姓氏。高郵孫臞蝯君（兟炎）爲作小引，據貴築姚芒父《菉猗室曲話》，定爲明萬曆間孫仁孺撰。後余得明人雜紀鈔本，中有一則適論此記。則云歙縣汪道昆（伯玉）所作，引徵極博，較爲可信，已詳之前筆矣。今年冬，與梁溪王君蒓農（蘊章）於詞曲之學，有所論列。郵筒往來，月凡數次。一日，王君書來，云此記係徐陽初撰，與《紅梨》同出一人手筆。余按陽初工於倚聲，錢虞山題其小令，以高明爲比。傳奇自《紅梨》外，有《投梭》、《祝髮》、《宵光劍》、《一文錢》、《梧桐雨》諸本，至今流傳。各家記載，亦屢及之，從未有言《東郭記》亦係此君作者。然王君固深於此道，雜劇院本，有聲海内，其説要自有本。因復以書詢之，旋得復，謂居恒讀此記而好之，亦曾考求作者姓名。適友人吴瞿安（梅）藏有《紅梨》、《東郭》，皆是明刊出象精本，題名概書陽初子撰，洛誦生評，梟夷君梓，故確知爲徐氏筆也。此爲初刊本，流傳極少。後所以傳無名氏者，緣當時以《緑牡丹》事，誣以非聖，遂隱其名耳。此論甚新，真乃聞所未聞，而言之又鑿鑿有據如此，其殆可信也。特記之，告世之讀《東郭》者。（《花朝生筆記》）

明傅青主先生（山）有擬《驕其妻妾曲》，全集不載。説者謂可頡頏賈梟西《齊人章》彈詞，余意直可作《東郭記》傳奇讀也。具録於次。

〔丑唱混江龍〕墦間何在？是誰人涎臉守荒臺？滿腔内抱着鬼胎，昧本心且做出豪華態。一步步胡思亂想，禁不住往往事擾胸懷。見幾家雕門朱户，廣厦高臺。可恨的烏大人聲加嘑爾，可羞的何公子食賜嗟來。真個是相逢不用多回避，誰憐我十謁朱門九不開？幸祇幸人藏閨閣，風隔墻隈。

（白）説話之間，早到自家門首。呀！俺今日這場真大醉也。

〔油葫蘆〕揖别了多情賢主，打發回健步奴才，對柴門漫誇口海。難道我酒囊飯袋，不强似衣錦回，怎不見妻妾迎門笑臉陪？想他們話富貴，叙飲食，數交遊，説不盡風流概。咱大聲疾呼，他應忙步下堂開。

叫門科，内不應科。再叫門科，内再不應科。再叫門科，旦上不應。開門還坐科，丑推門閃入科。（白）呀！俺今日這場真大醉也。

〔天下樂〕恨那些王公長者過相愛，置酒相邀深接待。暢飲呵開懷，怎奈他殷勤禮意苦相陪。滿玉液手中擡，酌金壘頂上戴。那管人東倒西歪，一遭遭醉鄉回。

（白）貪杯之客，偏遇勸飲之主。似此顛倒模樣，真來見不得你們。從今後凡遇富貴相邀，也須略略回避些。呀！娘兒們，你看我今日真大醉也。旦不語低首科，丑怒科。

〔元和令〕俺不曾食天禄位列金階，難道我咬菜根餓臉窮腮？每日來受盡了肉山酒海，試問你仰望誰也不負終身賴。我曾見大人家琴瑟調和諧。

（旦哭白）我也深仰望，我也託終身。誰想遇人不淑，到今日反作了乞人婦了。

〔一江風〕嘆鯫才放浪出形骸，到處人傾蓋。是誰人忌妬心多，反將人名節壞？面目異窮胎，語言增壯采，你幾曾見此英雄丐？

（旦哭白）也休説眼見，也休説耳聞。你到底到墦間做甚來？吃甚來？

〔勝葫蘆〕休言語，漫疑猜，一提口便興致紛來。是那日豪情勝概，更兼得雲浄天開。適遇着踏青密友，飲宴朋儕，相攜手徑出了東郭門外。走遍了青疇緑野，望見了古墓幽臺。

〔後庭花〕到其間，吊古人悲咽多慷慨，訴知交零落歸塵埃。甚功名，祇見那白楊幾把。好文章，祇落得黄土一抔。嘆幾聲英雄安在，禁不住我濡酒沉杯。

(旦白)播間之乞,是我眼中親見。你還花言巧語,欲來騙誰?

(丑白)是誰着你去來?哎呀!你敢今日纔知道麽!

〔蝶落金錢〕幾到長街去買猷,漫將富貴擾心臺。你曾記是那日門迎顯者來。

〔前調〕十載榮華入素懷,一朝識破盡成灰。何如你夢守空閨得自在?

(白)罷罷,我實對你們説。

〔柳葉兒〕你何苦搜究根荄?你看看人情世態。扁額焕門臺,牙纛兒森排,銘碣竪崔巍。武將文魁,節士奇才,你焉知他究裏由來?

〔寄生草〕説起來真假難解,分什麽好歹?我曾見三千珠履,我曾見十二金釵。人見他白日驕人,誰知他昏夜乞哀?問問他面目本來,要都是飢渴之害爲心害。我齊人真乃《齊諧》,不害羞與他個樣兒擺。

(旦白)不羞自己,反扯他人。鑄禹鼎神奸畢在,爲世人弄一齣傀儡。似你這樣兒,若何結果?

〔耍孩兒〕倏倏蜉蝣天地内,渺渺兮一粟滄海。一生衣食巧安排,何用你計慮徘徊?真個是拖條竹杖家家酒,戴個頭巾處處齋。你也休疑怪,俺一身灑脱,滿口詼諧。

(旦白)不説長,不道短,難道你就在嘴上打攪麽?

〔四煞〕首陽餓墨胎,陋巷困顔回,陳仲子半李精神憊。你不看利積萬金家炙手,官求千里位調梅。問此中將何賴?也祇爲輕身肥口,子禄妻財。

（旦白）不説富貴，還要人品，你怎涎臉若此？

〔三煞〕説什麼安邦手，説什麼定國才，説什麼懷芳佩潔冰霜概？説什麼桂萼噴香才子筆，説什麼桃花浥露美人腮？看誰人能相待，任你個金姿玉質，祇落到石竇山崖。

（旦白）人死留名，豹死留皮。似你的名頭，祇乞丐了。

〔二煞〕閲舌今，真心灰。論功名，空相賽。流芳遺臭難分解。你不看歲月消磨功德譜，山林汩没聖賢材。我齊人真儳孄，尚落得人傳書籍，語誦嬰孩。

（旦白）全不知愧，一味頑皮。夫也不良，乃至於此。這正是百歲有天深仰望，一身無主嘆流離。（丑白）一平常事爾，便爾大驚小怪。哎哎！婦人家没有見識，往往如此。

〔尾聲〕對人前把面皮抓，背地裏把良心壞。問源流也没甚師徒派，且將這混世方兒傳流千萬載。（同上）

牡丹亭　原第六十一

俞娘，麗人也，行三，幼婉慧。體弱常不勝衣，迎風輒頓。十三，疽苦左脅，彌連數月。小差而神愈不支，媚宛之容，愈不可逼視。年十七夭。當俞娘之在床蓐也，好觀文史。父憐而授之，且讀且疏，多父所未解。一日，授《還魂記》，凝睇良久，情色黯然。曰：『書以達意，古來作者，多不盡意而止。如生不可死，死不可生，皆非情之至。斯真達意之作矣。』飽研丹砂，密圈旁注，往往自寫所見，出人意表。如《感夢》一齣注云：『吾每憙睡，睡必有夢。夢則耳目未經涉，皆能及之。杜女固先我着鞭耶！』如斯俊語，絡繹連篇。顧視其手跡，遒媚可喜，當家人也。某嘗受册其母，請秘爲草堂珍玩。母不許，曰：『爲君家玩，熟與其母寶之，爲吾兒手澤耶？』急急令倩録一副本而去。俞娘有妹，落風塵中，標格第一，時稱仙子。而其母私於某曰：『恨子不識阿三，吾家所録副本，將上湯先生，謝耳伯願爲郵，不果上。』先生嘗以書抵某，聞太倉公酷愛《牡丹亭》，未必至此。得數語入梅華草堂，并刻批記，幸甚。又虞山錢受之，前取《西廂》公案參倒洞聞、漢月諸老宿，請俞娘本戲作《傳燈録》甚急，某無以應也。世間好物不堅牢，彩雲易散瑠璨脆，斯亡足怪。不朽之業，亦須屢厄後出耶？挑燈三嘆，不能無憾於耳伯焉。（《梅花草堂集》）

乾隆庚辰一科進士，大半英年。京師好事者，以其年貌，各派《牡丹亭》全本脚色，真堪發笑。如狀元畢秋帆爲花神，榜眼諸重光爲陳最良，探花王夢樓爲冥判，侍郎童梧岡爲柳夢梅，編修宋小喦爲杜麗娘，尚書曹竹墟爲春香；同年中每呼宋爲小姐，曹爲春香，二公竟應聲以爲常也。更有奇者，派南康謝中丞啓昆爲石道姑，漢陽蕭侍御芝爲農夫。見二公者，無不失笑。（《履園叢話》）

湯若士文章在我朝指不多屈，出其緒餘爲傳奇，驚才絶艷，《牡丹亭》尤爲膾炙。往歲聞之文中翰啓織云：若士素恨太倉相公，此傳奇杜麗娘之死而更生，以况曇陽子，而平章則暗影相公也。按：曇陽仙蹟，王元美爲之作傳，亦既章章矣。其後太倉人更有異議，云曇陽入龕後復生，至嫁爲徽人婦。其説暧昧不可知，若士則以爲實然耳。聞若士死時，手足盡墮。非以綺語受惡報，則嘲謔仙真，亦應得此報也。然更聞若士具此風流才思，而室無姬妾，與夫人相莊至老。似不宜得此惡報，定坐嘲謔仙真耳。（《活埋庵識小録》）

雲間陳眉公入泮，即告給衣頂，自矜高致；其實日奔走於太倉相王錫爵長子緱山名衡之門。適臨川孝廉湯若士在座，陳輕其年少，以新構小築命湯題額。湯書『可以棲遲』，蓋譏其在衡門下也。陳銜之，自是王相主試，湯總落孫山。王歿後，始中進士。其所作《還魂記》傳奇，憑空結撰，污蔑閨壼。内有陳齋長，即指眉公。與唐元微之所著《會真記》，元王實父衍爲《西厢》曲本，俱稱填詞絶唱。但口孽深重，罪干陰譴。昔有人遊冥府，見阿鼻獄中，拘繫二人甚苦楚。問爲誰，鬼卒曰：『此即陽世所作《還魂記》、《西厢記》者。』永不超生也，宜哉！（《消夏閒記》）

湯義仍有《哭婁江女子》詩，叙略曰：婁江女子俞二娘，年十七，未適人。酷嗜《牡丹亭》傳奇，批注其側，幽思苦韻，有痛於本詞者，憤惋而終。周明行中丞言王相國嘗出家樂演此劇，言吾老年人，頗爲此曲惆悵。王寓泰亦曰：『乃至俞家女子好之至死，情之於人，甚哉！』詩曰：『畫燭摇金閣，真珠泣繡窗。如何傷此曲？偏只在婁江。』臨川《四夢》，首推《還魂》，俞氏女豈即阿麗見身耶？批之注之，可亡憾於王維舊《雪圖》矣。（義仍答凌初成曰：『《牡丹亭記》大受吕玉繩改竄，云便吴歌音。有嫌摩詰之冬景芭蕉，割蕉加梅，冬則冬矣，然非王摩詰冬景也。』）（《柳亭詩話》）

夜坐閱《牡丹亭》，因憶比來所傳，世上演《牡丹亭》一本，若士在地下受苦一日，未知人語鬼語，意甚不平。竊謂才如臨川，自當修文地府。縱不能遇花神保護，亦何至摧殘慧業文人，令受無量怖苦，豈冥途亦妬奇才耶？內子當旁語曰：『當由臨川不幸，遇着杜太守、陳教授一班人作冥判耳。』予笑頷之，徐曰：『若令我作判官，定須覓一位杜小姐判送絪緼司矣。』（《閒餘筆話》）

湯若士先生玉茗堂，亂後久毁兵火。門人常熟陸輅次公，通判撫州，捐俸錢即堂址重新之。落成日，遍召太守以下諸同官，洎郡中士大夫，大集堂中。令所攜吴伶合樂演《牡丹亭》傳奇，竟夕而罷。自賦二詩紀事，一時江右傳之，多屬和者。（《居易録》）

占花魁　原第六十八

李玄玉（玉），蘇州人，崇禎間舉人。國變後不出，家居數十年，專以度曲爲事。與吴梅村友善，有《北詞廣正譜》，即梅村爲之序也。所作諸劇，共三十三種。今所傳述人口者，《占花魁》、《一捧雪》、《人獸關》、《永團圓》而已。其詞雖不能如梅村、西堂之妙，而案頭場上，交稱利便。錢牧齋亦深愛之，至比之柳屯田。亡名氏《新傳奇品》云：『李玄玉之詞，如康衢走馬，操縱自如，蓋老斲輪手也。』其《占花魁》一劇，爲最得意之作。《勸妝》北詞，更是神來之筆。其《醉歸》南詞一套，用車遮險韻，而能游刃有餘，亦才大不可及也。（《顧曲麈談》）

釵釧記　原第七十一

《釵釧記》傳奇，余前曾考之，顧語焉不詳。頃讀宋李昌齡《樂善録》，載此事始末甚備。具録如下，資讀者之印徵焉。

錢公若水爲同州推官，有富民走失一小女奴，莫知所在。父母以訴州，州委録參鞫之。録參舊有求於富民，不獲。遂劾其父子共殺女奴，投水中。法外凌窘，不勝其苦，遂自誣服。獄具，上於州，州委官復審，亦無反異。獨若水遲疑，録參詣廳詬罵曰：『豈公受富民錢，故出之乎？』若水但笑曰：『今數人當死，安可容易不熟察？』又越旬不決，知州亦有語。若水終不奪，上下皆怪訝。一日，若水詣知州，屏人告曰：『向某所以遲留此獄者，蓋慮其冤。嘗以家財訪求女奴，今得之矣。』知州驚曰：『女奴安在？』若水歸，使人密送女奴於知州所。知州垂簾呼其父母，謂曰：『汝女今至，還識之否？』曰：『安有不識？』即揭簾推出，父母喜曰：『是也。』於是引出富民釋之。富民號泣謝曰：『非使君，某一旦遂至滅門。』知州曰：『此乃推官，非我也。』富民急詣推官求謝，若水閉門不納，富民遮垣而哭。歸，傾家財飯僧，以爲若水壽。知州欲以其事聞，若水曰：『休也。某初心衹欲拔冤，非敢希賞。萬一敷奏，在某固好，於録參却如何？』知州益加敬重。未幾，太宗聞知，驟加晉擢。自幕職不半年，知制誥，又二年爲樞密。録又云：時李繼隆與轉運使盧之翰有隙，欲陷之罪。檄云：『八月當出師，可速辦芻粟。』既而又檄云：『八月不利，當以十月。』久之又檄云：『賊將入塞，兵以時晉，芻粟即日取辦。』時芻粟已散，倉卒不可集，繼隆遂劾奏於朝。太宗大怒，立命中使乘騎取三運使首。色甚厲，無一敢言。若水從容白曰：『候事狀明白，誅之未晚。』上意亦悟，止黜爲副使。既而虜入，塞事皆虚，繼隆坐是罷其招討。按此，與治同州富民獄事類，大小不同云爾。（《花朝生筆記》）

人天樂　原第八十四

黄九煙先生（周星）《人天樂》傳奇，余家舊有一本，今佚。尚憶卷端有《製曲枝語》十條，蓋填詞既成，自道此中甘苦者。昨檢《昭代叢書》，載有全文，亟録於此。雖云滴水可知大海味，益令我難忘先生詞耳。

詩降而詞，詞降而曲，名爲愈趨愈下，實則愈趨愈難，何也？詩律寬而詞律嚴，若曲則倍嚴矣。按格填詞，通身束縛，蓋無一字不谿凑泊，無一語不由扭捏而能成者。故愚謂曲之難有三：叶律，一也；合調，二也；字句天然，三也。嘗爲之語曰：『三仄更須分上去，兩平還要辨陰陽。』詩與詞曾有是乎？詞壇之推服魁奇者，必曰神童才子。夫神童之奇，奇在出口成章；才子之奇，奇在立掃千言也；然僅可移之於詩文耳。設或命之製曲，出口可以成章乎？千言可以立掃乎？故才者至此無所騁其才，學者至此無所用其學。此所謂最下之文字，最上之工力也。以此思難，難可知矣。愚謂曲有三難，亦有三易。三易者：可用襯字襯語，一也；一折之中，韻可重押，二也；方言俚語，皆可驅使，三也。是三者，皆詩文所無，而曲所有也。然亦顧其用之如何，未可草草。即如賓白，何嘗不易？亦須順理成章，方可動聽，豈皆市井游譚乎？余最恨今之製曲者，每折之中，一調或雜數調，一韻或雜數韻，不問而陋劣可知。即東嘉《琵琶》，政自不免。至於次曲換頭，無端增減數字，亦復何奇？余於此類，皆一概禁絶之。余尤恨今之割凑曲名以求新異者，或割二爲一，或凑三爲一，如《朱奴描夫容》、《梁溪劉大娘》之類。夫曲名雖不等於聖經賢傳，既然已相沿數百年，即遵之可矣。所貴乎才人者，於規矩準繩之中，未始不可見長，何必以跳越穿鑿爲奇乎？且曲之優劣，豈繫於曲名之新舊乎？故余於此類，皆深惡而痛絕之。至於二犯、三犯、六犯、七犯諸調，雖從來有之，亦皆不取。有一老友語余云：『製曲之難，無才學者不能爲，然才學却又用不着。』旨者斯言。余見新舊傳奇中，多有填砌彙書，堆垛典故，及琢煉四六句，以視博麗精工者。望之如飣餖牲筵，觸目可憎。夫文各有體，曲雖小技，亦復有曲之體。若典彙四六，原各自成一家。何必活剥生吞，强移之於曲乎？若此者，余甚不取。愚嘗謂曲之體無他，不過八字盡之，曰『少引聖籍，多發天然』而已。製曲之訣無他，不過四字盡之，曰『雅俗共賞』而已。論曲之妙無他，不過三字盡之，曰『能感人』而已。感人者，喜則欲歌欲舞，悲則欲泣欲訴，怒則欲殺欲割，生氣勃勃，生趣廪廪之謂也。噫！興觀群怨，盡在於斯，豈獨訂曲爲然耶？製曲之訣，雖盡於『雅俗共賞』四字，仍可以一字括之曰『趣』。古云詩有別趣，曲爲詩之流派，且被之絃歌，自當專以趣勝。今人遇情境之可喜者，輒曰『有趣有趣』，則一切語言文字，未有無趣而可以感人者。趣非獨於詩酒花月中見之，凡屬有情，如聖賢豪傑之人，無非趣人；忠孝廉節之事，無非趣事；知此者可與論曲。曲至元人，尚矣。若近代傳奇，余唯取湯臨川《四夢》。而《四夢》之中，《邯鄲》第一，《南柯》次之，《牡丹亭》又次之，若《紫釵》不過與《曇花》、《玉合》相伯仲，要非臨川得意之筆也。近日如李笠翁十種，情文俱妙，允稱當行。此外盡有才調可觀，而全不依韻，將真、文、庚、青、侵、尋，一概混押者，無異彈唱盲詞，殊爲可惜。愚見如此，附識以質周郎。余自就傳時，即喜拈弄筆墨，大抵皆詩詞古文耳。忽忽至六旬，始思作傳奇。然頗厭其拘苦，屢作屢輟，如是者又數年。今始毅然成《人天樂》一種，蓋由生得熟，駸駸乎漸入佳境。乃深悔從事之晚，將來尚欲續成數種。因思六十年前，安得有此？王法護曰：『人固不可以無年。』每誦斯言，爲之三嘆。今按製曲之奥窔，此雖未備，然亦可盡其大概。《人天樂》在《曲苑》中，居何地位，亦略可睹矣。（《花朝生筆記》）

燕子箋　原第八十八

阮圓海大鋮依附客、魏，廉耻喪盡。後與馬士英迎立福王，位至司馬。乙酉之變，又復投誠北庭，道死仙霞。其人其品，固不足論。然其所作諸曲，直可追步元人。君子不以人廢言，亦不可置諸不論也。阮所作共五種：曰《雙金榜》，曰《牟尼合》，曰《忠孝環》，曰《春燈謎》，曰《燕子箋》；五種中以《燕子箋》最勝。弘光時，曾以吴綾作朱絲闌，命王鐸楷書此曲，爲内廷供奉之具。而民間之演此劇者，歲無虚日，可謂盛矣。余於石巢諸曲，只有《春燈謎》、《燕子箋》二種，他則未見。《春燈謎》以《十錯認》爲悔過之言，今讀其詞，殊不足取。除《游街》北曲一套外，餘皆不堪評論，僅足供優孟之衣冠耳。唯《旅泊》中〔一江風〕一支，頗有玉茗風度也。詞云：『可憐宵，小泊在黄陵廟，淡月江聲小。閃風燈，苦竹叢蘆似有靈妃笑。雲旗捲夜潮，騷魂何處招？向歸鴻支下傷秋料。』至於《燕子箋》，則美不勝收矣。如第二折之〔滿庭芳〕引子，末二句云：『芸窗下，寒香晴雪，箋釋送窮文。』《寫像》折中云：『畫眉郎怎自把眉兒畫，較玉貌羞慚煞。打草稿顧影池中，脱粉本央小鏡菱花。畫中人又好做人中畫。』《駭像》折中云：『要包彈、一樣兒没半星，逞風流、倒有十分的可憎。是不曾在馬上墻頭也，露了紅粉些兒一綫春。且向小閣晴窗勘笑顰。』《題箋》折中云：『逗花叢若個兒郎，一般樣、粉撲兒衣香人面。啞丹青、問不出真和贋。』《拾箋》折中云：『破工夫、描寫出當壚艷。不做美的把花容信手傳，敢則他精神出落的忒端然。因此上化爲雲雨飛去到陽臺畔，差迭了東風圖畫美人顔，倒變做南海水月觀音面。又這霞箋，香閨妙填。明説出丹青收管，抽黄數白，便班姬怎讓先？閒思遣，那打熱的相思情怕閃，這扯淡的相思症轉添。』《初婚》折中云：『這像畫的人兒入手也，那畫像的人兒知他在何處歇？少不得巫峽行雲又把我夢兒惹。』諸如此類，皆芬芳秀逸，字字本色，的是三折肱於此道者。惜乎立品不端，爲士林所不齒。然則人可不爲善人哉！（同上）

夢樓先生以書法名世，尤好詞曲，行無遠近，必以歌伶一部相隨。其辨論音律，窮極要妙。葉懷廷《納書楹》一書，多先生糾正之處，世稱《葉譜》功臣。先生斥阮大鋮《燕子箋》以尖刻爲能事，自謂學玉茗堂，全未窺其毫髮。笠翁惡札，從此濫觴。是説余以爲不然。圓海詞筆，靈妙無匹，不得以人廢言。雖不能上抗臨川，又何至下同湖上？《寫像》一齣，尤非芥子園所能夢見。（《曲欄閒話》）

秣陵春　原第九十一

吴祭酒作《秣陵春》，一名《雙影記》。嘗寒夜命小鬟歌演，自賦《金人捧露盤》詞云：『記當年曾供奉舊霓裳，嘆茂陵遺事淒涼。酒旗戲鼓，買花簪帽一春狂。緑楊池館逢高會，身在他鄉。喜新詞初填就，無限恨，斷人腸。爲知音仔細思量。偷聲减字，畫堂高燭弄絲簧。夜深風月催檀板，顧曲周郎。』時祭酒將復出山，晉江黄東厓詩云：『徵書鄭重眠餐損，法曲淒涼涕淚横。』正謂此詞也。祭酒又自題一律云：『詞客哀吟石子岡，鷓鴣清怨月如霜。西宫舊事餘殘夢，南内新詞總斷腸。漫濕青衫陪白傅，好吹玉笛問寧王。重翻天寶梨園曲，减字偷聲柳七郎。』（《詞苑叢談》）

吴梅村所作曲，如《秣陵春》、《臨春閣》、《通天臺》，純爲故國之思。其詞幽怨悲慷，令人不堪卒讀。余最愛《秣陵春》，爲其故宫禾黍之悲，無頃刻忘也。其開場一引云：『燕子東風裏，笑青青楊柳，欲眠還起。春光竟誰主？正空梁斷影，落花無語。憑高漫倚，又是一番桃李。春去愁來矣，欲留春住，避愁何處？』詞中『欲眠還起』、『一番桃李』、『春光誰主』，皆感傷時世，憑吊一身也。又〔泣顔回〕云：『蘚壁畫南朝，淚盡湘川遺廟。江山餘恨，長空黯淡芳草。鶯花似舊，識興亡斷碣先人表。過夷門梁孝臺空，入西雒陸機年少。』〔集賢賓〕云：『走來到寺門前，記得起初敕造。祇見赭黄羅帕御床高。這壁厢擺列着官員輿皁，那壁厢布設些法鼓鐘鐃。半空中一片祥雲，簇擁着香煙縹緲。如今呵！新朝改换了舊朝，把御碑額盡除年號。祇落得江聲圍古寺，塔影挂寒潮。』沉鬱感慨，令人泣數行下。余曾題詩云：『金華殿上題名日，白袷飄然一少年。老去填詞多感慨，龍髯攀泣渺南天。』蓋亦道其實也。（《顧曲麈談》）

桃花扇　原第九十二

孔雲亭(尚任)與梁溪夢鶴居士顧天石(彩)友善。初作《小忽雷》傳奇,皆天石爲之填詞。及作《桃花扇》時,天石業已出都。時湖州岳端,好客且喜詞曲。南中清客,如王壽熙、顧岳亭諸君,皆在岳端幕府。雲亭乃與之商訂音律,得成此絶世妙文。相傳聖祖最喜此曲,内廷宴集,非此不奏。自《長生殿》進御後,此曲稍衰矣。聖祖每至《設朝》、《選優》諸折,輒皺眉頓足曰:『弘光,弘光!雖欲不亡,其可得乎!』往往爲之罷酒也。余謂《桃花扇》不獨詞曲之佳,即科白中詩詞對偶,亦無一不美。如『葉分芳草緑,花借美人紅』、『新書遠寄桃花扇,舊院常關燕子樓』,及上下本結穴之五七律兩首,幾乎無一字不斟酌。搏兔用全力,唯雲亭足以當之耳。平生著作甚富,所作經筵講義,爲一時臺閣所不及。聖祖尤器之,故以一國子生員,不數載而至部曹,皆文字契合之因也。

其《出山異數記》,即紀遭遇之由,見《昭代叢書》中。袁簡齋《隨園詩話》,曾載其詩數首,且云不甚出色,非篤論也。(同上)

明季張可大,上元人也。總兵登萊,會袁崇焕殺毛文龍,將卒反,執巡撫孫元化,可大死之。事聞,以其子諸生薇字瑶星,授錦衣衛千户。甲申,流賊陷京師,瑶星不屈,賊械繫之。乃罄所有以予賊,得釋。其妻已先死,歸里後,寄居山中僧舍,不入城市,鄉人稱爲白雲先生。今《桃花扇》傳奇演弘光朝,授薇爲錦衣衛,阮大鋮委鞫侯朝宗事,挂冠而逃。卒年八十有八。(《銷夏閒記》)

阮大鋮黨附魏忠賢，名列逆案。屏居金陵，謀復用。諸名士檄數其罪，作《留都防亂揭》。桐城方密之、如皋冒辟疆、宜興陳定生、商丘侯朝宗，實主之，所謂『四公子』也。大鋮譜《燕子箋》，家伶一部，能演是劇。會諸名士以試事集金陵，四公子置酒鷄鳴埭，徵阮伶以侑。大鋮心竊喜，立遣伶往，而令他奴詗之。方度曲，四坐嘆賞，奴走告，大鋮心益喜。已而抗聲論天下事，語稍及大鋮，遂戟手詈罵不絶。大鋮大怒，銜之次骨。弘光擁立，大鋮驟枋用。興大獄，將盡殺復社黨人。購四公子甚急，定生下獄，餘皆走免。四公子之禍，實基於鷄鳴埭聽曲時也。《桃花扇·偵戲》一齣，從大鋮著筆。始而驚，繼而喜，繼而怒且懼，寫僉壬失路，鬚眉欲活。雲亭之筆，誠類寫真器械。（《曲欄閒話》）

孔雲亭《桃花扇》深情悱惻，自在《燕子箋》以上。《訪翠》、《眠香》兩齣，香馥穠艷，極一種美滿愉快之旨，尤爲空前絶後之作。而鋪叙亦極其能事。《哭主》一齣，生氣勃勃，讀之尤能引起人一種愛國精神。（同上）

《桃花扇》分三大忠臣：史閣部，有明忠臣也；左寧南，烈皇忠臣也；黄靖南，弘光忠臣也。寧南當烈皇時，已形跋扈。瑪瑙山之戰，未嘗無功，楊武陵攘爲己有。拜斗牛衣之賜，賞不及左，因此快快。縱賊中原，致不可遏。弘光初立，擁戴者皆邀殊錫，寧南不與。率師東下，以清君側爲名，非爲故太子也。孔雲亭原稿第十三齣，直叙寧南謀逆，脅何忠誠公同叛，何公投江，逆流六十里，遇神獲救諸軼事。左夢庚亟以千金爲雲亭壽，哀其削去。雲亭遂改《哭主》一齣，激揚慷慨，宛然爲烈皇

復仇，與史、黃鼎立而三，爲勝國忠臣之殿。洵乎文人之筆，操予奪權也。然而黃金之力，亦云偉矣。（同上）

一捧雪　原第九十九

湯裱褙善鑒古，人以古玩賂嚴世蕃，必先賄之。世蕃令辨其真僞，其得賄者，必曰真也。吴中一都御史，偶得張擇端《清明上河圖》臨本，饋世蕃，而賄不及湯。湯直言爲僞，世蕃大怒。後御史竟陷大辟，而湯則先以誆騙遣戍矣。余聞之先人曰：《清明上河圖》，皆寸馬豆人。中有四人摴蒲，五子皆六，而一子猶旋轉，其人張口呼六。湯裱褙曰：『汴人呼六，當撮口，而今張口，是操閩音也；以是識其僞。』此與東坡所説略同，疑好事者傅會之。近有《一捧雪》傳奇亦此類，特甚世蕃之惡耳。（《活埋庵識小録》）

繆荃孫氏《雲自在堪筆記》云：延陵郡湯曰忠，即世所稱湯裱褙也。昔在京師，見景鈔《元遺山集》四十卷，後有湯卿跋語，即此人。周文矩《文會圖》，宋徽宗題，蔡元長依韻和。董思白題云：此畫陸太保以千金購之。後爲胡宫保宗憲開府江南，囑項少參竺壽購此圖，以貽分宜。分宜敗，歸内府。朱太尉希孝復以侯伯俸准得之。太尉殁，項於肆中重價購歸。此圖在嚴時，湯裱褙裝成。軸杆内題云：嘉靖庚寅六月望日，延陵湯曰忠重裝。案：自《一捧雪》傳奇行，而湯裱褙之名籍甚人口矣。的名曰忠，廑見於此。（《投轄小志》）

西樓記　原第一百二

金山姚石子君（光）《懷舊樓叢録六十種曲》一則有云：《西樓記》爲袁籜庵所撰。我友吴江陳去病撰《五石脂》，言吴江沈同和，字志學，隱跡白蜆江之潯陽灣，以私匿名妓周綺生，築西樓以居之。故好事者遂爲《西樓記》傳奇。記中所稱池三爺者，即指同和，穆素徽以比綺生云。案：清代短書雜説，皆以穆素徽爲實有其人，從無有悟其爲傳奇所託之假名者。袁子才《詩話》、紀曉嵐《筆記》，且云素徽貌頗不美，幾似囈語。巢南之説出，而三百年之訛傳，始豁然矣。《五石脂》原書余未得見，意所論列，當不如《叢録》所引之略。今録錢牧齋《列朝詩閏集》及朱竹垞《静志居詩話》之説以證之。

錢云：綺生名文，嘉興人也。體貌閒雅，不事鉛粉。舉止言論，儼如士人。檇李縉紳好文墨者，每召綺生，即席分韻，以爲風流勝事。綺生微詞多所譏評，有押池韻用習家池者，綺生笑曰：『毋乃太遠乎？』諸公皆拂衣而起。嘗有詩曰：『掃眉才子多相忌，未敢人前説校書。』蓋自傷也。新安王太古，詞場老宿，見綺生詩，擊節曰：『薛洪度、劉采春，今再見矣。』李本寧流寓廣陵，與陸無從、顧所建結淮南社。太古攜綺生詩詫諸公曰：『吾能致綺生入淮南，以張吾軍。』諸公大喜，相與買舟具装，各賦四絶句，以祖其行。太古比及吴門，松陵一元氏者，已負之而趨矣。綺生既辱身養卒，敝衣毁容，重自摧廢。晨夕炷香於佛前祈死，不復爲詩，時作小詞寓意。一元氏以五七言回環讀之，迄不能句，綺生乃開顔一笑也。無何，悒鬱而死。嘗有句云：『侍兒不解春愁，報道杏花零落。』聞者咸傷之。

朱云：綺生善小詞，沈純父林居，端午召客，呼之侑酒，不至。次日始來，問其故，曰：『昨偶席上賦詩未就爾。』純父曰：『爾能詩，試即景以五月六日爲題。』綺生朗吟云：『酒剩蒲觴冷，門懸艾虎新。』坐客咸擊節，由是詩名大起。縉紳若高元期、李君實，皆與酬和。

錢氏《列朝詩集》謂爲松陵一元氏負之而趨，悒鬱而死。所云一元氏者，除名會元沈同和志學也。予於乙酉冬猶及見之，酒間談論，援古證今，娓娓不休；亦未至以五七言讀詞，回環迄不能句。第於帖括，則全不解耳。（《懷香樓閒話》）

黄尊素《説略》：沈同和假元事露，房師韓參嶺邀之私宅，出『士憎兹多口』試之，終日不成一字。謂韓僕曰：『何不出經書題，而出論題耶？』衆爲掩口。又云：同和初納一詩妓，偶以淫婦詈之。妓應聲云：『這淫婦倒是我自家挣的。』譏其場中倩人也。近孟心史先生撰《〈西樓記〉傳奇考》，繁徵博引，備極詳贍。此二事未見採入，特爲拈出，以資一粲。（《花朝生筆記》）

張元鑒名國經，本嘉定婁塘人。少任俠，好拳勇，皆稱婁塘張二。偶爲某青衿所叱辱，遂專心時藝，得補弟子員。與少年名士交，仍以拳棍俠氣著名。《西樓記》中胥長公，即其人也。後以疑事繫獄，久而得出。年七十餘，將死，口占一詩曰：『學書學劍兩茫茫，六十年來十萬觴。龍戰未休騎鶴去，且從冥漠看滄桑。』此詩氣概，盡足副其生平。（《亦巢偶記》）

長生殿　原第一百四

康熙中曲家，有南洪北孔之説：孔爲雲亭山人，洪即泉唐洪昉思（昇）也。昉思學詩於漁洋，深得精華，漁洋亦亟稱之。少年即精於音律，有《孝節坊》、《鬧高唐》諸傳奇，而傳之不甚顯。即如《長生》一劇，非在國忌裝演，得罪多人，恐亦不能流傳廣且遠者如是也。余謂《長生殿》取天寶間遺事，收拾殆盡。故上本每多佳製，下半則多由昉思自運。如《冥追》、《屍解》、《情悔》、《神訴》諸折，乃至鑿空不實，不如《桃花扇》之句句可作信史者多焉。唯其詞句采藻，直入元人之堂奥，所作北詞，不在關、馬、鄭、白之下。且宫調諧和，譜法修整，確居雲亭之上耳。昉思有一女，名之則，亦工詞曲。有手校《長生殿》一書，取曲中音誼，逐一注明。其議論通達，不讓吴吴山三婦之評《牡丹亭》也。（《顧曲麈談》）

臨川夢　原第一百十六

蔣心餘太史士銓，性峭直，不苟隨時，以剛介爲和珅所抑。留京師八年，無所遇，以母老乞歸。其才其遇，無一不與明湯玉茗相類，因爲《臨川夢》傳奇以自況焉。其自序略云：先生以生爲夢，以死爲醒。予則以生爲死，以醒爲夢。於是引先生既醒之身，復入於既死之夢。且令『四夢』中人，與先生周旋於夢外之身，不亦荒唐可樂乎！（《清稗類鈔》）

尹文端再官江督，袁子才已罷官，被處士服，出入節署。又善以諧詞媚尹，材官騎士，折簡嘉招，蓋一日無子才不樂也。蔣心餘游江寧，文端招飲。坐客有子才及秦澗泉學士。分韻賦詩，澗泉詩先成，文端不以爲佳。心餘次上，閱畢，不作一語。至子才詩，則啓顔稱善。心餘陰有不嗛，所撰《臨川夢》，極詆眉公。云：『裝點山林大架子，附庸風雅小名家。終南捷徑無心走，處士虛聲盡力誇。』又云：『翩然一隻雲間鶴，飛來飛去宰相衙。』隱然一子才也。錢受之《列朝詩集小傳》評眉公詩，取其便娟輕俊，聊可裝點山林，附庸風雅。心餘本此。牧齋稱眉公重然諾，饒智略，精心深衷，妙得老子陰符之術。又云：『交游顯貴，接引窮約，茹吐軒輊，具有條理。』子才爲人，亦頗近此。心餘雖以傳奇修文端私憾，實爲子才作一重公案也。（《藥裏慵談》）

紅樓夢　原第一百二十一

謁宋于庭丈（翔鳳）於葑溪精舍，于翁言：曹雪芹《紅樓夢》，高廟末年，和珅以呈上，然不知所指。高廟閱而然之，曰：『此蓋爲明珠家作也。』後遂以此書爲珠遺事。曹實楝亭先生子，素放浪，至衣食不給。其父執某，鑰空室中，三年，遂成此書云。（《能静居筆記》）

吴梅村《清涼山贊佛詩》五首，爲前清詩中一疑案。第一首第四韻云：『王母攜雙成，緑蓋雲中來。』言董姓也。以下『漢主坐法宮』云云，至『對酒毋傷懷』，言皇帝定情，種種寵愛，以及樂極生悲，念及身後事也。第二首第三韻云：『可憐千里草，萎落無顔色。』言董姓者竟死也。以下『孔雀蒲桃錦』云云，至『輕我人王力』，言種種布施，以及大作道場，皇帝亦久久素食也。末韻『戒言秣我馬，遨游凌八極』，先逗起皇帝將遠游也。第三首首韻云：『八極何茫茫，曰往清涼山。』言將往清涼山求之，以應第一首。首六句云：『西北有高山，云是文殊臺。臺上明月池，千葉金蓮開。花花相映發，葉葉同根栽。』言生有自來，本從五臺山來，故亦往五臺山去也。自『此山蓄靈異』至『中坐一天人，吐氣如旃檀。寄語漢皇帝，何苦留人間』諸句，言來去明白，與山中見此天人，寄語勸皇帝出家，脱屣萬乘也。『房星竟未動，天降白玉棺。惜哉善財洞，未得誇迎鑾』四句，言非正大光明，捨身出家，乃託言升遐也。第四首自『嘗聞穆天子』云云至『殘碑泣風雨』，言古天子之遠遊求仙，及佳人難再得，遂棄天下臣民者，以譬實係出家，而託言升遐之事。不然，如安南國王陳日煚，傳位世子，出家修行；庵居安子山紫霄峰，自號竹林大士者，正可比例也。至『天地有此山』以下，則明言皇帝在五臺山修行矣。故有『怡神在玉几』，及『羊車稀復幸，牛山竊所鄙。縱灑蒼梧淚，莫賣西陵履』各云云也。於是相傳爲章皇帝董妃之事。然滿洲蒙古無董姓，於是有以董貴妃行狀，與《影梅庵憶語》相連刊印者。有謂《紅樓夢》説部，雖寓康熙間朝局，其言賈寶玉因林黛玉死而出家，即隱寓此事者。《紅樓夢》中諸閨秀結詩社，各起别號，獨黛玉以瀟湘妃子稱。冒辟疆《寒碧孤吟》爲小宛而作，多言生離。而序言『太白之才，明皇能憐之，貴妃可侍，巨璫可奴』，末又言『旦夕醉倚沉香，詔賦名花傾國』，當此捧硯脱靴時，猶然憶寒碧樓否耶？《憶語》則既有與姬決捨之議，又有獨不見姬與數人强去之夢，恐其言皆非無因矣。（**《石遺室詩話》**）

《紅樓夢》一書，所指皆雍、乾以前事。寧國、榮國者，即赫赫有名之六王、七王第也。二王於開國有大功，賜第弘敞，本相聯屬。金陵十二釵，悉二王南下用兵時，所得吴越佳麗，列之寵姬者也。作是書者，乃江南一士子，爲二王上賓。才氣縱横，不可一世。二王倚之如左右手，時出其愛姬，使執經問難，從學文字。以才投才，如磁引石，久之遂不能自持也。事機不密，終爲二王偵悉，遂斥士子，不予深究。士子落拓京師，窮無聊賴，乃成是書以志感。京師後城之西北，有大觀園舊址，樹石池水，猶隱約可辨。或曰：『是書實國初文人抱民族之痛，無可發泄；遂以極哀艷極繁華之筆爲之，欲道滿人奢侈而覆其國祚者。』其説亦非無稽。試讀第一回之詩曰：『滿紙荒唐言，一把辛酸淚。都云作者癡，誰解其中意？』其言何等淒楚痛絶！則知其中有絶大原因，非遊戲筆墨，自道身世者可比。或曰：『《紅樓夢》可謂之政治小説：於其叙元妃歸省也，則曰：「當初既把我送到那不得見人的去處。」於其叙元妃之疾也，則曰：「反不如尋常貧賤人家，娘兒兄妹們常在一塊兒。」絶不及皇家一語，而隱然有一專制之威在其言外，使人讀之而自喻，此其關係於政治上者也。』（《清稗類鈔》）

京師有陳某者，設書肆於琉璃廠。光緒庚子，避難他徙。比歸，則家産蕩然，懊喪欲死。一日，訪友於鄉。友言：『亂離之中，不知何人遺書籍兩箱於吾室。君固業此，趣視之，或可貨爾。』陳檢視其書，乃精楷鈔本《紅樓夢》全部，每葉十三行，每行三十字。鈔之者，各注姓名於中縫，則陸潤庠等數十人也。乃知爲禁中物，亟攜之歸，而不敢視人。閱半載，由同業某介紹，售於某國公使館秘書某。陳遂獲巨資，不復憂衣食矣。其書每葉之上，均有細字朱批，知出於孝欽后之手。蓋孝欽最喜

閱《紅樓夢》也。（同上）

《紅樓夢》一書，風行久矣。士大夫有習之者，稱爲『紅學』。而嘉、道兩朝，則以講求經學爲風尚，朱子美嘗訕笑之，謂其穿鑿附會，曲學阿世也。獨嗜説部書，曾寓目者，幾九百種，尤精熟《紅樓夢》，與朋輩閒話，輒及之。一日，有友過訪，語之曰：『君何不治經？』朱曰：『予亦攻經學，第與世人所治之經不同耳。』友大詫，朱曰：『予之經學，所少於人者，一畫三曲也。』友瞠目。朱曰：『紅學耳。』蓋『經』字少『巛』即爲『紅』也。朱名昌鼎，華亭人。（同上）

聊齋志異　原第一百二十四

《聊齋》中《五通》二則，蓋譏吴人之不通也。先是淮有某鹺商，聘蒲公建園，繼又聘吴中某名士主持之。相待之間，頗形軒輊。蒲怒，不辭而去，遂作《五通》二則以譏。第二則結語曰：『自此吴中僅存半通，不復爲害矣。』、『半通』者，蓋誚其不通也。（《闕名筆記》）

《聊齋·公孫九娘》篇，謂其父罹于七之難。于七一案，死者且萬餘人，不知乃冤獄也。蓋于七登州福山縣農家子，家饒於財。好博，且多聚無賴，以爲豪舉。博徒利七資，遂依之。時清初方辦隨糧捐，正供之外，復別出餘糧，以供地方官之槖。蓋巧立名目，以取於民焉。當時金聖歎之死，正坐抗此故。于七既多田，復爲衆所推服，使出抗議，衆隨之不肯納糧。令無如何，禀之府。時登州守某，滿人也。閱福山令詳文，大駭，以七一農人耳，乃聚衆抗糧。不治，且爲亂，檄縣嚴捕無許脱；縣令遂帥兵往。適七生日，衆醵錢祝之，集者千餘人。兵來，七先已得耗走避，而七弟某及諸客不知也。見兵無故至，乃鳴金聚鄉人，出問故。縣令以爲七果叛矣，圍村掩捕，千餘人無一免。令獲七生日送禮簿，按名逐捕；而七弟不勝刑，亦誣服，遂并千餘人誅之。所捕者又萬餘，亦殺焉。大吏乃賞登州守及令，七卒未獲云。此事予聞之于公宗潼，予在蜀時居停也。（《天放閣筆記》）

淄川蒲松齡，字留仙，號柳泉；康熙辛卯歲貢，以文章風節著一時。弱冠應童子試，受知於學使施愚山侍講閏章，文名籍甚。顧以不得志於有司，乃決然捨去，一肆力於古文辭。老宿名流，時加刮目；因亦私心自喜，不敢妄自菲薄。又因目擊國初亂離時事，官玩民偷，風漓俗靡。思欲假借狐鬼，纂成一書，以紓孤憤而諗識者；則詞章經濟志節，皆與之俱傳矣。《聊齋志異》之作，歷年二十，易稿三數，始出以問世。其行文驅遣成語，運用典籍，全化襞襲痕跡，殊得唐人小説三昧。留仙孫立德序此書，云十六卷，與今之傳本合。或云尚有餘卷，以所傳多明亡軼事；當日其家懼觸文網，悉删削之。此説當可信。故老相傳，《志異》之不爲《四庫全書》説部所收者，蓋以《羅刹海市》一則，含有譏諷滿人，非刺時政之意。如云女子效男兒裝，乃言旗俗，遂與『美不見容，醜乃愈貴』諸事，同遭擯斥也。（《過日齋雜記》）

《耳談》載嘉靖戊子，鄂城有人自河洛來，善幻術。婦擊金謂其夫曰：『可上天取仙桃與衆看官吃。』其夫蔣所負繩拋之，繩直立如木。天忽開一門，晴霞絢雲，閃灼擁簇。繩與門接，其夫緣繩而上。從天宫擲桃下，葉猶帶露。人皆遍食之，甘美異於常桃。久之，忽聞天上作讙詬聲，還擲其夫之手足肢體，片段而下，鮮血淋漓。婦伏地大哭曰：『頻年作法，不逢天怒。今日乃爲天狗所傷，亦是衆官所使。事關人命，本不敢仇怨，但求捨錢治棺殮，可去也。』衆皆大驚，醵金一兩餘給之。婦合肢體成人形，盛以篠籧。囑肢體曰：『可去矣。』肢體應聲曰：『錢足否？』婦曰：『足。』其夫忽起，收拾其繩畢，仍負之而去，人皆絶倒，王行父所親見者。蒲柳泉《志異·偷桃》一則，全衍此事。又嘗見《潞安志·虎變美婦》一則云：崞縣崔韜之任祥符，道過褫亭，夜宿孤館。見一虎入門，韓潛避梁上。虎脱皮變美婦，即枕皮睡。韜下，取皮投井中。婦醒失皮，向韜索之，韜陽不知也。因納爲妻，抵任，生二子一女。及官滿復過褫亭，談及往事，婦問皮安在。韜從井中取出，婦披之，復成虎，咆哮而去。錢唐瞿存之佑有詩云：『旅館相逢不偶然。人間自有惡姻緣，書生耽色何輕命？四載真成抱虎眠。』此又《聊齋·畫皮》一則之所自出也。（《閒居雜綴》）

衡陽曾耕樓曰：《聊齋》一書，效《左氏》則《左氏》，效《檀弓》則《檀弓》，效《史》、《漢》則《史》、《漢》，出語必古，命字必新。《葉生》一則中有尺牘云：『僕東歸有日，所以遲遲者，待足下耳。足下朝至，則僕夕發矣。』效魏晉亦似魏晉也。又云：《聊齋》論斷，即《後漢》論斷。《楊忠愍》一則論云：『先生生爲河嶽，死爲日星。世多以遇仙爲先生惜，然鄙意謂天上多一神仙，不若世上多一聖賢。』此等議論，前人未道，有功於儒林不小。又云：『《聊齋》善於用典，真如鹽着水中也。讀其四六，可以見無一字無來歷。』又云：『人知之喪汝德，人不知亦促汝壽。』是絶好語。愚謂『德』字不如『名』字。又云：『輕蕩之態，施之君子則喪德，施之小人則招禍。』此言可以爲佩。（《椒生隨筆》）

《儒林外史》，元不著作者姓名。一説謂係全椒吴敏軒徵君敬梓所著，杜少卿即徵君自況。散財移居，辭薦建祠，皆實事也。慎卿乃其從兄青然先生檠，虞博士乃江寧府教授吴蒙泉，莊尚志乃上元程綿莊，馬二先生乃全椒馮粹中，遲衡山乃句容樊南仲，武書乃上元程文，其他一妻爲浙江梁家，牛布衣爲朱草衣，權勿用爲是鏡，鳳鳴歧爲甘鳳池，湯奏爲楊凱，蕭雲仙姓江，趙雪齋姓宋，隋岑庵姓楊，楊執中姓湯，匡超人姓汪，嚴貢生姓莊，高翰林姓郭，余先生姓金，萬青雲姓方，范進姓陶，荀玫姓荀，韋思元姓韓，沈瓊枝即隨園所稱揚州女子。或象形諧聲，或廋詞隱語，若以雍、乾間諸家文集紬繹而參稽之，則十得八九矣。徵君著有《文木山房詩文集》及《詩説》，均未付梓。是書爲金棕亭官揚州教授時所刊云。（《松風閣筆乘》）

《儒林外史》之布局，不免鬆解，蓋作者初未決定寫至幾何人幾何事而止也。故其書處處可住，亦處處不可住。處處可住者，事因人起，人隨事滅故也；處處不可住者，滅之不盡，起之無端故也。此其弊在有枝而無幹，何以明其然也？將謂其以人爲幹耶？則杜少卿一人，不能綰束全書人物。將謂其以事爲幹耶？則勢利二字，亦不足以賅括全書事情。則無惑乎篇自爲篇，段自爲段矣。然以行文論，則筆筆中鋒，無有懦語；以叙事論，則句句乾净，無有懦詞；迥非風雲月露之詞章家所能望其肩背也。（《闕名筆記》）

長篇小説中有以俗話爲白話者，如《金瓶梅》是也。有以官話爲白話者，如《兒女英雄傳》是也。有白話而雜以文言者，如《紅樓夢》中之『鳳尾森森、龍吟細細』等詞是也。有白話而雜以俗話者，如《水滸》中之『干鳥麽、干獃麽』等語是也。其完全白話之小説，予生平實未之見。其俗話、官話、文言較少者，似不得不推《儒林外史》爲首屈一指。純粹之白話，不獨了字、呢字、哩字、的字、麽字、嗎字等類之語助詞，不可多用；若北方之普通話，不能通行南方，南方之普通話，不能通行北方者，如爸爸、爹爹、你老、老闆、堂客、師母等類之名詞，亦宜少用。即紅東東、緑悠悠、甜滋滋等類之形容詞，亦不許亂用也。今舉《儒林外史》一段以爲標準：五河縣有什麽人物？就祇有個彭鄉紳。五河縣有什麽出産？就祇有個彭鄉紳。五河縣那個有學問？就是奉承彭鄉紳。五河縣那個有才情？就是專會奉承彭鄉紳。却有一件事，人家還怕，是與鹽商方家對親，可有一件事，人家還親熱，是大捧的銀子拿出去買田。此種盤空生硬語，是爲白話之正宗。蓋行之全國，傳之後世，無有人病其費解者也。（同上）

回心院　原第一百二十九

遼懿德蕭后《十香詞》案，詳見王鼎虚中《焚椒録》中。此録淫穢之極，不翅《控鶴秘記》。其實駕空污衊，誣懿德爲已甚。虚中賢者，必無此等著作。昔賢疑出依託，當可信也。王仲瞿《回心院》傳奇今不傳，未審其衍説若何。然千古奇冤，不可不辨。兹據周芚兮（春）《遼詩話》，略述其始末於此。

后小字觀音，樞密使蕭惠之女，以重熙九年五月五日生。姿容端麗，爲蕭氏首。能歌詩彈箏，琵琶尤爲當時第一。清寧元年，册爲皇后。后常慕唐徐賢妃行事，每於當御之夕，進諫得失。國俗君臣尚獵，故有四時捺鉢。上既擅聖藻，而尤長弓馬，往往以國服先驅。所乘馬號飛電，瞬息百里，常馳入深林邃谷，扈從求之不得。后患之，上疏諫獵秋山。上雖嘉納，心頗厭遠。咸雍之末，希得幸御。后因作詞曰《回心院》，被之管絃，以寓望幸之意。其詞曰：『掃深殿，閉久金鋪暗。游絲絡網塵作堆，積歲青苔厚階面。掃深殿，待君宴。』、『拂象床，憑夢借高唐。敲壞半邊知妾卧，恰當天處少輝光。拂象床，待君王。』、『換香枕，一半無雲錦。爲是秋來展轉多，更有雙雙淚痕滲。換香枕，待君寢。』、『鋪翠被，羞煞鴛鴦對。猶憶當時叫合歡，而今獨復相思塊。鋪翠被，待君睡。』、『裝綉帳，金鈎未敢上。解却四角夜光珠，不教炤見愁模樣。裝繡帳，待君貺。』、『疊錦茵，重重空自陳。祗願身當白玉體，不願伊當薄命人。疊錦茵，待君臨。』、『展瑶席，花笑三韓碧。笑妾新鋪玉一床，從來婦歡不終夕。展瑶席，待君息。』、『剔銀燈，須知一樣明。偏是君來生彩暈，對妾故作青熒熒。剔銀燈，待君行。』、『爇薰爐，能將孤悶蘇。若道妾身多穢賤，自沾御香香徹膚。爇薰爐，待君娱。』、『張鳴箏，恰恰語嬌鶯。一從彈作房中曲，常和窗前風雨聲。張鳴箏，待君聽。』時諸伶無能奏演此曲者，獨伶官趙惟一能之。耶律乙辛因誣后與唯一通，欲乘此害后。更命他人作《十香》淫詞爲誣，案云：『青絲七尺長，挽作内家裝。不知眠枕上，倍覺緑雲香。』、『紅綃一幅强，輕闌白玉光。試開胸探取，尤比顫酥香。』、『芙蓉失新艷，蓮花落故妝。兩般總堪比，可似粉腮香。』、『蝤蠐那足并，長須學鳳皇。昨宵歡臂上，應惹領邊香。』、『和羹好滋味，送語出宮商。定知郎口内，含有暖甘香。』、『非關兼酒氣，不是口脂芳。却疑花解語，風送過來香。』、『既摘上林蕊，還親御苑桑。歸來便攜手，纖纖春筍香。』、『鳳靴抛合縫，羅襪卸輕霜。誰將暖白玉，雕出軟鈎香？』、『解帶色已戰，觸手心愈忙。那識羅裙内，消魂別有香。』、『咳唾千花釀，肌膚百和裝。元非噉沉水，生得滿身香。』乙辛既造《十香詞》，陰使宮婢單登（本重元家婢，亦善箏及琵琶，每與唯一争能。怨后不知己，乃召登對彈四日二十八調，皆不及。登愧耻拜服）乞后手書。紿后曰：此宋國忒里蹇所作，更得御書，便稱二絶。后讀而喜之，既爲手書一紙，紙尾復書己所作懷古詩一絶云：『宫中衹數趙家妝，敗雨殘雲誤漢皇。惟有知情一片月，曾窺飛燕入昭陽。』乙辛得書，遂構詞命登等陳首，以《十香詞》爲證。乙辛乃密奏之。上大怒，命張孝傑與乙辛窮治其獄。獄既具，上猶未决，指《懷古》一詩曰：『此是皇后駡飛燕也，如何更作十詞？』孝傑進曰：『后懷惟一爾。』上問何以知之，曰：『「宫中衹數趙家妝，唯有知情一片月」，中包「趙惟一」三字也。』上意遂决，敕后自盡。后乞更面可汗一言而死，不許。乃望帝所而拜，作絶命詞一章，以白練自經。年三十有六耳。（《花朝生筆記》）

千金笑　原第一百三十四

磬兒，珠市梁四家女伶也。梁四婦本吴倡，善琵琶。及歸梁，買雛姬教梨園爲活。磬兒意不屑，輒逃塾。假母日以箠楚，諸姊妹競勸之。磬兒曰：『若欲我從，須以旦脚改净色。』問其故，曰：『我不幸爲女兒身，有恨無所吐。若作净色，猶可借英雄面目，一泄胸中塊壘爾。』由是《千金記》諸雜劇，磬兒獨冠場。孝廉詹湘亭待詔白門，偕友寓梁四家，夜演《千金記》，至《别姬》諸折，衆皆意屬虞姬，而湘亭獨以楚重瞳爲嫵媚，群起歡笑之。及卸裝，視老霸王，姿容果高出帳下美人，人遂嘆服。明日，張筵海棠樹下，青衫紅粉，團圞錯坐。磬兒本歙産，湘亭亦婺源籍，兩人各操土音，以道其傾慕。而座上諸友，相對微笑，竟不解剌剌作何語。已而諸友盡反棹，湘亭獨束裝未發，蓋不忘磬兒也。思欲買桃槳載以俱歸，而梁家方居爲奇貨，且欲留壓部頭，有百萬纏頭不能摇奪者。相對泫然，焦思無計。磬兒曰：『君何計之拙也！彼所以居奇不售者，以我爲錢樹耳。君去，妾必不生，留骸骨而埋之，定不須千金值矣。』湘亭大悲，不得已，珍重而别。歸未兩月，聞磬兒病且死，湘亭曰：『花前洵同抱柱矣，卿不負我，我豈負卿哉？』急赴金陵，以三百金買柩而回，葬於桐涇橋北。王夫人曹墨琴誌其墓，諸名士挽以詩詞。吴江沈桐威譜《千金笑》傳奇，付諸樂部。噫！不能生事，而以死歸，殆鍾情者不得已之極思乎，而磬兒亦自此不死矣。

按：傳奇今未得見。桐威本工於詞曲，又得此等本事，度必纏綿悱惻，可泣可歌。此爲桐威《筆記》原文，讀之已令人低徊欲絶矣。（《懷香樓閒話》）

玉燕堂四種　原第一百三十六

張漱石（堅），江寧人，屢困場屋，鬱鬱不得志。其詩頗勝，鄂文端督兩江時，曾刊其稿於《南邦黎獻集》。嘗有《江南老秀才》詩，遍徵題詠，亦士之窮而能守者也。作曲凡四種：曰《夢中緣》、《梅花簪》、《懷沙記》、《玉獅墜》，總名之曰《夢梅懷玉》；中以《懷沙記》演屈大夫事爲最。曲中將《離騷》全部，櫽括套數之中，實爲難作之至。先生能細意熨貼，滅盡綫針之跡。自西神鄭瑜而後，無此奇作也，宜其享盛名也。（《顧曲麈談》）

張漱石《玉燕堂四種曲》，其《梅花簪》、《玉獅墜》兩種，絶少餘味，固不足數。《懷沙記》演屈大夫事，組織《離騷》，實具匠心。若《夢中緣》，則排場變幻，詞旨精致，洵足爲防思之後勁，藏園之先聲。湖上笠翁，不足數矣。漱石，金陵人，以詩文受知鄂文端公，列入《南邦黎獻集》，晉呈御覽。惜卒無所遇，以諸生終，嘗作《江南秀才曲》自嘲。《玉燕堂傳奇》末尾自題云：『遣愁腸，宫商暗排，添一種新聲可愛。問知音，來也不來？祇得教雪兒歌出沿門賣。』文雖不佳，然其遇亦可悲已。（《曲欄閒話》）

品花寶鑒　原第一百四十四

常州陳少逸撰《品花寶鑒》，用小説演義體，凡六十回。此體自元人《水滸傳》、《西遊記》始，繼以《三國演義》，至今家絃户誦。蓋以其通俗易曉，市井細人多樂之。又得金聖歎諸人爲野狐教主，以之論禪悦，論文法，張皇揚詡，耳食者幾奉爲金科玉律矣。《紅樓夢石頭記》出，盡脱窠臼，别辟蹊徑。以小李將軍金碧山水樓臺樹石人物之筆，描寫閨房小兒女喁喁私語。繪景繪聲，如見其人，如聞其語。《都門竹枝詞》所云『開談不説《紅樓夢》，縱讀詩書也枉然』，記一時風氣，非真有所不足於此書也。余自幼酷嗜《紅樓夢》，寢饋以之。十六七歲時，每有所見，記於别紙。積日既久，遂得二千餘籤。擬汰而存之，更爲補苴掇拾，輯成《紅樓夢注》。凡朝章國典之外，一切鄙言瑣事，與是書關涉者，悉匯而記之。不賢者識其小者，似不無小補焉。其禪悦文法，託諸空言，概在所屏，似與耳食者不同。今忽忽十餘年，未能脱稿，殊自愧也。嘉慶間新出《鏡花緣》一書，《韻鶴軒筆談》亟稱之，推許過當，余獨竊不謂然。作者自命爲博物君子，不惜獺祭填寫，是何不徑作類書而必爲小説耶？即如放榜謁師之日，百人群飲，行令糾酒；乃至累三四卷不能畢其一日之事。閲者昏昏欲睡矣，作者猶津津有味，何其不憚煩也。《紅樓夢》叙述兒女子事，真天地間不可無一不可有二之作。陳君乃師其意而變其體，爲諸伶人寫照。吾每謂文人以擇題爲第一誼，正謂此也。正如《金瓶梅》極力摹繢市井小人，《紅樓夢》反其意而師之，極力摹繪閥閲大家。如積薪然，後來居上矣。至其中小人如奚老土之類，夫也不良，歌以誶之。不忍斥言，亦忠厚之至。獨至杜琴言等十伶官，亦别立名目，此大不必。若輩方幸得附驥尾而名益顯，奈何忍使湮没弗章乎？桐仙爲余言，杜琴言即桐仙也。書中推爲第一，未知信否？十人者皆不知所指，不能求其人以實之。素蘭、春喜、玉林，雖有其人，皆與此書所述不稱，必别有所謂也。余丁酉夏，從嚴州友丁立臣達案頭見之，迫欲借鈔，未得其便。聞季卿言，少逸館内城一尚書郎家。咫尺天涯，未能一握手爲笑，殊恨無緣。暇日作尺一書，致少逸，述鄙見質之。方把筆而難作，書未及達也。立臣亦緣事論城旦，所謂《品花寶鑒》者，不知落誰何人之手。或者如歐公文有蛟龍妬且護之耶？《寶鑒》是年僅成前三十回，及己酉少逸遊廣西歸京，乃足成六十卷。余壬子乃見其刊本。（《夢華瑣薄》）

《品花寶鑒》追紀乾隆全盛之時，描繪京師梨園人物，細膩熨貼，得未曾有，固平話小説之別開生面者。其託名田春航以寫靈巖山人，自是名士風流。特用侯石公以景倉山居士，直是無賴挑達，皮裹陽秋，知非苟作。《兒女英雄傳》書隨後出，横空插入一段，以蛇腰之公相，呼肚香之闊客。謔而近虐，煞風景矣。（《菽園贅談》）

京師狎優之風冠絶天下，朝貴名公不相避忌，互成慣俗。其優伶之善修容飾貌、眉聽目語者，亦非外省所能學步。是故梨園坐滿，客之來者，不僅爲聆音賞技已也。憶乙未春在都，陳劍門孝廉招雛伶瑶卿糾觴，葉梅珊編修促席指示余曰：『此花榜狀元也，與吴肅堂殿撰爲同年。』余乍聞之，不覺破顔。蓋彼中人得列花榜高選者，必更聲價十倍；而非色藝兼擅，頗知自愛之伶，必不可得。花榜體裁，隨人意擬，大約如《品花寶鑒》所載者是。此後詞人遊戲之作，有所謂《金臺殘淚記》、《燕蘭小譜》；詞旨芊綿，風懷淡宕，尤爲盛稱於世。然皆弄花掏月，流水行雲，不失雅人深致。至若《寶鑒》中之奚十、蓉官一流，風斯爲下。夫訪艷尋春，男女狂浪。選勝者輒侈美談，猶人情耳。忽而爲兩雄相悦，私贈餘桃之事。閲《寶鑒》於此，見其滿紙醜態，齷齪無聊，都難爲他彩筆才人，寫市兒俗事也。（同上）

帝女花　原第一百六十

明思宗殉國時，手刃諸皇女，而長平公主絶而復甦。其事雜見於清初各家記載，惜語焉不詳。頃由家藏清初鈔本，檢出張宸《誄長平公主文》一篇，頗能究其原委，亟録之以公於世。

其文曰：『長平公主者，明崇禎皇帝女，周皇后産也。甲申之歲，淑齡一十有五。皇帝命掌禮之官，詔司儀之監，妙選良家，議將降主。時有太僕公子都尉周君名世顯者，將作平陽以館之，開沁水以宅之。貳室天家，行有日矣。夫何鵄賊梟張，逆臣不誠。天子志殉國社，國母嬙嬪，慷慨死焉。公主時在幼齡，御劍親揮，傷頰斷腕。頽然玉折，賈矣蘭摧。賊以貴主既殞，授屍國戚。復以錦茵，載歸椒里。越五宵旦，宛轉復生。泉路已宫，龍髯脱而劍亡；蘭薰罷殿，蕙性折而神枯。順治二年，上書今皇帝，九死臣妾，跼蹐高天。髡緇空王，庶申罔極。上不許。詔求原配，命吾周君，故劍是合。土田邸第，金銀車馬，錫予有加，稱倍物焉。嗟夫！乘凰扇引，定情於改朔之朝；金犢車來，降禮於故侯之第。人非鶴市，慨紫玉之重生；鏡異鸞臺，看樂昌之再合。金枝秀發，玉質含章。逢德曜於皇家，迓桓君於帝女。然而心戀宫闈，神傷輦路。重雲畢陌，何心金榜之門；飛霜穀林，豈意玉簫之館。弱不勝悲，溘然薨逝。當扶桑上仙之日，距穠李下嫁之年。星燧初周，芳華未歇。嗚呼悲哉！都尉周君，悼去鳳之不留，嗟沉珠之在殯。銀臺藥案，念奔月以何年？金殿煎香，思返魂而無術。越明年三月之吉，葬於彰義門之賜莊，禮也。小臣宸，薄游京輦，式觀遺容。京兆雖歸，誰披柘館？祈連象

冢，祇叩松關。擬《傷逝》於子荆，朗香空設；代《悼亡》於潘令，遺掛猶存。敢再拜爲之誄云。』（《琭琭軒雜録》）

倚晴樓傳奇《帝女花》中《朝哄》一齣，（四邊靖）云：『大明結局堪傷悼，帝和后盡丢掉。我輩本舊人，見了心多跳！因此奏求我主們把太子封了，皇陵葢好，還要乞爺爺替前朝開個吊。』讀之令人破涕爲笑。劇中以魏學濂爲降賊，則殊誣。學濂字子一，廓園長子，名父後也。鼎革之際，子一在北。其委曲復仇之苦心，見於顧玉書（麐生）與冒辟疆書。書云：『三十年來，知交淪落，何止晨星。最可傷者，同難兄弟中，唯子一、太冲兩兄，留意斯文。而子一一段報國熱腸，爲邪黨抹煞。太冲遠隔千里外，箸書不下千卷。其《列朝實録》，足以考徵三百年來之是非；然不公然行世，藏之名山，傳之其人而已。弟以疏才末學，亦稍有所紀録，不敢向作者是政，尚恐出之不以其時也。獨其間有二事，不能不爲兄翁一言。以留心世道之人，不可不知，尤不可不筆之於書，以爲傳言之實案。其一，魏子一當國變之日，語所知曰：「吾不難一死，然不得當以報國，雖有殉難之名，亦同草木腐朽耳。」於是以身辱僞命，託老蒼頭約總戎唐通赴難，而子一身任爲内應，期某日以草場發火爲驗。葢唐爲子一素所交也。凡三遣人而唐不報，知唐已有所屬，而事不諧。於是子一作絶命詞，投繯而死。弘光時，群小當道，卒以受僞命爲子一罪，而莫不原其所以死者，此千古之恨事也。』

又子一子允札上辟疆書云：『先貞惠書畫，散在人間者，最著賞鑒家，以爲必傳，共相寶惜。子孫收藏反少，僅以一種奉政。貞惠者，先人私謚。葢崇禎辛巳壬午，浙西連歲大饑，先人設法賑濟，全活甚衆，有德於鄉。而甲申之變，先人一死稍遲，心跡獨苦。故學侶門徒，擬此爲謚。』此書并見《同人集》，遺文秘記，獲睹者少。故子一死節之事，不著於史；而稗官野乘，皆儕諸張縉彦、朱純臣、楊昌祚之列，是不可以不辨者也。（顧玉書札中所謂二事者，一爲子一辨誣，一則辨楊維垣事也。謂維垣爲逆璫諸鷹犬中第一殺手，楊左諸公及先公之死，皆此賊鬻獄之誣開之。弘光間，巍然八座，招權納賄，家致巨萬。大兵既南，自知此身决不免。於是殺其兩妾，以兩棺置堂中，一棺書某官之柩，一棺書其妻氏之柩，自負重資而逃。夜半出城，爲劫者所獲，殺其身而取其貲。此南都父老，至今能道之。而後之録野乘者，書爲死事，謂此賊可以一死贖前罪。嗟乎！此賊爲逆璫翦除異己第一功臣。先帝之初，欲借攻崔爲脱身之計；而疏中猶有『廠臣公而呈秀私，廠臣廉而呈秀貪』之語。賴倪文正公之疏，辨其奸邪。謂先後改頭换面，是從來小人之心腸，小人之面目如是。何物神奸，兩番逃死足矣，反欲身名俱泰乎？如此怪事，非玉書此札猶存，後人惡從而知之？）（《緑天清話》）

桃溪雪　原第一百六十一

吴絳雪名宗愛，永康人。能吟詠，書畫琴棋靡不工，貌復絶艷，爲邑中冠。『十五女兒清且揚』，可爲女咏也。比長，歸同邑諸生徐明英，未幾而寡。花前月下，往往有彈淚聲。屢欲一死自了，爲家人所梗，遂止。清康熙十三年春，耿精忠叛，以總兵徐尚朝攻金華。道出永康，聞絳雪名，欲致之。永康父老與其夫族謀，擬以絳雪紓難，顧秘其事。絳雪微聞之，則慨然曰：『未亡人更安所惜乎？

所惜者，一邑生靈耳。苟有濟，妾自獲死所，庸何傷？』衆聞之皆悦。絳雪毅然上道，尚朝遂引兵去。至三十里坑，絳雪微喟曰：『此吾死所矣。』因以渴飲給同行者，遽一躍下騎，墜崖下死。年方二十有五。此其柔腸俠骨，正不讓緑珠墜樓，獨有千古也。遺著有《六宜樓稿》及《緑華草》等，皆卓然可誦。海鹽大詞家黄韻珊先生，以其事譜《桃溪雪》傳奇，冠以《蝶戀花》詞一闋云：『桃花溪上東風冷。雪點飛來，不管花枝病。雪太無情花短命，雪花煉出冰花影。雪夢花魂誰與醒？雪自欺花，花自娟娟静。淚比花紅人雪浄，美人小字原相稱。』藴藉可人，予酷好之。末綴《南嶽山樵題詞》云：『一雙佳偶荷天成，女貌郎才遂此生。著有《緑華詩稿》在，春花秋月最怡情。』、『底事蕭郎愛遠遊？杏花春雨感離愁。傷心暫別成長别，深鎖香閨燕子樓。』、『仙郎赴召杏花孤，血淚頻教染繡襦。鼙鼓攖城軍事急，退兵無策遺羅敷。』、『從軍慷慨保全城，一女能當十萬兵。卅里坑前看撒手，是何清潔與英明。』、『絶代才華正妙年，好從錦瑟數芳絃。傷心玉碎珠沉處，夜夜山頭泣杜鵑。』、『一曲《桃溪雪》又新，《桃花扇》舊已成塵。怪他造化渾無賴，慣把紅顔誤美人。』原詩十二首，兹録其六，亦可以傳絳雪也。（《懷蘭室雜俎》）

孽海花　原第一百七十八

傅氏三姊妹住白蜆橋，以次行。季曰三寶，亦曰鈺蓮。馬氏三良，白眉稱最。梳雙丫髻，立垂花門下，娟好如畫圖中人。豆蔻梢頭，風情乍解，與説平話之朱品泉，有沆瀣之契。未幾，朱以瘵疾死；而三寶乃流轉於北里中，更名傅彩雲，娟秀艷冶，固猶曩之態也。時洪文卿學士鈞，方奉諱家居，一見彩雲，詫爲奇艷，立畀三千金，寵之專房。無何，學士銜命使歐西，星軺待發，載與俱西。留歐五載，頗多韻事，一時有譽之爲交際社會之花者。歸國以後，學士病卒。而彩雲終以多情飛絮，重逐東風。改名曹夢蘭，而滬、而燕，所之現身説法。及庚子亂作，因傅與聯軍統帥有舊，彼都人士，不少保全。樊樊山有前、後《彩雲曲》，吾鄉曾孟樸孝廉，復有《孽海花記》，皆傳彩雲身世甚詳。吾友孫龍尾《北行雜詩》中有二首，則專咏其庚子之事云：『淡掃眉峰捧額黄，雲靴大脚試宫妝。儂家舊住南城路，一段行雲接大王。』、『月鎖千門冷玉墀，唾壺盛淚入宫遲。和親縱有金繒貴，輸爾温馨一掬脂。』（《吴坊小志》）

《孽海花》爲中國近著小説。友人謂此書與《文明小史》、《老殘遊記》、《恨海》，爲四大傑作。顧《孽海花》能包羅數十年中外事實爲一書，其綫絡有非三書所及者。其筆之詼諧，詞之瑰麗，又能力敵三書而有餘。惜印行未半，忽然中止。天笑生承其意，爲《碧血幕》一書，文筆優美，與《孽海花》伯仲，未數回亦止。神龍一見，全豹難窺，見者當有同慨也。（《侗生叢話》）

《孽海花》隱託人名，近人考之詳矣。固亦有挂漏未及備列者，玩索所得，隨筆於下。黄文載即王文在（字念堂），王慈源即黄自元（字敬輿），成木生即盛杏蓀，褚愛林即褚畹香，徐雪岑即徐雪琴，胡星巖即胡雪巖，陳千秋即陳萬年，孫一仙汶即孫逸仙文，畢嘉銘即畢松琥，崔大人即崔國因（字蘭生），曾小侯即曾紀澤，高揚藻理惺即李鴻藻蘭生，繆仲恩綬山即廖恒壽仲山，章騫直蜚即張謇季直，蘇胥鄭庵即鄭孝胥蘇戡，吕成澤沐庵即李盛鐸木齋，楊遂淑喬即楊鋭叔僑，林勛敦古即林旭暾谷，易鞠緣常即葉昌熾鞠常（號緣督），莊立人即張位，劉毅即劉可毅，余同即徐桐，傅容即徐鄘，柴龢韻甫即蔡鈞和甫，俞耿西塘即裕庚朗西，魚陽伯即魯伯陽，祖鍾武即孫毓汶，余雄義即徐用儀，俞書屏即徐樹銘，吕旦聞即李端棻，余銘即玉銘，連總管即李蓮英，珠公子即翁斌孫，章鳳孫即張端本，莊鏤瓊即張柳君，曾敬華即曾勁虎，章一豪即張曜，魯通一即衛達三（名汝貴），方代勝安堂即袁世凱慰庭。

（《松風閣筆乘》）

今古奇觀　原第一百九十二

《暇弋篇》：有劉璞者，其妹已許裴九之子裴政矣。璞所聘孫氏，其弟潤亦已聘徐雅之女。而璞以抱疴，俗有冲喜之説，父母擇吉完姻。婦翁以婿方病，潤以少俊，乃飾爲女妝，代姊過門。將以爲旬日計，草率成禮。父母謂子病不當近色，命其幼女伴嫂，而二人竟私爲夫婦。逾日，子病漸瘳，女家恐事敗，紿以他故，邀假女去，事寂無知者。因女有娠，父母窮問得之。訟之官，官乃使孫、劉爲配，而以孫所聘徐氏償裴。其判牒云：『弟代姊嫁，姑伴嫂眠。愛女愛子，情在理中。一雌一雄，變出意外。移乾柴近烈火，無怪其然；以美玉配明珠，適獲其偶。孫氏子因姊而得婦，摟處子不用逾墻；劉氏女因嫂而得夫，懷吉士初非衒玉。相悦爲婚，禮以誼起。所厚者薄，事可權宜。使徐雅别婿裴九之兒，許裴政改娶孫郎之配。奪人婦，人亦奪其婦，兩家恩怨，總息風波。獨樂樂不若與人樂，三對夫妻，各諧魚水。人雖兑换，十六兩原祇一斤；親是交門，五百年必非錯配。以愛及愛，伊父母自作冰人；非親是親，我官長權爲月老。已經明斷，各赴良期。命黄堂輿從，送歸私第。』

又《清尊録》（宋廉布著）：狄氏者，家故貴，以色名動京師，所嫁亦貴家。每燈夕及西池春遊，都城士女歡集。自諸王邸第及公侯戚里中貴人家，奕幕車馬相屬。雖歌姝舞姬，皆飭瑺翠，佩珠犀，覽鏡顧影，人人自謂傾國。及狄氏至，靚妝却扇，亭亭獨出。雖平時妬悍自衒者，皆羞服。至相忿詆，輒曰：『若美如狄夫人耶？乃敢凌我！』其名動一時如此。然狄氏資性貞淑，遇族遊群飲，澹如也。有滕生者，因出遊觀之，駭慕喪魂魄，歸悒悒不聊生。訪狄氏所厚善者，或曰：尼慧澂與之習。生過尼，厚遺之。日日往，尼愧謝問故。生曰：『極知不可，幸萬分一耳，不然且死。』尼曰：『試言之！』生以狄氏告。尼笑曰：『大難大難，此豈可動耶？』具道其決不可狀，生曰：『然則有所好乎？』曰：『亦無有。唯旬日前囑我求珠璣頗亟。』生大喜曰：『可也。』即索馬馳去。俄懷大珠二囊視尼曰：『值二萬緡，願以萬緡歸之。』尼曰：『其夫方使北，豈能遽辦如許償耶？』生亟曰：『四千緡。不則，千緡，數百緡皆可。』又曰：『但可動，不願一錢也。』尼乃持詣狄氏，果大喜。玩不已，問須值幾何。尼以萬緡告。狄氏驚曰：『是纔半值爾，然我未能辦，奈何？』尼因屏人曰：『不必錢，此一官欲祝事爾。』狄氏曰：『何事？』曰：『雪失官耳。夫人弟兄夫族，皆可爲也。』狄氏曰：『持去！我徐思之。』尼曰：『彼事亟，且投他人，可復得耶？姑留之，明旦來問報。』遂辭去。且以告生，生益厚餉之。明日復往，狄氏曰：『我爲營之良易。』尼曰：『事有難言者，二萬緡物付一秃媪，而客主不相問，使彼何以爲信?』狄氏曰:『奈何?』曰:『夫人以設齋來院中,使彼若邂逅者可乎?』狄氏赬面摇手曰:『不可。』尼愠曰:『非有他,但欲言雪官事,使彼無疑耳。果不可,亦不敢强也。』狄氏乃徐曰:『後二日,我亡兄忌日,可往。然立語即遣之。』尼曰:『固也。』尼歸及門,生已先在,詰之,具道本末。拜之曰:『儀、秦之辯,不加於此矣。』及期,尼爲齋具,而生匿小室中,具酒殽竢之。晡時,狄氏嚴飾而至。屏從者,獨攜一小侍兒。見尼曰:『其人來乎?』曰:『未也。』唄祝畢,尼使童子主侍兒。引狄氏至小室,搴簾見生及飲具;大驚,欲避去。生出拜,狄氏答拜。尼曰:『郎君欲以一卮爲夫人壽,願勿辭。』生固頎秀,狄氏頗心動,睇而笑曰:『有事第言之。』尼固挽使坐,生持酒勸之,狄氏不能却,爲酹卮。即自持酒酹生,生因徙坐,擁狄氏曰:『爲子且死,不意果得子。』擁之即幃中,狄氏亦歡然,恨相得之晚也。比夜散去,猶徘徊顧生,挈其手曰:『非今日,幾虚作一世人,夜當與子會。』自是夜輒開垣門召生,無缺夕。所以奉生者靡不至,唯恐毫絲不當其意也。數月,狄氏夫歸。生,小人也,陰計已得狄氏,不能棄重賄。伺其夫與客坐,遣僕入白曰:『某官嘗以珠值二萬緡賣第中,久未得值,且訟於官。』夫愕眙入詰,狄氏語塞,曰:『然。』夫督取還之。生得珠,復遣尼謝狄氏:『我安得此?貸於親戚以動子耳。』狄氏雖恚甚,終不能忘生。大出,輒召與通。逾年夫覺,閒之嚴。狄氏以念生病死,余在大學時親見。按:右録二事,憶少時看《今古奇觀》小説,有兩回與此正同。雖姓名小異,而所本在此,决無可疑。《奇觀》固平話,然所演説,大抵皆有根據,絶少杜譔。惜行文俚俗冗沓,終爲大雅所棄耳。(《花朝生筆記》)

玉簪記　原第一百九十四

古今曲家，往往用韻有不協者。如高深甫(濂)所作之《玉簪記》，舉世所稱道者也。其中《琴挑》一折，尤爲膾炙人口。而《朝元歌》四支，所用諸韻，竟是荒謬絶倫。其詞云：『長清短清，那管人離恨。雲心水心，有甚閒愁悶？一度春來，一番花褪，怎生上我眉痕？雲掩柴門，鐘兒磬兒在枕上聽。柏子座中焚，梅花帳絶塵。你是個慈悲方寸，長長短短，有誰評論？』詞中清字韻是庚亭，恨字韻是真文，心字韻是侵尋。悶、褪、痕、門，純是真文。聽字韻又是庚亭。焚、塵、寸、論，又是真文。一首詞中，犯韻若此，令人究不知所押何韻。忽而閉口，忽而抵齶，忽而鼻音，歌者輒宛轉叶之，而此曲遂無一人能唱得到家矣。(《顧曲麈談》)

孟姜女　原第一百九十八

俗傳孟姜女事，前筆曾有考徵，蓋未必無因，而不盡足信。莆中黄世康有《孟姜墓銘》一篇，言之綦詳。詞華斐然，不知果何所本，或亦文人好事耳。此文附載《鬼冢志》，世罕知者，録之。

重瞳南狩，湘君之號聿興；八駿西征，盛嬪之徽彌焕。乃知離爲火而嬰物，道由人而弘世。故漸臺齊女，送幽質於緑波；居廬楚姬，抗繆恩於白壁。并皆聯景青編，延芳彤管。然碩兔朗矣，燭龍炳於九陰；玄鵠翔矣，雲鵬息以六月。則夫體負行健，畸氣通靈。稽諸秦世，曰有孟姜焉。孟姜許姓，關中范植婦也。昔者蒼天雨粟，炎帝植其靈根；赤鳥銜圭，文叔數其喬木。曁蒴於楚，以國爲氏。晉楚之際，代有名家。溱洧之間，邑多著姓。濯珠彩於蕊宫，吸瑶華於香苑。天然規矩，儼若神明。譬彼八卦，少女定位於東方；觀於四詩，夫人宣風乎南國。及於結縭以往，紫氣繞車。解珮于歸，黄光炤幕。識者已揣誕應之淵崇，芬華之秘遠者矣。琴瑟方鼓，鳳凰始飛。河水更名，衮衣變黑。秦始皇包六合爲一家，築長城爲外屏。起自隴西，極於遼左。督衆百萬，遵海而東。高堂則母子傷離，中闖則女郎怨别。脱巾就道，莫定反面之期；荷鍤出門，慘於歸泉之路。民生其間，良亦哀矣。姜既割良人於燕爾，奉寡姑以色養。秋分霜月，啾蟋蟀而響石砧；春令柳園，囀倉庚而抽絲繭。縫衣寄遠，固有悲端。候枕承安，罔回笑緒。既而世爲閲水，倚閭之景奄然；哀以臨喪，吞血之聲何慘。門前罕奔吊之人，垤上祇悲鳴之鸛。人生到此，天道何如；遶床祭奠，傷行役之未歸；負土成墳，悼幽淪之難反。鏡鸞舞炤，憔悴其形；琴蛟直陰，凄鬱其氣。於是度三從之誼，衡千載之權。出秦嶺而西，循漆川而北。逢人稽首，掩淚陳情。按劍破顔，聞風遠覓。狼望之野雪，冱於黄臺；馬蘭之陂泥，渾於黑水。未嘗志沮而心驚，知其物憑而天鑒矣。朔風憭慄，聞塞馬之長嘶；白骨參差，見陰霾之特起。君子逝乎，悲不自勝。介夫有言，痛將安及？愛及嚙指枯髏，越三日夜。睫無停潸，喉不輟咽。爾時扶蘇太子，蒙恬將軍，擁武帳於盧龍，趣貝裝於涿鹿。倏聞其事，咸傷厥心。就而詢之，以觀其怨。姜乃言曰：『誼於君臣，誠有使事之分；禮云夫婦，寧無哀傷之情？夫今不生諸塞前，妾何不死於夫後？』語畢，遂嗚咽而絶。有如杞婦，遠追襲莒之魂；無負范郎，同游析水之野。於是太子等紛然破淚，遮以玄蓋。表范爲左將軍，姜爲貞夫人。給鼓吹一部，賜以合葬。是日也，飛沙凝石，遂變望夫之形；圓島涌波，忽視佳城之勢。石則離關東八里許，島則出海涯可一里焉。有德動天，維迹駭衆。遂議創廟於石，登櫬於島；時乃虎賁執紼，鮫人送榜。笳吹繁淒，薤歌摧愴。慷慨燕趙之士，表裏山谷之人，莫不白馬馳香，編衣祭酒。浮丘環水，左夾碣石之宫；雙梓盤枝，遠對蓬萊之殿。始信籠泉幽室，未足稱奇；石槨東都，方斯多讓也。降及漢魏，載飭碑金；肆我國家，復新棟彩。余小子飄零巾車，咨嗟時代。叨承假夢，備悉行藏。攬塋封之葱鬱，隨潮汐以浮沉；覺雲氣之徘徊，似旌旗之出没。悚然驚異，乃爲作銘。銘曰：朝鮮古國，孤竹舊疆。殷有二士，秦有一姜。德唯天鑒，容恍月舉。作相於范，應運如許。如彼智瓊，輩軿北止。如彼杜蘭，飈輪西起。既静而恭，終明且毅。不見藏書，偏知秘誼。風簫始吹，桃笙未换。長城崛興，九野流散。子出母傷，夫行婦嘆。况守黄姑，未弄稚子。翦赤風霜，蘋蘩澗水：事生也勤，送死則哀。榆陽既邁，薤露已埋。乃睹蜚狐，載遇玄菟。掩淚遶城，吊景問渡。願侶良人，同歸幽土。嗚呼！其圓非規，其直非扶。經權克運，顛沛弗渝。坎壈生前，照耀身後。志感山靈，誠通波后。人間何世，海底幾塵。浮塋勿没，遺像猶新。凌虚萬頃，清比湘沅。儀陵一碣，高并昆侖。旒纊代御，籩豆時存。日光下蕩，雲氣上温。虬螭夜駕，孔翠晝幡。霧霧無極，

今古茲墳。（《花朝生筆記》）

三笑姻緣　原第二百

《三笑姻緣》不知何人所作。書中述華氏二子，有大獃、二獃之稱。按：鴻山少子名叔陽，字起龍，號元谷，少有雋才。甫冠，即登科第。娶於王，爲妻江司寇之女。其媵婢曰錦華，玉質天秀，性復聰敏，叔陽嬖之。時叔陽方爲儀曹郎，鴻山爲掌院學士（今人稱曰太師，亦誤），恐其子之溺於佳麗也，乃謀於司寇，以錦華嫁於徽商之寓吴者。叔陽在部曹，勿聞也。錦華哀號欲死，會有守者不得間。又欲一見叔陽而訣，乃謀爲潔身計以竢。錦華有侍兒，年十六矣，姿貌可人，遂脱簪縠以飾之。自毁其容，短裳禿鬢，蹩蹩作野媪狀。謂商曰：『子揮囊金而耦我，不幸疾在膏肓，非旦晚愈者。』乃出襟中大珠二十顆曰：『可償子四百金之費。』復指侍兒曰：『妮子足佐子歡也。自今以往，我當屏居服藥，或冀有瘳。幸無迫我，令我疾劇抱恨死也。』商撫慰不疑，持珠擁侍兒去。居數日，出賈於越。凡半載而歸，既醉，昵錦華旁，若欲迫之者。錦華循其髮而泣曰：『我飾侍兒以事子，所以念子者至矣。子獨不一念我疾乎？』言已，大慟，揮刀自剺其面。商大驚而止。既而叔陽聞去帷之信，悵然引疾還。甫遭父喪，未幾，歿於苫次，年二十九。方叔陽抱病時，錦華在三百里外，勿聞也。一日，陡焉起坐，艶妝嫺服，笑而呼曰：『來矣來矣！』遂閉門自經。時萬曆乙亥九月八日，叔陽捐館日也。

觀此，則叔陽少掇巍科，竟效伯輿之情死。風流倜儻，跅弛不羈，容或有之，何至如郢書燕説之所載乎？至記子畏與秋香事，亦誤。據黄蛟起《西神叢語》，蓋俞是堂（憲）次子見安所爲。女郎號美娘，蛟起曾詢其從孫祖源，始得其本末，好事者駕言唐寅耳。（《西神客話》）

鏡花緣　原續編卷一第十九

小説之《鏡花緣》，是欲於《石頭記》外別樹一幟者；然賣弄稗販，刺刺不休，殊可厭也。惟女國主婿歸迎母一表中四語云：『指白水而重耳歸來，猶是山河無恙。誓黄泉而寤生重見，遂爲母子如初。』工雅渾成，幾似宋人佳製。（《椒生隨筆》）

瓶笙館修簫譜　原續編卷一第二十二

舒鐵雲丈位《瓶水齋詩》，驚才絶艷，生面獨開，久已騷壇傳誦。余嘗見其手書所撰樂府一卷，蓋未刊之書。尚記其《琵琶賺》、《桃花人面》二目，餘已忘之。聞宋于庭丈翔鳳言，嘉慶戊辰己巳間，鐵雲禮闈報罷，留滯京華。時婁東畢子筠華珍，方客禮親王邸。二君皆精音律，取古人佚事，撰爲雜劇，如楊笠湖《吟風閣》例。禮王好賓客，亦知音，甚重二君之才。王邸舊有吴中樂部，每一折成，輒付伶工按譜。數日嫺習，即邀二君顧曲，盛筵一席，侑以潤筆十金。亦一代名藩佳話也。後來武林汪氏所刻鐵云《瓶笙館修簫譜》，即在都門所撰，有《通德擁髻》、《文君當壚》、《博望訪星》、《吴剛修

月》四目。而余前所見一卷，今不知在何所矣。（《鷗陂漁話》）

鴛水仙緣　原續編卷一第二十九

竹垞《風懷詩》二百韻，相傳爲其小姨作者，别有《鴛水仙緣》一小説詳其事。聞沈乙庵有一鈔本，又爲何人持去矣。按：竹垞年十七，贅於馮教諭鎮鼎家，馮孺人名福貞，今《風懷詩》云：『巧笑原名壽。』則當名壽貞矣。馮孺人字海媛，今詩云：『妍娥合唤嫦。』則當字海娥矣。馮孺人生於辛未年，肖羊。今詩云：『問年愁豕誤。』則當生於乙亥年，小馮孺人四歲矣。其詩云：『慧比馮雙禮。』則明言馮姓也。詩云：『里是碧鷄坊。』則明言宅在碧漪坊也。詩云：『居連朱雀巷。』則明言碧漪坊去朱文恪第，近止百步也。詩云：『次三蔣侯妹。』則明言其爲馮孺人之妹也。楊炯《少姨廟碑》云：『蔣侯三妹，清溪之軌跡可尋。』則明言其爲小姨也。詩云：『偶作新巢燕。』則隱言新就贅也。『何心敝笱魴』，則隱言齊子歸止，其從如水，古者以侄娣從也。詩云：『連江馳羽檄，盡室隱村艡。』則乙酉年避兵馮村五兒子橋也。詩云：『嬌同左蕙芳。』則左思《嬌女詩》云：『其姊字蕙芳。』言其有姊也。其餘『蘿蔦情方狎，萑苻勢忽猖』，則言年十七時，避兵練浦，如蔦與女蘿之相依。己丑廿一歲，萑苻四起，乃挈馮孺人之塘橋。所居隘，遂賃梅里宅移居之。詳《静志居詩話》及《年譜》。詩又云：『廡改梁鴻賃，路豈三橋阻？孟里經三徙，樊樓又一厢。同遂三畝宅，并載五湖航。天定從人欲，兵傳迫海疆。爲園依錦里，相宅夾清漳。』皆言其離合中蹤跡；最明者爲『練浦一舟蕩』句，五兒子橋在練

浦塘東也。餘非確實可據者，亦無煩牽合矣。（《石遺室詩話》）

《曝書亭集》有《風懷》二百韻，朱竹垞未通籍時爲其幼姨所作也。姨馮氏，世居碧漪坊，與朱宅相近，即《風懷詩》中所謂『居連朱雀巷，里是碧鷄坊』是也。竹垞少嘗讀書馮宅，年十七，贅焉。與幼姨情益篤，而家人防閒密，意苦不得達。適人後，始通殷勤；海媛夫人知之，勿禁也。其《風懷詩》中，所謂『乍執纖纖手，深回寸寸腸。背人來冉冉，廣坐走佯佯。囓臂盟言屢，摇情漏刻長。梅陰雖結子，瓜字尚含瓤』是也。《記事》詞云：『枕上閒商略。記全家看燈元夜，小樓簾幕。暗裏横梯聽點屐，知是潛回香閣。險把個玉清追着。徑仄春衣風漸逼，惹釵横翠鳳都驚落。三里霧，旋眯却。星橋路返填河鵲。算天孫已嫁經年，夜情難度。走近合歡床上坐，誰料香含紅萼。又兩暑三霜分索。緑葉清陰看總好，也不須頻悔當時錯。且莫負，曉雲約。』皆指此事。竹垞平日，又嘗矯夫人命召其姨。一日，相約俟夫人卧後作深譚，夫人微聞之，即先卧。次晨起，乃命老嫗送之歸。竹垞有詞云：『仲冬二七，算良期須果，若再沉吟甚時可？　况薰爐漸冷，窗燭都灰，難道又各自抱衾閒坐？銀灣橋已就，冉冉行雲，明月懷中半宵墮。　歸去忒匆匆，軟語丁寧，第一怕襪羅塵涴。料消息青鸞定應知，也莫説今番，不曾真個。』後數年，姨卒因竹垞死，詩中所謂『定苦遭謡諑，憑誰解迭遢？榽先爲檀斫，李果代桃僵』者也。（《清稗類鈔》）

金臺殘淚記　原續編卷一第三十七

建寧張亨甫名際亮，嘗游京師。時曾賓谷醝使燠，方以名輩顯宦居日下，羅致知名士。士曰獲其贈遺，諂之甚。一日，曾食瓜子，殼黏其鬚。有門下士起而拂之，亨甫斜視大笑。翌日，寓書於曾，責其不能教導後進，徒以勢利奔走寒士。門下復不知自愛，廉耻俱喪，負天下望。曾大怒，毀之，由是得狂名。張慨當世之好士，曾不如其好色之真也，取一時名優爲傳，曰《金臺殘淚記》。自序云：『自獲麟霣涕而後，天下有二淚焉：一賈生之哭，國事也；一阮籍之哭，窮途也。』又嘗謂《九十九峰散吏》曰：『吾紀《金臺》，非紀也，後世必有淚余之淚者。』（《清稗類鈔》）

希夷夢　原續編卷一第四十

《希夷夢》又名《海國春秋》。此書曾經《蘇報》登載附張，近年坊間已不易覓購。全書大致謂宋太祖篡周，周臣祇韓通一人殉節。通弟速蓄志報仇，與李重進之幕賓閭丘仲卿，奔走吳蜀，迄不得當。因游黄山，宿於陳希夷洞中。夢至海外浮石、浮金兩國，建立功業。遇陸秀夫蹈海，飄流而至。詢知宋室已亡，遂大笑而寤。其立意布局，均新穎可喜。（《闕名筆記》）

琴樓夢　原續編卷一第四十三

清季女優，楊翠喜而後，足稱嗣響者，曰王克琴。樊山以其名不雅馴，改稱琴客。北地燕支，大堤楊柳，年十四，即在天津下天仙出臺。風儀秀整，局度閒雅，而意態言笑，尤無一不媚。赤城霞起，光景萬變。善爲秦腔，極姚冶跌宕之致。演花衫諸劇，往往莩甲新意，不循俗軌，是猶曼陀尼之亞也。光復以後，流徙南中，僑居滬瀆。始在天仙園，繼隸鳳舞臺，一時耳其名者，靡不駿犇麕至。樊山、哭庵諸名士，相約爲詩以張之，一倡百和，幾有舉國若狂之概。而樊山所著《琴樓夢》小說，尤爲推崇備至，調笑無雙。蓋調哭庵，亦所以譽琴客，足見此老之狡獪矣。某將軍開府徐州，素耳琴客名，飛檄往召，一見傾倒。網設鳴離，軌濡雉鷕，從此入侍起居。侯門深如海，外間人真乃如海上望三神山，山在虛無縹渺間，但見雲氣往來，可望而不可即矣。（《菊影録》）

官場現形記　原續編卷一第四十四

《官場現形記》，距今十年前，最爲膾炙人口之書。然實有詞多意少之弊，且趣味亦殊淡薄。蓋官場中人之鑽營奔競，擠排傾軋，其操術大致相同，惟施用微異而已。寫之不已，事實難免重複，閱之乃索然興盡。至作者之筆墨，固極善於形容，而有時亦嫌太過，不留餘地。全書中最佳者，僅《胡統領征剿嚴州》一段耳。（《闕名筆記》）

煙盒記　原續編卷一第五十

道光時，有楊玉珍者，色藝雙絶，善唱《玉蜻蜓》。有秀才張某惑之，以其有夫也，偕逃致訟，張之叔被累自縊。後官獲訊，張遣戍，玉珍隨之。迨赦歸，偕老焉。玉珍，絶色少女也，赦歸則白髮老媪矣。初，玉珍與張贈煙盒定情，好事者乃譔《煙盒記》傳奇，付之彈唱。（《清稗類鈔》）

瑞藻按：姬伯清《閒居雜綴》亦記《煙盒傳》奇事。與此小異，姓名亦不相同，殆一事而訛傳者歟？

柳毅傳書　原續編卷二第一

褚石農《堅瓠五集》：洞庭東山有井，云是當年柳毅時所鑿。周回橘樹參差，月夜常見龍女與毅雙雙出遊。天啓辛酉，田子秇與王子同遊。酒酣賦詩云：『橘花垂蔭碧闌干，此地曾經柳毅傳。卿亦有書吾肯寄，轆轤腸斷碧絲煙。』時林月漸明，隱隱見橘樹中美人，掩映若隔煙霧，却前遥吟云：『橘花如雪晚風清，迢遞關山春夢驚。明月一天涼似水，不堪重省舊時情。』按：《柳毅傳書》出唐人小説，本是寓言十九。元人譜爲傳奇張之，已極文人之好事。豈千百年後，又有此一重公案耶？

療妬羹　原續編卷二第二十

吴石渠（炳），宜興人。永曆時，官至刑部尚書。家有粲花别墅，極亭榭之勝。著曲五種，以《療妬羹》最佳。余所見《緑牡丹》、《情郵記》諸本，排場關目，頗爲生動，唯詞藻終不及《療妬羹》。《賢風》折〔解三醒〕云：『嘆四壁澹捱齏臼，計十年，淚暗貂裘。多虧你典釵解髮無將有，梯襯我上瀛洲。可正是多金驟使貧兒富，却不道破廖空炊識者羞。難將就，説不的堂堂潭府，相度休休。』又云：『你指金滕人前説咒，料不是翦桐圭戲語封侯。』又《遶墓》折云：『冷風掠雨戰長宵。巴不到紗窗曉也，起來草草。愁眉怕對鏡中描，嘆人世上恨難澆。那裏有楚臺雲，鳳臺簫，祇辦得抛珠淚向泉臺告也。』又《題曲》折云：『雖則是想邊虚構，也是意中原有。似這小花神妬色驚回，倒不如老冥判原情寬宥。恨風光不留。風光不留，把死生參透，祇要與夢魂厮守。甚來由？假際猶擔害，真時怎著愁。』又云：『祇見幾陣陰風凉到骨，想又是明月下悄魂遊。若都許死後自尋佳偶，豈惜留薄命活作羈囚？』又《梨夢》折云：『恰便似出塞和親，慘琵琶，彈動了馬頭塵。元來妬起蛾眉陣，入宫見嗔。你看琳琅舊本，都鈐着青娘小印，癡釵坌粉。那解識翰林風韻。正黄昏催暝，這便是我新人的消受此夜良辰。』所作諸詞，皆藴藉流麗，脱盡煙火之氣。世稱粲花可并玉茗，洵然洵然。（《顧曲麈談》）

鈞天樂　原續編卷二第二十八

尤西堂《鈞天樂》一劇，說者謂影射葉小鸞。詞中《嘆榜》、《嫁殤》、《悼亡》諸折，尤顯而易見者。所傳楊墨卿，即指西堂總角交湯傳楹也。其詞戛戛獨造，直步元人；而牢落不偶之態，亦時見於楮墨之外。如《送窮》、《哭廟》諸折，幾欲搔首問天，拔劍斫地。如第一折〔金絡索〕云：『我哭天公，十載青春負乃翁。黄衣不告相如夢，白眼誰憐阮客窮？真懵懂，區區科目困英雄。一任你小技雕蟲，大筆雕龍，空和淚銘文冢。』《嫁殤》折云：『爲甚的懨懨鬼病困嬋娟，半捲湘簾裊藥煙？可憐他空房小膽怯春眠。你看流鶯如夢東風懶，一枕春愁似小年。』《瑶字》折〔二郎神〕云：『年韶稚，護春嬌小窗深閉，畫卷書簽憐薄慧。心香自裊，諱愁無奈雙眉。看飛絮簾櫳芳草醉，咒金鈴花花銜淚。銷空閨，鎮無聊，孤宵夢景低徊。』皆卓爾不群之作。西堂以《黑白衛》最著，冒辟疆曾付家伶演之。而《讀離騷》一齣，又上達天聽，供奉内廷，亦文人之異數也。余讀其《屈子天問》〔混江龍〕一曲，其才如海，而以嬉笑怒駡出之。不襲元文一字，尤爲不易下筆云。（同上）

破窑記　原續編卷二第四十一

宋吴處厚《青箱雜記》：雒陽龍門有吕文穆公讀書龕，云文穆昔嘗棲偃於此。初有友二人，一人則温尚書仲舒，一人忘其姓名，而三人誓不得狀元不仕。及唱第，文穆狀元；温已不意，然猶中甲科，遂釋褐；其一人徑拂衣歸隱。後文穆作相，太宗問昔誰爲友，文穆即以歸隱者對。渠以著作佐郎召之，不起。故文穆罷相尹洛，作詩曰：『昔作儒生謁貢闈，今提相印出黄扉。九重鵷鷺醉中别，萬里煙霄達了歸。鄰叟盡垂新鶴髪，故人猶着舊麻衣。雒陽謾道多才子，自嘆遭逢似我稀。』故人蓋斥其友歸隱者。按：吕文穆事，自《破窑記》小説行，而知者衆矣。此亦當年軼聞也，罕傳述者。（《花朝生筆記》）

萬里緣　原續編卷三第三十八

明孝廉黄雲美，周忠介公門人也，爲雲南大姚令。鼎革後，其子向堅，於干戈載道之中，跋涉山川，迎二親回蘇。自順治二年歲暮出門，至十年始歸故里。有作《萬里緣》傳奇以演其事者。時有吴邑隸王成六，曾以僞官事，向黄差查。乃饋饅頭一百於作者，求列名其中，增入《打差》一齣。黄居陸國子巷口，乾隆年間，建孝子坊。（《消夏閒記》）

福爾摩斯偵探案　原續編卷四第四十八

柯南達利既以《福爾摩斯偵探案》之著而得盛名，乃於一千九百零四年，續成若干則，彙爲一帙，顔曰《福爾摩斯再生案》。中有一篇曰《舞蹈小人案》者，略言英倫貴人古比特，取一美國婦，其婦每見壁間或日晷上繪有舞蹈小人，則爲之驚駭不置。古乃專誠訪福，懇其代爲偵探。其後福察知此等小人，乃一種密碼，用以代字母者，遂據以破案。凡讀柯氏書者，無不驚其造境之奇，得未曾有，而嘆觀止者也。不料天下之事，無獨有偶，此等密碼，早有先柯氏而爲之者。數年前，有瘍醫某，雅好文學，岐黄之外，於書無所不窺。一日天雨，枯坐無聊，披閲舊年雜志以自遣。忽於千八百七十四年五月《聖尼古拉司雜志》第四百三十九葉，見有題曰《小鬼之語》者，乃一短詩。全詩不着一字，惟繪以小人，作種種舞蹈狀，或俯或仰，或左或右，無不畢備。翌月《雜志》第五百二葉，載有詳解。按圖索驥，始知其詩爲有名之童謡。其詞爲『一滴水、一粒沙』云云。比較而觀，誌中之小鬼，及案中之小人，二書出版，相去僅三十年；雖所代之字母不同，而小人之形狀則一。某意必有人曾以此事爲柯氏言之，而柯氏據爲己作也。乃寓書柯氏，略謂君之密碼，已屬三十年之舊物，似無足奇。且告以後此撰著，毋剌取古籍中事，詞極委婉。柯氏得書，即以半辨尼明信片報之曰：『某君鑒：此特不謀而合耳。』柯南達利復箋既寥寥數字，而郵資復不足，須受書者補給。某怒，亦以半辨尼之明信片答柯氏曰：『大札誦悉。詳察之，决非偶然耳。』下署藹蒙地（英文二字母譯音）覆。此誠藝林趣聞也。

（《幼新筆記》）

不如歸　原續編卷四第五十

德富豬一郎得意之著作，即爲有名之《不如歸》。其中所指浪子，即大山元帥之長女信子；所稱武郎，即今横濱正金銀行總裁某也。此書爲哀情小説中之傑出者，前後再版數十次，漢英皆有譯本，蓋日本小説近來最著名之作也。猪一郎爲蘇峰生之弟，自署蘆花生，與乃兄志趣不同，而文才略等。蘆花尤沉鬱孤往，深入無人之境。説者謂生流寓美洲者久，漸漬於西方之感化至深云。（《闕名筆記》）

小説考證雜記

《漢藝文志》：小説出於稗官。謂細米爲稗；王者欲知閭巷風俗細碎之言，故立稗官以記之。（《因樹屋書影》）

今小説書，通謂之演義。按潘岳《西征賦》云：『晉演義以獻説。』演義字殆即出於此乎？（《譚瀛室隨筆》）

雜劇、傳奇之屬，元人分若干折，後人作齣。明王伯良（驥德）《校注古本西厢記凡例》，謂元人從折，今或作出，又或作齣。出既非古，齣復杜撰，字書從無此字。近《詅癡符傳》，以爲齣蓋齝字之誤，良是。其言謂牛食已復出嚼曰齝。音笞。傳寫者誤以臺爲句；齣出聲相近，至以出易齝。又引元喬夢符云：『牛口争先，鬼門讓道語。』遂終傳皆以齝代折。不知字書齝本作⿰齒司，又作呞：以⿰齒司作齣，筆畫誤在毫釐，相去更近，非直臺句之混已也。即用⿰齒司，元劇亦不經見。故標上方者，亦止作折云云。蓋元明人製曲，以通俗爲得體，遣詞且然，何論用字？必欲一一訂正之，或詞意轉不可曉，聲調亦復失諧。大抵梨園傳讀之本，詎可與若輩談小學耶？（《眉盧叢話》）

玉茗堂《四夢》，明臨川湯若士（顯祖）撰，曰《牡丹亭》，曰《紫釵記》，曰《邯鄲記》，曰《南柯記》，蜚聲曲苑久矣。明上虞車柅齋(任遠)亦有《四夢》,曰《高唐》,曰《邯鄲》,曰《南柯》,曰《蕉鹿》(見元鍾嗣成《録鬼簿》)。特玉茗《四夢》係傳奇,而柅齋所作則雜劇耳。(同上)

好小説家言者,首推紀文達公昀,詼諧善談。今所傳《灤陽銷夏録》、《續録》、《槐西雜記》、《如是我聞》、《姑妄聽之》是也。袁枚嘗作《子不語》,然不及其雅飭。蒲松齡之《聊齋志異》,尤爲卓絶。其叙事簡古,人比之司馬遷《史記》。餘如金人瑞之《西城風俗記》、湯傳楹之《閒餘筆話》、余懷之《板橋雜記》、吴翊鳳之《秋燈叢録》,均能巧言切狀,如印之印泥,不加雕削,而曲寫毫芥。至章回小説,自達海以滿字翻譯《三國演義》,以教旗人,而忠毅公額勒登保直視同古兵法,破川楚教匪,爲一朝名將。此亦可見小説之有裨實用矣。若吕撫之《二十四史通俗演義》,蔡奡之《東周列國志》,胡爲而之《東漢演義》,褚人穫之改正《隋唐演義》,雖較之《三國志演義》,文質殊體,雅俗異態,而貞百慮於一致,驅萬途於同歸,亦能使紛煩衆理,無倒置之乖;殺雜群言,無棼絲之亂。譬如葑菲,節取焉可也。言情之作,則莫如曹寅之《紅樓夢》。譏世之書,則莫如吴敬梓之《儒林外史》。曹以婉轉纏綿勝,思理爲妙,神與物游,有將軍欲以巧勝人,盤馬彎弓故不發之致。吴以精刻廉悍勝,窮形盡相,惟妙唯肖,有箭在弦上,不得不發之勢。所謂各造其極也。至善評小説者,則推金人瑞,筆端有刺,舌底瀾翻,亦爽快,亦敏妙;鍾惺、李卓吾之徒,望塵莫及矣。文章游戲,繆艮所作,近代則之,厥風大暢。東方譎諫,淳于滑稽,其於世道人心,蓋亦有功不少云。(《清稗類鈔》)

順治七年正月,頒行清字《三國演義》,此如明時文淵閣書有《黄氏女書》也。《黄氏女書》爲念佛，《三國演義》爲關聖，一時人心所向，不以書之真僞論。其小説之禁，順治九年，題准瑣語淫詞，通行嚴禁。康熙四十八年六月，議准淫詞小説，及各種秘藥，地方官嚴禁。五十三年四月，九卿議定坊肆小説淫詞，嚴查禁絶，版與書俱銷毁。違者治罪，印者流，賣者徒。乾隆元年，覆准淫詞穢説，疊架盈箱，列肆租賃，限文到三日銷毁。官故縱者，照禁止邪教不能察緝例，降二級調用。嘉慶七年，禁坊肆不經小説，此後不准再行編造。十五年六月，御史伯依保奏禁《燈草和尚》、《如意君傳》、《濃情快史》、《株林野史》、《肉蒲團》等。諭旨不得令吏胥等借端於坊市紛紛搜查，致有滋擾。十八年十月，又禁止淫詞小説。（《癸巳存稿》）

有清一朝，屢申刊印小説之禁。因不免有誨淫誨盗之處，有害於人心風俗也。同治七年，丁日昌任江蘇巡撫，嚴禁坊間瑣語淫詞，毋許刊刻販售。兹録札文及書名於下。

爲札飭嚴禁事：照得淫詞小説，最易壞人心術。乃近來書賈射利，往往鏤板流傳。揚波扇焰，《水滸》、《西厢》等書，幾於家置一編，人懷一篋。原其著述之始，大率少年浮薄，以綺膩爲風流；鄉曲武豪，藉放縱爲任俠；而愚民鮮識，遂以犯上作亂之事，視爲尋常。地方官漠不經心，方以盗案奸情，紛歧疊出。殊不知忠孝廉節之事，千百人教之而未見爲功；奸盗詐僞之書，一二人道之而立萌其禍。風俗與人心，相爲表裏。近來兵戈浩劫，未嘗非此等逾閑蕩檢之説，默釀其殃。若不嚴行禁毁，流毒伊於胡底！本部院前在藩司任内，曾通飭所屬，宣講《聖諭廣訓》；并頒發小學各書，飭令認真勸解。俾城鄉士民，得以目染耳濡，納身軌物。惟是尊崇正學，尤須力黜邪言。合亟將應禁書目，黏單札飭。札到，該司即於見在書局，附設銷毀淫詞小説局。略籌經費，俾可永遠經理。并嚴飭府縣，明定限期。諭令各書鋪，將已刷陳本，及未印版片，一律赴局呈繳。由局彙齊，分别給價，即由該局親督銷毀。仍禁書差，毋得向各書肆借端滋擾。此係爲風俗人心起見，切勿視爲迂闊之談。并由司通飭外府縣，一律嚴禁。本部院將以辦理之認真與否，辨守令之優劣焉。計開應禁書目：

《龍圖公案》《品花寶鑒》《昭陽趣史》《玉妃媚史》《呼春稗史》《春燈迷史》《濃情快史》《何必西厢》《國色天香》《繡榻野史》《隔簾花影》《無稽讕語》《幻情佚史》《如意君傳》《北史演義》《夢幻姻緣》《株林野史》《桃花艷史》《檮杌閒評》《攝生總要》《隋煬艷史》《巫山艷史》《脂粉春秋》《温柔珠玉》《禪真佚史》《禪真後史》《風流野志》《燈草和尚》《漢宋奇書》《筆林廣記》《風流艷史》《拍案驚奇》《宜春香質》《女仙外史》《妖狐媚史》《海底撈針》《紅樓重夢》《續紅樓夢》《紅樓圓夢》《後紅樓夢》《紅樓後夢》《紅樓補夢》《增補紅樓》《續金瓶梅》《唱金瓶梅》《前七國志》(非《四友傳》)《醒世奇書》(即《空空幻》)《今古奇觀》(抽禁)《豈有此理》《更豈有此理》《摘錦倭袍》《緑野仙蹤》《雙鳳奇緣》《文武香球》《摘錦雙珠鳳》《鸞鳳雙簫》《龍鳳金釵》《花間笑語》《小説各種》(福建版)《巫山十二峰》《金石緣》《五

美緣》《燈月緣》《萬惡緣》《雅觀緣》《巫夢緣》《一夕緣》《雲雨緣》《詒癡符》《夢月緣》《桃花影》《嬌紅傳》《紅樓夢》《紫金環》《牡丹亭》《七美圖》《梧桐影》《循環報》(即《肉蒲團》)《金瓶梅》《艷異編》《天豹圖》《八美圖》(即《百美圖》)《鴛鴦影》《三妙傳》《貪歡報》(即《歡喜冤家》)《日月環》《天寶圖》《杏花天》《桃花艷》《怡情陣》《兩交歡》《同拜月》《蜃樓志》《石點頭》《蒲蘆草》《碧玉環》《載花船》《癡婆子》《一片情》《皮布袋》《奇團圓》《八段錦》(非講玄門者)《碧玉獅》《鬧花叢》《醉春風》《同枕眠》《弁而釵》《清風閘》《文武元》《鳳點頭》《綠牡丹》《錦繡衣》《尋夢記》《雙珠鳳》《芙蓉洞》(即《玉蜻蜓》)《一夕話》《十二樓》《乾坤套》《解人頤》《子不語》《夜航船》《二才子》《百鳥圖》《劉成美》《盤龍鐲》《繡球緣》《萬花樓》《玉鴛鴦》《九美圖》《十美圖》《換空箱》《一箭緣》《雙玉燕》《金桂樓》《白蛇傳》《空空幻》《五鳳吟》《真金扇》《探河源》《雙翦髮》《百花臺》《鍾情傳》《四箱緣》《錦香亭》《玉連環》《合歡圖》《西廂》(即六才子)《浪史》《情史》《倭袍》《反唐》《隋唐》《蟫史》

按以上各書，羅列不可謂不廣；然其中頗有并非淫穢者。且少年子弟，雖嗜閱淫艷小說，奈未知其名，亦無從徧覓。今列舉如此詳備，盡可按圖而索，是不翅示讀淫書者以提要焉。夫亦未免多

此一舉矣。(《譚瀛室筆記》)

小說家多好以自身所經過之歷史,爲著述之資料。如《儒林外史》中之杜少卿,即著者吴敬梓徵君之自寓也。《兒女英雄傳》,著者文鐵仙,曾簡駐藏大臣,以事不果往。故書中安龍媒將有烏里雅蘇臺之役,而卒不成行。殆亦以泚筆之時,感觸身世,因而自爲描寫耳。(《清稗類鈔》)

自金聖歎好批小說,以爲其文法畢具,逼肖龍門。故世之續編者,汗牛充棟,牛鬼蛇神。至士大夫家几上,無不陳《水滸傳》、《金瓶梅》以爲把玩。余謂小說初無一佳者,其他庸劣者無足論。即以前二書言,《水滸傳》官階地理,雖皆本之宋代,然桃花山既爲魯達由代郡之汴京路,何以三山聚義時,反在青州? 北京之汴,不過數程,楊志奚急行數十日尚未至? 又紆至山東鄆城,何也? 此皆地理未明之故。一百八人原難鋪排,然亦必各見圭角,始爲著書體裁;如太史公《漢興諸王侯》是也。今於魯達、林冲,詳爲鋪叙,至盧俊義、關勝輩,乃天罡著名者,反皆草率成章,初無一見長者。又於馬麟、蔣敬等四五人,層見疊出,初不能辨其眉目。太史公之筆,固如是乎? 至三打祝家莊後,文字益加卑鄙,直與《續傳》無異。此善讀書人,必能辨别者。《金瓶梅》,其淫褻不待言。至叙宋代事,除《水滸》所有外,俱不能得其要領。以宋、明二代官名,羼亂其間,最屬可笑。是人尚未見商輅《宋元通鑒》者,無論宋金正史。弇州山人何至謭陋若此,必爲贋作無疑。世人於古今經史,略不過目,而津津於淫邪庸鄙之書,稱贊不已,甚無謂也。(《嘯亭續録》)

傳奇家演帝王未興時,多有入獄受困苦者。按:古今唯漢宣帝少時,以巫蠱繫獄,賴丙吉護之

以免。光武少時，曾與李軼詞訟於嚴尤。陳宣帝流入西魏，繫禁多年。此外更無他帝王繫獄也。（《嘯亭雜録》）

尉遲敬德用鐵鞭，本出稗官小説，《唐書》固不載也。然唐李昌符《鐵馬鞭詩序》云：長慶二年，義成軍節度使曹華進獻，且云得之汴水；有字刻云：『貞觀四年，尉遲敬德。』近繼蓮溪方伯《左庵瑣語》，載南熏殿藏古帝后聖賢名人像，中有尉遲敬德像。面色微黑，短髯鮮眼，手拄鋼鞭，其先伯通奉公親見之。是敬德之鞭，已有確徵，小説相傳，却非荒唐。（《荷香館瑣言》）

小説所以敷衍正史，而評話又以敷衍小説。小説間或有與正史相同，而評話則皆海市蜃樓，憑空架造。然其中亦有標異出奇，豁人心目者。昔在郡城城隍廟，見有説《三國演義·葭萌關桓侯戰馬超》者。言孟起與桓侯苦戰三日夜，欲爲馬上擒桓侯而未能。遂詐敗，桓侯追之，孟起回身，手擲飛抓罩其首。蓋孟起高祖新息侯援，素精此技。昔佐光武定天下，百步之内，取敵人首如囊中物，孟起之家傳絶技也。桓侯見飛抓自空直下，卒不及避，不覺大聲而呼，舉蛇矛向上格之。孟起回望，桓侯頂上黑氣冲天而起。内現一大鳥，以翅擊抓，抓墜於地不可收，大驚而退。後李恢説之，遂降昭烈。世傳桓侯是大鵬金翅鳥轉生，故急迫之際，元神出現耳。昔有桓侯在唐留姓、在宋留名之説。於唐時爲張睢陽，宋時爲岳忠武。忠武在孕時，母夢鵬飛入室而生，此其證也。説書者可謂有源有委矣。後於杭州昭慶寺，聽説《飛龍傳·陳橋兵變》一段。言宋太祖領兵北伐，夜宿陳橋驛中。張光遠、羅彦瑰等，議欲奉以爲帝。太祖聞之，遂逾墻至厩，獨乘九天斑豹馬而逃。行至陳橋，時月色明甚。見一白鬚者握鞭立橋上，大呼曰：『來者非趙匡胤乎？』曰：『然。』曰：『我高行周也。向知汝當登九五，故聽苗訓自刎，全汝一家。天命已定，逃欲何之？』蓋行周渾名高鷂子，周太祖渾名郭雀兒。鷂能捕雀，故昔威與高戰，輒敗，歷有仇隙。威登極，知宋祖父弘殷，與行周結生死交，遂執弘殷及其眷屬囚之，而令太祖往説行周，使之歸降，不則取其首來。若二者皆不能，則滿門皆戮。時行周爲漢守海平城，宋祖説之，行周誓不可。術士苗訓，以天命有在勸之。行周自刎死，以首畀太祖。太祖持歸，威親啓匣驗之。忽見行周立於前，以鞭擊其頭，驚悸成疾而卒。弘殷一家得釋。今太祖將即位而逃，其馬日行千里，夜行八百，人不能追。故行周顯靈以阻之。太祖不答，策馬上橋。行周拒以鞭，馬驚躍長嘶，不敢進。正徘徊間，光遠等已聞聲追至，被以黄袍，擁之而去。行周亦冉冉入雲，旋不見。二説雖悠謬縹緲，然亦新穎可喜。所以柳敬亭一派，至今盛行，而人莫之厭也。（《聽雨軒餘記》）

（一九一九年商務印書館排印本）

小說考證目錄

卷一

小說考證　目錄　一

商務印書館贈

小說累人

老談　撰

載於一九一一年一月四日《民立報》。作者老談，即談善吾（一八六八—一九三七），又名談治、談長治，老談爲其筆名。江蘇無錫人。爲《民立報》中堅，南社社友。一九二三年主編《中華新報》。著有《亡國奴傳奇》及小說《真因果》等。本文指出了將小說當作真實的流弊，如將義和拳中的領袖比作《施公案》中的黄天霸等，致使給國家帶來了禍害。

小說有益於社會已爲世界所公認，然以一無知識者閲中國之舊小説，亦常有流弊，固不僅貽笑柄已也。如庚子之變，人皆知爲端王所釀，而端王之生平惟知閲《施公案》等舊小説，曾在太后前指董福祥爲臣之黄天霸；及拳匪事起，遂竭力提倡，致召聯軍之禍，蓋無不從《施公案》等書有所心得而來也。更嘗見人記雍正間有長白某少宗伯，因保薦人才引孔明不識馬謖事，憲宗怒其以小説入奏，責四十板而枷示焉。又乾隆朝某侍衛擢荆州將軍，人賀之，輒痛哭，異而請其故，則哽咽而言曰：『此地爲東吴所必争，關壯繆尚守不住，今遣老夫，是欲殺老夫耳。』此二事則均發生於閲《三國演義》也。小説累人豈淺鮮哉！

民立報

MIN LI PAO

信成銀行添招新股并發給官利紅利廣告

上海信成總銀行

農業叢書水產新編廣告

愚園開幕特設遊園贈品劵廣告

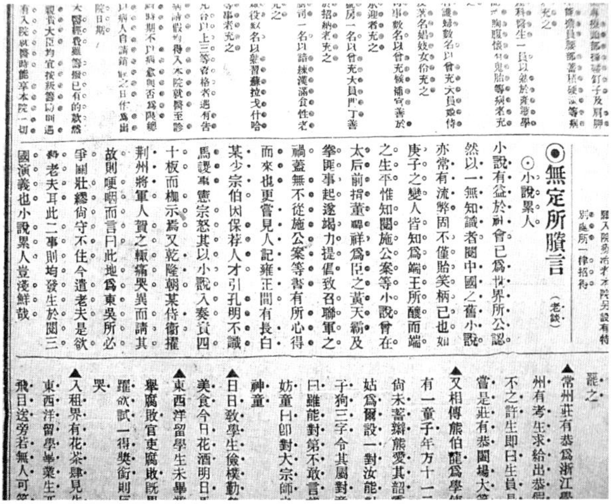
◉無定所臏言（老談）

⊙小說累人

小說有益於社會，已爲世界所公認。然以一無知識者閱中國之舊小說，亦常有流弊，固不僅貽笑柄已也。如庚子之變，人皆知爲端王所釀，而端之生平，惟知閱施公案等小說，曾在太后前指董福祥爲臣之黃天霸，及拳匪事起，遂竭力提倡，致召聯軍之禍，蓋無不從施公案等書有所心得而來也。更嘗見人記雍正間有長白某少宗伯因保荐人才，引孔明不識馬謖事，憲宗怒其以小說入奏，貢四十板而枷示焉。又乾隆朝某侍衛擢荆州將軍，人賀之，輒痛哭，異而請其故，則哽咽而言曰：此地爲東吳所必爭，關壯繆尚守不住，今遣老夫，是欲殺老夫耳。此二事則均發生於閱三國演義也。小說累人，豈淺鮮哉。

小說叢話

侗生 撰

載於一九一一年《小説月報》第二年第三期。作者侗生，不詳。此篇重在論述林譯小説和近時新作。作者受金聖歎『犯而不犯』的啓發，認爲『同處能異，自是名家』，《水滸》、《紅樓》以及哈葛德、林紓之高明處也就在此。他評徐念慈之《新法螺》爲『滑稽小説中上乘』和論曾樸之《孽海花》爲《文明小史》、《老殘遊記》、《恨海》四大傑作中之第一，頗受人們注意。

英人哈葛德所著小説，不外言情，其書之結構，非二女争一男，即兩男争一女，千篇一例，不避雷同，然細省其書，各有特色，無一相襲者。吾國施耐庵所著《水滸》，相類處亦夥。即以武松論，性質似魯智深，殺嫂似石秀，打虎似李逵，被誣似林冲，然諸人自諸人，武松自武松，未嘗相犯。曹雪芹所著《石頭記》，所記事不出一家，書中人又半爲閨秀，閨秀之結果，又非死即苦，無一美滿。設他手爲此，不至十回，必致重複，曹氏竟紆徐不迫，成此大文。其布局如常山率然，首尾互應；如天衣無縫，無隙可尋。尤妙者，寫黛玉一身，用無數小影，黛玉與小影，固是二人；即小影與小影，亦不少複。可見中西小説家，每能於同處求異。同處能異，自是名家。蓋不深思，則不得異；不苦撰，又不得異。深思而苦撰，其不爲名家者幾希。

近代小説家，無過林琴南、李伯元、吴趼人三君。李君不幸蚤世，成書未多。吴君成書數種後，所著多雷同，頗有江郎才盡之誚。惟林先生再接再厲，成書數十部，益進不衰，堪稱是中泰斗矣。總先生所譯諸書，其筆墨可分三類：《黑奴籲天録》爲一類，《技擊餘聞》爲一類，餘書都爲一類。一以清淡勝，一以老練勝，一以濃麗勝。一手成三種文字，皆臻極點，謂之小説界泰斗，誰曰不宜？

林先生所譯名家小説，皆能不失原意，尤以歐文氏所著者，最合先生筆墨。《大食宫故餘載》一書，譯筆固屬絶唱，《拊掌録》之《李迫入夢》一節，尤非先生莫辦也。

西人所著小説雖多，巨構甚少，惟迭更司所著，多宏篇大文。余近見《塊肉餘生述》一書，原著固佳，譯筆亦妙。書中大衛求婚一節，譯者能曲傳原文神味，毫釐不失。余於新小説中，嘆觀止矣。

《孤星淚》一書，叙一巨盗改行，結構之佳，狀物之妙，有目共賞。囂俄氏善作悲哀文字，是書尤沉痛不忍讀。余讀是書，三捨三讀，未終篇也。書末未署譯者姓氏，余頗以爲歉。

林先生所譯《神樞鬼藏録》出版，某報譏之。實則該書雖非先生傑作，詳狀案情，形容盡致，有足多者。惟近譯《貝克偵探譚二編》，事實譯筆均無可取。轉思某報所言，似對是書而發者，貝克、貝克，誤林先生不淺也。

余不通日文，不知日本小説何若。以譯就者論，《一捻紅》、《銀行之賊》、《母夜叉》諸書，均非上駟。前年購得小説多種，中有《不如歸》一書，余因爲日人原著，意未必佳，最後始閲及之。及閲終，覺是書之佳，爲諸書冠（指同購者言），恨開卷晚也。友人言：『是書在日本無人不讀，書中之浪子確有其人，武男片岡至今尚在。』又曰：『林先生譯是書，譯自英文，故無日文習氣，視原書尤佳。』

《天囚懺悔録》一書，亦林先生所譯，事實奇幻不測，布局亦各得其當。惟關節過多，以載諸日報爲宜，今印爲單行本，似嫌刺目，且書中四十章及四十五章間有小錯，再版時能少改訂，方成完璧。

《雌蝶影》，時報館出版，前年懸賞所得者也。書中所叙事物雖似迻譯，然合全書省之，是書必爲吾國人杜撰無疑。書中有一二處頗礙於理，且結果過於美滿，不免書生識見，惟末章收束處，能於水盡山窮之時，異峰忽現，新小説結局之佳，無過此者。友人言此書爲李涵秋作，署包某名，另有他故。

《新蝶夢》前半頗可觀，惟結處過遠事理。冷血所著小説，多有蛇尾之譏，此書尤甚。

《雙淚碑》，亦時報館出版，篇幅甚短，寓意却深。時報館諸小説，此爲第一。《雙罥絲》與此書爲一人所著，遠遜此書。前人謂文字有一日之短長，觀此二書而益信。

《新法螺》一書，以滑稽家言，爲衆生説法，用意善良苦，文筆亦足達其意，滑稽小説中上乘也。末附《法螺先生譚》，亦有可取。

《埃及金塔剖屍記》一書，半言鬼神，有吴道子繪地獄之妙，其叙兒女私情處，亦能曲繪入微。

英人哈葛德工於言情，盡人皆曉，然守錢虜之醜態，武夫之慷慨，一經哈氏筆墨追摹，亦能惟妙惟肖。《玉雪留痕》中之書賈，《璣司刺虎記》中之大尉，形容如生，可歌可泣。《洪罕女郎傳》，兼武夫、錢虜而有之，宜見特長，然其中著墨處，反遜二書。似哈氏狀物最工，今遇其善狀之人，不應如是。再三思之，中有一理：哈氏身爲小説家，書賈之性質，哈氏所最曉；《璣司刺虎記》中之大尉，身在兵間，其事足爲國人範，想亦哈氏所樂述。一切於身，一關於國，言之較詳，理也。《洪罕女郎傳》之大尉，固屬賦閒，且於本書無絶大之關係，故不能偏重。書中之小人，爲哈氏所唾駡者，又不僅一錢虜，勢不能少分墨瀋以狀餘人，以是故不能如二書之詳盡。

偵探小説最受歡迎，近年出版最多，不乏佳作，如《奪嫡奇冤》、《福爾摩斯偵探案》、《降妖記》等書，其最著者也。

《孽海花》爲中國近著小説，友人謂此書與《文明小史》、《老殘游記》、《恨海》四大傑作。顧《孽海花》能包羅數十年中外事實爲一書，其綫絡有非三書所及者。其筆之詼諧，詞之瑰麗，又能力敵三書而有餘。惜印行未半，忽然中止。天笑生承其意，爲《碧血幕》一書，文筆優美，與《孽海花》伯仲，未數回亦止。神龍一現，全豹難窺，見者當有同慨也。

《新茶花》一書，既多襲《茶花女》原意，且襲其辭，毫無足取。余嘗謂中國能有東方亞猛，復有東方茶花，獨無東方小仲馬。於是東方茶花之外史，不能不轉乞於西方。尤幸《茶花女》一書先出於七八年前，更省迻譯之苦，於是《新茶花》竟出現於今日。

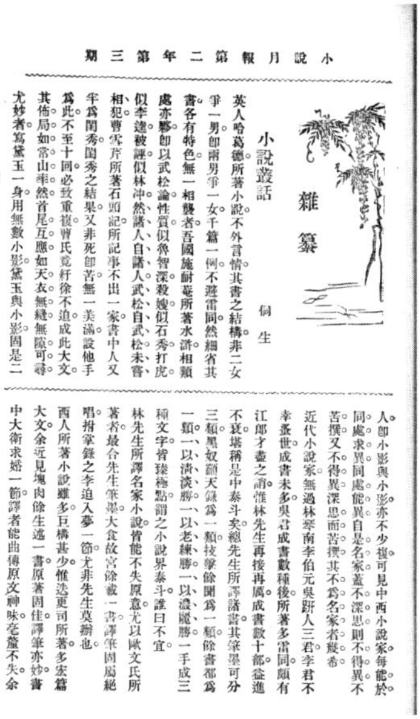
小說月報第二年第三期

雜纂

小說叢話　侗生

英人哈葛德所著小說。不外言情。其書之結構。非二女爭一男。即兩男爭一女。千篇一例。不避雷同。然細省其書。各有特色。無一相襲者。吾國施耐菴所著水滸。相類處亦夥。即以武松論。性質似魯智深。殺嫂似石秀。打虎似李逵。被譯似林冲。然諸人自諸人。武松自武松。未嘗相犯。曹雪芹所著石頭記。所記事不出一家。書中人又半爲閨秀。閨秀之結果。又非死即苦。無一美滿。設他手爲此。不至十回。必致重複。曹氏竟紆徐不迫。成此大文。其佈局如常山率然。首尾互應。如天衣無縫。無隙可尋。尤妙者。寫黛玉一身。用無數小影。黛玉與小影。固是二人。即小影與小影。亦不少複。可見中西小說家。每能於同處求異。同處能異。自是名家。蓋不深思。則不得異。不苦撰。又不得異。深思而苦撰。其不爲名家者。幾希。

近代小說家。無過林琴南李伯元吳趼人三君。李君不幸蚤世。成書未多。吳君成書數種後。所著多雷同。頗有江郎才盡之誚。惟林先生再接再厲。成書數十部。益進不衰。堪稱是中泰斗矣。總先生所譯諸書。其筆墨可分三類。黑奴籲天錄爲一類。技擊餘聞爲一類。餘書都爲一類。一以淸淡勝。一以老練勝。一以濃麗勝。一手成三種文字。皆臻極點。謂之小說界泰斗。誰曰不宜。

林先生所譯名家小說。皆能不失原意。尤以歐文氏所著者。最合先生筆墨。大食故宮餘載一書。譯筆固屬絕唱。掮掌錄之李迫入夢一節。尤非先生莫辦也。

西人所著小說。雖多巨構。甚少惟迭更司所著多宏篇大文。余近見塊肉餘生述一書。原著固佳。譯筆亦妙。書中大衛求婚一節。譯者能曲傳原文神味。毫釐不失。余

雜纂　一

小説閒評

天　游　撰

連載於一九一一年三月二十日至四月二日《民立報》。作者署名天游，疑爲盧天游（一八七九—？），原名汝翼，字雲村，廣西桂平人。早年留學日本法政大學。回國後創辦廣西法政財政自治學校，任廣西諮議局議員。民國後，任廣西都督府法制局局長等。本文將小説的體例仿史家之體也分爲三體：紀傳體、編年體與紀事本末體。但他認爲：『史家三體，以紀傳爲正裁，餘爲附庸；小説則以編年爲正裁，餘爲附庸。』且小説與史有『異趣』：『作史必徵諸實際』，『小説則不妨蹈空，且無疏漏之虞』，『此人所以樂觀小説之原因也』。在説明體例之後，又詳論了作小説的『十忌』：『忌有意作關係文字』，『忌先標出全書爲主之主人』，『忌無回應，不貫串』，『忌起結平還』，『忌裝潢無理法』，『忌貪寫閒事，妨害正文』，『忌寫神怪』，『忌寫戰爭』，『忌落前人舊套』，『忌續作』。這裏第一條『忌有意作關係文字』，是指不要主題先行，滿紙莊言正論，勸善懲惡：『大抵小説之作，其宗旨在全部寓意，其寓意處當爲海上神山，不可即而不可離；如雲中游龍，無所見而實若可見，令讀者自領會之。若明白揭櫫，讀者一覽無餘，則味同嚼蠟。』最後，值得注意的是論評了金聖歎、毛宗崗以下的衆多的小説批評。他認爲：『金聖歎《水滸》批爲最縱横捭闔，上下古今，幾不可以遊戲筆墨視之。』特别贊賞《花月痕》中論及《紅樓夢》『全書主人衹寶玉、妙玉二人』。并提出了小説批評的原則：『須批者之眼光與作者心思針芥相對，不必鈎深致遠，務爲詭奇。若將庸常之理、人人心目中共有之境，反支離作廋詞以解之，或窮極高遠、上天下地以譬之，譬如博士買驢，書券三紙猶不見驢字，此批者之誤入魔道，於原書毫無痛癢也。』這類對於小説批評的批評文字，在中國的古代與近代并不多見。

按：此稿前尚有叙文一首，近八百字，駢體叙事，歷溯小説原起及新舊小説之異趣云云，原稿亦毁於初六日之火，特綴數言志憾，記者識。

讀小說者，當知小說之體例。史家有三體，如紀傳、編年、紀事本末三體是也。龍門作《史記》，導源《尚書》，創紀傳一體，後世史家遂奉爲正裁。荀悦作《漢紀》，導源《竹書紀年》，創編年一體，後袁宏、習鑿齒皆繼而仿之。至温公作《通鑒》，集編年之大成，遂成一鉅規焉。紀事本末則始自袁樞。三體皆各有短長，如紀傳紀一人一事，而不能統觀一代之全；編年又不能即一人一事而即見其始末；紀事本末雖自爲起訖，然不過爲讀史者創一方便法門，尚不足與紀傳、編年并論也。小説亦有三體，如《武帝内傳》、《飛燕内傳》等，紀傳體也。唐代叢書中諸傳繼之，此後如《聊齋》等類皆是也。章回始自《宣和遺事》，《水滸》繼之，即編年體也。自此例定，後遂奉爲正規，如歷代史家之奉紀傳爲圭臬焉。紀事本末獨詳一事，自相始終，如《今古奇觀》、《李笠翁閒話》皆此類也。史家三體，以紀傳爲正裁，餘爲附庸；小説則以編年爲正裁，餘爲附庸。且各體俱擅其長而安其短，何則？蓋作小説者與作史異趣：作史必徵諸實際，統一代之全以合融之，故各體皆有窒礙；小説則不妨蹈空，且無疎漏之虞。空際樓臺，無根株可撼；鏡中花月，無迹象可尋。觀者不費心思，祇覺其樂，此人所以樂觀小説之原因也。

小説之體例既明，則作小説者不可不知所避忌，人謂有五難，余則謂有十忌焉。

一忌有意作關係文字也。小説以寓勸懲爲主，自是正論。然統觀前人小説，其以勸善懲惡爲宗旨者，其書往往不佳。滿紙莊言正論，如讀語録性理之書，人避之如蛇蝎，厭之如腐儒，不惟本心不欲閱，即以父兄師保之督責，亦不能强焉。而小説之佳者，又往往蹈虚幻，或涉誨淫。如是，小説之正者不佳，佳者不正。讀小説者於以嘆才難焉。推原其故，則知小説之佳者，固失於有意求工，而小説之正者，亦因偏重於有意求關係於世道人心之故，今世俗儒動援顧亭林文『不關於經術治理不足爲』之語，謂小説亦當師此意，不知既云不關於正，不足爲則，何如并小説而不作之尤爲高尚，何必勉强遷就？通於此而窒於彼，作此不成品類之文，佛儒兩不收，究何謂也？蓋小説與文字殊科，文字則不妨從大處落墨，其有訓世之箴言，發表於文章可也，不必强以小説居之也。若小説則必入小説之範圍，始可名爲小説。昔雍乾間諸大儒各標一幟，獨行其是，工考據者，不必工詩、古文；工文者，不必工詞詩；且有以詩、古文名家而絶不諳詞曲詩餘者，則尤多焉，何則？蓋詩才俊逸者，每恃其逸足善走，往往奔放，不屑受束縛，詞曲必須按腔合拍，始能成調，澄心静意以爲之，則性有不耐，倘率爾操觚，又不成爲詞，故寧不爲此，所以成大家數也？然則作小説者，何獨不明斯理，而必貿然以爲之，何居乎？大抵小説之作，其宗旨在全部寓意，其寓意處當爲海上神山，不可即而又不可離；如雲中游龍，無所見而實若可見，令讀者自領會之。若明白揭橥，讀者一覽無餘，則味同嚼蠟。閩人嚴滄浪以禪喻詩，言作詩當如香象渡河，羚羊挂角，有神韻可味，無迹蹤可尋，方是詩家上乘，誠有味乎其言之也（即如新小説中之《十五小豪傑》，全本宗旨獎勵少年活潑進取之勇氣，及公民自治之精神，其用意何嘗無關係，而字面竟一若絶無關係也者。卒之，衆口交稱，雅俗共賞之。此亦可以見小説得失之林，所重者在此不在彼）。若必謂必如《兒女英雄》中安學海之理學，《野叟曝言》中如夫人之正論，始得爲小説之正宗，則吾不敢苟同。

二忌先標出全書爲主之主人也。作小説之通弊，每將全書爲主之人首先叙出，爲傳奇體所謂之正生家門、正旦家門焉。此最爲不宜。亦有不得不先述，然后可以出奇制勝者。此在相題度勢行之，不可泥爲定法。若勢非不得已，尚可稍緩出者，則當遲之爲便，譬如演劇然，其重要之齣必在中間，俟觀者眼醉心迷之際，然後手鑼一響，名角登場，則閲者愈覺眉飛色舞，整定精神，注定卿其愉快，不可言矣。又如弈棋然，先安放閒散子於四方，爲蓄勢之計，俟部署初定，而後主軍始出，於是先投之子一呼而皆應，如索然之勢，觀者始目眩心摇，嘆爲巨觀矣。作小説亦當如是，先期慘淡經營，待時機既熟，而後全書主人出，讀者游心既久，至此亦幾若忘之。及作者精神既見，始嘆其結構之非凡，如此方可盡小説之能事。《水滸》中之宋江，一部七十回大書中最重要之人也，而獨至十七回始出現，其先有如許妙文，極沉博絶麗之觀，觀者亦幾嘆觀止矣。不料尚有最後之一人，其初出時，亦無甚精采，獨至謫江州後有李逵出以襯之，而宋江精神始見於是。讀者視綫咸注集於其身，然後嘆名家手筆，迥不猶人。彼其於全書主人緩出之故，非獨辟町畦，故爲此紆徐以表異也，亦處士慎於出處之意。蓋幾經審慎之餘，確得其真像。羽毛豐滿，六翮充盈，始一舉而奮飛。所謂將軍欲以巧勝人，盤馬彎弓故不發，正此謂也。俗傖不知，謂作小説如作詩，須驪珠先得；夫驪珠先得，固小説之絶妙章法也。乃謂全書大旨當如開書時隱約一全觀，如《鏡花緣》之泣紅亭，《花月痕》之草凉驛夢，令人有霧中觀花之樂，非謂必先明其人其事也，若開門見山，又有何情致哉？

三忌無回應，不貫串也。小説最忌疏漏，若無回應，則前此爲閒文雖佳，亦應歸淘汰之列。譬之作時文八比，若不跟定小講，立意或不切題，則必非佳作也。小説又最忌隔閡，若不貫串，則雜亂無章，不得名爲一部整書。譬之亂世全境，四紛五裂，華麗破碎之山河，則必非治世也。故小説之佳者，往往一字不苟，有觀之似爲閒文者，不知此乃伏下文張本也。有觀之似爲忽略者，不知後幅有連絡無痕之妙也。吾最痛恨今之觀小説者，於作者苦心經營處，若走馬看花而過，而反記其無謂之事實，此誠爲金聖歎所云『記得若干事迹，便自謂能《水滸》者』，此語可駡絶天下之讀小説人。蓋觀小説者，當識作者之命意與苦心刻劃處，不必在其事迹。若必須記其事始可爲讀小説也，則其事不若歷史之重要，其人又非振今鑠古之聖賢，日用家常之繁文，交際酬酢之縟節，皆毫無關係之事，甚且子虛烏有也，又何勞讀者用此無謂之心思以記之乎？作者之苦心爲李長吉之嘔出血心肝，而閲者之眼光則爲王漁洋之眼披金屑，此最蒙所大惑不解者矣。

四忌起結平沓也。小説之起當令讀者有如觀朝日初出海之樂。日未出海之先，雲霞萬變，千百日影出没於海天相接之際，已極雲蒸霞蔚之觀。及日輪升空而後，知前境之幻乃驚爲氣象萬千焉。譬如大國當前，雖未至其地，而鷄鳴犬吠之聲已聲聞於四境，可決其必爲繁庶元邦；又如勝境匪遥，雖未窮其勝，而觀其千巖競秀，萬壑争流，知必爲洞天之境。若觸目皆窮簷蔀屋之民，舉足皆草莽荆榛之途，知前途雖佳，亦有限矣。其結處當如神龍見首不見尾，陡然雲收霧散，青天畢露，毫無留痕，方爲超妙。或餘音繞梁，令人作十日思，如《花月痕》煞尾以菊宴一齣作收束，仙風習習，餘音嫋嫋，讀後三日齒頰尚有餘芬，此名家所以異於庸俗也。吾最不喜開卷即報三代脚色，此其弊於第二條中已申言之。又最不喜結處用團圓等俗套，彼庸庸者無論矣。即稍高尚者，亦十六七蹈此弊。竊謂凡如此結束，總不免庸俗，若實事小説有不得不然者，自可不拘此例，其餘如莊生寓言、陶潛涉趣之作，既無關於實驗，則不妨蹈空而行，令讀者咂舌稱奇，又斷絶後人著作地步，方爲超超元著焉。故名人之小説，往往以一夢了之，或另起小波瀾，使結處無索然意盡之虞，如《鏡花緣》之神猿，《石頭記》之賈雨村言，皆是此意也。

五忌裝潢無理法也。小説中點染景物，貴布置天然。若者宜於游歷時點綴之，若者宜於宴樂時鋪陳之，以及插科打諢、諉笑諧謔，皆須相題行之。金谷郿塢，必不使有一毫寒酸之氣。輞川桃源，必不使沾一點塵俗之氣。譬之米襄陽之書畫舫，至雅淡也，而以之載賈客則俗。黨太尉之銷金帳，極綺艷也，若以之款徐孺則慢。必須入情入景，令讀者身入其中，如宗少文之卧游，雖未攜謝屐，而五嶽如在目前。又如夜游華子岡，處處引人入勝。讀者神游既久，不啻游邯鄲道，栩栩然而與之相周旋焉。有此化工之筆，則看小説不必述盤根錯節之事，不必逞燃犀鑄鼎之奇。即日用常情，信手拈來，即可成絶世妙文，如《儒林外史》等書，皆是也。若不審時勢，不分倫次，節鼎彝於寢室，以鐘鼓饗爰居，務爲張皇，不循理法。雖奇麗矞皇，斷不足窺著作之林。須知名人著書，非鸜鵒一揮之速來也。蓋必冥想若干時，策畫若干時，或見堯於羹，或見舜於墻，或投石而觸機，或面壁而悟道，仰觀俯察，目送手揮，然后乙乙抽思，綿綿抒句，揚華摛藻，蔚成鉅觀，用能深入於人心，獨標其幟於六藝之外也。近人不知其所以難，狃於彈詞之故習，習爲鄙俚。於是疏才之士，以爲易與，輕易效顰以嘗試，荒言滿紙，務以拉雜填寫爲能。其下焉者，或并此而亦不及焉，安得施、王、曹、杜（杜敏軒，乾隆時人，著《儒林外史》）？其人者，起而振之，以挽斯道之衰也。

六忌貪寫閒事，妨害正文也。一小説不可不叙閒事。不叙閒事，是蹈上所云『有意作關係之弊』。或力有不逮，筆不能不達，以致平淡枯寂，此不成爲小説也。又不可多叙閒事。多叙閒事，是謂之喧賓奪主，好逞鋪張，而正文反晦，又不得爲小説之良史也。故其叙述景物，當如上所云『貴布置天然，處處皆有畫意』始佳。若請客不分賓主，刑囚不論首從，一味鋪張揚麗，意到筆隨，毫無抉擇，讀者眼花心眩，不識其用意之方。及至正文，又毫無精采，令讀者如袁宏之讀《後漢書》，煩穢雜亂，睡而不能覺。此種小説，其作者初心何嘗不刻意求工，欲閱者之聳心動目哉？不知一著既差，全局皆誤。泥道器而求迹象，膠絃柱而鼓琴瑟，未能得小説之真詮。夫治小説如治兵然，須有秩序。無秩序則冠履可以倒置。又如作文然，須有章法。無章法則胡越混爲一家。今世小説家之務求踵事增華者，當亦未思及也。

七忌寫神怪也。神怪屬於宗教家言，其有悖於科學，自不待論。然小説中蹈此弊，亦徒見其志行薄弱而已。《齊諧》專志怪異，其書爲古代神話。左氏好言灾祥，後儒多譏之小説，雖無關典要，然叙及神怪，適足爲全書之累，反足以减色焉。譬之高尚之士，其襟懷如光風霽月，其氣節如孤松野鶴，獨行其是，自樂天真，必不屑寄他人樊籬，以貽終身之玷。又如神雋之才，其氣度卓犖不群，其文才奔放不羈，顧視清高，傲睨一切，必不屑縞膩顔袷，著布單衣，抱《左傳》逐鄭康成車後。彼小説之好叙神怪，亦依草附木，寄人籬下之謂也。蓋志行薄弱者，其力既不足以負任艱巨，其筆又不足以分風劈流。每遇山窮水盡之時，淮陰背水，阮籍途窮，百計以彌縫之，終有不合。爰托於能力萬有之神仙，以出而轉圜。於是萬不合情理之處，皆有謬理以通之。如方壺蓬瀛，神山不見，欲追鴻都羽士之蹤，此至難之事也。有神仙出，則仙瀛咫尺，蓬山不遠矣。又如沈疴不起，魂返無香，或貧乏難存，逐貧徒賦，欲於一朝而收大效，亦必無之理也。有神仙出，則死人生而白骨肉，銅山來而窮鬼遁矣。此其理之是否不必論，而在據宗教家之荒言謬理以觀察之，則固無以難。然既有大勢力之神仙，爲之後援，則何事不成？何理不通？無如皆依傍他人權勢，以成功名。如權門之厮養，如豪客之篾片，雖煊赫亦不足爲榮，反啓人蔑視之心。若其書本佳者，或忘攙入一二段神怪事，是又爲全書之玷。如中郎之失名晚節焉，令人不能不深爲可惜。如《花月痕》末卷，忽雜以妖婦鬥法一節，庸俗惡濫，等於彈詞之鄙俚，華屋不剪茅茨，冠裳而著草履，不知作者意何居也？故具有真實本領者，每徒手白戰，絶不借助外援。《水滸》一部大書，絶不叙神怪，是其力量勝人處。偶有亦是宋江僞造以惑衆，不過書中未嘗明言而已，如石碣天書皆是也。《女仙外史》雖全叙神怪，然其宗旨與《封神》、《西遊》異，不可以此例繩之。且其叙戰事，亦絶不以神怪攙入，亦不屑依傍他人之意。其餘諸書，則十不免六七矣。

八忌寫戰争也。《小説原理》謂『寫小事易寫，大事難』，而戰争又爲大事中最重要之件也。各書之叙戰争，無一佳者。或雜以神力，如鬥法擺陣，既卑陋不足道。或出於計略，於埋伏詐敗，更遊戲於優伶。其主謀者，必如孫吴之神明，其敵軍，必爲蠢蠻之愚虜。觀其發縱指示，指揮群策，無異聚米畫沙。及其出奇制勝，搗穴擒王，直同摧枯拉朽。彼時之敵軍，率皆塊然如渾敦，冥頑如頑石，束手待斃，壹籌莫展，亦若謂惟楚則有才，而秦則無人之意。天下安有此大便宜之事勢也？蓋著書之人，率多寒士，閲歷既少，僅據前人之陳説而摹仿之，千篇壹律，如塗附塗。其間有獨闢畦徑者，又祇知有己，不知有人，如吾上所云然。又或承平日久，民厭兵革，醉生夢死於牖下，戰争之情形，尤少閲歷。譬如人未識面，而令畫工圖其容。縱千易稿，亦不能似其毫末。作小説者，亦何莫不然！既未識戰争之情形，即百計刻劃鋪張，亦徒形詞費而已。故名人之小説，其不寫戰争者，必爲完璧。寫戰争者，必有瑕疵。《花月痕》若不列戰事數節，豈不誠超元著？乃雜以破回平倭等事，實有玷白圭。《女仙外史》雖有數回差强人意，亦不過彼善於此，不能推陳出新。至《野叟曝言》之叙戰事，尤荒誕不近人情，祇恃文素臣之勇力，一味蠻殺。雖極力章皇，亦實見其妄。最可笑者，則滄海樓救駕，銅柱緣繩之事，彼作者必自負爲奇想天開矣。不知以二千餘丈之繩，叙曳至十餘里之高遠，欲緣繩而偷渡陰平。無論其繩能乘載與否，然試問今世之人，有能勝此任否？其事直足以騙兒童，此亦足見太好奇之過也。總之，以不叙戰事爲上品，即或實事，萬不得已者，亦祇可隨意帶説，不必粉飾以壯聲勢。與其見拙，吾寧闕疑。大抵貪寫戰事者，必以此矜神奇之故。不知小説之奇處，并不在此。

試觀《第一奇書》，有此類攙入否？再廣之，如《儒林外史》、《石頭記》、《品花寶鑒》、《兒女英雄》，皆本朝之傑作，亦不見有戰争事迹。蓋亦知難而退，不蹈覆轍，故能卓然特立。至於《三國》、《列國》，殆可與《説唐》、《説岳》、《南北宋》、《楊家將》等書爲一類，同爲愚夫稚子所賞識，無足重輕。其餘稍高尚者，亦不脱此陋習，瑜誠不能掩瑕焉，此亦足見小説得失之林也。

九忌落前人舊套也。小説不可過於好奇，更不可近於陳腐。落前人舊套者，最陳腐之謂也。其事實雖庸言庸行，其立意抒藻，必須推陳出新，如是方可謂自成一家言。每見舊小説，於前人所創設之事，其稍新異者，必刻意套寫之。張冠李戴，恬不知羞。甚且懸諸國門，不增減原文一字焉。此弊在高尚之小説，或不多見。惟其卑下者，則專以此爲務，是亦不可以不論。如《昇仙傳》之全步武《緑野仙蹤》，書中之濟小塘，即以冷如冰自况，又效其大鬧嚴府。作者方得意疾書，自喜心得，不知閲者略一流覽，即以洞燭其奸。雖然，此雖陽儒陰釋，究屬貌合神離。不過穿窬鼠竊之行，并未敢明火執杖，公然剽掠也。其最顯著者，如《水滸》有劫法場，及公差野猪林謀害林冲等事，後此《粉妝樓》各書，皆直剿襲其文。又如《緑牡丹》專言武技，《七俠五義》仿之，而稍變其體。自此例一定後，於是一演爲《小五義》、《續小五義》，再演而爲《彭公案》、《施公案》。《彭案》續凡四，《施》且五續焉。三演而爲《前後永慶昇平》，皆效其稱謂口號，如高來高去、夜行術、江湖黑話等類，務以仿之畢肖爲能，絶不以胠篋爲耻。《七俠五義》有花蝴蝶淫賊，以後則有白菊花、飛雪僧、采花蜂、白如意、一枝桃繼之。《小五義》有破銅網陣之大觀，以後則有破藏珍樓、破畫春園、破木羊陣繼之。其餘如自黑妖狐盜冠後，繼之者有白菊花之盜袍服、賽毛遂之盜杯、碧眼蟬之盜玉。自小方朔妝神後，繼之有顧焕章之妝神、白勝祖之妝神。此外寫舊套之處，更難更僕焉。其尤可笑者，則如《續兒女英雄》之套寫《野叟曝言》，其大言牌，全仿西天元武之設擂。其活佛升天，全寫寶華寺之擒妙化。至其諸女將之較武，更與浴白山莊之較武，毫無半字脱漏，不過更易其姓名而已。其他處亦全套寫他書，絶無自撰之處。其餘各小説，除卓然名家之十餘本外，大都循此故智，以改頭换面爲能事，此其弊最卑下。稍高尚者，斷不屑爲之，然亦作小説者所不可不知也。

十忌續作也。模仿舊套，步武前蹤，名爲畫虎類狗，强作解事。妄續名作則謂之狗尾續貂。蓋名人著作必別有會心，自寫其心中之幻境，或影射時事，故支離其詞，當其冥心構想，獨運機杼，不知其幾度經營，故能成一名篇。結處或尚有隙可乘，正作者留有餘不盡之意，非真有未盡也。俗傖不察，不識作者意旨所在，每不慚形穢，崔顥在前，妄敢執筆於雷門；布鼓代大匠斲輪，縱極意求似，亦祇刻劃無鹽，唐突西子，愈形其醜而已。不知龍門之鯉已燒尾而去，何勞漁人臨淵而羡？作者已成名而去，又何勞後人添此蛇足？我有心思，我物我格，我知我致。若有所欲吐，自發表爲文章可也。何必亦步亦趨，景步後塵，追隨驥尾，爲此奴隸之事？此等續作，吾無以名之，名之曰疊床架屋，曰借端生事，曰無耻索詐。相如有言曰：『鷦鵬已翔乎寥廓之宇，而羅者猶視於藪澤。』正此之謂也。大抵才俊之士，必不肯俯首而從事繼述也。其從事者，必駑駘下駟，不能自樹立之輩。故從來續作之書，無一佳構，非節外生枝，即踵事增華，非矯枉過直，即變本加厲。要之，皆爲駢枝，無關原書本旨。試略舉例以明之，《水滸》一書，宗旨在崇善辟邪，彰善癉惡。書中言宋江罪狀已意在言外，故結處一夢，以嵇叔夜代表張叔夜作收束，歸合於正史，此絶大章法，最得體也。而羅貫中之《後水滸》必起復已故之侯蒙，故爲招安以完結之，不惟於正史不合，且於原書之宗旨亦未明，此之謂變本加厲。《蕩寇志》可以得作者之心矣，而成見自封，疾惡太甚，其胸襟太狹隘，似故爲報復者；且鋪張太甚，又特製造一陳希真出，以壓倒一切，雖勝於羅書，然不能學太白擱筆，實足令識者齒冷也，是之謂矯枉過直。又如《石頭記》，本朝名作也。其事皆實事，作者皆别有寄託，其結處水盡山窮，已無復容後人續作地步，而後人必支離穿鑿，强爲賡續，有《續紅樓》、《後紅樓》、《復紅樓》、《重紅樓》、《紅樓補夢》、《綺樓重夢》等作，如臨潼鬥寶，先後紛紛出，無一足觀。尤謬妄者，以《復紅樓》爲最，此之謂節外生枝。其餘續作總不外此數弊。各續作中之極鄙俚者，則以《續兒女英雄》最爲無耻之尤，未接薪傳，遽思稻桶，又復東涂西抹，更不值一粲。此外如《後三國》、《真真後三國》、《後列國》、《後西遊》，以及各彈詞之續作，其原書既不足觀，更遑論其續作！要之，皆以獨往獨來，不襲人後方爲高尚。否則，刻鵠類鶩，終不能似。與其舉鼎絶臏以自貽伊戚，何若憚犧斷尾之尤爲藏拙也。此亦十弊中最重要文件也。至《續今古奇觀》、《續聊齋》類，則可不拘此例。

以上十大弊，亦祇就舊小説界而言，若新小説則（一、二、三、四、八）此五弊皆不能免，（五、六）兩弊劣下者或蹈之，惟（七、九、十）三項則絶不相蒙，能免此十弊，則小説之能事畢矣。雖然，又不可過於膠滯也，若處處欲免斯弊，必多方沮窒，動必掣肘，刻意遷就以避之，是爲有意規避，亦必非佳作也。善乎岳武穆對宗澤之言曰：『陣而後戰，兵法之常，運用之妙，存乎一心。』此不過示以當然之法則耳，神而明之，存乎其人，在作者引伸觸類、曲會旁通，勿作刻舟之求可也。

作小說之弊既如此，至批小說亦未嘗無弊。從來小說批本，以金聖歎《水滸》批爲最縱横捭闔，上下古今，幾不可以游戲筆墨視之。《三國演義》乃毛氏批本託名金聖歎者，閱者試比附而合觀之，則任、沈之是非、邢、魏之優劣自見。大抵批小說者以能達作者意旨爲貴，須批者之眼光與作者心思針芥相對，不必鈎深致遠，務爲詭奇。若將庸常之理、人人心目中共有之境，反支離作度詞以解之，或窮極高遠、上天下地以譬之，譬如博士買驢，書券三紙猶不見驢字，此批者之誤入魔道，於原書毫無痛癢也。批語中最無謂者，以《西遊》批爲最荒唐，將《參同契》、《悟真篇》、《丹經》、《抱樸子内篇》等書，撮其説以印證書中所云，謂某處有合於彼、有關於此，滿紙金公木母、女嬰兒等字樣，觸目皆是。竊謂《西遊》不過閒極無聊之幻想耳，借荒忽怪誕之事，寄無聊賴之思，明三界惟心，一切皆外魔，故特造八萬四千寶塔，窮極莊嚴，以炫摇讀者之心目，作者意旨如斯而已。若必謂作者處處鬭合、步步留心，如作時文處處扣定題旨，暗用史事於無形，如是則作一百年而書必不成，縱成而難費解如此，亦何佳之足云，足見批者之妄而已。此外如太平閒人之批《紅樓》，亦援引陰陽卦爻以解說，尤屬奇談，此等批吾無以名之，名之曰蚍蜉撼樹，曰夏蟲語冰，可等諸熱病譫狂，無煩論辨。要之，以不必好奇方入情理，王道不外人情，中庸乃爲至道，必須躁釋矜平，始可與論小説也。

《紅樓夢》至今無一好批，護花主人如小人之度君子，大某山民如貧子之擬豪華。無已，或《花月痕》中之評論其庶幾乎？蓋謂全書主人祇寶玉、妙玉二人，釵、黛不過附屬物，故寶玉上一字屬之釵，下一字屬之黛，釵、黛二人不過寶玉蜕影而已，故寶玉居處名怡紅院，妙玉居處則名櫳翠庵，寶玉稱檻内人，妙玉稱檻外人，遥遥相對。又寶玉自謂濁物，妙玉自命清高，後來濁者反清，着紅袈裟回頭是岸；清者反濁，走火入魔强污而死。此批可謂讀書得間，眼大如箕，雪芹有知，亦必引爲知己。此外各書如《女仙外史》、《鏡花緣》之批，微嫌疏略；《野叟曝言》之批，不免迂闊；王漁洋之批《聊齋》嫌略，但明倫之批又嫌冗；《品花寶鑒》、《花月痕》至今尚無批本。《品花寶鑒》如仙靈明珠，寶月祥雲，英華外露，無煩箋釋；《海上花》則深文曲筆，描摹入微，含毫邈然，傳神阿堵，其細膩熨貼處，余常謂不減《紅樓》。淺識者薰蕕不分，或且與近出之《繁華夢》同視，冤哉冤哉！侏儒欲較天高，夜郎何如漢大，多見其比擬不倫耳。余他日當批郤導窾，詳加評論，庶無負作者之深心。其他各批本亦瑕瑜互見，絶無完璧，惟《兒女英雄》、《花月痕》之批尚差强人意，餘則寥寥無幾焉。蓋批小説亦若斯之難也，俗傖不知，往往取前人之名作胡亂涂澤，讀未終篇輒悍然武斷，既毋庸論，其稍高者或别有會心，借花獻佛。要之，無關原書，不增高於太山，亦無損傷於日月，適見其陋而已，此又批小説者所不可不知也。

作小説、批小説之義既明，而余之閒評亦於是而卒業矣。今者提倡正盛，斯道大新，一時鴻哲，大宏斯旨,歐鉛亞槧,著譯如林,或迎美人於西方,或移櫻雲於東土,艷拮屈宋,香薰馬班,領異標新,爭雄競爽,莊諧并出,雅俗紛陳,六藝附庸,蔚如大國。然篇什雖富,良楛難齊,娱目尚奢,愜心貴當,則兹篇之作,未始不可爲新小説家借鑒之資,惜措大生涯,新小説寓目未廣,不敢率爾操觚,妄肆譏評,俟他日泛濫群書,或續有新評之作,亦未可知,兹篇暫不論列。至前舉史家三體,與小説相并,如紀傳、編年、紀事本末等,類皆各有確當之比附,惟史評一門,尚付闕如,兹篇性質,略復相類,則自我作古,以此備小説界之史評一門可也。

(一九一一年三月二十日至四月二日《民立報》)

◉小說閒評（續）（天游來稿）

二忌先標出全書爲主之主人也作小說之通弊每將全書爲主之人首先叙出爲傳奇體所謂之正生家門甲旦家門焉此最爲不宜亦有不得不先述然後可以出奇制勝者此在相題度勢行之不可泥爲定法若勢非不得已尚可稍緩出者則當遲之爲便譬如演劇然其重要之齣必在中間俟觀者眼醉心迷之際然後手鑼一響名角登場則閱者愈覺眉飛色舞整定精神注定卿其愉快不可言矣又如奕棋然先安放閒散子於四方爲蓄勢之計俟部署初定而後主軍始出於是先投之子一呼而皆應如率然之勢觀者始目炫心搖嘆爲巨觀矣作小說亦當如是先期慘淡經營待時機既熟而後全書主人出讀者游心既久至此亦幾若忘之及作者精神既見始嘆其結構之非凡如此方可盡小說之能事水滸

塞莽舊話

佚名 撰

載於一九一一年四月九日《民立報》。作者塞莽，待考。本文是在王夢阮、蔡元培之後又一種有關《紅樓夢》的索隱研究，認爲該書寫了『順康兩朝八十年之歷史』，『林、薛二人之争寶玉，當是康熙末允禩諸人奪嫡事』，『海外女子指延平王之據臺灣』，『焦大蓋指洪承疇』，『妙玉必係吴梅村』，『王熙鳳當即指宛平相國王文靖熙』等。

《紅樓夢》藝術，説者極多，要無能窺其宏旨者。吾疑此書所隱，必係國朝第一大事，而非徒紀載私家故實。謂必明珠家事者，此一孔之見。觀賈政之父名代善，而代善實禮烈親王名，可以知其確非明珠矣。今略舉所臆見諸條於後，以諗世之善讀此書者。

林、薛二人之争寶玉，當是康熙末允禩諸人奪嫡事。寶玉非人，寓言玉璽耳，著者故明言爲一塊頑石矣。黛玉之名取『黛』字下半之『黑』字，與『玉』字相和，而去其四點，明明『代理』兩字，代理者，代理親王之名也（廢太子後封理親王）。理親王本皇次子，故以雙木之『林』字影之，猶慮觀者不解，故又於迎春名之曰『二木頭』，迎春亦行二也。寶釵之影子爲襲人，寫寶釵不能極情盡致者，則寫一襲人以足之。而『襲人』二字拆之，固儼然『龍衣人』三字，此爲書中第一大事。

此書所包者廣，不僅此一事。蓋順康兩朝八十年之歷史，皆在其中。海外女子指延平王之據臺灣。焦大蓋指洪承疇，承疇晚年罷兵權閒居，極侘傺無聊。曩曾於某説部中得其遺事數則，今忘之矣。大醉後自表戰功，極與承疇事符合。妙玉必係吴梅村，走魔遇劫，及紀其家居被追，不得已而出仕之事。梅村，吴人；妙玉亦吴人。居大觀園中而自稱檻外人，明寓不臣之意。參觀《桃花扇·餘韻》一齣，當日官府方點派差役持牌票，訪求前代遺民，可知梅村之出，必備受逼迫也。

王熙鳳當即指宛平相國王文靖熙。康熙一朝漢大臣之有權衡者，以文靖爲第一，書中固明言王熙鳳爲一男子也。

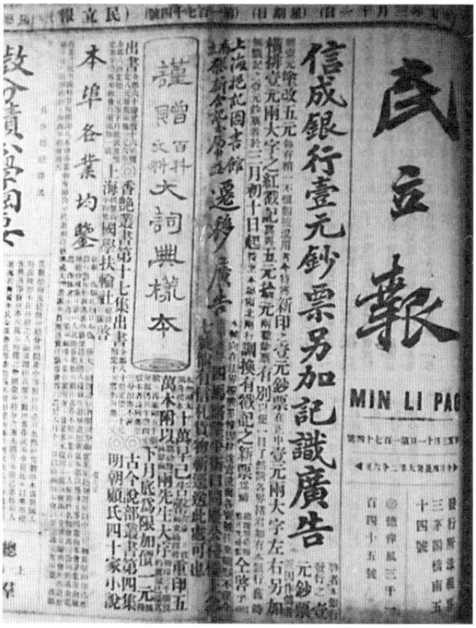

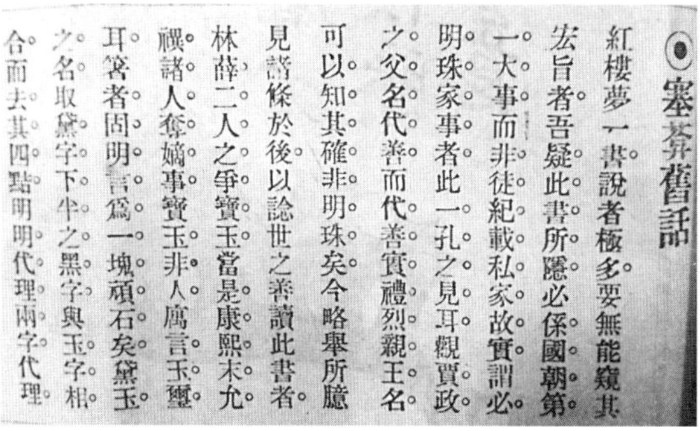

塞莽舊話

紅樓夢一書說者極多要無能窺其宏旨者吾疑此書所隱必係國朝第一大事而非徒紀載私家故實謂必明珠家事者此一孔之見耳覩賈政之父名代善而代善實禮烈親王名可以知其確非明珠矣今略舉所臆見諸條於後以諗世之善讀此書者林薛二人之爭寶玉當是康熙末允禩諸人奪嫡事寶玉非人寓言玉璽耳箸者固明言爲一塊頑石矣黛玉之名取黛字下半之黑字與玉字相合而去其四點明明代理兩字代理

說《紅樓夢》

夢夢生　撰

本文載於一九一一年七月九日《正宗愛國報》。作者夢夢生，生平不詳，曾見《珍珠簾》一九一七年第一、二、三期上發表若干遊記與譯文。《正宗愛國報》，一九〇六年由丁國珍（字寶臣）創刊於北京，是第一份由回族人主辦的白話報紙。該報貼近生活，關注民生，以喚起「四萬萬人爲一心」，「讓黃臉面，黑頭髮」的中國各族人民「痛癢相關，彼此相顧，同心協力，共謀同種的幸福，以國土爲性命，人人發出一團熱力，愛國如命，保衛中華……萬萬年」爲宗旨（《正宗愛國報的宗旨》，一九〇六年十一月十六日《正宗愛國報》），在當時北方影響頗大。本文在「開通風氣，熱心愛國」精神的影響下，强調《紅樓夢》的現實意義，將小說中的幾個『吃緊』人物，如賈母、賈政、王夫人、王熙鳳、賈寶玉等，作爲『千秋人鏡』，與現實生活中的危害社會的幾類人物作『比擬』，認爲這類老人、昏人、妄人、奸人、廢人，『個個都是工於壞事的，没有一人成事，誰家有此一個，就能天降餘殃。倘或世間容此多人，也就遺毒天下了』。作者希望以此爲鑒，在現今『維新的時代』，鏟除這五類人，『大家全是豪傑正士，纔能重整乾坤』。

《紅樓夢》的小説，久經膾炙人口，凡是稍通文義的，大概無人不瞧。因爲求深極深，愛淺也能極淺，亞賽蜃樓海市，倏忽變化無窮，至於筆墨怎樣高超，鄙人别無所記。現時要是單講書義，又與演説不甚合格了。但祇書中吃緊的數人，全可作得千秋人鏡，此時説説比擬，好教閲者留神呀！

第一賈母。身爲榮國太君，也算尊崇到了極處，并且慈祥和藹，福壽雙全。老來孫繞膝，甚慰桑榆暮景（景與影同），也就不怪作者之意，將他比爲母珠了，奈有不足處？有人誇他多福，他也算得多福；有人嘆他無福，他也稱得薄命；説他聰明，他也聰明到了極點；説他愚蠢，他也糊塗到了盡頭。早年雖可持家，晚年尤能誤事，還能苦中求樂，掩耳偷鈴。這等老人，比作一位極有權衡的貴人，身作全家之主，因爲偷閒好樂，處處勉强鋪張，弄得家資呢，也難保全，慣的兒孫呢，也難成器，及至時局已壞，也就愁苦而亡了。

二是賈政。本來是個紈絝出身，自家封作正人君子，一切道德仁義，沒有一件真實的，專愛群小的承迎，由著家人們的撮弄（家人二字，是説全家眷屬），一時受了奸人唆使，忽又大動雷霆。這等昏人，教他身爲顯官，必與國計民生無益。書上名爲假政（假賈同音），纔算名稱其實哩！

三是王夫人。明明像位忠厚賢人，暗裏居心叵測，激得丈夫的庶子，不如斷養之流。祇要與他王家有親，他就結成死黨，更兼維持惡類，辱死端正良人（金釧、晴雯，兩人均被逼死）。後來雖由熙鳳傾家，究屬王氏之罪。這等妄人，你要教他輔君行政，能不遍地豺狼嗎？

四是熙鳳（即鳳姐）。自家才足濟奸，又無一點貞淑的德性，明拒浪子，暗引多情，將人賈氏的門風，鬧得一敗塗地。將人賈家積蓄，填了自己私囊。更在尼姑庵裏行賕，逼死一對癡兒烈女。要論他的生平罪案，真是書不勝書

了。這等奸人，從來仕宦場中，到處都是無千大數（大或作代）。唉！你想，天下由著鳳姐兒爲弊，還不害盡全國呀！

五是寶玉。此人不但心性真實，而且天資穎悟。苦在自小到大，没能遇見賢父賢兄，溺入羅綺叢中，到底落得無功人世。此等廢物，馬上這些華族子弟，還是頗有其人哩！

諸位想，書中上有賈母，次有賈政，中有王夫人，下有王鳳姐，以及寶玉諸人，個個都是工於壞事的，没有一人成事，誰家有此一個，就能天降餘殃。倘或世間容此多人，也就遺毒天下了。好在一件，現今既在維新的時代，決計没有這等老人，没有這等昏人，没有這等妄人，没有這等奸人，没有這等廢人。大家全是豪傑正士，纔能重整乾坤哪！

小說的小說

嘉定二我　撰

載於一九一一年十二月三十日《申報·自由談》。初發表時標明爲『短篇小說』，實則除了結尾處曰『余書畢，管城子在旁渠渠而笑曰』云云，略有一點小說意味之外，通篇是議論，故不妨歸之於『小說話』。作者嘉定二我，於一九一三年三月三十日的《申報·自由談》上載有『投稿者二我』小照一幀，并附説明云：『陳其淵，號石泉，又號滌骨。江蘇嘉定方泰鎮人。』（又見《自由雜志》第二期）一九一二至一九一三年間，他是《申報·自由談》中非常活躍的一個作者，發表過不少詩文、小說與戲曲，曾闢有《二我諧談》、《二我居雜綴》專欄。本文即是雜綴梁啓超《論小說與群治之關係》等文的觀點與文字而成，强調小說的功用與藝術感染力。

古語云，文言不如俗語，莊論不如寓言，不得已而乞靈於文字，於是有小説出。小説爲人道之支配物也。小説爲文學之最上乘也，小説爲人類之進化史也，小説爲天然之心理學也，小説爲人道之支配物也。

何歟？　請以讀小説之種種情形告。

讀可驚可愕可悲之小説，則令人生出無量惡夢；　讀多情多義多愁多病之小説，則令人流出無量眼淚。

讀亡國小説，則令人愛國之思想油然而起；　讀偵探小説，則令人險毒之觀念隱然而生。

讀《紅樓夢》竟者，必有餘戀有餘悲；　讀《水滸傳》竟者，必有餘快有餘怒。　讀林冲雪天三限，武松飛雲浦一厄，令人忽然髮指；　讀晴雯出大觀園，黛玉死瀟湘館，令人忽然淚流。

讀實甫之《琴心》、《酬簡》，則令人纏綿情動；　讀東塘之《眠香》、《訪翠》，則令人兒女情生。

讀《野叟曝言》者，必自擬文素臣也；　讀《石頭記》者，必自擬賈寶玉也。　讀《花月痕》者，必自擬韓荷生、若韋癡珠也；　讀梁山泊者，必自擬黑旋風、若花和尚也。

讀潘太公謂迎兒曰『你不説我還清楚一點，你一説吾更糊塗了』，則令人想起留學生所譯不文不俗之書籍也；　讀李大哥謂柴進曰『條例條例，若還依得，天下不亂了』，則令人想見世上惟有赤血與黑鐵而無公法也。

生瑜生亮，毛西河誚其無稽；　孔明不識馬謖，某宗伯因而被責。　奈何燒我寶玉，賈人女致成瘵疾，影裏情郎耶？ 畫中受寵，《絳雪樓》、《臨川夢》傳奇中之俞二姑，獨擅佳話。 此皆酷嗜小説，故小説感人豈淺鮮哉？

帝王將相、佳人才子、江湖盗賊，妖巫狐鬼，下自屠夫販卒、嫗娃童稚，上自大人先生、高才碩學，小説中無不有之。

豪俠痛快，權謀詭詐，奴顔婢膝，更有兒女私情，小説中無不備之。

小説之有功於社會，已爲世界所公認，字裏行間忽而雷霆闢易，忽而風雨凄迷，忽而旭日上窗，忽而天陰如墨，忽而拈花微笑，忽而金剛怒目，忽而一空塵障，蕩蕩天懷，忽而百轉柔腸，喁喁私語，直令讀者目眩神馳，只覺紙上森森，靈光閃閃而已。

人所不能言者，小説能和盤托出，徹底而發露之，人見之莫不拍案曰：快絶！ 怪絶！ 奇事也！

嗚呼，美哉！ 小説之價值也，其筆墨之變化靈機，則出於意外，描寫人之性質情狀，則現身説法，感人之深，化人之便，刺激人之易，莫小説若。

余書畢，管城子在旁渠渠而笑曰：『小説！ 小説！ 必大雅君子所不屑道也。』奈何耶！ 奈何耶！

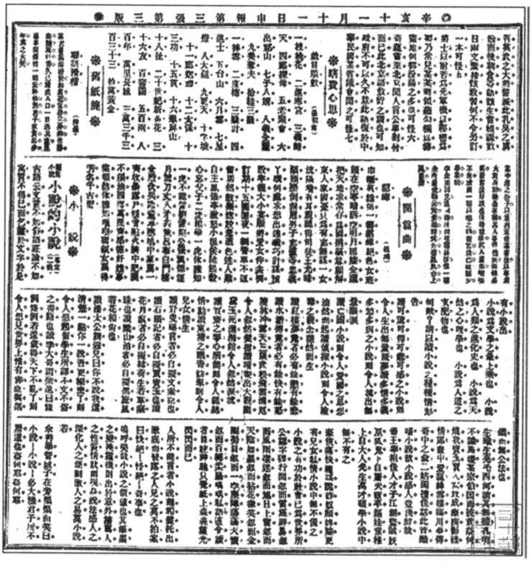
辛亥十一月十一日申報第三張第三版

小說的小說

嘉定二我

説小説

管達如　撰

載於一九一二年《小説月報》第三年第五、七、八、九、十、十一期，作者署名管達如，疑即管際安（一八九二——一九七五）。際安名義華，一字霽庵，江蘇吴縣（今蘇州）人，爲當時名小説家許指嚴的學生，曾任職於《民權報》、《民國日報》，爲南社社員。一九三二年任《民報》主筆。《説小説》共分六章：『小説之意義』、『小説之分類』、『小説之勢力及其風行於社會理由』、『小説在文學上的位置』、『譯本小説及其自著小説之比較』（此章原闕標題，今據文意加）、『中國小説缺點及今日改良方針』，試圖對小説這一文學樣式作一次全面的、系統的理論總結。它成於辛亥革命後的第二年，博採了近十年來各家小説觀點，編之以序，條之以理，規模空前，眉目清晰，故在某種意義上可以説是晚清小説理論的一次小結。其缺點是論述不深，新意不多，個别地方流露了一些如輕視群衆的觀點。但從總的傾向來看，它不失爲一部進步的、有價值的著作。

第一章　小説之意義

耳有聞，目有見，身有所觸，則心有所知；有所知，則有所同異，有所欣厭，是之謂世界。世界者，事實界也。有所同異，則有所謂是非；有所欣厭，則有所欲去就；是之謂法界。法界者，理想界也。理想界之理想，其後恒成爲事實界之事實。且自廣義言之，理想者亦事實界中之一種事實。事實者，亦理想界中之一種理想耳。故理想與事實不可分。

今欲問所謂世界者，果存在於吾人理想中之一物，除却吾人之理想，實際遂無所謂世界耶？抑所謂世界者，實有其物，而吾人之理想，曾不能出於此世界之外者邪？此則非吾人之所能知。吾人之所能知者，謂就吾人認識力之所及，確有所謂世界，而吾人之思想又確有時能超出於此世界之外而已。

人類之活動，有時受支配於天然者；又有時能以自主之力，自營活動，支配天然者。此等能支配天然之活動，謂之自由活動。自廣義言之，則自由活動亦一種受支配於天然之活動而已，然其以受支配於天然故而活動，及其以支配天然爲目的故而活動，其活動終不能不謂之有别也。動物之所以高於植物，人類之所以高於他種動物者，即以此等活動之有無多寡爲斷。蓋植物無自由活動，而動物有之。動物之自由活動，其範圍狹；人類之自由活動，其範圍廣也。夫同一運動也，何以區别其爲自由與否？則以其有無自由思想爲斷。所謂自由思想者，即謂吾人於認識現世界以外，更能超出於現世界而爲思想之精神之力也。若是則自由思想者，乃自由活動之前驅，而亦即人類高於他動物之根本原因矣。

何謂超出於現世界之外而爲思想？如人類之形質，不能離地心吸力也，而理想界則有所謂仙，居於空虛之中；人類之耳目除實物有形質者外，不能有所聞見也，而理想界則有所謂鬼神，界於若有形質若無形質之間；事物界不能有絶對之快樂也，而理想界可以有之；事實界不能有絶對之苦痛也，而理想界亦可以有之。要之，凡有一事實，即有一超乎事實之外之理想與之俱存，如響隨聲，如形有影，常相伴隨，無或差忒。夫事實之所以能成爲事實者，以其存於衆人意識區域内者，皆同故也。而理想之爲理想，其存於衆人意識區域内者，亦皆同然。則雖欲指理想爲空虛無據之物焉，不可得已。

人類既有此理想，則必有所以發表之者；其所以發表之之具，則小説是已。蓋如前所云，則自然界之事實有二：一事實界之事實，一理想界之事實。事實界之事實，人類形體之所觸接者是已。理想界之事實，人類精神之所構造者是已。一切書籍皆所以記載事實界之事實，小說則所以記載理想界之事實者也。

第二章　小說之分類

（甲）文學上之分類

一、文言體　此體道源最古。周秦諸子，即時有之；漢魏六朝，綿延勿絶；迄唐而大盛。蓋唐代科舉，尚無糊名易書之法。主司鑒衡，得於文字之外，兼採譽望。其時公車士子，旅食京華，往往因寄意寓言之作，名噪都下，轉相仿效，述作遂多。凡意有所託，或於時事有所知而不敢顯言者，往往借小說以達之矣。故此體可謂萌芽於周秦，發達於漢魏六朝之間，而大成於唐代者也。此體之中又分爲二派：一唐小說，主詞華；一宋小說，主說理。近世著述中，若《聊齋志異》，則唐小說之代表也；若《閱微草堂筆記》，則宋小說之代表也。此體雖無逮下之功，而亦無誨盜誨淫之習，由其託體高故也。故於社會無大勢力，而亦無大害。

一、白話體　此體可謂小說之正宗。蓋小說固以通俗逮下爲功，而欲通俗逮下，則非白話不能也。且小説之妙，在於描寫入微，形容盡致，而欲描寫入微形容盡致，則有韻之文，恒不如無韻之文爲便。故雖如傳奇之優美，彈詞之淺顯，亦不能居小説文體正宗之名，而不得不讓之白話體矣。此派多用章回體，猶之文言派多用筆記體也。用此種文字之小説，於中國社會上勢力最大。中國普通社會，所以人人腦筋中有一種小説思想者，皆此種小説爲之也。故中國社會而受小説之福也，此種小説實屍其功；中國社會而蒙小説之禍也，此種小説實屍其咎。

一、韻文體　此體中復可分爲兩種：一傳奇體，一彈詞體是也。傳奇體者，蓋沿唐宋時之倚聲，而變爲元代之南北曲，自元迄清，於戲劇界中，占重要之位置者也。此體所長，在文學優美，感情高尚，足以引起社會上愛美之性質。惜文人所填詞，不盡可歌，而經伶工删改，用以演劇者，又往往詞句惡劣，甚至不通，爲可憾耳。彈詞體者，其初蓋亦用以資彈唱。及於今日，則亦不復用爲歌詞，而僅以之供閲覽矣。

近今京調秦腔，日盛一日，其劇本，初多鄙俚不通，近則亦有倩文人爲之，從順可讀者。然其文字，既不能如昆曲之高尚優美，又不能如彈詞之純以七字成句，音調圓熟，便於吟誦。故此等戲劇，縱使日盛，而欲求此等劇本，以蔚小説界中一大國，則戛戛乎其難之矣（傳奇在詩歌中，最適於叙事之用。西人叙事詩，往往有長至數百千言者，在中國惟傳奇可以當之。故傳奇之體制，雖沿詞而變，而其性質，實與詞不同。昆劇雖衰，傳奇必不能廢也）。

（乙）體制上之分類

一、筆記體　此體之特質，在於據事直書，各事自爲起訖。有一書僅述一事者，亦有合數十數百事而成一書者，多寡初無一定也。此體之所長，在其文字甚自由，不必構思組織，搜集多數之材料。意有所得，縱筆疾書，即可成篇，合刻單行，均無不可。雖其趣味之濃深，不及章回體，然在著作上，實有無限之便利也。

一、章回體　此體之所以異於筆記體者，以其篇幅甚長，書中所叙之事實極多，亦極複雜，而均須首尾聯貫，合成一事，故其著作之難，實倍蓰於筆記體。然其趣味之濃深，感人之力之偉大，亦倍蓰之而未有已焉。蓋小説之所以感人者在詳，必於纖悉細故，描繪靡遺，然後能使其所叙之事，躍然紙上，而讀者且身入其中而與之俱化。而描寫之能否入微，則於其所用之體制，重有關係焉。此章回體之小説，所以在小説界中占主要之位置也。凡用白話及彈詞體之小説，多屬此種。即傳奇，實亦屬此種。

（丙）性質上之分類

一、武力的　亦可名爲英雄的，若《水滸傳》其代表也。此派所長，在能描寫武健俠烈之人物，以振作社會尚武之精神。然爲之者或不知正義與法律爲何物，專描寫一粗鹵武健之人，其極遂變爲强盜主義，則其流弊亦不免矣。

一、寫情的　亦可名爲兒女的，若《紅樓夢》其代表也。夫世界本由愛情而成。男女之愛情，實爲愛情之最真摯者。由此描繪，詔人以家庭壓制之流毒，告人以社會制裁之非正義，且導人以貞信純潔之死不相背棄之美風，亦未始於風俗無益。但爲之者多不知道德爲何物，且亦絶無高尚之感情，非描寫一佻㒓無行之人號爲才子，則提倡淫樂主義，描寫富貴之家一夫多妻之惡習，使社會風俗，日趨卑污，罪不可勝誅矣。

一、神怪的　此派小説，以迎合社會好奇心爲主義，專捏造荒誕支離不可究詰之事實，若《封神傳》其代表也。於社會無絲毫之益，而有丘山之損，蓋習俗迷信之深，此派小説與有力焉矣。（如關羽有何價值，而舉世奉爲明神，非《三國演義》使之然乎？）而其撰述亦最易，蓋可隨筆捏造，不必根於事實也。

英雄、兒女、鬼神，爲中國小説三大原素。凡作小説者，其思想大抵不能外乎此。且有一篇之中，三者錯見，不能判别其性質者；又有其宗旨雖注重於一端，而亦不能偏廢其他之二種者；此由社會必理使然，不能以此衡作者之短長也。

一、社會的　此派小説，以描寫社會惡濁風俗，使人讀之而知所警爲主義，若《儒林外史》其代表也。最爲有利無弊，但佳作不數覯。不善者爲之，往往口角筆鋒，流於尖薄，無當懲勸，祇成笑談，爲可惜耳。故欲作此種小説者，道德心必不可缺。道德心缺乏，而能爲良好之社會小説者，未之前聞也。斯言似迂，其理實信，願爲小説者一深思之。

一、歷史的　此派小説，其所叙述事實之大體，以歷史爲根據，而又以己意揑造種種之事實，以輔佐其趣味者也。其所述之事實，大抵真者一而僞者九，若《三國演義》其代表也。小説之作，所以發表理想。叙述歷史，本非正旨。然一事實之詳細情形，史家往往以格於文體故，不能備載，即載之亦終不能如小説之詳。苟得身歷其事者，本所聞見，著爲一書，則不特情景逼真，在文學上易成佳構，并可作野史讀矣。又歷代正史，多有僅據官書，反不如私家記載之得實者。苟得好讀雜史之人，剌取一時代之遺聞軼事，經緯組織，著成一書，使覽者讀此一編，如畢讀多種之野史，則於學問亦未始無益。而惜乎能符此兩種宗旨者，絶不可得見。而徒造爲荒誕不經之言，以淆亂史實，是則有損而無益也。

一、科學的　此種小説，中國舊時無之，近來譯事勃興，始出見於社會，蓋由吾國科學思想不發達故也。夫小説之性質，貴於凌虚；科學之性質，貴於徵實。二者似不相容，然近來科學進步，一日千里，其事雖庸，其理則奇。事奇斯文奇，苟有深通科學兼長文學之士，覃精著述，未始不足於小説界中，别開一生面矣。

一、偵探的　此種小説，亦中國所無，近來譯事盛行，始出見於社會者也。中國人之作小説也，有一大病焉：曰不合情理。其書中所叙之事，讀之未嘗不新奇可喜，而按之實際，則無一能合者。不獨説鬼談神處爲然，即叙述人事處，亦强半如是也。偵探小説，爲心思最細密，又須處處按切實際之作，其不能出現於中國，無足怪矣。

一、冒險的　此種小説，亦得之移譯，若《魯濱孫飄流記》之類是也，最足激發人民冒險進取之思想。中國近日，民之委靡，尤須以此種小説藥之。

一、軍事的　中國舊時之小説，叙述戰事者甚多。歷史小説，尤大半屬於此類。然與實際絶不相合，故不能冒軍事小説之名。近來國際競争，日益激烈，非提倡軍國民主義，不足自存。若得深通軍學之士，多著此等小説，於社會必大有裨益也。

第三章　小説之勢力及其風行於社會理由

今試一遊乎通都大邑之書肆，則所陳列者，十之六七，皆小説矣。又試入窮鄉僻壤，則除小説外，他項書籍，殆不可得見焉。與村夫野老婦人孺子談，彼其除小説以外無所知，無足怪也。即學士大夫，號爲通知古今者，其於小説，亦復津津樂道。小説果以何因緣，而使人愛讀若此？

抑不僅愛讀已也，凡愛讀小説者，其人無時不有一小説之思想存於心目之間。其始以爲小説也而讀之。及其後，則身入其中而浸與之合，以小説上之事實，爲世界上可真有之事實，以小説上之人物爲世界上可實現之人物。遇一事也，往往以讀小説之眼光批評之；處置一事也，亦往往以小説上之手段出之矣。夫讀聖賢之經傳者，不必遂能成爲聖賢；讀豪傑之傳記者，亦不必遂能成爲豪傑；而小説則獨能使人身入其中，習而與之俱化。又以何因緣，而能具有魔力若此？

今試一觀乎吾國之社會，則各種人所具有之心理，殆無一非小説之反映也。彼士人之孜孜矻矻，窮年不倦者，何爲乎？由有十年窗下，一舉成名等狀元宰相之小説，以爲誘導也。彼深於迷信者，所以甘擲無量數之資財，以獻媚於神佛者，何爲乎？由有爲善獲福，爲惡獲禍，天堂地獄諸小説，爲之誘導也。彼緑林豪客，市井武夫，所以好勇鬥狠，一言不合，白刃相仇，殺人越貨，恬不爲怪者，何爲乎？由有《水滸傳》、《施公案》、《七俠五義》等小説爲之誘導也。青年男女，纏綿床笫，春花秋月，消磨豪氣，甚至爲逾墻穿穴之行，而曾不以爲耻者，何故乎？由其有《紅樓夢》、《西厢記》諸書，以爲之誘導也。凡若此者，悉數難終，舉其一二，可以類推矣。夫小説者，社會心理之反映也。因有小説，而此等心理益綿延於社會。然則社會也，小説也，殆又一而二，二而一者矣。

小説之所以能具有若是魔力者，何也？曰：吾固言之矣，小説者，社會心理之反映也。天下惟本爲其心理所造成之物，則其契合也，愈易而亦愈深，小説之所以能具有魔力，即是道也。夫人類之心理，不甚相遠者也。一人所以爲苦痛者，必衆人同以爲苦痛；一人所以爲快樂者，必衆人同以爲快樂。雖各人之主觀觀察不能盡同，然必有其一部分相同者。又此等號爲主觀觀察不同之人，苟就其所謂不同者而更推之，亦必有其相同之一點。夫如是，則人類之喜怒哀樂，初不甚相異。夫人類之性質，向上者也。惟其向上也，故無論何時，均不能以其現在所處之境爲滿足，必求一更上之境以滿足其欲望。而社會上之組織，則又時時足以阻礙人類之進行，使之不能滿足其欲望者也。故人類之對於社會，必不能無觖望不平之時。不平則鳴，而著述之事興焉。小説者，亦著述中之一種也。如專制之淫威，人所同惡者也。雖惡之而無如之何，然其惡之之情，固未嘗或忘也。於斯時也，而有若《水滸傳》者出，助阨塞不平之英雄以張目，而排斥社會上種種有權力之人，則其爲社會所歡迎，無待言矣。又如婚姻之不自由，亦人所同惡者也。雖惡之而無可如何，然其惡之之心，亦未嘗或忘也。於斯時也，而有若《紅樓夢》者出，助一般之癡男怨女以張目，而排斥阻礙其愛情者之非，則其爲社會所歡迎，又無待言矣。夫人類之性質，樂群者也。唯其樂群也，故必時時求同情之人於社會。此同情之人，不必其能助我也，但使其與我同樂，與我同患，即欣然引爲同調，把臂入林矣。小説者，社會上之一人，自鳴其所苦痛，自述其所希望，以求同情於社會者也。讀小説之人，則同具此等之心理，欲求同情之人於社會，而尚未能得者也。一朝相遇，欣然如舊相識，而其關係遂永久固結而不可離，宜矣。

抑小説之作用，又有一焉，曰：堅人之自信力。夫人類者，樂群之動物也。惟其樂群也，故苟有所懷，必不敢輕於自信，必環顧同群，求有一人焉；其所懷抱，與吾相同者，然後敢自信其所見之不誤。孔子曰：『德不孤，必有鄰。』蓋謂此也。夫小説之所倡道，大抵與現社會之是非相反者也。惟其與現社會之是非相反也，故同具此理想者，必不敢輕於自信，必環顧同群，求有一人焉，其所懷抱，與吾相同者，然後敢自信其所見之不誤。而其素所懷抱之理想，乃能見之於行事。小説者，即對於社會上此等之人，而與之以援助之力者也。夫人孰敢爲殺人越貨之事，以干犯社會之秩序者？然有一《水滸傳》以援助之，則儼然以魯智深、武二哥自居矣。人孰敢爲逾墻穿穴之行，以干犯名教者？然有一《紅樓夢》援助之，則儼然以賈寶玉、林黛玉自居矣。不惟藉此爲口實，以抵抗世人之譏評，抑其心亦不以其所行者爲非矣。又不惟行之者不以爲非，即世人之譏評之者，亦從而宥恕之矣。蓋個人之對於社會也，常有一種之責任心。而社會之對於個人也，亦常有一種制裁力。此責任心與制裁力，所附之以行者，爲社會上所號稱之正義。正義非一成不變者也。時時發見其不便，則亦時時可以修改之。而修改之先，必有一二人焉，大聲疾呼，以發見其不便。發見之而爲衆所贊成焉，則舊日之所謂正義者，因之而廢；發見之而爲衆所不贊成焉，則其説廢，而舊日之正義，仍通行於社會。而此等新説，能得衆人之贊成焉否，則於其説出見以後，社會上之人能否默認此説。而其行爲評論，隨之而生變化與否覘之。然人類之性情，既不甚相遠，則一人之所以爲苦痛者，必衆人同以之爲苦痛；一人之所以爲快樂者，必衆人同以之爲快樂，則此等新説又十之九能得社會之贊成者也。此小説之所以能深入人心，使其人之行爲性質，隨之而生變化者也。

如右所述，則小説之勢力，殆如水銀瀉地，無孔不入。而其功用，則雖至嚴密之法律，至精微之宗教，殆不足以勝之，亦可謂偉大矣。夫天下萬事萬物，無不可利用者。小説之勢力偉大如此，利用之則可以得福，不能利用之則將以召禍，又可斷言矣。

第四章　小説在文學上之位置

文學者，美術之一種也。小説者，又文學之一種也。人莫不有愛美之性質，故莫不愛文學，即莫不愛小説，斯言是矣。然文學之美者亦多矣，而何必斤斤焉惟小説之是好也？夫物不可偏廢者，必其具有一種之特别性質者也。惟然，則小説在文學上之位置，可以研究矣。

今請列舉小説與他種文學之異點：

一、小説者，通俗的而非文言的也。一國之文字，大抵可分爲三種：一古文，如三代兩漢之書、唐宋八家之文是也。其句法字法，與今日之語言，全不相同。故非有甚深之學力者，不能曉解。一普通文，如社會上通行之公牘信札之類是已。其句法字法，雖不能必盡符乎古，而亦不能盡合乎今，故亦非普通人所能知。一通俗文，如向來通行之白話小説，及近人所演之白話書報是已。其語法字法，全與今日之語言相同，直不啻舉今日之語言，記載之以一種符號而已，故了解之甚爲容易。讀此等書籍者，較之聽人談話者，不過多一識字之勞而已。夫社會上不能盡人而爲文學家，亦不能盡人皆通知文學，而文學之思想，則人人有之，人未有不欲擴其見聞，且未有絶無愛美之感者，此即文學思想也。今吾國能通上古文與普通文之人，不過一小部分而已。其一大部分之人，皆僅用通俗文者也。而各種書籍，殆無不用上古文與普通文者，試問此一大部分之人，何由而滿足其文學之欲望乎？ 其競趨而讀通俗文之小説，蓋勢使然矣。且古文與通俗文，各有所長，不能相掩。句法高簡，字法古雅，能道人以美妙高尚之感情，此古文之所長也。敘述眼前事物，曲折詳盡，纖悉不遺，此通俗文之所長也。文字之用，不外説理、敘事、表情三者。古文所説之理，所敘之事，所表之情，固非通俗文所能有。通俗文所敘之事，所説之理，所表之情，又豈古文所能有乎？惟如是也，故雖文人學士，深通古文者，而其好讀小説，亦與常人無異矣。

一、小説者，事實的而非空言的也。凡事空談玄理則難明，舉例以示之則易曉。此讀哲學書者所以難於讀歷史也。孔子曰：『我欲垂之空言，不如見之行事之深切著明。』亦謂此也。凡著小説者，固各有其所主張。然使爲空言以發表之，則一篇論説文字耳，必不能爲社會所歡迎。今設爲事實以明之，而其所假設者，又係眼前事物，則不特淺近易明，抑且饒有趣味，其足以引人入勝宜矣。且法語難從，巽言易入。爲空言以發表意見者，侃侃直陳，排斥他人之所主張，以伸張我之所主張，法語之類也。借實事以動人者，初不必直陳其是非，但敘述事實，使讀者之喜怒哀樂，自然隨之爲轉移，巽語之類也。其在文學上占一特別位置，不亦宜乎！

一、小説者，理想的而非事實的也。小説雖爲事實的，然其事實，乃理想的事實，而非事實的事實，此其所以易於恢奇也。夫人情於眼前習見之事物，恒不樂道。獨至罕見之物，難逢之事，則津津樂道之。晝夜寒暑，更代迭推，水火陰陽，相生相滅，莫或措意。妖異災祥，歷數百千年而一見，則農夫野老，傳之口碑，學士文人，筆之載籍，皆是道矣。他種書籍，多記載事實界之事實者，故不能十分恢奇。小說則記載理想界之事實者。理想界之事實，無奇不有，斯小説亦無奇不有。其所以易擅勝場者，非著者才力使然，實材料使然也。

一、小説者，抽象的而非具體的也。理想界之事實，皆抽象的而非具體的，此其所以美於天然之事實也。夫觀自然之景物者，有時轉不如讀圖書之樂。實際之事物，斷不能如戲劇之足以動人。一抽象的，一具體的也。小説所述之事實，皆爲抽象的。故其意味，較之自然之事，常加一倍之濃深。叙善人則愈覺其善，叙惡人則愈覺其惡，叙可愛之物則愈覺其可愛，狀可憎之態則愈覺其可憎，其使讀者悲喜無端，涕流交集，宜矣。

一、小説者，複雜的而非簡單的也。凡事詳切言之則易曉，渾括述之則難明。老僧談禪，聽者欲卧。偶過村閭茶肆，有執鼓板，踞高座，説故事者，則流連忘返矣。社會上人之心理，大抵簡單者多，複雜者少。對思想簡單之人，而以渾括之詞説高尚之理，其不掩耳疾走者鮮矣。他種文字，無論如何委婉曲折，終不能如小説之詳明，此一般思想簡單之人，所以歡迎小説也。若謂他種書籍，所以不爲一般社會所歡迎者，徒以文字艱深故，則試以《四子》、《五經》譯成白話，又試以小説上之事實，仍用白話，而以簡潔之史筆出之，人之歡迎之能與小説等乎？

凡此五者，皆小説與他種文學之異點，其所以能在文學界獨樹一幟者，即以此也。烏乎，美哉！

第五章　譯本小説及其與自著小説之比較

近十年來，我國譯學界風起雲涌，東西各國之名著，經翻譯而接觸於吾人之眼簾者，殆不下數百千種。顧率多科學書，文學書則絶少，良由我國民競注意於實學，無暇馳騖空想，亦由此種書籍之迻譯，倍難於他種也。其中惟小説一種，譯述者頗多，是烏可不一論其得失？

譯本小説之善，在能以他國文學之所長，補我國文學之所短。蓋各國民之理想，互有不同。斯其文學，亦互有不同。既有同異，即有短長。此無從諱，亦無庸諱也。中國小説之所短，第一事即在不合實際，無論何事，讀其紙上所述，一若著者曾經身歷，情景逼真者然。然按之實際，則無一能合者。此由吾國社會，缺於覈實之思想，凡事皆不重實驗致之也。西洋則不然。彼其國之科學，已極發達，又其國民崇尚實際，凡事皆重實驗，故決無容著述家向壁虚造之餘地。著小説者，於社會上之一事一物，皆不能不留心觀察，其關涉各種科學處，亦不能作外行語焉。夫小説者，社會之反映也。若凡事皆可向壁虚造，則與社會實際之情形全不相合，失其本旨矣。敬告我國小説家，於此點不可不再三注意也。

譯本小説之所長，又在能以他國社會之情形，報告於我國國民。各國之社會，其組織皆互有不同，因之其内容亦極差異。以此國之人，適彼國之社會，睹其所爲，竟有茫然不解者。語曰：知己知彼，百戰百勝。生於今日，而無世界之智識，其將何以自存哉？欲求世界之智識，其道多端，而多讀譯本小説，使外國社會之情狀，不知不覺而映入於吾人之意識區域中，實最便之方法也。蓋小説者，本社會之反映。而其叙事又極詳，故多讀譯本小説者，於外國社會之情狀，必多有所知。因可以比較其異同，評論其得失，下至日用行習之間，一名一物之細，爲他種書籍所萬不能及者，亦可藉此而得之。則譯本小説，不徒可輸入他國之文學思想，抑可爲覘國之資矣。

譯本小説不及自著之點亦有二：

一、矯正社會惡習之功力較小也。小説之所以能矯正社會之惡習者，以其感人之深。其感人之所以深，以其所叙之事實，所陳説之利害，與讀者相切近也。譯本小説，所叙述之事實，皆外國之事實，所陳説之利害，亦皆外國之利害。此等觀念，吾輩對之，平時既少體會，臨時讀之，亦必漠然，而感動人之功效，不可得見矣。夫人類之闕點，各國誠多相同者。箴規外國人之小説，亦未始不可移之以箴規本國人，然一人也，其往往有待於箴規之事同，而其所以箴規之之術當異。語曰：『沉潛剛克，高明柔克。』此教育之所以貴因人而施。而箴規國民之闕失者，亦不可不隨其社會之性質而異焉者也。外國小説，本非爲我國人而作，雖未必無感動我國人之力，然較之我國人所著，則其功用必不可同日而語矣。

一、趣味不如自著者之濃深也。各國國民之好尚，互有不同。外國人所以爲樂者，未必我國人亦以爲樂，此無可如何也。自著小説，本爲吾國社會之産物，且多以投合社會之心理而作者。外國小説則不然。故不免有格不相入之處。此中雖無優劣然否可論，然欲吾國人好讀外國人所著之小説，亦如中國人自著之小説，則必不能矣。

中國舊有之小説，汗牛充棟，然佳者實不及千分之一。除十餘種著名之作外，皆絶無意識，不堪卒讀者也。然此等我輩所視爲不堪卒讀之小説，正下流社會所嗜之若命者，而小説之毒遂由此深中於社會矣。故今日欲藉小説之力以牖民，第一步即須與此等惡小説戰。必能摧陷廓清之，然後新小説之力，可以普及於社會。否則，雖有新小説，仍爲此等惡小説所中梗，無絲毫利益也。而欲奏此等功效，則必新出之小説，能與國民之嗜好相投。故在今日，譯本小説無論爲若何之名著，吾終謂其功力不及國人自著者。然中國今日，正在渴望良小説之時，則無論其爲自著，爲迻譯，苟其佳者，實多多益善也。

第六章　中國舊小説之缺點及今日改良之方針

小説與社會之關係，吾前既屢言之矣。平心論之，則中國社會，受小説之害者深，而蒙小説之賜者少。此皆由撰著小説者，無道德，無知識，貿然以迎合社會爲宗旨，有以致之也。請得而備言其害：

一曰誨盜。語曰：『勇則犯上，不登於明堂。』中國國民，勇於私鬥，怯於公戰，皆由小説家之提倡强盜主義，有以致之也。夫中國近數百年來，始則受辱於契丹，再朝則受辱於蒙古，終又受侮於滿洲，創巨痛深，可謂至矣。作小説者，何難描寫一異族侵凌之狀，同胞受侮之情形，以振作國民之敵愾心。即不然，教之以尊君親上，謹守秩序，亦不失爲專制時代，導民於軌物之良著。今也不然。一翻其書，凡恃武力以求逞者，莫不以個人爲之動機，曾未聞有以保護國家社會之公益爲念者，縱不能爲《水滸傳》，亦不能爲《蕩寇志》邪？噫！

一曰誨淫。社會之腐敗，其原因甚多，而淫其尤甚焉者也。蓋淫則必怠於工作，習於奢侈，而種種之惡德緣是以生矣。曠觀歷代亡國之時，宫廷多有女謁之禍，而其時之王公大臣，亦必淫於聲色，溺於貨利，下至閭閻細民，亦復桑間濮上，廉耻蕩然，其故大可思矣！中國婚姻不自由之制，誠非社會之所宜。然向之著寫情小説者，初未嘗有見於此也，徒教人以挾妓飲酒、逾墻穿穴、一夫多妻諸不道德之事而已。使人人心目中有一才子佳人之思想，視寡廉鮮耻之事，恬然不以爲非。而青年男女，一讀此等書，則頹然喪其所守，且以戕賊其生命健康者，皆此等書爲之也。烏乎！其害烈矣！

一曰長迷信倚賴之習。人貴自立，中國之舊小説則動喪人自立之性者也。其故有二：一曰教人以倚賴鬼神，如爲善獲福爲惡獲禍，主張因果諸小説是也。此猶不失勸懲之義。其甚者，乃教人以倚賴命運，倚賴社會上有聲勢權力之人，如當山窮水盡之時，并不教人以自力戰勝天然及社會之危難，而徒撰一絶處逢生，不衷情理之事實以斡旋之，則使讀之者，人人賤人爲之功，而冀獲天然不可知之福矣。又如富者之救濟貧者，貴者之援引賤者，亦無不極口稱譽。夫富濟貧，貴援賤亦孰得而議其非？然使社會上貧賤之人，日視此等事爲當然，日望人之救濟援引，而不復求自立之道，望之而不得，則怨恨之心生焉，遂招破壞秩序之危險。此非吾之故甚其詞也。何一次地方上土匪之亂，其中不含有一種之小説思想邪？以視西人之撰探險小説、立志小説，導人以自營自助之道者何如？然此猶可曰著者疾富者之不仁，貴臣之蔽賢，有激而言也。其更甚者，乃至陽借勸善懲惡之名，陰行誨盜誨淫之實。著者之意既在彼而不在此，讀者之意亦懲一而勸百，則罪不可勝誅矣。

一曰造作荒誕無稽之語，以壞國民之智識也。小説者，文學的，而非科學的、歷史的也。誠不能責之以叙述實事。然書中所叙述之事，出於意造可也，而必不能不衷於情理。如欲述一貧兒驟致富厚，謂其掘地得金可也，謂其得點石成金之術不可也。又如叙夫婦破鏡重圓，謂其間關萬里，抵死求而得之可也；謂其兩相流轉忽然相值可也；謂其求神禮佛，因而有一觀音大士、金甲神人，攜之御空乘雲而行，一夕而致其身於萬里之外，不可也。中國小説類此者十七八。故與之習者，不特不明事理之真，亦且無研究之思，遂至以愚陋閉塞聞於天下。

如右所述，不過舉其弊之尤大者，其他貽害於社會之點，書不勝書，一言以蔽之：著作者無道德心，且無普通知識而已。今也社會改良之聲，與文學進步之論，雙方并進。譯著小説者，非復借是以牟私利，而將藉以浚發民智，啓迪愚蒙，則如左所列諸端，誠不可不注意也。

一、道德心宜充足也。稽古説《詩》曰『不得已』，作《易》曰『其有憂患』。凡著書立説者，未有不具悲天憫人之衷，而其書能有益於社會者也。中國向者之小説，所以貽害於社會者，即由作者專以牟利爲主義，而不以覺世爲主義，故祇知迎合社會，而不能矯正社會。今也國民之舊習有待於刷新者亦多矣。苟無熱誠，必不敢獨抒己見，與社會宣戰。即勉强爲之，亦必不足以動人也。此其一。

一、知識宜求完備也。有道德心矣，能自主張其所見矣。然知識或不完備，則其所主張者先已陷於誤謬，其貽害於社會者亦必非淺鮮。庸醫何嘗欲殺人，而卒至於殺人者，術使之然也。又小説之作，材料極爲複雜，無論何種事實，殆無不與小説有關係者。當此等處，作者亦須有普通之知識，措語方不至謬誤。否則一言之差，貽害社會者非細矣。

一、閱歷宜求廣博也。小説者所以描寫社會之情狀者也。以其文體主於詳悉，故描寫一現狀，又必有種種之現狀以輔佐之。且有時必須藉反對之現狀以資比較，而後其精神乃益顯。故作小説者，其宗旨雖可專主於描寫一種社會，然於他種社會之情形，亦不可不知者也。如叙述通都大邑，必更寫一窮鄉僻壤以資對照；叙述富貴家豪侈之狀，則必更寫一貧賤之家窮窶之態，以資烘託。使著者知其一而不知其二，則應用將有所窮，而所作即因之減色矣。

一、文學宜求高尚也。道德心充足矣，知識完備矣，閱歷充足矣，然無文學以運用之，則此等材料，悉成廢物矣。同一事實也，長於文學者叙之，則精神活現，可泣可歌；使不能文學者叙之，則生氣索然矣。彼《水滸》、《紅樓》等之所以有名於社會者，非徒以其宗旨之正大，理想之高尚，亦以其文學之優美也。故作小説猶築室焉：道德心其基礎，閱歷知識其材料，文學則運斧斤之匠人也。『言之無文，行而不遠』，信哉！

抑予猶有一言，欲貢獻於今日之小説界者：則作小説，當多用白話體是也。吾國今日小説，當以改良社會爲宗旨，而改良社會，則其首要在啓迪愚蒙，若高等人，則彼固别有可求智識之方，而無俟於小說矣。今之撰譯小說者，似爲上等人說法者多，爲下等人說法者少，願小說家一思之。

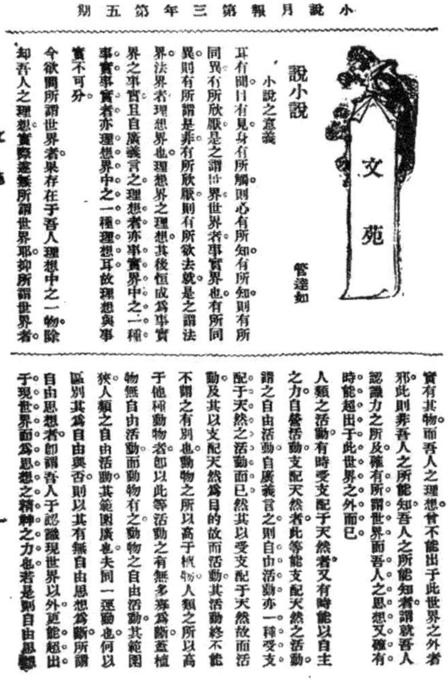

小說月報第三年第五期

文苑

說小說　管達如

小說之意義

耳有聞目有見身有所觸則心有所知有所知則有所同異有所欣厭是之謂世界世界者事實界也有所同異則有所謂是非有所欣厭則有所欲去就是之謂法界法界者理想界也理想界之理想其後恒成爲事實界之事實且自廣義言之理想者亦事實界中之一種事實事實者亦理想界中之一種理想耳故理想與事實不可分

今欲問所謂世界者果存在于吾人理想中之一物除卻吾人之理想實際遂無所謂世界耶抑所謂世界者實有其物而吾人之理想曾不能出于此世界之外者邪此則非吾人之所能知吾人之所能知者謂就吾人認識力之所及確有所謂世界而吾人之思想又確有時能超出于此世界之外而已

人類之活動有時受支配于天然者又有時能以自主之力自發活動支配天然者此等能支配天然之活動謂之自由活動自廣義言之則自由活動亦一種受支配于天然之活動而已然其以受支配于天然故而活動及其以支配天然爲目的故而活動其活動終不能不謂之有別也動物之所以高于植物人類之所以高于他種動物者即以此等活動之有無多寡爲斷蓋植物無自由活動而動物有之動物之自由活動其範圍狹人類之自由活動其範圍廣也夫同一運動也何以區別其爲自由與否則以其有無自由思想爲斷所謂自由思想者即謂吾人于認識現世界以外更能超出于現世界而爲思想之精神之力也若是則自由思想

文苑　一

歐美小説叢談

孫毓修　撰

原載於一九一三年《小説月報》第四卷第一號至第八卷，一九一四年第五卷第九號至十二號，署名孫毓修或『東吴舊孫』。一九一六年商務印書館編入『文藝叢刻』叢書，出單印本。作者孫毓修（一八七一——一九二三），字星如、恂如，别署東吴舊孫、留庵、緑天翁、小緑天主人等，江蘇無錫人。光緒二十一年（一八九五）中秀才，後自學英文，并進蘇州教會學校學習，又在南菁書院時從繆荃孫攻版本目録學，一九〇八年起任商務印書館編輯所高級編輯，主持編刊《四部叢刊》、《童話》、《少年叢書》、《演義叢書》、《世界讀本》等。他有相當的國學基礎，并就學於外國教士，通西文，故評價西方小説比同時代一般論者更爲真切，且內容也頗爲豐富和系統。尤可觀者，時時注意中西小說的比較，其中有的論點也較有啓發性。然而總的說來，深度不够，述多於論，特別是後半部分，幾乎都是小説作者生平和故事情節的介紹。這雖在當時對人們認識西方小説有一定的幫助，但終究顯得一般。

歐美小說，浩如煙海。即就古今名作，昭然在人耳目者，卒業一過，已非易易。用述此編，鉤玄提要，加以評斷，要之皆有本原，非憑臆説，但此非有專書可譯，故未能一一注明也。天寒筆凍，日得數行，其有愧於司各得之手多矣。

希臘拉丁三大奇書

英人譯本書中，以《破船之舟子》(*Ship-wrecked Sailor*)爲最古，距耶穌生前二千五百年，埃及人所作也。《辛特拔特舟子》(*Sindbad the Sailor*)一書，即從此脱胎。其次則《伊律亞特》(*Iliad*)及《烏地綏》(*Odyssey*)矣，距耶穌生前一千或八百年所作。此二書，其格調則詩也，而其鋪叙則似小説，其荒唐則似神話，其敷衍則似彈詞。或云希臘詩人荷馬(Homer)所作，或以爲非荷馬一人所撰，疑莫能名也。荷馬者，不詳其家世，生於小亞細亞。既死，希臘有數處皆争認爲此大詩翁游釣之鄉，至今豐碑深刻，題荷馬之墓者，凡有七所，故斯巴達王利盎納達（Leonida）有句云：『生則任其瑣尾兮，死則争爲之築墓。』蓋荷馬旅次遇盗，喪其資斧，復抉其雙睛以去，荷馬既以瞽廢，操弦挾瑟，游行都邑中，誦其詩歌，以博人歡。《烏地綏》、《伊律亞特》二詩之所咏者，爲希臘聯邦與小亞細亞脱羅（Troy）之戰事。羅馬詩人福吉兒（Virgil）讀之，以其事未終也，爲補作《育勒西》（*Ulysses*）之詩。荷馬之詩，寫以希臘文；福吉兒之詩，寫以拉丁文；號爲古文中之三大奇詩。荷馬之詩，至第十七世紀間，英人波伯氏（Alexander Pope）始爲迻譯，亦成名作。尤奇者，荷馬之詩用古希臘文，是非深於希臘之古學者，未易從事，而波伯希臘之學甚淺，脱稿之後，見者嘆賞，出版家争欲得之，波伯得潤筆之資九千鎊，亦文人之異數也。荷馬原作，本極平易；波伯譯本，則大加雕琢矣。如淚則易言So-cial flood，覺則易言 Abristly care 是也。《育勒西》譯自特拉登（John Dryden），與波伯并世之詩人也。

綜波伯、特拉登二人譯本讀之，則其事之本末，始可得而言。蓋斯巴達（Sparta）有王妃，美而艷。鄰國脱羅（Troy）之王，少年重色，以事至斯巴達，見妃則竊負而逃。斯巴達人大率同盟之軍，以伐脱羅。脱羅之人，奇謀秘略，累出不窮，希臘不能勝，乃以木馬之計欺脱羅，遂以成功。希人十年克敵，解甲歸來，則人民猶是，城郭已非。軍士失道，迷陽却曲，岐路徘徊。一時所遇，國有奇於化人之荒唐，俗有甚於飛頭之俶詭。凱旋之歡，方騰於國内，而探險之隊，偏滯於海陬。其事既怪，其文益奇。雖近説部，而故事流傳，詩文之中常相引用，乃爲節譯如左。世有中郎，當亟以枕中鴻寶視之矣。人地諸名，以典實所在，不能從略，讀者無以聲牙詰屈譏之也。

《伊律亞特》

『伊律亞特』(Iliad)一字，本於希臘之伊律島(Ilium)。伊律亞特，猶言伊律島之遺事(About Ilium)云爾。伊律島者，小亞細亞濱海之邑，而脱羅之都城也。希臘當日則不云脱羅，而恒言伊律島云。脱羅之王，有名柏拉亞姆(Priam)者，妃名海苟排(Hecuba)，生子五十人，而海克德(Hector)以勇武著，配黎斯(Paris)以豐姿著。會配黎斯以事奉使至斯巴達，希臘之聯邦也。斯巴達王名曼納來厄斯(Menelaus)，其妃海倫(Helen)，天下之美婦人也。配黎斯至，值斯巴達王他出，瞷海倫之美，攜之而歸。海倫亦以配黎斯眉目如畫，雅似璧人，逢此意外，深幸得所，故主之恩淡焉若忘。曼納來厄斯歸，入宫不見其妻，相思不禁，忽忽如狂。『佳人已屬沙吒利，義士今無古押衙』，可爲曼納來厄斯咏。而飽嘗長門之風味者，偏不在金屋藏嬌之陳后，而在哀蟬落葉之漢武，事亦奇矣。乃曹召希臘之侯王君公，及其弟亞軋門儂(Agamenon)者，大會議於宫中。公推亞軋門儂爲聯軍之長，以討脱羅，而反其妃。斯巴達宫幃之事，而動列國之兵者，以當曼納來厄斯與海倫聯姻之日，昆弟之邦畢至，皆矢誓曰：『有敢侵此傾國傾城之海倫者，凡我同人，當出死力以抗之。』息壤在彼，今日固當踐約。同盟諸軍，則皆歸討軍實，具舟濟師。此大戰事中之大人物，荷馬尤放筆寫之。有大勇者曰司寇利斯（Schilles），有大智者曰育勒西（Ulysses），智勇兼至、齒德俱尊者，曰奈斯德（Nestor），皆希臘聯軍中之卓卓者也。大軍既集，渡海而東，集於脱羅之城下。歲月不居，倏忽十年，鬥將鬥兵，大戰小戰，兩軍工力悉敵，莫能相下。曠日持久，而希臘聯軍之内訌作矣。蓋司寇利有奴，亞軋門儂悦其便捷，不告而奪之。司寇利斯大怒，拔營而去，不願再列戎行。司寇利斯固聯軍之長城，脱羅詗知其事，則大喜，縱軍大擊聯軍。聯軍不能支，行將遁矣。司寇利斯有生死之交，曰拔周克勒斯（Patroclus），憤脱人之驕，又惜司寇利斯之逞小憤而忘敵愾也，乃免胄返鬥。脱人稍却，拔周克勒斯亦輿屍而歸。司寇利斯聞之，殊悔一時意氣，至死其良友，返兵重鬥，爲拔周克勒斯復仇，乃與脱人大戰，十蕩十决，山嶽震動。風雲河海雷雨之神，或佑脱羅，或佑希臘，風車雲馬，星羅棋布於空間，一一可睹也。卒之，司寇利斯手刃脱羅王子海克德於城下，載此英雄之遺體，於戎車之中繞城三匝，以示戰勝之榮光，然後返諸其父。脱羅之人，遭此大衄，三軍縞素，誓雪此耻，葬海克德以王者之儀。荷馬之詩，鋪叙葬禮，又極費詞。而其詩至此止矣，然脱羅之事則未終也，今更進而述《烏地綏》。

《烏地綏》

『烏地綏』（Odyssey），即希臘文之育勒西（Ulyssey）。英人云烏地綏，猶言烏地綏之遺事（About Odyssey）也。蓋脱羅之戰局既終，希人轉旆而西，復其家邦。航行之路，即今之地中海，處處風波，程程留難，奇情詭理，大有似乎《西遊記》，育勒西譬猶孫行者。孫行者之目的地爲西天，育勒西之目的地爲雅典(Athenes)。當希臘人之去其風光秀麗之故鄉，而揚威於小亞細亞也，十年於兹矣，思家之念，孰不有之？而以智勇兼至之育勒西爲尤切。育勒西有婦曰本納羅伯(Penelope)，美而賢；有子曰推來梅克斯(Telemachus)，少而慧。育勒西愛玩賢妻，撫弄稚子，初無遠征之豪情、功名之奢願。出師之際，迫於同盟之大義，無術自免，乃佯狂於市。鄰國窺見其隱，迫之上道。其妻爲賦同仇之詩，揮淚而别。一去十年，樓頭戍婦之吟，沙場刀頭之夢，睊睊此情，兩地同之。乃孤舟之泳海，如弱羽之憑天，明明故鄉，如十洲三島，渺然在望。回風引之，東山零雨，又越十年。此十年中，冒險之事，遇其二十，爲撮譯之如左方。

育勒西自脱羅之蕪城解維西歸，已閲葛裘，仍回環於小亞細亞之濱，渺不知何處是家山也。舟中糧盡，無以爲炊，失望之中，得一小島，劫土人之酒而飲之，粟而食之，既醉且飽，樂而忘返。土人見其無狀，皆返而擊之，舟人多死。其醉飽未甚者，幸得逃歸舟中，育勒西與其殘餘之同伴，揚帆而逸。相傳此即今之昔昔來(Sicily)島云。

育勒西解昔昔來之阨，又至一處：海山蒼蒼，不見人民，步至一山洞，廣大無比，中有巨鼎，乳漿滿焉。育勒西曰：『既有飲器，則此非荒土矣。因緣未至，不爲我輩遇耳。』此本長人之洞。長人(Giant)者，希臘人稱魔怪之詞。而此洞主，有不可思議之凶德，其名曰潑力非墨斯(Polyphemus)，僅有一目，居於額之中部，爲一目怪之首領。一目怪者，希臘語名之爲綏克落伯斯(Cyclops)。育勒西徘徊洞中，忽焉日暮。長人驅其肥羊，歸宿洞中。羊大如牛，長人之長，更無倫比。育勒西思欲避之，則見長人出其巨靈之掌，取一大石緊塞洞口，如闔户然。育勒西規此大石，非二十壯士之力未易舉之。長人所行無事，其力可知。此可與鬥智而不可與角力也明矣。於是奉一革囊之旨酒，獻於長人，求其放歸。長人飲酒而甘之。當筵四顧，苦無下酒之物，乃攫希臘之舟人二，聊奉一餐，數嚼且盡。飲食竟，長人始詢育勒西姓氏。育勒西不以實告，謬應之曰無人（No-man），作歌以永之曰：『我之名兮無名，我之少兮，父母以我爲無人。』長人亦答之以歌曰：『爾之徒兮已入我處，爾無人兮僅得後死。』育勒西在此可怖之境界中，已過六日。長人早晚食四人，繼恐其易盡，乃日減其二。育勒西日夜籌救亡之策，見一木竿，曰：『得之矣！』乃鋭其端，瞯長人熟寐，以竿力刺其目。長人痛極呼救，綏克落伯斯之族聞聲麕至，自洞外遥呼曰：『誰困大王者？』長人曰：『無人，無人！』聞者以爲果無人也，皆一哄而歸。希人思逸出洞外，則此石門力不能啓，智如育勒西，亦徬徨無策。晨曦乍動，見長人起，自移其石，呼羊群而出之。長人當户而坐，以防希人之逸，每一羊出，則以手撫之，雖盲於目，未嘗盲於心也。育勒西謂其人曰『可矣』，命伏於羊腹之下，希人盡出，而長人猶未知。

育勒西去長人之洞，又經一島，其名曰餐荷島（Lotophagi），居民以荷花爲食。異方之人，一嘗其味，即忘其國，忘其家，而惟願終老是鄉。育勒西初不知也，遣三人上陸，訪其風土，俟至日暮，不見其歸。育勒西親往蹤之，見三人者，與餐荷之人談笑從容，若素識者，絶無思歸之狀。育勒西强捉之歸，三人涕泣不欲生，爲奪其極樂之餐荷島也。

福吉兒之詩，則侈述脱羅一面之戰功。蓋以羅馬帝統爲脱羅之苗裔，福吉兒故誦此以媚之也。脱羅聯邦之侯王，於此戰事，其公忠英武，足以照曜丹青者，得一人焉，曰衣尼亞特（Aeneid）。福吉兒點綴其事，亦仿荷馬之所以頌司寇利斯與育勒西之詞調，而作此詩。英文譯爲《衣尼亞斯》，猶言衣尼亞斯之遺事（About Aeneas）也。讀之則知希臘聯軍所以取勝之道，盡出於育勒西之計畫。蓋當日者，長圍既合，城久不下，曠日持久，勢且嘩潰，育勒西命人造木馬無算，藏甲士於腹中，棄諸海濱，諸軍佯作返旆之狀，登舟而去。脱羅人久受圍城之厄，甲胄生蟣虱，軍糧掘鼠雀，今忽刁斗不聞，鳥集幕上，萬人空巷，出城以嬉，兼謀樵蘇，見希臘之故壘空存，旌旗無色，皆喜曰：『十年苦戰，從此告終，邦之福也，家之幸也！』及見木馬屹立於野岸之中，則皆驚異萬狀，以爲自有紀載以來，未聞有此，此豈非天乎？不可輕動，以違天命，召巫者卜之。巫者曰：『此天賜也。臆度之或逼視之者皆不祥，宜驅入城中，除壇以祀之。』脱羅人不知此巫本希臘之間諜也，群然和之，驅之入城。乃馬之大，且過於門，於是毁堞而進。有綏能（Sinon）者，心知巫言非是，獨争之曰：『此必希臘人之詐也，搜其腹中可矣。』突有巨蛇自海中出，直奔綏能，綏能死焉。脱人睹此，益以巫言爲信，忘勇夫之重閉，争解甲以歸農，而馬腹之寇仇至矣。聯軍遥至，城門不守，内外相應。脱人倉皇應變，禦侮之方，百未一備，萬民號泣，君臣相顧，不知所歸，城遂陷。十年之戰，則以海倫爲禍水，城下之日，希人首欲得之，返其故夫。海倫玉容憔悴，自投於軍。斯巴達王大悦，即在陣雲鼙鼓之中，重圓破鏡，斯巴達王意甚得。福吉兒鋪叙其事，亦至累行。昔吴平西王破李闖兵，追及圓圓於散關之外，列陣十里，以宫燈萬盞迎歸圓圓。梅村爲之賦曰：『蛾眉馬上傳呼進，雲鬟不整驚魂定。蠟炬迎來在戰場，啼妝滿面殘紅印。』譯者敢爲斷章取義，以代海倫之曲。

脱羅既沼，孱王衣尼亞斯負其老父，率其遺黎航海而逃，七年之久，乃至今之意大利。意大利有王曰拉丁納斯（Latinus），見衣尼亞斯，悦其英偉，以女來文納亞（Lauina）字之。拉丁納斯有鄰國曰羅多利（Rutuli），其王貪納斯（Turnus），鍾情來文納亞，欲以爲妻。拉丁納斯竟違其願。拉丁民族與脱羅民族互相攻伐，脱羅民族勝，而衣尼亞斯之後遂大。

孝素之名作

古者盎格羅撒克生（Anglo-Saxon）文初興之時，分南北中三派。及孝素（Geoffrey Chaucer）以中派著書，風行當世，南北兩派，由此銷沉，遂成同文之治。孝素詩集之最傳者，《坎推倍利詩》（*Canterbury Tales*）也。當孝素之世，英國盛行羅馬舊教，其俗迷信神權，聞某處有寺，昭著靈異，則不憚跋涉山川，扶老攜幼而往，齋戒謁拜，以伸祈禱。如此僕僕道途之人，謂之閟爾格立姆（Pilgrims）。孝素之世，閟爾格立姆皆至聖多馬拔克脱（St. Thomas a Becket）展謁聖迹。道經塞閘克（Sauthwark），有宿店曰搭盤特（Tabard Inn）。此店適據要津，行李往來，於此旅止。長途無聊，閟爾格立姆相約每人述一故事，往返皆如之。旅宿之際，公共評論，推其事之最有味者，則免其人一夕之費，以資獎勵。一千三百八十七年四月，孝素亦與焉。同行者三十三人，人語一事，往返倍之，應得六十六事。孝素據所聞知，編以韻語，今祇傳其二十四，餘皆亡之矣。其事悉深於世故，老於閲歷。英人既以其古也而尊之，又以其意思深長可以風世也。中有二則：一題 *The fox repaid in his own coin*，爲一赦罪人所述；一題 *The men who went to kill Death*，爲一僧人所述；雅與《伊索寓言》(*Esope's Fable*)相似。兹爲譯之，嘗鼎一臠，可知其餘矣。

The fox repaid in his own coin，意謂狐之受報也。有某寡婦，門外有塒，棲鷄一雙。其雄名章得克利(Chanticleer)，夜半夢醒，急語其婦丕的落脱(Petilor)曰：『酣睡之中，得一噩夢。其夢甚惡，不可説矣。』丕的落脱問之以狀，始知有狀似獵犬者現於夢中，追章得克利甚急也。其婦慰之以辭，章得克利終不怡然，語之曰：『自今以往，唱隨毋失，爾當常作歡愉之容，以釋我心。』天明皆起，章得克利振羽抗音，自視甚豪，不復以妖夢爲意矣。數日之後，突有狐狸起於塒下，章得克利追憶夢境，駭極而逃。狐急止之曰：『君奚爲而避我哉！我來無惡意，請慎無恐，特欲親聆妙音。君音之圓美，除非空中仙樂，無可比儗者矣。嘗聞君父之歌，而未聞君之歌也。敢以爲請。』章得克利聞此狡狐之言，樂甚，顛其趾，引其吭，引頸長鳴。一曲未終，狐狸嗌其喉，向林中而去。丕的落脱大驚，偕其子女，竭聲呼救。鄰里畢集，來赴其難。中有名斯得老(Straw)者，見章得克利智盡能索，勢將絶望，乃遥語此狐曰：『君何怯也？以我當此，則必止步以傲追者，當曰：「我之所居，在此林中，追我何爲？章得克利之肉，豈我以其不肥也而吐之乎？」』狐遥應之曰：『然也，君之語盡我意矣！』狐一啓口，而章得克利已自其口中飛入矮樹。狐亦不驚，更以宛轉之辭，謂章得克利曰：『我甚愧驚吾至友也。如君能集於地，願謝其唐突之罪，并告以故。』章得克利答之以臆，曰：『始已受欺矣，不能再欺。』其狐之以諂欺人者，亦以諂受欺。

The men who went to kill Death，謂貪夫殉財，懼死而適以速死也。孝素於題下注云：『此爲一赦罪人所作。』蓋當千年以前，羅馬教皇有赦罪之權。人多行不義，心欲懺悔，則奉錢於教皇，以爲彌天之惡，亦復銷除，於良心無愧矣。其爲教皇專司此事者，名爲赦罪人也。赦罪人述其故事曰《弗蘭特》(*Flanders*)：有惡少數人，朋比爲奸，遐邇惡之。有同黨三人，聚飲於市，聞喪鐘驟擊，問其侍者曰：『死者誰也？』侍者曰：『此亦君輩之故友，飲食歡笑，本無戚容，忽有竊賊，其名曰死(Death)，悄然而至，竊其生命去矣。嗚呼，一歲之中，老幼尊卑之人，其爲死所竊負而逃者，豈少也哉？』三人聽之，其一人曰：『死之害世，有如是夫！吾其訪彼之巢窟，縶而縊之！』餘人和之，遂行。遇一老者，鬢眉龐然，衣冠甚古，問之曰：『死居何方？爾知其處，請以告吾，吾將殺之。彼已賊吾之友，而他日老人之命亦不免爲彼所竊也。』老人曰：『君其有意覓死者，則轉至某街，更出某巷，有一茂林，死之所居，在此林中橡樹之下。』老人適與作别，今尚在也。』三人依言而行，至則不見死，而惟見金錢一堆，累累樹下。三人大喜，見金而忘死矣。相與席地而坐，謀所以處置之者。一人曰：『是必攜至家中爲善。宜卜夜而不宜卜晝。晝則人皆見之，衆口嗷嗷，殊足畏也。』二人曰：

『善。雖然，遺此長夜，當有酒食。此間離市遠，非君健步，不能得也。』一人曰：『吾即往任此役。』既去，二人謀曰：『此金也，三人分之，不如二人分之。吾有一計，俟彼至，汝僞與爲戲，反執其手，吾從後擊之，則必死矣。』其人應之。詎知赴市之一人，亦有深念，思毒彼二人而獨有其金。市酒肉已，更市毒藥合於酒中，歸而獻之。二人見酒，則大喜，開樽痛飲，未及試行其計，而毒已發矣。老人使其覓死於橡樹之下，至是果驗。

英國十七世紀間之小説家

英文 Story 一字，爲紀事書之總稱，不徒概説部也。其事則烏有，其文則甚長者，謂之 Novel，如《紅樓夢》一類之書是矣。爲此書者，皆古之傷心人，别有懷抱，乃虚造一古來所未有、人力所不能之境，以暢其志。江陰老儒作《野叟曝言》，奇則奇矣，而中無所托，故不見重於世。蓋 Novel 者，出乎人之意外，又入乎人之意中者也。英國近世小説，以迭更司（Charles Dickens）、司各脱（Sir Walter Scott）爲至矣。而椎輪大輅，則第十七八世紀間之作者，不可不知其爲人與其遺書。

自有人類，即有故事。在文字未興以前，則編成韻語，沿街彈唱，以曉俗情，此荷馬（Homer）、福吉兒（Virgil）、卑丸爾（Beawulf）諸人所以不朽於希臘、羅馬、盎格羅撒克生之史也。吾國之有章回小説也，風始於宋，至今存者，有《五代史平話》、《宣和遺事》等書。英國之有作故事者（Story teller），昉於清之中葉，其第一部不刊之作，即第福氏（Daniel Defoe）之《魯敏孫飄流記》（*Robinson Cruso*）也，出版於一千七百十九年。當第福十七歲時，有倍福爾（Bedford）之教師，方沉幽於鐵窗縲絏之中而孤憤著書，與第福之所托，如吴越之不相謀，而其書與《魯敏孫漂流記》并有千古者，則彭寧氏（John Bunyan）之《天路歷程》（*Pilgrim's Progress*）是矣（此書教會中人已譯，即名《天路歷程》）。此本箴俗説理之書，而托以比喻，雜以詼諧，勸一諷百，實小説之正宗。其文又平易簡直，婦孺皆知。英人尊之，至目之爲《聖經》之注脚。然彭寧之遭際，亦可憐矣。窮愁著書，中外一例，殆亦天地間一種之公例耶！彭寧以一千六百二十六年生，少習補鍋匠。十六歲以後，棄其舊業，投袂從軍。留營數年，即復退伍。年二十，迎娶某氏。其妻之才否，今不可知，所可知者，死於一千六百六十五年耳。彭寧於百無聊賴之中，復有悼亡之戚。鰥魚不瞑，牛衣增悲，遇亦窮矣，而一綫之生機亦於此時得之。蓋其妻固貧家之女，于歸之日，一身之外别無所謂催妝之品攜歸彭寧，有之，則惟《聖經》一部。彭寧念粉漬之猶新，感靈響之不沫，人窮反本，宗教之言尤易感動，乃盡去其平日之思慮，而願身爲教師，以宣福音（Gospel）。其時正當清教徒（Puritans）與國教争，而英國共和（Commonwealth）之日也。未幾，却而斯二世（Charles Ⅱ）復位，凡不奉國教者罪之。彭寧遂以一千六百年幽囚於倍福爾之獄，在此暗無天日之中斷送十二年之光陰，然猶不廢著述，而《天路歷程》世界不朽之奇作，即成於此時。至今凡有文字之國，無不翻譯者，其尊崇亞於《新》、《舊約》一等。

出身之卑賤亦如彭寧，而使其名重於九鼎大吕者，即《魯敏孫》之作者弟福氏也。第福之父，一倫敦之屠夫耳。第福少時，思成一牧師，以光大其門閭，十四歲在紐温登（Newington）肄習拉丁、希臘、法蘭西、西班牙、意大利諸國宗教之書，學業精進。後忽違其夙願，惟求執一業以糊口，此外别無奢望，乃爲織襪之工，日坐倫敦之市，紛紛與傭保爲伍，然猶時時著書。時則新舊兩教，此一是非，彼一是非，互相水火。國家右舊教，弟福日造一文，以攻政府。一千七百二年被囚於紐格脱（Newgate）之獄，而危言覈論，與政府爲敵之文，未嘗絶筆也。《魯敏孫漂流記》即著於是時。此書事本子虚，而驚心動魄，不啻身受，更以激人獨立自治之心，故各國争譯之。弟福懷抱直道，鬱鬱不得志於宗邦，乃思闢一新天地於不可知之鄉。其後百有二人航海至美洲，争信仰之自由，開殖民之風氣，溯其淵源，實基於此。第福之理想，竟得實行，其書之有功於人心世道如此。第福年七十歲卒，一千七百三十一年四月二十四日也。葬於彭赫兒非而士（Bunhill Fields），後彭寧四十三年云（彭寧之墓，亦在彭赫兒非而士）。第福墓石，前年爲風雨所剥蝕，倫敦新聞偶採入時事欄中，募財重建，一時小學生聞之皆欣然出資，爲取埃及之文石，大書深刻，樹於墓道，稱爲韻事。

仿弟福之書而作者，有瑞士人惠士（Johann Rudolf Wyss）之《瑞士人之魯敏孫》（*The Swiss Family Robinson*）。始以一千八百十三年，用德文刊布，英人譯之。邁力耶（Captain Frederick

Marryat)之《太平洋壞船》(*Wreck of the Pacific or Masterman Ready*),其結構亦同弟福,而實以續惠士之書者。兩書亦風行至今。

與彭寧同時,而門閥華貴,生享幸福者,有斯惠福(Jonathan Swift)焉。造一小説,托名於吉利甫(Gulliver)者,窮游大人小人二國,即譯本之《海外軒渠録》,原名《吉利甫之游記》(*Gulliver's Travels*)者也。斯惠福之政見,盡於此書。而其詼諧之資料,惝怳之奇情,實令人一讀一贊賞。斯惠福,都伯林(Dublin)人也,一千六百十七年生,畢業於牛津大學(University of Oxford),以一千七百四十五年卒。《軒渠録》之外,行世者尚有《書之戰争》(*The Battle of the Books*)、《德伯之談》(*Tale of a Tub*)。要皆不若《軒渠録》之能令天下笑,而與日月争光也。

文字不高,而著名於文學史者,有如彭寧。其所著之《天路歷程》,雖追摹古調,刻意求工,而終不掩其淺陋之本色。乃有文既不逮彭寧,而所造之小説又出其下,其名且永不廢於文學史者,則有立却特孫(Samuel Richardson)焉。立却特孫生於一千六百八十九年,其父固本工也。立却特孫幼年之教育,僅足記姓名而已。十七歲,習印書業於倫敦。此爲書籍造作之府,假讀甚易。白晝無暇,每於夜間,口誦心維,以燒燭一條爲度。主人既痛惜其燭,又慮立却特孫精神過勞,荒於本業,則奪其燭而去。久之,終得主人之歡,娶其女,承其業,勤勞之餘,得自由讀書,無慮奪燭之人伺其後矣。自以辛苦成業,常以此勉其工人。相傳立却特孫恒置錢於字模之下,早赴工排字者得之,後至者自恨向隅,則早至矣。競争不已,寖至未及鷄鳴,已來赴工。貪夫殉財,立却特孫又顧而嘆之。立却特孫年五十，始有意著述，刊行小說甚多。其體似一長箋，有閉户構造八年之久始脱稿者，事皆平平，讀之不終卷而令人倦矣。顧在當日，頗極風行一世之概，而大陸諸國之小說家亦傾慕其格調，奉立却特孫爲巨子，法蘭西尤甚。緣古時庶業未劇，人多暇豫，而街談巷議，可資嗢醵，以爲茶後酒餘之消遣者，其書實無多，立却特孫之作適承其乏，故亦具左右世界之力焉。雖有智慧，不如乘勢，其此之謂乎！一千七百六十一年卒。立却特孫生平常從容游燕於聖伯來(St. Bride)寺，每曰『吾魂魄猶樂此也』，家人卒埋其遺蜕於寺場。

汲汲顧影，賣文爲活之生涯，實濫觴於非爾汀(Henry Fielding)。此等生涯，英文謂之學之苦工(Literatory hack)。非爾汀生於一千七百七年，塞木爾綏省(Somersthotire)人也。家本素豐，壯歲出游大陸，徧謁名都，輕裘寶帶，駿馬美人，意氣甚豪。及還倫敦，就職大律師，起居愈奢，其父不能給，不得已乃賣文於市，專著意於小說。名作甚多，而以《湯瓊歷史》(*The History of Tom Jones*)爲第一。奇情詭理，加以詞條豐蔚，逸趣横生，英國沸克興(Fiction)之極規也。沸克興者，即近所譯稱奇情小說，往往有英人極膾炙之書，我輩視之味同嚼蠟，中西人嗜好各異如此。由此觀之，非爾汀之書，祇見譽於少數；立却特孫之書，僅馳譽於一時；惟有莎士比亞(Shakespeare)，則永遠的(of all ages)，世界的(of all nations)，此所以贈之以王，謚之爲聖，雖未知與屈原、杜甫何如，歐美兩洲要無有抗顏行者矣。

古德密斯(Oliver Goldsmith)，愛爾蘭人也，生於一千七百二十七年。君子觀於古德密斯，知邀幸成名者，世豈少其人哉！　古德密斯二十一歲，得學位於都伯林大學。彼固未嘗苦學也，一時意氣如雲，視天下無不可爲者，益習於放縱，愛之者皆爲憂之。嘗思爲教中之一職員，又嘗思至美洲冒險，幸皆未達其目的，不然，則益放於禮法之外，并一文學之苦工，亦不可得矣。當時有金五十鎊，即可習法學而畢其業。古德密斯懷金將赴倫敦，博於都伯林，一夕輸之，乃習醫於愛丁堡。時荷蘭有來屯大學（University of Lyden）者，一入其中，如登龍門，古德密斯亦將往焉。以旅資與人博，又盡失之。當此時也，英國上流社會中人，必渡海峽，至大陸，上諸名都，勾留數月，然後歸，則聲價陡高，時人尊之曰大旅行（Graud tour）。有意大利貴爵某，古德密斯之同學也，憫其喪資，無以成行，乃挈之與俱。既至羅馬，古德密斯忽與之有違言，乃孑身赴巴黎，囊中實不名一錢也。夙善吹笛，恃此得乞食而歸。英國自有大旅行以來，未有若此君之狼狽者也。此行也，未知其得於觀察者何如？而塵容俗狀，則加多矣。然微論其體勢之陋俗，衣飾之不美，而其性情固極平易，以是人皆愛之。思懸壺於倫敦之市，而醫術甚淺，未敢冒昧，乃入立却特孫之印書廠，爲一校對者，兼爲人作應酬文字。見者稱賞，文譽日高，得倚此爲生活。約翰生博士（D. Samuel Johnson），其至友也，嘗曰：『當古德密斯手中無筆之時，則愚莫如之矣；有筆之時，則智又莫如之（No man was more foolish when he had not a Pen in his hand,or more wise when he had.）古德密斯之小説，以《威克非爾牧師傳》（*The Vicar of Wakefield*）爲最傳，即近人譯本之《姊妹花》也。此書屬稿方就，約翰生偶過其居，則見古德密斯爲欠賃屋資五十鎊，大爲女主人所窘，聲勢洶洶，欲鳴諸官。此江河不廢之《姊妹花》一束，雜於亂書堆中。約翰生讀之，急語主婦毋躁，馳示坊肆，出六十鎊市其稿，付主婦外，尚贏十鎊也。然《姊妹花》中錯語頗多，古德密斯强自解曰：『無錯不成話，作小説者之常語也。小説之妙，妙於有錯。且吾書之錯，甚有次序，以是亦可謂錯到恰好之地位焉。』以一千七百四十四年，化於旅次，别無長物，惟遺債二千鎊云。

司各德、迭更斯二家之批評

十九世紀之間，英之大小説家聯翩而起，要以司各德、迭更斯爲著，非獨著於一國，抑亦聞於世界。司各德之書，主於歷史；迭更司之書，主於社會；各造其極，未易軒輊也。先古德密斯死之三年，愛丁堡隘巷之中，有小兒墮地，問其時日，則一千七百七十一年八月十五日也，此爲司各德入世之初雖在十八世紀，而其小説皆作於十九世紀，故論世者不以屬於十八世紀中也。司各德幼時，即跛一足。年十四，已盡讀其父之藏書，於古時蘇格蘭流傳之神話，及諸名家之小説，嗜之若命。此時雖不遽下筆著書，要其藴釀，固已深矣。法蘭西、意大利風土清嘉，文字流利，以善造小説聞於世界，司各德盡學其方言，縱覽妙作，以極其趣，復返求諸本國之歷史，上下七百年貫穿馳驟，發爲文章。昔太史公遭腐刑，薈萃先秦之紀載而成《史記》，司各德以虧其形體歸而著書，猶此志也。謂司各德爲西方之太史公，誰曰儗不於倫乎！

司各德所著詩文之外，其説部總名 Waverley Novels，雖密行小字之刊本，猶分裝二十五册，皆從一千八百十四年至一千八百三十一年間所作也。賣其版權，得錢無算，自有作者以來，書之多而價之高，蓋未有及之者。不幸變生意外，半生傭筆，幾至貧無立錐。蓋司各德嘗合股設一書肆，至一千八百二十六年，書業大敗，司各德折閱無算，又遭其愛妻之喪。破産之後，重以悼亡之慘，乃拚命著書，既以遣愁，亦以救窮也。當司各德居愛丁堡之日，有望衡而居者，能自隔窗見此大小説家之書案。舉頭輒見一人埋頭於亂書堆中，一手據案疾書，少停，擲下一紙，又易新者。無論如何，此不厭不倦之健腕，無時不在眼中。是即司各德苦造其小説時之實况也。久之，遷居亞拔士福特（Abbatsford）。司各德絞其腦，胼其手，如在愛丁堡時，在此積六年之苦工，成等身之紙堆，竟盡了其逋負，而精力亦竭矣，一千八百三十二年卒。司各德一生揮其禿筆，凡得十四萬鎊，合銀一百四十萬圓也，可謂豪矣。雖然，亦已憊。

司各德之書，以事實言之，則包羅七百年之歷史，然非如史家之以年繫日，而順序以叙之也。第一部刊行者爲《六十年》（*It is Sixty Years Since*，一名 *Waverley*），此 Waverley Noveles 之名所由來也。六十年者，述一千七百四十五年英國保皇黨之事，距司各德生平六十年前。而一千八百三十一年，第二部之《巴黎羅布德子爵傳》（*Count Robert of Paris*）則上溯第十一世紀第一次十字軍之事矣。

『偶然題作木居士，便有無窮求福人』，此譏世欲之迷信也。作小説者，以無爲有，隨筆點染，妙造自然，其足以顛倒讀者，惹起迷信，亦有此境。世之閲《三國志演義》、《水滸傳》、《西遊記》、《紅樓夢》者，孰不如見關雲長之顯聖，忠義堂之大會，孫行者之神通，賈寶玉之多情？此小説之極則也。司各德小説，雖原本於史，而大半皆逞其臆見，向壁虚造，後之讀者幾疑司各德家有鄉環、二酉閟帙奇書，多人世所未窺。司各德獨得暢懷肆志，讀而傳之，無有知其爲杜撰者。甚矣，其欺也！司各德至今稱爲妖怪之小説家，其以此夫！

吾國之人一言小説，則以爲言不必雅馴，文不必高深。蓋自《三國志演義》諸書行，而人人心目中以爲凡小説者，皆如宋元語録之調，婦人稚子之所能解，而非通人之事也。其實《山經》、《穆傳》，先秦間之高文典册，目録家亦入之於小説。演義白話，體雖不古，然亦天地間一種奇文，予别有辨。歐美各國，文言一致，故無此例耳。其小説文字，皆非淺陋者，而司各德之文，尤多僻字奥句，今譯本僅有二書，即《十字軍英雄記》(*Talisman*)、《薩克遜劫後英雄略》(*Ivanho*)也。

百年以前，英國政治之不公，風俗之齷齪，爲歐洲最。帝王之力不能整，宗教之力不能挽，轉恃繪影繪聲之小説，使讀者人人自愧，相戒毋作此小説中之主人翁，政治風俗漸漸向善，國富兵强，稱爲雄邦，是則迭更司(Charles Dickens)之所爲也。

迭更司，英之撲脱西(Portsea)人也，生於一千八百十二年二月。幼年受書於其母，皆能自讀，即發其父之藏書，最愛小説，常冥然默坐，仰層城之逝影，數月影之下窗，不知者以爲獃，而不知迭更司正遐想其所讀之小説，而不覺其神往也。既而迭更司之父負人債，不能償，債主訟之，發官符繫其父於倫敦獄。吏至迭更司家，鷄犬不寧，舉家愁苦，乃至床帷釜甑之屬，一一爲吏鈔掠去。迭更司顧之，皆不甚惜。最後則并及其百回不厭讀之小説，亦入吏之囊橐，迭更司始愀然不怡，然又無可奈何也。此時英國法律，凡以錢債繫獄者，得舉家移居獄旁，而仰食於官。迭更司與其母弟，隨父至倫敦，奉獄官之命，入一酒肆，糊瓶上之招紙，一星期中，可得數先令，以給家用。久之獄解，迭更司從傅受讀，學乃大進。年十四，即輟學。其父出獄後，在報館任訪事，迭更司慕之，思繼其業。又甚願登場爲優人，恒與其同儕游於通衢，别操一種言語，謂之林古（Lingo），以假作外國旅客，而博市人之一笑。年二十二，竟成報館訪事焉。一千八百三十六年，本其二十年中之見聞，刊行一書，題曰《鮑氏筆記》（*Sketches by Boz*）。迭更司以己未有遠名，故假托諸鮑氏，亦子虛烏有之例也。以其稿售與坊主，得一百五十鎊。後迭更司既成著作家，聲名著於海内外，乃向坊主收回筆記之版權，竟重出一千六百五十鎊云。

迭更司少更患難，熟知閭閻情僞，故其小説善摹勞人嫠婦之幽思，孤臣孽子之痛苦，雖穿窬乞匄者流，讀之亦不啻其自叙。此輩終歲營營，斷無自著一書以鳴其不平於天壤之理，迭更司乃於明窗净几之中，伸紙吮筆，爲之載之，如禹鼎之鑄形，如秦鏡之照膽，喜笑怒駡，一任讀者之自擇，迭更司第逞其筆鋒之所至，而無容心焉。大凡朱門酒肉中人見之，每不懌，曰：『此傖無賴，又爲我寫照矣。』其實，凡在此社會上者，迭更司無不取之以作資料，固不暇專爲富貴人作傳也，富貴人自問無狀，故讀之而怒。貧賤人屈伏於泥塗之中，雖百其喙以訴困苦，猶恐不給，迭更司適如其意而爲之刊布之，乃大得若輩之歡心，其書不脛而行於天下矣。

《塊肉餘生述》譯本，即 David Copperfield 也。司各德少年境遇，雖不至如大衛之酷，然亦可憐矣，故於《塊肉餘生》聊寄其慨。范蔚宗自鼓琵琶，動傷苓落；葉天寥曲叙年譜，輒喚奈何。每至愁絶之處，輒有迭更司之影子，穩約行間，呼之欲出。悲哀者易爲工，此《塊肉餘生范》之所以不朽也。

迭更司每一摇筆，則一時社會上之人物之魂魄，自奔赴腕下，如符箓之役使鬼物焉。嘗有畫師寫迭更司著書之畫，於其背面作雲煙蓊尉之狀，中有種種之男女，老者、少者、俊者、醜者，容則醉飽者、飢寒者，冠則大冠者、小冠者，衣則新者、舊者，其狀則各憂其所憂，喜其所喜，得意於其所得意，失望於其所失望，是皆迭更司小説中之主人也，是即世界衆生之行樂圖，無古無今，悉爲此老寫盡矣。嗚呼！

迭更司卒於一千八百一十年之六月。生平著書不如司各德之勇，故卷帙不如彼之多。文中好用方言讕語，以博其趣。今已譯者，《塊肉餘生》外，有《冰雪因緣》(*Dombey and Son*)、《滑稽外史》(*Nicholas Nickleby*)、《孝女耐兒傳》(*Old Curiosty Shop*)、《賊史》(*Oliver Twsit*)，其未譯者尚不少也。

林紓譯《孝女耐兒傳》叙曰：『天下文章，莫過於叙悲，其次叙戰，又次則宣述男女之情。等而上之，若忠臣、孝子、義夫、節婦，决脰濺血，生氣凛然，苟以雄深雅健之筆施之，亦尚有其人。從未有刻畫市井卑污齷齪之事，至於二三十萬言之多，不重複，不支厲，如張明鏡於空際，收納五蟲萬怪，物物皆涵滌清光而出，見者如憑闌之視魚鱉蝦蟹焉；則迭更司者，蓋以至清之靈府，叙至濁之社會，令我增無數閲歷，生無窮感喟矣。』林氏雖不審西文，未能窺迭更司之奥妙，而此數言，頗能中肯。

一千九百十二年，爲迭更司百年之期，英美之人，以其後裔西華葛衣，淪於皂隸，乃集會刊行迭更司紀念券，如郵票之式，以所得之錢贈其後人。一時王公縉紳，莫不争購，而坊間亦乘此時機翻刻迭更司之全集，莫不利市三倍。凡此固見名人之遺澤，而歐美社會之活潑，亦迥非東方人士所能及也。

英人常謂：『雖英國之乞丐，但能讀莎士比亞、司各得、迭更司三人之書乎，則可以上傲别國之帝王。』以别國文學史，無能與此三人并對之人物。其辭驕矣，然世界之人已公認之。

英國奇人約翰生

錢牧齋爲李卓吾撰傳，以入《列朝詩選》，既非名臣大儒，亦非方外仙釋，遂别創奇人傳以位置之。英國有約翰生(Samuel Johnson)者，其不近人情如李卓吾，而窮又過之。趙壹窮鳥，賈島詩瘦，不足喻也。少歷孤寒，長更患難，積困之餘，遂激成偏宕之性，詭僻之行。綜其生平行事，怪怪奇奇，實有令人百思而不得其故者。兹據麥考來(Macaulay)之撰傳，述其瑣事如下。至今約翰生之名炳焉與日月争光，而其存世之日，乃無聊至此。『使我有身後名，不如生前一杯酒』，古人所爲發憤而道也。

生以一窶人之子，而貿然入奧克司福特大學(University of Oxford)者，蓋賴親友之力爲多。同學少年，皆膏粱子弟，輕裘寶帶，意氣如雲，見生之敝衣垢面，則皆羞與爲伍。顧惡其人，尤不如惡其衣；而惡其衣，尤不如惡其屨之甚也。雙履之穴，多於網眼，行動之時，别有怪響，雖善譽生者不能爲之諱也。而生殊坦然，不以爲意。有憐之者曰：『生之爲人本不俗，徒以雙履故，招人嫌忌，履豈不可變換之物哉！』爲市新者，默置其坐隅。生見之，忽然大怒曰：『奴輩惡吾舊履，乃公偏惡此新履！』擲諸道旁，任路人拾去，而寶其破履如初。

生離奇之生涯，忽忽二十八年矣。世緣初陟，情網又縛，其所鍾情者，借問誰氏女？則把德氏之寡婦也。孤子一人，與生同年，亦二十八歲矣，今將父二十八歲之約翰生，此大不可者也，然亦不能辭。此婦既老且貧，且又奇醜，顧終日塗朱抹粉，搔頭弄姿，顧影自憐。生家世奇窮，取此爲婦，此又大不可者也，生皆不顧。把德氏夫死無所依，急於求牡，遍國中無敢悦之者，而獨見悦於生，婦大喜過望，即委身焉。既諧伉儷，生常曰：『此絶代之佳人也，傾國傾城不足喻其美也。』婦享年六十四歲而死，生視之不啻玉霣香銷，緑破紅凋，空房獨吊，素幃傷神，事隔數年，猶彈指竊嘆曰：『美人哉（Pretty ercature）！』此言也，自吾人觀之，謂之一半是癡，一半是妄可也。

生生世三十年，亦與飢寒困苦争戰三十年。設生而健者，猶不足爲病，所難堪者，貧而兼病耳。生垂老自吐其實曰：『我於此生，顛狂一世，惟臨文則不狂。』生與人會食，男女錯雜，談笑甚歡，忽探手案下，脱婦人之履而去。時或謁貴人，肅然相對之際，忽大聲誦頌禱之詩，聞者錯愕。出行將經某街，忽惡出其途，繞道而歸，雖紆行數十里，亦所不惜。有時又發奇想，必將道上所樹之竿，一一以手觸之，偶遺其一，則輾轉補足之而後快。

生自有室以後，家人生計，擔負愈重。此如花如玉之佳人，必金屋貯之，方稱其愛憐之心也。擬寬籌歲入以奉之，而别無良策，計惟設帳授徒，則事在求己，苟耐煩者則多多益善耳。於是大張廣告，遐邇咸知，歷十八月之久，得來學者三人耳。生大失望，則懷其舊稿一束，隻身走倫敦，以求遇合。此文學家之冒險者，英自有國以來，僅見之一人也。

生赴倫敦時，除其一束之破紙外，本不名一錢，既至，久無所遇，流浪無聊，幾與乞丐爲伍。有哀王孫而進食者，開華堂，進綺筵，貴人滿坐，生後至，主人揖讓奉坐。生急奪面包皮酒，狂飲大嚼，筋脈暴漲，汗涔涔如雨下，志得意滿，不可名狀。主人鄙之，從此不復享生。冬寒無卧具，則終夜狂走街市，藉以取暖。後從人乞得寒灰少許，夜以當蓐，陡覺奇暖。當時貧儒，皆卧灰中，所謂寒士蓐者也。

生在倫敦，得賣文錢，必寄奉其妻，而已則忍餓。妻得之，撒手漫用，未嘗一思其來處之不易也。尤奇者，生所撰述，每脱稿，佳否必取決於妻。妻曰『佳』，生亦佳之；曰『不佳』，則不敢示人。然此大文學家之夫人，除生一人之外，固未有人焉許其有批評約翰生文字之資格也。

生以不得志於時，其幽憤嫉世之懷，皆寄之於文字，尤惡當時之貴人達官，持論故與政府相左。以是生之文譽藉甚一時，而終不得政府之養老金（當時名士，皆得享受政府之養老金）。爲人傭筆，汲汲顧影，昕夕不遑。會某貴人秉政，慕奇士之名，畀生以養老金。從此，始脱離文學苦工（Literary hack）之籍，而得與人劇談遣興矣。士生於世，得飽飯安居，日影早暮，不亂其心，口銜煙卮，坐豆棚架下，信口閒談，其樂可以傲王侯。生希望半世而始得之，惜享用未久，遽隨大化。『夕陽無限好，祇是近黄昏』，普天下晚遇者聞之，能弗同聲一哭！生卒年七十五。

生自得年金後，久荒筆墨，忽發議重刊莎士比（Shakespeare）集。好事者皆捐金奉助刻費，生受之。書久不成，人皆責之，乃草草付刊，於原本未嘗有所改正也，人皆不直之。生所作詩文甚多，而以《詩人傳》（*The Lives of the Poets*）爲最佳，亦最傳。韻文則以《倫敦》（*London*）、《人欲之幻想》（*The Vanity of Human Wishes*）爲最。其死也，爲葬之於韋司忒明斯德寺（Westminster Abbey）詩國(Poetis Corner)之中，與其所撰《詩人傳》中之人物，埋骨一處云。

神怪小說

披蘿帶荔，三閭見之爲騷；牛鬼蛇神，長吉感之作賦；其後搜神有記，諾皋成書，語怪之書，在中國發達最早。英語名此爲 Fairy Tales，其風始於希臘，益以閭巷謠俗，代有流傳，雖無益於事實，而有裨於詞章，遂於小說界中獨樹一幟。古時真理未明，處處以神道設教，狐鬼之談，感人尤易，故恒以語小兒，爲蒙養之基，小兒亦樂其誕而愛聽之。近世之作者，所以不廢也。

神怪小說之有專書，始於第十六世紀。意大利之北，有古城威匿斯(Venice)者，山平水遠，風光秀媚，富商達官，多居於是，繁華富麗，甲於歐洲。作小說者，皆托始於此，以爲十洲三島去人不遠也。乃產出瓊思瑤想之司德拉巴羅拉(Goivanni Francesco Straparola)造作瑰琦之談，以寄其文，至今不廢，如人人能背誦之《小猫在靴中》(*Puss in Boots*)，是其傑作也。

十七八世紀之間，有法國之女著作家杜爾諾哀爵夫人(Countess D'Aulnoy)，重述司德拉巴羅拉之意，自寫一書，見者大悦。蓋香花供奉之法蘭西國中，夙以善造神奇小說聞於世界，矧以爵夫人之筆灑珠璣，舌燦蓮花者哉。世人最愛讀者，如《藍鬚》(*Blue Beard*)、《餓狼化人》(*Little Red Rid-*

ing Hood)、《母之鵝》(*Mother Goose*,意即看護小兒人也)、《美容與善行》(*Beauty and Best*),各國皆有譯本,以示小兒。

同時德國柏林有格列姆(Grimms)兄弟二人,以善作此種小説,有聞於時。大格名極科(Jacob),小格名威良(Wilhelm),所傳《湯姆冒險記》(*The Adventure of Tom Thumb*),其傑作也。大意謂湯姆形體大不過拇指,以渺渺之身,處此茫茫之大世界中,於是三災八難,觸處皆是。其構思之奇,前無古人,後無來者,令人不厭百回讀。

十八世紀中,有丹麥人安徒生(Hans Christian Anderson),丹麥之大文學家,亦神怪小説之大家也。生於一千八百五年鄂丹斯(Odense)古城之中。家貧少孤,母使之習裁縫,安徒生不欲,曰:『願遠游,得賢者而師之,以能文章自見於世。』懷銀五圓,至哥平哈經(Copenhagen),丹麥之京城也。經無窮之困難,卒以成名。其腦筋中貯滿神仙鬼怪,呼之欲出,是誠别擅奇才者也。書初出版,丹王見之,珍爲異寶,讀之猶以爲不足,卒延安徒生於宫中,使之從容風誦而環聽之。安徒生年愈高,心愈慈,聞童子有疾,直登其榻,爲誦其所著之書,足以起膏肓,愈惡疾。枚乘《七發》,於此又見之矣。以一千八百七十五年化去,後人追慕其風,爲之造像。造像多立者,獨安徒生之像坐,如其據案高談之狀。卒於一千八百七十五年。

歐洲之作者,既然絶響,則又將渡大西洋,而問美洲之作者矣。霍桑(Nathaniel Hawthorne)

者，一千八百四年生於新英（New England）。其所作神怪小說，自名《奇書》（*Wonder Book*）。蓋皆本希臘之遺說，如長人之臂專車，吐納風火，而卒爲罕克爾士（Hercules）所勝；丕格蘇士（Pegasus）之馬能飛，馱其主人馭風而行，不崇朝而遍乎九州；玉女名夷娃（Io），忽化白牛，爲女神曲娜所妬；遠征之隊，女覡咒之而爲彘；海中之神，舟人睹之而蕩魄。文之高而思之奇，未有如霍桑此書者也。霍桑壯歲無所執，家人迫之，乃遺友人箋曰：『人生三十，理當執一業，以爲仰事俯畜之資，而立功名於斯世，此亦何煩親故之督責乎！顧吾思之，既不願爲醫，恃人之疾病以爲生；亦不願讀律，恃人獄訟以爲生；又不願任官，恃人之罪孽以爲生。除此之外，茫茫世界，尚有何事爲鯫生之托迹者乎？靜言思之，其惟著書。幸生文明之世，破紙數束，持之五都之市，亦得與抱布貿絲之輩，以有易無。歲時伏臘，不慮匱乏，濁酒一斗，擊瓦缶而歌之，以此得終其天年，詎非幸事？書不盡言，惟望諒察。』

斯拖活夫人

葛山宛約，織布歌勞；拓館陰岑，裂紈書感；東征妙製，編宜寶軸之裝；南國新詞，寫入玉臺之集。我國宮闈，多擅篇什，而留意於小說者，殊少概見。歐美才媛則不然。芬芳之舌，琬琰之思，於

《虞初》九百之中，别樹一幟者，其人何限！　而脱去女兒口吻，有功於世道人心者，其惟美國斯拖活夫人（Harriet Beeches Stow）之《*Uncle Tom's Cabi*》乎（又名 *A Tale of Life Among the Low-ly*）！即譯本之《黑奴籲天録》是也。　英美雖稱同文，而英以先進國自豪，對於美國人之出版物，輒不勝其鄙薄之思，惟郎法羅（Longfellow）之詩，斯拖活之小説，則舉國愛誦，與三島文字，不分軒輊，其推挹可見矣。　所異者，郎法羅死，英人爲之設疑冢於威斯德民尼寺（Westminster Abbey），與彌爾敦（John Milton）、孝素（Chaucer）、莎士比（Shakespeare）諸人分一抔土於詩國（Poets' Corner，威斯德民尼寺專葬詩人之處）之中，斯拖活則未有此舉耳。《黑奴籲天録》英國刊本與美國刊本不同。　今譯本分四十四章者，是從美本。　英國本分十四章，而較譯本反多結論一篇。

《黑奴籲天録》開卷即言硜脱溝（Kentueky），知夫人固美之北部人也。　當時蓄奴之風，南北皆同。　惟北方之爲主人者，待奴寬大，奴多偉岸，有活潑之概，女奴尤温雅，有大家風。　所最難堪者，值主人家中落，黠奴瞰其可乘，歆以厚利，轉轉稗販，一家骨肉，地北天南，遠道棲遲，知交零落，山河非故，葛累興悲，湯姆之所以椎心飲泣而繼之以死者也。　夫人奭然憫之，寫此寄懷，遽以一支弱筆，挑動南北之干戈。　喋血數年，殺人盈野，夫人之不仁，有如是夫！　然夫人著書之時，第發其心中所主道之人道，而釋奴一戰，即人道所開之花也。

當美洲開闢之初，有英國之百有二人，棄田園，率妻子，航五月花（Mayflower）之船，浮大西洋而來者，非志行單純之清教徒乎！夫人其苗裔也，韻致清勁，天才飆越，善歌行，詠懷古跡，發抒抱負，國人多知其名。既謂感人最深者莫如小説，乃輟吟管而托於憑虚亡是之徒，以寄貶俗規世之懷。《黑奴籲天録》，其最先出版者也。夫人初隨其夫，自砼脱溝移居哈富德（Hartford）。釋奴之戰既終，竟移家弗羅力特（Frorida）——昔日蓄奴極盛之區，每聞夫人之名而欲殺者也。自一八五六年至一八七八年，凡著小説九部，而《黑奴籲天録》最佳亦最傳。

美國當殖民時代，無所謂文學也。獨立之初，飛書草檄，則推富蘭克林（Franklin）爲巨子。然富蘭克林與其謂之文學家，毋寧謂之政治家、科學家也。開山之文學家，當推斯拖活爲第一。一時鬚眉男子，如歐文（Washington Irving）、霍桑（Hawthorne）諸人，皆讀夫人之文而起者也。

德林郡主

吾記斯拖活夫人而憶及吾國之女文學家矣。夫班姬、左芬，不少流傳。此一女文學家，獨深於旁行斜上之文字，派出於天潢，名騰於萬國，其所造小説，雖不敢與斯拖活并論，要亦歐風東漸後之一段新文學史云。其人爲誰？則勝朝裕庚之女德林郡主（Princess Der Ling）也。少與其妹，隨宦巴黎，綺年玉貌，藉甚風華，劇臺舞場之間，靡日不有其足迹，孝穆所謂『逸思雕華，横抽寶樹，敦詩説禮，高擅玉函』者歟？　雖寄迹花都（Flowerly City，巴黎之別稱），而徧深於英蘭文學。十八歲歸國，值慈禧第二次垂簾，賞其明惠，召之入宮，參與機密。當庚子回鑾以後，仇外之心轉爲媚外，排雲殿上時見外客之衣冠，頤和園中不少蠻姬之鬢影。郡主既妙辭令，又習禮文，時而宣酒令、奉盤匜，時而舒妙舞、揚清歌（慈禧喜觀西女跳舞，常令郡主與其妹演之），紅妝之少女與低眉之老佛一步不離，其宛轉追隨之態，不啻鴛鴦、熙鳳之於史太君也。顧郡主之意，不欲徒爲漢廷之弄臣，王母之侍女而已，時時以新法動之。而慈聖懲於戊戌之變，終以祖宗成法不可輕易爲言。故事：凡宗室女及年，則太后主婚。慈禧爲之相人多矣，郡主皆不欲。后怒，欲強之。乃托辭出宮，旅居上海，遇美人輝脫（Thaddeus C. White），兩情既洽，遂以金枝玉葉之身，委諸碧眼黃髯之客矣。漢主遠嫁乎匈奴，元女締姻於海外，誠清室僅見之佳話也。未幾，兩宮升遐，隆裕禪讓，郡主羈身異國，遥憶王孫，南内之情話依然，宮柳之婆娑如昨，雖欲攀銅仙溯劫後之緣，尋宮女話前朝之事而不可得，情紆軫其何托，淚盈臆而不收，乃作《十年一夢》（*Ten Years' Drean*）之書，以寄其慨。別記其入宮瑣事，成書數卷，曰《掖庭二年記》（*Two Years in the Forbidden City*）。園林有觀止之嘆，士女極婉娩之態，慈聖之優游晚景，少后之左右承歡，殊大似《紅樓》光景也。惟惜德宗有寶玉之才，而無寶玉之遇，迹其憂讒畏譏，膝下依違，大似乎賈老三之少年時代。《桃花扇》曰：『閒來無事，不如尋些前朝遺事，大家灑點眼淚。』郡主兩書，一寫理想，一記實事，皆足令人淚眼不乾耳。

霍　桑

霍桑(Nathaniel Hawthorne)小説之才，於美爲第二等作家，而其名顧反出於歐文(Washington Irving)、考伯爾(Cooper)之上。吾求其故，則知通俗喻情，固小説之正軌。人欲自顯其名，至於村童牧豎皆知有羅貫中、施耐庵，則莫如爲淺俗之小説矣。霍桑之書，專爲普通人作豆棚閒話者，如《祖父之座》(*Grandfather's Chair*)、《有名之古人》(*Famous old People*)、《自由樹》(*Liberty Tree*)、《怪書》(*Wonderful Book*)，理想雖不高，而愛讀者甚多焉。

人出處静躁之度，皆本於少年之家庭，觀於霍桑而益信也。霍桑之父，是一航海者，不幸舟壞，葬身魚腹，時遺孤僅四齡耳。其母貞潔女子也，自遭此變，杜門謝客，撫孤持家，目不窺園者，蓋四十年。所居在塞白古湖(Sebago Lake)，在美音Maine省内)之畔，煙塵不到，魚鳥親人，修竹茂林，回崗匝嶺，日光穿漏，霞采丹黄，山影倒谿，波光染緑。霍桑承母氏之貽範，感物外之幽光，沉冥不返，避世若仇，少而習焉，遂成天性。洎乎壯年，思擇一術以糊口，而皆無當意者，嘗貽友人箋曰：『吾欲讀律乎？則不願恃人之口舌以爲食也。欲習醫乎？則不願恃人之疾痛以爲食也。治田則四體不勤，服賈則二五不知。茫茫斯世，尚有何事留與霍生者乎？無已，則有著書之業在。』

歐洲先進諸國當十八世紀，失職文人可無餓死之憂。操不律，染隃麋，日草小説一紙，坊賈争欲得之，日得數金，可以從容。約翰生（Johnson）自嘲其業，謂之文學之苦工（Literary Worker）。霍桑慕之，故亦託業於此，而不知美當新造之日，百事未遑，雖莎士比復生，亦當束諸高閣耳，豈得援歐洲之社會以相比哉！以純粹之美國人而著成一小説，爲英國人所歡迎，得免土著作家（Native Author）之挖苦名詞者，其惟歐文（Washington Irving）之《筆記書》（*Sketeh Book*）、考伯爾（CooPer）之《值探》（*Spy*），其人皆與霍桑同時，而負盛名則在其前也。

霍桑因歐文、考伯爾之皆從事於小説也，己亦以此爲歸，乃造短篇小説若干首，彙爲一集，不題名字，而以私財刊之。出版之後，竟無人過問者，霍桑浩然嘆曰：『此事不可爲也。』既而家漸中落，又益以妻孥之累，不得不謀一業，以爲俯仰之資。賣文生涯，蓋已知難而退矣。詩翁郎法羅（Longfellow）、大總統批斯（Franklin Pierce），其同學少年也，援之，在塞勒姆（Salem）海關任事。抱關擊柝，爲貧而仕，亦固其然。荏苒三年，不復以文士自豪矣。一日者，倉皇還家，語其愛妻沙斐亞（Sophia Peabody）曰：『吾又失啖飯處矣，可奈何？』妻强慰之曰：『是何傷，君不有筆在乎？』昔張儀受困，謂其妻曰：『吾舌尚在否？』其妻笑曰：『舌固在也，有此已足矣！』知夫莫若妻。東西兩國，遥遥相對，是皆深閨之韻事也。霍桑思愛妻之言良是，即日杜門獨處，發篋陳書，而驚人之絶作，所謂《紅書》（*Searlet Letter*）者，即發軔於此日之午後。其書未脱稿以前，家中租傭薪米之資，皆賴夫人出其儲蓄以爲資者也。

霍桑初造小説數部，以不爲社會所歡迎，乃知難而退。此一波折，吾既譯之以告閱者矣。霍桑至是，已自悟其失敗之故：蓋小説以理想爲主，理想以新奇爲貴。霍桑少年所作，皆短篇文字，意境未必奇，趣味亦不長，故不能見稱於社會。至刊《紅書》，則體大而思精，下手之時，即自信其必傳。夫著書傳後，此百年必世之業也，豈草草而成者哉！故司各德（Scott）行過四十，而《韋浮來》（*Waverley Novels*）等身之書成；德克來（Thackeray）年近不惑，而《世界空虛》（*Vanity Fair*）之書行；懿律亞夫人（George Eliot）之草《鄉村消夏録》（*Adam Bede*）也，亦在中年。霍桑之刊行《紅書》於一千八百五十年也，亦四十又六歲矣。自此之後，一篇脱稿，萬人争誦，少年素志，至是而達。評者謂霍桑之書，如歐文之常主樂觀而理想高妙，詞條豐蔚則又過之。

歐　文

紐約（New York）之人，持籌握算，終日營營，安知所謂文學者！而初造美國文學之歐文，實紐約人。富蘭克林亦是邦之土著。但此公既非文學專家，而其死也，則在費拉特爾非亞（Philadelphia）。獨歐文則生於斯，卒於斯，生平未嘗他業，而惟恃造作小説以爲生，紐約之所以推歐而不推富也。

歐文之生也，當一千七百八十三年之秋。其時獨立告成，華盛頓之勳業炳焉爛焉，婦孺莫不震之矣。歐文生，其家將名之，母曰：『華盛頓之戰事，於此告終，而是兒適産，宜以其名名之，以志國慶。』乃名曰華盛頓。歐文四歲，乳母攜至街市，徜徉其間，大總統華盛頓衣常服，赴市購物，一市歡然（争睹大總統之顔色也）。乳母從人叢中遮道而前，攜歐文示之曰：『大總統乎！此一培痕（Bairn），實以君之姓爲名，君其視之！』培痕，蘇格蘭語，即美語之僕歐（Boy），華言小兒，蓋此媪固蘇格蘭産也。華盛頓聞之，以手摩其頂者三，乃從容去。歐文既長而能文章，遂作《華盛頓傳》，以示不忘。傳華盛頓者衆矣，惟歐文之作如太史公之記，至今不磨，其因緣甚奇也。

時司各德在英，執文學之牛耳，爲小説之巨子，得歐文所著之《紐約史》（*A History of New York*）而善之，常以下晝茶集之時（英人風俗，每日午後家人畢集，烹茗劇譚約一小時，謂之茶時 Tea time），朗聲誦讀，使家人皆聞之，其傾慕如此。歐文以文學之中心終不在紐約而在倫敦也，乃渡海往游焉。至蘇格蘭，訪司各德，握手恨相見晚。

《*Sketch Book*》，語其文字，固歐文之傑作，而其中尤有深意存焉。當美國獨立之後，與母國之感情甚惡，島夷索虜，彼此互嘲，文人緣飾，更助興味。歐文此書，則以諧暢之筆，達纏綿之意，英人讀之，知美之文人多情若此，詎肯長絶乎祖國？猜嫌之心，於是漸滅。德格來（Thackeray）讀之再三，而題其後曰：『此第一次之公使，由文學之新世界來駐於舊世界者也（The first ambassador whom the New World of Letters sent to the Old）。』

歐文倦遊歸國，其名益重，築園林於呼得桑河（Hudson River）之側。國家又强起之，奉使葡萄牙，受代而歸，安享大年。自古平子工愁，敬通不樂，邠卿亡命，靈運遭囚，文人多窮，一若有例可循者。獨歐文富貴壽考，出於例外。非僅歐文爲然，即郎發羅、富蘭克林、愛滿生（Emerson）、白拉揚（Bryant）諸人，莫不身名俱泰。由此觀之，美之文人，殆得天獨厚者歟！

沙羅

小說之名世與否，以其詞意爲主，而與作者之人品，若渺不相關焉。然言爲心聲，詩文皆然，而小說豈有異哉！美之作者，論人品之高潔，則以沙羅（Henry David Thorean）爲最。沙羅者，康堪特（Conecord）人也。康堪特，紐約郊外之一小市，而美之文人多萃其地。愛滿生之《天然論》（*Nature*）、霍桑之《老屋之苔》（*Mosses from an Old Manse*），皆脱稿於此，至沙羅而三矣。美之文學，莫不取材於英蘭，受其感化。歐文則竟羈留英國者十有五年，大非美國之本色矣。沙羅一生，不但未出國門一步，且放棄窮鄉，孤僻自喜，未嘗讀天下之書而友天下之士，蓋純粹之美國小說家也。家世寒微，其父製鉛筆爲活，亦善木工，沙羅皆傳其業，故其自少至長，未見家中有三日之糧，有卒歲之衣。後以蓄道德、能文章著於世，仍恃其手足以活，不使家有餘錢，如其少時。常曰：『吾寧痛制吾之嗜欲，不願以不貲之身，爲錢之奴隸也。』守獨身主義，不蓄妻子。愛滿生有隙地數丈，在丸爾屯池（Walden Pond），沙羅乞之，結茆屋數椽於其上，終日嘯詠，廓然忘機。衣食之外，插架有書數卷，閟時有契友數輩造譚。傭筆之餘，復得半日之暇，出游郊野，以爲人生幸福盡於此矣，無他求矣。當功利主義極盛之時，而立志如此，其所寫之小說，自非他人可及也。

所最奇者，以沙羅之淡泊寧静，怡志林泉，乃中年遽嬰瘵疾，忽忽而死。斯人斯疾，誠出於意計之外者也。彼之文學與哲學，皆原於希臘。愛滿生迫論其生平曰：『君不營職業以爲生，不娶妻子以自累，足不涉禮拜之堂，名未登選舉之票，對於國家未嘗有一事之依賴，而亦未嘗納一文之徵稅也。酒肉不入於口，草煙不觸於鼻，身爲博物學家，而未嘗弋釣禽魚，傷殘生命，生民之秀者，所未見也。』

希臘大哲學家，有大烏勤（Diogenes）者，以芻狗萬物，敝衣惡食爲樂，居於苦林市（Corinth），不蓄妻子，不營宫室，拾腐鼠以當餐，衣敗葉以蔽體，人不堪其憂，而大烏勤不改其樂。初以一瓢飲，既而又以爲累，竟棄其瓢，以手掬水。亞歷山打大王（Alexander the Great）聞其賢，趨往候之，值大烏勤方祖裼而曝。大王曰：『我能有所助於先生乎？』大鳥勤曰：『大王苟退避三舍，無蔽兹日光，則受賜多矣。』大王悚然而退。沙羅之爲人，雖不如大鳥勤之狂，然亦私淑其派者。

神怪小説之著者及其傑作

神怪小説（Fairy Tales）者，其小説之祖乎！生民之初，智識愚昧，見禽獸亦有知覺，而不能與人接音詞，通款曲也，遂疑此中有大秘密存，而牛鬼蛇神之説起焉；山川險阻，風雲雷雨，并足限制人之活動，心疑冥漠之中，必有一種傑出之人類，足以揮斥八極，宰制萬物者，而神仙妖怪之説起焉。後世科學發達，先民臆度之見，既已辭而闢之，宜乎神怪小説可以不作。藉曰有之，亦衹宜於豆棚架側，見悦於里巷之人與無知之小兒而已。不知小説本於文學，而神怪小説又文學之原素也。天下之事，因易而創難。神怪小説，則皆創而非因。且此創之一字，僅上古無名之人，足以當之，而今日文學史上赫赫之巨子，惟掇拾古人之唾餘，附於述而不作之列，尚無術以自創也。由此言之，神怪小説，豈易言哉，豈易言哉！

神怪小説與神話（Mythology）不同。神話者，未有文學以前之歷史，各國皆有之。我國一部《路史》，大足爲此類之代表。後人覺其荒唐，斥爲不典。當時視之，則固金匱石室之秘史，即今日粵若稽古，亦不能盡廢其書。神怪小説起於輓近，盡知其寓言八九而已。神話，史謂之有小説滋味則可，竟隸之於小説則不可也。

神怪小説之鼻祖，乃生於第十六世紀，其地則在威匿斯（Venice），其人則曰斯德拉巴羅拉（StraParola）。威匿斯者，意大利之名城，依山傍水，風景天然，商旅輻湊，騷人墨客至此尋題分詠者，踵相接也。莎士比之《威匿斯富人》（*Merchant of Venice*），其尤著者。莎氏之曲，亦不能不取材於是，則洵乎文藝之淵藪，非此莫屬矣。斯德拉巴羅拉，不詳其生平。以今考之，知其決非威匿斯之土著，而自鄰近諸國轉徙來此，借風土清嘉之地，以寫其胸中之小説者也。爾時歐洲諸國，惟威匿斯已有雕版之術。斯氏每一篇脱稿，即付剞劂，風行一世云。其傑作曰《小猫在靴中》（*Puss in Boots*），蓋古有小猫故事，至於匿居靴中，則斯氏所點染而成之者也。

神怪小説之第一人，既出産於風光秀麗之威匿斯，而繼之者實又爲風光秀麗之法蘭西人，時則在第十八世紀之初，其名著有《藍髯公》（*Blue Beard*）、《睡之美人》（*The Sleeping Beauty*）、《母鵝》（*Mother Goose*）、《美人與野獸》（*Beauty and Beast*），至今萬口争傳。文人韻士，或演爲詩歌，或編爲教本，兒童固莫不樂聞之，而見仁見智，其道無窮。文至者理足，又豈獨兒曹有同好哉！今考其作者，一曰爵夫人安娜（Countess D'Aulnoy），一曰波老兒（Charles Perrault）。最奇者，此二人之撰述，蓋無不竊取於斯氏。斯氏之書，猶木之老幹，水之原泉，而安娜、波老兒者，雖復詞條豐蔚，波瀾横生，要不過鄧林之一枝，渤澥之一勺，益信神怪小説之有述而無作也。

《小紅帽兒》（*Little Red Riding Hood*）者，亦出於法國。其事甚誕，要亦詩人狡童之諷也。小紅帽兒，與母并居，其祖母老矣，厭家庭煩囂，獨居於深林曠野之中。小紅帽兒嘗奉母命，荷筐篚而往省之。徑行之處，花香鳥語，别有天地，甚以爲樂，惟苦寂耳。有一人狼，聞聲而至。小紅帽兒見之，甚喜，相與偕行。人狼問其祖母之居甚悉，既而辭去。小紅帽兒至，出酒漿奉祖母。祖母喜甚，欲留之宿，小紅帽兒以未與母言，今不歸，將重其倚閭之望，乃堅辭而去，約以他日更至。數日後，祖母聞有叩扉而至者，意爲小紅帽兒也。急出視之，則人狼也。老人筋骨既衰，難與撑拒，竟爲所噬。人狼之意，尤屬於小紅帽兒。以其臉若朝霞，膚如羊脂，肉味必甚美也。乃衣其祖母之遺衣，掩扉僞寢，以俟其至。小紅帽兒果又奉母命來省。既至，有啓户而迎之者，儼然祖母之聲容也。既而視其目，則深矣，問之，則曰：『便於望汝也。』其爪則長矣，問之，則曰：『便於撫汝也。』其齒則鋭矣，問之，則曰：『便於噛汝也。』言既，小紅帽兒遂入人狼之腹矣。斯氏原文，即此已足。而今則衍之爲戲曲、歌行，無不耳熟能詳之者。

波老兒之爲人，似一田舍翁，豆棚架側，集諸里老兒童，述其奇聞異事，以消其退食之光陰。蓋波氏固法王之將作大匠也，年過古稀，箸書不倦，不特波氏之腦中所欲寫而未寫之小説，茫乎不知其有幾千萬篇也，即已入於世人之耳者，亦足裒然成帙。國人相與刊之，都若干篇，而名之曰《母鵝之故事》（*Tales of Mother Goose*，母鵝意謂乳媪也）。波氏念己之書多導源於斯氏，雖身居巴黎而不啻染威匿斯之水，以潤其墨，載康杜拉（康杜拉者，威匿斯之舟名，猶上海之有舢板云）之船，以運其思，因易其名曰《述古之談》（*Tales of Past Times*）。

安娜之傑作則惟《辛度利拉》（*Cinderella*）。『賤日豈殊衆，貴來方悟稀。』安氏作此，豈別有感慨耶？辛度利拉者，波斯女子也。有姊二人，并豐容盛鬋，俊妙如大小喬。辛度利拉雖與之同體，常自愧弗如，安分隨時，衣飾諸事，不敢與抗。二姊亦奴蓄之。辛度利拉蓬頭跣足，充竈下婢妾而已。未幾，波斯太子選妃，遍索國中，無當意者。有大臣爲之畫策曰：『今兹所及，貴戚近臣之女，固習容飾，嫻禮教，然應制文字，絶無奇作可共欣賞。夷施鄭光，自在尋常百姓家耳。儲君宜施破格之事，開選色之會，洞闢青宫，擇明月之夜，招窈窕之女，歌舞爲歡，笑言不禁，殿下從容覽之，如此則渤澥而網珊瑚，登冀北而空騏騄矣。』太子曰：『善。』乃選日，召國中妙年女子，入宫跳舞。使者數百人，銜命而出，務使遐邇咸知之。少讀湯玉茗《還魂記》有云：『則爲你如花美眷，似水流年。是答兒閒尋遍，在幽閨自憐。』蓋相須甚殷，相遇偏疏，凡事類然，而於才子佳人尤甚。如有波斯太子之豪舉，則可不作是嘆矣。此一消息既出，辛度利拉二姊聞之，則狂喜過望，以爲尹邢相隨，聯翩入宫，富貴毋相忘。此其時矣，至辛度利拉固不暇與俱，亦不屑與俱也。從此月夜穿針，花前顧影，畫銅雀之黛，織天孫之錦，向鮫人以泣珠，指洛妃以要珮，辛度利拉奉令承教，昕夕不遑，益復飛蓬興嘆，憔悴可憐矣。及期，長次二女兒，容飾并盛，如巫山之雲，赴高唐之會。辛度利拉嗒然獨處，作候門之稚子。霜天月夜，萬籟俱寂，獨坐而悲，繼之以泣。辛度利拉自念貌亦非陋，何渠不若彼二姊，乃妾自承恩，不與偕行也，何無手足之情哉！

正悲悼間，忽有一老嫗，霜顔鶴髮，頗不尋常，斗然問曰：『何爲而悲也？』辛度利拉語之故。嫗曰：『若亦有志於此乎？』則對曰：『良然。』嫗曰：『此易事耳，何悲爲？』辛度利拉曰：『已矣，勿復言矣。無衣無褐，安能入争妍鬥媚之場？此豈淡掃峨眉朝至尊之時耶？』嫗出一杖，觸其首，則雲髻霧鬟，俄頃而現矣。觸其衣，則霞帔雲裳，轉眼而成矣。另出珠履一雙，鄭重付之。辛度利拉受之以足，微特大小適合，即肥瘠跛正之度，亦無不合者。蓋假衣而出，女子所恒有。至於雙履，則無不蓬窗壓綫，出於纖手之自製，故女子之繡鞋，又可如草屨之名爲不借也。今辛度利拉倘來之履，居然巧合，宜其欣慰過望也。於是自頂至踵，皆已焕然，非復蓬户陋質。顧辛度利拉猶姍姍來遲，不遽移步者，蓋其無厭之求，更望此老之贈以車馬，庶免跋涉之勞耳。老婦似知其意，曰：『令娘無恐，僕夫已在門矣。』遂扶辛度利拉出，及門，則無所謂車馬也，地下惟冬瓜一枚，小鼠二頭而已。嫗咒之，則冬瓜已易爲甚澤之車，而小鼠已易爲蹻健之僕夫。辛度利拉乘之而去，嫗與之約曰：『鷄鳴必返，戒之無違！』辛度利拉曰：『敬諾。』

至及王宫，則粉白黛緑者，濟濟一堂，旁睨側視，其意皆在太子也。欲窺其二姊，此時作何狀，則人海茫茫，不可得而見。太子見辛度利拉，似於凡卉之中，忽現琪草也者，心招目許，急往就之，攜手共舞，景洽情歡。大舞小舞，餘興未闌，而鷄聲再唱，明星稀矣。辛度利拉遽憶老媪之戒，倉皇逃歸，稠人之中，忽喪其一履。太子拾而追之，已不及。辛度利拉急覓車馬，則仍返爲冬瓜矣，僕夫則仍易爲小鼠矣。此時窘迫之狀，匪言可暨，無可奈何，計惟徒步而歸耳。幸兒家門巷，相距非遥。抵家，則老媪不在，而蓬頭赤足，一如其舊，轉眼繁華，疑爲夢幻，顧其人其事，則又歷歷在目，可怪孰甚焉。俄而二姊歸，談宫中之事，累日不已。辛度利拉始而内愧，恐二姊之曾見之也。既而聽之，則未嘗一言及己，始爲釋然。

翌日，太子回憶夜間粉黛，皆如糞土，獨失履者可人，顧其來也惝恍，其去也迷離，莫能知其處也。幸有履在，可爲佐證。乃使使者，持履而出，號於人曰：『有足與此履合者，不論門第，即爲太子之妃。』遍歷諸閨，皆無當者。以次至辛度利拉許。其二姊争出試之。蓋彼自入宫以來，以王妃自許也久矣，今果使者爲月下之老，隻履爲作合之緣，於心甚慰。使者乃强二人坐，跪而進履，遍試皆不合也。於是二人爽然自失，嗒焉若喪，返身遽入，不忍復面使者矣。會辛度利拉自竈下出，其二姊迎之曰：『妹，宫中物色汝者在堂，可亟視之！』蓋揶揄之也。辛度利拉姑窺之，則赫然故履也；取而登之，悉如分量。使者大喜，歸告太子。太子亦喜，遂與締婚。彼之二姊，雖復妬之，而亦莫可如何也。辛度利拉心感老媪，而迄莫名其何怪云。

日爾曼深林之中，幽靈玄妙，神怪小説之所窟穴也，乃有格列姆（Grimm）之大著作家出焉。大格名及科（Jacob），小格名威良（Wilhelm），第十七世紀中人也。其傑作有《拇指兒》（*Tom Thumb*）、《蜂后》（*Queen Bee*）、《蛙王子》（*Frog Prince*）等，流傳至今，不止書萬本而誦萬遍也。

《拇指兒》者，其旨趣似與英國葛利物（Gulliver）之《小人國》（*Lilliput*）同。顧彼則鑒於時局，不欲危言覈論，而微詞托諷，有爲而作。此則寓言八九，羌無所指也。其言曰：

德國之鄙，有農夫焉，耕田而食，鑿井而飲，安分守己，一鄉皆稱善人。年老無子，夫婦引爲大慼，日日仰天祝曰：『庶幾有一子乎！』久之無效，更日日仰天祝曰：『庶幾有一大如拇指之子乎！』蓋惶遽之極，作慰情聊勝無之想耳。乃有女神，星冠霞珮，降於其家，詔夫婦曰：『帝已錫汝子矣。』言訖不見。婦果娠，夫望其娩，娩而得子，若大旱之望雲霓。如期坐蓐，則果男也。惟小如初生之豆莢。戚鄙見之，莫不駭而走。獨彼夫婦，寶如掌珠。三朝洗兒，女神又降，從者甚都，皆以物品持賀。檢之，則有蛋殼之帽，鼠爪之手套，鳥卵之舟。要之，皆與其子相稱。生期年，則大如拇指。自此而少而壯，不復長矣，因名之曰拇指兒。拇指兒之飲食起居，讀書游戲，事事與常兒異。其母之恩勤顧復，亦倍難於他母也。奇險異事，一日數遇，其母在在護之，故屢瀕於死，而卒不死。有一事甚危。蓋拇指兒之母，嘗製漿糊，可一巨盎，置於竈下。拇指兒欲窺之，攀援登盎，俯而下啖，一失足而溺矣。其母不知也，見漿中有蠕蠕而動者，以爲死蠅耳，以指出之，而投諸河。適有大魚過其下，張口承之。魚猶未饜，復吞漁人之餌。漁人得之，剖腹待烹，拇指兒跳而出，漁人乃驚。聆其言，如蚊之蓊蓊，蠅之營營，了不可辨。謀諸其婦，婦曰：『此奇貨也，獻於王，王必有大賚。』漁人從之。王得拇指兒，果大喜。初聆其自述，亦啾啾不可辨。乃引諸飛樓之上，鳥不能至，塵飛不到，静極無聲，於是拇指兒之言始可了了，知彼亦儼然人類，有籍貫可稽，有父母可考，惟形體渺小，直使侏儒國人，復笑其侏儒也。王甚嬖之，常藏於衣袋之内，日夜不離。左右疾其專寵，時有違言，王不爲動。寵益至，讒者益憤，其詞乃彌工。拇指兒腰懸利刃，母氏與之，以戒不虞者也。讒者乃危辭聳聽曰：『彼之刃雖小如蜂針，然亦可畏也。伺王熟寢，悄然如蟣虱之撲人，其勝防乎？』王至此，不覺心動，則曰：『可奈何？』左右曰：『殺之爲便，絶其噍類，毋使遺種於我國家。』王曰：『其如無名何？』左右曰：『召法官以莫須有之罪歸之，豈曰無名？』王從之。拇指兒聞，自王無罪。法官擲一紙，使自審之。拇指兒拾之而起，紙之大十倍於拇指兒也。凉風起天末，紙隨塵上，拇指兒乘之，倏忽之間，已出可怖之王居，而來太平之田野。俄而墮地，則已鄉音漸熟，距家不遠，母子重逢，悲喜兩絶也。

丹麥者，波羅的海之小國，而第十九世紀之初，有一大文學家出焉。崇拜之者非一國，非一時，説者謂可以配饗英之莎士比。所奇者，此文學家之詩文戲曲皆不傳，而獨以神怪小説聞。其人爲誰？則安徒生（Hans Christian Anderson）是也。安徒生未成名之前，格列姆爲神怪之巨子。

及安徒生之書成，乃得比較之評論曰：格列姆之書，述神怪之神怪而已。安徒生則不然。當其閉置一室，凝神静思之頃，不啻變其身爲神怪，而執筆以自叙其生平也。酣暢淋漓，躍然紙上，是惟安徒生爲絶調矣（由此觀之，則《聊齋志異》、《閱微草堂》等書之不能與於神怪小説作者之列，其可知矣）。

安徒生之書，時而花妖木魅，時而天魔山魈，其境即無不奇。而安徒生之自傳，則奇亦與其書稱。其故鄉爲丹麥之一小邑，曰鄂丹斯（Odense），家貧，父補屨爲業，雖執業甚卑，而性好學，常晝日作事，夜分讀書，安徒生少而習焉，故亦粗能識字。稍長，願入學，其父不能給而罷。鄰人憐之，使得就私塾而學焉。塾師之妻偶呵叱之，安徒生怒，即日攜其書籍石版而去。

安徒生之母，爲之别就外傅。同學之中，有少女一人，常自言其志曰：『他年願嫁一牛奶房之主人，量牛之肥瘠，而奶波盈盈，如一斛珠，其樂至矣。』安徒生曰：『我長必貴，將起甲第，第中某處爲倉庫，某處爲奶房，爾爲我執事於奶房何如？若妻則非所願也。』由此時時以指在石版上畫其甲第之圖，以示女。及長，此女竟未得嫁與牛奶房主人，安徒生亦未能起甲第傭奶女。

安徒生十一歲，而其好學勤務之父，奄隨朝露。母不能守，安徒生遂如《塊肉餘生》（即迭更司之*David Coperfield*）中大闢之有繼父矣。其相逼之光景，未知視滿特斯東何如（滿特斯東，大闢之繼父也）？而安徒生誓不與之共居，乃冒險上哥平哈經（Copenhagen，丹麥國都）。其母摒擋私蓄，與以丹幣，如英國三十七先令之數（合中幣一十八元）。安徒生布衣徒步，貿然首途，其狼狽之狀，無殊惠丁登上倫敦時也。初，安徒生居鄂斯丹時，入劇場，見一名優，喬扮波斯少女辛度利拉（即安娜所著之神怪小説也。詳見上），神態畢肖，安徒生羨之。聞哥平哈經有大舞臺，登其臺者，如登龍門，安徒生赴京之目的，固欲爲一優人於其中。不知丹麥甚尊優人，必入大學專修數年，著有脚本爲人傳誦，始能粉墨登場。從此以後，出入宫禁，王公大臣争相馳慕，願爲執鞭，豈一鄉里小兒得濫登臺充跑龍套之役者哉！安徒生之志則大矣，而其術則未也。

安徒生羈旅京華，欲托微業，以慰飢寒，卒無有哀而收之者。計無復之，乃憶少時所聞格列姆神怪小説中之故事，明明在心，擬於空場搬演，博兒童一笑，聊爲市餅之資。雖所志未遂，而格列姆書中之神怪，則已於此時奔赴其腦中矣。顧未嘗直接化身爲小説，而先爲詩歌曲本。安徒生出以示人，皆摇頭曰：『平平耳，不足奇也。』至是安徒生腦中之神怪，不得不紛然出現，以救安徒生之困窮。

歐洲自有印書之法，社會之上幾人人有書癖，不憂購之不盡，惟憂書之不多，乃到處以金錢運動文士，故爲貧著書，其風即隨印刷之術以俱來。司各得一生得數尺著作，易金錢數萬鎊，生則享大利，死則受大名，尤賁文生涯中之矯矯者也。安徒生率爾上長安道，浮沉數年，甚矣憊。爲優不成，爲丐不成，爲詩歌曲本之文學家不成，亦幾山窮水盡矣。不意神怪小説一出，而其書行於偏隅窮谷，其名重於九鼎大吕，嚮之鬱鬱不得志者，至此皆成美談，賣文之業於是成立矣。丹麥之王，倍加禮遇，延致安徒生，使從容風誦其書，躬率王族，環而聽之。他國又有禮招之者。安徒生蒲輪應召，過都越國甚多。晚歲乃老於哥平哈經。哥平哈經之童子，無不知其名者，遇之，男子脱帽，女子鞠躬爲禮。死後，國民醵貲爲造像於丹京。造像多立者，獨安徒生之像坐，爲其生平據几高談之狀云。其傑作有《錫之兵》、《丑陋之一匹雛》、《小戴夢裏習地理》諸篇。

愛華德（Carl Ewald），亦丹麥人，著《兩腿先生》（*Mr. Two Legs*）及其他語怪之書凡七十篇，流傳不衰。

美之作者霍桑（Nathaniel Hawthorne），亦善志怪。書未成卷，而傳寫殆遍。後人彙而刻之，名之曰《怪書》（*The Wonder Book*）。其書雖怪而皆有本。其本維何？則希臘之神話是已。神話與小説，體自不同，前已著其界説矣。霍桑刺取其事，别裁其體，古錦新裁，遂成小説面目。古今事實，祇有此數，不如科學之日新月異，後之人能抉古之人未發之秘。惟文人之筆，千載常新。同一事也，漢人述之，自成西京之體，晋人述之，自有玄始之風。小説本貴新，而極陳之事實，參以近世之思想，寫以近世之筆墨，轉令讀者詫爲見所未見而聞所未聞。此亦小説界中應有之一境。歐美名家多有行之者，惜乎中土尚罕見也。

不可思議之小説，其始也不知何時，其作也不知何人，累世相傳，羌無考鏡，遂有好事之家，記以油素。書契既繁，宜有類別，乃目某種體例者宜爲小説。小説既繁，更立細目，乃又有歷史、社會、言情、神怪諸稱。《天方夜譚》（*Arabian Nights*）者，自有天方國，即有若今刊本中諸事實，家諭户曉，彼固以經史視之，不知其爲小説也。今以類別之學繩之，固不能不入之於小説。惟其莫之爲而爲之，故其書不朽。英人克落堪（Thomas Crofton Croker）之《南愛爾蘭志異》（*The Fairy Legends and Traditions of the South Ireland*）其庶幾乎！愛爾蘭之人好怪。自有愛爾蘭以來，即有一不成文之《齊諧》，其名曰 *Tne Wee Folk*，里巷流傳，無不耳熟能言。克落堪取而筆之。司各得讀之，至老不厭。豈克落堪之傳神怪歟？抑神怪之傳克落堪也？

女著作家曰白羅盎（Frances Browne）者，亦愛爾蘭人。自少即瞽其目，窮年默處，常若幽然有所見者，豈仙靈感之，欲假其燦花之妙舌，發其潛德之幽光歟？白羅盎七歲賦詩，十五歲能誦荷馬之歌（*Homer's Iliad*），二十四歲而撰小説《格蘭尼之怪座》（*Granny's Wonderful Chair*），其傑作也。一千八百八十七年，白羅盎年七十一矣，更捨神怪小説而一味言情，然終不如語怪之工也。後乎白羅盎之愛爾蘭作者，如京斯來（Charles Kingsley），如羅斯京（John Ruskin），皆其私淑弟子，并有名篇行世。

科學與小説，一是務實，一是務虛，可稱立於絶反對之地位；而神怪小説，尤以變幻爲能事，與科學更不相謀。審是，則卡落爾（Lews Carroll）之爲人，出於例外矣。卡落爾，四十年前之大小說家，其所著之《亞拉哀司冒險談》(*Alice in Wonderland*)，各國已争譯之。讀其書者，以爲卡落爾之爲人也，必御款服，乘下澤車，優游爲馬少游一流人，暇時抒寫天機，偶發妙喻，豆棚架下，暄日檐中，博野老村童之一笑也。卡落爾豈其然耶？一考其生平，則又爲刻苦之疇人家，而牛津大學(Oxford University)之算學掌教也。五雀六燕，纖悉必較，布籌分科，毫釐不失，與其荒唐之小說，如出兩人。論者謂卡氏於敝精殫神之餘，則寫此以遣興，换其腦力。一張一弛，能者固不可測也。

寓言

Fable者，捉魚蟲草木鳥獸天然之物，而强之入世，以代表人類喜怒哀樂、紛紜静默、忠佞邪正之概。《國策》桃梗土人之互語，鷸蚌漁夫之得失，理足而喻顯，事近而旨遠，爲Fable之正宗矣。譯者取《莊子》『寓言八九』之意，名曰寓言。日本稱爲物語。此非深於哲學，老於人情，富於道德，工於詞章者，未易爲也。自教育大興，以此頗合於兒童之性，可使不懈而幾於道，教科書遂採用之。高文典册，一變而爲婦孺皆知之書矣。

古之專以寓言著書，自成一子者，昉於希臘之伊索(Esop)。伊索與荷馬(Homer)，同爲希臘之詩聖。而其生平之不可考，亦同於荷馬。綏地斯（Sardis）也，薩模斯（Samos）也，梅生比拉（Mesembria）也，率來斯（Thrace）也，皆自承爲伊索生長之鄉，今亦莫能定也。其時則確在紀元以前六百二十年，當我春秋之世。至其家世，則確爲人奴之子，主人曰散修斯（Xanthus），又轉賣於喬特曼（Jadmon），皆薩模斯人。希臘人御奴，極慘虐。屈原見放，憂愁幽思而作《離騷》。伊索之撰寓言，其亦以屈原之遇，而行屈原之志者也。喬特曼見其書，乃大契之，使脱奴籍，而儕於平民，其晚節差勝於屈原。由此言之，西方自治之平民，終勝於東方專制之君主。古者希臘共和之世，最重自由之民，伊索每置身於公衆聚會之場，高視闊步，人皆仰之，大似大哲學者斐度（Phaedo）、曼尼普斯（Menippus）、亞丕克德厄斯（Epictetus）。人之少年困厄，老而成名焉。後游綏地斯，與梭倫（Solon）、泰爾斯（Thales）諸名賢相遇，辯論甚歡。蓋綏地斯者，里達（Lydia）之國都。時則英主克羅修斯（Croesus）在位，奬勵學術，禮羅英豪，爲希臘聯邦秀出之區，雖雅典（Athens）猶不能逮。伊索樂而安之，築室三間，處則抱膝長吟，出則集社明道，王甚任之。著書甚多，而皆不傳，所傳者惟《寓言》一卷耳。巽語易入，小道可觀，中外古今，皆同此理。哲人之多托迹於小説，其以此歟？伊索之著《寓言》也，半成於苦林斯（Corinth），半成於雅典。兩城之人，讀之而善，捐金贈之，以爲酬報。伊索却之不能，乃受之，轉饋諸舊主人。及卒，大雕刻家里西普士（Lysippus）爲之選文石，琢其遺像，屹立於雅典之市。滄桑屢易，陳迹遽湮，像已早亡，惟此《寓言》，久而愈光。里西普士之刀鑿，惡能及伊索之筆墨也哉！

伊索既殁，二千年中不聞寓言家（Fablist）出産，蓋天之生材，未有若是其難者也。迄紀元後一千六百二十一年，而法蘭西之芳登（Jean de la Fontaine），始以寓言家著，推爲伊索之嗣音。然芳登之書，大半取材於伊索，惟易散文爲韻語耳。述而不作，猶未足與伊索并駕也。可與伊索并駕者，其俄羅斯之克利陸甫（Krilof）乎！克氏生當第十八世紀，世界唯一專制之國羈勒之下，故其所造之説，幽思深慮，紆回百轉，尤耐人尋味焉。其卒也，俄人亦爲之造像。

英國戲曲之發源

今英人謂小説曰 Romance，原義謂拉丁文之故事，而以韻語述之也。蓋希臘羅馬之詩，寫景言情者少，而記載聖賢英豪之事實爲多。歌人（Gleeman）挾之，上者入宫禁，下者游閭巷，操弦挾瑟，歌詠其事，此已近於戲劇，惟歌而不演耳。英國之有戲曲（Drama），始於一千一百年之間。吾國俳優，春秋之世，已見其事，而傳奇、雜劇，至金元而始有專家，則宋以前之所謂優人者，大抵口給便利，雜取里巷瑣碎諧諢之談，以意態描摹之，使聞者爲之絶倒（如優人爲孫叔敖之類），殆與角觝、舞組、挂竿、吞刀、吐火（見平子《西京賦》）等戲爲一例，而非有文學的趣味也。中西戲曲之起，其先後不同如此。

英國之戲曲，濫觴於教會乎？羅馬教會，以肅成化，以嚴御衆，每逢耶穌生日（Christmas）、復活節（Easter Sunday）至，則歡喜贊嘆，笑語無禁。久之，乃謀所以宣揚教旨於此萬姓行樂之日，而戲劇出焉。其藝員則教士也，其人物則約瑟（Joseph）、馬利（Mary，耶穌之父母）、諸護法尊者以及牛羊鷄犬也（皆《新》、《舊約》中之事實），其歌曲則雅頌之流亞也。中分二派：一曰奇劇（Miracle Play），一曰神劇（Mystery Play）。奇劇者，搬演教中一切尊宿之故事。神劇者，搬演福音（Gosple）中之奇事妙迹，及耶穌之家庭也。十四世紀之間，是種歌曲，始傳入於英蘭，至十五世紀而極盛。莎士比（Shakespeare）之戲曲，實導源於此。十六世紀以後，德國之鳥盤來梅格（Oberammegan）有所謂痛劇（Passian Play）者（Passian 本訓爲忍耐，耶穌末次之受刑，亦謂之 Passian），遍行於國中，猶是十四五世紀間之曲調。而在英國，固已今樂盛而古樂絶矣。

當奇、神兩劇曼衍之時，英國三島内有數十家之聚落者，即設舞臺。彼無人事相擾，翛然世外之僧徒，閉户削稿，寫成脚本，佳時令節，粉墨登場，自以謂代天宣化。神聖尊重之生涯，無逾此者。傳教者既分區域，於是一寺有一寺之戲劇，世世守之，不能互易，非如今之優人，志在賣藝，朝登巴黎之臺，夕獻倫敦之舞者也。其曲甚長而劇甚煩，擅高名於一世，遠方之士，争往觀者，則有四邑之戲：一，約克之戲（York Play）；二，卡斯德之戲（Chester Play）；三，客文德利之戲（Coventry Play）；

四，湯納利之戲（約克、卡斯德、客文德利，皆英國地名。湯納利，則殿名也）。紐克之戲，以四十八幕爲全本，自開闢天地始，至末日審判終焉。其事皆極可觀，而五百年來，音沉響絶。嵇生纏恨於《廣陵》，唐皇遥憶夫《霓裳》，時地不同，盛衰均慨。蓋自莎士比、瓊生（Ben Jonson）諸人，迭創高格，奇情妙舞，隨世界之潮流而俱新，返觀古劇，殊有倦而思卧者矣。此所以一去而不可復再也。以視我國，近來戲劇，惟行燕秦噍殺鄙俗之音，而廢元明諸大家中正和雅之曲，寶瓦釜而棄黄鐘，就《巴人》而辭《白雪》，則英之去古而從今爲進化，我之去古而從今爲退化也。

教士之登臺也，或於本寺，或於郊外祭壇之中。當時工業未盛，游惰之人，所在皆是，逢場作戲，觀者塞途，聲藝工劣，品評甚苛。僧徒知其然也，選色妍聲，配置角色，亦鄭重出之。諾（Noah）之登舟，則洪水滔天；耶穌之誕生，則祥雲罩地；忽而飛仙天使，忽而牛鬼蛇神；蓋臺景已盛行矣。至其舞臺，則以木爲之，下有四輪，可以轉移，分列二層，上爲搬演之處，下爲化妝之室，比之近世之舞臺，斯已奇矣。而其下層之入口，尤有奇焉者：刻木爲龍齒之狀，塗以丹漆，犀利突兀，已極可怖，而於其中，熏煙揚火，朱衣之鬼，用種種法，揶揄聖智，更以音器助鬼長嘯，忽隱忽現，不啻地獄變相矣。時人常稱此入口曰地獄門（Hell Mouth），以喻生人有身，入此世界，演出一世之歷史也，嗜欲煩而責償難，困苦多而歡娱少，燦爛之世界，自常人視之，則得意之舞臺，自宗教家出世之眼光視之，則地獄耳。彼號爲救世之耶穌，以是奮然入地獄，而出斯民於水火之中也。此當日構造此種舞臺之微意也。當每歲六月上弦，古時紐克人採蘭贈芍，萬人空巷之期也。邑中戲劇，例於夜半即開始演唱，座客常滿。閉幕之後，此半爲教師、半爲俳優之藝員，則鮮衣怒馬出游街市，以資休息，遠近之人皆屬目焉。莎士比少年，當亦見之，故以彼之天才，而寧願慕優人之榮利，以斷送其終身於舞臺之生涯也歟！當日約克之官廳，嘗選工於演戲者四人，予以考試之權。凡欲爲伶官者，必經四人考驗而後可。其考試章程，至今英國故家，猶有藏之者。司密士（Smith）之《約克戲曲考》（York Play）追論之曰：『此寥寥之章程數條，實英國戲劇升高之階級，懿律額斯（Elizabeth）朝（英國皇后之名。當其世，英國文學極盛）之大舞臺、大優人所由起也。』

以尊嚴之教士，演神聖之歷史，必無詼諧之可言矣。而不意醜角之風，即於此開之。其演《諾之避水》（*Play of Noah's Flood*）也，當滔天之洪流將至之時，諾倉皇登舟，拯其妻子，子則奉命惟謹，而夫人猶抗不願從，諾求之至三，幾於下跪，强而後可。夫人涕泣詈諾，痛毆其背。諾下氣柔聲，忍氣求之，乃已。此雖悲劇，而描摹諾之媚内，夫人之專横，處處生動。世有抱季常之癖者，莫不爲之解頤焉。其演《牧羊》（*Play of the Shepherds*）也，偷羊之麥克（Mak），最足供人噱。當耶穌生日之夕，牧羊人相聚而守其羊群也。有麥克者，亦獻身爲助。麥克之平生固不誠，牧羊者陰爲之防，使之早息，而又嚴守之。麥克僞爲熟睡，鼻息如雷。至於中夜，牧羊者睡矣，麥克乃起，牽一肥羊而去，歸告其妻，謂今日運氣大佳，拾得此羊。其妻大驚，知羊詎能拾得，是必攘諸其鄰。而當日盜羊一頭者，律至死，其妻之所以大恐也。合謀藏匿之方，妻曰：『無已，則有一策焉：爲羊衣襁褓之衣，卧於摇床之中。搜者至，則欺之曰：「此吾家貴重之孩童也。」搜者如必欲逼視之，則戒之曰：「吾兒畏見生人，見之非病即死，其慎勿近也！」』麥克大韙其議，乃曰：『卿好爲之，吾將復往，天明而返，矯爲鎮静之態。不然，彼失羊者益疑我矣。』遂往。明日，牧羊者失羊，不能無疑於麥克，往至其家，未得。將出矣，諸人殊自慚以莫須有之事，疑及麥克憐其貧也，益謀所以慰之。一人返身復入，以錢數百賜其兒，聊爲壓驚，揭被視之，則赫然羊也。麥克與其妻故作驚惶之狀，向空而號曰：『天乎，是必客有邪術者，已咒兒爲羊矣。』紛争久之，麥克之竊案終不能逃，遂烹之。此劇在在動人胡盧，後世笑劇之所由起也。

奇劇之後，又有所謂道德劇（Morality Play）者，起而占舞臺之光景。其代表善人者，如愛（Charity）、望（Hope）、信（Faith）、實（Truth），代表惡名者，如貪（Covetousness）、僞（Falsehood）、惡活（Abominable Living）、世界（The World）、鬼（Devil）。聚善惡二德，使之化身爲人，歌舞於萬人之前，其諷世之意，益深切而著明矣。

以上所云，今文學史别之爲經典舞臺（Classical stage），是皆莎士比之前驅也。當經典舞臺既衰，而莎士比尚未登場之日，有兩笑劇，一悲劇，亦頗爲世人所注意者也。兩笑劇者，一爲 Ralph Royster Doyster，一爲 Gamner Gurton's needle。

Ralph Royster Doyster 爲安東書院（Eton College）之院長，名尼古制（Nicholas Udall）者所撰，一千五百五十一年始登臺而獻技焉，距莎士比之生十三年也。拉而甫（Ralph），即此劇之主人，而童騃之富家子也，悦一聰慧之女子，百計媚之，欲與訂婚，女子殊不屬意。蓋羅敷自有夫，而拉而甫茫然不知，媚之愈甚，女子終爲其愚忠所惑，與訂終身。拉而甫之爲人，其猶占花魁之賣油郎乎？

Gammer Gurton's needle 相傳出於司梯爾（John Still）之筆。威爾斯（Wells）之主教也。一千五百六十六年始演之於康不列治（Cambridge），莎士比生後之二年也。此劇足代表英國中古之世，下流社會中人之狀態，讕言俗語，隨處解頤。

一悲劇者，其名爲 *Gorbodue*，即著 *Induction* 之塞克維爾（Thomas Sackville）所撰也。一千五百六十一年演之，其時則先於莎士比之生三年。

馬羅之戲曲

一千五百六十四年，英國有兩大戲曲家出焉，一爲馬羅，一爲莎士比。莎士比之名，固已驚天地而鑠古今，彼馬羅者，亦英國戲曲史上之卓卓者也。懿律額斯后之朝，作者輩出，要惟此兩人爲大，用先莎士比而以其生平貢獻於讀者。

馬羅(Christopher Marlowe),坎德盤利(Ganterbury)人也。家世寒微,父業補履,少學於圜橋府大學。當其畢業之時,正新劇萌牙之日。馬羅乘此時機,登其傑作,以壯新劇之潮流。年未三十,成曲六套,三島之間,莫不知其名者。此時莎士比猶碌碌未有所成也。馬羅善寫悲劇,其著者有四。莎士比之曲,有拉姆(Lamb)爲之紀事(書名 *Tales from Shakespeare*,即譯本之《吟邊燕語》是也)。馬羅之曲,今亦仿拉姆之體,分紀之如左。

《愛華德二世》(*Edward II*)

愛德華二世者,英國之皇,而遭弒逐之禍者也。小人在位,奢侈無藝。提斯賓塞氏(Despensers)有父子二人,皆不才子,愛華德嬖之,封之以膏腴,予之以岩疆。朝中親貴,積不能平,皆推子爵蘭恰斯德(Lancaster)爲首,率兵以清君側。提斯賓塞氏助王固守,不能克。既而愛華德悟諸侯之攻己者,爲愛國之故,乃放逐提斯賓塞於野,而赦蘭恰斯德之罪。國人交誦其聖明,從前之過,皆如日月之食,望夷之禍,可不作矣。曾不知閱時未久,提斯賓塞又有寵,追修舊怨,盡舉親貴置之倫敦獄(London Tower)中,死者二十八人。惟子爵馬丁滿(Mortimer)得緩死。鐵窗紅淚,度日如年,乘守者不備,乃壞其桎梏而逃。顧重門嚴鎖,無竇可出,惟有煙囱,可自其中升於屋頂,徨徬却顧,則竟冒險爲之，由此得見天日，喜懼交至，心肺爲震，緣屋而下，則泰晤士（Thames）河中已有艤舟而待者。晝伏夜行，直至渡海峽（English Channel），履法蘭西之境，而始出險矣。愛華德之后懿颯拔拉（Isabella）者，法國女子也。夫妻交謫，已賦大歸。馬丁滿至，見懿颯拔拉於華屋之下，痛哭陳情，謂國人望后，有如望歲，願后興除暴之師，斬佞臣之頭，出斯民於水火而登之衽席也。懿颯拔拉雖巾幗中人，而頗有丈夫之氣，聞愛華德之近事，則投袂而起，與馬丁滿共入英國。諸不得志於愛華德者，倒戈迎之。愛華德見亂者四應，倉皇出走，君臣相顧，不知所歸。提斯賓塞氏年已九十矣，爲敵人所得，竟醢焉。又獲其子，置之五丈之竿，飢寒宛轉而死。當其盛也，父子同朝，君臣魚水，以爲富貴長保矣，而末路如此。覆餗當誅，冰山難恃，馬羅之曲既爲提氏悲，又爲人臣勸也。愛華德遁於荒野，茫茫何托，渺渺愁余，窮餓如梁武之困臺城，飄零如建文之稱老佛，使人乞哀於后。而后甚嬖於馬丁滿，故簪舊履之情，不啻風流而雲散也。愛華德終見囚於别宫，此中日夕，誠有如李後主所謂以淚洗面者。相傳愛華德種種之髮，已數月不修矣，强呼監者爲之。監者在溝中取濁水一杯，爲主潤髮。愛華德見之，淚涔涔下，悲不自勝也。監者慰之曰：『無作爾態。天生之水，本清凉也，一上爾囚皇之頭，俄變而濁矣。』其後終爲后及馬丁滿所殺，而愛華德之悲劇以終。

《鼙鼓》（*Tambourlaine*）

《鼙鼓》，記盎格羅（Anglo-Saxon）勇武愛國之概也。盎格羅者，英國古時之稱。其人愛歌愛死愛遠行，名作詩者寫司科伯（Scop），歌詩者爲格利曼（Gleeman）。一篇脱稿，歌工朗誦，淵淵乎聲出金石。諸武人炙肥羊，浮麥酒而聽之。其臨陣也，軒軒若赴宴。常有天使化爲烏鴉，出没於陣雲之中，收戰死之魄，同赴天堂。其有貪生怯戰者，則啄其目，使之永不見天日之光榮。鼙鼓者，當時之戰鼓。闐然一聲，士皆怒髮衝冠，慷慨赴死。馬羅故取以爲名，而盎格羅武士之精神賴之以傳。近有德國大詩家評之曰：『《鼙鼓》一曲，所以寫人類戰勝之欲望，而欲以體力管領世界者也（Tambuorlaine shows the superme ambition for conquest, for controlling the world with physical force）。』

《馬爾達之猶太人》（*The Jew of Malta*）

馬羅此曲，放筆寫一齷齪之猶太富商，猶莎士比之寫《威匿斯商人》（*The Merchant of Venice*）。馬羅曲中之意，係一猶太人在馬爾達島（此島在非歐兩洲之海中，今屬英國），經商致富，其金玉錦繡之多，雖巧歷不能算，照乘之珠，堆積滿堂，可比海灘之沙礫，雖馬羅之巧於形容，其富固已非世所恒有。而猶太人仍復數米而炊，鷄鳴而起，方冀百年何遽，百歲何長，乃年未耄耋，而鐘鳴漏盡，日暮途窮之期至矣。撫此千倉，視彼萬箱，竟不獲攜絲毫而俱去，使九京之中亦長與金銀爲伍也。其留戀悲惋之思，馬羅既極意寫之，聽者不待曲終，而雁門之淚，莊生之夢，一時并集矣。

《福司德博士》(*Dr. Faustus*)

福司德博士者，馬羅勸學之曲也。古時日爾曼森林中人有此神話，馬羅取而增益之，其旨彌光。福司德者，生平無所嗜，惟嗜學如性命，日夜求之，猶恐不及，常禱於天曰：『使我之一人，有靈魂如天上星點之多，則盡捨之以求學矣。』如此至誠祈禱積二十四年，一旦天鑒其誠，豁然貫通，能使其身化爲千億，且使已往之才人皆受其指揮，以助福司德之成名。於是一時而分身至梅非托非立(Mephistophilis，希臘地名，古時學問之中心也)，召荷馬(Homer)之幽魂，命之吟《伊律鳥》(*Ilium*)之一曲。時又攝海倫(Helen，希臘之美女)之魄，使之獻其朝霞之面。奇情幻想，雖莎士比亦不能及也。顧近世知之者鮮，亦豈非有幸有不幸歟？

莎士比之戲曲

莎士比（William Shakespeare）者，一富商之子也。當一千五百七十一年，以貲雄於懷克（Warwickshire），既而其業大敗，幾乎窮困不能舉火。此大詩翁之母，埃屯氏（Robert Ardon）之女也。埃屯有女七人，此女最賢，莎士比得力於賢母，殊不少焉。從來山川清淑，英雄豪傑游釣之鄉，其間常生達人。斯得拉佛得（Stratfordon Avon）北有懷克，東鄰硜納爾完斯（Kenilworth），數百里間，多英國中古時歷史上之名迹。至於十六世紀，雖漢臺晋闕，共廢壘以縱横，伊鼎姜璜，并頹垣而并没，而吊古之士，常紆道而往，望氣者以爲有大詩人出焉。一千五百七十一年，果生莎士比。彼爲童子之時，即未誦英國之歷史，而撫其遺迹，拜其石像，已足引起他年歌曲之趣味矣。

吾人欲知此大詩翁之來歷，則不可不先溯其家庭。一千五百七十九年，莎士比之父母，售其田與他人，質劑既諧，例當書券，簽名之際，莎士比父之諾爲十，母之諾爲十，於此可見此大詩豪之父母，皆目不識丁者，故家庭間之教育，不以讀書爲重，而莎士比之詩才，多得之於野田風露禽魚草木之間。有即此事而尚論之者曰：『使莎士比之父母，每事輒以死書教之，則彼必不能變成一即物窮理之人（Had Shakespeare's Parents been in the habit of referring him to books for everything, he could never have become a closer observer.)。』

莎士比之入斯得拉佛得之初等小學(Grammar School)也，大約自七歲始，至十四歲而畢業。當此之時，英國文字幾於不行，一切學校惟以拉丁文爲歸，雖一小學校，其課程表列拉丁書二十五部，童子一一讀之，方得轉學也。至於母國文字，惟讚美詩、祈禱文、《新約書》三種，未入學時受之保母者耳。童子不習英國文法，而代以力利氏之拉丁文法(Lilly's Latin Grammar)焉。莎士比之所學亦然。拉丁文之《伊索寓言》(*Esop's Fable*)、屋盧氏《變化論》(*Ovid's Metamorphoses*)，尤致力者也。今歐美之學者，皆謂凡有血氣之屬，莫不知愛其類。雖然，類有古今遠近之別，尊卑貴賤之殊，其聲氣情誼，渺不相屬也，將欲愛之，必先聯之。國文者，所以聯古今遠近尊卑貴賤之隔而相通以意者也。故任何國之學校，皆先本國文字，而後異域方言。若英國當時之風尚，捨己芸人，忘本逐末，固非愛國者之所贊同也。莎士比長而知之，提倡保存國語之風。至今盎格羅之文字，久而彌光者，皆莎士比之力也。彼於所製之曲中，非笑當時之風尚者，不止一見。如 *The Merry Wives of Windsor* 之第四幕中，丕其夫人(Mrs. Page)語牧師云：『妾夫常謂小兒讀書數年，一字不識。』*Love's Labors Lost* 之第五幕，形容當時之書獃，强記一二拉丁生僻字，以爲博雅，而不知有山河大地，日月星辰，殆與我國之八股秀才同也。亦危矣哉！

一千五百八十二年，莎士比年十八歲，娶海才韋氏(Hathaway)之女，曰安痕(Anne)者爲室，比莎士比八年以長也。期年之後，即舉一子。越歲，又孿生二子。其家中落之後，生涯日艱，二老在堂，妻子索食，莎士比又不名一藝，於是大困。二十一歲，孑身至倫敦。蓋倫敦，人海之區，争名者於是，争利者於是，寒士蓐之供帳，已安排而歡迎莎士比矣（寒士之上倫敦者，無所寄宿，夜則匿於灰中，藉以取暖，因名灰曰寒士蓐。約翰生亦飽嘗此風味者也）。既至，乃登臺而試爲優。初無遠名，碌碌而已，既而自發天才，手製曲譜，身自扮演，聲容并茂，一朝而譽滿倫敦。大曲師、名優人，以一身而兼之，前乎古後乎今，所未有之盛業也。蓋一千五百九十二年，爲莎士比成名之大紀念日也。懿律額斯后逢人輒爲之延譽，一時王公貴人，莫不折節與之交者，遂爲白拉克弗拉（Blackfriars）及格羅白（Globe）兩舞臺之主人。家道日隆，其家之富，乃過於未破産時。一千五百九十七年，大起園亭於故鄉，謂之新宅（New Place）。又買田一百有七畝於游釣之地，春秋佳日，乃去倫敦，吸受鄉村之空氣，尋當年父老，話微時事，鷄犬桑麻，情意渥然。從古文人，都受窮厄，如約翰生、古得密斯，迄今讀史者猶爲之憤憤焉。而莎士比二十以後，富貴尊榮，其命運實不同於他人歟！不然，何與之暴也！彼鄉居之時，實未寫一曲，所著皆在倫敦喧鬧之中。

一千六百十三年，莎士比返乎斯得拉佛得，蓋欲優游鄉里，以終餘年，行撒手於舞臺矣。乃『夕陽無限好，只是近黄昏』，賈生見鵩而喟然，康成夢酉而不起，菟裘歲月，未及三年，而逝水興悲，浮生長已矣，得年五十有二。是翁生時，自營生壙於里第之側。時英國之俗，人死則葬於墓。數月之後，血肉既化，則移骨於叢墓之中。蓋慮以有限之田地，供無限之死人，故倡此薄葬之俗也。然其弊，則子孫不知祖宗之墳，賢愚不分上下之床。莎士比惡之，戒後人毋許爾，且手銘其墓曰：

Good Friend' for Iesus sake forbeare,
To digg the dyst encloased heare;
Bleste be the man that spares thes stones,
And curst be He that moves my bones.

君其顧諟天之明命，毋毀傷我骨。
有保吾之墓者，吾必祐之；
有移吾之骨者，吾必殛之。

莎士比之詩文，裒然成集，今姑不論。論其戲曲，可分爲三大類：一，笑劇；二，歷史劇；三，悲劇。而以紀年的眼光論之，則其成書之次第，約可分之爲四期。芥尼伐爾（Furnivall）首創其説，今皆從之。

第一期，此莎士比少年時代，正腸肥腦滿，狂態可掬之候也。情欲之感，愛國之心，此爲最盛。

英國中古時代之人，大率具此性質，而塵塵者不能以筆墨自見，惟莎士比能發大善心，遣毫命筆，爲同世之人作代表。粗爲舉隅，則如《過誤之趣味》（*The Comedy of Errors*）、《中夏之夢》（*A Midsummer Night's Dream*）、《羅米與局力愛德》（*Romeo and Juliet*）、李佳德二世（*Richard Ⅱ*）、李佳德三世（*Richard Ⅲ*），是皆一千五百九五年所作也。

第二期，一千五百九十五至一千六百一年間，爲莎士比第二時期，製曲之技以閱歷而益工矣。其言大而不誇，其意淡而有味，洞悉人情，體察物理；又自造一種悲觀之哲學，此雖盎格羅人種固有之特性，一經莎士比之點染，則感喟蒼凉，使聽者有人間何世之感。如《威匿斯商人》（*The Merchant of Venice*）、《享利四世》（*Henry Ⅳ*）、《享利五世》（*Henry Ⅴ*）、《如爾之喜此》（*As You Like It*），是皆此時代之嬌子也。

第三期，一千六百一年至一千六百八年間，其莎士比最失意之時期乎！莎士比有句曰：『熱病糾纏之長已兮，乃安然其長眠（『After life's fitful fever, he sleeps well』）。』（言人之顛倒一世，猶得熱病死，則安然矣。）此一時期，其是翁熱度極高之候乎？老父長逝，風木含悲；契友飄零，唱和不歡（愛塞克司〔Earl Essex〕、騷雜伯登〔Earl Southampton〕諸貴爵，皆莎翁之至友也。一千六百一年失寵於懿律額斯後，見囚倫敦獄中）。憂讒畏譏，每一握管，惟有告哀，故其所作，悉成悲劇。如《該撒大王》（*Julius Caesar*）、《黑滿來》（*Hamlet*）、《烏曹羅》（*Othelo*）、《麥克伯斯》（*Macbeth*）、《利爾王》

(*King Lear*)皆是。

第四期，一千六百八年至一千六百十三年，其莎士比晚境優游之日乎！每一歸家，則慈母倚閭，稚子候門(莎士比存二子，一名Miranda，一名Perdita)，情話不竭，談笑皆真。及至母氏不禄，孺慕無極，莎士比亦奄隨大化。雖然，易化者骨肉，無窮者令名。蓋彼固非一時的、一國的，而永久的、世界的也。此最後之傑作，如《辛拔林》(*Cymbeline*)、《冬夜談》(*The Winter's Tale*)、《狂風》(*The Tempest*)是也。

莎士比著書之次第，其果如芬尼伐爾之理想與否，今不可知。要之其説固非無因，須已爲學者所公認矣。

語曰：『爲磚者不能離草(Man could not make brick without grass)。』言事之必有所因也。於文亦然。莎士比之文，以今溯之，皆有所本。微論其字句之間，悉有來歷，後人可爲作鄭箋也；即每篇之作意，亦皆本於古時之歷史、小説、名人傳、歌行。述而不作，信而好古，莎士比其有焉。如《麥克伯斯》(Macbeth)、《利爾》(*Lear*)二劇，則本於荷林顯德之《三島紀年》(*Holinshed's Chronicles of England, Scotland, and Ireland*)，當莎士比十三歲時，所出版也。其他羅馬史之劇本，有讀布魯泰克之《英雄傳》(*Plutarch's Lives*)而得。《威匿斯商人》(*The Merchant of Venice*)則本意大利之舊小説也。剿襲陳言，不必爲莎士比諱。蓋不有舊者，何以有新？發朝華於古柯，啓夕秀於陳草，古錦於以新裁，舊方可以活用，他山攻玉，異代爲師，要非才子不辦耳。令讀莎士比之遺曲，運古入化，正如荷花出乎污泥之中而亭亭玉立，并無土氣息、泥滋味，吸受泥土之供養，而不染其污滓者也。此則神於學古者也。

歌曲易令人悲，令人怒，而不易使人笑。彌爾登之《失天堂》(*Milton's Paradist Lost*)令人悲矣，而不能使人笑也。惟莎士比則最能引人笑，其中以《夏夜之夢》(*A Midsummer Night's Dream*)、《過誤之趣味》(*The Comedy of Errors*)、《如爾之喜此》(*As You Like It*)三者爲尤著。白浪寧夫人(Mr. Browning)評之曰：『莎士比之曲，能令人眼流淚而口大笑。』

保存英國文字之風，莎士比既竭力提倡之，彼又以身作則，非萬不得已，誓不用希臘拉丁之字，一若與希臘拉丁有深仇大怨，而抵制其製造物之入境者然。全集之中，共有不二字一萬五千言。大小説家德葛來(Thakery)用字亦多，然細核之，不過五千言，少於莎士比二倍也。尋常之人，日用所需，僅六百言而足。故如莎士比之博學而多識，實爲空前絶後之一人。説者謂莎士比之集，可作英國字典用。四百年前英國之字，殊不足二萬也。大名物制度，與風俗習尚，各隨民族之進化爲轉移，而文字即由此而孳乳，今二十世紀之英國字典，乃有十萬言矣。我國字典，濫觴於揚雄之《訓纂》，不足萬言也，至《康熙字典》而集大成，亦不過四萬言。以我之貧，敵彼之富，譯事之所以難也。

莎士比之理想，其勢力之偉大，凡英國之人無不受其感化者，蓋除《新》、《舊約》(*Bible*)以外，無他書可以相匹也。人即終身不讀莎士比之書，而文人引用，觸處皆是。彼反對莎士比者，已默受其勢力而不自知，此猶大浸稽天而不能逃，大氣籠人而不能辭也。自十六世紀以後，久成爲莎士比之世界矣。蓋至今莎士比之曲，凡有文字者莫不翻譯，則心思之被其轉移者，固不獨一英國也。

彭瓊生

莎士比生後九年，天若惟恐莫爲之後，則雖美而弗彰者，而呱呱之兒、莎士比之替身，已生於倫敦之老屋中。其人爲誰？即瓊生（Ben Jonson）是也。瓊生有二父，本生父爲秘書長，而繼父則一圬工。其母寡，急於求牡，故不倫至此。少時，受良教育於威斯德明斯德學校（Westminster School）。此爲英國中古時保存國粹之處，故瓊生未致如莎士比之不幸，盡費其光陰於拉丁希臘文字也。所不及莎士比者，幼未嘗受詩學耳。瓊生則勤作散文，既脱稿，乃節其辭，叶其韻，而成詩歌。詩本天籟，儼然生物，故詩亦有魂（Living Soul of Poetry）。若瓊生之以散文改韻文，此人造之詩，而非天然之詩，故雖賦《大招》於行中而不得其魂也。瓊生亦自知之，讀《黑姆勒脱》（*Hamlet*，莎士比諸曲之一最傑出者），未嘗不心醉，寢食與俱，久之而魂亦來歸。

瓊生長，既不願執其繼父之業，爲圬工以没世，乃渡英蘭海峽（English Channel），出游大陸，任義兵於荷蘭政府。未幾，仍返倫敦，爲某舞臺任編輯之事。傭筆之餘，仍至私塾爲學生，喜讀希臘拉丁之經典，日日譯之。所作戲曲，亦皆有經典氣息，取精用宏，勤學好問，世皆稱之。莎士比曲，有『壞舟於婆海米(Bohemia)兮』之句，瓊生嘗笑謂友人曰：『此刻書者之誤也。壞舟當云壞車。婆海米至海，尚有二三百里，詎能有壞舟發現於其境内耶？』其博學而又蘊藉類此。然性剛毅，與人不合，不能面從。歐美各國，有私仇者，許兩人對擊，强者格殺弱者，勿論罪。俗不以此爲非，而反以爲直。中古之世，此風尤甚，其名曰比武(Duel)。瓊生與人比武二次，皆勝其仇。彼一世之生涯，皆消磨於枯案孤燈、三寸柔毫之中，而其勇又如此。

一千六百三年，若姆一世即位，雅與瓊生有故，甚寵幸之。國家每有大典禮，或得四方珍禽異物，必召瓊生賦之。曳裾長揚，獻賦凌雲，可謂極文人之榮遇也。一千六百十六年，莎士比不禄，瓊生遂執詞壇之牛耳。後莎士比二十一年卒(一千六百三十七年)，葬於威斯德明尼斯德寺(Westminster Abbey)。豐碑之上，大書深刻曰：『嗚呼！希有之彭瓊生(O! Rare Ben Jonson)。』寥寥數言，足概生平，勝於我國諛墓之文累數百行而不休者多矣。

瓊生以善爲笑劇名，其可誦者有三：《守錢奴》(原名 *VolPone*)、《煉金術》(*The Alchemist*)、《静女》(*The Silent Woman*)。爲記其本事如左。

《守錢奴》

『煙花三月下揚州』，此我國中古時之光景，而揚州之繁華富麗，實爲一社會之中心。歐洲中古之時，其足以當此者，則惟意大利北部之威匿斯(Venice)。有錢者來此托迹，有文者來此尋題，而一時之富人，常爲文人揶揄之資料，此實富人之不幸也。如司德拉巴羅拉(Straparola)之《神話》(*Fairy Book*，謂四海之海神，相誓不娶富商之女。莎士比之曲，謂猶太富商，欲割債客之肉，見《威匿斯商人》曲，The Merchant of Venice)。凡此不朽之作，類皆威匿斯富人之小史也。而瓊生之《守錢奴》，則又有甚焉，無一句不形容絕倒。普天下之守錢奴讀之，當亦啞然自笑其無謂也。開場唱云：

Good morning to the day; and next, my gold!
Open the shrine, that I may see my saint.
Hail the world's soul and mine!
敬禮此日兮，次及吾之寶藏。
啓神龕兮，拜吾之法王。

願芸芸之衆兮，及渺渺之予躬兮，皆邀賜千倉而萬箱。

《煉金術》

歐洲古時，有流傳之遺説，謂希臘某王，僻嗜黄金，苦求點金之術，感動天使，爲咒其指，自此之後，隨以其指，指觸一切，無不立成黄金，王乃大喜過望，俄頃之間，隨處悉黄金矣。所苦者，併飲食、衣服亦成黄金，飢寒欲死耳。猶未已也，其最愛之女與最愛之犬，亦成黄金。於是仰天大號曰：『嗟夫！早知黄金之爲害至此，何必當初！』更苦求天神解去其術。曩之黄金，皆已變化，而愛女愛犬，則已不可活矣。然世之愛財而賤命者，猶踵相屬也。中古之世，化合之學，猶未發明，黠者常持煉金之術，以欺世而罔利，貪夫不知，往往有因此破家者。瓊生之世，正此風極盛之世，故爲此劇以諷之，嘲笑百出，使當局者見之，亦未有不掩口葫蘆者。

《静女》

讀静女之曲，而知瓊生厭世之心深矣。其劇設爲有馬羅斯（Morose）者，生有静癖，厭聞一切之聲，而偏住居倫敦喧囂之地，又無力爲住山之計，乃擇倫敦最深僻之區而處之，車馬不到，人迹罕至，馬羅斯於此寂寞之鄉，居之甚安。年過四十，尚未娶婦，蓋以婦人多言，破其静境，故寧願獨宿耳。不意天壤間竟有與之同情者，其人爲誰？即此曲中之主人静女是也。曲辭多言名理，亦足發人深省。

要之，瓊生之曲以冷勝，莎士比之曲以熱勝。英人常曰：『世界之需建設也，甚於破壞（The World needs building up rather than tearing down）。』言爲心聲，其言冷者，近於破壞者也。其言熱者，近於建設者也。瓊生之所以不如莎士比者以此。當懿律額斯之時，小説之風潮熱盛，莎士比則順人心之趨向，以小説爲戲曲；瓊生之作，則淵源乎經典，陽春白雪，轉覺曲高寡和耳。

懿律額斯朝之舞臺及優人

倫敦城内，建一室以爲劇場，上則魚龍曼衍，下則男女雜坐，爲公衆行樂之處者，實始於一千五百七十六年，其名曰 Theater，即今之所謂舞臺者也。及莎士比出，則萬人空巷，皆赴於格羅伯舞臺（The Globe Theater）。在泰晤士江之南，始於一千五百九十三年。考其形式，實與近世之建築大異。蓋於空地之上，圍一小園，中設舞臺，狀如今之樂亭，上棟下宇，可蔽風雨，而聽戲之人，則皆露處，亦無几案。風雨偶至，則客皆紛然如鳥獸散，舞臺之上，亦即閉幕。惟有力之家，可自出資築層樓於旁，時人名之曰 Box（即厢房之意）。觀客納費，人一本司（Penny）而已。如欲買座，可以坐觀，則當加倍納費。開鑼之期，約以每日午後三時爲斷。

優人之聲容，務爲精美，服飾尤爲入時，所乏者惟臺景耳。揮空鞭以當馬，横兩旆以爲車，今日見之，直兒戲而已，然在當日，則不以此爲嫌。所以監督藝員者，第一則在脚本，其次則衣飾。有不慊於藝員者，例可擲果以戒之。所擲常爲蘋果，因此果終年可得也。晋時以潘安擲果爲美談，惡知英國以此爲懲戒優人之物哉！其尤甚者，則竟奔赴臺上，一一笞之，優人無反攻者。或執其一人，以法蘭絨裹之，使不得動，令其服罪而後已。一千六百六十年以前，女優尚未興也，演扮女子者例以小兒，此實不可思議之奇聞。如莎士比曲中之烏法拉（Oppelia）、麥克配斯（Macbeth）、臺斯特蒙那（Desdemona），皆是女角，而扮之者，妙年之童子也。以是凡劇中有女角者，則其劇必爲减色，臺上之人，恒惴惴焉，慮遭觀客之呵責。佳人仙女，本小説中極佳之材料，戲劇中常不能離之。而當莎士比之時，則反以有此爲累，是翁常思改之而未能。

馬羅、莎士比、瓊生三人，爲英國戲曲之祖，以至於今，幾五百歲矣。五百年中，此數十套之古劇，不知演過若干次，新陳代謝之人，不知看過若干代，由草草之舞臺，至近世莊嚴過於宫殿之屋坡拉（Opera），人事有變遷，時局有反覆，獨此三人之脚本猶存。三人之中，尤推莎士比，其事至今如新，五百年如一日也。夫人情莫不厭舊而喜新，豈英國人之嗜好獨殊哉！蓋彼所賞者，不在事迹，而在文學也。彼法、德諸國劇場之中，亦各有其萬年不弊之莎士比，日日發現於國民之目中，用能整齊民志，人人有愛國之心。返顧吾國，則缺如也。古樂亡而京戲起，京戲厭而新劇興，要皆無深入人心，足使人不厭百回看之精神存乎其間。此則愛國之士所當急爲設法者也。吾祝中華之莎士比，及時生産，以文學而保國也。

二萬鎊之奇賭

吾國小説亦多矣，綜其流别，不外三例：女子懷春，吉士誘之，是爲誨淫之書；牛鬼蛇神，善惡果報，是爲迷信之書；忠義堂上，替天行道，是爲誨盜之書。近五百年，作者如鯽，而其範圍，不逾此數者，亦已陋矣。自來天下事，不如意者常八九，文人恃其狡獪之筆，稱心結撰，彌人世之缺憾，此理想小説（Imaginative Tales）之所由來也。吾國文人，極其理想，不過爾爾，此進化之所以不聞也。第十八世紀之間，正歐西科學萌芽之代，而爲科學之先導者，乃在區區之理想小説。其意境之奇辟，寄托之高深，實有盧牟六合，馳騁古今之概。發明家讀之，因得開拓心胸。暗室之中，孤燈遠照，依此曙光，終達彼岸，其文甚趣，其功更偉。此中巨子，如法蘭西産之柔羅氏（Jules Verne），亦其一也。一千八百二十八年，生於南次（Nantes）；一千九百又五年，卒於亞門

(Amens)。其時火車輪舟，雖已發明，而施設未竟，旅行各國，猶不易也。柔羅乃抒其理想，著一書曰《八十日環游世界記》(*Round the World in 80 Days*，即《二萬鎊之奇賭》也)，以一千八百七十三年出版。其後世之謀交通之便捷者，皆因此以赴其的，與柔羅之書，如桴鼓之相應，因果之相隨也。其略如下。

一千八百七十二年，倫敦人海之中，有迂怪不可向邇之一人，名福格(Phileas Fogg)者，寄居倫敦塞維羅(Savile Raw)之七號屋内。先人之遺産頗豐，而福格孤僻自喜，不近婦人，不事交游。所得云彼之社會者，惟列名於改良會(Reform Club)會員之籍；所得云彼之室家者，惟傭一力供給使令而已。舉止生硬，衣冠詭異，見者常疑之爲外國人，及聆其言，則又與土著無殊，因又疑其新自殖民地歸者，其實福格固未出國門一步也。生平謹小慎微，硜硜自守，聞者莫不嗤之，絶無與通款曲者。福格獨往獨來，掉臂於肩摩轂擊之中，轉以孤寂得其自由。是年十月初二日，福格家中，乃出一非常可怪之事。其事維何？則辭去舊僕而來一新僕也。此在他人視之，亦至尋常。第福格生平，事事皆有常度，不容一毫變亂。今此多年老僕，一朝分手，新陳代謝之間，保毋不稍紊其常度者乎？在福格視之，自不能不視爲非常可怪之事矣。彼舊僕之遭斥罷也，亦非有大故。平日福格盥浴之水，常得法倫表八十六度。此日則較冷二度，福格怒，揮之去。僕知主人之僻傲也，則亦不復依戀，然猶爲引進一力，爲己之代而後行。

新僕至，福格衣冠見之，如臨大賓。僕自稱其名爲約翰，年可三十許，法蘭西人也。福格語之曰：『若今被薦於予，審爾舊主之保證書，甚爲滿意，抑未知已悉我家制度未？』約翰曰：『知之熟矣。』福格曰：『若之時計，今何時乎？』約翰出而視之，曰：『十一點二十二分也。』福格曰：『遲四分矣。急當改之。爾從一千八百七十二年十月二日午前十一點二十六分鐘起，爲我之僕矣。』語已，戴冠攜杖而出，左足動五百七十五次，右足動五百七十六次，都一千一百五十一步，而至平改良會所之門，入餐室，餐已，進閲報室。一動一止，悉有常度，數載之中，不失尺寸。先取《泰晤士》（*The Times*）讀之，三點四十五分而竟。更閲《官報》（*Standard*），閲畢進膳。五點四十分，《晨報》（*Morning Chronicle*）至，又閲之。福格之日課，於是畢矣。即與數人相聚作葉子戲，亦常課也。中有賣酒翁富蘭甘（Flanagan）者，猝然問曰：『據最近之消息，銀行竊案何如矣？』此言蓋爲爾拉甫（Ralph）發也。爾拉甫，倫敦銀行之總理，受富蘭甘之問，未及答言，同座斯韜德（Stuart）讒言曰：『以吾觀之，銀行必受大損。』爾拉甫曰：『否否，不然。銀行爲緝羅此賊，偵騎密布，罪人斯得，爲期當不遠矣。』吾請語讀者以此事之究竟，蓋爾拉甫之銀行中，一夜而失去五萬五千鎊之鈔。此等巨竊，實可駭怪，連日新聞欄中，視爲奇貨，旁敲側擊，議論風發，旗亭茶社，蓋莫不奉爲談助。翌日，福格晨起，又照例至會所，會餐、閲報、聚賭三事，一如曩日，無煩覼縷。

斯韜德忽發言曰：『世界大矣，彼竊賊者，一出國境，則本國法律即不能及之。世界之大，轉便於作奸犯科之人。』言已，又太息不置。一人曰：『世界究竟大至若何？曾有人游覽一周否？』或曰：『科倫布曾周之。』一時衆論飆發，或主三年，或主半載，紛紛未定也。福格人雖迂怪，然頗能廣見博聞，折衷群言，獨貿然答曰：『八十日可矣。』八十日可以環游地球，諸客聞之，皆嘩然離座曰：『八十日乎？』福格重言以申明之曰：『八十日。』斯韜德曰：『若能親往乎？』爾拉甫曰：『吾輩終日聚賭，不出於葉子，今若以福格君之環游博一輸贏，殊有興味。』爾拉甫此言一出口，贊成者已如雷而起，福格亦首肯。於是定議：福格果能於八十日内周游東西兩球者，同人醵金二萬鎊爲獎；有逾此期，罰亦如之。彼此署券訖，福格徐徐而言曰：『至度孚爾（Lover）之汽車，常於晚間八點四十五分啓行，時不可失，我從此逝矣。』斯韜德等若有駭色，曰：『萬里之程，竟不須數日之部署，從此行乎？事當三思，毋貽後悔！』爾拉甫曰：『然則吾輩賭局可散矣，可容福格君歸整行裝。』此時鐘鳴七下，福格曰：『否否，尚有一局未畢也。』於是更盡一局，費時一刻，距車行之時，止一點二十分矣。福格起曰：『諸君記者，今驪駒初唱，其時爲十月初二日午後八點四十五分，倦游而歸，重入此改良會之閲報室，而與諸君相見也，宜以十二月二十一日午後八點四十五分。二萬鎊之款，存於爾拉甫君之銀行，公等所知也。脱逾八十日之期限，則此金爲公等買醉錢矣。』自會場抵家，步行又費去一刻鐘。僕約翰迎之，福格語之故，約與同行，且曰『速去料理，寸陰如金也』。約翰驟聆此命，心中不能無忐忑，然萬無違命之理，俄頃之間，行李數車，已陳於庭。福格視之，曰：『是皆無用，第檢睡衣一襲，短襪三付，襯衣二套，有此足矣，餘可於途中購用也。』約翰入内，關閉窗户，皆加屈戍而嚴鎖之。福格向櫃中取鈔票累累，如晨間之賣報者，付約翰曰：『慎之，失此則行不得也哥哥矣！』主僕二人，并車而驅乎車站，改良會諸友，已集於此，與福格作别矣。福格謂每過名城，當向官府乞一護照，他日攜歸，以爲佐證。於時八點四十五分之車，徐徐出發，而環球旅行之事，於此發軔。諸人重返會場，各安其業，蓋可知也。

福格離英國七日后，蘇彝士河口，衆人畢集，若有望而不得者，其實非它，以郵船蒙古號將自英蘭過此，是紛紛者皆守候歸人，或冀得音問者也。内有兩人，徘徊延佇，盼望尤殷。此兩人者，一爲英國領事，其一人，短小精悍，目光炯炯不定，是爲費克司（Fix）偵探也。適從何來，遽集於此？則以銀行爲失竊故，遣之出訪賊蹤者。無何，蒙古號抵埠，客紛紛上下，如秋林敗葉；而福格主僕，亦在其中。蒙古號之於蘇彝士也，僅作片刻之句留，即欲東至孟買。而福格之必欲於此登岸者，以欲陳情於領事，而得其護照也。一時倉皇之色，急遽之狀，大足以啓偵探之疑。費克司意中，以爲其人必與銀行案有關矣，亦即上船，尾之而向孟買。海天多暇，時時從約翰口中，刺取福格之生平，與其此行之目的。約翰性本粗豪，未知費克司之用意。則質言之。然約翰之言彌質，而費克司之疑彌滋，以爲世安得有此妄人，肯以不貲之財，作此孤注一擲者，是必有詐，以是追隨愈謹，稽察愈嚴。

自蘇彝士至孟買，舟行約當半月，而此次較速，十月二十日已達彼都。福格囑約翰入市購物，約於至加爾各答之車站相會。約翰過一佛寺，奇之，入焉，僧人噪而執之。問其故，則言語又不通，約翰驚，久之始知爲已履而上殿，於印度爲大不敬也。其事得白，急趨車站，福格已盼之切矣。登車，約翰坐右有客，英之貴爵也，名克陸買的（Cromarty），今爲武職於印度。見約翰玩視其表，克陸買的視之，詫曰：『子東行至此，而尚依格林威志（Greenwich）之晷刻乎？』格林威志者，英國之天文臺，英國人莫不行其時者也。然自西徂東，每日應較格林威志縮短四秒，約翰不知此理，牢守舊時，克陸買的故訝之。且約翰以爲主人是英人，己亦宜依其時序，而不可輕改，聞克陸買的之言，亦殊漠然。

十月二十二日，晨熹初上，汽車忽止，至加爾各答尚有五十英里。蓋以路未竣工，車不能更前。林木糾繚，山水雜沓，如步行，非兩日不達。福格憂之。村煙寥落，亦無車馬可代步者。印度故使象之邦也，然此間祇有一頭，主人甚居奇，不受雇。福格破格出高價，累至二千鎊而始諧焉。克陸買的仍與偕行。象行甚迅，預計即日可至，不意中途又逢事故。蓋見一嫠婦，爲戚里所逼，將赴火場，以殉其夫也。此爲印度之舊俗，印人視之，亦無所駭怪，而雹碎春紅，霜凋夏緑，此等斷腸行徑，在遠客見之，無有不詫爲怪事者。福格一行三衆，奮不顧身，趨入火窟，負之而逃。土人追之不及。此婦艷而慧，驚魂甫定，自述其名曰窈達（Aouda），父母本英人，今寄居香港，新婚三月，所天遽殞，不遇君子，則此時紫玉，業已化煙。福格慰之曰：『無恐，第從吾至香港，可得所依。』行至隔日午前，至亞拉赫特，自此更上汽車，將直赴加爾各答。二千鎊所得之象，至此已成贅旒，即以賜象奴。克陸買的至加爾各答，則已至其目的地，而與福格別矣。

將登舟赴香港，突有警吏來，捉三人官裏去。福格愕然，以爲禍從天上至。既而知此又費克司爲厲也。費克司尾追至此，彼確信福格爲賊，電告倫敦，一俟覆至，即告警吏，下拘逋之令。乃倫敦之覆未到，而福格又將他適，失此機會，鴻飛冥冥，何日方休，故强警官捉之來。警官視三人，似非作賊者，而又羌無證據，遂縱之。

福格既得自由，急趨海濱，費克司亦從之，乃赴香港之郵船，已鼓輪去矣。惟有一船，名瀾公(Rangoon)者，泊於港中。福格出其在印度時購象之故智，而獨雇之。費克司不能也，瞠目視其去，不知者猶以爲是人必福格之好友來此送别耳。費克司頓足恨恨，罵曰：『賊自多金，乃公安能如爾之揮金如土者！』返寓，又候他船而去。比至香港，以爲福格定先在矣，而惡知福格反落人後。蓋瀾公號中途遇霧，幾瀕於險，遲至十一月六日抵埠，而費克司未知也。福格在香港，訪窈達之戚屬，知家况頗佳，今已返歐洲矣。審是，則此後之行蹤，仍當與美人共之。

適有坎那的克(Carnatic)船將航行横濱，問其期，則十一月初六日也。既而以修補機械之故，當延至初七日，因此尚有十六小時之句留，而又爲不做美之費克司所偵知矣。費克司以不得倫敦之覆音，既不能捕，又不甘任其遠颺，徘徊無計。適見約翰皇皇而至，彼知約翰之爲人也，質直而無機心，香港多鴉片窟，引而醉之，約翰頹然如中酒者，卧不能起。費克司乃大樂，以爲福格今失其僕，必不能行。而惡知福格固不以約翰爲重也，然卒羈留於香港，竟中費克司之算者，又别有故焉。當日福格遲約翰不至，儲旅費於客舍，約翰歸，可以尾追而及也。已則挈窈達登舟，而舟以修補之事，不崇朝而畢，即於半夜乘潮而去。

福格殊爲失望。既而思之，此船當先至上海，後至横濱，香港至上海計程八百英里，行四日可至，今設特雇一舟，亦四日而至上海，則猶可及之也。然遍搜港埠，更無汽船可受雇者，惟有兩枝桅船，名丹喀杜（Tnakadere），船長彭斯卑（John Bun by）語福格：『如海波不揚，四日揚帆，可不失期。』福格與之議價，日付百鎊，如期而至，别與二百鎊，以酬其勞績。而費克司者，暗中屢窘福格，福格爲黑幕所蒙而未明瞭也。今趨前曰：『小人有急事，欲赴上海，願君攜之而去，亦不寂寞也。』福格允之。丹喀杜片帆出發，波濤大作，勢可吞舟，而福格泰然不驚，其舒徐安閒，無異於自敦塞維羅七號之屋内而步行至改良會時之態度也。至上海九英里以外，見黑煙一縷，有鼓輪而北者，船長審是，此即前日自港東航之坎那的克船，今已離上海，將繞日本而長向乎美國之舊金山（San Francisco）。千金一刻，已不可追，惆悵無語。福格曰：『無失望，是尚可爲也。急下帆，挂遇難之旗號，坎那的克見之，必來就我。更鳴炮以助呼號。』船長從之。其事果有濟，福克等三人遂上坎那的克而乘風破浪於太平洋矣。

及至横濱，登岸眺覽，忽有長鼻人自人叢中躍出，大呼福格曰：『奴在此，奴在此！』福格愕然視之，則似曾相識。其人急去其長鼻，則知此即遺在香港之約翰。蓋福格未及登坎那的克，而約翰反及之也。彼自鴉片煙醒後，即徑上船，遍覓主人之蹤而不可得，正徬徨間，汽笛一聲，船已離岸。及船員驗票，則曰『無之』。船長曰：『且止，昨午有人來購三票，已納其價，今日竟未至，得毋此即三人之一耶？』遂寬之，不復問。由是約翰得不名一錢，至乎横濱。登岸之後，苦旅費無所出，乃裝長鼻以悦小兒，得數錢以充飢。福格適至，遂爲延津之合，而仍隨鞭蹬也。

坎那的克在横濱停橈九日，而後賡續其程，赴西半球之舊金山。福格東半球之行程，從此畢矣。閲者知此時之費克司安在乎？彼在横濱，驟見約翰，心甚愧沮，乃匿於船尾，而與約翰輩作尹邢之避面。費克司在横濱，聞倫敦已有覆電至：『福格所在之處，凡英國勢力所及者，捕之。』今福格在日本，又莫敢誰何也。則惟盼其速歸，使之就質於司敗，以了此公案。故曩則惟恐福格之速行，而今則惟恐福格之不速行，名爲敗其事，而實則助之爾。冥冥之中，福格何幸而得此良友！

十二月初三日，坎那的克安抵舊金山，無意之中，費克司又與三人相見，其意似極惶愧也。是夜六點，汽車自舊金山掠美洲之大陸而向紐約，走三晝夜，已得三百八十二英里。更四晝夜，則紐約可至矣，而天猶不欲福格遽告成功也，故又來紅人之厄。爾時路綫經行之處，人煙寥落，此等寇難，蓋數數見也。乘客皆奮勇格鬥，紅人四散，車即可行矣。而自紐約西來之車，適已上道，今東行之車，以事誤期，則不得不停輪於甘尼（Kearney）以待。福格悶甚，而亦莫可如何。於時冬也，寒風怒號，天地皆凍，見游冰者乘橇上下，其捷如飛，福格羨之。或曰：『是可賃也，乃離汽車而上雪車，遂先汽車而至芝加高（Chicago）矣。』芝加高綫路縱横，通車甚多，由此至紐約甚便也。紐約與利物浦（Liverpool）之間（利物浦，英國海口），有定期之航船。比福格至，則其船已先三刻鐘去矣。

紐約灣中，祇有汽船一艘，是往來於美法之間者。福格即欲雇船急行，惟此船可與議價，顧船長許至豹度（Bordeaux，法國海口），寧死不至利物浦。福格佯許之。船既入歐洲界，福格私賄舟人，强劫船主，轉舵北向。而惜也離利物浦七百里，煤炭告竭，舟横水中，寸步不進，譬諸大車無輗，小車無軏，其何以行之哉！

福格詢船主，若願以此舟賣乎？如能賣我，則舟中之材木，皆可爲薪，以代煤也。不則，困守於此，我事垂敗，公亦無所利。船主思之，亦良是，遂許之。福格於是揮斥舟子，凡可爲燃料者，皆斧之鋸之。及停輪於昆斯堂（Queenstown），而此堂堂之樓船，已如赤壁之殘甲。昆斯堂者，愛爾蘭之海口，由此坐汽車，而都伯林（Dublin），而利物浦，計算八十日之期限，止有六小時耳。然苟不遇意外之阻，則自利物浦至倫敦，不越六小時而至矣。既履倫敦之土，福格樂甚。而有與福格同其樂者，則爲費克司。蓋此時已入國境，則彼之大功，亦與福格同時告成。即直前執之，曰：『吾敢稱皇后之名而捕汝（時女皇維多利亞在位）。』拘留歷兩小時，警署始知其誤，蓋竊倫敦銀行鈔票之賊已得矣。

福格之獄雖解，而八十日之期已過，功敗垂成，抑鬱莫訴，亦無意再赴改良會。音塵咫尺，渺若山河，而彼窈窕者，碧玉年華，遽賦離鸞之恨，虎口餘生，微福格其誰救之，一路隨行，情逾骨肉，兩心相照，姻緣簿上已定三生。福格倦游歸來，所志未成，咄咄書空，無聊已甚。忠心之約翰，乃爲兩人作合，期以明日成婚。約翰至牧師處戒期，牧師曰：『明日是星期，安有於此日舉婚禮者乎？』約翰聞之，大錯愕，曰：『我以爲今日是星期耳。』急狂奔歸告福格，福格殊不能信，約翰曰：『是無可疑者，今距八十日之限，尚有十分鐘也。去休去休！勿遲勿遲！』約翰此時，惟恐主人行步太遲而失此二萬鎊也，乃挈其領而自後推之，出門見一馬車，强納福格於車廂曰：『驅之驅之！』約翰在前引路，健步如飛，速於奔馬，至改良會，重入閱報室，係十二月二十一日午後八點四十四分，距四十五分猶餘一分鐘也。諸人已畢集於此。爾拉甫曰：『一過四十五分，則二萬鎊屬於吾儕矣。』世界光陰之可貴，莫如此一分鐘者矣。

夫以福格之爲人穩練，何致誤記日歷？則其中有一故焉。太陽之繞地球也，向東一度，則漸遲四分，故環游地球而東，則覺日長，而西則覺日短，周天三百六十度，以四乘之，即得一日，此福格之日所以比倫敦早一日也。往者孟買道中，克陸買的已告約翰，意讀者諸君尚能追憶耳。

金剛鑽帶

小説與事實常不能確合者，蓋文學之趨勢使之然也，雖歷史小説如《山經》、《穆傳》、《吴越春秋》，亦莫不辭兼雕鏤，語涉張皇。外此，如宋元間人所撰之《三國》、《東周》、《五代》、《水滸》、《宣和》諸演義，事皆翔實矣，而文不超妙。審是，則陸平原『意翻空而易奇』一語，殆爲小説界之定理哉！第十八世紀間，法國小説家有名 Vizetelly 者，記史事一則，體例如《宣和遺事》，各國皆爭譯之，書名 *Story of Diamond Necklace*，節譯其意，略如左方，亦《清宫秘記》之流亞也。

法當路易十四（Louis XIV）之世，國勢方隆，宫廷之奢侈，巴黎之殷闐，殆所謂天寶末年時世妝者也。曾孫路易十五（Louis XV）嗣位，驕奢黷貨，尤甚於乃祖矣。有貴族令孃特氏（Dubarry），碧玉年華，緑珠才調，以此求夫，何夫不獲？而乃黄絲入道，素面朝真，窺其意，若欲從梁玉清緑萼妹輩，侍玉皇香案以終身者。實則居處有郎，由來已久，而一塊禁臠，久屬之路易第十五矣。路易第十五之所以奉之者，雖金屋貯嬌，明珠下聘，亦不能喻其萬一。金剛鑽項圈之事，乃由此而發生。爾時金剛鑽之值，視今猶貴。巴黎某肆，選材數載，始足結一項圈之數，路易十五手定花樣，使肆中爲之，將以助特氏之新妝也。議值一百八十萬法幣，合英幣八萬鎊，合中國八十萬圓，此亦奩史中可驚之新聞矣。維多利亞御冕之外，女子飾物，以此爲貴。工未畢，而路易遽有鼎湖之召。特氏從此寵絶長門，歡同逝水，此名聞一世之金剛鑽項圈，固已無分上美人頭矣。

新王爲路易十六（Louis XVI），而其后則妹麗安董（Marie Antoinette），亦巴黎艶史中人物，其才可以儷武曌，其行可以比韋后也。妹麗安董心艶價值八十萬之金剛鑽項圈，而苦於無貲以爲償，乃與其嬖臣拉謨（Lamotte）謀之。親貴之中有名羅漢（Rohan）者，家有石崇之富，每作豪舉，而疏於世務，一傻公子也。拉謨知后之意，在得項圈而無意於償金，此惟傻公子奇貨可居也。乃謂之曰：『后實念汝，某日將約汝於佛賽（Versailles）之林中。』佛賽者，后之離宮，綺麗莊嚴，冠於歐洲。羅漢慕之久矣，乃敬應之曰：『諾，不敢忘。』如期而往，馬及宮外之林中，有人止之曰：『王后在此遲殿下矣，無煩入宮爲也。』史漢急下車，則宮婢數人，圍繞一胡帝胡天之少女，其驕貴尊倨之態，非王后殊不足以當之矣。羅漢拜謁如儀訖，其人啓珠喉，轉鶯聲，而發言曰：『先王所製之項圈，爾所知也。予慕之有素，顧一時不能措此巨資，必俟銖累錙積而成之，則人壽幾何，其安能待？計不如先向肆中取得其物，逐月償錢。予當手署一券，以爲質劑。而國體所在，勢不能身臨闤闠，了此瑣事。遣一介往議，則肆主未必深信。側聞巴黎人曰：法郎千萬，不如爵爺一諾。今望爵爺往，第爲我作保山，惟乞許之。』羅漢聞言，未暇思索，即應之曰：『諾。』女探囊出券，授諸羅漢。瓊珮鏘然，望之已杳，隨往肆中，見項圈嘆曰：『此連城之寶，非傾國之人，惡足以當之！』即以其物，由拉謨轉呈宮中。及期索逋，則后不認有此事。以券示之，則又非后筆。蓋後進之物，確入后手，而前遇之人，實非后面，乃僞飾一姝以當之也。羅漢固傻，而堂堂國母設此騙局，亦足貽笑於萬國哉！

原書甚繁，兹特其大略耳。此爲筆記小説之極長者。

耶穌誕日賦

英人迭更司(Charles Dickens)之小説，善狀社會之情態，讀之如禹鼎象物，如秦鏡照膽，長篇大卷，一氣呵成，魄力之大，古今殆無其匹。閩人林紓，既譯著其四五種矣。而迭更司第一篇有名之傑作，乃始於説鬼，寥寥短章也。秋墳隱語，豆棚閒話，其有憂讒畏譏之心乎！此文原名 *A Christmas Carol in Prose*。每歲十二月二十五日，是耶穌誕生之節，又距臘尾年頭，已是不遠，歐美之人，是日無不輟業以嬉者。佳辰令節，必有詩歌圖畫以助逸興，如修禊之文，上河之圖，其揆一也。迭更司欲代之以小説，故箸此篇。Christmas Carol in Prose 者，意謂耶穌誕日賦也。以韻語而行散體，惟楚騷、漢賦爲然。英國文學中，初無此體，今確譯 Carol in Prose 之意，則以賦字爲當耳。其説曰：

司克流(Scrooge)者，一市井之徒，其年事固已老矣，而貪得愈甚，待人接物，絶無寬惠之心，人皆望望然去之。獨有毛立者，與之合伙投資，同設一肆，即以兩人之名，名其肆曰『司克流與毛立』。

今吾作此書之時，毛立死既七年矣，司克流特雇一伙伴，以經紀肆中百事。其人名薄伯。薄伯家有一妻四子，食指累累，而每月工資不過三鎊，量入爲出，萬不能敷。司克流一任其宛轉呼號，不復體恤。天寒，司克流慮薄伯取炭以圍爐也，舉其家中之炭，盡藏諸卧室之中而加鍵焉。一年三百六十日中，亦不許薄伯有一日之假，有之，惟耶穌誕日耳。以是人皆視此日爲可喜者，而司克流轉以爲可恨，其鄙吝不近人情有如此者。

司克流之猶子曰翻來，少年尚義，與人交，惟恐人不歡，與乃叔之行爲適相反也。以爲耶穌聖誕，凡屬血氣之倫，疇不歡欣鼓舞者，而吾叔獨戚戚然如在宥之民，吾不可不辭而悦之。足及司克流及毛立之肆，望見司克流之顔色，欣然致賀曰：『叔父長壽！叔父有快樂之克列斯麥斯（即耶穌誕節）！叔父時時蒙上天之福祐！』司克流怫然曰：『無妄言！誰信汝所云云者。汝云克列斯麥斯可樂，我實不知其樂境在何處。此日一過，則案債者至矣，年齒又加長矣，而家則未益富。由此言之，克列斯麥斯者，人間最不幸之時日耳！子乃不吊而賀乎？』翻來復與反覆辨難，彼終不爲動。翻來無可如何，乃告辭而回，自與其家人婦子，樂此佳節。

時則司克流之肆中，止彼一人。彼亦不復舉火，悄然入户將就息矣。室無燈火，而忽然明朗，乃見已死之毛立，現於其前，形容枯槁，亦若司克流之重有憂者。細審之，則更曳極長之鐵練，自頂至踵，復垂於地者尺有咫焉，行步艱難。司克流見之，不懼而悲也，問之曰：『君何爲而負此於身耶？』

毛立曰：『此皆生前之罪孽也！君無哂我，更有較此重大之練，製以待君矣。自今以往，將有三鬼現於君前。今日夜半，一鬼即來。』言竟，毛立滅影而去，司克流亦不以爲意，昏然睡去。

夜半而醒，風動帳開，果有一鬼，現於其前矣，形狀奇醜，竟無以形容之也，語司克流曰：『爾欲知爾前世之過此克列斯麥斯節乎？大塊弄人，不能有生而無死。一生一死，雖若尋常，而前世今世，窮通壽夭之數，則大異矣。如君今世之過此日，與前世之過此日，其喧寂又何如也？魂從我游，當得見之。』司克流心中了了，而迷惘間不能自主，遂與俱行。至於一處，綺窗朱户，華燭高燒，中有一人，雖白髮盈額，而朱顏未凋，容飾并茂。其人方據案作書，有頃，擲筆而起，舉目四顧，意態甚適，聞鐘鳴七下，乃呼曰：『愛朋、迭克，可來矣！』聲音圓美，絶不似老人口腔也。其聲方止，司克流自顧其身忽已變爲少年愛朋，與迭克俱至老人之前。老人左右抱之，曰：『吾兒，今日爲至樂之克列斯麥斯夜，吾輩豈能空過！吾事已了，速開廣厦，設明燈，嘉肴旨酒，清歌妙舞，以娱良辰。』於是侍者報客續續至，而愛朋之母妻姊妹亦皆盛飾而進。來賓皆顯者，妙年時服，意氣如雲。少頃，名庖進饌，少女獻歌，愛朋於是樂甚。及乎酒闌人散，則前鬼又至，而所謂愛朋者，仍現司克流之身，依然獨居於淒涼可吊之老屋中也，俯仰今昔，不勝慨然。

又來一鬼，呼司克流曰：『爾何思之深，爾欲知薄伯此時之樂乎？彼雖窮困，而其家人婦子之樂，殊勝於爾。』司克流心欲辭之，而身已不覺隨之出門，至一蓽門圭竇之家，則薄伯方與其妻子四五輩，圍爐開宴也。肴饌雖不精，而熱氣蒸騰，婦子笑語，飲啖轉豪，一種歲時伏臘之景，其真摯，有非富貴人家可及者。見薄伯之妻，釃酒一杯，進於薄泊，薄伯與子女共食之，舉杯而祝曰：『上帝降福於人人，不私予一家。』司克流觀其狀而聽其言，不覺大爲感動。鬼曰：『可以歸矣。』遂歸，司克流流涕長慟，懇於鬼曰：『吾知過矣。向者毛立之鬼語予，有三鬼來嬲，今并子已遇其二，尚有其一，予不欲見之矣。請爲我辭焉。』鬼謀之而去，司克流解衣而息。

天明，則正當耶穌誕日矣。麗日和風，萬户皆含喜氣，司克流亦幡然一變其平日刓嗇之心，而昨日今朝，如兩截人。

旁卑之末日

《旁卑之末日》（*The Last Day of Pompeii*）者，英人拉愛登（Lord Lytton）最著名之小説也。倫敦、巴黎大劇場，每演及此，則坐客常滿。羅馬爲歷史之淵藪，歷史爲小説之材料，故歐美作者莫不搜題於此。而旁卑遺事，誰不知之？獨拉愛登能取以爲題，一經點柔，便成名作，此則所謂『文章本天成，妙手偶得之』者也。

當耶穌降生以前，歐洲最繁盛之地點，莫如地中海。而地中海之城邑，莫如旁卑，面海負山，内多温泉，士沃人殷，以橄欖爲名果，四時不凋，鬱鬱蒼蒼，達官富商、韻士美人，游蹤相接也。中有紅塵四合，煙雲相連，尤推一城之勝者，名曰伐杜名希那(Vai Domi-tiana)。一日之間，在此街中，步者騎者，紛紛擾擾，不可紀極。而獨有一人，爲人所注目，其後險遇奇情，波譎雲詭，顛倒錯亂，極人世未有之奇聞者，伊何人？則貴族格勞克斯(Glaucus)。其人也，偕其少年契友克老提(Clodius)，徜徉市中。格勞克斯綺年玉貌，寶帶輕裘，一時幾有看殺衛玠之累，而瓊閨妙質之願爲夫子妾者，幾乎十人而八九也。顧格勞克斯則心如古井，不作波濤，蓋其心中，久有所屬，除此意中人，其餘紛黛，皆同塵土，此公真情種哉！爾時格勞克斯與克老提輕游既倦，相與入於旅館，買醉當壚，以遣餘興。及門，見一女奴，玉容憔悴，狀至可憫。問之，則貴家之婢，以不勝主人之虐，故逃匿於此，日以賣花爲活者。格勞克斯憐之，徑造其主人許，論價贖歸。聞者莫不稱格勞克斯之古道可風，而不知此女終爲情海之魔，愛河之浪，恩將仇報，婦怨無終也。蓋格勞克斯意中有一人，其人也，豆蔻齊年，舜華并貌，一笑而傾人之國，三生訂石上之盟，郎才女貌，亦固其所。此女號爲花魁，其姓氏云何，則不可得而知矣。從來美滿之事，多爲造物所忌，而難逃意外之風波。

時有祭司曰亞皮西(Arbaces)者，心醉花魁之美，而謀奪之。既知其與格勞克斯有不解之緣，乃日夜謀所以離間兩人者。而肘腋之間，復有一人，則以慕格勞克斯之風度，而甚花魁之奪其所夫也，則亦百計害之，此即曾受格勞克斯贖身之恩之花奴是矣。花奴與亞皮西，一在外而一在内，一忌男而一忌女。鴉藏深柳，而弋人篡之；魚潛在淵，而漁人臨之；蒼蒼者天，奈之何哉！從來女子，無不迷信鬼神者，亞皮西故銜左道以惑之，及誘花魁至廟，則以幻術作格勞克斯與娼優狎褻之象，欲激怒花魁，而與之絶交。然花魁熟知格勞克斯之爲人，絶不爲動。亞皮西計窮，則幽之於窟室，而强制之。其徒阿潑西提（Apaecides）者，善士也，不直亞皮西之所爲，私救花魁出險。花魁既出，徑奔格勞克斯許，而告以所遇。格勞克斯恝然置之，惟竭力勸慰花魁，使無驚惶而已。然嬌鳥驚弓，名花怯雨，於心終不釋然。兩人乃挈花奴去紛華之城市，居寂寞之鄉村，飲水棲山，匿形息影，自以謂與人無忤，與世無爭矣。不意花奴之毒計又來。

花奴之愛格勞克斯，猶亞皮西之愛花魁也。見花魁日夜追隨，益不勝卧榻之側，豈容他人之想？一日，以事至城，遇亞皮西於途。亞皮西授之以藥，曰：『飲此能令人棄舊好而戀新歡。』花奴不知此實狂藥，亞皮西欲假手於花奴，以毒格勞克斯也。乘間與格勞克斯飲之。一時精神瞀亂，智識顛倒，佯狂於市，人無敢近之者。行近一廟，偶有物絆其足，格勞克斯躓焉。自有此躓，神識陡清，恍然如大夢之忽醒者，視其足下，則赫然一死人也。方驚訝間，而亞皮西已飛奔而至，大呼於衆曰：『格勞克斯殺人矣！當共執之！』諸君當知死者爲誰？則當年救花魁於水火之中之河潑西提是。亞皮西既知其事，則恨之刺骨，乃殺而棄之於野。不意屍肉未寒，格勞克斯適狂游來此。亞皮西已直接以報阿潑西提之仇，今復可間接以報格勞克斯之怨，計無有巧於此者。擁至官廳，格勞克斯無以自明，殺人之罪，竟以成立。

花魁與花奴，本情敵也，今見格勞克斯無端受謗，冤切飛霜，則相與捐棄夙嫌，同心協力，救護格勞克斯。然有志無力，回天乏術，無何而格勞克斯定於某日行刑矣。其行刑也，非殺非戮，而以膏猛獅之吻。旁卑有鬥獸場焉，其場也，甃以文石，覆以高臺，本都人士女游觀之處也。今聞美男子格勞克斯將擲之於獅圈，其狀奇異，必有可觀者，届日，傾城而往，座爲之滿。二女此時，肝腸愁絶，意欲往，至則圍而觀者，士女如雲，格勞克斯之契友克老提止之，曰：『豈遂無一綫之生機乎！』率二女同玉殞香消，齊赴夜臺先等矣。格勞克斯已入場矣。須臾，獅奴縱獅出柙，觀者皆爲動色。而獅見格勞克斯，絶無朵頤之狀，衆以爲異。克老提乘機爲格勞克斯訟冤，而聲亞皮西之罪。格勞克斯素好施予，人多德之者，因大呼赦格而捕亞。二女乘機入場，負格勞克斯而逃。忽然天黑如夜，地震震有聲，而維蘇威（Vesuvius）火山暴發矣。繁華都會，可使陡成瓦礫之場，獨兩人之愛情，雖歷劫不能傷也。格勞克斯與克老提力負二女，逃至海濱，登舟遠航，得免於難。方倉皇之際，則花奴投海自盡矣。其愧耶？其妬耶？皆不可知。格勞克司與花魁，自此以後，既免浩劫，且有情人成爲眷屬矣。

紅種之人傑

科倫布未到美洲以前，有此四倍於歐羅巴、五倍於澳大利亞之平原沃野者，非紅色種人乎！今則茫茫大陸，盡屬於白人之手。興衰成敗，非舊主人所敢與知，數千年來祖宗邱墓之鄉，盡委之他人，雖欲求一片於净土，以求庇於白人之宇下而不可得。幸而西北一隅，歐洲移民今尚不甚措意，故得逡巡於此，苟延歲月。嗚呼！側身天地，嘆托迹之無從，大好河山，竟他人之至此！而當白人未至以前，一族之中，紛紜假擾，亦何嘗無英雄無事業！其可驚可喜之事，若使人與近日之衰亡史牽連讀之，則有不勝今昔之感者矣。美國大小説家考伯爾（Fenimore Cooper），生當一百三十五年以前，見夫白種日興而紅種漸有絶滅之勢也，乃摭拾遺聞，出以演義之體，作一書曰 *The Last of the Mohicans*。節其大略如下。

當一千七百五十七年之夏，北美洲之坎乃大，雖地鄰寒帶，無流金鑠石之苦，而梅雨經旬，森林之中濕雲四布，毒氣蒸淫，其難受有甚於非澳之酷熱者，而英法僑民，方且厲兵秣馬，日相見於槍林彈雨之中。『六月炎蒸驅萬馬，一崤風雨斷千山』，情景實有同焉。乃當此戎馬倉皇、萬方鼎沸之秋，而有三人者，徘徊顧視於高山流水之間。窺其情景，若驢背尋詩、雙柑聽鶯之文人逸士，若不知咫尺之外，即是戰地者。若問三人之生涯，則固印第安族之酋長，今隸於法蘭西將軍蒙楷（General Montcalm）之戲下，助白人以攻白人者也。其中之二，一老一壯，行止與共，固不問而知爲父子。父名長蛇（Long Serpent），此爲大部莫執安（Mohicans）之蠻王，鷄羽衝冠，毛髮欲動。返視其子絷麋（Bounding Elk），則英姿颯爽，長蛇似有老將頽唐之態矣。復有一人，衣其紅色種人本來之服裝，面目黧黑，乍望之，幾欲錯認之爲黑奴，惟舉止軒然，迥非黑奴可比，手握長槍，凛如鐵漢，名曰雕眼（Hawk Eye）。三人所徜徉之地，與英國方宿重兵之喬治湖（Lake George）擊柝相聞也。長蛇忽傾耳向地，若有所聞者。有頃，太息謂二人曰：『英人之騎兵至矣，急修戰備。』言未終而數騎突至。一人怒馬當先，後隨少女二人，皆姿容明麗，有印第安人爲之執鞭。長蛇知此爲伊羅克（Iroquois）族之人，蓋服從於大不列顛（Great British）之旗下者。英國之騎者，向長蛇輩作禮而致詞曰：『予英國之少佐希懷德（Major Duncan Heyward）也。此諸令娘，則大佐蒙羅（Colonel Munro）之女公子。大佐方有事於威廉亨利炮臺（Fort William Henry），一矢相遺，恐震驚令娘，及今兵刃未接，囑予挈之他避，而迷陽却曲，岐路倉皇，誤入諸君之防守綫，此則導者之過也。』長蛇輩聞言，知此印第安人故導英人來此，使之身入重圍，獻媚於法將。不公不義，吾族何來此敗類？三人憤憤之色，現於面目，以唇嘘氣，令其部下曰：『驅之！』導者則反奔，急告其酋，將捲土重來矣。三人急以樹皮之舟，匿少佐及令娘於其中，而護送之。時則環河之壘，皆守以紅人，恨英人如刺骨。況復娟娟此豸，益令仇人動欲灸之心。雕眼摩桫長槍，目光炯炯，左右以視，紅人皆作壁上觀，不敢妄動。俄而暝色蒼然，波路窵遠，棲止無方，見有懸泉流水如注，似一幅水精簾。簾內空空洞洞，別有天地。雕眼刺船徑入，息影其中，自以爲鴻飛冥冥，弋人何篡矣。而前日之導者，已將英人蹤跡，告知其族。此族名鏬倫（Hurons），法蘭西最忠心之臣僕也，雖殺一英人之犬，亦以爲榮。今聞英之將校與貴女皆在日暮途窮之候，復仇之念，邀功之心，一時併集，乃入川大索。雕眼與莫執安二酋，已於水簾內見之，知此離威廉亨利炮臺不遠，乃語希懷德等棄舟暫立淺水中，已則乘夜棹舟，急赴英將處求援。鏬倫人乃俘此避難之人而去。

雕眼等三人，既至炮臺，則法英之戰事方殷，會天大霧，對面不相見。雕眼等間行入見蒙羅大佐，語以同僚被困，愛友幽囚，已雖黨於法國，而大義所在，愛敵如友，故敢冒死來告也。且以同種之人，爲此殘賊之舉，不仁不勇，如不援手，實無顏以對白人。敵衆我寡，不得不至戲下求援。待救出少佐與女公子後，則仍右法人以與英人死戰耳。蒙羅大佐謝之曰：『敵方壓我而陣，不及分兵。少佐男子，必能自救。弱息則聽之可也。渠敢以私而害公哉！』雕眼聞之，皆感蒙羅之忠。時則兩軍對壘，炮火連天，雖欲退出炮臺，以視水洞中人今復何如，而亦不能。無何，英人大敗，竟以炮臺降法，敗兵退至愛華德炮臺（Fort Edward）。雕眼等三人乘此紛擾之際，始得逃出重圍，則見鏬倫之族，已盡挾水洞中人而北矣。

乃相與謀曰：『今顯然追之以兵，則法人將謂我黨於敵；如坐視其死，則見義不爲，無勇也，豈我輩之所宜出乎！』謀之甚久，則喬裝如伊羅克人，入罅倫之隊。問之，以法國偵探告。及見希懷德及蒙羅二女，則佯爲不識者。而説其酋長曰：『此奇貨可居也，盍不獻於法將？其功與獲一城等。』酋長許之，即使三人護送至法將處。半路，乃縱之歸。希懷德既生還故壘，備知法兵勢力，初不甚厚，所以猖狂者，皆得紅種人之助耳。今莫執安之酋長有德於我，招之助英，其可也。具書幣，遣一介往。則三人者，皆謝不可曰：『英人、法人，吾族與彼無所怨亦無所德，惟始從法人而今棄之，非大丈夫之所爲也。』法人既得威廉亨利炮臺，休兵數日，檄長蛇、鰲麋、雕眼三人率師進攻愛華德炮臺，竟陷之。以義救敵，以勇勝敵，諒爲烈士，當如此矣。

無聲之革命

美國有不好武之將軍焉，其人氏丸來司（General Lewis Wallace），一千九百又五年方謝世，去今不十年也。美國説部之不朽者，以批茶夫人（Mrs. Pestow）之《黑奴籲天録》（*Uncle Tom's Cabin*）爲最，將軍慕之，以爲封狼居胥，銘功燕然之石，不如有一卷書流傳於人口也。乃以其百戰餘生，與一弱女子争著作之榮名，當年雄傑之意態何在，此日書生之習氣轉深。將軍生平，惟撰一書，其名曰Ben Hur,至今萬衆流傳,必能與《黑奴籲天録》并有千古矣。人有讀Ben Hur者,問作者何人,則曰武士之著作家Soldier Author所撰也。蓋以閉户著書者,例爲文士,而武人爲此,實所罕聞,故曰武士著作家也。此書出版,將軍之年已五十三矣。所述爲耶穌降生初之事,而托迹於一猶太人之子,即名Ben Hur者是。今捨名而譯其意,姑名之爲《無聲之革命》云。

耶穌未生以前,耶路撒冷(Jerusalem)與約但(Judea)之地盡屬於羅馬,羅馬遣兵鎮撫,以安反側。猶太遺民,雖有故國舊君之想,黍離麥秀之吟,而亦無可如何也。彭赫爾(Ben Hur)者,猶太故王之子,固宜疾首痛心於羅馬人,而偏與羅馬貴族之子名梅率拉(Messala)者爲忘形之交。梅率拉英英年少,意氣如雲,猶太人雖爲彼之敵,而彼皆愛之爲友,且亦并不知人世有何恩仇也。無何,其父兄遣之歸國就學。洎乎學成復至,則知猶太爲亡國之人,其種至賤,萬不能與己平等,深悔向者之交彭赫爾爲降志辱身之已甚也。然當兩人契闊之間,彭赫爾之情景亦一變矣。先是猶太之先知揚言於衆曰:『興猶太者,必彭赫爾也。』彭赫爾聞之,則心戚戚然若重有憂者,以爲興復猶太,當逐羅馬兵而後可,而愛友梅率拉獨非羅馬兵乎? 情逾骨肉,一旦欲相見於戎馬之中,其謂之何! 乃自梅率拉再返猶太後,遽與彭赫爾絶交,彭赫爾大喜過望,視羅馬人無一非彼之敵,而無一友矣。

會羅馬新遣一達官來巡視猶太,其人曰葛拉多(Gratus)。羅馬人之在猶太者,盛爲儀飾以歡迎之。輿馬塞途，萬人空巷，彭赫爾欲一窺其狀，而道上已不能容，則聳立屋頂而下望焉。葛拉多馬過其下，忽有片瓦飛墮，馬驚，葛拉多顛。一時萬目睽睽，大索途人。梅率拉仰望，見彭赫爾，遽縶之歸，指爲飛瓦謀殺葛拉多之人，搒掠之慘，令人髮指。此時彭赫爾雖有蘇張之舌，亦何以自明哉。獄具，奏聞羅馬帝，帝命械繫彭赫爾至羅馬就戮。彭赫爾堂堂七尺，此時一命如絲，直不啻赴湯之鷄。家中尚有一老母、一少妹，竟與之分離。高堂白髮，少女紅閨，相對泫然，其痛苦更何言哉！其痛若更何如哉！彭赫爾繫於檻車之中，荷戈之士，嚴密守備者數十人。方自耶路撒冷赴海而登舟也，道傍見者皆太息泣下，曰：『嗟乎！此興復猶太之人，今沉冤而死矣。傷哉！』吞聲飲泣，皆送之以目。中有一人，名那才拉斯（Narzareth）者，冒死行近彭赫爾之囚車，爲進一觴，以表其敬愛之意，蓋奇男子也。

彭赫爾陸盡登舟，海天茫茫，三年不達。途中監視彭赫爾者，爲埃魯士（Arrius），心憐其枉，頗善視之。會遇海盜，舟中之人，悉不能敵。彭赫爾瞋目一呼，盜皆辟易，同舟之人，得免於難，於是皆德之。而埃魯士念其爲名王之子，少年英發，生命不佳，遭此鞠凶，愛之又憐之矣。既達羅馬，爲之百計營求，竟免於難。埃魯士家資巨萬，而伯道無兒，中郎少女，今視天下少年，無如彭赫爾者，遂以爲嗣。彭赫爾既免於難，又得嗣産，此亦倉皇上道之時所念不到此者。留學羅馬，專習兵學，五年畢業，挾其名馬寶劍，出游羅馬之外邑。盎替（Antioch）者，地中海上之大埠也。問其邑中之富人，則無識與不識，皆曰辛謨尼（Simonides）哉。辛謨尼幾盡有地中海之船，東至亞非而北至北歐之商業，盡握於其手也，其富豈可量耶！聞彭赫爾至，則嗒然若喪。此何以故？蓋其父固彭赫爾家之奴。依猶太律，奴之子恒爲奴，雖有周孔之賢，賁育之勇，亦終不能自脱於奴籍。今故主至，例當自録其妻孥財賄，登於甲乙之簿，而聽命焉。聞此風至今猶然。彭赫爾獨超脱流俗，却其財産，并赦辛謨尼及其妻孥，共作齊民，不爲奴婢。辛謨尼諗知猶太已亡，舊主號鼎湖而莫應，新君賦瑣尾而安歸，國既淪矣，種既傷矣，雖擁多資，亦奚所樂。夫楚雖三户，亡秦必楚，矧天潢一派，繼志有人，捲土重來，興滅繼絶，夫豈難事？所慮赤手空拳，資糧無措，則縱有英雄，亦難集事。所幸己之富有，足助舊主一臂耳。特以此志，私與彭赫爾要約而別。

舊時羅馬之俗，歲必競馬一次，上而王公貴人，下至輿臺厮卒，苟嫻此者，皆可入場，以争一日之長。斯時也，庶民休業，官司給假，舉國若狂，一年大事，無逾此者。彭赫爾驅阿剌伯之駿馬，英姿颯爽，將入競馬之場，途遇梅率拉，亦盛氣而至。彭赫爾見之，追想彼之始而相友，繼而相陷，今日邂逅，將迎之乎？抑拒之也？躊躇之際，來一埃及老人，白髮蕭然，而精神炯炯，類有道者，遮道而謁曰：『老人新從東方來，見東方之民，受羅馬之苛政，亦太可憐矣。而幸也，救世之真人已生（蓋指耶穌）。望耶路撒冷，佳氣鬱鬱葱葱然，太子何患乎無國哉？今日之事幸勉旃。』彭赫爾聽老人之祝，勇氣倍加，而恨梅率拉之心亦愈至，謂彼仇我一人可也，乃并猶太之人，彼盡欲殺之，此而可忍，孰不可忍！既入競馬場，與數人博，彭赫爾皆大勝之。梅率拉憤然而起曰：『猶太遺孽敢爾！』猝然乘之。彭赫爾大喜，左盤右旋，梅率拉幾斃於馬下，觀者皆歡呼『猶太王子萬歲！』彭赫爾此時意得甚。競馬既畢，即與辛謨尼東歸，一則急欲省視母妹，一則急欲返觀國人之狀況也。

及至國，知羅馬人之在此者，暴徵苛斂，益復嚴酷，孑遺之黎，憔悴可憐，去國數年，風景不殊，而舉目有新亭之感矣。抵家，則銅駝荆棘，三徑没人，入於其宮，母、妹悉已無跡。白頭宮監垂涕而告曰：『自殿下就道之後，妃與公主，慮羅馬人之來捕也，竄入深山，不知所之，今存亡未可知也。』彭赫爾聞之，悲恨填膺曰：『吾當上窮碧落，下入黄泉，以尋我慈惠之母及友愛之妹！』方彭赫爾之歸也，初欲借辛謨尼之資，與國中豪傑，沉機觀變，逐羅馬人於疆場之外，重見猶太之獨立。既傷母妹之遁荒，家室之伶仃，昔年壯志，又稍稍衰矣。此時耶穌之道，已漸聞於外。彭赫爾慨然曰：『與其以武力勝羅馬人，何如以道力勝之爲愈乎！』乃竭力助其傳布。不知者謂彼意態消極，知者固謂彼之所爲，實愈於起革命之軍，蓋百年之後，而其效始見矣。至今羅馬無國，而猶太尚有遺民，雖流離瑣尾，而合群之氣不衰。然則，他人之革命，僅革一時之市朝，獨彭赫爾之革命，能革萬世之人心焉，其愈於殺人盈城、殺人盈野者多矣。

生鴛死鴦

The Toilers of the Sea 者，法國大小説家許古（Victor Hugo）之所作也。法國之有許古，猶英人之有司各得（Sir Walter Scott）。後被罪放逐，流於荒島，幽囚憂思，而作此篇。許古少時，恃才傲物，風流倜儻，視規行矩步者輒揶揄之，恃其筆墨之靈妙，隨所見聞，無不可牽連寫入小説者，繪影繪聲，冷嘲熱諷，傖父見之，乃恨之刺骨，以此陷入縲紲，終遭放逐之禍。許子於是有悔心矣，故 *The Toilers of the Sea* 一書，無非常可喜之談，而庸德庸行，沉着痛快，自足使聽者樂而忘疲。此如名手作畫，破墨敗紙，涉筆成趣，老實之至，亦名貴之至，非多買胭脂畫牡丹者所能學步矣。

薩姆生（Sampson）有一造船場焉，若者鋸木，若者造釘，邪許相屬，蓋依此而食者，日數百人也，然皆不記其姓名。今所能知者，惟有雷捷利（Miss Lethierry）一人。雷捷利之傭於此也，時時勤勉，不自暇逸，二十餘年如一日耳。蕭然一身，室無笑語之歡，而亦無妻孥之累。有之，則惟外甥女一人，雷捷利愛之甚，思有所遺之，使成人之後，無凍餒憂，而免詠『苦恨年年壓金綫，爲他人作嫁衣裳』之句也。雷捷利行年五十，自覺精力就衰，向能隻手舉三百磅重之鐵砧者，今已無能爲役矣。日月幾何，而英雄逝水，壯志已非，暮年之嘆，豈獨烈士有之？雷捷利於輟業之後，默數半生，已積錢如干鎊矣。此區區者，比富豪家之千倉萬箱，雖不足道，而雷捷利之致此也，不知出過若干萬噸之腕力，交換得之。若以力與金相爲比例，則雷捷利之力輕於鴻毛，而船廠主人之金重於泰山。蓋萬噸之力，尚不值一鎊金之重也。以此思金，則金之可愛也愈甚。而一身將老，則更不得不謀所以處置此金之道，而爲甥女地也。雷捷利既習於造船，則所思終不出其位，乃欲自造一船，往來海濱，或漁魚蝦，或載乘客，皆足以自食。老死之後，此船具在，甥女得之，衣食於是，睹物思人，渭陽之情，永不能忘矣。此意既決，果成一小汽船，名之曰弟亞蘭（Durande）。雷捷利雖習造船之術，而航海之學，自不得不讓之於專家，遂雇一甲必丹（謂船長也）主之，恒往來於長風怒浪之中。雷捷利坐享其成，身心俱泰，顧而樂之。

未幾，甲必丹中寒疾而死，因不能不另募一人，以繼其位。察知舟中有一夥伴，名葛勒賓（Glubin）者，善於駕駛，而少年老成，賦以重任，當無所慮，因以爲甲必丹。然葛勒賓之爲人也，外貌雖謹，而内實邪僻。所以未表著於外者，非無爲惡之心，實緣無爲惡之機，隱忍於中，故未灼然於外耳。至是而爲惡之機至矣。會弟亞蘭自倫敦載客，將返法國，甲必丹葛勒賓定於某夜啓椗。同輩測知風雲有異，群尼之曰：『是晚海中當起大霧，不利航行。以我卜也，不如明日。』葛拉賓怒，曰：『凡事有我主之，爾輩何敢與乃公事！』於是皆不敢言。搭客安知舟行之險，方别親友，攜妻孥財賄，酣嬉舟中，以爲一晚固易過耳。舟人與甲必丹之争辨，搭客不知之。甲必丹險毒之計畫，舟人亦不知也。

搭客中有一錢商，篋中藏紙幣三千鎊。葛勒賓知之審矣。此物藏一雪茄煙匣中，葛勒賓亦知之審矣。法國濱海之區，有多雷（Dourres）者，巖邑也，怪石嶙峋，波濤險惡，常爲壞舟之所。葛勒賓見大霧果作，私幸時機已至，乃導己船，入於多雷之境，悄入艙中，掠得錢商之三千鎊金，俟舟觸石而沉，已則挾金而逸，蓋泅水固其長技也。此時葛勒賓設策已畢，躊躇滿志，而爲船主人之雷捷利及滿船之乘客，則苦矣。夫要人於道，殺而劫其財，則有司治之，社會賤之。今殺數十百人於洪濤駭浪之中，安得三千鎊金，而委之曰運命，有司不能治之，社會不能賤之。事過之後，乃得擁此多金，而從容俯仰於光天化日之下，此其心術尚堪問哉！當第亞蘭沉没之際，呼號之聲與風濤之聲相應也。在此倉皇之頃，而葛勒賓挾金以入水矣。葛勒賓游水之技本精，今以紙幣不能着水，左支右互，自較徒手而游者爲難。海中怪石，其利如刃，葛勒賓觸之，遂死。葛勒賓死，宿霧亦消，滿船之人，皆生還於薩姆生，竟無一人死者。自以爲必不死者而竟死矣，自以爲必者死而竟生矣，乃知造物弄人，顛倒萬狀。事後觀之，殊不能不驚其手段之妙有如此者。

雷捷利時方與其甥女安居薩姆生，聞此驚耗，寢食俱廢，急命人蹤跡至失事之處，苟可設法者，則必以壞舟歸，蓋鍋爐機械，必當完善，可爲再造計也。然多雷之險，人固知之，誰肯應募而去者？雷捷利見相助無人，沉憂愈甚。陀羅凱（Deruchette）者，甥女之字也，思所以解舅父之憂，乃號於衆曰：『如有人爲此大冒險，能以破船之機械取歸者，予願歸之，備箕帚之選，永無後悔。』聞者漠然，亦仍無所動於中。獨有一人，呼爲吉來（Gilliatt），蒻笠蓑衣，固不問而知爲鼓枻之漁翁，面雷捷利而問曰：『適來女公子之言信乎？』雷捷利曰：『吾敢呼天而誓之，陀羅凱決不食言！』衆人見彼兩人，一問一答，逆知冒險有人，名花有主，則皆一哄而散。獨此漁夫，脈脈含情，細觀陀羅凱之鬟影花容，移時乃去。斯時也，陰風怒號，濁浪排空，登高一望，惟見海鷗唳空，大魚跋浪，千帆絶影，萬航失蹤，誰肯以一葉之舟，輕試其不貲之身者乎？而吉來決欲以生命博眷屬，竟棹漁舟而往，瀕於死者屢矣，卒得第亞蘭之機械。無意之中，又得葛勒賓之三千鎊紙幣，私自欣幸曰：『有女如玉，更不愁無金屋貯之矣。』歷兩晝夜，始安返薩姆生之船塢，將叩雷捷利之居，而告以成功。意登堂之際，雷捷利固當喜心翻倒，而陀羅凱見此少年，幸不辱命，倉皇一諾，不致有失身之嘆，固宜當窗理鬟，對鏡妝花，以含笑而歡迎之也。不意吉來入室之際，不見雷捷利，而見陀羅凱方與一人偎依於花塢之中，喁喁私語，語雖不聞，然觀其狀態，不問而知此爲陀羅凱之意中人矣。吉來乃大沮。雷捷利出見吉來，聞第亞蘭之壞船已歸，贊賞吉來不絶於口，返思宿諾，自當早踐，以了其願。而吉來則曰：『否，否，陀羅凱已有夫矣！吾將復老於海耳！』雷捷利不知其意，方欲再詰之，而家人喧嚷，則以陀羅凱自殺來報。蓋陀羅凱向者已背舅而訂婚於一少年，其人即吉來所見者是。及第亞蘭遭風波之險，乃舅形色陡殊，痛不欲生，一時情急，乃忘舊約，而有許身漁人之事。今事出兩難，則惟一死以自了耳。而惡知吉來宅心公恕，既知羅敷有夫，已即甘爲陌路之蕭郎，走犬良弓，亦無所悔，從井救人，行其心之所安而已。香難返魂，玉已成煙，吉來見之，亦涕泗沾襟，殊不能不動無情之情也。

覆水記

英國歷史小說之作者，司各得(Sir Walter Scott)尚矣，其次則推李辭(Charles Reades)。司各得之書，盡取歷史之神而遺其貌。李辭之書，則反是。此其所以不及也。然綜百國之史，貫穿馳驟，雖向壁虛造，使讀者爲之時而悲，時而喜，如目睹其事，身歷其境，此才亦是不易。茲篇原名 *The Cloister and The Hearth*，英人入之歷史小說中。以予譯之，實於社會小說爲近焉。

當非力伯(Philip)君臨荷蘭之時，有一商人，衣利亞(Elias)其名，凱才令(Catherine)其妻，推牙(Tergue)其游釣之鄉也。夫婦齊眉，相處歡甚，而追隨膝下，時助歡笑者，更有子女八人。方群兒之少也，父母之所負者，在保抱之勞，而所以償其勞者，則滿堂啼笑，一室回旋，珠蘭玉樹，映日臨風，親朋艷之，門楣生光。及乎年事既長，則龍生九子，子各異趣，而父母之殷憂滋矣。衣利亞之四子，雖不才，猶能糊口於四方，不爲父母累。在家者尚餘四子。四子之中，有一子一女，以形體虧損，不能自立。子名嘉哀爾(Giles)者，身短如侏儒。女與母同名，亦稱凱才令(Catherine)，手足不仁，轉側須人。其餘二子，雖翩翩年少，而虛有其表，平居無自立之志，徒思鮮衣美饌，怒馬輕車以爲樂也。此二子之輩行，一最長而一最幼。長者爲率勃蘭（Sybraydt），少者爲科納利（Cornelis），二人一無所謀，惟旦夕禱祝乃父速死，以處分其遺産耳。衣利亞思此四子，或無能，或不肖，引爲大慼。常曰：『此四子者，苟能如日爾那（Gerard），則吾亦可無憂矣。』

蓋日爾那者，是家之仲子，遭際殊佳，倚僧人爲活，僧人不但衣之食之，而又教以書。日爾那雖無能，而工於書法，以因頗有名於推牙之市。及乎壯歲，更遇見雅克（Eyek）姑娘。姑娘有二兄，皆馳譽丹青，教日爾那學。久之，技亦漸進。時荷蘭王子某，嗜美術，舉行大會於羅得旦（Rotterdam），藝精者獎以重金。日爾那亦臨摹數紙，陳於會場，自此之後，日日盼得優獎，如秀才之望榜焉。陳列彌月，會事告終，某也得上賞，某也得下賞，一一傳知，必本人親至羅得旦面領。日爾那亦在下賞之中，聞之大喜。推牙與羅得旦，相距不過廿里而遥，日爾那欣然就道，一路雖無勝景，而心有所喜，一若山川重秀，天地再清者。中途遇一老人，蹣跚於道，追隨其後者，乃爲一輕盈之少女，皆飢寒可憐人也。日爾那於平時，初無濟困救貧之心，爾時善念忽起，捨予數十錢，又勞苦而慰問之。方日爾那與老翁少女叙談之頃，有盛服策馬而過者，老人强拭倦眼而視之，則推牙市長司活登（Swieten）其人也。司活登本一無賴子，中年忽改行，服賈，嗜錢若命，凡與之交者，無不爲其所算。彼固熟諗此老名勃蘭（Brandt），女名邁加來（Margaret），父女也。當老人壯盛時，家擁厚資，司活登恃之以生。資盡，則與之絶交。今猝然相遇，又見其與日爾那切切細語，疑其以己之負心告日爾那矣，乃鞭馬絶馳而去，不敢回顧。

日爾那至羅得且，審知己之畫稿，頗爲會長所欣賞，得一黄金之獎牌，又得金錢一十五枚。不但此也，時有貴爵夫人查理士（Charlois）及其女美利（Mario）者，睹日爾那之書畫，不勝愛憐，謂將薦之於主教，剃度爲僧。蓋其時僧之清貴，實踞四民之首也。日爾那意氣如雲，其得意自可概見。既思負才如許，何不置身青雲之上，於軟紅塵中飽受繁華之奉，而乃消磨此生於寒寮清磬中耶！且最難忘情者，尚有日前邂逅之邁加來，以彼之貧苦，如往求焉，其事必諧，脱能如願，則終老是鄉足矣。而又惜匆遽之間，未一詢其門巷居處，劉郎再到，不知何處是仙蹤耳。

既返推牙，上堂面父母。父母大悦曰：『此子可以繼吾志矣。彼率勃蘭、科納利者，直犬豚耳。』未幾，羅得且主教之手書亦至，言已奉爵夫人之囑，君有高行，願即來此，共事清修。衣利亞及凱才令聞之，更爲喜慰。獨推牙市長司活登聞日爾那嶄然露頭角，已不喜矣。又聞其切慕邁加來，邁加來非他，固彼仇人之女也，蓋日爾那得艷妻，爲彼所不喜，邁加來得此少年佳婿，更爲彼所深惡，乃造衣利亞曰：『郎君欲爲僧者，則不宜娶妻；欲娶妻者，則不宜爲僧。二者安能兼得乎？以我卜之，寧可爲僧，而勿娶妻也。』衣利亞以問日爾那，日爾那以實告，且曰：『兒欲娶邁加來之志，雖天地鬼神不能奪之，何物市長，敢來制我？』然終心懾司活登之威，既得邁加來之同意，而未敢率然也。私以白諸其師雅克，雅克曰：『是何畏焉？娶之而往意大利，彼都人士，夙重爾之書畫，詎不能得大名，而鬱鬱居此也！』日爾那聞之，膽氣始豪，告於親朋，期以某日行合卺之禮於某處。斯時也，鄰里畢至，親朋交賀，乃禮堂未散，而典獄官率數十虎狼之役，執日爾那而去矣。邁加來百計救之，得逾獄而逃。日爾那既免於難，恨司活登入骨髓，欲得之而甘心焉。邁加來止之曰：『子無然。居今之世，惟勢位富厚之人，乃有是非曲直可論。君雖文士，得於天者獨厚，然欲與勢位富厚之人較是非曲直，則固不能。爲今之計，即日去國，以避禍至，乃上策也。』日爾那從之。

夫婦宵遁至羅馬，賣藝自給，愛玩賢妻，有終焉之志。明年，舉一子。衣利亞夫婦聞之，語人曰：『九子之中，惟日爾那賢，乃佳兒佳婦。飄零異域，固已念之矣，今有孫而不得聞其啼笑，蒼蒼者天，謂之何哉！』日爾那高堂白髮之思，亦時縈夢寐，第恐司活登未忘前郄，不敢歸省也，趣邁加來抱子先歸。歸則衣利亞一門，盡染疫癘，呻吟床縟，湯藥無人，邁加來悉力事之。諸人皆愈，獨殤其愛子。邁加來殆憂傷成疾矣，望夫之心，切於化石，惟恨不能奮飛，日夜望日爾那歸，而足音寂然。日爾那久不聞邁加來近狀，亦爲顛倒。久之，始得其兄妹書，急視之，則邁加來死矣。紫玉成煙之日，正蕭郎遠游之時，傷已！書中又言司活登方日夜伺郄，君不可歸，歸則罹於羅矣。窀穸之事，已爲料理，可勿戀戀也。日爾那以愛妻云逝，未得面訣，今更不一視其遺骸，情何能已！急啓程歸國，方抵家而司活登之邏卒已伺於門。雅克姑娘聞之，與司活登抗辯不屈。司活登要之曰：『必欲日爾那遁入空門，獄乃可解。』日爾那曰：『吾今愛妻云亡，即不願爲僧，亦不可得矣。』司活登遂赦之。既知邁加來實未死，皆率勃蘭、科納利兩人受司活登之囑，而以欺日爾那者也。後欲復爲夫婦，而日爾那已托身爲僧，萬無返俗之理。蕭郎陌路，恨海難填，情深如許，而竟演成朱買臣覆水難收之劇。因嘆古今怪事，不可思議有如此者。

海底漫游録

此亦柔羅氏(Jules Vernes)理想小説之極佳者，原名 *Twenty Thousand League under the Sea*，出版於一千八百七十三年。當此時也，歐美之人已能履海如平地，而欲潛行海底，則尚未能。柔羅氏於此着筆，而暢發其理想。四十年來，潛水艇已有發明者，而終不能往來自由，令人暢游海底之風光，如柔羅氏之所云者，豈果非人力之所能至耶？過屠門者雖不得肉，猶且快意。一讀此篇，令人冒險好奇之心，油然而生。此等盛事，安必不於吾身親見之哉！

一千八百六十六年，五大洋中忽來一可驚可駭之怪物，一時航海家博物家莫不驚相告語，紛紛紜紜，不可終日。蓋同時有數船，遇見一物，其疾如飛，玩弄驚濤，一瞥千里，大船遇之則碎，鐵船遇之即破，軀大於鯨，或浮水面，或沉水底，亦時發光，如明月之夜沉，火齊之夕照，不知其何怪也。英國某公司者，其所製之船，堅固非他家可及，有船名司各的（Scotia）者，乃亦爲此怪物擊成一孔於鐵甲之上，幸其船底，如蜂房之隔絶，故水入而不爲害，不然殆矣。一時船之被害者無算，而司各的事，其尤彰彰者。於是歐美諸航海家，擬組織一軍，得此怪物而殲之。科學家討論其物，且以爲能卵育傳種，若不速滅，則滋蔓難圖矣。我方任巴黎博物院之生物學長，奉命至美，美人走以相告，既喜且懼，又强予研究其事。會美國政府，遣海軍一隊，將窮此怪物之所在，滅之而朝食也。主其事者，爲太尉佛拉格（Captain Farragut）。未發之前，有船見此物出没於太平洋中，艦隊遂由舊金山，要擊之於太平洋。我亦被召，以法蘭西代表之名義，追隨其間。嘗考《博物志》：『大海有一角魚，猶大陸有一角獸，此魚以角爲戈矛，角端鋭利，無堅不破，長約七尺，而根之圓徑尺有七寸，游行極速，海客畏之，如樵者之畏虎。』此書言之鑿鑿，如《山經》爾匹，令人可信亦可疑。今海中喧傳之物，與此頗合，得毋古人之博物，果勝於今人耶？

時艦中有坎那大人，名奈特（Ned Land）者，年可四十許，以善捕鯨有名於時。其捕鯨也，惟恃一叉，跋浪之魚，奈特刺之，輒應手斃。以此絶技，家亦小康，因謝手不復爲。今聞此一角魚之怪，仗其故技，躍躍欲試，故願同游。乃自啓隊以後，冥心搜索，瞬逾數月，第見天風閬閬，海水蒼蒼，層波晏然，萬里不驚，安見所謂怪物者哉？既盡美之海岸，復歷中國、日本之海，茫茫太平洋，出入如園亭，亦既遍窮其勝，而寂無所見，則亦廢然返矣。

某日之夕，奈特大聲疾呼曰：『物在此，物在此！』予聞之，恐懼至不能自主，齒相擊有聲，正所謂『平時枉説古戰場，過眼空迷日五色』者也。一時船主大副，水手舵工，將校兵弁，無不各捨其事，擁至甲板，觀此怪物者。一時機輪停止，舟横海中，不啻野渡中之舴艋焉。則見數里之外，有物若巨鰲之浮海者，光耀熠熠，又如照乘之明珠。有某官謂：『此殆魚之目光？』予曰：『否否，此電光也。』議論之際，此物似已知遠處有人，即向吾艦鼓浪而來，諸人皆大驚，急趣船主避之。吾艦以極快之速率，向南而奔，兵士皆作戰備。顧時方夜深，諸人雖有滅此朝食之思，則晦冥之中，殊茫乎無所措手也。奈特殊健，握叉植立，冀奏膚功，兵校惡之甚，而又敬其勇。相持至六點鐘，皆喜曰：『可以一戰矣。』而此物忽如萬鈞之石，沉於大海。『煙消日出不見人，欸乃一聲山水緑』，其光景彷彿似之。而天亦若助之者，當曉日初呈之時，海上忽起濃霧，對面不相見。八點鐘後，宿霧漸收，奈特又大聲號叫如前。此時怪物，距吾艦不及一里，故視之了了：黟然而黑者其革也，修然而鋭者其尾也，所經行處，海水盡白。漸游漸近，與吾艦相去止二丈許，奈特迫不及待，遽擲其叉，倉皇之間，未能審其中否。而是物若已覺者，忽然電光熠熠，萬道金蛇，跳躍海上。方惶駭間，大水又自空而降，艦中之人，皆不能自主，予獨首先入海矣。所奇者，雖入海而不沉，足下有物，如暗島然，且并溺者不獨予一人，尚有奈特與吾友康西爾（Conseil）焉。奈特以足擊其所立之地，鏗然作響，蓋金屬也。予駭曰：『得非此即所見之怪物之背耶？』方擬細審，而其物漸動，三人戰戰兢兢，互相抱持，惟恐失墜。而此怪物者，中闢一洞，有蒙面之怪人，捉予輩入内。

予至是始恍然，此非一角魚，亦非不可思議之怪物，而爲新發明之潛水船。其中陳設之富麗，設置之完備，起居之豪侈，雖瓊宫貝闕，亦不能過。其創造之而主持之者，名曰奈謨（Nemo）。予既得此機會，身入虎穴，則今不能不含笑秉筆，大喜吐辭，以告世人。蓋奈謨者，實居今最有思想、最能進化之人，愚者不察，至目爲怪魚，欲起海軍以殺之，亦已妄矣，且力亦不能殺之也。予初入時，志意駭怪，不知人間何世。奈謨船長，衣之食之，導觀内容。其藏書樓有書一萬二千册，予所著者悉存焉。其機械室有不可思議之引檠，欲語其所以然，當非奈謨不能。予進而叩此船之名，則知其名曰諾的留士（Nautilus）。諾的留士之速率，一小時可行五十英里，電光可照半英里也。奈謨之卧室，裝飾樸素，而四壁皆螺旋之物，或爲釘，或爲圈，諾的留士之升降疾徐，感覺靈通，如影隨形者，其機括皆在於此。蓋奈謨之室，實諾的留士之腦海與靈魂繫焉。方奈謨之造此也，擇一荒僻無人之島爲之，故舉世皆不知其事，一旦出没於洪濤萬頃之中，不啻從天而下也。蓋世之秘密者多矣，星球之高也，南北冰洋之寒也，有志之士窮老盡氣，欲一窮其奇而不可得。至於海底，其淺者不過尋丈，極深者不過數十百丈而已耳，世人亦視之爲秘密之地，而卒不能往。今奈謨終年居此，衣食游觀之資無不盡質於海，朝游南溟，夕觀東瀛，超然於争名奪利軟紅塵之外，仙乎仙乎，豈非世外之人乎！

一日者，奈謨謂予三人曰：『今吾輩已入南極之海底，將恣意游獵，公等其有意乎？』予輩既無不贊同。少選，授避水之衣，各攜汽槍，奈謨爲導，所見海族，怪怪奇奇，予究心海族已閱年，幾各國之水族館靡不覽也，各國之博物書靡不讀也，曾不能及今所覓之萬一，風毛雨血，其游目暢懷，有百倍於《長楊》、《羽獵》之所賦者。自有此獵，知予昔年所刊行之《海底之秘密》（*The Mysteries of the Great Submarine Grounds*）掛漏實多，災梨禍棗，殊自悔其少作也。獵時，予得一海獺，自頂至尾，量之得五尺，其革至少可值英金百鎊，海底之富，有如此者。

一日，奈漠在房，其壁上現出一種似文非文之報告，蓋船中之通信法也。奈謨見之，顔色沮喪，若有大感者，語予曰：『舟中有英國人病亟矣。』導予視之，診其脈，曰止兩小時之彌留耳。比夜，聞哀樂驟作，知其人已死。明日，會葬其屍於珊瑚林中，銘曰：『沉沉海底，鬱鬱佳城，天荒地老，珊瑚長春。』予三人睹此英人之死，而不覺怦然心動也。余輩之初至也，奈謨欲以彼之創作，誇耀於我，故無相害之心。然我輩各有父母妻子，豈能終老於此？而奈謨則決不容我輩再履人世，使彼之所爲，有所漏泄也。自此三人并思乘機而逃。

諾的留士方游南美洲海底，一日，上浮水面，波平浪静，距岸似已不遠。奈特思歸之心，於三人中尤切也，擬鳧水而逸。予細審之，此行極險，因强止之。忽聞大聲發於海上，炮子如雨至。予驚恐之際，不能知其爲何國之艦隊，意者即美國者耶？殆以喪吾三人之故，必欲復仇而後已耶？諾的留士倏即沉下，予在舟中，覺舟中有大震動，奈護有喜色而相告曰：『沉一戰艦矣。將校兵弁，有一人不與波臣爲伍者，吾不信也。』予輩聞之，爲之惻然。吾知世界新聞志，必大書特書曰：某月某日，某艦在某地爲一角魚所沉。蓋人世之視諾的留士，猶隔十重城郭而莫知其究竟也。獨予探得此絶佳之新聞材料，而鬱鬱居此，有口不能言，有書不能寄，何異已登鬼簿而幽明異途也乎！逃生之心益躍躍不能自已。

諾的留士自戰勝某艦之後，日向東方行，所經皆海水極深之處，去海面蓋二十五托（Fathom，托合六英尺）。予時懷去志，故避水之衣以及在海底考察之筆記，皆一刻不肯暫離也。舟中有一小艇，狀如魚雷，奈護常坐之，康西爾已得其駕駛之術。予時時私閲奈護之日記，知此時諾的留士適在紅海之底。此海甚狹，逃生不難也。康西爾、奈特挈予入小艇，予立足不慎，頭撞鐵板，痛極而暈。比醒，則身已在陸，而履非洲境矣。追念前事，忽忽如夢，出當時之筆記閲之，實在海底行六萬英里，可謂壯哉。予之生命，雖幾喪於奈護，諾的留士雖如予之監獄，然猶時時念之也。今予補述其事之日，又不知此怪人怪物，今在何處；而其日後之結束，又不知何如也。海天茫茫，翹企爲勞矣。

獵帽記

《笑林廣記》者，坊本中至劣之書也。英人嘉愛爾氏（Giles）撰《中國文學史》（*The History of Chinese Literature*），採録頗多。蓋以滑稽家言於文學史中，例占一席，而吾國自周秦以來，未有專書。《笑林》、《諧録》今悉不傳，通俗之本，僅見《笑林廣記》耳，既不得分封大國，則據一附庸，亦足自豪，慰情聊勝無，此嘉愛爾氏所以有取乎爾也。近世歐洲小説界中，善爲滑稽之談者，惟法人亞方思（Alphonce Daudet）《獵帽記》（*Tartarine of Tarascon*），其傑作也。美國出版家改名爲 *Tall Story*，未知何所取義。

達拉斯岡（Tarascon），實法蘭西南部之小邑，邑人固以誇詐稱。亞方思生長於其鄰縣，故能侔色揣稱，狀此可笑之獵人也。彼俗尚武，雖愚戇如太太林（Tartarine），亦雅慕雄風，至於遠涉非洲，思得一獅，以爲畢生莫大之榮。其事雖若甚可笑者，其志殊壯往也。猶憶我國科舉之世，利禄所在，趨之如鶩，愚戇者雖手不能操不律，亦冒死而觀上國之光，與諸君會獵，其可笑亦何遜於太太林耶？而壯往之志，則又出此公之下矣。吾知亞方思猶不屑言之。亞方思曰：吾昔游達拉斯岡，造訪太太林，事隔十年，而歷歷在目，思之如昨日事耳。其居在路口第三家，雖不廣大，固一好園林也。古木參天，緑陰匝地，窗户窈窕，器具精良，令人想見法蘭西之風俗，輕倩雅潔，有如此者。太太林喜觀武事，有一廣厦，庋藏古今武器，長平之箭簇，奚止數升，秦皇之刁斗，猶呈秘響，亦小小一博物館矣。書樓之中，多藏冒險游獵之書，一入其居，縱未接主人之謦咳，而其人之意氣已可想見。主人獨坐書堆中，往往客至亦不聞。及相見，則年可四十許，短而肥，頹然若不舉其體者，與其所居，似不相稱，然此即龐然自大之一村之長，千夫之雄，而有名之太太林矣。太太林之得名，以善獵故。達拉斯岡故人煙稠密之區，即一麻雀，亦必至十里以外見之。顧比户皆喜獵，且有以善獵著聞於世，如太太林者，豈不奇哉！每届星期，達拉斯岡之壯士，皆荷利槍，嗾猛狗，什伯成群，入於林藪，庶幾風毛羽血，一快其手燥弓柔、快馬健兒之概。如無巢林之鳥，棲山之獸，潛蹄戢翼，杳然無所睹也，壯士無所洩怒，則擲其白帽於空中，舉槍擊之，再擲再擊，至興闌而後已。拾帽還家，亦有納帽於袋者，傍人見之，以爲此必雉兔之屬也，而帽固未傷，每獵必如此，世因目之謂獵帽會。獵帽會之巨擘，自推太太林。太太林常慨然曰：『恨吾生長法蘭西文明之土，既不遇生番野人與之一角，稍償吾壯往之志，即欲獵一禽獸而不可得，非吾生之大憾乎！』

達拉斯岡有一獵獸會，會所稍僻遠，太太林日必一往，寒暑無間，至則友人四五輩，玩葉子戲而已，終局時已黄昏，太太林一人獨歸，則不經康莊，常繞行曠野墟墓之中，冀遇穿窬之徒，手擒之以示勇也。實因求生番野蠻不可得，故降格求此。久之，亦絶無所遇。太太林以此鬱鬱不得志，思人生必有所寄，安能忽忽終古。既不能效傅介子輩立功名於異域，而吟詩作賦，使身後有一卷書供後人批評，亦大丈夫不得於時者之所爲。於是又喜裁句，嘗得句云：『星兮星兮，其光青青兮。』逢人輒誦，自以爲可駕李杜。然將軍終好武，三寸毛錐，不久即投去，欲效科倫布、馬志倫乘風破浪，作萬里之游，縱不成闢地名人，亦得以大游歷家名世。常欲赴遠東，至於上海，穿理想的而已，終未實踐。

一日，獵帽會同人集於會堂，興會淋漓，不可一世，太太林曰：『此鄉無可快意，聞非洲荒野中，多獅虎，至彼始有用武之地。』會友聞之，滿堂一致贊成太太林。太太林興益豪，膽益粗，忽有人號於塗曰：『獅子見矣，獅子見矣！』此聲達於户内，舉座寂然，噤不作聲。久之，太太林奮然起曰：『有是哉！諸君之怯也！急荷爾械，共擊此獸中之王！』太太林語雖壯往，然竊訝此非獅出没之區，適從何來，遽集於此？及整隊出會堂，問之人，則達拉斯岡今果有獅，顧其獅已維縶於鐵籠之中，即稚子見之，亦不爲害，蓋弄獅者攜之，自巴黎來，賣藝者也。而獵帽會中人，老死未出達拉斯岡一步，何嘗至都門一游萬生園，獅之形狀如何未睹也，第於小學生時代中誦《伊索寓言》(Esop's Fable)，領略獅之雄猛。諸人至賣藝家，見獅在籠中，赫赫然有怒容，一聲長吼，聞者皆震駭恐怖，相顧失色，不覺趾之倒退。太太林獨能勉强支持，自始至終，未嘗動容。吼聲既過，退避之人，亦復膽壯，揮太太林曰：『求之多年，而不可得者，今其時矣，何不擊之？』太太林亦揶揄之曰：『不識羞者，終勿復言！乃公雖怯，以較君輩，終爲優勝。』賣藝者在達拉斯岡信宿而去。太太林時時從籠外窺之，窺之既久，則亦與之相習，猝然臨之，亦可不驚，此實太太林之能卓然自拔於庸中者也。嗣後益自負，以爲獅不足獵也，即同人亦深信之。

達拉斯岡常駐兵一小隊，此督兵之官，爲鎮上第一貴人，固無論矣，正色語太太林曰：『亞爾其拉（Algeria），我國非洲之領土也，虎豹獅象之窟宅也，汝其往哉！大丈夫抱材負異，安能鬱鬱久居此而不求地以自顯？』太太林心欲不往，則又重違官命，躊躇久之，卒從其議，雇一土爾其人爲伴，肩荷兩槍，鼻架一黑眼鏡，腰懸獵刀，革囊之中藏一手槍，於是遠近之人驚相告語曰：『太太林將以某日爲大冒險矣。』聞者莫不爲之動容，皆踵門與太太林珍重而別。太太林衣獵裝，荷槍佩刀，而上汽車。送行者自此揮手別去，太太林遥語諸人曰：『歸來當以獅革奉贈，聊答隆誼也。』車中之人，見其戎服攜械，凜然有不可犯之色，四境無鼙鼓之聲，此糾糾武夫，將誰與賦同仇乎？互相私語，乘客以此又得一談助。而時世妝之婦女，則皆慄慄危懼，惟恐其不速去也。

車至馬賽（Marseilles），則地中海在望矣。太太林於此登郵船乍拿扶（Zonave）而行。地中海者，天如蔚藍，水若澄靛，城邑相望，鬱鬱蒼蒼，風景之佳，爲太太林生平所未睹，宜可以稱其乘風破浪之志矣。乃如彼之冒險精神，偏不習於海，登舟之後，嘔吐交作，深卧艙中，惶恐萬狀，每自訟曰：『獵帽會中人，只合在達拉斯岡中住，獨我福過災生，遠至非洲獵獅，豈不冤哉！豈不冤哉！』

數日之後，棄舟登陸，如慶更生，寄居旅館，健飯酣寢，一宵既過，精神頓爽，餘興復豪，欣然私語曰：『吾其終至獅子國矣（I'm in Lion-land at last.）。』晨鐘未動，已不成寐，奮然起曰：『此其時矣。』蓋太太林之意，視亞爾其拉之郊外，大獅小獅，比屋而居，人煙稠密，不啻亞爾其拉城內之居人。第攜槍而往，朝取其一焉，暮取其一焉，第愁歸時累堆，壓破竹裝耳。及至郊外，冥暗之中，初無所見，穿林入坰，見一黑影，得得而來。太太林心肺俱躍，震震有聲，疑身已入獅窟，所見者殆雄獅也。因憶獵書有言曰：『凡見雄獅，當急彈之。雄者負痛而吼，雌者應聲而至，則中必疊雙矣。』乃怦然一聲，則寂無所聞，俟至辨曉，始得恍然：蓋太太林之疑爲郊野者，實一旅館之園林也；所疑爲雄獅者，實此旅館主人之蹇驢也；未嘗獵獅，先已獵驢矣。主婦例早起，見太太林徘徊於疏籬之内，一驢飲血於百步之外，問其胡不少休，而趁人熟睡之際，犯零露，披曉星，苦欲殺我家驢。太太林聞之，面有愧色，囁嚅而對曰：『來獵獅耳。』主婦走告其夫，夫聞之，更大怒，索償驢值，與以八十鎊，事良已。其實此驢之值，僅不足一鎊耳。太太林家居麗日之下，獵帽亦不能中，今乃於迷惘之中，一彈而中生驢，誠非始願之所及，技術猛進，良自喜慰，雖失財，猶有餘榮。

旅館主人意外得此奇緣，則亦欣喜過望，引之至館，置酒壓驚。太太林更大言曰：『吾此本來欲獵獅，今日特宿君館矣，以此頗野僻，獅必多。』旅館主人曰：『獅耶？吾寓此二十年，不特未嘗見獅之面，亦未聞其名，君何所見而來耶？吾聞殺哈拉沙漠中産獅，離此頗遠，其地水貴如瓊漿玉液，赤日鑠金，君能勝任，敝館能遣人伴往。』太太林俛首思之，曩於平原淺草中之達拉斯岡，獵帽爲戲，則固甚健，然安能冒殺哈拉之巨險者？見亞爾其拉風光富麗，咖啡館、戲院之陳設，皆有巴黎之風，往來尤多少女，太太林顧而樂之，浮沉其中，温柔旖旎，亦不復作獵獅之想矣。

久之，床頭金盡，壯士無顔，頗動歸歟之興，思必得一二巨獅，攜歸故里，以誇耀伴侣，爲獵帽會吐氣，然終不可得。

時有蒙得格羅（Montenegro）之王，以事至亞爾其拉，與太太林相遇於跳舞場中。王甚賞其俊邁，願與爲友，太太林大喜過望，徐告以故。蒙王語以距此之南，約一日程，多猛獅，吾屢游其地矣。君如有興，願與偕也。太太林從之，急市駝數頭，攜從者，載糇糧，即日上道。太太林不習騎，在駝背上轉側不安，其難受殊過於地中海之舟中。不得已，乃徒步牽駝而行。行盡一日，至於曠野，地名米蘭納（Milianah），萬里平沙，垠無人迹，太太林五中震駭，不知置身何處矣。忽耳畔似有獅吼聲，不覺戰栗，問蒙王曰：『殿下亦聞之乎？』王曰：『無之。』太太林曰：『吾聞獅吼屢矣，耳熟焉，故能詳也。機不可失，吾當先之！』乃健步獨去。砂磧之中，固易迷路，愈趨愈幻，與蒙王相失。且行且鳴槍，以威獅，不知已轉趨近亞爾其拉之郊。警察聞槍聲，疑有異事，應聲趨至，問知其故，以太太林未領準狀，遽爾田獵，例罰鍰百鎊。太太林旅游日久，行囊垂盡，科此重罰，其何以堪！於是盡貨其行裝，行乞而歸。

達拉斯岡人不知其詳，乍聞歸訊，猶疑其大獲以歸，向之索獅革，以實前言也。

漢第自傳

《漢第自傳》(*Handy Andy*)者，愛爾蘭之大小説家率茂愛(Samuel Lover)之名作也。率茂愛與却而司(Charles O'Malley)同時，生於愛爾蘭之會城都伯林(Dublin)。却而司比率茂愛之年齡，則九年以長。而率茂愛之名，則婦人小子無不耳熟能詳。蓋其人不獨長於小説，又擅音樂，挾其游技，遍絶三島，宜乎『團扇家家畫放翁，買絲争繡平原君』也。又渡海游美國，英美同文，率茂愛此去，無明珠投暗之虞矣。所寫小説，皆以狀愛爾蘭之生涯狀態爲主，亦粹然愛國之義也。《漢第自傳》刊於一千八百四十二年，蓋記一愛爾蘭人之遭逢。詼諧調笑，警世之意，自於言外見之。勸一而諷百，此小説之正軌也。

漢第者，生長於愛爾蘭貧賤之家。彼自少至長，一言一行，一動一矚，自世人視之，無不以爲顛倒錯亂，可笑可恨者，獨其慈愛之母，則譽兒之癖，舐犢之愛，殆什百倍於他人之母，恒以漢第之所爲，無不是者。漢第十五六歲時，鄉人謚之曰『大膽結塊之童子（Brave lump of a boy）』，意謂大膽固善，然執而不化，如結塊之物，則其人之顢頇而無思致，亦可知矣。鄉里間人形容人物之狀態，其善體物情，實有神妙欲到秋毫顛者，兹其例也。

漢第之母，見其子已成童，嶄然露頭角，則甚喜於心，以爲有子如此，苟有大力者爲之介紹入富貴之家，一旦得主人之歡心，不耕而食，不織而衣，面團團歸驕鄉里小子，此時功成名立，吾子誠應大膽結塊之讖矣。會有貴爵家，欲招一童子爲厮養。他人以爲賤役也，而不屑就之，走語漢第之母，趣其速去，無失此良會。告者蓋反言以誚之也，此母不知，猶以爲忠告，夙戒其子，語以善事貴人之道，絮絮不休。又爲之三薰三沐，然後挈之，同登貴爵之門。躑躅久之，始得入室，與貴人相見。此貴人者，世長於英，而作寓公於愛者也。英愛雖同國，而方言不同，英人常斥愛語爲南蠻鴂舌，今與此老婦作問答，殊非易易，乃召譯人來，始通其意。問其子何能，母曰：『無不能者。』貴人故戲之曰：『無不能者，當改爲無一能者。』母曰：『否否。爵爺，老婦生平不作誑語。』貴人沉吟久之，曰：『吾不能通若子之語，當先使之事馬，待彼通馬語，而後能通吾語耳。』左右皆笑，而其母復力譽漢第能通馬語，常與馬説故事，馬聳耳而聽，至忘芻豢。漢第從此在貴人厩中，爲圉人之助手，從此不得見貴人者數月。

一日，貴人至厩，見馬大蕃息，甚嘉之，呼漢第至，見其應對便捷，乃知其母之言故非過譽。能通馬言，復何難通英人之言耶？以彼長材，屈爲馬監，殊非憐才之道。貴人使之入内舍，備侍從之選焉。而其精能，乃遠遜於爲馬監之日，往往欲東反西，呼牛應馬，貴人樂其可以資談笑也，故無不情遣而理恕之。

一日，貴人宴客，酒酣，賓主苦渴，命漢第開沙達水（即俗稱之荷蘭水），漢第固未習過，然自思此甚易易，乃一動其塞，正如弩箭離弦，濾中貴人之目。漢第方錯愕間，而瓶中已如三峽之水，直注於祖胸露臂少婦之身，淋漓盡致，不啻冷水浴一度。此時除女賓皆皇然離坐，不暇笑語外，男賓皆作壁上觀，大笑不已。貴人閉目久之，始能重視，乃大怒，急呼曰：『驅之！驅之！』漢第乃出。堂上重整杯盤，賓主盡歡而散，獨漢第徘徊户外，不勝無聊，此中况味，不減孤臣孽子矣。

數日之後，貴人又忘前事，漸與漢第近，謂之曰：『子能乘馬入市，爲我至郵政局取信歸乎？』漢第漫應曰：『能。』貴人曰：『若知郵政局在市之東乎西乎？』漢第曰：『不知也，但知其處兼賣火藥。』貴人曰：『然。此因郵政局長，皇家之公僕也，彼得有權利賣火藥耳。惟汝此去，非買火藥而取信也。亦非爲局長之信，乃他人寄我之信也。往哉無忘！』漢第遂往，至一雜貨鋪，則郵政局也，遂謂之曰：『我欲一信（I want a letter）。』局長驟聽之。疑其欲買一信也，稍一思之，知爲己之誤會，因叩之曰：『子奉何人之命而來此，所欲得者何人之信也？』漢第聞之，良不悦，乃曰：『吾欲一信，即我之所以命汝者也，復何與他人事！』局長心憐其獃，因曉之曰：『非也，吾第欲知汝主人之名耳。』漢第曰：『吾何庸以主人之名告汝，有信即與我耳！　瑣瑣胡爲！』局長至此，乃不能讓步，揮之曰：『去休，毋溷乃公事。　賊哉賊哉（愛爾蘭人詈人之語，猶言妄人也）！　有使如此，其主人亦一鵝耳（鵝亦愛爾蘭人詈人之辭，意謂愚者也）！』漢第聞局長侮及主人，益怒不可遏，蓋其忠義素性然也。奮然曰：『額金（Egan）爵爺，乃鵝乎？　若敢侮之至此乎？』局長至此，方知彼爲額金之使，乃曰：『信固有之，先交十一本司來，方與爾信。』閱者當知十八世紀之末，郵信皆先傳遞而後納資。郵局遞至其地，亦不登門發送也。會有漢第素識之度發（Durfy）者，亦向局索信，局長曰：『有之，四本司也。』度發探囊出四本司，易信而去。漢第亦付與四本司，局長曰：『否否，此須十一本司也。』漢第以爲同一信也，何貴我而賤彼，齦齦争辨，久之不休。在漢第之意，非必欲爲主人惜此區區，第不甘受人之欺耳。脈漲筋粗，外强中幹，相持至於日昃，終不能勝，乃空手而歸。

彼習見貴人終日持籌握算，一錢如割肉，今因不忍多費之故，而無以報命，意貴人當引爲同志，而不忍訶之也。乃貴人則大怒，趣其急去，如局長所言者取歸。漢第不得已，騎馬復往，見局長，面有愧色。局長佯作不見者，買茶裹鹹，應酬其主顧。漢第强立俟之，瞥見其置郵之處，長函短札，紛如敗葉，漢第意謂我較餘人多費七本司，應多得一信，主人知之，必喜我能辦事矣。因竊其二，納諸袋中。由此觀之，漢第其果賊也。嗚呼！　今之外交官用巧使詐，惟知利其本國，而不顧害及他國者，在本國獎之曰能臣，在他國則賤之曰賊而已矣。社會之交接，亦莫不明目張膽，瘠人肥己，其爲賊果有愈於漢第耶！且他人之信，得之何益！由此觀之，漢第之作賊，亦極無謂，而不意與彼之將來乃大有關係焉。作者今不暇言，亦姑作小説家常談『且待下回分解』可耳。

局長見漢第侍立至一點鐘之久，自覺足以償其向者之過舉矣，乃以額金應得之信授之。漢第疾馳而歸，奉與主人，貴爵審之，知此函係其都伯林（Dublin）之律師所寄，爲省議員選舉之期將至，囑其早爲預備，毋落人後。又言貴爵之友，有名屋格來地（O Grady）者，將起而競爭，當努力防之云云。漢第默伺主人之側，見主人閲訖，面有不豫色然，漢第急以偷得之二函進奉，并曰：『此即七本司所交易而得者也。』古者函皆露封。額金見此雖非己信，而亦鈐都伯林郵局之鈐記，恐於己有所關係，遂躬冒不韙，殉忠心漢第之請，而啓視之，則亦屋格來地之手筆，與額金之鄰者。内言所以傾陷額金之計劃甚詳。額金大怒，馳書約屋格來地擇地决鬥。額金敗，漢第遂歸屋格來第，漸以盜書之事洩於新主。新主大德之，寵愛有加，爲之娶妻買宅，迎母同居。其母樂之，每誇於人曰：『吾子誠才智人也。向者之不遇，特時未至耳！而世顧目之爲獃，豈不冤哉！』

（一九一六年商務印書館排印本）

文藝叢刻甲集

歐美小說叢談

商務印書館出版

歐美小說叢談

無錫孫毓修

歐美小說浩如煙海即就古今名作昭然在人耳目者卒業一過已非易易用述此編鈎玄提要加以評斷要之皆有本原非憑臆說但此非有專書可譯故未能一一註明也天寒筆凍日得數行其有媿於司各得之手多矣

希臘拉丁三大奇書

英人譯本書中以破船之舟子 Ship-wrecked Sailor 爲最古距耶穌生前二千五百年埃及人所作也辛特拔特舟子 Sindbad the Sailor 一書即從此脫胎其次則伊律亞特 Iliad 及烏地綏 Odyssey 矣距耶穌生前一千或八百年所作此二書其格調則詩也而其鋪敍則似小說其荒唐則似神話其敷衍則似彈詞或云希臘詩人荷馬 Homer 所作或以爲非荷馬一人所撰疑莫能名也荷馬者不詳其家世生於小亞細亞既死希臘有數處皆爭認爲此大詩翁遊釣之鄉至今墓碑深刻題荷馬之墓者凡有七所故斯巴達王利奧納達 Leonida 有句云生則任其瑣尾兮死則爭爲之緜蕞蓋荷馬旅次遇盜喪其資斧復抉其雙睛以去荷馬既以瞽磨操杖挾瑟遊行都邑中謳其詩歌以博人憐烏地綏伊律亞特二詩之所詠者爲希臘聯邦與小亞細亞脫羅 Troy 之戰事羅馬詩人福吉兒 Virgil 讀之以其事未終也爲補作育勒西 Ulysses 之詩荷馬之詩寫以希臘文福吉兒之詩寫以拉丁文號爲古文中之三大奇詩荷馬之詩至第十七世紀間英人波伯氏 Alexander Pope 始爲迻譯亦成名作尤奇者荷馬之詩用古希臘文是非深於希臘之古學者未易從事而波伯希臘之學甚淺脫稿之後見者嘆賞出版家爭欲得之波伯得潤筆之資九千鎊亦文人之異數也荷馬原作本極平易波伯譯本則大加雕琢矣如淚則易言 Social flood 齒則易言 A bristly care 是也育勒西譯自特拉登 John Dryden 與波伯並世